Ludwig Nohl

Mozarts Briefe

Ludwig Nohl: Mozarts Briefe

Erstdruck: Salzburg (Mayr) 1865.

Vollständige Neuausgabe
Herausgegeben von Karl-Maria Guth
Berlin 2014

Der Text dieser Ausgabe folgt:
Mozarts Briefe. Nach den Originalen herausgegeben von Ludwig Nohl. Mit
einem Facsimile, Salzburg: Mayr, 1865.

Die Paginierung obiger Ausgabe wird hier als Marginalie zeilengenau
mitgeführt.

Umschlaggestaltung von Thomas Schultz-Overhage unter Verwendung des
Bildes: Wolfgang Amadeus Mozart, Barbara Krafft, 1819

Gesetzt aus Minion Pro, 11 pt

Die Sammlung Hofenberg erscheint im
Verlag der Contumax GmbH & Co. KG, Berlin
Herstellung: BoD – Books on Demand, Norderstedt

Die Ausgaben der Sammlung Hofenberg basieren auf zuverlässigen
Textgrundlagen. Die Seitenkonkordanz zu anerkannten Studienausgaben
machen Hofenbergtexte auch in wissenschaftlichem Zusammenhang
zitierfähig.

ISBN 978-3-8430-4549-0

Bibliografische Information der Deutschen Nationalbibliothek

Die Deutsche Nationalbibliothek verzeichnet diese Publikation in der
Deutschen Nationalbibliografie; detaillierte bibliografische Daten sind im
Internet über www.dnb.de abrufbar.

Inhalt

Vorwort 9
Erste Abtheilung 13
  1. Salzburg 1769 15
  2. Verona 7. Januar 1770 15
  3. Mailand 26. Januar 1770 16
  4. Mailand 10. Febr. 1770 18
  5. Mailand 17. Febr. 1770 18
  6. Mailand am Fasching Erchtag 1770 18
  7. Mailand 3. März 1770 19
  8. Bologna 24. März 1770 20
  9. Rom 14. April 1770 21
 10. Rom 21. April 1770 22
 11. Rom 25. April 1770 22
 12. Neapel 19. Mai 1770 23
 13. Neapel 29. Mai 1770 24
 14. Neapel 5. Juni 1770 24
 15. Neapel 16. Juni 1770 25
 16. Rom 7. Juli 1770 25
 17. Bologna 21. Juli 1770 25
 18. Bologna Juli 1770 26
 19. Bologna 4. Aug. 1770 26
 20. Bologna 21. Aug. 1770 27
 21. Bologna 8. Sept. 1770 27
 22. Bologna 22. Sept. 1770 27
 23. Bologna 29. Sept. 1770 28
 24. Bologna 6. Okt. 1770 28
 25. Mailand 20. Okt. 1770 28
 26. Mailand 27. Okt. 1770 29
 27. Mailand 3. Nov. 1770 29
 28. Mailand 1. Dez. 1770 30
 29. Mailand Jan. 1771 30
 30. Venedig 13. Febr. 1771 30
 31. Venedig 20. Febr. 1771 31
 32. Verona 18. Aug. 1771 31
 33. Mailand 23. Aug. 1771 31
 34. Mailand 31. Aug. 1771 32
 35. Mailand 13. Sept. 1771 32
 36. Mailand 21. Sept. 1771 32
 37. Mailand 5. Okt. 1771 33
 38. Mailand 26. Okt. 1771 33
 39. Mailand 2. Nov. 1771 33
 40. Mailand 24. Nov. 1771 34
 41. Mailand 30. Nov. 1771 34
 42. Bologna 28. Okt. 1772 34
 43. Mailand 7. Nov. 1772 35

44. MAiland Nov. 1772 35
45. Mailand 21. Nov. 1772 36
46. Mailand 28. Nov. 1772 36
47. Mailand 5. Dez. 1772 36
48. Mailand 18. Dez. 1772 37
49. Mailand 23. Jan. 1773 38
50. Wien 14. Aug. 1773 39
51. Wien 21. Aug. 1773 39
52. Wien 15. Sept. 1773 39
53. München 28. Dez. 1774 40
54. München 30. Dez. 1774 41
55. München 11. Jan. 1775 41
56. München 14. Jan. 1775 42
57. München Jan. 1775 42
58. Salzburg 4. Sept. 1776 43
Zweite Abtheilung 45
59. Wasserburg 23. Sept. 1777 45
60. München 26. Sept. 1777 47
61. München 29. Sept. 1777 48
62. München 2. Oct. 1777 50
63. München 6. Oct. 1777 54
64. München 11. Oct. 1777 55
65. Augsburg 14. Oct. 1777 59
66. Augsburg 17. Oct. 1777 61
67. Augsburg 17. Oct. 1777 65
68. Augsburg 23. Oct. 1777 68
69. Augsburg 25. Oct. 1777 70
70. Mannheim 31. Oct. 1777 72
71. Mannheim 4. Nov. 1777 72
72. Mannheim 5. Nov. 1777 75
73. Mannheim 8. Nov. 1777 76
74. Mannheim 13. Nov. 1777 78
75. Mannheim 13. Nov. 1777 81
76. Mannheim 14-16. Nov. 1777 82
77. Mannheim 20. Nov. 1777 84
78. Mannheim 22. Nov. 1777 85
79. Mannheim 26. Nov. 1777 87
80. Mannheim 29. Nov. 1777 89
81. Mannheim 3. Dez. 1777 92
82. Mannheim 6. Dez. 1777 94
83. Mannheim 10. Dez. 1777 95
84. Mannheim 14. Dez. 1777 98
85. Mannheim 18. Dez. 1777 98
86. Mannheim 20. Dez. 1777 99
87. Mannheim 27. Dez. 1777 100
88. Mannheim Januar 1778 102
89. Mannheim 10. Jan. 1778 102
90. Mannheim 17. Jan. 1778 103
91. Mannheim 2. Febr. 1778 105

92. Mannheim 7. Febr. 1778 108
93. Mannheim 14. Febr. 1778 110
94. Mannheim 19. Febr. 1778 112
95. Mannheim 22. Febr. 1778 114
96. Mannheim 28. Febr. 1778 115
97. Mannheim 28. Febr. 1778 118
98. Mannheim 7. März 1778 120
99. Mannheim 11. März 1778 120
Dritte Abtheilung 122
100. Paris 24. März 1778 122
101. Paris 5. April 1778 124
102. Paris 1. Mai 1778 125
103. Paris 14. Mai 1778 128
104. Paris 29. Mai 1778 130
105. Paris 12. Juni 1778 131
106. Paris 3. Juli 1778 133
107. Paris 3. Juli 1778 134
108. Paris 9. Juli 1778 137
109. Paris 18. Juli 1778 143
110. Paris 31. Juli 1778 148
111. Paris 7. Aug. 1778 154
112. St. Germain 27. Aug. 1778 158
113. Paris 11. Sept. 1778 159
114. Nancy 3. Oct. 1778 164
115. Straßburg 15. Oct. 1778 166
116. Straßburg 26. Okt. 1778 168
117. Mannheim 12. Nov. 1778 171
118. Mannheim 24. Nov. 1778 173
119. Mannheim 3. Dez. 1778 174
120. Kaisersheim 18. Dez. 1778 175
121. Kaisersheim 23. Dez. 1778 178
122. München 29. Dez. 1778 179
123. München 31. Dez. 1778 180
124. München 8. Jan. 1779. 181
125. Salzburg 10. Mai 1779 183
Vierte Abtheilung 185
126. München 8. Nov. 1780 185
127. München 13. Nov. 1780 186
128. München 15. Nov. 1780 188
129. München 22. Nov. 1780 189
130. München 24. Nov. 1780 190
131. München 1. Dez. 1780 193
132. München 5. Dez. 1780 195
133. München 13. Dez. 1780 196
134. München 16. Dez. 1780 197
135. München 19. Dez. 1780 199
136. München 27. Dez. 1780 200
137. München 30. Dez. 1780 201
138. München 3. Jan. 1781 202

139. München 10. Jan. 1781 204
140. München 18. Jan. 1781 204
Fünfte Abtheilung 206
141. Wien 17. März 1781 206
142. Wien 24. März 1781 207
143. Wien 4. April 1781 210
144. Wien 8. April 1781 211
145. Mannheim 11. April 1781 212
146. Wien 18. April 1781 214
147. Wien 28. April 1781 215
148. Wien 9. Mai 1781 216
149. Wien 12. Mai 1781 218
150. Wien 12. Mai 1781 219
151. Wien 12. Mai 1781 221
152. Wien 19. Mai 1781 222
153. Wien 25. Mai 1781 224
154. Wien 26. Mai 1781 224
155. Wien Ende Mai 1781 226
156. Wien 2. Juni 1781 227
157. Wien 9. Juni 1781 228
158. Wien 13. Juni 1781 230
159. Wien 16. Juni 1781 232
160. Wien 20. Juni 1781 234
161. Wien 27. Juni 1781 235
162. Wien 4. Juli 1781 236
163. Wien 13. Juli 1781 237
164. Wien 25. Juli 1781 238
165. Wien 1. Aug. 1781 240
166. Wien 8. Aug. 1781 242
167. Wien 22. Aug. 1781 243
168. Wien 29. Aug. 1781 246
169. Wien 5. Sept. 1781 247
170. Wien 12. Sept. 1781 248
171. Wien 19. Sept. 1781 249
172. Wien 26. Sept. 1781 250
173. Wien 6. Oct. 1781 252
174. Wien 13. Oct. 1781 253
175. Wien 3. Nov. 1781 255
176. Wien 16. Nov. 1781 256
177. Wien 17. Nov. 1781 257
178. Wien 24. Nov. 1781 258
179. Wien 5. Dez. 1781 259
180. Wien 15. Dez. 1781 260
181. Wien 15. (22.) Dez. 1781 263
182. Wien 22. Dez. 1781 264
183. Wien 9. Jan. 1782 268
184. Wien 12. Jan. 1782 268
185. Wien 16. Jan. 1782 269
186. Wien 23. Jan. 1782 270

187. Wien 30. Jan. 1782 272
188. Wien 13. Febr. 1782 273
189. Wien 23. März 1782 274
190. Wien 10. April 1782 275
191. Wien 20. April 1782 276
192. Wien 29. April 1782 278
193. Wien 8. Mai 1782 279
194. Wien 29. Mai 1782 281
195. Wien 20. Juli 1782 282
196. Wien 27. Juli 1782 283
197. Wien Juli 1782 285
198. Wien 31. Juli 1782 285
199. Wien 7. Aug. 1782 286
Sechste Abtheilung 289
200. Wien 17. Aug. 1782 289
201. Wien 24. Aug. 1782 290
202. Wien 31. Aug. 1782 291
203. Wien 11. Sept. 1782 292
204. Wien 25. Sept. 1782 293
205. Wien 2. Oct. 1782 294
206. Wien 5. Oct. 1782 296
207. Wien 12. Oct. 1782 297
208. Wien 19. Oct. 1782 298
209. Wien 26. Oct. 1782 299
210. Wien 13. Nov. 1782 300
211. Wien 20. Nov. 1782 300
212. Wien 21. Dez. 1782 301
213. Wien 28. Dez. 1782 302
214. Wien 4. Jan. 1783 303
215. Wien 8. Jan. 1783 304
216. Wien 22. Jan. 1783 305
217. Wien 5. Febr. 1783 306
218. Wien 15. Febr. 1783 307
219. Wien 15. Febr. 1783 308
220. Wien 12. März 1783 309
221. Wien 29. März 1783 310
222. Wien 3. April 1783 310
223. Wien 12. April 1783 311
224. Wien 7. Mai 1783 312
225. Wien 21. Mai 1783 313
226. Wien 7. Juni 1783 314
227. Wien 2. Juli 1783 315
228. Wien 12. Juli 1783 317
229. Linz 31. Oct. 1783 318
230. Wien 6. Dez. 1783 319
231. Wien 24. Dez. 1783 322
232. Wien 20. März 1784 324
233. Wien 10. April 1784 325
234. Wien 24. April 1784 325

235. Wien 28. April 1784 326
236. Wien 24. Mai 1784 326
237. Wien 9. Juni 1784 327
238. Wien 18. Aug. 1734 329
239. Wien 21. März 1785 331
240. Wien 1. Sept. 1785 332
241. Wien 20. Nov. 1785 333
242. Prag 15. Jan. 1787 334
243. Wien 4. April 1787 337
244. Wien 16. Juni 1787 338
245. Prag 4. Nov. 1787 339
246. Wien 17. Juni 1787 341
247. Wien 27. Juni 1788 342
248. Wien August 1788 343
249. Prag 10. April 1789 343
250. Dresden 13. April 1789 344
251. Dresden 16. April 1789 346
252. Berlin 23. Mai 1789 348
253. Prag 31. Mai 1789 350
254. Wien 17. Juli 1789 350
255. Wien 8. April 1790 352
256. Wien Mai 1790 353
257. Wien 17. Mai 1790 353
258. Frankfurt a.M. 29. Sept. 1790 354
259. Frankfurt a.M. 30. Sept. 1790 355
260. München November 1790 356
261. Wien Mai 1791 357
262. Wien Juni 1791 358
263. Wien 6. Juni 1791 359
264. Wien 25. Juni 1791 360
265. Wien 8. Juli 1791 360
266. Wien Sept. 1791 362
267. Wien 14. Oct. 1791 363
268. Wien Oct. 1791 365
Lexikon und Register für Namen und Sachen 372

Vorwort.

Eine vollständige und authentische Ausgabe von Mozarts Briefen bedarf wohl keiner besonderen Rechtfertigung. Denn wenn auch der wesentliche Inhalt dieser Briefe bereits durch die Biographien von *Nissen*, *Jahn* und *mir* nach den Originalien bekannt geworden ist, so sind dieselben doch in allen drei Werken, so wie es deren Zweck mit sich brachte, theils sehr unvollständig theils völlig auseinandergerissen mitgetheilt und so der eigentliche Reiz von Briefen überhaupt, nämlich die gemüthliche Stimmung des jedesmaligen Schreibens, gänzlich zerstört worden. Diesen Reiz, der auch für den mit Mozarts Leben Vertrauten ein so neuer ist, daß ihm oft selbst das Bekannteste eine frische Würze gewinnt, wiederherzustellen oder vielmehr erst allgemein genießbar zu machen, vermochte eben nur eine unzerstückelte Wiedergabe der Briefe selbst, und dies ist es was ich hier biete und was, dessen bin ich gewiß, nicht bloß die große Menge der Mozartfreunde, sondern auch die Fachmänner willkommen heißen werden. Denn nur hier tritt uns mit voller Deutlichkeit entgegen, was Mozart gelebt und gestrebt, genossen und gelitten hat, und zwar in einer unmittelbar ergreifenden Macht, wie sie selbst die vollendetste Biographie niemals erreichen kann. Und wer kännte nicht den wechselnden Reichthum des Mozartschen Lebens! – Was jene Zeit bewegte, nein was überhaupt die Menschenherzen bewegt und stets bewegen wird, ging frischpulsirend und in den mannigfaltigsten Gestaltungen durch sein leicht erregtes Innere und spiegelte sich in einer Reihe von Auslassungen wieder, die in der That mehr einem Tagebuche als einer Correspondenz gleicht. Dieser Künstler, dem die Natur in jeder Hinsicht die klarste Geistesthätigkeit verlieh, die je ein Mensch besessen, verstand es auch sogar in einer Sprache, die ihm nicht einmal der völlig mundgerechte und durch Uebung entwickelte Ausdruck seines Innern war, alles was er sah und hörte, empfand und dachte, mit überraschender Klarheit, ja mit anmuthiger Heiterkeit, mit Geist und Empfindung dem Andern zu erzählen, und so besitzen wir vor Allem in seinen Reiseberichten an den Vater ausführliche Schilderungen von Land und Leuten, von dem Treiben der Künste, besonders in Theater und Musik, von den Vorgängen des eigenen Herzens und hundert anderen Dingen, die an Ergötzlichkeit, an allgemein menschlichem wie künstlerischem Interesse in unserer Literatur kaum ihres Gleichen haben. Und mag ihnen auch eine gewisse Styllosigkeit ankleben, d.h. ein Mangel an bestimmter Absicht, das Mitzutheilende in schöner oder doch vollkommen entsprechender Form zu sagen, sowie es ja Mozart in seiner Musik so meisterlich verstand, – mag auch die Redeweise, zumal in den spätern Briefen der Wiener Zeit, sogar manchmal etwas salopp sein, sodaß deutlich herauszufühlen ist, wie sehr den Meister das Buchstabenmalen ennuyirte, so sind doch die sämmtlichen Briefe ein höchst unbefangener und natürlich einfacher Ausdruck seines Wesens und erinnern schon dadurch in der erfreuendsten Weise an all die Liebenswürdigkeit und Herzlichkeit, an den Geist und die Anmuth, womit uns Mozarts Musik so tausendmal in Entzücken versetzt. Ja die Berichte von der großen Pariser Reise können sogar einen gewissen ästhetischen Werth beanspruchen, denn sie sind durchweg mit sichtbarer Lust an der Schilderung selbst, ja sogar mit Witz, Anmuth und drastischer Charakteristik geschrieben. Und da nun all diese Vorzüge der Mozartschen Briefe uns eben völlig nur in einer unzerstückelten und zusammenhängenden Folge derselben entgegenzutreten vermögen, so habe ich mich nach jahrelanger eifriger Sammlung und Forschung entschlossen, diese Arbeit zu thun, d.h. die ganze Reihe der mir bekannt gewordenen Briefe zu veröffentlichen, und ich brauche jetzt wohl nur noch über die Art der Herausgabe einige erläuternde Worte zu sagen.

Erstens konnte die vorliegende Ausgabe durchweg nach den Originalien verfaßt und auf diese Art, wie der Fachmann bei genauerer Vergleichung leicht erkennen wird, für die bisherigen Veröffentlichungen in kleinen wie in größeren Dingen manches berichtigt werden. Jedoch habe ich es unterlassen, auf die Abweichungen sowohl von Nissen wie von Jahn jedesmal aufmerksam zu machen; denn ich liebe es nicht, Kleinigkeiten zu moniren, wo, wie bei Jahn, die Hauptsachen in der Ordnung sind. Ferner wird man aber durch die vollständige Wiedergabe der Briefe – es sind meist nur die sich stets eintönig wiederholenden Grüße und Unterschriften weggeblieben – auch manche ergänzende Züge aus des Meisters Leben und vor Allem mancherlei Nachrichten über Entstehung und Herausgabe seiner Werke finden, die wohl zu einzelnen Ergänzungen und Berichtigungen in *Dr. Ludwig Ritter von Köchels* »Chronologisch-thematischem Verzeichnisse sämmtlicher Tonwerke W.A. Mozarts« (Leipzig, Breitkopf und Härtel) führen können. Und zwar wird dies nicht allein durch die verhältnißmäßig geringe Anzahl der bisher völlig unbekannten Briefe, sondern auch durch den Abdruck der bisher als zu unbedeutend unterdrückten Stücke bereits bekannter Briefe geschehen. Nur da, wo mir der Besitzer des Originals oder einer directen Abschrift nach demselben trotz aller Nachforschungen völlig unbekannt geblieben ist, habe ich mich an Nissen und Jahn gehalten. Doch kann ich hier nachträglich mittheilen, daß der Besitzer des Originals

   1) von Nr. 4 (Mailand 10. Febr. 1770) die *k.k. Hofbibliothek in Wien*,
   2) von Nr. 40 (Mailand 24. Nov. 1771) der Herr Musikdirector *F.W. Jähns in Berlin*,
   3) von Nr. 236 (Wien 24. Mai 1784), der mindestens viermal so lang ist als das von mir nach Nissen mitgetheilte Stück und interessante Mittheilungen über Mozarts Hauswesen gibt, – sowie von Nr. 243 (Wien

4. April 1787) der Herr *Dr. Franz Ritter von Heintl*, Seiner k.k. apostolischen Majestät Truchseß und Oberfinanzrath, Ritter des Kaiserlichen Franz-Joseph-Ordens etc. ist, – wobei noch zu bemerken, daß der S. 438 Anm. nach Jahn mitgetheilte Abschnitt den Anfang des Briefes ausmacht;

4) befindet sich der Schluß von Nr. 110 (Paris 31. Juli 1778) jetzt auf der *königl. Bibliothek in Berlin*. Leider sind mir diese Nachrichten erst nach Beendigung des Druckes zugekommen.

Ferner habe ich zu erinnern, daß sämmtliche Briefe, deren Adressat nicht genannt worden, an den Vater gerichtet sind. Und daß die mangelhafte Orthographie Mozarts nur in den wenigen Knabenbriefen beibehalten, in allen übrigen dagegen mit der heutigen vertauscht worden ist, geschah aus dem einfachen Grunde, weil dieselbe nur in denjenigen Briefen ein wirklicher Reiz ist, wo sie mit dem knabenhaften Inhalte übereinstimmt, während in allen übrigen dieser Reiz sich so bald abstumpft, daß die Sache ermüdend wird und von dem Inhalte nur ablenkt, statt demselben ein erhöhtes Interesse zu gewähren. In Biographien kann und muß man der Originalschreibart stets treu bleiben, weil die Citate mit dem Text des Erzählers abwechseln; in unmittelbar aufeinanderfolgenden Briefen ist mit diesem Reiz sehr sorgfältig umzugehen, wenn er nicht geradezu störend wirken soll.

Die erläuternden Anmerkungen sowie das beigefügte *Lexikon*, wobei mir Jahns Register als Vorarbeit gedient hat, werden die Briefe auch dem Laien verständlicher machen, während das mit dem Lexikon verbundene *Register* dem Forscher zu Lieb mit größter Sorgfalt angefertigt ist.

Indem ich nun schließlich vor Allem dem Archivar des *Mozarteums* in Salzburg, Herrn *Jellinek*, sowie all den Herren Autographensammlern und Bibliothekaren, die mich theils durch Abschriften ihrer Mozartbriefe theils durch Nachweisung von solchen unterstützten, meinen besten Dank abstatte, ersuche ich alle diejenigen, die sich im Besitze von solchen Briefen befinden, der Wissenschaft zu Gefallen genaue Abschrift davon mir einzusenden; denn die hier mitgetheilten Briefe geben Nachricht von noch manchem unbekannten Briefe Mozarts und es wird ohne Zweifel noch dieser oder jener von ihnen in der Welt umherirren und auf Erlösung harren. Mir selbst aber wünsche ich als besten Lohn für die Mühe und mancherlei Opfer, mit denen namentlich diese Sammlung zunächst nur erst beschafft werden mußte, daß die Leser der Briefe auch die Hauptabsicht erkennen mögen, die mich bei ihrer jetzigen Veröffentlichung geleitet hat. Denn diese Absicht ging nicht bloß dahin, der Wissenschaft zu dienen, auch nicht dieses durch seine Liebenswürdigkeit und Herzensreinheit so sehr anziehende Menschenbild von Neuem zur lebhaft anmuthenden Erscheinung zu bringen – dieses Ziel verfolgte ich bei meinem »*Mozart*«, – sondern es galt mir diesmal vor Allem wieder darauf aufmerksam zu machen, mit welch rückhaltlosem Eifer Mozart stets dem Fortschritt in seiner Kunst huldigte, das heißt dem Streben, den Ton immermehr zum Ausdruck des geistigen Lebens zu machen, und wie er dabei zwar theils vom Stumpfsinn und der Trägheit der Menge gehemmt wurde, theils aber auch von dem Schwunge verstehender Geister unterstützt zum herrlichsten Siege über Zopf und Unsinn geführt ward. Wenigstens war es vor Allem dies, was mich bei der sonst geisttödtenden Copiatur und Collationirung der mir so wohlbekannten Briefe auch diesmal wieder und mehr als je lebendig ergriff, und was wohl in keinem Buche über den Meister dem Verstehenden jemals so überzeugend entgegentreten wird als in einer solchen zusammenhängenden Folge seiner eigenen Berichte über jenes unermüdliche künstlerische Ringen und Leisten. Möge also dieses auch unsere heutigen Künstler, jugendliche Talente wie lorbeerreiche Meister, die ja ebenfalls vor Allem auf dem Gebiete, wo Mozart sein Höchstes leistete, mit schönem Erfolge thätig sind, von Neuem hell entzünden und ihnen den kraftvollen Muth geben, der in der Erfahrung liegt, daß unablässiges Streben nach Erweiterung der Kunst und ihrer Mittel dem menschlichen Geiste überhaupt seine Gränzen weiter steckt und auch einzig im Stande ist, den Kranz der Unsterblichkeit zu reichen.

München 1. October 1864.

Ludwig Nohl.

Erste Abtheilung.

Italien. Wien. München.

1770–1776.

Wolfgang Amadeus Mozart wurde am 27. Januar 1756 in Salzburg geboren. Sein Vater Leopold Mozart, aus einer tüchtigen Handwerkerfamilie der freien Reichsstadt Augsburg stammend, war im Bewußtsein einer nicht geringen geistigen Begabung seinem Drange nach einer höhern Lebensstellung gefolgt und auf die damals berühmte Universität Salzburg gezogen, um Jurisprudenz zu studiren. Da es ihm aber nicht gelang, in diesem Fache bald genug eine Anstellung zu erhalten, so sah er sich bei der Geringfügigkeit seiner pecuniären Mittel dazu gezwungen, als Kammerdiener in den Dienst des Domherrn Grafen Thurn zu treten. Später jedoch verhalf ihm seine Anlage und tüchtige Ausbildung in der Musik, mit der er nach der Gewohnheit so vieler Studirenden jener Zeit schon stets einen Theil seines Unterhaltes gewonnen hatte, zu einer besseren Stellung; er wurde im Jahre 1743 vom Erzbischof *Sigismund* in die Salzburgische Capelle aufgenommen. Und da seine Tüchtigkeit und sein Ruf als Violinspieler sich mehrten, ernannte ihn derselbe Fürst zunächst zum Hofcomponisten und Anführer des Orchesters und im Jahre 1762 sogar zum Vicecapellmeister der Hofmusik.

Bereits im Jahre 1747 hatte Leopold Mozart *Anna Maria Pertlin*, eine Pflegetochter des Stiftes St. Gilgen bei Salzburg, geheirathet. Aus dieser Ehe gingen 7 Kinder hervor, von denen jedoch nur das vierte, Maria Anna, genannt *Nannerl*, geb. 1751, und das letzte, Wolfgang Amadeus Johannes Chrysostomus, am Leben blieben. Die Tochter zeigte frühe ein hervorragendes Talent zur Musik, und als der Vater den Unterricht mit ihr begann, regte sich auch in dem dreijährigen Brüderchen die angeborene lebhafte Neigung zu dieser Kunst und er zeigte sogleich Gaben, die alles Gewöhnliche weit überstiegen und geradezu ans Wunderbare gränzten. Im vierten Jahre spielte er schon allerhand kleine Stücke auf dem Klavier; eine Menuet zu lernen brauchte er eine halbe Stunde, für ein größeres Stückchen eine Stunde, und im fünften Jahre componirte er bereits selbst hübsche kleine Sätzchen, von denen mehrere aufbewahrt sind.[1]

Diese staunenswerthen Leistungen beider Kinder, zu denen bei Wolfgang bald auch fertiges Violin- und Orgelspiel hinzukam, bewogen den Vater mit

---

1 Die Großfürstin Helene Paulowna hat vor einigen Wochen dem Mozarteum das Notenheft geschenkt, aus welchem Wolfgang zuerst gelernt und in welches er seine ersten Compositionen eingeschrieben hat.

ihnen zu reisen. Im Januar 1762, als der Knabe eben sechs Jahre alt ward, ging es zunächst nach München, dann im Herbst nach Wien, und überall auf der Reise erregten die Kinder das größte Aufsehen und wurden reich beschenkt. So beschloß denn bald darauf der Vater mit der gesammten Familie eine größere Reise anzutreten. Diese dauerte über drei Jahre und dehnte sich von den kleinern Residenzen des westlichen Deutschland nach Paris und London aus, und dann über Holland, Frankreich und die Schweiz zurück. Dabei ging der sorgfältige Unterricht, den der Vater seinem Sohne unermüdet gewährte, mit der trefflichsten Erziehung Hand in Hand, und der Knabe war bald überall ebenso wegen seines liebenswürdigen Charakters und seiner einfachen Natürlichkeit und Offenheit geliebt als er wegen seiner seltenen Gaben und seiner Leistungen angestaunt wurde.

Nachdem nun noch fast ein Jahr lang Unterricht und Uebung auf Instrumenten wie im Componiren in der Heimath unausgesetzt betrieben worden waren, reiste der Vater wiederum mit der gesammten Familie nach Wien, und zwar diesmal in der Absicht, daß sich Wolfgang fortan durch Composition einer Oper den Weg nach dem damaligen Eldorado der Musik, nach Italien, bahne. Es gelang in der That die Scrittura einer Opera buffa – sie hieß *La finta semplice* – zu erlangen; allein als dieselbe fertig war, wußten die Kabalen der neidischen Sänger, obwohl der Kaiser selbst dem Knaben die Composition aufgetragen hatte, ihre Aufführung völlig zu verhindern. Dagegen kam eine deutsche Operette »*Bastien und Bastienne*«, die der zwölfjährige Wolfgang damals ebenfalls schrieb, in dem Gartenhaus der Familie *Mesmer* in der Vorstadt Landstraße wenigstens zu einer Privatdarstellung; und der Vater hatte obendrein die kleine Genugthuung, den Sohn, dem der Kaiser die Composition einer solennen Messe zur Einweihung der neuen Waisenhauskirche aufgetragen hatte, dieselbe in Gegenwart der kaiserlichen Familie am 7. December 1768 selbst mit dem Tactstocke dirigiren zu sehen.

Sogleich nach der Rückkehr in die Heimath ward der junge Virtuose zum erzbischöflichen Concertmeister ernannt. Er brachte nun fast das ganze Jahr 1769 wieder dort zu und war hauptsächlich mit der Composition von Messen beschäftigt. Wir sehen ihn damals eifrig bemüht die lateinische Sprache besser zu erlernen, in der er übrigens bereits zwei Jahre vorher eine Comödie »*Apollo et Hyacinthos*« componirt hatte. Auf dieses Studium nun bezieht sich auch das erste Briefchen, das von seiner Hand vorhanden ist.

1. Kaufmann A. Saullich in Salzburg.[2]

Salzburg 1769.

Freundin!

Ich bitte um Verzeihung, daß ich mir die Freyheit nehme ihnen mit etlichen Zeilen zu plagen; aber weil sie gestern sagten, sie können alle Sachen verstehen, ich mag ihnen lateinisch herschreiben, was ich nur will, so hat mich der Vorwitz überwunden, ihnen allerhand lateinische worte zeilen herzuschreiben. Haben sie die Gütte für mich, daß wenn sie selbige Worte aufgeleset, so schicken sie durch ein Hagenauermensch[3] die antwort zu mir, dan unser mandel kann nicht warten (aber sie müssen mir auch mit einen brief antworten).

Cuperem scire, de qua causa, à quam plurimis adolescentibus ottium usque adeo æstimetur, ut ipsi se nec verbis, nec verberibus ab hoc sinant abduci.
1769.

Wolfgang Mozart.

Des Vaters Plan, nach Italien zu gehen und von dort aus seinem Sohne Geltung für ganz Europa zu bereiten, wurde anfangs December 1769 ausgeführt, und von der Reise aus fügte derselbe den Berichten des Vaters Zuschriften bei, in denen er sich nach Knabenart – er trat damals ins 15. Lebensjahr – in allerhand Sprachen und Witzen übt, aber in seinen Aeußerungen über Musik stets aufmerksame Beobachtung, ernsten Sinn und treffendes Urtheil verräth.

2. Nissen.

Verona 7. Januar 1770.

Allerliebste Schwester!

Einen spannenlangen Brief habe ich gehabt, weil ich auf eine Antwort vergebens gewartet habe; ich hatte auch Ursache, weil ich Deinen Brief noch nicht empfangen hatte. Jetzt hört der deutsche Tölpel auf und das wälsche Tölperl fängt an. *Lei è piu franca nella lingua italiana di quel che mi ho imaginato. Lei mi dica la cagione, perchè Lei non fù nella commedia che anno*

---

2   O. Jahn, »W.A. Mozart« I, 78, sagt, das Original werde im Städtischen Museum in Salzburg aufbewahrt. Es ist aber von dort durch den früheren Eigenthümer Kaufmann Gfrerer zurückgenommen und dem jetzigen Besitzer geschenkt worden.

3   Das heißt durch einen Dienstboten der Familie *Hagenauer*, in deren Hause, gegenüber dem Gasthofe zu »den drei Alliirten«, Mozart geboren wurde und die mit seiner Familie genau befreundet war.

giocato i Cavalieri. Adesso sentiamo sempre una Opera titolata: Il Ruggiero. Oronte, il padre di Bradamante, è un principe (fà il Sign. Afferi), bravo cantante, un baritono, mà gezwungen, wenn er in Falset hinaufpiepet, aber doch nicht so sehr wie *Tibaldi* in Wien. *Bradamante, innamorata di Ruggiero (mà* sie soll den *Leone* heirathen, will aber nicht), *fà una povera Baronessa, che ha avuto una gran disgrazia, mà non sò la quale. Recita* unter einem fremden Namen, ich weiß aber den Namen nicht; *ha una voce passabile e la statura non sarebbe male, ma distuona come il diavolo. Ruggiero, un ricco principe innamorato di Bradamante, è un Musico: canta un poco Manzuolisch*[4] *ed ha una bellissima voce forte ed è già vecchio: ha 55 anni ed a una* läufige Gurgel. *Leone* soll die *Bradamante* heirathen, *richississimo è;* ob er aber außer dem *Theatro* reich ist, das weiß ich nicht. *La moglie di Afferi, che ha una bellissima voce, ma è tanto susurro nel teatro che non si sente niente. Irene fà una sorella di Lolli den gran Violinista che habbiamo sentito a Vienna, a una* schroffelte*voce et canta sempre* um ein Viertel zu *tardi o troppo à buon' ora. Ganno fà un signore che non sò come si chiama: è la prima volta che lui recita.* Zwischen einem jeden Act ist ein Ballet. Es ist ein braver Tänzer da, der sich nennt *Monsieur Rœssler.* Er ist ein Teutscher und tanzt recht brav. Als wir das letzte Mal (aber nicht gar das letzte Mal) in der Oper waren, haben wir den *Mr. Rœssler* in unsern *Palco* heraufkommen lassen (denn wir haben die Loge des *Mr. Carlotti* frey, denn wir haben den Schlüssel dazu) und mit ihm geredet. *A propos,* Alles ist in der *Maschera* jetzt, und was das Commodeste ist, wenn man eine Larve auf dem Hute hat und hat das Privilegium den Hut nicht abzuziehen, wenn Einer mich grüßt, und nimmer beym Namen zu nennen, sondern allezeit:*Servitore umilissimo, Signora Maschera. Cospetto di Bacco,* das spritzt. Was aber das Rareste ist, ist dieses, daß wir um halb acht Uhr zu Bette gehen. *Se Lei indovinasse questo, io dirò certamente, che Lei sia la Madre di tutti gli indovini.* Küsse anstatt meiner der Mama die Hand, und Dich küsse ich zu tausend Mal und versichere Dich, daß ich werde bleiben immer

Dein aufrichtiger Bruder
Portez Vous bien et aimez moi toujours.

3. Nissen.

Mailand 26. Januar 1770.

Mich freut es recht von ganzem Herzen, daß Du bei der Schlittenfahrt, von der Du mir schreibst, Dich so sehr ergötzt hast, und ich wünsche Dir tausend

---

4   *Manzuoli* war ein berühmter Sopranist, von dem Mozart in London einigen Unterricht im Gesang genossen hatte.

Gelegenheiten zur Ergötzung, damit Du recht lustig Dein Leben zubringen mögtest. Aber Eins verdrießt mich, daß Du den Herrn *von Mölk* [einen der Courmacher des sehr schönen, jetzt achtzehnjährigen Mädchens] so unendlich seufzen und leiden hast lassen, und daß Du nicht mit ihm Schlitten gefahren bist, damit er Dich hätte umschmeißen können. Wie viele Schnupftücher wird er nicht denselbigen Tag wegen Deiner gebraucht haben vor Weinen. Er wird zwar vorher schon drey Loth Weinstein eingenommen haben, die ihm die grausame Unreinigkeit seines Leibes, die er besitzt, ausgetrieben haben wird. Neues weiß ich Nichts, als daß *Herr Gellert*, der Poet zu Leipzig[5], gestorben ist und dann nach seinem Tode keine Poesien mehr gemacht hat. Just ehe ich diesen Brief angefangen habe, habe ich eine Arie aus dem *Demetrio* [von Metastasio] verfertigt, welche so anfängt: *Misero tu non sei etc.*

Die Oper zu Mantua ist hübsch gewesen. Sie haben den *Demetrio* gespielt. Die *prima Donna* singt gut, aber still; und wenn man sie nicht agiren sähe, sondern singen nur allein, so meynte man, sie sänge nicht, denn den Mund kann sie nicht öffnen, sondern winselt Alles her, welches uns aber Nichts Neues ist zu hören. Die *seconda Donna* macht ein Ansehen wie ein Grenadier, und hat auch eine starke Stimme; und singt wahrhaftig nicht übel, für das, daß sie das erste Mal agirt. *Il primo uomo, il musico* singt schön, aber hat eine ungleiche Stimme. Er nennt sich *Caselli. Il secondo uomo* ist schon alt, und mir gefällt er nicht. Der Tenor nennt sich *Ottini:* er singt nicht übel, aber halt schwer, wie alle italienischen Tenore; er ist unser sehr guter Freund. Wie der zweyte heißt, weiß ich nicht. Er ist noch jung, aber nicht viel Rares. *Primo ballerino,* gut; *Prima ballerina,* gut, und man sagt, sie sey gar kein Hund; ich aber habe sie nicht in der Nähe gesehen. Die Uebrigen sind wie alle Andern. Ein Grotesco ist da, der gut springt, aber nicht so schreibt wie ich: wie die Säue brumzen. Das Orchester ist nicht übel. Zu Cremona ist das Orchester gut, und der erste Violonist heißt *Spagnoletta. Prima Donna* nicht übel; schon alt, glaube ich, wie ein Hund; singt nicht so gut, wie sie agirt, und ist die Frau eines Violonisten, der bei der Oper mit geigt, und sie nennt sich *Masci.* Die Oper hieß *La clemenza di Tito. Seconda Donna,* auf dem Theater kein Hund; jung, aber nichts Rares. *Primo uomo, musico, Cicognani,* eine hübsche Stimme und ein schönes *Cantabile.* Die andern zwey Castraten, jung und passabel. Der Tenor nennt sich: *non lo so,* hat ein angenehmes Wesen, sieht dem *Le Roi* zu Wien natürlich gleich. *Ballerino primo,* gut und ein sehr großer Hund. Eine Tänzerin war da, die nicht übel getanzt

5 Seine Gedichte schätzte der alte Mozart so sehr, daß er sich sogar einmal schriftlich an ihn wandte, um ihm diese Verehrung auszusprechen. Gellerts Antwort ist bei Nissen S. 10 f. mitgetheilt.

hat, und was das nicht für ein *capo d'opera* ist, außer dem Theater und in demselben kein Hund. Die Uebrigen wie Alle. Ein Grotesco ist auch dort, der bei jedem Sprunge einen hat – lassen. Von *Milano* kann ich dir wahrhaftig nicht viel schreiben: wir waren noch nicht in der Oper. Wir haben gehört, daß die Oper nicht gerathen hat. *Primo uomo, Aprile,* singt gut, hat eine schöne gleiche Stimme. Wir haben ihn in einer Kirche gehört, wo just ein großes Fest war. Madam *Piccinelli* von Paris, welche in unserm Concerte gesungen hat, agirt bey der Oper. Herr Pick, welcher zu Wien tanzte, tanzt jetzt hier. Die Oper nennt sich *Didone abbandonata,* und wird bald aufhören. *Sign. Piccini,* welcher die zukünftige Oper schreibt, ist hier. Ich habe gehört, daß seine Oper heißt: *Cesare in Egitto.*

      Wolfgang de Mozart

            Edler vom Hochenthal, Freund des Zahlhauses.

4. Nissen. Nachschrift.

Mailand 10. Febr. 1770.

Wenn man die Sau nennt, so kömmt sie gerennt. Ich bin wohl auf, Gott Lob und Dank, und kann kaum die Stunde erwarten, eine Antwort zu sehen. Ich küsse der Mama die Hand, und meiner Schwester schicke ich ein Blattern – – Busserl, und bleibe der nämliche – – aber wer? – – der nämliche Hanswurst. Wolfgang in Deutschland, Amadeo in Italien.

      de Morzantini.   9

5. Nissen. Nachschrift.

Mailand 17. Febr. 1770.

Da bin ich auch, da habt's mich: Du Mariandel, mich freut es recht, daß Du so erschrecklich – – lustig gewesen bist. Dem Kindsmensch [Salzburger Ausdruck für Magd], der Urserl, sage daß ich immer meyne, ich hätte ihr alle Lieder wieder zurück gestellt; aber allenfalls, ich hätte sie in den wichtigen und hohen Gedanken nach Italien mit mir geschoben, so werde ich nicht ermangeln, wenn ich es finde, es in den Brief hinein zu prägen. Addio, Kinder, lebt's wohl, der Mama küsse ich tausend Mal die Hände, und Dir schicke ich hundert Busserln oder Schmazerln auf Dein wunderbares Pferdegesicht. *Per fare il fine,* bin ich Dein *etc.*

6. Mozarteum. Nachschrift.

Mailand am Fasching Erchtag 1770.

Und ich küsse die Mama und Dich, ich bin völig verwirt vor lauter Affairen[6], ich kan ohnmöglich mehr schreiben.

7. Nissen.

Cara sorella mia!

Recht von ganzem Herzen freut es mich, daß Du Dich so lustig gemacht hast. Du mögtest aber etwa glauben, ich hätte mich nicht lustig gemacht. Aber ja, ich könnte es nicht zählen. Ich glaube gewiß, wir waren sechs oder sieben Mal in der Oper, und dann in den *feste di ballo,* welche, wie zu Wien, nach der Oper anfangen, aber mit dem Unterschied, daß zu Wien mit dem Tanzen mehr Ordnung ist. Die *facchinata* und *chiccherata* haben wir auch gesehen. Die erste ist eine Maskerade, welche schön zu sehen ist, weil sich Leute anlegen als *facchini* oder als Hausknechte, und da ist eine *barca* gewesen, worin viele Leute waren, und viele sind auch zu Fuße gegangen. Vier oder sechs Chöre Trompeten und Pauken, und auch etliche Chöre Geigen und andere Instrumente. Die *chiccerata* ist auch eine Maskerade. Die Mailänder heißen *chiccere* diejenigen, die wir *petits maîtres* heißen, oder Windmacher halt, welche denn alle zu Pferde, welches recht hübsch war. Mich erfreut es jetzt so, daß es dem Herrn *von Aman*[7] besser geht, als wie es mich betrübt hat, wie ich gehört habe, daß er ein Unglück gehabt hat. Was hat die Madame Rosa für eine Maske gehabt? Was hat der Herr von Mölk für eine gehabt? Was hat Herr von *Schiedenhofen* für eine gehabt? Ich bitte Dich, schreibe es mir, wenn Du es weißt: Du wirst mir einen sehr großen Gefallen erweisen. Küsse statt meiner der Mama die Hände 1000000000000 Male. An alle gute Freunde Complimente und Dir tausend Complimente von wansten verwischt, so hasten schon, und von *Don Casarella,* absonderlich von hinten her.

---

6   Es waren Academien und Compositionen aller Art, die Wolfgang beschäftigten. Das Hauptresultat des Aufenthaltes in Mailand aber war, daß der junge Maestro für die nächste *stagione* die *scrittura* erhielt. Das Textbuch sollte ihnen nachgeschickt werden, also konnten sie vorerst ganz Italien mit Ruhe durchreisen. Die Oper war *Mitridate, rè di Ponte.*

7   Der Vater hatte in dem vorigen Briefe geschrieben: »Das Unglück des Hrn. von Aman, von dem Du schreibst, hat uns nicht nur höchstens betrübt, sondern dem Wolfg. viele Thränen gekostet: Du weißt wie empfindlich er ist.«

8. Nissen.

Bologna 24. März 1770.

O Du Fleißige Du!

Weil ich gar so lange faul war, so habe ich gedacht, es schadete nicht, wann ich wieder eine kurze Zeit fleißig wäre. Alle Posttage, wann die deutschen Briefe kommen, schmeckt mir das Essen und Trinken viel besser. Ich bitte, schreibe mir, wer bey den Oratorien singt, Schreib' mir auch wie der Titel von den Oratorien heißt. Schreibe mir auch, wie Dir die *Haydn*'schen Menuette gefallen, ob sie besser als die erstern sind. Daß Herr von Aman wieder gesund ist, freut mich von Grund meines Herzens: ich bitte Dich, sage ihm, er soll sich wohl in Obacht nehmen: er soll keine starke Commotion machen. Sage es ihm, ich bitte Dich. Aber sage ihm auch, daß ich so oft an Dich denke, wie wir zu Triebenbach Handwerker gespielt haben, und da er durch den Schrottbeutel und durch das Ischmachen, den Namen Schrattenbach [Familienname des Erzbischofs Sigismund] vorstellte. Und sage ihm auch: daß ich so oft daran denke, da er oft zu mir *gesagt hatte* folgende Worte: Wollen wir uns vertheilen? und da ich ihm allezeit antwortete: Wie z'wieder! – Aufs nächste werde ich Dir ein Menuett, welchen Mr. Pick auf dem Theater tanzte, schicken, und welchen dann in *feste di ballo* zu Mailand alle Leute tanzten, nur damit Du daraus siehst, wie langsam die Leute tanzen. Der Menuett an sich selbst ist sehr schön. Er ist natürlich von Wien, also gewiß von Teller oder von Starzer. Er hat viele Noten. Warum? weil es ein theatralischer Menuett ist, der langsam geht. Die Menuette aber von Mailand oder die wälschen haben viele Noten, gehen langsam und viele Takte. Z.B. der erste Theil hat 16, der zweite 20 auch 24 Takte.

Zu Parma lernten wir eine Sängerin kennen, und hörten sie auch recht schön in ihrem eigenen Hause, nämlich die berühmte *Bastardella*, welche 1. eine schöne Stimme, 2. eine galante Gurgel, 3. eine unglaubliche Höhe hat. Folgende Töne und Passagen hat sie in meiner Gegenwart gesungen:

9. Nissen. Nachschrift.

Rom 14. April 1770.

Ich bin, Gott Lob und Dank! nebst meiner miserablen Feder gesund und küsse die Mama und die Nannerl tausend oder 1000 Mal. Ich wünschte nur, daß meine Schwester zu Rom wäre, denn ihr würde diese Stadt gewiß wohl gefallen, indem die Peterskirche regulär, und viele andere Sachen zu Rom regulär sind. Die schönsten Blumen tragen sie jetzt vorbei; den Augenblick sagt es mir der Papa. Ich bin ein Narr, das ist bekannt. O ich habe eine Noth. In unserm Quartier ist nur ein Bett. Das kann die Mama sich leicht einbilden, daß ich bei dem Papa keine Ruhe habe. Ich freue mich auf das neue Quartier. Jetzt habe ich just den heil. Petrus mit dem Schlüsselamt, den heiligen Paulus mit dem Schwert, und den heiligen Lukas mit meiner Schwester *etc. etc.* abgezeichnet. Ich habe die Ehre gehabt, des heil. Petrus

Fuß zu S. Pietro zu küßen, und weil ich das Unglück habe, so klein zu sein, so hat man mich als den nämlichen alten

hinaufgehoben.

10. Nissen.

Rom 21. April 1770.

Cara sorella mia!

Ich bitte Dich, Du wirst die Künste von der Rechenkunst finden, denn Du hast sie selbst aufgeschrieben, und ich habe sie verloren, und weiß also Nichts mehr davon. Also bitte ich dich, sie mir zu copiren, nebst andern Rechenexempeln, und mir sie her zu schicken.

Manzuoli steht im Contract mit den Mailändern, bei meiner Oper zu singen [vgl. Nr. 2 und 6]. Der hat mir auch deßwegen in Florenz vier oder fünf Arien gesungen, auch von mir einige, welche ich in Mailand componiren habe müssen, weil man gar nichts von theatral. Sachen von mir gehört hatte, um daraus zu sehen, daß ich fähig bin, eine Oper zu schreiben. Manzuoli begehrt 1000 Ducaten. Man weiß auch nicht, ob die *Gabrielli* sicher kommen wird. Einige sagen, es wird die *de' Amicis* singen, welche wir in Neapel sehen werden. Ich wünschte, daß sie und *Manzuoli* recitirten. Da wären nun zwei gute Bekannte und Freunde von uns. Man weiß auch noch nicht das Buch. Eins von *Metastasio* habe ich dem *Don Ferdinando* [Haushofmeister des Grafen Firmian in Mailand] und dem Herrn von Troyer recommandirt.

Jetzt habe ich just die Arie: *Se ardire e speranza* in der Arbeit. – –

11. Nissen.

Rom 25. April 1770.

Cara sorella mia!

Io vi accerto che io aspetto con una incredibile premura tutte le giornate di posta qualche lettere di Salisburgo. Jeri fummo a S. Lorenzo e sentimmo il Vespero, e oggi matina la messa cantata, e la sera poi il secondo vespero, perchè era la festa della Madonna del Buonconsiglio. Questi giorni fummi nel Campidoglio e viddemmo varie belle cose. Se io volessi scrivere tutto quel che viddi, non bastarebbe questo foglietto. In due Accademie suonai, e domani suonerò anche in una. – Subito dopo pranzo giuochiamo a Potsch [Boccia]. Questo è un giuoco che imparai qui, quando verrò a casa, ve l'imparerò. Finita questa lettera finirò una sinfonia mia, che comminciai. L'aria è finita, una sinfonia è dal copista (il quale è il mio padre) perchè noi non la vogliamo dar via per copiarla; altrimente ella sarebbe rubata.

Wolfgango in Germania
Amadeo Mozart in Italia.

Roma caput mundi il 25 Aprile anno 1770
nell' anno venturo 1771.

Hinten wie vorn und in der Mitte doppelt.

12. Nissen.

Neapel 19. Mai 1770.

C.S.M.

Vi prego di scrivermi presto e tutti i giorni di posta. Io vi ringrazio di avermi
mandata questi Rechenhistorie, *e vi prego, se mai volete avere mal di testa,*
di mandarmi ancora un poco di questi Künste. *Perdonate mi che scrivo si*
malamente, ma la razione è perchè anche io ebbi un poco mal di testa. Der
12te Menuett von *Haydn,* den Du mir geschickt hast, gefällt mir recht wohl,
und den Baß hast du unvergleichlich dazu componirt, und ohne mindesten
Fehler. Ich bitte Dich, probire öfter solche Sachen.

Die Mama soll nicht vergessen, die Flinten alle beide putzen zu lassen.
Schreibe mir, wie es dem Herrn Canari geht. Singt er noch? Pfeift er noch?
Weißt Du, warum ich auf den Canari denke? Weil in unserm Vorzimmer
einer ist, welcher ein G'seis macht, wie unserer.[8] *A propos,* der Herr Johannes
[Hagenauer] wird wohl den Gratulations-Brief empfangen haben, den wir
haben schreiben wollen. Wenn er ihn aber nicht empfangen hätte, so werde
ich ihm schon selbst mündlich sagen zu Salzburg, was darin hätte stehen
sollen. Gestern haben wir unsere neuen Kleider angezogen; wir waren schön
wie die Engel. An die Nandl meine Empfehlung, und sie soll fleißig für mich
beten. Den 30ten wird die Oper anfangen, welche der *Jomelli* componirt. Die
Königin und den König haben wir unter der Messe zu Portici in der Hofcapelle gesehen, und den Vesuvius haben wir auch gesehen. Neapel ist schön,
ist aber volkreich wie Wien und Paris. Und von London und Neapel, in der
Impertinenz des Volkes weiß ich nicht, ob nicht Neapel London übertrifft;
indem hier das Volk, die Lazzaroni, ihren eigenen Obern oder Haupt haben,
welcher alle Monate 25 *Ducati d'argento* vom König hat, um nur die Lazzaroni in einer Ordnung zu halten.

Bei der Oper singt die *de' Amicis.* Wir waren bei ihr. Die zweite Oper
componirt *Caffaro;* die dritte*Ciccio di Majo,* und die vierte weiß man noch
nicht. Gehe fleißig nach *Mirabell* in die Litaneyen, und höre das *Regina coeli*
oder das *Salve Regina* und schlaf gesund und laß Dir nichts Böses träumen.
An Herrn von Schiedenhofen meine grausame Empfehlung *tralaliera, trala-*

---

8   Mozart liebte die Thiere sehr und hatte auch später stets Vögel im Zimmer.

liera. Und sage ihm, er soll den Repetiter-Menuett auf dem Claviere lernen, damit er ihn nicht vergessen *thut.* Er soll bald dazu *thun,* damit er mir die Freude *thut* machen, daß ich ihm einmal *thue* accompagniren. An alle andere gute Freunde und Freundinnen *thue* meine Empfehlung machen, und *thue* gesund leben, und *thue* nit sterben, damit Du mir noch kannst einen Brief *thun,* und ich dir hernach noch einen *thue,* und dann *thun* wir immer sofort, bis wir was hinaus *thun,* aber doch bin ich der, der will *thun,* bis es sich endlich nimmer *thun* läßt. Indessen will ich *thun* bleiben

W.M.

13. Nissen.

Neapel 29. Mai 1770.
Jeri l'altro fummo nella prova dell' opera del Sign. Jomelli, la quale è una opera che è ben scritta e che me piace veramente. Il Sign. Jomelli ci ha parlato ed era molto civile. E fummo anche in una chiesa a sentir una Musica la quale fù del Sign. Ciccio di Majo, ed era una bellissima Musica. Anche lui ci parlò ed era molto compito. La Signora de' Amicis cantò a meraviglia. Stiamo Dio grazia assai bene di salute, particolarmente io, quando viene una lettera di Salisburgo. Vi prego di scrivermi tutti giorni di posta, e se anche non avete niente da scrivermi, solamente vorrei averlo per aver qualche lettera tutti giorni di posta. Egli non sarebbe mal fatto, se voi mi scriveste qualche volta una letterina italiana. – –

14. Nissen.

Neapel 5. Juni 1770.
Heut raucht der Vesuvius stark. Potz Blitz und kanent aini. Haid homa gfresa beim Herr *Doll.* Das is a deutscha Compositör und a browa Mo. Anjetzo beginn ich meinen Lebenslauf zu beschreiben. *Alle gore, qualche volta anche alle dieci mi svelgio, e poi andiamo fuor di casa, e poi pranziamo da un trattore, e dopo pranzo scriviamo, e poi sortiamo, e indi ceniamo, ma che cosa? Al giorno di grasso, un mezzo pollo ovvero un piccolo boccone d'arrosto; al giorno di magro un piccolo pesce; e di poi andiamo a dormire. Est-ce que Vous avez compris?* Redma dafir soisburgarisch, don as is gschaida. Wir fand Gottlob gesund, da Voda und i. Ich hoffe Du wirst Dich auch wohl befinden, wie auch die Mama. Neapel und Rom sind zwei Schlafstädte. A scheni Schrift! Net wor? Schreibe mir und sei nicht so faul. *Altrimente avrete qualche bastonate di me. Quel plaisir! Je te casserai la tête.* Ich freue mich schon auf die Portraite [von Mutter und Schwester, die versprochen hatten sich malen zu lassen], und i bi korios, wias da gleich sieht; wons ma gfoin, so los i mi und

den Vodan a so macho. Maidli, laß Da saga, wo bist dan gwesa, he? Die Oper hier ist von *Jomelli*; sie ist schön, aber zu gescheit und zu altväterisch fürs Theater. Die *de' Amicis* singt unvergleichlich, wie auch der *Aprile,* welcher zu Mailand gesungen hat. Die Tänze sind miserabel pompös. Das Theater ist schön. Der König ist grob neapolitanisch auferzogen, und steht in der Oper allezeit auf einem Schemerl, damit er ein Bissel größer als die Königin scheint. Die Königin ist schön und höflich, indem sie mich gewiß 6 mal im Molo auf das Freundlichste gegrüßt hat.

15. Nissen. Nachschrift.

Neapel 16. Juni 1770.
Ich bin auch noch lebendig und beständig lustig wie alle Zeit, und reise gern; nun bin ich auf dem mediteranischen Meer auch gefahren. Ich küsse der Mama die Hand und die Nannerl zu 1000 Malen und bin der Sohn Steffel und der Bruder Hansl. –

16. Nissen. Nachschrift.

Rom 7. Juli 1770.
C.S.M.
Ich habe mich recht verwundert, daß Du so schön componiren kannst. Mit einem Worte, das Lied ist schön. Probire öfter Etwas. Schicke mir bald die andern sechs Menuetten von Haydn. *Mlle. j'ai l'honneur d'être Votre très humble serviteur et frère Chevalier de Mozart.* – [Er hatte vom Pabst das Ordenskreuz vom Goldenen Sporen erhalten.]

17. Nissen. Nachschrift.

Bologna 21. Juli 1770.
Ich gratulire der Mama zu dem Namensfeste und wünsche daß die Mama noch möge viele hundert Jahre leben und immer gesund bleiben, welches ich immer bey Gott verlange, und bete alle Tage und werde alle Tage für Sie Beide beten. Ich kann unmöglich mit Etwas aufwarten, als mit etlichen Loretto-Glöckeln und Kerzen und Haubeln und Flor, wenn ich zurückkomme. Inzwischen lebe die Mama wohl, ich küsse der Mama 1000 Mal die Hände und verbleibe bis in den Tod

Ihr getreuer Sohn.

18. Nissen. Nachschrift an die Schwester.

Io vi auguro d'Iddio, Vi dia sempre salute, e vi lasci vivere ancora cent' anni e vi faccia morire quando avrete mille anni. Spero che Voi imparerete meglio conoscermi ni avvenire e che poi ne giudicherete come ch' egli vi piace. Il tempo non mi permette di scriver molto. La penna non vale un corno, ne pure quello che la dirigge. Il titolo dell' opera che ho da comporre a Milano, non si sà ancora. Ich habe die Tausend und eine Nacht in italienischer Sprache von unserer Hausfrau zu Rom zu schenken bekommen; es ist recht lustig zu lesen.

19. Original-Copie von Al. Fuchs. Nachschrift.

Bologna 4. Aug. 1770.

Ich bedaure recht von Herzen, daß die Jungfrau Martha immer so krank ist, und bete alle Tage für sie, damit sie gesund werde. Sage ihr anstatt meiner, sie soll nicht zu viel Bewegung machen und brav gesulzte Sachen essen. [Sie hatte die Auszehrung.]

A propos, hast Du dem Robinigsiegerl [Sigmund Robinig, einem Freund] meinen Brief geben? Du schreibst mir nichts davon; ich bitte, wenn Du ihn siehst, so sage ihm, er solle auch mich nicht gar vergessen. Ich kann ohnmöglich schöner schreiben, denn die Feder ist eine Notenfeder und keine Schriftfeder. Nun ist meine Geige neu beseitet und ich spiele alle Tage; aber dieses setze ich nur hinzu, weil meine Mama einmal zu wissen verlangte, ob ich noch geige. Gewiß ihrer 6 mal habe ich die Ehre gehabt, allein in die Kirchen und prächtige Functiones zu gehen. Unterdessen habe ich schon vier italienische Sinfonien [Ouvertüren] componirt, außer den Arien, deren ich gewiß 5–6 schon gemacht habe, und auch eine Motetten.

Kömt der Herr *Deibl* öfters? beehrt er Euch noch mit seinem unterhaltlichen Discourse? Und Herr Edler Karl von Vogt? würdigt er sich noch, Eure unerträglichen Stimmen anzuhören? Der Herr von Schiedenhofen soll Dir fleißig Menuett schreiben helfen, sonst bekömmt er kein Zuckerl mit.

Meine Schuldigkeit wäre, wenn es mir die Zeit erlaubte, Herrn von Mölk und Schiedenhofen mit ein Paar Zeilen Beide zu belästigen, aber da mir das Nothwendigste dazu mangelt, so bitte ich meinen Fehler zu verzeihen, und mir auf das Zukünftige diese Ehre aufgehoben sein zu lassen. Anfänge unterschiedlicher Cassationen. Hier habe ich Dein Verlangen vollbracht. Ich glaube schwerlich, daß es einer von mir sein wird; dann wer würde sich denn unterstehen eine Composition, welche der Sohn des Capellmeisters gemacht hat und dessen Mutter und Schwester da ist, für sich auszugeben? Addio! Lebe wohl, meine einzige Lustbarkeit besteht dermalen in englischen

Schritten, Capriol- und Spaggat-machen. Italien ist ein Schlafland; es schläfert Einen immer. *Addio,* leb wohl!

20. Nissen. Nachschrift.

Bologna 21. Aug. 1770.
Ich bin auch noch lebendig und zwar sehr lustig. Heute kam mir die Lust, auf einem Esel zu reiten; denn in Italien ist es der Brauch, und also habe ich gedacht, ich muß es doch auch probiren. Wir haben die Ehre, mit einem gewissen Dominikaner umzugehen, welcher für heilig gehalten wird. Ich zwar glaube es nicht recht, denn er nimmt zum Frühstück oft eine Tasse Chocolade, gleich darauf ein gutes Glas starten spanischen Wein: und ich habe selbst die Ehre gehabt, mit diesem Heiligen zu speisen, welcher brav Wein und auf die Letzt ein ganzes Glas voll starken Weins bei der Tafel getrunken hat, zwei gute Schnitze Melonen, Pfirsische, Birnen, fünf Schalen Kaffee, einen ganzen Teller voll Nägeln, zwei volle Teller Milch mit Limonien. Doch dieses könnte er mit Fleiß thun, aber ich glaube nicht, denn es wäre zuviel, und aber er nimmt viele Sachen zur Jausen [Vesperbrod] auf Nachmittag.

21. Mozarteum. Nachschrift.

Bologna 8. Sept. 1770.
Damit ich nicht wider meine Schuldigkeit fehle, so will ich ein paar Worte auch schreiben. Ich bitte mir zu schreiben, in was für *Bruderschaften* ich bin, und mir selbige *darzu nothwendige Gebetter* zu wissen zu machen. Jetzt lese ich just den *Telemach*: ich bin schon im zweyten Theil. Inzwischen lebe wohl. Meinen Handkus an die Mama.

22. Nissen.

Bologna 22. Sept. 1770.
Ich hoffe meine Mama wird wohl auf sein, wie auch Du und wünsche, daß Du mir doch ins Künftige auf meine Briefe besser antworten wirst, denn es ist ja weit leichter, Etwas zu beantworten als Etwas zu erfinden.

Die sechs Menuetten von Haydn gefallen mir besser als die ersten zwölf. Wir haben sie der Gräfin [Pallivicini, auf deren Landgute bei Bologna Vater und Sohn mehrere Wochen wohnten] oft machen müssen, und wir wünschen, daß wir im Stande wären, den deutschen Menuett-Gusto in Italien einzuführen, indem ihre Menuette bald so lang wie ganze Sinfonien dauern.

Verzeihe mir, daß ich so schlecht schreibe; allein ich könnte es schon besser, aber ich eile.

23. Nissen. Nachschrift.

Bologna 29. Sept. 1770.

Damit der Brief ein wenig voller wird, will ich auch ein paar Worte hinzusetzen. Mir ist von Herzen leid wegen der so lang anhaltenden Krankheit, welche die arme Jungfrau Martha empfinden und mit Geduld übertragen muß. Ich hoffe mit der Hilfe Gottes wird sie schon wieder gesund werden. Wo nicht, so muß man sich nicht so stark betrüben, dann der Wille Gottes ist allezeit der beste; und Gott wird schon besser wissen, ob es besser ist zu seyn auf dieser Welt oder in der andern. Aber sie soll sich trösten, indem sie jetzt von dem Regen in das schöne Wetter kommen kann. – –

24. Nissen. Nachschrift.

Bologna 6. Okt. 1770.

Mich freut es recht vom Herzen, daß Du dich so lustig gemacht hast, ich wünsche ich wäre dabei gewesen. Ich hoffe daß die Jungfrau Martha besser seyn wird. Heute spielte ich bei den Dominicanern die Orgel. Mache meinen Glückwunsch an – – – und sage ihnen, daß ich von Herzen wünsche, daß sie noch können die Secundiz von Pater Dominikus erleben, und damit wir Alle wieder so vergnügt beisammen sein können.[9] An alle Thereseln meinen Glückwunsch, und an alle Freunde in und außer dem Hause mein Compliment. Ich wünschte, daß ich bald die Berchtesgadner Sinfonien hören könnte, und etwa ein Trompeterl oder Pfeiferl dazu blasen. Ich habe das große Fest des hl. Petronius in *Bologna* gehört und gesehen. Es war schön aber lang, und die Trompeter haben von Lucca kommen müssen, um den Tusch zu machen, welche aber abscheulich geblasen haben. – –

25. Mozarteum. Nachschrift.

Mailand 20. Okt. 1770.

Meine liebe Mama, Ich kann nicht viell schreiben, dann die Finger thuen sehr weh von so viel Recitativ schreiben: Ich bitte, bette die Mama für mich,

9   Wahrscheinlich, bemerkt O. Jahn, ist die befreundete Familie des Kaufmanns Hagenauer gemeint, der dem alten Mozart bei seinen Reisen manchmal in den Geldverhältnissen zur Hand gegangen und dessen Sohn 1764 in den geistlichen Stand getreten war.

daß die Opera [*Mitridate Rè di Ponto*] gut geht und daß wir dann glücklich wieder beisammen seyn können. Ich küsse der Mama tausendmahl die Hand, und mit meiner Schwester hätte ich viel zu reden, aber waß? Das weiß nur Gott und ich allein. Wenn es Gottes Willen ist, werde ich es ihr mündlich, wie ich hoffe, bald eröffnen können. Inzwischen küsse ich sie 1000mahl. Meine Compliment an alle gute Freund und Freundinnen. Wir haben die gute Martherl verloren, doch werden wir sie mit der Hülf Gottes in einem guten Stande finden.

26. Nissen. Nachschrift.

Mailand 27. Okt. 1770.

Allerliebste Schwester! Du weißt, daß ich ein großer Schwätzer bin, und auch als solcher Dich verlassen habe. Nun verlege ich mich aber mehr auf das Deuten, indem der Sohn vom Hause stumm und gehörlos ist. Nun habe ich zu schreiben für die Oper. Es ist mir vom Herzen leid, daß ich Dich wegen der verlangten Menuette nicht bedienen kann; doch wenn Gott will, auf Ostern vielleicht wirst Du sie sammt mich selbsten bekommen. Mehr kann ich und weiß ich nicht zu schreiben. Lebe wohl und bete für mich. – –

27. Nissen. Nachschrift.

Mailand 3. Nov. 1770.

Allerliebstes Herzensschwesterchen!
Ich bedanke mich bei der Mama und bei Dir für die redlichen Wünsche, und brenne vor Begierde, Euch beide bald wieder in Salzburg zu sehen. Auf deinen Glückwunsch zu kommen, so kann ich Dir sagen, daß ich bald gewähnt hätte, daß Hr. Martinelli Dir Deinen welschen Wunsch aufgesetzt hätte. Weil Du aber immer die kluge Schwester bist, und es so witzig gewußt hast anzustellen, indem Du nach Deinem welschen Glückwunsch gleich die Empfehlung von Herrn Martinelli, welche in nämlicher Schreibart geschrieben war, darunter gesetzt, so habe ich es und war es mir unmöglich zu merken, und ich sagte gleich zum Papa: »Ach könnte ich doch so klug und witzig werden!« Dann sagte der Papa: »Ja das ist wahr«; und ich sagte hernach: »Mich schläfert«, und er sagte jetzt just: »Höre auf!« *Adio,* bitte Gott, daß die Oper gut gehen möge. Ich bin Dein Bruder
W.M.
dessen Finger vom Schreiben müde sind.

28. Mozarteum. Nachschrift.

Mailand 1. Dez. 1770.

Liebste Schwester!
Weil ich so lang nicht geschrieben habe, so habe ich gedacht, Deinen Verdruß oder Verschmache zu besänftigen mit gegenwärtigen Zeilen … Nun habe ich viel zu schreiben und zu arbeiten an meiner Opera. Ich hoffe, es wird Alles gut gehen mit der Hülfe Gottes. *Addio,* lebe wohl. Ich bin wie allzeit Dein getreuer Bruder Wolfgang Mozart.

29. Mozarteum. Nachschrift.

Allerliebste Schwester!
Ich hab schon lang nichts mehr geschrieben, weil ich mit der Opera beschäftiget war. Da ich jetzt nun Zeit habe, will ich meine Schuldigkeit mehr beobachten. Die Opera Gott Lob und Dank, gefällt, indem alle Abende das Theater voll ist, welches auch Alle in Verwunderung setzt, indem Viele sagen, daß sie, so lang sie in Mayland sind, keine erste Opera so voll gesehen, als dieses Mal. Ich samt meinen Papa bin gesund, Gott Lob und Dank und hoffe, daß ich der Mama und Dir auf Ostern alles mündlich erzählen kann. *Addio.* Meinen Handkuß an die Mama. A propos, gestern war der Copist bei uns, und sagte, daß er meine Opera just für den Hof nach Lissabon schreiben muß. Leben Sie wohl meine liebe *Mademoiselle* Schwester. Ich habe die Ehre zu sein und zu verbleiben von nun an bis in Ewigkeit

Dero getreuer Bruder.

30. Mozarteum. Nachschrift.

Venedig 13. Febr. 1771.

Allerliebste Schwester!
Daß ich gesund bin, wirst Du schon von meinem Papa erfahren haben. Ich weiß nichts zu schreiben als meinen Handkuß an die Mama. Lebe wohl.
Al sig: Giovanni [Hagenauer]. *La sig^{ra} perla ricono la riverisce tanto come anche tutte le altre perle, e li assicuro che tutte sono inamorata di lei, e che sperano che lei prenderà per moglie tutte, come i Turchi per contentar tutte sei. Questo scrivo in casa de Sign. Wider, il quale è un galant'uomo come Lei melo scrisse, ed jeri abbiamo finito il carnavale da lui, cenardo da lui e poi ballammo ed andammo colle perle in compagnie nel ridotto nuovo, che mi piacque assai. Quando stò dal Sign. Wider e guardando fuori della finestra vedo la casa dove lei abito quando lei fù in Venezia. Di nuovo non sò niente.*

Venezia mi piace assai. Il mio complimento al Sign. suo padre e madre sorelle fratelli e a tutti i miei amici ed amiche. Addio.

31. Mozarteum. Nachschrift.

Venedig 20. Febr. 1771.
Ich lebe auch noch und bin, Gott Lob und Dank gesund. Die *de' Amicis* hat hier zu *S. Benedetto* recitirt. Sage dem Hrn. *Joanes,* daß die Widerischen Berlein immer von ihm reden und voraus die Mad.^elle Catharina und er soll bald wieder auf Venedig kommen, um sich eben die *attacca* geben zu lassen. Das ist, sich auf dem Boden den H – prellen lassen, um ein rechter Venetianer zu werden. Mir haben sie es auch wollen thuen, haben alle 7 Weibsbilder zusammengeholfen und doch waren sie nicht im Stande mich zu Boden zu bringen. *Addio.*

Ende März 1771 trafen die beiden Reisenden wieder in der Heimath ein. Allein die Vermählung des Erzherzog *Ferdinand* mit der Prinzessin von *Modena,* die im October desselben Jahres mit großen Festlichkeiten Statt finden sollte, führte Vater und Sohn bereits nach wenigen Monaten wieder dorthin, weil Wolfgang von der Kaiserin Maria Theresia den Auftrag erhalten hatte zu dieser. Feier eine theatralische Serenata zu componiren.

32. Mozarteum. Nachschrift.

Verona 18. Aug. 1771.
Allerliebste Schwester!
Ich hab nicht mehr als eine halbe Stunde geschlaffen, denn das Schlaffen nach dem Essen freut mich nicht. Du kannst hoffen, glauben, meynen, der Meynung sein, in der steten Hoffnung verharren, gut befinden, Dir einbilden, Dir vorstellen, in Zuversicht leben, daß wir gesund sind; aber gewiß kann ich Dir Nachricht geben .... Dem Herrn von Heffner wünsche Glück zur Reise anstatt meiner; frage ihn ob er die Annamindl nicht gesehen hat? [Wolfgang, damals 15 Jahre alt, hatte die Ruhezeit des kurzen Aufenthaltes in Salzburg benutzt, sich zum ersten Male zu verlieben. Wir werden noch mehrere darauf bezügliche Andeutungen finden, vgl. auch Nr. 25.]

33. Mozarteum. Nachschrift.

Mailand 23. Aug. 1771.
Allerliebste Schwester!
Wir haben auf der Reise viele Hitz ausgestanden, und der Staub hat uns beständig impertinent seckirt, daß wir gewiß ersticket und verschmachtet

31

wären, wenn wir nicht gescheiter gewesen wären. Hier hat es ein ganzes Monath durch (sagen die Mayländer) nicht gerenget, heunt hat es angefangen ein wenig zu tröpfeln, jetzt aber scheunt wieder die Sonne und es ist wieder sehr warm. Was Du mir versprochen hast (Du weist schon was – – – o Du Lieb Du!) halte gewiß, ich bitte Dich. Ich werde Dir gewiß verbunden sein. Jetzt blas ich just vor Hitz! Nun reiß ich das Leibel auf. *Addio,* lebe wohl. Wolfgang.

Ober unser ist ein Violinist, unter unser auch einer, neben unser ein Singmeister, der Lection gibt, in dem letzten Zimmer gegen unser ist ein *Hautboist.* Das ist lustig zum Componiren! Giebt einen viel Gedanken.

34. Mozarteum. Nachschrift.

Mailand 31. Aug. 1771.

Allerliebste Schwester!

Wir sind, Gott Lob und Dank, gesund. Ich habe schon anstatt Deiner viele gute Birnen und Pferschig und Melaunen gegessen. Meine einzige Lustbarkeit ist mit dem Stummen zu deuten, denn das kann ich aus der Perfection. Hr. *Hasse* [der berühmte Operncomponist] ist gestern hier angelangt, heunt werden wir ihn besuchen. Daß Buch von der Serenata[10] ist auch erst vergangenen Donnerstag angelangt. Ich weiß nicht viel zu schreiben. Ich bitte dich noch wegen dem gar Andern, wo nichts Anderes mehr sein kann, Du verstehst mich schon.

35. Nissen. Nachschrift.

Mailand 13. Sept. 1771.

A.S. Ich schreibe nur deswegen, damit ich .... schreibe. Mir ist es zwar ungelegen, weil ich einen starken Katarrh und Strauchen habe. Sage der Fräulein W. von Mölk, daß ich mich recht auf Salzburg freue, damit ich nur wieder ein solches Präsent für die Menuette bekommen kann, wo, wie ich es bei derselben Akademie bekommen habe: sie weiß es hernach schon.

36. Mozarteum. Nachschrift.

Mailand 21. Sept. 1771.

Ich bin gesund Gott Lob und Dank. Viel kann ich nicht schreiben. Erstens: weiß ich nicht was; zweitens: thun mir so die Finger von Schreiben wehe.

---

10 Es war *Ascanio in Alba,* die Wolfgang für Mailand zu componiren hatte und von deren Musik Hasse ausrief: »*Questo ragazzo ci farà dimenticar tutti!*«

Ich pfeife oft meinen Pfiff, und kan Mensch gibt mir Antwort. Jetzt fehlen nur zwei Arien von der *serenata,* hernach bin ich fertig. – Ich hab keine Lust mehr auf Salzburg: ich förchte, ich möchte auch närrisch werden. [Man hatte ihnen geschrieben, es seien mehrere Personen in Salzburg närrisch geworden.]

37. Mozarteum. Nachschrift.

Mailand 5. Okt. 1771.

Ich bin, Gott Lob und Dank! auch gesund, aber immer schläfferig .... Alles, was ich zu schreiben hatte, hat mir der Papa von der Feder weggenommen. Das ist: daß er es schon geschrieben hat. Sgra. Gabrielli ist hier: wir werden sie mit Nächsten besuchen, damit wir alle vornehmen Sängerinen kennen lernen.

38. Mozarteum. Nachschrift.

Mailand 26. Okt. 1771.

Allerliebste Schwester!

Ich bin auch, Gott Lob und Dank, gesund. Weil nun meine Arbeit ein Ende hat, so habe mehr Zeit zu schreiben; allein ich weiß nichts, denn alles hat der Papa schon geschrieben. Ich weiß nichts Neues, als daß in der Lotterie 35, 59, 60, 61, 62 herauskomen ist, und also, daß wenn wir diese Nummern gesetzt hätten, gewonnen hätten; weil wir aber gar nicht gelegt haben, weder gewonnen noch verlohren, sondern die Leute ausgelacht haben. Die 2 Arien, die in der*serenata* widerholt worden, ist eine von Manzuoli und der *Girelli, prima donna.* Ich hoffe Du wirst Dich ergötzen in Triebenbach mit Schießen und (wenn es das Wötter zuläßt) mit Spatzierengehen.

39. Nissen. Nachschrift.

Mailand 2. Nov. 1771.

Der Papa sagte, daß Herr Kerschbaumer sicher seine Reise mit Nutzen und aller Beobachtung gemacht hat, und wir können versichern, daß er sich sehr vernünftig aufführte. Er kann sicher von seiner Reise mehr Rechenschaft geben, als Andere aus seiner Freundschaft, deren einer Paris nicht recht sehen konnte, weil die Häuser da zu hoch sind. Heute ist die *Opera* des *Hasse*[11],

11 Hasse hatte ebenfalls eine Festoper zu componiren. Leopold Mozart aber schreibt: »Mir ist leid, die Serenade des Wolfgang hat die Oper des Hasse so niedergeschlagen, daß ich es nicht beschreiben kann.«

weil aber der Papa nicht ausgeht, kann ich nicht hinein. Zum Glück weiß ich schier alle Arien auswendig, und also kann ich sie zu Hause in meinen Gedanken hören und sehen.

40. Nissen. Nachschrift.

Mailand 24. Nov. 1771.

A.S. Der Herr Manzuoli der sonst von allen Leuten als der gescheuteste unter den Castraten angesehen und gehalten worden, hat in seinen alten Tagen ein Stück seiner Unvernunft und Hoffart gezeigt. Er war für die Oper mit 500 *gigliati* [Ducaten] verschrieben, und, weil Nichts von der Serenada in der *Scrittura* gemeldet worden, so hat er für die Serenada noch 500*gigliati* haben wollen, also 1000. Der Hof hat ihm nur 700 und eine schöne goldene Dose gegeben (ich glaube, es wäre genug). Er aber, als ein Castrat, hat die 700 G. nebst der Dose zurückgegeben und ist ohne Nichts weggereist. Ich weis nicht was für ein Ende diese Historie nehmen wird: ich glaube ein übles.

41. Mozarteum. Nachschrift.

Mailand 30. Nov. 1771.

Damit ihr nicht glaubt, daß ich krank bin, so schreibe ich diese zwei Zeilen. Ich habe auf dem Domplatz hier 4 Kerle hencken sehen. Sie hencken hier wie zu Lyon.

Mitte December 1771 finden wir die Beiden wieder in Salzburg. Es starb der Erzbischof Sigismund, und am 14. März 1772 ward der Erzbischof *Hieronymus* erwählt, der Mozart viel Leids anthun sollte. Zunächst aber componirte dieser zur Feier des Einzugs und der Huldigung des neuen Fürsten die allegorische *azione teatrale* »Il sogno di Scipione«. Im October aber gings wieder auf die Reise, weil Wolfgang sowohl für Mailand wie für Venedig die Scrittura für das nächste Carneval übernommen hatte.

42. Mozarteum. Nachschrift.

Bologna 28. Okt. 1772.

Nun sind wir schon zu Botzen. Schon? erst! Mich hungert, mich dürstet, mich schläffert, ich bin faul; ich bin aber gesund. Zu Hall haben wir das Stift gesehen, ich habe dort auf der Orgel gespielt. Wenn Du die Nadernannerl siehest, so sage ihr, ich hab mit dem Hrn. Brindl (ihrem Amanten) geredt, er hat mir ein Compliment auf sie aufgegeben. Ich hoffe, Du wirst Dein

Wort gehalten haben, und vergangenen Sonntag bei der D.N. gewesen sein [in Chiffern]. Lebe wohl. Schreibe mir was Neues. Botzen dies Sauloch.

Ein Gedicht von einem der über Botzen fuchs-teufel-wild und harb war:
Soll ich kommen nach Botzen,
So schlag ich mich lieber in –

43. Original-Abschrift von Al. Fuchs.

Mailand 7. Nov. 1772.

Erschrecken Sie nicht, da Sie anstatt der Schrift meines Papa meine finden, die Ursachen folgen: 1*mo* sind wir beim Herrn von Oste, und ist der Herr Baron Christiani da, da haben sie so viel mit einander zu reden, daß er unmöglich Zeit hätte zu schreiben; und 2tens ist er zu … faul. Wir sind den 4. hier Nachmittag angelangt; wir sind gesund. Von unsern guten Freunden ist alles auf dem Lande und zu Mantua, als der Herr von Tasta und seine Gemalin, von welcher ich an Sie und meine Schwester ein Compliment schreiben soll. Hr. *Misliweczek* [ein junger Operncomponist aus Prag] ist noch hier. Von dem italienischen Kriege, von welchem in Teutschland stark gesprochen wird, und den hiesigen Schloßbefestigungen ist Alles nicht wahr. Verzeihen Sie mir meine schlechte Schrift.

Wenn Sie uns schreiben, so schreiben Sie nur glatt an uns, denn hier ist nicht der Brauch wie in Teutschland, daß man die Briefe herumträgt, sondern man muß sie von der Post abholen, und wir gehen alle Posttage hin um selbige abzuholen. Hier giebts nichts Neues, wir erwarten von Salzburg Neuigkeiten. Wir hoffen – Sie werden den Brief von Botzen erhalten haben. Ich weis nichts mehr, darum will ich schließen; unsere Empfehlung an alle guten Freunde und Freundinen. Wir küssen die Mama 1000000 Mal (mehr Nullen habe ich nicht hingebracht), und meine Schwester umarme ich lieber in *persona,* als in der Einbildung.

44. Original-Abschrift von Aloys Fuchs.[12]

Carissima sorella!
Spero che voi sarete stata dalla Signora, che voi già sapete. Vi prego, se la videte di farla un Complimento da parte mia. Spero e non dubito punto che voi starete bene di salute. Mi son scordato di darvi nuova, che abbiamo qui trovato quel Sign. Belardo, ballerino, che abbiamo conosciuto in Haye ed in Amsterdam, quello che attacò colla spada il ballerino, il Sign. Neri, perchè

---

12   Diese wie die vorige nach Jahn I, 644 f.

credeva che lui fosse cagione che non ebbe la permission di ballar in teatro.
Addio, non scordarvi di me, io sono sempre il vostro fidele fratello.

45. Nissen. Nachschrift.

Mailand 21. Nov. 1772.
Ich sage Dir Dank Du weist schon für was. – Ich kann dem Herrn von
Heffner unmöglich schreiben. Wenn Du ihn siehst so laß ihn das Folgende
lesen. Ich bitte ihn, er möge sich indessen begnügen.

Ich werde meinem wolfeilen Freunde nicht vor übel haben, daß er mir
nicht geantwortet hat: sobald er wird mehr Zeit haben, wird er mir gewiß,
Zweifelsohne, ohne Zweifel, sicher, richtiglich antworten.

46. Mozarteum. Nachschrift.

Mailand 28. Nov. 1772.
Dem Hrn. von Aman lassen wir beyde gratulieren, und ich lasse ihm sagen,
mich verdrießt es, daß er allzeit ein Geheimniß daraus gemacht hat, wenn
ich ihm von seiner Frln. Braut was gesagt habe. Ich hätte ihm für aufrichtiger
gehalten ..... Noch Eins: Ich lasse dem Hrn. von Aman sagen, wenn er gesinnt
ist, eine rechte Hochzeit zu halten, so soll er fein warten bis wir zurückkom-
men, damit dasjenige doch wahr wird, was er mir versprochen hat, nämlich
daß ich auf seiner Hochzeit tanzen soll. Sage dem Hrn. *Leitgeb* [Hornist im
erzbischöflichen Orchester], er soll keck nach Mayland kommen, denn er
würde sich gewiß Ehre machen, aber bald. – Ich bitte sage es ihm, denn es
liegt mir daran. *Adieu.*

47. Mozarteum. Nachschrift.

Mailand 5. Dez. 1772.
Nun habe ich noch 14 Stück zu machen, dann bin ich fertig.[13] Freylich kann
man das Terzett und *duetto* für 4 Stück rechnen. Ich kann ohnmöglich viel
schreiben, denn ich weiß nichts; und zweitens weiß ich nicht, was ich
schreibe, indem ich nur immer die Gedanken bei meiner *opera* habe, und
Gefahr lauffe, Dir anstatt Worte eine ganze *aria* herzuschreiben. Ich habe
hier ein neues Spiel gelernt, welches heißt: *Mercante in fiera.* Sobald ich
nach Haus komme, werden wir es spielen. Eine neue Sprache habe ich auch
von der Frau v. *Taste* gelernt, die ist zum Reden leicht, zum Schreiben mü-
hesam, aber auch tauglich. Sie ist aber ein wenig – – – kindisch, aber gut

13   Mit der Oper *Lucio Silla* für Mailand.

für Salzburg. Meine Empfehlung an unsre schöne Nandl und an den *Canari*-vogel, denn diese zwey und Du sind die unschuldigsten in unserm Hause. Der *Fischietti* [erzbischöflicher Capellmeister] wird wohl bald anfangen an seiner *Opera buffa* (auf Deutsch, an seiner närrischen Oper) zu arbeiten. *Addio.*

Der folgende Brief Wolfgangs zeugt von dem sprudelnden Uebermuth, in den ihn die Vollendung der Oper gesetzt hat. Bei jeder Zeile hat er das Blatt umgedreht, sodaß stets eine um die andere Zeile auf dem Kopfe steht. Auch der Vater hatte in der Freude seines Herzens, daß das schwierige Werk und damit die lange Reise ihrem Ende zugingen, seine Worte in vier übereinanderstehenden Zeilen rings um den Rand des Bogens geschrieben, sodaß das Ganze einen Rahmen bildet zu der Zeichnung von einem flammenden Herzen, vier Dreien (d.i. Treue) und einem fliegenden Vogel, aus dessen Schnabel ein Verslein strömt:

»Flieg hin zu meinem Kind
Es sey vorn oder hint! –«

Wolfgang fügt nun hinzu:

48. Mozarteum.

Mailand 18. Dez. 1772.
Ich hoffe Du wirst Dich gut befinden meine liebe Schwester. Wenn Du diesen Brief erhaltst meine liebe Schwester, so geht denselbigen Abend meine liebe Schwester meine *Opera* in *scena*. Denke auf mich meine liebe Schwester und bilde dir nur meine liebe Schwester kräftig ein, Du siehest und hörest meine liebe Schwester sie auch. Freilich ist es hart, weil es schon 11 Uhr ist, sonst glaube ich und zweifle gar nicht daß es beym tag liechter ist als zu Ostern. Meine liebe Schwester morgen speisen wir beym Hrn. v. Mayer, und warum glaubst Du? Rathe. Weil er uns eingeladen hat. Die morgige Probe ist auf dem *Theatro*. Der *Impressario* aber dcr *Sig. Cassiglioni* hat mich ersucht, ich solle niemand nichts darvon sagen, denn sonst lauffen alle Leute hinein, und das wollen wir nicht. Also mein Kind ich bitte Dich sage niemanden nichts darvon, mein Kind, dann sonst lauffeten zuviel Leute hinein mein Kind. *Approposito.* Weißt Du schon die *histori* die hier vorgegangen ist? Nun will ich sie Dir erzählen. Wir giengen heunt von Graf *Firmian* weck um nach Haus zu gehen, und als wir in unser Gassen kommen, so machten wir unser Hausthüre auf, und was meinste wohl was sich zugetragen? – Wir giengen hinein. Lebe wohl, mein Lüngel. Ich küsse Dich

meine Leber und bleibe wie allzeit mein Magen, Dein unwürdiger Bruder (*frater*) Wolfgang. Bitt bitt meine liebe Schwester mich beists, kratze mich.

Am 26. December ging *Lucio Silla* in »unvergleichlicher« Aufführung und mit bestem Erfolg in Scene, füllte auch unausgesetzt in erstaunlicher Weise das Haus. Der Vater berichtet getreulich nach Hause und Wolfgang fügt die üblichen Nachschriften bei, die diesmal nichts Mittheilenswerthes enthalten. Nur von einer italienischen Stylübung folge noch ein Stück.

49. Mozarteum. Nachschrift.

Mailand 23. Jan. 1773.

.... *Vi prego di dire al Sig. Giovanni Hagenauer da parte mia, che non dubiti, che andrò à veder sicuramente in quella bottega delle armi, se ci sono quei nomi [?] che lui desidera, e che senza dubbio doppo averlo trovato le porterò meco à Salisburgo. Mi dispiace che il Sig. Leitgeb è partito tanto tardi da Salisburgo [vgl. Nr. 46] che non troverà più in scena la mia opera e forte non ci troverà nemeno, se non in viaggio.*

Hieri sera era la prima prova coi stromenti della seconda opera, ma hò sentito solamente il primo Atto, perchè al secondo mene andiedi essendo già tardi. In quest' opera saranno sopra il balco 24 cavalli e ... mondo di gente, che sarà miracolo se non succede qualche disgrazia. La musica mi piace; se piace al replico non sò, perche alle prime prove non è lecito l'andarci che alle personne che sono del Teatro. Io spero che domani il mio padre potrà uscir di casa. Sta sera fà cativissimo tempo. La Sigra Teyber è adesso a Bologna e il carnevale venturo reciterà à Turino e l'anno sussiquente poi và a cantare à Napoli.

Nachdem sie nun noch einiges Carnevalvergnügen genossen hatten, trafen sie gegen Mitte März wieder in Salzburg ein. Dieser Ort oder vielmehr ihre Stellung bei Hofe war jedoch Beiden im höchsten Grade zuwider, und der Vater hatte sich bereits während der Reise beim Grobherzog von Toscana um eine Stelle für seinen Sohn bemüht. Als aber dort nichts zu erreichen war, lenkte er seine Absicht auf die Kaiserstadt selbst, und so finden wir ihn nach einem Vierteljahre bereits wieder mit dem Sohne in Wien. Von dort aus fügte Wolfgang nun manchmal wieder einige Zeilen an die Geliebten zu Hause bei.

50. Mozarteum. Nachschrift.

Wien 14. Aug. 1773.

Ich hoffe, meine Königin[14], Du wirst den höchsten Grad der Gesundheit genießen und doch dann und wann, oder vielmehr zuweilen, oder besser bisweilen oder noch besser *qualche volta,* wie der Wälsche spricht, von Deinen wichtigen und dringenden Gedanken (welche allezeit aus der schönsten und sichersten Vernunft herkommen, die Du nebst Deiner Schönheit besitzest, obwohl in so zarten Jahren, Du, o Königin auf solche Art besitzest, daß Du die Mannspersonen, ja sogar die Greise beschämest) mir etliche davon aufzuopfern. Lebe wohl.

Hier hast Du was Gescheutes.

51. Mozarteum. Nachschrift.

Wien 21. Aug. 1773.

Wenn man die Gunst der Zeit betracht und doch die Hochachtung der Sonne dabey nicht vollständig vergißt, so ist gewiß daß ich Gott Lob und Danck gesund bin. Der zweite Satz ist aber ganz verschieden. Anstatt Sonne wollen wir setzen Monde und anstatt Gunst Kunst, so wird ein Jeder, der mit einer weniger natürlichen Vernunft begabt ist, schließen, daß ich ein Narr bin, weil Du meine Schwester bist. Wie befindet sich die *Miss Bimbes?* [der Hund.] Ich bitte alles Erdenkliches an sie von mir auszurichten. Von*Mr. Kreibich* [der im kaiserlichen Kabinet die Musik leitete] den wir zu Preßburg zuerst kennten und dann auch zu Wien, habe auch alles Erdenkliche auszurichten, wie auch von Ihro Majestät der Kaiserin, Fr. Fischerin, Fürst Kaunitz. *Oidda. Gnagflow Trazom.*

52. Mozarteum. Nachschrift.

Wien 15. Sept. 1773.

Wir sind, Gott Lob und Dank, gesund. Diesmal haben wir uns die Zeit genommen Dir zu schreiben, obwohl wir Geschäfte hätten. Wir hoffen, Du wirst auch gesund sein. Der Tod des Dr. Niderls hat uns sehr betrübt. Wir versichern Dich, wir haben schier geweint, geplärrt, gerehrt und kreuzt. Unsere Empfehlung an alle gute Geister loben Gott den Herrn, und an alle

---

14   O. Jahn bemerkt, dieser Ausdruck sei eine Reminiscenz aus einem Phantastischen Spiel, das den Knaben auf Reisen viel beschäftigte: er sann sich ein Königreich aus, dessen Bewohner mit allem begabt waren, was sie zu guten und fröhlichen Kindern machen konnte etc.

gute Freunde und Freundinen. Wir bleiben Dir hiermit mit Gnaden gewogen. Wien aus unserer Residenz

Wolfgang.

An Hr. v. Heffner.

Ich hoff wir werden Sie noch in Salzburg antreffen, wohlfeiler Freund.
Ich hoff, Sie werden gesund seyn, und mir nicht sein Spinnefeund,
Sonst bin ich Ihnen Fliegenfeund, oder gar Wanzenfeund.
Also ich rathe Ihnen, bessere Verse zu machen, sonst komm'
ich meinen Lebtag zu Salzburg nicht mehr in Dom;
denn ich bin gar *capax* zu gehen nach Constant-
inopel, die doch allen Leuten ist bekannt;
hernach sehen Sie mich nicht mehr, und ich Sie auch nicht. Aber,
wenn die Pferde hungrig sind, giebt man ihnen einen Haber.
Leben Sie wohl.
Sonst würd ich toll
Ich bin zu aller Zeit
Von nun an bis in Ewigkeit

W.A.M.

Ende September kehrten die Reisenden in die Heimath zurück; denn auch in Wien war es zu keiner Anstellung gekommen; ja nicht einmal, wie es scheint, zu öffentlichen Concerten. Wolfgang blieb also das ganze folgende Jahr in seiner Vaterstadt und schrieb Instrumental- und Kirchenmusik. Für das Carneval 1775 aber erhielt er vom Churfürsten Maximilian III. von Baiern den Auftrag, eine Opera buffa zu schreiben. Es war *La finta giardiniera.*

53. Mozarteum. Nachschrift.

München 28. Dez. 1774.

Meine liebste Schwester! Ich bitte Dich, vergiß nicht vor Deiner Abreise[15] Dein Versprechen zu halten, das ist den bewußten Besuch abzustatten – – – – denn ich habe meine Ursachen. Ich bitte Dich, dort meine Empfehlung auszurichten – – aber auf das Nachdrücklichste – – – und Zärtlichste – – – und – – oh – ich darf mich ja nicht so bekümmern, ich kenne ja meine Schwester, die Zärtlichkeit ist ihr ja eigen. Ich weiß gewiß, daß sie ihr Möglichstes thun wird, um mir ein Vergnügen zu erweisen, und aus Inter-

---

15   Die Nannerl hatte den dringenden Wunsch, die neue Oper ebenfalls zu sehen, und endlich war es dem Vater gelungen, ihr ein Quartier bei einer »braunerten, schwarzaugenden« jungen Wittwe, der Frau *von Durst* am großen Marktplatz auszumachen.

esse – – – ein wenig boshaft. – – – Wir wollen uns in München darüber zanken. Lebe wohl. [Nannerl galt in der Familie für etwas interessirt.]

54. Mozarteum. Nachschrift.

München 30. Dez. 1774.

Ich bitte meine Empfehlung an die *Roxelana* und sie wird heute Abend mit dem Sultan den Thee nehmen. An die Jungfrau Mizerl bitte Alles Erdenkliche, sie soll an meiner Liebe nicht zweifeln, sie ist mir beständig in ihrer reizenden *negligée* vor Augen. Ich hab viele hübsche Mädl hier gesehen, aber eine solche Schönheit habe ich nicht gefunden. Meine Schwester soll nicht vergessen die *variationes* über den *Menuet d'exaudé* von Ekart und die Variationen über den Menuett von *Fischer* mitzunehmen. Gestern war ich in der Komödie: nämlich in der Mode nach der Haushaltung. Sie haben es recht gut gemacht. Meine Empfehlung an alle guten Freunde und Freundinen. Ich hoffe, Du wirst – – – lebe wohl! – – Ich sehe Dich bald in München zu hoffen. Von der Frau von Durst habe ich ein Compliment auszurichten. Ist es wahr, daß der Hagenauer zu Wien Professor der Bildhauerey worden? Der Mama küsse ich die Hände, und damit hat es heute ein Ende. Halte Dich recht warm auf der Reise, ich bitte Dich, sonst kannst Du Deine vierzehn Täge zu Haus sitzen und hinter dem Ofen schwitzen, wer wird Dich dann beschützen? Ich will mich nicht erhitzen, jetzt fangt es an zu blitzen. Ich bin allezeit u.s.w.

55. Mozarteum.

München 11. Jan. 1775.

Wir befinden uns alle 3 Gott Lob recht wohl. Ich kann ohnmöglich viel schreiben, denn ich muß den Augenblick in die Probe. Morgen ist die Hauptprobe; denn 13. geht meine Oper in *Scena.* Die Mama darf sich nicht sorgen, es wird Alles gut gehen. Daß die Mama einen Verdacht auf den Graf *Seeau* [den Theater-Intendanten in München] geworfen, thut mir sehr wehe, denn er ist gewiß ein lieber, höflicher Herr, und hat mehr Lebensart, als Viele von seines Gleichen in Salzburg. Hr. v. Mölk hat sich so verwundert und bekreuziget über die *Opera seria,* wie er sie hörte, daß wir uns völlig schämten, indem Jederman klar daraus sah, daß er sein Lebtag nichts als Salzburg und Innsbruck gesehen hat. *Addio.*

56. Mozarteum. Nachschrift.

Gottlob! Meine Opera ist gestern als den 13ten in*scena* gangen und so gut ausgefallen, daß ich der Mama den Lärmen ohnmöglich beschreiben kann. Erstens war das ganze Theater so gestrozt voll, daß viele Leute wieder zurück haben müssen. Nach einer jeden *Aria* war allzeit ein erschröckliches Getös mit Klatschen und *viva maestro* schreyen. S. Durchlaucht die Churfürstin und die Verwitwete (welche mir *vis à vis* waren) sagten mir auch *bravo*. Wie die *opera* aus war, so ist unter der Zeit, wo man still ist bis das *ballet* anfängt, nichts als geklatscht und *bravo* geschrieen worden, bald aufgehört, bald wieder angefangen, und so fort. Nachdem bin ich mit meinem Papa in ein gewisses Zimmer gegangen, wo der Churfürst und der ganze Hof durch muß und hab S.D. den Churfürst und Churfürstin und den Hoheiten die Hände geküßt, welche alle sehr gnädig waren. Heut in aller Frühe schickt S. Fürstlichgnaden Bischof in Chiemsee [der höchstwahrscheinlich die Uebertragung der Scrittura an seinen jungen Freund Wolfgang beim Churfürsten bewirkt hatte] her und läßt mir gratuliren, daß die*opera* bei allen so unvergleichlich ausgefallen ist. Wegen unserer Rückreise wird es sobald nichts werden, und die Mama soll es auch nicht wünschen, denn die Mama weiß ja wie wohl das Schnaufen thut. – – – Wir werden noch früh genug zum – – kommen. Eine rechte und nothwendige Ursache ist, weil den künftigen Freytag die *opera* abermahl geben wird und ich sehr nothwendig bey der Production bin – – sonst würde man sie nicht mehr kennen – – – denn es ist gar kurios hier. *Adieu. Am Bimberl 1000 Busserln.*

Auch der Erzbischof von Salzburg, der die Verdienste seines Concertmeisters ungern genug anerkannte, war ein unfreiwilliger Zeuge des allgemeinen Beifalls, den Wolfgangs Oper fand, konnte sie aber selbst nicht hören. Am 18. Januar 1775 fügte Wolfgang dem Briefe seines Vaters noch folgende Zeilen zu:

57. Mozarteum.

Meine liebe Schwester![16]
Was kann ich dafür, daß es jetzt just 1 viertheil über 7 Uhr geschlagen hat? – – – Mein Papa hat auch keine Schuld – – Das Mehrere wird die Mama von meiner Schwester erfahren. Jetzt ist es aber nicht gut fahren, weil sich der Erzbischof nicht lang hier aufhält – – Man will gar sagen, er bleibt so lang

---

16 Nannerl war noch gar nicht abgereist, sondern machte noch in allerlei Masken das Münchener Carnevalvergnügen mit.

bis er wieder wegreiset – – Mir ist nur leyd, daß er die erste Redoute nicht siehet. Dein getreuer

Mayland den 5. May 1756.

Franz v. Nasenblut.

Sogleich nach dem Aschermittwoch reisten alle drei nach Salzburg zurück, und Mozart blieb jetzt unausgesetzt wieder anderthalb Jahre in seiner dortigen Stellung und Thätigteit. Er selbst schrieb darüber am 4. September 1776 folgenden Brief an den berühmten *Padre Martini* in Bologna.

58. Wiener Hofbibliothek.

Molto Rev^{do} Pad^e Mæstro
Padrone mio stimatissimo.

La venerazione, la stima e il rispetto, che porto verso la di lei degnissima persona mi spinse di incommodarla colle presente e di mandargli un debole pezzo di mia musica, rimmettendola alla di lei mæstrale giudicatura. Scrissi l'anno scorso il Carnevale una opera buffa (La finta giardiniera) à Monaco in Baviera. Pochi giorni avanti la mia partenza di là desiderava S.A. Elletorale di sentire qualche mia musica in contrapunto: era adunque obligato di scriver questo Motetto in fretta per dar tempo à copiar il spartito per Sua Altezza ed à cavar le parti per poter produrlo la prossima domenica sotto la Messa grande in tempo del Offertorio. Carissimo e stimatissimo Sigr. P. Mæstro! Lei è ardentemente pregato di dirmi francamente e senza riserva il di lei parere. Viviamo in questo mondo per imparare sempre industriosamente, e per mezzo dei raggionamenti di illuminarsi l'un l'altro e d'affatigarsi di portar via sempre avanti le scienze e le belle arti. Oh quante e quante volte desidero d'esser più vicino per poter parlar e raggionar con Vostra Paternità molto Rev^{da}. Vivo in una paese dove la musica fà pocchissimo fortuna, benche oltre di quelli che ci hanno abandonati, ne abbiamo ancora bravissimi professori e particolarmente compositori di gran fondo, sapere e gusto. Per il teatro stiamo male per mancanza dei recitanti. Non abbiamo Musici e non gli averemo si facilmente, giache vogliono esser ben pagati: e la generosità non è il nostro difetto. Io mi diverto intanto à scrivere per la camera e per la chiesa: e ne son quivi altri due bravissimi contrapuntisti, cioè il Sgr. Haydn e Adlgasser. Il mio padre è mæstro della chiesa Metropolitana, che mi da l'occasione di scrivere per la chiesa, quanto che ne voglio. Per altro il mio padre già 36 anni in servizio di questa Corte e sapendo, che questo Arcivescovo non può e non vuol vedere gente avanzata in età, non lo se ne prende a core, si è messo alla letteratura per altro già suo studio favorito. La nostra musica di chiesa è assai differente di quella d'Italia e sempre più, che una Messa con tutto il Kyrie, Gloria, Credo, la Sonata all' Epistola, l'Offertorio osia Motetto, Sanctus ed

Agnus Dei, ed anche la più solenne, quando dice la Messa il Principe stesso, non ha da durare che al più longo 3 quarti d'ora. Ci vuole un studio partico- lare per queste sorte di compositione, e che deve però essere una Messa con tutti stromenti – Trombe di guerra, Tympani ecc. Ah! che siamo si lontani Cariss^{mo} Sgr. P. Maestro, quante cose che avrai à dirgli! – Reverisco devota- mente tutti i Sgri. Filarmonici: mi raccommando via sempre nelle grazie di lei e non cesso d'affligermi nel vedermi lontano dalla persona del mondo che maggiormente amo, venero e stimo, e di cui inviolabilmente mi protesto di V. P^{ta}. molto R^{da}

umiliss^{mo} e devotss^{mo} servitore

Salisburgo 4 Settembre 1776

Wolfgango Amadeo Mozart.   40

Zweite Abtheilung.

München. Augsburg. Mannheim.

September 1777 bis März 1778.

Am 22. December 1777 schrieb der Vater Folgendes an den *Padre Martini* in Bologna: »Es sind bereits fünf Jahre, daß mein Sohn unserm Fürsten für ein Spottgeld in der Hoffnung dient, daß nach und nach seine Bemühungen und wenige Geschicklichkeit, vereint mit dem größten Fleiße und ununterbrochenen Studien, würden beherziget werden; allein wir fanden uns betrogen. Ich unterlasse es eine Beschreibung der Denk- und Handlungsweise unseres Fürsten zu machen; genug, er schämte sich nicht zu sagen, daß mein Sohn nichts wisse, daß er nach – Neapel in ein Musikconservatorium gehen solle um Musik zu lernen – und Alles dies warum? Um zu verstehen zu geben, ein junger Mensch solle nicht so albern sein sich selbst zu überzeugen, er verdiene etwas mehr Belohnung, nachdem diese bestimmten Worte aus dem Munde eines Fürsten hervorgegangen. Dies hat mich denn bewogen, meinem Sohne zu erlauben, seinen Dienst zu verlassen. Er ist also am 23. Sept. [mit seiner Mutter] von Salzburg abgereist.«

59. Wasserburg 23. Sept. 1777

59. Mozarteum.

Wasserburg 23. Sept. 1777.

Mon très cher Père.

Wir sind Gott Lob und Dank glücklich zu Waging, Stain, Ferbertsheim und Wasserburg angekommen. Nun eine kleine Reisebeschreibung. Gleich als wir zum Thor kamen, mußten wir fast eine Viertelstunde warten, bis uns das Thor ganz aufgemacht wurde; denn man war im Arbeiten. Vor Schinn begegneten wir einer Anzahl Kühe, worunter eine merkwürdig war, – denn sie war *einseitig*, welches wir noch niemals gesehen haben. Zu Schinn endlich sahen wir einen Wagen, welcher still stund, und Ecce – unser Postillon rief also gleich: Da müssen wir wechseln. – Meintwegen, sprach ich. Meine Mama und ich parlirten, als ein dicker Herr an den Wagen kam, dessen Sinfonie mir sogleich bekannt war, – es war ein Kaufmann von Memmingen. Er betrachtete mich eine gute Weile; endlich sagt er: »Sie sind ja der Hr. Mozart?« – »Zu dienen, ich kenne Sie auch, aber Ihren Namen nicht; ich habe Sie vor einem Jahr in Mirabell [Schloßgarten bei Salzburg] bei der Musique gesehen.« – Darauf entdeckte er mir seinen Namen, den ich aber Gott Lob und Danck vergessen habe. Doch behielt ich aber einen vielleicht wichtigern. Er hatte damals, als ich ihn in Salzburg gesehen, einen jungen Menschen bei sich, und nun einen Bruder dieses jungen Menschen, welcher von Memmingen ist und sich Hr. von Unhold schreibt; dieser junge Herr bat mich recht, ich möchte doch wenns möglich ist, nach Memmingen kommen. Wir gaben diesen Herrn 100000 Complimente an Papa und meine Schwester die *Canaglie* auf. Sie versprachen uns auch, daß sie selbe gewiß ausrichten werden. Dieß Postwechseln war mir sehr ungelegen, denn ich hätte dem Postillon gern von Waging aus einen Brief mitgegeben. Nun hatten wir die Ehre (nachdem wir zu Waging ein wenig gegessen hatten) von den nämlichen Pferden bis Stain fortgezogen zu werden, mit welchen wir schon anderthalb Stunden gefahren sind. Zu Waging war ich allein auf einen Augenblick bei dem Hrn. Pfarrer. Er machte grosse Augen; er wußte von unsrer ganzen Historie nichts. Von Stain fuhren wir mit einem Postillon, der ein ganz erschrecklicher Phlegmaticus war, *NB.* im *fahren.* Wir glaubten nicht mehr auf die Post zu kommen. Endlich kamen wir doch an (meine Mama schläft schon halb) *NB.* weil ich dieses schreibe. Von Ferbertshaim bis Wasserburg ging alles gut. *Viviamo come i Principe,* uns geht nichts ab als der Papa. Je nun, Gott wills so haben. Es wird noch alles gut gehen. Ich hoffe der Papa wird wohl auf seyn und so vergnügt wie ich. Ich gebe mich ganz gut drein. Ich bin der andere Papa, ich geb auf alles acht.[17] Ich habe mir auch gleich ausgebeten die Postillone auszuzahlen, denn ich kann doch mit den Kerls besser sprechen als die Mama. Zu Wasserburg beim Stern ist man unvergleichlich bedient. Ich sitze da wie ein Prinz. Vor einer halben Stunde (meine Mama war just auf den H ....l) klopfte der Hausknecht an und fragte sich um allerlei Sachen an, und ich antwortete ihm mit aller meiner Ernsthaftigkeit, wie ich im Portrait bin. Ich muß schließen. Meine Mama ist schon völlig ausgezogen. Wir bitten alle zwey, der Papa möchte Achtung geben auf seine Gesundheit, nicht zu früh ausgehen, sich nicht selbst Verdruß machen[18], brav lachen und lustig sein und allzeit mit Freuden, wie wir gedenken daß der Mufti H.C. [der Erzbischof Hieronymus Colloredo] ein Schwanz, Gott aber mitleidig, barmherzig und liebreich sey. Ich küsse dem Papa zu 1000 mal die Hände, und umarme meine Schwester Canaglie so oft, als ich heut schon – Taback genommen habe. Ich glaube ich habe zu Haus meine Decreter [der Anstellung bei Hofe] vergessen? ich bitte mir selbe in Bälde zu schicken. – – Die Feder ist grob und ich bin nicht höflich.

44

17   Der Vater hatte sich viele Sorge gemacht, den unerfahrenen Jüngling, dessen arglose Gutmüthigkeit ihn doppelten Gefahren aussetzte, allein reisen zu lassen; denn auch die Mutter war im Reisen ohne viel Geschick.

18   Der Vater neigte stark zur Hypochondrie.

60. Mozarteum.

München 26. Sept. 1777.

Wir sind den 24. abends um halb 5 Uhr glücklich in München angelangt. Was mir gleich das Neueste war, daß wir zur Mauth fahren mußten, begleitet mit einem Grenadier mit aufgepflanztem Bajonette. Die erste bekannte Person, die uns im Fahren begegnete, war Sign. *Consoli*, welcher mich gleich kannte und eine unbeschreibliche Freude hatte, mich zu sehen. Er war den andern Tag gleich bey mir. Die Freude von Hr. *Albert* [dem »gelehrten Wirth« zum schwarzen Adler in der Kaufinger Gasse; heute Hôtel Detzer] kann ich nicht genug ausdrücken, er ist in der That ein grundehrlicher Mann und unser sehr guter Freund. Nach meiner Ankunft war ich bis zur Essenszeit immer beim Clavier. Hr. Albert war noch nicht zu Hause. Hernach aber kam er und wir gingen mitsammen herab zum Tisch. Da traf ich den Mr. Sfeer und einen gewissen Secretär, seinen recht guten Freund an. Beide lassen sich empfehlen. Wir kamen spät ins Bett und waren müd von der Reise. Wir stunden doch schon um 7 Uhr auf. Meine Haare waren aber in einer solcher Unordnung, daß ich vor $^1/_2$11 Uhr nicht zum Graf *Seeau* kam. Als ich hinkam, hieß es, er sey schon auf die Jagd gefahren. Geduld! – Ich wollte unterdessen zum Chorherrn Bernard gehen; er ist aber mit dem Baron Schmid auf die Güter gereiset. Herrn Bellval traf ich voll in Geschäften an. Er gab mir 1000 Complimente auf. Unter dem Mittagessen kam Rossi, um 2 Uhr kam Consoli und um 3 Uhr *Becke* [vortrefflicher Flötenbläser und Freund der Mozarts] und Hr. von Bellval. Ich machte meine Visite bey der Fr. *von Durst* [wo Nannerl logirt hatte], welche bei den Franziskanern logirt. Um 6 Uhr machte ich mit Hrn. Becke einen kleinen Spatziergang. Es gibt hier einen gewissen Professor *Huber*, vielleicht erinnern Sie sich besser als ich; er sagt er hat mich das letzte Mal zu Wien beim jungen Hrn. von Mesmer gesehen und gehört. Er ist nicht zu groß, nicht zu klein, bleich, weißgraue Haar und sieht in der Physiognomie dem Hr. Unterbereiter nicht ungleich. Dieser ist auch ein *Viceintendant du Théatre;* seine Arbeit ist, die Komödien, die man aufführen will, durch zu lesen, zu verbessern, zu verderben, hinzuzuthun, hinweg zu setzen. Er kömmt alle Abend zum Albert, er spricht sehr oft mit mir. – Heut als den 26. Freytag war ich um $^1/_2$9 Uhr beim Graf Seeau. Es war so: Ich ging ins Haus hinein und Mad. Nießer die Komödiantin ging just heraus und fragte mich: »Sie wollen gewiß zum Grafen?« – »Ja.« – »Er ist noch in seinem Garten, Gott weiß, wann er kömmt.« – Ich fragte sie, wo sein Garten sei. »Ja«, sagte sie, »ich habe auch mit ihm zu sprechen, wir wollen mitsammen gehen.« – Kaum kamen wir vors Thor hinaus, so kam uns der Graf entgegen und war etwa 12 Schritt von mir, so erkannte er mich und nannte mich beim Namen. Er war sehr höflich, er wußte schon, was mit mir vorgegangen ist. Wir gingen ganz allein und langsam die Treppe hinauf; ich entdeckte mich ihm ganz kurz. Er sagte, ich sollte nur schnurgerade bey S. Churf. Durchl. Audienz begehren; sollte ich aber im Fall nicht zukommen können, so sollte ich meine Sachen nur schriftlich vorbringen. Ich bat ihn sehr, dieses alles still zu halten, er versprach es mir. Als ich ihm sagte, es ginge hier wircklich ein rechter Compositeur ab, so sagte er: »Das weiß ich wohl.« – Nach diesem ging ich zum Bischof in Chiemsee und war eine halbe Stunde bei ihm. Ich erzählte ihm alles, er versprach mir sein Möglichstes in dieser Sache zu thun. Er fuhr um 1 Uhr nach Nymphenburg und versprach mir mit S. Chr. Durchlaucht der Churfürstin gewiß zu sprechen. Sonntag abends kommt der Hof herein. Hr. Joannes Krönner ist Vice-Concertmeister deklarirt worden und das durch eine grobe Rede. Er hat zwei Sinfonien*(Dio mene liberi)* von seiner Composition producirt. Der Churfürst fragt ihn: »Hast Du das wirklich componirt?« – »Ja, Euer Churf. Durchl.« – »Von wem hast Du's gelernt?« – »Von einem Schulmeister in der Schweiz. Man macht so viel aus der Composition. – Dieser Schulmeister hat mir doch mehr gesagt, als alle unsre Compositeurs hier mir sagen könnten.« – – Heut ist der Graf Schönborn und seine Gemahlin, die Schwester des Erzbischofs [von Salzburg] angelangt. Ich war just in der Comödie. Hr. Albert sagte im Discurs, daß ich hier sey, und erzählte ihm, daß ich aus den Diensten bin. Er und sie haben sich verwundert, sie haben ihm absolument nicht glauben wollen, daß ich 12 Fl. 30 X. seeligen Angedenkens gehabt habe! Sie wechselten nur Post, sie hätten mich gern gesprochen, ich traf sie aber nicht mehr an. Jetzt aber bitt ich, daß ich nach Ihren Umständen und Ihrer Gesundheit mich erkundigen darf. Ich hoffe, wie auch meine Mama, daß sich beyde recht wohl befinden. Ich bin immer in meinem schönsten Humor; mir ist so federleicht ums Herz, seitdem ich von dieser Chicane weg bin! Ich bin auch schon fetter. –

61. Mozarteum.

München 29. Sept. 1777.

– – Das ist wahr! sehr viel gute Freunde: aber leider die meisten, die nichts oder wenig vermögen. Ich war gestern um halb 11 Uhr beim Graf Seeau und habe ihn aber viel ernsthafter und nicht so natürlich wie das erste Mal befunden. Doch war es nur Schein; dann heute war ich beym Fürst Zeill [Bischof von Chiemsee, vgl. Nr. 56] und der hat mir Folgendes mit aller Höflichkeit gesagt: »Ich glaube hier werden wir nicht viel ausrichten, ich habe bei der Tafel zu Nymphenburg heimlich mit dem Churfürsten gesprochen. Er sagte mir: Jetzt ist es noch zu früh, er soll gehen, nach Italien reisen, sich berühmt machen. Ich versage ihm nichts, aber jetzt ist es noch zu früh.« – Da haben wirs! Die meisten grossen Herrn haben einen so entsetzlichen Welschlands-Paroxismus. Doch rieth er mir zum Churfürsten zu gehen und meine Sache vorzutragen wie sonst. Ich habe heut mit Hrn. *Woschitka* [Violoncellist bei der Münchener Hofcapelle und Mitspieler bei den Privatmusiken des Churfürsten] über Tisch heimlich gesprochen, und dieser bestellte mich morgen um 9 Uhr, da will er mir eine Audienz gewiß zuwege bringen. Wir sind nun gute Freunde. Er hat absolument die Person wissen wollen; ich sagte ihm aber: »Seyen Sie versichert, daß ich Ihr Freund bin und bleiben werde, ich bin Ihrer Freundschaft auch völlig überzeugt, und das sey Ihnen genug.« – Nun wieder auf meine Historie zu kommen. Der Bischof in Chiemsee sprach auch ganz allein mit der Churfürstin. Die schupfte die Achseln und sagte, sie wird ihr Möglichstes thun; allein sie zweifelt sehr. Nun kommts wegen Graf Seeau. Graf Seeau fragte den Fürst Zeill (nachdem dieser ihm alles erzählt hatte): »Wissen Sie nicht, hat denn der Mozart nicht so viel von Haus, daß er mit ein wenig Beihilfe hier bleiben könnte? Ich hätte Lust ihn zu behalten.« Der Bischof gab ihm zur Antwort: »Ich weiß nicht, aber ich zweifle sehr. Doch dürfen Sie ihn ja nur darüber sprechen.« Das war also die Ursache warum er am folgenden Tag so gedankenvoll war. – Hier bin ich gern, und ich bin der Meinung wie viele meiner guten Freunde, daß wenn ich nur ein Jahr oder zwey hier bliebe, ich mir durch meine Arbeit Verdienst und Meriten machen könnte und folglich eher vom Hof gesucht würde, als ihn suchen sollte. Herr Albert hat seit meiner Ankunft ein Project im Kopfe, dessen Ausführung mir nicht unmöglich scheint. Nämlich er wollte 10 gute Freunde zusammen bringen, wo ein jeder monatlich nur 1 Ducaten spendiren dürfte; das sind den Monat 10 Ducaten, 50 Gulden, jährlich 600 Fl. Wenn ich nun hernach von Graf Seeau nur jährlich 200 Fl. hätte, wären es 800 Fl. – Wie gefällt dem Papa dieser Gedanke? – Ist er nicht freundschaftlich? – Ist es nicht anzunehmen, wenn es allenfalls Ernst würde? – Ich bin vollkommen damit zufrieden, ich wäre nahe bei Salzburg, und wenn Ihnen mein allerliebster Papa, ein Gusto käme (wie ich es doch von ganzem Herzen wünschte) Salzburg zu verlassen und in München Ihr Leben zuzubringen, so wäre das Ding sehr lustig und leicht. Denn wenn wir in Salzburg mit 504 Fl. leben mußten, so könnten wir wohl in München mit 600 oder 800 Fl. leben? –

Heute als den 30. ging ich nach Abrede mit Mr. Woschitka um 9 Uhr nach Hof. Da war alles in Jagduniform. Baron Kern war dienender Kammerherr. Ich wäre gestern Abends schon hineingegangen, allein ich konnte H. Woschitka nicht vor den Kopf stoßen, welcher sich selbst antrug mich mit dem Churfürsten sprechen zu machen. Um 10 Uhr führte er mich in ein enges Zimmerl, wo S. Ch. Durchlaucht durchgehen müssen, um vor der Jagd Messe zu hören. Graf Seeau ging vorbey und grüßte mich sehr freundlich: »Befehl mich, liebster Mozart!« – Als der Churfürst an mich kam, so sagte ich: »Euer Churf. Durchlaucht erlauben, daß ich mich unterthänigst zu Füssen legen und meine Dienste antragen darf.« – »Ja, völlig weg von Salzburg?« – »Völlig weg, ja, Euer Churf. Durchlaucht.« – »Ja warum denn? – Habt's eng z'kriegt?« – »Ey beyleibe, Euer Durchlaucht, ich habe nur um eine Reise gebeten, er hat sie mir abgeschlagen, mithin war ich gezwungen, diesen Schritt zu machen, obwohlen ich schon lange im Sinn hatte weg zu gehen, dann Salzburg ist kein Ort für mich, ja ganz sicher.« – »Mein Gott, ein junger Mensch! – Aber der Vater ist ja noch in Salzburg?« – »Ja Euer Churf. Durchlaucht, er legt sich unterthänigst u.s.w. Ich bin schon dreimal in Italien gewesen, habe 3 Opern geschrieben, bin Mitglied der Academie in Bologna, habe müssen eine Probe ausstehen, wo viele Maestri 4 bis 5 Stunden gearbeitet und geschwitzt haben, ich habe es in einer Stunde verfertigt. Das mag zum Zeugniß dienen, daß ich im Stande bin einem jeden Hof zu dienen; mein einziger Wunsch ist E. Ch. Durchl. zu dienen, der selbst ein grosser .....« – »Ja, mein liebes Kind es ist keine Vacatur da, mir ist leid. Wenn nur eine Vacatur da wäre!« – »Ich versichere Euer Durchl., ich würde München gewiß Ehre machen.« – »Ja das nutzt alles nicht, es ist keine Vacatur da.« – Dieß sagte er gehend; nun empfahl ich mich zu höchsten Gnaden. Hr. Woschitka rieth mir, ich sollte mich öfters beim Churfürsten sehen lassen. Heut Nachmittag ging ich zum Graf *Salern*. Seine Gräf. Tochter ist nun Kammerfräulein, sie ist mit auf der Jagd. Ich und Ravani waren auf der Gasse wie der ganze Zug kam. Der Churfürst und die Churfürstin grüßten mich sehr freundlich. Die Gräfin Salern kannte mich gleich, sie machte mir sehr viele Complimente mit der Hand. Baron *Rumling*, den ich in der Anticamera vorher sah, war niemals so *höflich* mit mir wie dieses Mal. Wie es mit dem Salern gegangen, schreib ich aufs Nächste. Recht gut, sehr höflich und aufrichtig.

P.S. Ma très chere soeur, ich schreibe Dir aufs Nächste eigenst einen Brief ganz für Dich, meine Empfehlung an A.B.C.M.R. und mehr dergleichen Buchstaben. Adieu. –

Einer bauete hier ein Haus und schrieb darauf: Das bauen ist eine grosse Lust, das so viel kost hab' ich nicht g'wust. Ueber Nacht schrieb ihm einer darunter: Und daß es so viel kosten thut, hättst wissen soll'n, Du – –

62. Mozarteum.

München 2. Oct. 1777.
Gestern als den 1. October war ich abermals beim Graf Salern, und heut speiste ich gar da. Diese 3 Tage spielte ich mir genug, aber doch recht gern. Der Papa darf sich aber nicht einbilden, ich wäre gern wegen – – beim Salern.

Nein, dann diese ist leider in Dienst, mithin niemals zu Haus. Aber morgen werde ich frühe um 10 Uhr *en Compagnie* der Mad. *Hepp* vormalige Tosson Fräulein zu ihr nach Hof gehen. Denn am Samstag verreist der Hof und kommt erst den 20. wieder. Morgen speise ich bei der Fr. und Frl. de Branca, welche jetzt eine halbe Scolarin bey mir ist, denn *Sigl* kommt selten, und Becke ist nicht hier, der ihr sonst mit der Flauten hilft. Beym Graf Salern spielte ich die 3 Tage durch viel Sachen vom Kopf, dann die 2 Cassationen für die Gräfin und die Finalmusik mit dem Rondo auf die letzt auswendig. Sie können sich nicht einbilden, was der Graf Salern für eine Freude hatte. Er versteht doch die Musique, denn er sagte allzeit Bravo, wo andere Cavaliere eine Prise Tabak nehmen, sich schnäutzen, räuspern, oder einen Discurs anfangen. – Ich sagte ihm: »Ich wünschte nur daß der Churfürst da wäre, so könnte er doch was hören. – Er weiß nichts von mir, er weiß nicht was ich kann. Daß doch die Herrn einem Jeden glauben, und nichts untersuchen wollen! *Ja, das ist allzeit so!* – Ich lasse es auf eine Probe ankommen; er soll alle Componisten von München herkommen lassen, er kann auch einige von Italien und Frankreich, Deutschland, England und Spanien verschreiben, ich traue mir mit einem Jeden zu schreiben.« – Ich erzählte ihm, was mit mir in Italien vorgegangen ist; ich bat ihn, wenn ein Discurs von mir wäre, diese Sachen anzubringen. Er sagte:»Ich bin der Wenigste, aber was bei mir besteht, von ganzem Herzen.« – Er ist halt auch der Meinung, daß wenn ich so hier bleiben könnte, unterdessen die Sache hernach von sich selbst ging. Für mich allein wäre es nicht unmöglich mich durchzubringen, denn von Graf Seeau wollte ich wenigstens 300 Fl. bekommen. Für das Essen dürfte ich mich nicht sorgen, denn ich wäre immer eingeladen, und wäre ich nicht eingeladen, so machte sich Albert eine Freude mich bey sich zu Tisch zu haben. Ich esse wenig, trinke Wasser, auf die letzt zur Frucht ein klein Glas Wein. Ich würde den Contract mit Graf Seeau (alles auf Anrathen meiner guten Freunde) so machen: Alle Jahre 4 deutsche Opern, theils buffe und serie zu liefern; da hätte ich von einer jeden eine Sera oder Einnahme für mich, das ist schon so der Brauch. Das würde mir allein wenigstens 500 Fl. tragen, das wäre mit meinem Gehalt schon 800 Fl. – aber gewiß mehr; denn der *Reiner*, Comödiant und Sänger, nahm in seiner Sera 200 Fl. ein, und ich bin hier *sehr beliebt*. Und wie würde ich erst beliebt werden, wenn ich der deutschen National-Bühne in der Musik empor hälfe! – Und das würde durch mich gewiß geschehen, denn ich war schon voll Begierde zu schreiben, als ich das deutsche Singspiel hörte. Die erste Sängerin heist *Keiserin*, ist eine Kochs-Tochter von einem Grafen hier, ein sehr angenehmes Mädl, hübsch auf dem Theater; in der Nähe sah ich sie noch nicht. Sie ist hier geboren. Wie ich sie hörte, war es erst das dritte Mal, daß sie agirte. Sie hat eine schöne Stimme, nicht stark, doch auch nicht schwach, sehr rein, eine gute Intonation. Ihr Lehrmeister ist *Balesi*; und aus ihrem Singen kennt man, daß ihr Meister sowohl das Singen als das Singenlehren versteht. Wenn sie ein paar Tacte aushält, so hab ich mich sehr verwundert, wie schön sie das Crescendo und Decrescendo macht. Den Triller schlägt sie noch langsam, und das freut mich recht; denn er wird nur desto reiner und klarer, wenn sie ihn einmal geschwinder machen will; geschwind ist er ohnehin leichter. Die Leute haben hier eine rechte Freude mit ihr – und ich mit ihnen. Meine Mama war im Parterre, sie ging schon um halb 5 Uhr hinein, um Platz zu bekommen. Ich ging aber erst um halb 7 Uhr, denn ich kann überall in die Logen gehen; ich bin ja bekannt genug. Ich war in der Loge vom Haus Branca, ich betrachtete die Keiserin mit einem Fernglas, und sie lockte mir öfters eine Zähre ab. Ich sagte oft Bravo, bravissimo. Denn ich dachte immer, daß sie erst das dritte Mal auf dem Theater ist. – Das Stück hieß »Das Fischermädchen«, eine nach der Musik des Piccini sehr gute Uebersetzung. Originalstücke haben sie noch nicht. Eine deutsche Opera seria möchten sie auch bald geben, – und man wünscht halt, daß ich sie componirte. Der gemeldte Professor Huber ist auch von den wünschenden Personen. Nun muß ich ins Bett; es thuts nicht mehr anders. Just Puncto 10 Uhr! – Baron Rumling machte mir neulich das Compliment: »Spektakel sind meine Freude. Gute Acteurs und Actricen, gute Sänger und Sängerinnen und dann einen so braven Componisten dazu wie Sie.« – Das ist freylich nur geredet, und reden läßt sich viel. Doch hat er niemals mit mir so geredet.

Den 3. October schreibe ich dieses. Morgen verreist der Hof und kommt vor dem 20. nicht zurück. Wenn er hier geblieben wäre, hätte ich immer meine Schritte gemacht, wäre noch eine Zeit hier geblieben. So aber hoffe ich mit meiner Mama kommenden Dienstag meine Reise fortzusetzen; doch so, daß unterdessen die Compagnie-Historie veranstaltet wird, von welcher ich neulich geschrieben habe, damit wir, wenns uns nicht mehr freut zu reisen, einen sichern Ort haben. Hr. von Krimmel war heut beym Bischof in Chiemsee, er hat mit ihm viel zu thun, ebenfalls auch wegen dem Salz. Er ist ein kurioser Mann, hier heißt man ihn Euer Gnaden, das ist Bediente. Er der nichts mehr wünschte als daß ich hier bliebe, sprach mit dem Fürsten sehr eifrig wegen meiner. Er sagte mir: Lassen Sie nur mich gehen, ich rede mit dem Fürsten, ich kann schon recht mit ihm reden, ich habe ihm oft viel Gefälligkeiten erwiesen. – Der Fürst versprach ihm, daß ich *gewiß* in Dienst kommen werde. Aber so geschwind kann die Sache nicht gehen. Er wird bey der Retour des Hofs mit dem Churfürsten mit allem Ernst und Eifer reden. – Heut um 8 Uhr frühe war ich beym Graf Seeau, machte es ganz kurz, sagte nur: »Ich bin nur da, Euer Excellenz mich und meine Sache recht zu erklären. Es ist mir der Vorwurf gemacht worden, ich sollte nach Italien reisen. Ich war 16 Monate in Italien, habe 3 Opern geschrieben, das ist genug bekannt. Was weiter vorgegangen, werden Euer Excellenz aus diesen Papieren sehen.« Ich zeigte ihm die Diplomata. »Ich zeige und sage Euer Excellenz dieses Alles nur, damit wenn eine Rede von mir ist und mir etwa Unrecht gethan würde, sich Euer Excellenz mit Grund meiner annehmen können.« Er fragte mich, ob ich jetzt nach Frankreich ginge. Ich sagte, ich würde noch in Deutschland bleiben, er verstand aber in *München* und sagte vor Freude lachend: »So, hier bleiben Sie noch?« – Ich sagte: »Nein, ich wäre gern geblieben, und die Wahrheit zu gestehen, hätte ich nur dessentwegen gern vom Churfürsten etwas gehabt, damit ich Euer Excellenz hernach hätte mit meiner Composition bedienen können und ohne alles Interesse. Ich hätte mir ein Vergnügen daraus gemacht.« – Er rückte bey diesen Worten gar seine Schlafhaube.

Um 10 Uhr war ich bei der Gräfin Salern bei Hof. Hernach speiste ich im Haus Branca, der Hr. Geheimrath von Branca war beym französischen Gesandten eingeladen, folglich nicht zu Haus. Man heist ihn Excellenz. Die Frau ist eine Französin, kann fast gar nichts Deutsch, mit ihr habe ich beständig Französisch gesprochen. Ich sprach ganz keck, sie sagte mir, ich rede gar nicht schlecht, und ich hätte eine gute Gewohnheit das ich langsam spräche, denn durch dieses mache ich mich sehr gut verstehen. Sie ist eine recht brave Frau, voll Lebensart. Die Fräulein spielt artig, das Tempo fehlt ihr noch. Ich habe geglaubt, sie oder ihr Gehör sey die Ursache, aber ich kann keinem Menschen Schuld geben, als ihrem Lehrmeister, er hat zu viel Nachsicht, er ist gleich zufrieden. Ich habe heut mit ihr probirt, ich wollte wetten, daß wenn sie 2 Monate bey mir lernte, sie recht gut und accurat spielen würde. Um 4 Uhr gieng ich zur Fr. von Tosson, wo meine Mama schon dort war und auch Fr. von Hepp. Da spielte ich bis 8 Uhr. Dann gingen wir nach Haus. Beyläufig um halb 10 Uhr kam eine kleine Musique von 5 Personen, 2 Clarinetten, 2 Corni und 1 Fagotto. Hr. Albert (dessen Namenstag morgen ist) ließ mir und ihm zu Ehren diese Musique machen. Sie spielten gar nicht übel zusammen, es waren die nämlichen Leute, die bey Albert im Saal aufmachen, man kennt aber ganz gut, daß sie von *Fiala* abgerichtet worden. Sie bliesen Stücke von ihm, und ich muß sagen, daß sie recht hübsch sind; er hat sehr gute Gedanken. Morgen werden wir eine kleine Schlakademie zusammen machen, auf dem elenden Clavier Nota bene. Auweh! auweh! auweh! – Ich wünsche halt eine rechte ruhsame Nacht und bessere einen guten Wunsch in hören, bald zu hoffen, daß der gesunde völlig Papa ist. Ich Verzeihung bitte wegen meiner abscheulichen Schrift, aber Dinten, Eile, Schlaf, Traum und alles halt. – Ich Papa Ihnen mein allerhändigster küsse 1000 mahl die liebsten, und meine umarme die Herzen, Schwester ich von ganzem Canaglien und bin von nun an bis in Ewigkeit Amen

63. Mozarteum.

München 6. Oct. 1777.

Die Mama kann nicht anfangen; erstlich verdrießt es sie; zweitens thut ihr
der Kopf wehe! Mithin muß halt ich herhalten. Nun werde ich den Augenblick mit Herrn Professor die Mademoiselle Keiserin besuchen. Gestern war
bey uns im Hause eine geistliche Hochzeit oder Altum Tempus Ecclesiasti-
cum. Es wurde getanzt, ich tanzte aber nur 4 Menuets, und um 11 Uhr war
ich schon wieder in meinem Zimmer; denn es war unter 50 viel Frauenzimmern eine einzige, welche auf den Tact tanzte, und diese war Mademoiselle
Käser, eine Schwester vom Hrn. Secretair des Grafen Perusa. – Der Hr.
Professor hat die Güte gehabt mich anzusetzen, folglich kam ich nicht zur
Mad[elle] Keiserin, weil ich ihre Wohnung nicht weiß. Vorgestern als den 4.
Samstag am Hochfeierlichen Namenstag seiner königlichen Hoheit des
Erzherzogs Albert war eine kleine Academie bey uns. Sie fing um halb 4
Uhr an und endigte sich um 8 Uhr. Mr. *Dubreil*, dessen sich der Papa noch
erinnern wird, war auch da, er ist ein Scolar von *Tartini*. Vormittags gab er
dem jüngsten Sohn Carl Lection auf der Violine, und ich kam just dazu. Ich
hatte nie viel Credit auf ihn, ich sah aber, daß er mit vielem Fleiß Lection
gab, und als wir in Discurs kommen von Concertgeigen und Orchestergeigen,
raisonnirte er sehr gut und war immer meiner Meinung, sodaß ich meine
vormaligen Gedanken zurück nahm und persuadirt war, daß ich einen recht
guten Treffer und accuraten Orchestergeiger an ihm finden würde. Ich bat
ihn also, er möchte die Güte haben und nachmittag zu unserer kleinen
Academie kommen. Wir machten gleich zuerst die 2 Quintetti vom Haydn,
allein mir war sehr leid, ich hörte ihn kaum, er war nicht im Stande 4 Takte
fort zu geigen ohne zu fehlen. Er fand keine Applicatur. Mit den Sospirs
[kleinen Pausen] war er gar nicht gut Freund. Das beste war, daß er sehr
höflich gewesen und die Quintetti gelobt hat, sonst – –. So sagte ich aber
gar nichts zu ihm, sondern er selbst sagte allzeit: »Ich bitte um Verzeihung,
ich bin schon wieder weg! das Ding ist kützlich aber schön.« Ich sagte allzeit:
»Das hat nichts zu sagen, wir sind ja unter uns.« Dann spielte ich das Concert
in *C* in *B* und *Es* und dann das Trio von mir. Das war gar schön accompagnirt, im Adagio habe ich 6 Takte seine Rolle spielen müssen. Zu guter letzt

55

---

19   Dergleichen Wortverstellungen waren früh und spät sein kindisches Vergnügen.

spielte ich die lezte Cassation aus dem B von mir. Da schauete alles groß drein. Ich spielte als wenn ich der größte Geiger in ganz Europa wäre.

Sonntag darauf um 3 Uhr waren wir bey einem gewissen H.v. Hamm. Der Bischof im Chiemsee ist *heute* schon nach Salzburg gereist. *NB.* ich schicke meiner Schwester hier 6 *Duetti a Clavicembalo e Violino* von *Schuster*. Ich habe sie hier schon oft gespielt, sie sind nicht übel. Wenn ich hier bleibe, so werde ich auch 6 machen auf diesen Gusto, denn sie gefallen sehr hier.

64. Mozarteum.

München 11. Oct. 1777.

Warum daß ich bis *dato* nichts von Misliweczeck [vgl. Nr. 43] geschrieben habe? – Weil ich froh war, wenn ich nicht auf ihn denken durfte. Denn so oft die Rede von ihm war, mußte ich hören wie sehr er mich gelobt und welch guter und wahrer Freund er von mir ist! Und zugleich die Bedauerung und das Mitleiden! Man beschrieb ihn mir, ich war außer mir. Ich sollte Misliweczeck, einen so guten Freund in einer Stadt, ja in einem Winkel der Welt wo ich auch bin, wissen und sollte ihn nicht sehen, nicht sprechen? – Das ist unmöglich! Ich resolvirte mich also zu ihm zu gehen. Ich ging aber des Tags vorher zum Verwalter vom Herzogsspital und fragte ihn, ob er nicht machen könne, daß ich mit Misliweczeck im Garten sprechen könnte; denn obwohl mir alle Leute und auch Medici gesagt haben, daß da nichts mehr zu erben wäre, ich dennoch in sein Zimmer nicht gehen wollte, weil es sehr klein ist und ziemlich stark riecht. Er gab mir vollkommen recht und sagte mir, er ginge gewöhnlich so zwischen 11 und 12 Uhr im Garten spatziren; wenn ich ihn aber nicht antreffen sollte, so dürfte ich ihn nur herabkommen lassen. Ich ging also den andern Tag mit H.v. Hamm Ordenssecretair (von welchem ich nachgehends sprechen werde) und auch mit meiner Mama ins Herzogsspital. Meine Mama ging in die Kirche und wir in den Garten. Er war nicht da, wir ließen ihn also rufen. Ich sah ihn von der Quere herkommen und erkannte ihn gleich im Gang. Hier ist zu merken, daß er mir schon durch H. Heller Violoncellist ein Compliment hat vermelden lassen und gebeten, ich möchte ihn doch vor meiner Abreise noch besuchen. Als er zu mir kam nahm ich ihn und er mich recht freundschaftlich bei der Hand »Da sehen Sie«, sprach er, »wie unglücklich ich bin!« Mir gingen diese Worte und seine Gestalt, die der Papa der Beschreibung nach schon weiß, so zu Herzen, daß ich nichts als halb weinend sagen konnte: »Ich bedaure Sie von ganzem Herzen, mein lieber Freund!« Er merkte es, daß ich gerührt war, und fing sogleich ganz munter an: »*Aber sagen Sie mir, was machen Sie denn; man hat mir gesagt, Sie seyen hier, ich glaube es kaum; wie ist es denn möglich, daß der Mozart hier ist und mich nicht längst besucht* hat.« – »Ich bitte Sie recht um Verzeihung, ich habe so viele Gänge gehabt, ich habe so viele gute Freunde hier«. – »*Ich bin versichert daß Sie recht gute Freunde hier haben, aber einen so guten Freund wie ich, haben Sie gewiß nicht.*« Er fragte mich, ob ich vom Papa keine Nachricht erhalten habe wegen einem Brief. Ich sagte: »Ja, er schrieb mir (ich war so confus und zitterte so am ganzen Leibe, daß ich kaum reden konnte) aber nicht ausführlich.« Er sagte mir dann, daß der Sgr. Gaetano Santoro Impresario von Neapel gezwungen war, aus *impegni* und *protezione* diesen Carneval einem gewissen Maestro Valentini die Oper vom Carneval zu geben; »aber auf künftiges Jahr hat er 3 frey; wovon eine mir zu Diensten steht. *Weil ich also schon 6 mal zu Neapel geschrieben habe, so mache ich mir nichts daraus, die fatale zu übernehmen und Ihnen die bessere, nämlich die vom Carneval zu überlassen. Gott weiß es, ob ich reisen kann. Kann ich nicht, so schicke ich die Scrittur wieder zurück. Die Compagnie auf künftiges Jahr ist gut, lauter Leute, die ich recommandirt habe. Sehen Sie, ich habe so Credit zu Neapel, daß wenn ich sage, nehmet diesen, so nehmen sie ihn.*« Marquesi ist der Primouomo, welchen er sehr lobt und auch ganz München; Marchiani eine gute Prima Donna und ein Tenor, den ich nicht mehr nennen kann, welcher, wie er sagt, jetzt der beste in ganz Italien ist. »*Ich bitte Sie, gehen Sie nach Italien, da ist man ästimirt und hochgeschätzt.*« Und er hat wirklich Recht. Wenn ich es recht bedenke, so hab ich halt doch in keinem Lande so viele Ehre empfangen, bin nirgends so geschätzt worden wie in Italien, und man hat halt Credit, wenn man in Italien Opern geschrieben hat und sonderheitlich zu Neapel. Er hat mir gesagt, er will den Brief an Santoro mir aufsetzen, ich soll morgen zu ihm kommen und ihn abschreiben. Ich konnte aber unmöglich mich entschließen zu ihm ins Zimmer zu gehen, und wenn ich schreiben wollte, müßte ich es doch, im Garten könnte ich nicht schreiben. Ich versprach ihm also gewiß zu kommen. Ich schrieb aber folgenden Tags einen italienischen Brief an ihn, *ganz natürlich*: Ich könnte unmöglich zu ihm kommen, ich habe schier nichts essen und nur 3 Stunden schlafen können, ich war den Tag wie ein Mensch, der seine Vernunft verloren hat, er sey mir immer vor Augen etc. – lauter Sachen die so wahr sind als die Sonne klar ist. Er gab mir folgende Antwort: *Lei è troppo sensibile al mio male; io la ringrazio del suo buon Cuore. Se parte per Praga gli farò una lettra per il Conte Pachta. Non si pigli tanto à cuore la mia disgrazia. Il Principio fù d'una ribaltata di Calesse, poi sono capitato nelle mani dei Dottori ignoranti, pazienza. Ci sarà quel che Dio vorrà.* Er schickte mir den Aufsatz zum Brief an Santoro. Er hat mir auch bey ihm Briefe gezeigt, wo ich oft meinen Namen las. Man sagte mir, daß sich Misliweczeck sehr verwundert hat, wenn man hier von Becke oder dergleichen Clavieristen sprach; er sagte allzeit: »Es soll sich nur keiner nichts einbilden; keiner spielt wie

Mozart; in Italien wo die größten Meister sind, spricht man von nichts als Mozart; wenn man diesen nennt, so ist alles still.« – Ich kann jetzt den Brief nach Neapel schreiben wenn ich will; doch je eher je besser. Ich möchte aber zuvor die Meinung vom allervernünftigen Hofkapellmeister Herrn von Mozart wissen. Ich habe eine unaussprechliche Begierde wieder einmal eine Oper zu schreiben. Der Weg ist weit, das ist wahr; wir sind aber auch noch weit entfernt von der Zeit wo ich diese Oper schreiben sollte; es kann sich bis dorthin noch viel verändern. Ich glaube, annehmen könnte man sie doch. Bekomme ich unter der Zeit gar keinen Dienst, *eh bien,* so habe ich doch die Resource in Italien. Ich habe doch im Carneval meine gewisse 100 Ducaten; wenn ich einmal zu Neapel geschrieben habe, so wird man mich überall suchen. Es gibt auch, wie der Papa wohl weiß, im Frühling, Sommer und Herbst da und dort eine Opera buffa, die man zur Uebung und um nicht müssig zu gehen, schreiben kann. Es ist wahr man bekömmt nicht viel, aber doch etwas, und man macht sich dadurch mehr Ehre und Credit als wenn man 100 Concerte in Deutschland gibt, und ich bin vergnügter, weil ich zu componiren habe, welches doch meine einzige Freude und Passion ist. Nun, bekomme ich wo Dienste oder habe ich wo Hoffnung anzukommen, so recommandirt mich die Scrittura viel und macht Aufsehen und noch viel schätzbarer. Doch ich rede nur, ich rede so wie es mir ums Herz ist. Wenn ich vom Papa durch Gründe überzeugt werde, daß ich Unrecht habe, nun so werde ich mich, obwohl ungern drein geben. Denn ich darf nur von einer Oper reden hören, ich darf nur im Theater seyn, Stimmen hören – – o so bin ich schon ganz außer mir.

Morgen wird meine Mama und ich beim Misliweczeck im Garten mich und sich beurlauben. Denn er sagte schon neulich, wie er von mir gehört hatte, daß ich meine Mama in der Kirche abholen muß, wenn ich nicht gar so spectakulos wäre, so wäre es mir sehr lieb die Mutter zu sehen, die einen so großen Virtuosen geboren hat. – Ich bitte Sie mein allerliebster Papa, antworten Sie doch den Misliweczeck, schreiben Sie ihm so oft Sie nur Zeit haben, Sie können ihm keine größere Freude machen, denn der Mann ist völlig verlassen. Die ganze Woche kömmt oft kein Mensch zu ihm, er sagte mir: »Ich versichere Sie, es thut mir hier sehr fremd, daß so Wenige mich zu besuchen kommen. In Italien hatte ich alle Tage Gesellschaft.« Wenn sein Gesicht nicht wäre, so wäre er völlig der nämliche, voll Feuer, Geist und Leben; ein wenig mager, natürlich, aber sonst der nämliche gute und aufgeweckte Mensch. Ganz München redet von seinem Oratorium Abramo und Isacco, das er hier producirt hat. Er hat jetzt bis auf etliche Arien eine Cantate oder Serenada fertig, auf die Fasten. Wie seine Krankheit am stärksten war, machte er eine Oper nach Padua. Da nutzt nichts; man sagt es auch hier selbst, daß ihn die Doctors und Chirurgi hier verdorben haben;

es ist halt ein förmlicher Beinkrebs. Der Chirurgus Cuco, der Esel, hat ihm die Nase weg gebrannt; man stelle sich jetzt den Schmerz vor. Just jetzt ist Hr. Heller von ihm hergekommen. Ich habe ihm gestern, als ich ihm den Brief schrieb, meine Serenada von Salzburg für den Erzherzog Maximilian [*Il rè pastore*] geschickt; er gab sie ihm also mit.

Nun auf etwas anderes zu kommen. Gestern war ich mit der Mama gleich nach dem Essen bei den 2 Frl. von Freysingen auf einen Kaffee. Die Mama trank aber keinen sondern 2 Bouteillen Tyrolerwein. Um 3 Uhr ging sie aber wieder nach Haus um doch ein wenig herzurichten auf die Reise. Ich ging aber mit die 2 Frl. zum detto Hr. von Hamm, wo die 3 Frl. eine jede ein Concert spielte und ich eins von Aichner *prima vista* und dann immer Phantasien. Der Frl. Hamm von Einfaltskasten ihr Lehrmeister ist ein gewisser geistlicher Herr, mit Namen *Schreier*. Er ist ein guter Organist, aber kein Cembalist. Der hat mir immer mit der Brille zugesehen. Er ist so ein trockener Mann, der nicht viel redet, er klopfte mich aber auf die Achsel, seufzte und sagte: »Ja, – Sie sind, – Sie verstehen – ja –, das ist wahr – ein ganzer Mann.« Apropos kann sich der Papa des Namens Freysingen nicht erinnern? – Der Papa der genannten 2 schönen Fräulein sagt, er kenne den Papa sehr gut, er habe mit den Papa studiert. Er erinnert sich noch absonderlich auf Messenbrunn, wo der Papa (das war mir völlig neu!) recht unvergleichlich auf der Orgel geschlagen hat. Er sagte: »*Das war erschröcklich wie es unter einander ging mit den Füssen und Händen, aber wohl unvergleichlich; ja ein ganzer Mann! Bei meinem Vater galt er sehr viel. Und wie er die Pfaffen herumgefoppt hat wegen dem Geistlich werden. Sie sehen ihm accurat gleich, wie er dort war, völlig. Nur war er ein wenig kleiner wie ich ihn gekannt habe.*« Apropos noch Eins. Ein gewisser Hofrath Effeln läßt sich dem Papa unterthänigst empfehlen; er ist einer von den besten Hofräthen hier; er hätte schon längst Kanzler werden können, wenn nicht ein einziger Umstand wäre: das Luzeln. Wie ich ihn das erstemal bei Albert gesehen, so habe ich geglaubt, und auch meine Mama: Ecce einen erstaunlichen Dalken! – Stellen sie sich nur vor, einen sehr grossen Mann, stark, ziemlich corpulent, ein lächerliches Gesicht. Wenn er über das Zimmer geht zu einem andern Tisch, so legt er beyde Hände auf den Magen, biegt sie gegen sich und schupft sich mit dem Leib in die Höhe, macht einen Nicker mit dem Kopf und wenn das vorbey ist, so zieht er erst ganz schnell den rechten Fuß zurück, und so macht er es bey einer jeden Person extra. Er sagt er kennt den Papa tausendmal. – Nun werde ich noch ein wenig in die Comödie gehen. Nächstens werde ich schon mehr schreiben, ich kann unmöglich mehr, die Finger thun mir erstaunlich wehe.

München den 11. October. Nachts um $^3/_4$ auf 12 Uhr schreibe ich folgendes: Ich bin in der Drittl Comödie gewesen, ich bin nur hineingegangen um das Ballet zu sehen, vielmehr Pantomime, welche ich noch niemals gesehen. Es war betitelt: das von der für *Girigaricanarimanarischaribari* verfertigte Ei. Es war sehr gut und lustig. – Wir gehen Morgen nach Augsburg dessentwegen, weil der Fürst Taxis nicht zu Regensburg sondern zu Tischingen ist. Er ist zwar dermalen auf einem Lustschloß, welches aber nicht weiter als eine Stunde entfernt ist von Tischingen. Meiner Schwester überschicke ich hier vier Präambula; in was für Ton sie führen, wird sie sehen und hören. An alle guten Freunde und Freundinen meine Empfehlung, absonderlich an den jungen Grafen Arco, Jungfr. Sallerl und meinen besten Freund Hr. Bullinger und ich lasse ihn bitten, er möchte die Güte haben und nächsten Sonntag bey der gewöhnlichen 11 Uhr Musik im Namen meiner eine autoritätische Anrede machen und allen Mitgliedern der Academie meine Empfehlung entrichten und sie zum Fleiß ermahnen, damit ich nicht heut oder morgen zum Lügner werde, denn ich habe diese Academie überall angerühmt und werde es auch noch thun.

65. Mozarteum.

Augsburg 14. Oct. 1777.

– Mithin haben wir uns nicht in Dato geirret; denn wir haben noch vor Mittag geschrieben, und wir werden glaube ich künftigen Freytag als übermorgen wieder weg. Denn hören Sie nur wie schön generos die Hr. Augsburger sind! Ich bin noch in keinem Ort mit so vielen Ehrenbezeugungen überhäuft worden wie hier. Mein erster Gang war zum Hr. Stadtpfleger Longotabarro [Bürgermeister Langmantel]. Mein Hr. Vetter[20], der ein rechter braver, lieber Mann und ein ehrlicher Bürger ist, hat mich hin begleitet und hatte die Ehre, oben im Vorhause wie ein Laquais zu warten, bis ich von dem Erz-Stadtpfleger herauskommen würde. Ich ermangelte nicht gleich von Anfang die unterthänigste Empfehlung vom Papa auszurichten. Er erinnerte sich allergnädigst auf Alles und fragte mich: »Wie ists dem Herrn immer gegangen?« Ich sagte gleich darauf: »Gott Lob und Dank recht gut, und Ihnen hoffe ich wird es auch ganz gut gegangen sein?« – Er wurde hernach höflicher und sagte »Sie«, und ich sagte »Euer Gnaden«, wie ich es gleich von Anfang gethan hatte. Er gab mir keinen Fried, ich mußte mit ihm hinauf zu seinem Schwiegersohn (im 2ten Stock) und mein Hr. Vetter hatte die Ehre unterdessen über eine Stiege im Pflez zu warten. Ich mußte mich zurückhalten mit allem Gewalt, sonst hätte ich mit der größten Höflichkeit etwas gesagt. Ich hatte oben die Ehre in Gegenwart des gestarzten

---

20 Leopold Mozart hatte einen Bruder dort, der Buchbinder war und eine Tochter, »das Bäsle«, hatte, die 2 Jahre jünger war als Mozart.

Hr. Sohns und der langhachsigten gnädigen jungen Frau und der einfältigen alten Frau so beyläufig $^3/_4$ Stunde auf einem guten Clavichord von Stein zu spielen. Ich spielte Phantasien und endlich alles was er hatte*prima vista,* unter andern sehr hübsche Stücke von einem gewissen Edlmann. Da war alles in der größten Höflichkeit, und ich war auch sehr höflich; denn meine Gewohnheit ist mit den Leuten so zu sein wie sie sind; so kömmt man am besten hinaus. Ich sagte daß ich nach dem Essen zum *Stein* gehen würde. Der junge Hr. trug sich sogleich selbst an mich hinzuführen. Ich dankte ihm für seine Güte und versprach nach Mittag um 2 Uhr zu kommen. Ich kam, wir gingen mit einander in Gesellschaft seines Hrn. Schwagers, der einem völligen Studenten gleich sieht. Obwohl ich gebeten hatte still zu halten wer ich sey, so war Hr. v. Langenmantl doch so unvorsichtig und sagte zum H. *Stein*: »Hier habe ich die Ehre Ihnen einen Virtuosen auf dem Clavier auf-zuführen« – und schmuzte darzu. Ich protestirte gleich und sagte ich wäre nur ein unwürdiger Scolar von Hrn. Sigl in München, von dem ich ihm viele 1000 Complimente ausgerichtet habe. – Er sagte nein mit dem Kopf – und endlich: – »Sollte ich wohl die Ehre haben den H. Mozart vor mir zu haben?« »O nein«, sprach ich, »ich nenne mich Trazom, ich habe auch hier einen Brief an Sie«. Er nahm den Brief und wollte ihn gleich erbrechen, ich ließ ihm aber nicht Zeit und sagte: »Was wollen Sie denn jezt da den Brief lesen? machen Sie dafür auf, daß wir in den Saal hinein können, ich bin so begierig Ihre Pianofortes zu sehen.« – »Nu, meinetwegen. Es sey wie es wolle; ich glaube aber ich betrüge mich nicht.« Er machte auf, ich lief gleich zu einem von den 3 Clavieren, die im Zimmer stunden. Ich spielte, er konnte kaum den Brief aufbringen vor Begierde überwiesen zu sein; er las nur die Unterschrift. O, schrie er und umarmte mich; er verkreuzigte sich, machte Gesichter, und war halt sehr zufrieden. Wegen seinen Clavieren werde ich nachgehends sprechen. Er führte mich hernach gleich in ein Kaf-feehaus, wo ich wie ich hineintrat, glaubte, ich müßte wieder zurückfallen, vor Gestank und Rauch von Taback. Ich mußte halt in Gottes Namen eine Stunde aushalten. Ich ließ mir auch alles gefallen, obwohl ich in der Türkei zu seyn glaubte. Er machte mir dann viel Wesens mit einem gewissen *Graf* Compositeur (doch nichts als von Flötenconcerten); er sagte mir: »Das ist ganz was besonderes«, und was man halt *Uebertriebenes* sagen *kann*. Ich schwitzte an Kopf, Hand und ganzem Leibe vor Angst. Dieser Graf ist ein Bruder zu den zwey, wo einer im Harz und der andere in Zürich ist. Er gab nicht nach und führte mich gleich zu ihm. Das ist ein ganz nobler Mann; er hatte einen Schlafrock an, wo ich mich nicht schämete auf der Gasse ihn zu tragen. Er setzt alle Wörter auf Stelzen und macht gemeiniglich das Maul eher auf, als er nur weiß, was man sagen will; – manchmal fällt es auch zu, ohne etwas zu thun gehabt zu haben. Er producirte nach vielen Complimenten ein Concert auf 2 Flöten; ich mußte die erste Violin spielen. Das Concert ist so: gar nicht gut ins Gehör, nicht natürlich, er marschirt oft in die Töne gar zu – plump, und dieß alles ohne die mindeste Hexerei. Wie es vorbey war, so lobte ich ihn recht sehr; dann er verdient es auch. Der arme Mann wird Mühe genug gehabt haben; er wird genug studieret haben. Endlich brachte man ein Clavichord aus dem Cabinet heraus (von Hrn. Stein seiner Arbeit) recht gut, nur voll Staub. Hr. Graf, welcher Director hier ist, stand da wie einer der immer geglaubt hat, ganz besonders in seiner Reise durch die Töne zu seyn, und nun findet daß man noch besonderer seyn kann, und ohne dem Ohr wehe zu thun. Mit einem Wort es war halt alles in Verwunderung. –

66. Mozarteum.

Augsburg 17. Oct. 1777.

Wegen des Kriegssecretärs Hamm seiner Frl. Tochter kann ich nichts anders schreiben, als daß sie nothwendiger Weise Talent zur Musik haben muß, indem sie erst 3 Jahr lernt und doch viele Stücke recht gut spielt. Ich weiß mich aber nicht deutlich genug zu erklären, wenn ich sagen soll wie sie mir vorkömmt wenn sie spielt – –, so kurios gezwungen scheint sie mir; – sie steigt mit ihren langbeinigen Fingern so kurios auf dem Clavier herum. Freilich hat sie noch nie einen rechten Meister gehabt, und wenn sie zu München bleibt, wird sie das ihr Lebtage nicht werden, was ihr Vater will und verlangt. Denn er möchte gern, daß sie vortrefflich im Clavier wäre. – Wenn sie zum Papa nach Salzburg kommt, so ist es ihr doppelter Nutzen, in der Musique sowohl als in der Vernunft; denn die ist wahrlich nicht groß. Ich habe schon viel wegen ihr gelacht. Sie würden für Ihre Bemühung gewiß genug Unterhaltung haben. Essen kann sie nicht viel, denn sie ist zu einfältig dazu. Ich hätte sie probieren sollen? – Ich habe ja nicht gekonnt vor Lachen; denn wenn ich ihr einigemal so mit der rechten Hand etwas vormachte, so sagte sie gleich *bravissimo* und das in der Stimme einer Maus.

Nun will ich meine angefangene Augsburger Historie in möglichster Kürze auserzählen. Hr. von Fingerle, dem ich vom Papa ein Compliment ausgerichtet habe, war auch beim Hrn. Director Graf. Die Leute waren alle sehr höflich und besprachen sich immer wegen meiner Academie. Sie sagten auch alle: »Das wird eine der brillantesten Academien werden, die wir in Augsburg gehabt haben. Sie haben viel voraus, da Sie die Bekanntschaft des Hr. Stadtpfleger Langenmantl haben; und dann der Name Mozart macht hier sehr viel.« Wir gingen ganz vergnügt aus einander. Nun muß der Papa wissen, daß der junge Hr. von Langenmantl beim Hrn. *Stein* dort gesagt hat, er wolle sich impegniren eine Academie auf der *Stube*[21] (als etwas Rares das mir Ehre macht) ganz allein für die Hrn. Patricii zu veranstalten. Man kann nicht glauben mit was für einem Impegno er sprach und sich anzunehmen versprach. Wir redeten ab, ich sollte morgen zu ihm kommen und Antwort haben. Ich ging hin. Das war den 13. Er war sehr höflich, sagte aber, er könnte mir noch nichts Positives sagen. Ich spielte wieder so eine Stunde. Er lud mich auf morgen als den 14. zum Speisen ein. Des Vormittags schickte er her, ich möchte doch um 11 Uhr kommen und etwas mitnehmen, er hätte einige von der Musik bestellt, sie wollten etwas machen. Ich schickte gleich etwas, kam um 11 Uhr, da machte er mir eine menge Schwänz, sagte ganz gleichgültig: »Hören Sie, mit der Academie ists nichts; o ich habe mich schon so gezürnt gestern wegen Ihnen. Die Hr. Patricii sagten mir, ihre Cassa stehe sehr schlecht, und das sey kein Virtuos, dem man einen Souveraind'or geben könnte.« Ich schmuzte und sagte: »Ich glaube auch nicht.« *NB. Er ist auf der Stube Intendant von der Musique und der Alte ist Stadtpfleger*! Ich machte mir nicht viel daraus. – Wir gingen zu Tisch; der Alte speiste auch heroben, er war sehr höflich, sagte aber kein Wort von der Academie. Nach dem Speisen spielte ich 2 Concerte, etwas aus dem Kopf, dann ein Trio vom Hafeneder auf der Violine. Ich hätte gern mehr gegeigt, aber ich wurde so schlecht accompagnirt, daß ich die Kolik bekam. Er sagte mir ganz freundlich: »Wir bleiben heute beisammen und fahren in die Comödie und dann soupiren Sie bei uns.« Wir waren sehr lustig. Als wir von der Comödie zurückkamen, spielte ich wieder bis zum Essen; dann gingen wir zum Souper. Er fragte mich schon vormittags wegen meinem Kreuz[22]; ich sagte ihm alles ganz klar, was und wie es sei. Er und sein Schwager sagten so öfters: »Wir wollen uns das Kreuz kommen lassen, damit wir mit dem Hrn. Mozart inconpont sind.« Ich achtete aber nicht darauf. Sie sagten auch so öfters: »Sie, Cavalier Hr. Sporn!« Ich sagte nichts. Unterm Souper wurde es aber zu arg. »Was wird es etwa kosten? 3 Ducaten? – Muß man die Erlaubniß haben, es zu tragen? – Kostet diese Erlaubniß auch etwas? Wir wollen uns das Kreuz doch kommen lassen.« Da war ein gewisser Offizier noch da, B. Bach, der sagte: »Ei pfui, schämen Sie sich, was thäten Sie mit dem Kreuz?« – Der junge Esel von Kurzen-Mantl winkte ihm mit den Augen, ich sah es, er merkte es. Darauf war es ein wenig stille; dann gab er mir einen Taback und sagte: »Da haben Sie einen Taback darauf.« Ich war stille. Endlich fing er wieder an ganz spöttisch: »Also morgen werde ich zu Ihnen schicken und da werden Sie die Güte haben und mir das Kreuz nur

65

21   Bauernstube, Casino der Patricier.

22   Mozart hatte auf den Rath seines Vaters den Orden vom Goldenen Sporen angelegt. Vgl. Nr. 16.

einen Augenblick zu leihen, ich werde es Ihnen gleich wieder schicken; nur damit ich mit dem Goldschmied reden kann. Ich bin versichert, daß wenn ich ihn frage (dann er ist gar ein curioser Mann) wie hoch es zu schätzen sei, so wird er mir sagen, etwa einen bairischen Thaler, es ist auch nicht mehr werth, denn es ist ja nicht von Gold, sondern von Kupfer. Hehe!« Ich sagte: »Gott behüte, es ist von Blech. Hehe!« Mir war warm vor Wuth und Zorn. »Aber sagen Sie mir«, sagte er, »ich kann ja allenfalls den Sporn weglassen?« – »O ja«, sagte ich, »Sie brauchen keinen, Sie haben ihn schon im Kopf; ich habe zwar auch einen im Kopf, aber es ist halt ein Unterschied, ich möchte mit dem Ihrigen wahrhaftig nicht tauschen. Hier haben Sie einen Taback darauf.« Ich gab ihm Taback, er wurde ein wenig bleich. »Neulich«, fing er wieder an, »neulich stund der Orden recht gut, auf der reichen Weste«. Ich sagte nichts. Endlich rief er: »Hey« (zum Bedienten), »daß ihr auf die nächst mehr Respect vor uns habt, wenn wir Zwey, mein Schwager und ich, dem Hrn. Mozart sein Kreuz tragen. Hier haben Sie einen Taback darauf.« – »Das ist doch curios«, fing ich an, als wenn ich nicht gehört hätte, was er gesagt hat, »ich kann noch eher alle Orden, die Sie bekommen können, bekommen als Sie das werden, was ich bin, und wenn Sie 2 Mal sterben und wieder geboren werden. Hier haben Sie einen Taback darauf« – und stund auf. Alles stund auch auf und war in gröster Verlegenheit. Ich nahm Hut und Degen und sagte: »Ich werde schon morgen das Vergnügen haben, Sie zu sehen.« – »Ja, morgen bin ich nicht hier.« – »So komme ich halt übermorgen, wenn ich ja noch hier bin.« – »Ach, Sie werden ja doch« – – »Ich werde nichts; hier ist eine Bettel-Armee. Leben Sie unterdessen wohl« – *und weg.*

Den andern Tag erzählte ich alles dem Hrn. Stein, Hrn. Geniaux und Hrn. Direktor Graf, nicht wegen dem Kreuz, sondern daß ich im höchsten Grad disgustirt sei, indem man mir das Maul machte wegen einem Concert und nun alles nichts sei. »Das heist die Leute vor Narren gehabt, die Leute angesezt. Mich reuet es recht, daß ich hierher gereist bin. Ich hätte mein Lebtage nicht geglaubt, daß, da doch Augsburg die Vaterstadt meines Papa ist, man hier seinen Sohn so affrontiren würde.« Dcr Papa kann sich nicht einbilden wie die 3 Leute lamentirten und sich erzürnten. »Ach Sie müssen ein Concert hier geben, wir brauchen die Patricii nicht«. Ich blieb aber bei meiner Resolution und sagte: »Ja für meine wenigen guten Freunde da, welche Kenner sind, will ich zum Abschied bei Hrn. Stein eine kleine Academie geben.« Der Director war ganz betrübt. »Das ist abscheulich«, rief er, »das ist eine Schande, – wer würde sich aber das vom Langenmantl einbilden! – *Pardieu,* wenn er gewollt hätte, so hätte es gehen müssen.« Wir gingen auseinander. Der Hr. Director gab mir in seinem Schlafrock das Geleit über die Stiegen und bis vor die Hausthüre. Hr. Stein und Geniaux gingen mit mir nach Haus. Sie drangen in uns, wir sollten uns entschließen noch hier zu bleiben. Wir blieben aber fest. Nun muß der Papa wissen, das neulich der junge Fex Langenmantl, als er mir die saubere Nachricht wegen dem Concert ganz indifferent herstammelte, mir sagte, die Hrn. Patricii laden mich zu ihrem Concert künftigen Donnerstag ein. Ich sagte: »Ich werde kommen um zuzuhören«. »Ach, Sie werden uns ja das Vergnügen machen und spielen?« – »*Nu, wer weiß, warum nicht?*« Weil aber den Abend hernach mir so viel Affront geschah, so entschloß ich mich, nicht mehr zu ihm zu gehen und mich von dem ganzen Patriciat – – zu lassen und weg zu reisen. Den 16. so unter dem Essen rief man mich hinaus; da war ein Mädl vom Langenmantl da, und er ließ sich erkundigen, ob ich gewiß kommen würde, mit ihm in die Academie zu gehen? – und ich möchte doch gleich nach dem Essen zu ihm kommen. Ich ließ mich gehorsamst empfehlen und ich gehe nicht in die Academie und zu ihm kann ich nicht kommen, weil ich schon engagirt bin, – *wie es auch wahr war*; ich würde aber morgen kommen um mich zu beurlauben, dann längstens Samstag werde ich abreisen. – Hr. *Stein* ist unterdessen zu den andern Hrn. Patricii von der evangelischen Seite gelaufen und hat halt ganz erschrecklich perorirt, so daß den Herrn völlig angst wurde. »Was«, sagten sie, »einen Mann der uns so viele Ehre macht, sollen wir weglassen, ohne ihn zu hören? Der Hr. von Langenmantl meint halt, weil er ihn schon gehört hat, so ists genug.« Enfin es war halt so ein Feuer, daß der gute junge Hr. von Kurzen-Mantl selbst den Hrn. *Stein* hat aufsuchen müssen, um ihn im Namen aller zu ersuchen, er möchte sein Möglichstes thun, um mich zu persuadiren, daß ich in die Academie ginge, auf etwas Großes dürfte ich mich nicht gefaßt machen etc. Ich ging also nach vielem Weigern mit ihm hinauf. Da waren die Ersten von den Herrn ganz höflich; besonders ein gewisser Offizier Baron Belling, er ist auch so ein Director oder so ein Thier; der machte meine Musikalien selbst auf. Ich nahm auch eine Sinfonie mit, man machte sie, ich geigte mit. Hier ist aber ein Orchester zum Frais[Krämpfe]-kriegen. Der junge Lecker von Langen-Mantl war ganz höflich; doch hatte er noch immer sein spöttisches Gesicht. Er sagte zu mir: »Ich habe schon wirklich geglaubt, Sie werden uns so entwischen; ich habe – gar etwa geglaubt Sie möchten einen Verdruß haben, wegen dem neulichen Spaß.« »Ei beileibe«, sagte ich, »Sie sind halt noch jung. Aber nehmen Sie sich besser in Obacht, ich bin nicht gewohnt an solche Spässe. Und das Sujet, über das sie raillirten, macht Ihnen gar keine Ehre, und war auch von keinem Nutzen, den ich trage es doch. Hätten Sie lieber andern Spaß gemacht«. »Ich versichere Ihnen«, sagte er, »es war nur mein Schwager der – –« »Lassen wir es gut sein«, sagte ich. »Bald«, sagte er, »hätten wir das Vergnügen nicht gehabt, Sie zu sehen.« »Ja, wenn der Hr. *Stein* nicht gewesen wäre, wäre ich gewiß nicht gekommen. Um Ihnen die

Wahrheit zu gestehen, bin ich nur gekommen, damit Sie meine Hrn. Augsburger nicht in anderen Ländern ausgelacht werden, wenn ich sagte, daß ich in der Stadt wo mein Vater geboren 8 Tage gewesen sei, ohne daß man sich bemüht hätte mich zu hören.« – Ich spielte ein Concert. Alles war gut bis auf das Accompagnement. Zuletzt spielte ich noch eine Sonate. Dann bedankte sich der Hr. Baron Belling im Namen der ganzen Gesellschaft auf das Höflichste und bat mich, ich möchte doch nur den Willen betrachten und gab mir 2 Ducaten.

Man läßt mir noch keinen Fried, ich solle bis Sonntag ein öffentliches Concert geben. – Vielleicht! – Ich bin aber schon so stuff, daß ich es nicht sagen kann. Ich bin recht froh, wenn ich wieder in einen Ort komme, wo ein Hof ist. Das kann ich sagen, wenn nicht ein so braver Hr. Vetter und Base und so ein liebs Bäsle da wäre, so reute es mich so viel als ich Haar auf dem Kopfe habe, daß ich nach Augsburg bin. Nun muß ich von meiner lieben Jungfer Bäsle etwas schreiben, spare es mir aber auf morgen, dann man muß ganz aufgeheitert sein, wenn man sie recht loben will wie sie es verdienet.

Den 17. in der Frühe schreibe und betheuere ich, daß unser Bäsle schön, vernünftig, lieb, geschickt und lustig ist, und das macht weil sie brav unter die Leute gekommen ist; sie war auch einige Zeit zu München. Das ist wahr, wir zwey taugen recht zusammen; denn sie ist auch ein bischen schlimm. Wir foppen die Leute mit einander daß es lustig ist. [Die Familie Mozart war wegen ihrer etwas scharfen Zunge wohlbekannt und gefürchtet.] –

67. Mozarteum.

Augsburg 17. Oct. 1777.

Nun muß ich gleich bei den *Steinischen* Pianofortes anfangen. Ehe ich noch von Stein seiner Arbeit etwas gesehen habe, waren mir die Späth'schen Claviere die liebsten; nun muß ich aber den Steinischen den Vorzug lassen; denn sie dämpfen noch viel besser, als die Regensburger. Wenn ich stark anschlage, ich mag den Finger liegen lassen oder aufheben, so ist halt der Ton in dem Augenblick vorbei, da ich ihn hören ließ. Ich mag an die Claves kommen wie ich will, so wird der Ton immer gleich sein, er wird nicht scheppern, er wird nicht stärker nicht schwächer gehen oder gar ausbleiben; mit einem Wort, es ist alles gleich. Es ist wahr, er gibt so ein Pianoforte nicht unter 300 Fl., aber seine Mühe und Fleiß die er anwendet, ist nicht zu bezahlen. Seine Instrumente haben besonders das vor andern eigen, daß sie mit Auslösung gemacht sind. Da gibt sich der Hundertste nicht damit ab; aber ohne Auslösung ist es halt nicht möglich, daß ein Pianoforte nicht scheppere oder nachklinge. Seine Hämmerl, wenn man die Claves anspielt, fallen in dem Augenblick, da sie an die Saiten hinauf springen, wieder herab, man mag den Clavis liegen lassen oder auslassen. Wenn er ein solches Clavier fertig hat (wie er mir selbst sagte), so setzt er sich erst hin und probirt allerley Passagen, Läufe und Sprünge, und schabt und arbeitet so lange bis das Clavier alles thut; dann er arbeitet nur zum Nutzen der Musik und nicht seines Nutzens wegen allein, sonst würde er gleich fertig sein. Er sagt oft: Wenn ich nicht selbst ein so passionirter Liebhaber der Musik wäre und nicht selbst etwas weniges auf dem Clavier könnte, so hätte ich gewiß schon längst die Geduld bei meiner Arbeit verloren; allein ich bin halt ein Liebhaber von Instrumenten die den Spieler nicht ansetzen und die dauerhaft sind. – Seine Claviere sind auch wirklich von Dauer. Er steht gut dafür, daß der Resonanz-boden nicht bricht und nicht springt. Wenn er einen Resonanzboden zu zu einem Clavier fertig hat, so stellt er ihn in die Luft, Regen, Schnee, Sonnen-hitze und allen Teufel, damit er zerspringt, und dann legt er Späne ein und leimt sie hinein, damit er recht stark und fest wird. Er ist völlig froh wenn er springt; man ist halt hernach versichert, daß ihm nichts mehr geschieht. Er schneidet gar oft selbst hinein und leimt ihn wieder zu und befestigt ihn recht. Er hat drei solche Pianofortes fertig, ich habe erst heute wieder darauf gespielt.

Wir haben heute beim jungen H. Gassner gespeißt, der von einer jungen, schönen Frau ein junger hübscher Wittwer ist; sie waren erst 2 Jahre mit einander verheirathet. Er ist ein recht braver höflicher junger Mann. Man tractirte uns köstlich. Es speiste auch da ein College vom H. Abbé Henri, Bullinger und Wishofer, ein Exjesuit, welcher dermalen hier im Dom Capellmeister ist. Er kennt den Hrn. Schachtner [salzb. Hoftrompeter] gar gut, er war zu Ingolstadt sein Chorregent; er heißt Pater Gerbl. H. Gassner und eine von seinen Mademoisellen Schwägerinnen, Mama, ich und unser Bäsle gingen nach Tisch zum H. *Stein*. Um 4 Uhr kam der H. Capellmeister und H. Schmittbauer Organist zu St. Ulrich, ein glatter alter braver Mann auch noch, und da spielte ich just eine Sonate *prima vista* von Becke, die ziemlich schwer war, miserabel *al solito*. Was sich da der Hr. Capellmeister und Organist verkreuzigten, ist nicht zu beschreiben. Ich habe hier und in München schon alle meine 6 Sonaten recht oft auswendig gespielt; die 5te aus *G* habe ich in der vornehmen Bauernstub-Academie gespielt, die letzte aus *D* kommt auf den Pianofortes von *Stein* unvergleichlich heraus. Die Maschine, wo man mit dem Knie drückt, ist auch bei ihm besser gemacht als bei den andern; ich darf es kaum anrühren, so geht es schon, und sobald man das Knie nur ein wenig weg thut, so hört man nicht den mindesten Nachklang.

Nun morgen komme ich vielleicht auf seine Orgeln, das heißt, ich komme darüber zu schreiben; und auf die letzt spare ich mir seine kleine Tochter.

Als ich Hrn. *Stein* sagte, ich möchte gern auf seiner Orgel spielen, denn die Orgel sei meine Passion, so verwunderte er sich groß und sagte: »Was? ein solcher Mann wie Sie, ein solcher großer Clavierist will auf einem Instrument spielen, wo keine Douceur, keine Expression, kein Piano noch Forte Statt findet, sondern immer gleich fortgehet?« – »Das hat alles nichts zu bedeuten; die Orgel ist doch in meinen Augen und Ohren der König aller Instrumente.« – »Nu, meinetwegen!« – Wir gingen halt miteinander; ich merkte schon aus seinen Discursen, daß er glaubte ich würde nicht viel auf seiner Orgel machen, ich würde *par Exemple* völlig claviermäßig spielen. Er erzählte mir er hätte auch *Schobert* auf sein Verlangen auf die Orgel geführt; »und es war mir schon bange«, sagte er, »denn Schobert sagte es allen Leuten, und die Kirche war ziemlich voll; denn ich glaubte halt, der Mensch wird voll Geist, Feuer und Geschwindigkeit sein, und das nimmt sich nicht aus auf der Orgel; aber wie er anfing war ich gleich anderer Meinung.« Ich sagte nichts als dieß: »Was glauben Sie H. Stein, werde ich herumlaufen auf der Orgel?« – »Ach Sie, das ist ganz was Anderes.« Wir kamen auf den Chor, ich fing zu präludiren an, da lachte er schon; dann eine Fuge. »Das glaube ich«, sagte er, »daß Sie gern Orgel spielen; wenn man so spielt.« – Vom Anfang war mir das Pedal ein wenig fremd, weil es nicht gebrochen war; es fing *c* an, dann *d e* etc. in einer Reihe; bey uns ist aber *D* und *E* oben, wie hier *Es* und *Fis*. Ich kam aber gleich darein.

Ich war auch zu St. Ulrich auf der alten Orgel; die Stiege ist was Abscheuliches. Ich bat es möchte mir auch wer drauf spielen, ich möchte hinabgehen und zuhören; dann oben macht die Orgel gar keinen Effect. Ich nahm aber nichts aus; dann der junge Regenschori, ein Geistlicher, machte Läufe auf der Orgel herum, daß man nichts verstand; und wenn er Harmonien machen wollte, waren es lauter Disharmonien, denn es stimmte nicht recht. Wir mußten hernach in ein Gastzimmer, denn meine Mama und Base und Hr. Stein waren auch dabei. Ein gewisser Pater Emilian, ein hofärtiger Esel und ein einfältiger Witzling seiner Profession, war gar herzig; er wollte immer seinen Spaß mit dem Bäsle haben, sie hatte aber ihren Spaß mit ihm. – Endlich als er rauschig war (welches bald erfolgte), fing cr von der Musik an; er sang einen Canon und sagte: »Ich habe in meinem Leben nichts Schöneres gehört.« Ich sagte: »Mir ist leid, ich kann nicht mitsingen, dann ich kann von Natur aus nicht intoniren.« – »Das thut nichts«, sagte er; er fing an, ich war der dritte, ich machte aber einen ganz andern Text darauf: »*P.E.* o du Sch – du, – – –« (*sotto voce* zu meiner Base). Dann lachten wir wieder eine halbe Stunde. Er sagte zu mir: »Wenn wir nur länger beysammen seyn könnten, ich möchte mit Ihnen von der Setzkunst discuriren.« »Da würden wir bald ausdiscurirt haben«, sagte ich. Schmecks Kropfeter. Die Fortsetzung nächstens.

68. Mozarteum.

Augsburg 23. Oct. 1777.

Gestern ist meine Academie *in scena* gegangen. Graf Wolfeck war fleißig dabei und brachte etliche Stiftsdamen mit. Ich war schon gleich die ersten Tage in seinem Logement um ihm aufzuwarten, er war aber nicht hier. Vor etlichen Tagen ist er wieder angelangt, und da er erfahren daß ich hier bin, so erwartete er nicht daß ich zu ihm kam, sondern, da ich just Hut und Degen nahm um ihm meine Visite zu machen, trat er eben zur Thür herein. Nun muß ich eine Beschreibung von den vergangenen Tagen machen, ehe ich zum Concert komme. Vergangenen Samstag war ich zu St. Ulrich wie ich schon geschrieben habe. Etliche Tage vorher führte mich mein Hr. Vetter zum Prälaten vom Hl. Kreuz, der ein recht braver ehrlicher alter Mann ist. Den Samstag ehe ich auf St. Ulrich ging, war ich mit meiner Baase nochmals im Hl. Kreuzerkloster, weil das erstemal der Hr. Dechant und Procurator nicht hier war und weil mir mein Bäsle sagte, daß der Procurator so lustig sei – – –

[Hier folgt wie in manchen Briefen ein Stück von der Hand der Mama. Sie schließt: »Mich wundert sehr, daß du die Duetti von Schuster (vgl. Nr. 63 a.E.) noch – –« Darauf Wolfgang:] »Ach er hat sie ja bekommen.« – *Mama*: »Ei beileibe, er hat ja immer geschrieben, daß er sie noch nicht hat –« *Wolf*: »Das Disputiren kann ich nicht leiden, er hat sie gewiß, und hiemit ists aus.« *Mama*: »Du irrst dich.« Wolf: »Nein, ich irre mich nicht, ich wills der Mama geschrieben zeigen.« *Mama*: »Ja, und wo?« *Wolf*: »Da, lies die Mama.« – Nun liest sie just. – Vergangenen Sonntag war ich im Amt beim Hl. Kreuz, um 10 Uhr ging ich aber zum Hrn. *Stein*. Wir probirten ein paar Sinfonien zum Concert. Hernach speiste ich mit meinem Vetter beim Hl. Kreuz. Unter der Tafel wurde Musik gemacht. So schlecht als sie geigen ist mir die Musik im Kloster doch lieber als das Orchester von Augsburg. Ich machte eine Sinfonie und spielte auf der Violine das Concert in *B* von Vanh all mit allgemeinem Applaus. Der Hr. Dechant ist ein braver lustiger Mann; er ist ein Vetter von Eberlin [dem verstorbenen Salzburger Capellmeister], heißt *Zeschinger*; er kennt den Papa ganz gut. Auf die Nacht beim Souper spielte ich das Straßburger Concert; es ging wie Oel; alles lobte den schönen reinen Ton. Hernach brachte man ein kleines Clavichord, ich präludirte und spielte eine Sonate und die Variationen von Fischer. Dann zischelten die Andern dem Hrn. Dechant ins Ohr, er sollte mich erst orgelmäßig spielen hören. Ich sagte, er möchte mir ein Thema geben, er wollte nicht, aber einer aus den Geistlichen gab mir eins. Ich führte es spazieren und mitten darin (die Fuge ging *ex G minor*) fing ich *major* an und ganz was Scherzhaftes, aber im nämlichen Tempo, dann endlich wieder das Thema und aber von hinten. Endlich fiel mir ein, ob ich das scherzhafte Wesen nicht auch zum Thema der Fuge brauchen könnte? – Ich fragte nicht lang, sondern machte es gleich und es ging so accurat, als wenn es ihm der Daser [ein Salzburger Schneidermeister] angemessen hätte. Der Hr. Dechant war ganz außer sich. »Das ist vorbei, da nützt nichts«, sagte er, »das habe ich nicht geglaubt, was ich da gehört habe; Sie sind ein ganzer Mann. Mir hat freilich mein Prälat gesagt, daß er sein Lebetag Niemand so bündig und ernsthaft die Orgel habe spielen hören.« (Denn er hat mich etliche Tage vorher gehört, der Dechant war aber nicht hier.) Endlich brachte einer eine Sonate her, die fugirt war, ich sollte sie spielen. Ich sagte aber: »Meine Herren, das ist zu viel, das muß ich gestehen, die Sonate werde ich nicht gleich so spielen können.« »Ja, das glaube ich auch«, sprach der Dechant mit vielem Eifer, denn er war ganz für mich, »das ist zu viel, da gibts Keinen dem das möglich wäre.« »Uebrigens aber«, sagte ich, »ich will es doch probiren.« Da hörte ich aber immer hinter mir den Dechant: »O du Erzschufti, o du Spitzbubi, o du du!« – Ich spielte bis 11 Uhr, ich wurde mit lauter Fugen-Themata bombardirt und gleichsam belagert.

Neulich bei Stein brachte er mir eine Sonate von Becke; ich glaube ich habe das schon geschrieben. Apropos wegen seinem Mädl.[23] Wer sie spielen sieht und hört und nicht lachen muß, der muß von *Stein* wie ihr Vater sein. Es wird völlig gegen den Discant hinaufgesessen, beileibe nicht mitten, damit man mehr Gelegenheit hat, sich zu bewegen und Grimassen zu machen. Die *Augen* werden verdreht, es wird geschmuzt; wenn eine Sache zweimal kommt, so wird sie das 2te Mal langsamer gespielt; kommt sie 3 Mal, wieder langsamer. Der Arm muß in alle Höhe, wenn man eine Passage macht, und wie die Passage markirt wird, so muß es der Arm, nicht die Finger und das recht mit allem Fleiß schwer und ungeschickt thun. Das Schönste aber ist daß, wenn in einer Passage (die fortfliessen soll wie Oel) nothwendigerweise die Finger gewechselt werden müssen, so brauchts nicht viel Acht zu geben, sondern wenn es Zeit ist, so läßt man aus, hebt die Hand auf und fängt ganz commod wieder an. Durch das hat man auch eher Hoffnung einen falschen Ton zu erwischen, und das macht oft einen curiosen Effect. Ich schreibe dieses nur um dem Papa einen Begriff von Clavierspielen und Instruiren zu geben, damit der Papa seiner Zeit einen Nutzen daraus ziehen kann. Hr. Stein ist völlig in seine Tochter vernarrt. Sie ist 8 Jahr alt, sie lernt nur alles auswendig. Sie kann werden, sie hat Genie; aber auf diese Art wird sie nichts, sie wird niemals viel Geschwindigkeit bekommen, weil sie sich völlig befleißt

23 *Nannette*, damals 8 Jahre alt, später die so vortreffliche Frau von Schillers Jugendfreund Andreas Streicher und in Wien eine der besten Freundinnen Beethovens.

die Hand schwer zu machen. Sie wird das Nothwendigste und Härteste und die Hauptsache in der Musik niemals bekommen, nämlich das Tempo, weil sie sich von Jugend auf völlig beflissen hat nicht auf den Tact zu spielen. Hr. *Stein* und ich haben gewiß 2 Stunden mit einander über diesen Punct gesprochen. Ich habe ihn aber schon ziemlich bekehrt, er fragt mich jetzt in Allen um Rath. Er war in den *Becke* völlig vernarrt; nun sieht und hört er daß ich mehr spiele als Becke, daß ich keine Grimassen mache und doch so expressive spiele, daß noch Keiner, nach seinem Bekenntniß, seine Piano-fortes so gut zu tractiren gewußt hat. Daß ich immer accurat im Tact bleibe, über das verwundern sie sich alle. Das *tempo rubato* in einem Adagio, daß die linke Hand nichts darum weiß, können sie gar nicht begreifen. Bey ihnen gibt die linke Hand nach. Graf Wolfeck und mehrere, die ganz passionirt für Becke sind, sagten neulich öffentlich im Concert, daß ich den Becke in den Sack spiele. Graf Wolfeck lief immer im Saal herum und sagte: »So hab ich mein Lebtage nichts gehört.« Er sagte zu mir: »Ich muß Ihnen sagen, daß ich Sie niemals so spielen gehört wie heute, ich werde es auch Ihrem Vater sagen, sobald ich nach Salzburg komme.« Was meint der Papa was das erste war nach der Sinfonie? – Das Concert auf 3 Claviere: Hr. *Demmler* spielte das erste, *ich* das zweite und Hr. *Stein* das dritte. Dann spielte ich allein die letzte Sonate *ex D* für Dürnitz, dann mein Concert *ex B,* dann wieder allein ganz orgelmäßig, eine Fuge *ex C minor* und auf einmal eine prächtige Sonate *ex C major* so aus dem Kopf mit einem Rondo auf die letzt; es war ein rechtes Getös und Lärm. Hr. Stein machte nichts als Gesich-ter und Grimassen vor Verwunderung. Hr. Demler mußte beständig lachen. Das ist ein so curioser Mensch, daß wenn ihm etwas recht sehr gefällt, so muß er ganz entsetzlich lachen. Bey mir fing er gar zu fluchen an. *Addio.*

69. Mozarteum.

Augsburg 25. Oct. 1777.
Das Concert hat 90 Fl. getragen, ohne Abzug der Unkosten. Wir haben also nur mit den 2 Ducaten auf der Stube 100 Fl. eingenommen. Die Unkosten vom Concert haben nicht mehr als 16 Fl. 30 Kr. betragen; den Saal hatte ich frei. Von der Musik glaube ich werden halt viel *umsonst* gegangen sein. Wir haben nun *in Allem* 26 oder 27 Fl. verloren. Das geht noch an. Das schreibe ich den 25. Samstag. Heute früh habe ich den Brief empfangen, wo die traurige Nachricht des Tods der Fr. Oberbereiterin darin steht. Nun kann die Frl. Tonerl ein spitziges Maul machen –, vielleicht muß sie es weit aufsperren – und leider *leerer* wieder zumachen. Wegen der Mundbecken Tochter habe ich gar nichts einzuwenden; dieß habe ich alles schon lange vorher gesehen. Das war eben die Ursache, warum ich so zögerte weg zu

reisen und warum es mir so hart ankam. Ich hoffe die Historie wird doch nicht schon in ganz Salzburg bekannt sein? – Ich bitte den Papa recht inständigst zu tuschen so lange es möglich ist und in Gottes-Namen halt die Unkosten, die ihr Vater wegen dem prächtigen Eintritt ins Kloster gehabt hat, unterdessen für mich zu ersetzen bis ich wieder nach Salzburg komme, und das arme Mädl (wie der P. Gaßner in Klösterle) ganz natürlich und ohne alle Hexerey krank, dann wieder gesund mache und so völlig wieder zum Klosterleben bringe.

Ich küsse dem Papa die Hände und danke gehorsamst für den Glückwunsch zu meinem Namenstag. Lebe der Papa unbesorgt, ich habe Gott immer vor Augen. Ich erkenne seine Allmacht, ich fürchte seinen Zorn; ich erkenne aber auch seine Liebe, sein Mitleiden und Barmherzigkeit gegen seine Geschöpfe, er wird seine Diener niemals verlassen. – Wenn es nach seinem Willen geht, so gehet es auch nach meinem; mithin kann es nicht fehlen, ich muß glücklich und zufrieden sein. Ich werde auch ganz gewiß mich befleißen Ihrem Befehl und Rath, den Sie mir zu geben die Güte hatten, auf das Genaueste nachzuleben. Hrn. Bullinger sage ich 1000 Dank für seinen Glückwunsch, ich werde ihm nächstens schreiben und mich selbst bedanken. Unterdessen kann ich ihn nichts als versichern, daß ich keinen bessern aufrichtigern und getreuern Freund weiß, kenne und habe, als ihn. Der Jungfer Sallerl, bey der ich mich auch unterthänigst bedanke, werde ich Verse zur Danksagung in den Brief des Hrn. Bullinger einschliessen. Bei meiner Schwester bedanke ich mich auch, und sie soll nur die Schusterischen Duetti behalten und sich weiter um nichts bekümmern.

Der Papa schreibt mir in ersterm Brief, ich hätte mich mit dem Buben von Langenmantl gemein gemacht. – Nichts weniger! Ich war halt natürlich, sonst weiter nichts. Ich glaube der Papa meint, er ist noch ein Bub; er ist ja schon 21 oder 22 Jahr alt und ist verheirathet. Kann man denn noch ein Bub sein, wenn man verheirathet ist? – Ich bin seitdem nicht mehr hinkommen. Heut trug ich 2 Billets hin zum Abschied und ließ mich excusiren, daß ich nicht hinauf gehe; ich hätte aber noch allzu viel nothwendige Gänge. Jetzt muß ich schliessen, denn die Mama will *absolument* zum Tisch und einpacken. Morgen reisen wir nach *Wallerstein* schnurgerade. – Mein liebs Bäsle, welches sich beiderseits empfiehlt, ist nichts weniger als ein *Pfaffenschnitzl*. Gestern hat sie sich mir zu Gefallen französisch angezogen. Da ist sie um 5 Procent schöner. Nun *addio*.

Am 26. October reisten Mutter und Sohn nach Mannheim. Die Mutter schreibt, Wolfgang müsse heut noch nach Augsburg schreiben. »Er wird Dir also heunt schwerlich schreiben können, denn jetzt ist er in der Oratorienprobe, – bitte also mit meiner Wenigkeit allein vorlieb zu nehmen.« Gleich darauf Wolfgang:

70. Mozarteum.

Mannheim 31. Oct. 1777.

Bitte auch mit meiner Mittelmäßigkeit vorlieb zu nehmen. Ich bin heute mit Hrn. Danner beym M. *Cannabich* [Director des churfürstlichen Orchesters] gewesen; er war ungemein höflich, ich habe ihm etwas auf seinem Pianoforte gespielt, welches sehr gut ist. Wir sind mit einander in die Probe gegangen; ich habe geglaubt, ich kann das Lachen nicht enthalten, wenn man mich den Leuten vorgestellt hat. Einige die mich *par Renommée* gekannt haben, waren sehr höflich und voll Achtung; einige aber, die weiter nichts von mir wissen, haben mich groß angesehen, aber auch so gewiß lächerlich; sie denken sich halt, weil ich klein und jung bin, so kann nichts Großes und Altes hinter mir stecken; sie werden es aber bald erfahren. Morgen wird mich Hr. Cannabich selbst zum Graf *Savioli* Intendant der Musik führen. Das beste ist, daß jetzt just des Churfürsten Namenstag kommt. Das Oratorium, welches man probirt, ist vom *Händel*, ich bin aber nicht blieben. Dann man hat vorher einen Psalm Magnificat probirt vom hiesigen Vicekapellmeister [Abbé] *Vogler* und der hat schier eine Stunde gedauert. Jetzt muß ich schliessen, denn ich muß noch meinem Bäsle schreiben.

A Mad^elle Rosalie *Joli.*

Ich sag Dir tausend Dank mein liebste Sallerl,
und trinke Dir zur Ehr ein ganzes Schallerl
Coffe und dann auch Thee und Limonadi
und tunke ein ein Stangerl vom Pomadi
und auch – – auweh, auweh, es schlägt just sex
und wer's nicht glaubt der ist – der ist – ein Fex.

Die Fortsetzung folgt nächstens.

71. Mozarteum.

Mannheim 4. Nov. 1777.

Ich bin alle Tage bei Cannabich. Heut ist auch meine Mama mit mir hingegangen. Er ist ganz ein anderer Mann als er vorher war[24]; es sagt es auch das ganze Orchester. Er ist sehr für mich eingenommen. Er hat eine Tochter die ganz artig Clavier spielt, und damit ich ihn mir recht zum Freunde mache, so arbeite ich jetzt an einer Sonate für seine Mademoiselle Tochter, welche schon bis auf das Rondo fertig ist. Ich habe, wie ich das erste Allegro

---

24   Mozart war schon als Knabe mit seinem Vater bei ihm gewesen.

und Andante geendigt hatte, selbe hingebracht und gespielt; der Papa kann sich nicht vorstellen was die Sonate für einen Beifall hat. Es waren einige von der Musik just dort, der junge *Danner*, ein Waldhornist *Lang* und der Hautboist, dessen Namen ich nicht mehr weiß, welcher aber recht gut bläst und einen hübschen feinen Ton hat [*Ramm*]. Ich habe ihm ein Präsent mit dem Hautbois-Concert gemacht; es wird im Zimmer bei Cannabich abgeschrieben. Der Mensch ist närrisch vor Freude; ich habe ihm das Concert heut auf dem Pianoforte beim Cannabich vorgespielt; und obwohl man wußte, *daß es von mir ist*, so gefiel es doch sehr. Kein Mensch sagte, daß es nicht *gut gesetzt* sei; weil es die Leute hier nicht verstehen – –; sie sollen nur den Erzbischof fragen, der wird sie gleich auf den rechten Weg bringen.[25] Heute habe ich alle meine sechs Sonaten beim Cannabich gespielt. Hr. Kapellmeister *Holzbauer* hat mich heut selbst zum Hrn. Intendant Graf Savioli geführt. Cannabich war just dort. Hr. Holzbauer sagte auf Welsch zum Grafen, daß ich möchte die Gnade haben mich bei S. Churf. Durchl. hören zu lassen. »Ich bin schon vor 15 Jahren hier gewesen; ich war dort 7 Jahr alt, aber nun bin ich älter und grösser geworden, und so auch in der Musik.« – »Oh«, sagte der Graf, »das ist der – –«, was weiß ich für wen er mich hielt. Da nahm aber gleich der Cannabich das Wort, ich stellte mich aber, als wenn ich nicht hörte, ließ mich mit Andern in Discurs ein. Ich merkte aber, daß er ihm mit einer ernsthaften Miene von mir sprach. Der Graf sagte dann zu mir: »Ich höre daß Sie so ganz passable Clavier spielen?« Ich machte eine Verbeugung.

Nun muß ich von der hiesigen Musik reden. Ich war Samstag am Allerheiligen-Tag in der Kapelle im Hochamt. Das Orchester ist sehr gut und stark, auf jeder Seite 10 bis 11 Violinen, 4 Bratschen, 2 Oboen, 2 Flauti und 2 Clarinetti, 2 Corni, 4 Violoncelli, 4 Fagotti und 4 Contrabassi und Trompeten und Paucken. Es läßt sich eine schöne Musik machen, aber ich getrauete mir keine Messe von mir hier zu produciren. Warum? – – Wegen der Kürze? – Nein, hier muß auch alles kurz sein – – Wegen dem Kirchenstyl? – Nichts weniger; sondern weil man hier jetzt bei dermaligen Umständen hauptsächlich für die Instrumente schreiben muß, weil man sich nichts Schlechteres denken kann, als die hiesige Vocalstimmen. 6 Soprani, 6 Alti, 6 Tenori und 6 Bassi, zu 20 Violinen und 12 Bassi verhält sich just wie 0 zu 1. Nicht wahr, Hr. Bullinger? – Dieß kommt daher: die Wälschen sind hier jetzt miserable angeschrieben; sie haben nur 2 Castraten hier, und die sind schon alt. Man läßt sie halt absterben. Der Sopranist möchte schon auch lieber den Alt singen; er kann nicht mehr hinauf. Die etliche Buben,

25   Der Erzbischof wollte keine der Compositionen, die Mozart für seine Concerte schrieb, gelten lassen, sondern hatte stets etwas daran zu tadeln.

die sie haben, sind elendig. Die Tenor und Baß wie bei uns die Todtensinger. Der Hr. Vice-Kapellmeister *Vogler*, der neulich das Amt machte, ist ein öder musikalischer Spaßmacher, ein Mensch der sich recht viel einbildet und nicht viel kann. Das ganze Orchester mag ihn nicht. Heut aber als Sonntag habe ich eine Messe vom Holzbauer gehört, die schon 26 Jahr alt ist und aber recht gut ist. Er schreibt sehr gut, einen guten Kirchenstyl, einen guten Satz der Vocalstimmen und Instrumente und gute Fugen. – Zwei Organisten haben sie hier, wo es der Mühe werth wäre eigens nach Mannheim zu reisen. Ich habe Gelegenheit gehabt sie recht zu hören, denn hier ist es nicht üblich, daß man ein Benedictus macht, sondern der Organist muß dort allzeit spielen. Das erstemal habe ich den zweiten gehört, und das anderemal den ersten. Ich schätze aber nach meiner Meinung den zweiten noch mehr als den ersten. Denn wie ich ihn gehört habe, so fragte ich: »Wer ist der, welcher die Orgel schlägt?« – »Unser zweiter Organist.« »Er schlägt miserabel.« Wie ich den andern hörte: »Wer ist denn der?« – – »Unser erster.« »Der schlägt noch miserabler.« Ich glaube, wenn man sie zusammen stöße, so würde noch was Schlechteres heraus kommen. Es ist zum Todtlachen diesen Herren zuzusehen. Der zweite ist bei der Orgel wie das Kind beim Dreck; man sieht ihm seine Kunst schon im Gesichte an. Der erste hat doch Brillen auf. Ich bin zur Orgel hingestanden und habe ihm zugesehen in der Absicht ihm etwas abzulernen; er hebt die Hände bei einer jeden Note in alle Höhe auf. Was aber seine Force ist, ist daß er 6stimmig spielt, meistentheils aber quintstimmig und octavstimmig. Er läßt auch oft zum Spaß die rechte Hand aus und spielt mit der linken ganz allein, mit einem Worte er kann machen was er will, er ist völlig Herr über seine Orgel.

Die Mama empfiehlt sich allerseits; sie kann unmöglich schreiben, denn sie muß noch ihr Officium beten. Wir sind gar spät von der großen Opernprobe nach Haus gekommen. Morgen muß ich nach dem Hochamt zu der gestrengen Frau Churfürstin, sie will mir *absolument* Filée stricken lehren; ich habe völlig Sorge darauf, denn sowohl sie als auch der Edelfeste Hr. Churfürst will, daß ich schon künftigen Donnerstag abends in der grossen Galla-Academie öffentlich stricken soll. Die Jungf. Prinzessin hier, welche ein besch .... Kind zur Churfürstin ist, strickt auch selbst recht hübsch. Um 8 Uhr puncto ist der Zweenbrück und seine Zwobrückin hier angelanget. – Apropos. Meine Mama und ich bitten den Papa recht schön, Sie möchten doch die Güte haben, und unserer lieben Baase ein Angedenken schicken. Denn wir haben alle zwei bedauert, daß wir nichts bei uns haben, aber versprochen dem Papa zu schreiben, daß er ihr was schickt. Aber zweierlei Sachen, im Namen der Mama ein so Doppeltüchel wie die Mama eins hat, und im Namen meiner eine Galanterie, eine Dose oder Zahnstockerbüchs etc. oder was es ist, wenn es nur schön ist; denn sie verdient es.[26] Sie und ihr Hr. Vater haben sich viele Mühe gegeben, und viel Zeit mit uns verloren. Der Hr. Vetter hat beim Concert das Geld eingenommen. *Addio.*

72. O. Jahn.

Mannheim 5. Nov. 1777.

Allerliebstes Bäsle, Häsle!

Ich habe dero mir so werthes Schreiben richtig erhalten – falten, und daraus ersehen – drehen, daß der Herr Vetter – Retter und die Frau Bas – Has, und Sie – wie recht wohl auf sind – Rind; wir sind auch Gott Lob und Dank recht gesund – Hund. Ich habe heute den Brief – schief von meinem Papa – haha! auch richtig in meine Klauen bekommen – strommen. Ich hoffe, Sie werden auch meinen Brief – trief, welchen ich Ihnen aus Mannheim geschrieben, erhalten haben – schaben. Desto besser, besser desto! – Nun aber etwas Gescheutes. Mir ist sehr leid, daß der Hr. Prälat – Salat schon wieder vom Schlag getroffen worden ist – fist; doch hoffe ich, mit der Hülfe Gottes wird es von keinen Folgen sein – Schwein. Sie schreiben mir – Stier, daß Sie Ihr Versprechen, welches Sie mir vor meiner Abreise von Augsburg gethan haben, halten werden und das bald – kalt; nu, das wird mich gewiß freuen – reuen. Sie schreiben noch ferners, ja Sie lassen sich heraus, Sie geben sich bloß, Sie lassen sich verlauten, Sie machen mir zu wissen, Sie erklären mir, Sie geben deutlich am Tage, Sie verlangen, Sie begehren, Sie wünschen, Sie wollen, Sie mögen, Sie befehlen, Sie deuten mir an, Sie benachrichtigen mich, Sie machen mir kund, daß ich Ihnen auch mein Portrait schicken soll – scholl. *Eh bien,* ich werde es Ihnen gewiß schicken – schlicken. Ob Sie mich noch lieb haben? Das glaub ich. Desto besser, besser desto! Ja, so geht es auf dieser Welt, der eine hat den Beutel, der andere hat das Geld; mit wem halten Sie es? – Mit mir, nicht wahr? Das glaub ich. Jetzt wünsche ich eine gute Nacht. – Morgen werden wir uns gescheut sprechen – brechen; ich sage Ihnen eine Sache Menge zu haben, Sie glauben es nicht gar können; aber hören Sie morgen es schon werden. Leben Sie wohl unterdessen! – Was ist das? – ists möglich! – Ihr Götter! – Mein Ohr, betrügst du mich nicht? – nein, es ist schon so – welch langer trauriger Ton!

Heut den schreiben fünfte ich dieses. Gestern habe ich mit der gestrengen Frau Churfürstin gesprochen und morgen als den 6. werde ich in der großen Galla-Academie spielen und dann werde ich extra im Cabinet, wie mir die

---

26 Im Besitze des Vaters befand sich noch manches Stück der zahlreichen Juwelen und Bijouterien, die den Kindern auf ihren Kunstreisen geschenkt worden waren.

Fürstin-Chur selbst gesagt hat, wieder spielen. Nun was recht Gescheutes! Es wird ein Brief oder es werden Briefe an mich in Ihre Hände kommen, wo ich Sie bitte, daß – was? – ja, ein Fuchs ist kein Haas – ja, daß – nun, wo bin ich denn geblieben? – ja recht, beim Kommen, ja, jetzt fallt mirs ein, Briefe, Briefe werden kommen – aber was für Briefe? je nun, Briefe an mich halt; die bitte ich mir gewiß zu schicken, ich werde Ihnen schon Nachricht geben, wo ich von Mannheim weiter hingehe. Jetzt Numero 2! Ich bitte Sie – warum nicht? ich bitte Sie, allerliebster Fex – warum nicht? daß, wenn Sie ohnedem an die Mad. Tavernier nach München schreiben, ein Compliment von mir an die zwei Mademoisellen Freysinger schreiben – warum nicht? curios, warum nicht? – und die jüngere, nämlich die Frl. Josepha bitte ich halt recht um Verzeihung – warum nicht? warum sollte ich sie nicht um Verzeihung bitten? curios, ich wüßte nicht, warum nicht? ich bitte sie halt recht sehr um Verzeihung, daß ich ihr bishero die versprochene Sonate nicht geschickt habe, aber ich werde sie sobald es möglich ist übersenden – warum nicht? was, warum nicht? warum soll ich sie nicht schicken? warum soll ich sie nicht übersenden? warum nicht? curios, ich wüßte nicht, warum nicht? Nu also diesen Gefallen werden Sie mir thun? warum nicht? curios, warum nicht? ich wüßte nicht, warum nicht? Vergessen Sie auch nicht von mir ein Compliment von mir an Papa und Mama von die zwei Fräulein zu entrichten, denn das ist grob gefehlt, wenn man Vater und Mutter vergessen thut sein müssen lassen haben. Ich werde hernach, wenn die Sonate fertig ist, selbe Ihnen zuschicken und einen Brief dazu, und Sie werden die Güte haben, selbe nach München zu schicken. Nun muß ich schließen und das thut mich verdrießen. Herr Ritter, gehen wir geschwind zum heil. Kreuz und schauen wir, ob noch wer auf ist! Wir halten uns nicht auf, nichts als anläuten, sonst nichts. – Nun leben Sie recht wohl, ich küsse Sie 1000 Mal und bin wie allzeit der alte junge – – Wolfgang Amade Rosenkranz. An alle meine guten Freund – heunt meinen Gruß – Fuß! *Addio* Fex – Hex bis ins Grab, wenn ichs Leben Hab.

84

Miehnnam ned net5 rebotco 7771.

73. Mozarteum.

Mannheim 8. Nov. 1777.

Ich habe heute Vormittag bei Hrn. Cannabich das Rondo zur Sonate für seine Mademoiselle Tochter geschrieben, folglich haben sie mich nicht mehr weggelassen. Der Churfürst, sie und der ganze Hof, ist sehr mit mir zufrieden. In der Academie, alle zweimal wie ich spielte, so ging der Churfürst und sie völlig neben mir zum Clavier. Nach der Academie machte Cannabich, daß ich den Hof sprechen konnte. Ich küßte dem Churfürsten die Hand. Er sagte: »Es ist jetzt, glaube ich, 15 Jahr, daß Er nicht hier war.« – »Ja, Euer Durchlaucht, 15 Jahr, daß ich nicht die Gnade gehabt habe.« – »Er spielt unvergleichlich.« Die Prinzessin, als ich ihr die Hand küßte, sagte zu mir: »*Monsieur je vous assure, on ne peut pas jouer mieux.*«

Gestern war ich an dem Ort mit Cannabich, wo die Mama schon geschrieben hat [bei den natürlichen Kindern Carl Theodor's]. Da sprach ich den Churfürst wie meinen guten Freund. Er ist ein recht gnädiger und guter Herr. Er sagte zu mir: »Ich habe gehört, Er hat zu München eine Opera geschrieben« [*La finta gardiniera*]. »Ja, Euer Durchlaucht. Ich empfehle mich Euer Durchlaucht zu höchster Gnade, mein größter Wunsch wäre hier eine Oper zu schreiben: ich bitte auf mich nicht ganz zu vergessen. Ich kann Gott Lob und Dank auch deutsch«, und *schmutzte*. »Das kann leicht geschehen.« – Er hat einen Sohn und drei Töchter. Die älteste und der junge Graf spielen Clavier. Der Churfürst fragte mich ganz vertraut um alles wegen seiner Kinder. Ich redete ganz aufrichtig, doch ohne den Meister zu verachten. Cannabich war auch meiner Meinung. Der Churfürst, als er ging, bedankte sich sehr höflich bei mir.

Heute nach Tisch gleich um 2 Uhr ging ich mit Cannabich zum Flötisten Wendling. Da war alles in der größten Höflichkeit. Die Tochter, welche einmal Maitresse von dem Churfürsten war, spielt recht hübsch Clavier. Hernach habe ich gespielt. Ich war heute in so einer vortrefflichen Laune, daß ich es nicht beschreiben kann. Ich habe nichts als aus dem Kopf gespielt, und drei Duetti mit Violine, die ich mein Lebtage niemals gesehen und deren Autor ich niemals nennen gehört habe. Sie waren allerseits so zufrieden, daß ich – – die Frauenzimmer küssen mußte. Bei der Tochter kam es mir gar nicht hart an; denn sie ist gar kein Hund.

Hernach gingen wir abermals zu den natürlichen Kindern des Churfürsten. Da spielte ich recht von ganzem Herzen. Ich spielte 3 Mal. Der Churfürst ersuchte mich allzeit selbst darum. Er setzte sich allzeit neben mich und blieb unbeweglich. Ich ließ mir auch von einem gewissen Professor ein Thema zu einer Fuge geben und führte sie aus.

Nun folgt die Gratulation!

Allerliebster Papa!

Ich kann nicht poetisch schreiben; ich bin kein Dichter. Ich kann die Redensarten nicht so künstlich eintheilen, daß sie Schatten und Licht geben; ich bin kein Maler. Ich kann sogar durchs Deuten und durch Pantomime meine Gesinnungen und Gedanken nicht ausdrücken; ich bin kein Tänzer. Ich kann es aber durch Töne; ich bin ein Musikus. Ich werde auch morgen eine ganze Gratulation sowohl für dero Namens- als Geburtstag bei Cannabich auf dem Clavier spielen. Für heute kann ich nichts als Ihnen, *mon très cher père,* alles von ganzem Herzen wünschen, was ich Ihnen alle Tage, morgens und abends wünsche: Gesundheit, langes Leben und ein fröhliches Gemüth. Ich hoffe auch, daß Sie jetzt weniger Verdruß haben, als da ich noch in Salzburg war. Denn ich muß bekennen, daß ich die einzige Ursache war. Man ging mit mir schlecht um; ich verdiente es nicht. Sie nahmen natürlicherweise Antheil – – aber zu sehr. Sehen Sie, das war auch die größte und wichtigste Ursache, warum ich so von Salzburg weg eilte. Ich hoffe auch mein Wunsch ist erfüllt. – Nun muß ich mit einer musikalischen Gratulation schließen. Ich wünsche Ihnen, daß Sie so viele Jahre leben möchten, als man Jahre braucht, um gar nichts Neues mehr in der Musik machen zu können. Nun leben Sie recht wohl; ich bitte Sie recht unterthänig, mich noch ein bischen lieb zu haben und mit diesem schlechten Glückwunsch unterdessen vorlieb zu nehmen, bis in meinem engen und kleinen Verstandeskasten neue Schubladen gemacht werden, wo ich den Verstand hinthun kann, den ich noch zu bekommen im Sinn habe.

74. Mozarteum.

Mannheim 13. Nov. 1777.
Wir haben die letzten 2 Briefe richtig erhalten. Nun muß ich auf alles genau antworten. Ich habe den Brief, in welchem steht, daß ich mich erkundigen soll um die Eltern des Becke [in Wallenstein S. 76], erst in Mannheim bekommen, folglich zu spät, um dieses ins Werk zu stellen; denn selbst wäre es mir gar nicht eingefallen, dieses zu thun, weil mir in der That gar nichts daran liegt. Nun, will der Papa wissen, wie ich von ihm bin empfangen worden? – – Recht gut und sehr höflich. Er fragte, wo ich hin ginge. Ich sagte glaublicherweis nach Paris. Er rieth mir dann Vieles, indem er sagte, er sei auch erst dort gewesen. »Mit Lectiongeben werden Sie sich viel machen, denn das Clavier wird in Paris sehr hochgeschätzt.« Er machte gleich Anstalt, daß man mich zur Offiziertafel nahm. Er machte, daß ich mit dem Fürsten sprechen konnte. Es war ihm sehr leid, daß er just Halswehe hatte (welches aber wirklich wahr war) und nicht selbst ausgehen konnte, um mir Unterhaltung zu verschaffen. Es war ihm auch leid, daß er mir zu Ehren keine Musik machen lassen könnte, weil die meisten diesen Tag eben aus Recreation zu Fuß bis was weiß ich, gereiset sind. Ich mußte auf sein Ersuchen sein Clavichord versuchen, welches sehr gut ist. Er sagte oft bravo. Ich phantasirte und spielte die Sonate *ex B* und *D*. Mit einem Wort, er war sehr höflich, und ich höflich aber ganz seriös. Wir wurden von unterschiedlichen Sachen zu reden, unter andern von Wien, daß nemlich der Kaiser [Joseph II.] kein großer Liebhaber von der Musik sei. Er sagte: »Das ist wahr, ein Kenner ist er vom Satz, sonst weiter nichts; ich weiß mich noch zu erinnern (hier rieb er sich die Stirn), daß wie ich vor ihm spielen mußte, so wußte

ich gar nicht, was ich spielen sollte; so fing ich denn an Fugen zu spielen und dergleichen Kindereien, wo ich heimlich selbst darüber lachte.« – – Ich habe geglaubt, ich kann mich nicht halten und muß ihm sagen: »Ich gebe Ihnen zu, daß Sie darüber gelacht haben, aber schwerlich so sehr wie ich gelacht haben würde, wenn ich Sie gehört hätte.« Weiters sagte er (wie es auch wahr ist), daß beim Kaiser im Cabinet Musik gemacht wird, daß die Hunde davon laufen möchten. Da sagte ich halt, daß ich allzeit, wenn ich mich nicht bald aus dem Staube mache, bei dergleichen Musiken Kopfweh bekomme. »O nein, das macht mir gar nichts; eine schlechte Musik greift meine Nerven nicht an, aber eine schöne, da kann ich Kopfweh bekommen.« Da dachte ich mir wieder: Ja, so ein seichter Kopf wie du bekommt freilich gleich Schmerzen, wenn er etwas hört, welches er nicht begreifen kann.

Nun etwas von hier. Gestern habe ich mit Cannabich zum Hrn. Intendant Graf *Savioli* gehen müssen, um mein Präsent abzuholen. Es war so wie ich mir es eingebildet habe: nichts in Geld, eine schöne goldene Uhr. Mir wären aber jetzt 10 Carolin lieber gewesen, als die Uhr, welche man mit Ketten und Devisen auf 20 Carolin schätzt. Auf der Reise braucht man Geld. Nun habe ich mit dero Erlaubniß 5 Uhren. Ich habe auch kräftig im Sinn, mir an jeder Hosen noch ein Uhrtaschl machen zu lassen und wenn ich zu einem großen Herrn komme, beide Uhren zu tragen (wie es ohnehin jetzt Mode ist), damit nur keinem mehr einfällt mir eine Uhr zu verehren. – Ich sehe aus des Papa Schreiben, daß Sie des *Vogler's* Buch[27] nicht gelesen haben. Ich habe es jetzt gelesen, denn ich habe es vom Cannabich entliehen. Nun seine Historie ganz kurz. Er kam miserable her, producirte sich auf dem Clavier, machte ein Ballet; man hatte Mitleiden, der Churfürst schickte ihn nach Italien. Als der Churfürst nach Bologna kam, fragte er den P. *Baloti* wegen dem Vogler. *O altezza, questo è un grand uomo!* etc. Er fragte auch den P. *Martini.Altezza, è buono; ma à poco à poco; quando sara poco più vecchio, più sodo, si farà, si farà. Ma bisogna che si cangà molto.* Als der Vogler zurückkam, wurde er geistlich und gleich Hofkaplan, producirte ein Miserere, welches, wie mir Alles sagt, nicht zu hören ist, denn es geht alles falsch. Er hörte, daß man es nicht viel lobte. Er ging also zum Churfürst und beklagte sich, daß das Orchester ihm zu Fleiß und Trotz schlecht spielte; mit einem Wort, er wußte es halt so gut herum zu drehen (spielte auch so kleine ihm nutzbare Schlechtigkeiten mit Weibern), daß er Vice-Capellmeister geworden. Er ist ein Narr, der sich einbildet, daß nichts Besseres und Vollkommeneres sei als er. Das ganze Orchester von oben bis unten mag ihn nicht. Er hat dem *Holzbauer* viel Verdruß gemacht. Sein Buch dient mehr zum Rechnen-lernen, als zum Componiren-lernen. Er sagt,

27   Tonwissenschaft und Tonsetzkunst. Mannheim 1776. 8.

er macht in 3 Wochen einen Compositeur und in 6 Monaten einen Sänger; man hat es aber noch nicht gesehen. Er verachtet die größten Meister. Mir selbst hat er den Bach [Johann Christian, Joh. Sebastians jüngsten Sohn, genannt »der Londoner Bach«] verachtet. Bach hat hier 2 Opern geschrieben, wovon die erste besser gefallen als die zweite. Die zweite war *Lucio Silla*. Weil ich nun die nämliche Oper zu Mailand geschrieben habe, so wollte ich sie sehen. Ich wußte vom Holzbauer, daß sie Vogler hat. Ich begehrte sie von ihm. »Von Herzen gern, morgen werde ich sie Ihnen gleich schicken; Sie werden aber nicht viel Gescheutes sehen.« Etliche Tage darauf, als er mich sah, sagte er zu mir ganz spöttisch: »Nun, haben Sie was Schönes gesehen, haben Sie was daraus gelernt? – – eine Aria ist gar schön. – Wie heißt der Text«, fragte er einen der neben ihm stand. – »Was für eine Aria?« – »Nun die abscheuliche Aria vom Bach, die Sauerey – – ja *Pupille amate*. Die hat er gewiß im Punschrausch geschrieben.« – Ich habe geglaubt, ich müßte ihn beim Schopf nehmen; ich that aber, als wenn ich es nicht gehört hätte, sagte nichts und ging weg. Er hat beim Churfürsten auch schon ausgedient.

Nun ist die Sonate für die Mademoiselle Rosa Cannabich auch schon fertig. – Vergangenen Sonntag spielte ich aus Spaß die Orgel in der Capelle. Ich kam unter dem Kyrie, spielte das Ende davon und nachdem der Priester das Gloria angestimmt, machte ich eine Cadenz. Weil sie aber gar so verschieden von den hier gewöhnlichen war, so guckte alles um, und besonders gleich der Holzbauer. Er sagte zu mir: »Wenn ich das gewußt hätte, so hätte ich Ihnen eine andere Messe aufgelegt.« »Ja«, sagte ich, »damit Sie mich angesetzt hätten.« – – Der alte *Toeschi* und *Wendling* stunden immer neben mir. Die Leute hatten genug zu lachen. Es stand dann und wann pizzicato. Da gab ich allzeit den Tasten Batzeln, ich war in meinem besten Humor. Anstatt dem Benedictus muß man hier allzeit spielen. Ich nahm also den Gedanken vom Sanctus und führte ihn fugirt aus. Da standen sie alle da und machten Gesichter. Auf die Letzt nach dem *Ita missa est* spielte ich eine Fuge. Das Pedal ist anders als bei uns; das machte mich anfangs ein wenig irre, aber ich kam gleich drein.

Nun muß ich schließen. Schreib der Papa uns nur immer noch nach Mannheim. Die Sonaten von *Misliweczeck* [vgl. Nr. 64] weiß ich wie sie sind. Ich hab sie jetzt zu München gespielt. Sie sind ganz leicht und gut ins Gehör. Mein Rath wäre, meine Schwester, der ich mich unterthänigst empfehle, solle sie mit vieler Expression, Gusto und Feuer spielen und auswendig lernen. Denn das sind Sonaten, welche allen Leuten gefallen müssen, leicht auswendig zu lernen sind und Aufsehen machen, wenn man sie mit gehöriger Präcision spielt.

75. Abschrift im Mozarteum.

Mannheim 13. Nov. 1777.

Potz Himmel tausend Sacristey, Croaten schwere Noth, Teufel, Hexen, Truden, Kreuz-Battalion und kein End, potz Element, Luft, Wasser, Erd und Feuer, Europa, Asia, Affrica und Amerika, Jesuiter, Augustiner, Benedictiner, Capuciner, Minoriten, Franciskaner, Dominicaner, Chartheuser und Heil. Kreuzer Herrn, Canonici regulares und irregulares, und Bärnhäuter, Spitz-buben, Hunds-fütter, Cujonen und Schwänz über einander, Eseln, Büffeln, Ochsen, Narren, Dalken und Fuxen! Was ist das für eine Manier, 4 Soldaten und 3 Bandalier? – so ein Paquet und kein Portrait?[28] – Ich war schon voll Begierde – – ich glaube gewiß – denn Sie schrieben mir ja unlängst selbst, daß ich es gar bald, recht gar bald bekommen werde. Zweifeln Sie vielleicht, ob ich auch mein Wort halten werde? [wegen der Bijouterien Nr. 71 a.E.] Das will ich doch nicht hoffen, daß Sie daran zweifeln! Nu, ich bitte Sie, schicken Sie mir es, je ehender, je lieber, es wird wohl hoffentlich so sein, wie ich es mir ausgebeten habe, nemlich im französischen Aufzuge.

Wie mir Mannheim gefällt? – so gut einem ein Ort ohne Bäsle gefallen kann. – – Ich hoffe, auch Sie werden im Gegentheil, wie es auch ist, meine Briefe richtig erhalten haben, nemlich einen von Hohenaltheim und 2 von Mannheim, und dieser, wie es auch so ist, ist der dritte von Mannheim, aber im allen der vierte, wie es auch so ist. Nun muß ich schließen, wie es auch so ist, denn ich bin noch nicht angezogen, und wir essen jetzt gleich – – wie es auch so ist. Haben Sie mich noch immer lieb, wie ich Sie, so werden wir niemals aufhören uns zu lieben, wenn schon des Zweifels harter Sieg nicht wohl bedacht gewesen, und die Tyranney der Wütherer in Abweg ist geschlichen, so frißt doch Codrus der weise Philosophus, oft Rotz für Habermuß, und die Römer, die Stützen meines – sind immer, sind stets gewesen und werden immer bleiben – – kastenfrei. – *Adieu, j'espère que vous aures deja pris quelque lection dans la langue française, et je ne doute point, que – – écoutés: que vous saurés bientôt mieux le françois, que moi; car il y a certai-nement deux ans, que je n'ai pas écrit un môt dans celle langue. Adieu cepen-dant je vous baise vos mains, votre visage, vos genoux, – asin tout ce que vous me permettés de baiser. –*

---

28 Das Bäsle hatte ihm ihr Portrait versprochen. Sie schickte es später nach Salz-burg, wo es noch heute im Mozarteum hängt.

76. Mozarteum.

Mannheim 14–16. Nov. 1777.

Ich *Johannes Chrysostomus Amadeus Wolfgangus Sigismundus Mozart* gebe
mich schuldig, daß ich vorgestern und gestern (auch schon öfters) erst bei
der Nacht um 12 Uhr nach Haus gekommen bin, und daß ich von 10 Uhr
an bis zur benennten Stunde beim Cannabich, in Gegenwart und en Compagnie des Cannabich, seiner Gemahlin und Tochter, Hrn. *Schatzmeister,
Ramm* und *Lang*, oft und – – nicht schwer, sondern ganz leicht weggereimet
habe, – – und zwar mit Gedanken, Worten und – – –, aber nicht mit Werken.
Ich hätte mich aber nicht so gottlos aufgeführt, wenn nicht die Rädelführerin,
nemlich die sogenannte Lisel (Elisabeth Cannabich) mich gar so sehr dazu
animirt und aufgehetzt hätte; und ich muß bekennen, daß ich ordentlich
Freude daran hatte. Ich bekenne alle diese meine Sünden und Vergehungen
von Grund meines Herzen, und in Hoffnung sie öfter bekennen zu dürfen,
nehm ich mir kräftig vor, mein angefangenes sündiges Leben noch immer
zu verbessern. Darum bitte ich um die heilige Dispensation, wenn es leicht
sein kann; wo nicht, so gilt es mir gleich, denn das Spiel hat doch seinen
Fortgang: *Lusus enim suum habet ambitum,* spricht der seelige Sänger
Meißner, Cap. 9, S. 24, weiteres auch der heilige *Ascenditor*, Patron des
Brennsuppen Coffé, der schimmlichten Limonade, der Mandelmilch ohne
Mandeln und insonderheitlich des Erdbeer-gefrornen voll Eys-brocken; weil
er selbst ein grosser Kenner und Künstler in gefrornen Sachen war.

Die Sonate, die ich für die Mademoiselle Cannabich geschrieben habe,
werde ich so bald es möglich auf klein Papier abschreiben lassen und meiner
Schwester schicken. Vor 3 Tagen habe ich angefangen der Mademoiselle
Rose die Sonate zu lehren; heute sind wir mit dem ersten Allegro fertig. Das
Andante wird uns am meisten Mühe machen; denn das ist voll Expression
und muß accurat mit den Gusto, Forte und Piano, wie es steht, gespielt
werden. Sie ist sehr geschickt, und lernt sehr leicht. Die rechte Hand ist sehr
gut, aber die linke ist leider ganz verdorben. Ich kann sagen, daß ich oft
sehr Mitleiden mit ihr habe, wenn ich sehe, wie sie sich oft bemühen muß,
daß sie völlig schnauft, und nicht aus Ungeschicklichkeit, sondern weil sie
nicht anders kann, weil sie es schon so gewohnt ist, indem man ihr es nie
anders gezeigt hat. Ich habe auch zu ihrer Mutter und zu ihr selbst gesagt,
daß wenn ich jetzt ihr förmlicher Meister wäre, so sperrte ich ihr alle Musikalien ein, deckte ihr das Clavier mit einem Schnupftuch zu und ließe ihr
so lange mit der rechten und linken Hand, anfangs ganz langsam, lauter
Passagen, Triller, Mordanten etc. exerciren, bis die Hand völlig eingerichtet
wäre; denn hernach getraute ich mir eine rechte Clavieristin aus ihr zu machen. Denn es ist Schade, sie hat so viel Genie, sie liest ganz passabel, sie

hat sehr viel natürliche Leichtigkeit und spielt mit sehr viel Empfindung. Sie haben mir auch Beide recht gegeben.

Nun auf die Oper, ganz kurz. Die Musik vom Holzbauer [zum ersten großen deutschen Singspiel »Günther von Schwarzburg«] ist sehr schön. Die Poesie ist nicht werth einer solchen Musik. Am meisten wundert mich, daß ein so alter Mann, wie Holzbauer, noch so viel Geist hat; denn das ist nicht zu glauben, was in der Musik für Feuer ist. Die Primadonna war die Mad. Elisabetha Wendling, nicht die Flötisten-Frau, sondern des Geigers. Sie ist immer kränklich, und zu dem war auch die Oper nicht für sie, sondern für eine gewisse *Danzi* geschrieben, die jetzt in England ist; folglich nicht für ihre Stimme, sondern zu hoch. Hr. *Raaff* hat unter 4 Arien und etwa beiläufig 450 Tacten einmal so gesungen, daß man gemerkt hat, daß seine Stimme die stärkste Ursache ist, warum er so schlecht singt. Wer ihn eine Arie anfangen hört und nicht in demselben Augenblick denkt, daß Raaff der alte vormals so berühmte Tenorist singt, der muß gewiß von ganzem Herzen lachen. Denn es ist halt doch gewiß, ich habe es bey mir selbst bedacht: wenn ich jetzt nicht wüßte, daß dies der Raaff ist, so würde ich mich zusammen biegen vor Lachen, so aber – – ziehe ich nur mein Schnupftuch heraus und schmutze. Er war auch sein Lebtag, wie man mir hier selbst gesagt hat, kein Acteur; man mußte ihn nur hören und nicht sehen. Er hat auch gar keine gute Person nicht. In der Oper mußte er sterben, und das singend in einer langen, langen, langen, langsamen Aria, und da starb er mit lachendem Munde. Und gegen Ende der Arie fiel er mit der Stimme so sehr, daß man es nicht aushalten konnte. Ich saß neben dem Flöten-Wendling im Orchester. Ich sagte zu ihm, weil er vorher critisirte daß es unnatürlich sei, so lange zu singen, bis man stirbt, »man kanns ja kaum erwarten«; – da sagte ich zu ihm: »Haben Sie eine kleine Geduld, jetzt wird er bald hin sein, denn ich höre es.« »Ich auch«, sagte er und lachte. Die zweite Sängerin, eine gewisse Mademoiselle Straßerin, singt sehr gut, und ist eine treffliche Actrice.

Hier ist eine deutsche National-Schaubühne, die immer bleibt, wie zu München. Deutsche Singspiele giebt man bisweilen, aber die Sänger und Sängerinen sind dabey elend. Gestern habe ich bei Baron und Baronesse *von Hagen* Oberstjägermeister gespeist. Vor 3 Tagen war ich bei H. *Schmalz* Kaufmann, wo mich der H. Herzog, oder vielmehr Nocker und Schidl durch einen Brief hin addressirte. Ich war in der Meinung einen recht höflichen braven Mann zu finden, ich überreichte ihm den Brief. Er las ihn durch, machte mir eine kleine Krümmung mit dem Leib und – – sagte nichts. Endlich sagte ich nach vielem Entschuldigen daß ich nicht schon längst meine Aufwartung bey ihm gemacht habe, daß ich mich beim Churfürsten habe hören lassen. »So?« – Altum silentium. Ich sagte nichts, er sagte nichts. Endlich sagte ich: »Ich will Ihnen länger nicht ungelegen sein, ich habe die

Ehre« – Hier fiel er mir in die Rede: »Wenn ich Ihnen etwas Dienstliches erweisen kann, so« – – »Ehe ich wegreise, werde ich so frei sein und Sie bitten« – – »Mit Geld?« – – »Ja, wenn Sie wollen die« – *»Ja, das kann ich nicht – da steht nichts im Brief von Geld; Geld kann ich Ihnen nicht geben, aber sonst«* – – »Aber sonst können Sie mir in nichts dienen, ich wüßte nicht in was, ich habe die Ehre mich zu empfehlen.« – Gestern habe ich die ganze Historie dem Hr. Herzog in Augsburg geschrieben. Nun müssen wir auf eine Antwort warten; folglich kann der Papa noch nach Mannheim schreiben .....

Ich küsse dem Papa 1000 mal die Hände und bin der junge Bruder und Vater, – weil der Papa im letzten Brief geschrieben hat: Ich bin der alte Mann und Sohn. – Heut ist der 16., wo man ihn ausgeschrieben hat, den Brief, sonst weiß er nicht, wenn man ihn weggeschickt hat, den Brief. Hast ihn nicht fertig? – den Brief? – – Ja, Mama, ich habe ihn fertig, den Brief.

77. Mozarteum.

Mannheim 20. Nov. 1777.
Gestern fing wieder die Galla an [zu Ehren des churfürstlichen Namenstags]. Ich war im Amt, welches ganz funkelnagelneu von *Vogler* componirt war. Ich war schon vorgestern Nachmittag in der Probe, ging aber gleich nach geendigtem Kyrie davon. So hab ich mein Lebtage nichts gehört. Es stimmt oft gar nicht; er geht in die Töne, daß man glaubt, er wolle einen bei den Haaren hinein reißen; aber nicht daß es der Mühe werth wäre, etwa auf eine besondere Art, nein, sondern ganz plump. Von der Ausführung der Ideen will ich gar nichts sagen. Ich sage nur das, daß es unmöglich ist, daß ein Voglerisches Amt einem Compositeur (der diesen Namen verdient) gefallen kann. Denn kurz, jetzt höre ich einen Gedanken, der nicht übel ist, – ja, er bleibt gewiß nicht lange *nicht übel*, sondern er wird bald schön? – Gott behüte! – übel und sehr übel werden, und das auf zwei- oder dreierlei Manieren; nemlich daß kaum dieser Gedanke angefangen, kommt gleich was anders und verderbt ihn; oder er schließt den Gedanken nicht so natürlich, daß er gut bleiben könnte; oder er steht nicht am rechten Ort; oder endlich er ist durch den Satz der Instrumente verdorben. So ist die Musik des Vogler. – Cannabich componirt jetzt viel besser als da wir ihn zu Paris gesehen. Was ich aber (und meine Mama auch) gleich hier an den Sinfonien bemerkt habe, ist daß eine wie die andere anfängt; allzeit von Anfang langsam und unisono.

Nun muß ich dem Papa wegen dem Hl. Kreuz in Augsburg etwas schreiben, das ich immer vergessen habe. – Ich habe recht viel Höflichkeiten dort empfangen, und der Hr. Prälat ist der beste Mann von der Welt, ein recht guter alter Dalk, der aber in einem Augenblick weg sein kann, indem es ihm stark an Othem fehlt; wie er erst letztlich an dem nemlichen Tag als wir weggereist sind, vom Schlag gezügt worden ist. Er und der Dechant und Procurator haben uns beschworen, wie wir wieder nach Augsburg kommen, gleich im Kloster abzusteigen. Der Procurator ist so ein lustiger Mann, wie der Pater Leopold zu Seeon[29]. Mein Basl hat mir vorläufig gesagt, wie er ist; folglich sind wir in der ersten Zusammenkunft so bekannt gewesen, als kännten wir uns 20 Jahre. Ich habe ihnen die Messe *ex F* und die erste aus den kurzen Messen in *C* und das Offertorium im Contrapunkt in *D* minor dort gelassen. Meine Baase ist Oberaufseherin darüber. Das Offertorium habe ich accurat zurückbekommen, weil ich es fürs erste verlangt habe. Nun haben sie mich alle und auch der Hr. Prälat geplagt, ich möchte ihnen doch eine Litaney *de venerabili* geben. Ich sagte, ich habe sie nicht bei mir. Ich wußte es auch wirklich nicht gewiß. Ich suchte und fand sie nicht. Man ließ mir keinen Fried, man glaubte ich wollte sie nur verleugnen; ich sagte aber: »Hören Sie, ich habe sie nicht bei mir, sie ist zu Salzburg; schreiben Sie meinem Papa, es kommt jetzt auf ihn an; schickt er sie Ihnen, so ists wohl und gut; wo nicht, so kann ich auch nicht dafür.« Es wird wohl glaublicherweise bald vom Hrn. Dechant ein Brief an Papa erscheinen. Nun thun Sie was Sie wollen. Wenn Sie ihnen eine schicken wollen, so schicken Sie die letzte die *ex E b:* denn sie können alles besetzen; es kommen zur selben Zeit viele Leute zusammen, sie beschreiben sie gar, denn das ist ja ihr größtes Fest.*Adieu.*

78. Mozarteum.

Mannheim 22. Nov. 1777.
Das Erste ist, daß ich Sie benachrichtige, daß mein *wahrheitsvoller* Brief an Hrn. Herzog in Augsburg *Puncto Schmalzii* sehr guten Effect gemacht hat. Er hat mir einen sehr höflichen Brief zurück geschrieben und seinen Verdruß darüber bezeugt, daß ich von *detto* Hrn. Butter so spröde bin empfangen worden. Er hat mir neuerdings einen versiegelten Brief an *detto* Hrn. Milch geschickt, nebst einer Anweisung auf 150 Fl. an *detto* Hrn. Käß. Sie müssen wissen, daß ich, obwohl ich den Hrn. Herzog ein einziges Mal gesprochen, doch nicht hab unterlassen können, ihn im Briefe zu bitten, er möchte mir doch eine Anweisung an Hrn. Schmalz oder Butter, Milch, Käß oder an wen

---

29   Ein Kloster in Niederbaiern, wo Wolfgang oft mit seinem Vater war, weil er
      dort einen lieben Freund, den Pater Johannes hatte.

er nur wollte, schicken. *A ça,* dieser Spaß hatte doch gerathen; man darf nicht anklopfen und condoliren.

Heut den 21. Vormittag haben wir Ihren Brief vom 17. Erhalten; ich war nicht zu Haus, sondern bei Cannabich, wo der Mr. Wendling ein Concert probirt hat, zu welchem ich ihm die Instrumente gesetzt habe. Heute um 6 Uhr war die Galla-Academie. Ich hatte das Vergnügen, den Hrn. Fränzl (welcher eine Schwester von der Mad. Cannabich hat) auf der Violine ein Concert spielen zu hören. Er gefällt mir sehr; Sie wissen, daß ich kein großer Liebhaber von Schwierigkeiten bin. Er spielt schwer, aber man kennt nicht, daß es schwer ist, man glaubt man kann es gleich nachmachen, und das ist das wahre. Er hat auch einen sehr schönen runden Ton, er fehlt keine Note, man hört alles; es ist alles marquirt. Er hat ein schönes Staccato in einem Bogen, so wohl hinauf als herab; und den doppelten Triller habe ich noch nie so gehört wie von ihm. Mit einem Wort: er ist meinthalben kein Hexenmeister, aber ein sehr solider Geiger.

Wenn ich mir nur das verfluchte Querschreiben abgewöhnen könnte.

Mir ist sehr leid, daß ich nicht bei dem traurigen Zufall für die Mad. Adlgasserin zu Salzburg war, damit ich sie hätte trösten können; denn das kann ich! – voraus bei einer so schönen Frau, wie die Mad. Nadlstraßerin.[30] Was Sie wegen Mannheim schreiben, weiß ich alles schon, – doch ich mag niemals gern etwas vor der Zeit schreiben; es wird sich alles geben; vielleicht kann ich Ihnen im zukünftigen Brief etwas *sehr Gutes* für *Sie*, aber nur *Gutes* für mich, oder etwas *sehr Schlechtes* in Ihren Augen, aber etwas *Passables* in meinen Augen, vielleicht aber auch etwas *Passables* für Sie, und aber *sehr gut, lieb und werth* für mich schreiben! Das ist ziemlich orakel-mässig, nicht wahr? – – es ist dunkel, aber doch zu verstehn.

An Hrn. Bullinger meine Empfehlung, und ich schäme mich, so oft ich einen Brief von Ihnen bekomme; denn es steht gemeiniglich etwas von ihm selbst geschrieben darin; und wenn ich hernach bedenke, daß ich ihm, der mein bester und wahrer Freund ist und von dem ich so viel Höflichkeit und Güte genossen habe, noch niemals geschrieben habe! – Doch – ich entschuldige mich nicht! – Nein! sondern ich bitte ihn, er möchte mich, er selbst, so viel es nur möglich ist bei sich entschuldigen, mit der Versicherung, daß ich ihm, so bald ich einmal *ruhig* sein kann, schreiben werde. Bis dato war ich es noch nie; denn sobald ich noch weiß, daß ich gewisser als nicht und wahrscheinlicher Weise einen Ort verlassen muß, so habe ich keine ruhige Stunde; und obwohl ich jetzt doch ein wenig Hoffnung habe, so bin ich doch nicht ruhig, bis ich nicht weiß woran ich bin. Etwas von dem Orakel

---

30   Adlgasser war Organist am Dom und seine Frau galt für sehr dumm. Vgl. unten den Brief vom 22. August 1781.

muß geschehen. – Ich glaube, es wird entweder das Mittlere oder das Letzte geschehen. – Das ist mir nun eins; denn das ist alleweil ein Ding. – –

Das habe ich Ihnen ja hoffentlich geschrieben, daß die große Oper vom Holzbauer deutsch ist! – Wo nicht, so habe ichs halt jetzt geschrieben. Sie war betitelt »Günther von Schwarzburg« und nicht der Edelveste Hr. Günther, Bader und Rathsherr von Salzburg. Künftigen Carneval wird »*Rosamunde*« gegeben, eine neu componirte Poesie des Hrn. *Wieland*, nebst neuer componirter Musik des Hrn. *Schweitzer*. Beide werden hieher kommen. Ich hab schon etwas von der Oper gesehen und auf dem Clavier gespielt, aber ich will noch nichts davon sagen. – Die Scheibe, die Sie mir als Bestgeber haben malen lassen, ist kostbar und die Verse sind unvergleichlich.[31] Nun bleibt mir nichts zu schreiben übrig als daß ich allerseits eine recht angenehme Ruhe wünsche, und daß Sie halt alle recht gut schlafen, bis ich Sie mit diesem gegenwärtigen Brief aufwecke. Adieu, ich küsse dem Papa 100000000mal die Hände, und meine Schwester, den lieben Polester, umarme ich von Herzen, mit Schmerzen, ein wenig oder gar nicht, und bin dero gehorsamster Sohn, laufen Sie doch nicht davon

Wolfgang Amade Mozart,

Ritter des goldenen Spornes und sobald ich heirath des doppelten Hornes, Mitglied der großen Academie von Verona,

Bologna, *oui mon ami!*

Der Vater hatte zu wissen verlangt, warum sie mit solcher Eile nach Mannheim gereist seien. Die Mutter schreibt, der Fürst Taxis sei nicht mehr in Donaueschingen; auch in Hohenaltheim sei er nicht zu treffen gewesen; der Bischof von Würzburg sei zur Zeit in Bamberg. Von Würzburg aus hätten sie den Spessart passiren müssen; da seien sie lieber direct nach Mannheim gegangen. Darauf fährt Wolfgang fort:

79. Mozarteum.

Mannheim 26. Nov. 1777.

– – Und überdieß hat mir noch Jederman der Mannheim kennt, auch Cavaliere, gerathen hieher zu reisen. Die Ursache warum wir noch hier sind, ist weil ich im Sinn habe den Winter hier zu bleiben, ich warte nur auf Antwort vom Churfürsten. Der Intendant Graf Savioli ist ein recht braver Cavalier, und dem habe ich gesagt, er möchte dem Churfürsten sagen, daß weil ohnedem jetzt eine schlechte Witterung zum Reisen ist, so wollte ich hier bleiben

---

31 Zum Bölzl-Schießen, das ein Kreis von Salzburger Freunden alle Woche ausübte. Die Scheibe stellte »den traurigen Abschied von den zwey in Thränen zerfließenden Personen des Wolfgang und des Bäsle« dar.

und den jungen Grafen [Carl Theodors natürlichen Sohn] instruiren. Er versprach mir auch sein Möglichstes zu thun, nur sollte ich Geduld haben, bis die Galla-Tage vorbei wären. Dieses geschah alles mit Wissen und auf *Anstiftung* des Cannabich. Da ich ihm erzählte, daß ich beim Savioli war und was ich ihm sagte, so sagte er mir, daß er gewisser glauben würde, es geschehe als nicht. Nun hat Cannabich, noch ehe der Graf mit dem Churfürsten geredet hat, über dieses gesprochen.

Nun muß ich es abwarten. Ich werde morgen meine 150 Fl. beim Hrn. Schmalz abholen; denn der Wirth wird ohne Zweifel lieber Geld als Musik klingen hören. Ich hätte freilich nicht geglaubt, daß ich hier eine Uhr würde zu verehren bekommen [vgl. Nr. 74]; aber jetzt ist es nun einmal so. Ich wäre schon längst weg, aber alles sagt mir: Wo wollen Sie denn den Winter hin? – Bei dieser Jahreszeit ist es ja gar übel zu reisen. Bleiben Sie hier. – Der Cannabich wünscht es auch sehr, mithin hab ich es halt jetzt probirt, und weil man so eine Sache nicht übereilen kann, so muß ich es halt mit Geduld erwarten; und ich hoffe Ihnen bald eine gute Nachricht geben zu können. Zwei Scolaren habe ich im Voraus schon, ohne die Erz-Scolaren, die mir gewisser als nicht, ein jeder 1 Louis den Monat geben. Ohne den Erz läßt es sich freilich nicht thun. Nun lassen wir das, wie es ist und wie es sein wird; was nützen doch die überflüßigen Speculationen! Was geschehen wird, wissen wir doch nicht; doch – wir wissen es! – was Gott will.

Nun lustig *Allegro, non siate so pegro.* Wenn wir allenfalls von hier wegreisen, so gehen wir schnurgerade – wohin? – nach Weilburg oder wie es heißt, zu der Prinzessin, der Schwester des Prinzen von Oranien, die wir *à la Haie* so gut gekannt haben. Dort bleiben wir *nota bene,* so lang uns die Offizier-Tafel schmeckt und bekommen doch gewiß aufs wenigste 6 Louisd'or.

Es sind etliche Tage daß der Herr *Sterkel* hier ist von Würzburg. Vorgestern als den 24. speiste ich mit Cannabich abermal beim Oberstjäger von Hagen und auf den Abend war ich *al solito* beim Cannabich, und da kam der Sterkel[32] hin. Er spielte 5 Duetten [Sonaten mit Violine], aber so geschwind, daß es nicht auszunehmen war, und gar nicht deutlich, und nicht auf den Takt. Es sagten es auch alle. Die Mademoiselle Cannabich spielte die 6. und in Wahrheit besser als der Sterkel.

Nun muß ich schließen weil ich keinen Platz mehr habe zum schreiben; dann im Bette kann ich nicht schreiben und auf mag ich nicht bleiben, weil es mich so schläfert. *P.S.* Wenn ich noch einen Platz fände, so schreibete

---

32   Abbé Sterkel, beliebter Componist und Claviervirtuos, den auch Beethoven mit Simrock, Ries und den beiden Romberg im Herbst 1791, in Aschaffenburg besuchte. Wegeler und Ries Biogr. Not. über L.v. Beethoven, S. 17.

ich 100000 Complimente von uns 2, sage von uns zwei an alle gute Freunde und Freundinnen. Besonders an die *A.* Adlgasserische, Andretterische und Arco (Graf); *B.* Hrn. Bullinger, Barisanische und Beranzky; *C.* Czernin (Graf) Cussetti, und die drei Hrn. Calcanten; *D.* Hrn. Daser, Deibl und Dommeseer; *E.* Mademoiselle Eberlin Waberl, Hrn. Eßlinger und alle Eseln zu Salzburg; *F.* Firmian (Graf und Gräfin und Dalkerl), den kleinen Franzl und an Petrischen Freihof; *G.* Mademoiselle und Mad. et deux Mons. Gylofsky und auch an Conseiller, dann Hrn. Gretri und Gablerbräu; *H.* den Haydnischen, Hagenauerischen und der Höllbräu-Thresel; *I.* Joli (die Sallerl), an Hrn. Janitsch den Geiger und an Jakob beim Hagenauer; *K.* Hrn. und Frau von Kürsinger, Graf und Gräfin Kücheburg und Hrn. Kassel; *L.* Baron Lehrbach, Graf und Gräfin Litzauer, Graf und Gräfin Lodron; *M.* Hrn. Meißner, Mödlhammer- und Moser-Bräu; *N.* die Nannerl, den Hofnarren Pater Florian und allen Nachtwächtern; *O.* den Graf Oxenstirn, die Hrn. Oberbrüder und allen Ochsen in Salzburg; *P.* den Prexischen, Graf Prawek Kuchelmeister und Graf Perusa; *Q.* den Hrn. *Quilibet, quodlibet* und allen Quäckern; *R.* den Pater Florian Reichsiegel, Robinigsche und Maestro Rust; *S.* den Hrn. Suscipe, Hrn. Seiffert, und an alle Säu in Salzburg; *T.* Hrn. Tanzberger unsren Metzger, der Theresel und an alle Trompeter; *U.* an die Stadt Ulm und Utrecht und an alle Uhren in Salzburg; *W.* an den Wieserischen Wurstmacher Hans und an Woferl [so wurde er selbst genannt]; *X.* an die Xantippe, an Xerxes und an alle die, deren Namen mit einen *x* anfängt; *Y.* an Hrn. Ypsilon, an die Hrn. Ybrig und an alle die, deren Namen mit ein *y* anfängt; letztens aber *Z.* an Hrn. Zabuesnig, Hrn. Zonca und Hrn. Zezi im Schloß. *Adio.* Wenn ich Platz hätte, so schriebe ich schon noch etwas, aufs wenigste doch Complimente an meine gute Freunde, so kann es aber nicht sein, ich wüßte nicht, wo ich hinschreiben sollte. Ich kann gescheuts nichts heut schreiben, denn ich bin heiß völlig aus dem Viel [völlig aus dem Geleise]. Der Papa üble es mir nicht. Müssen haben, ich so halt einmal heut bin; ich helf mir nicht können. Wohlen sie leb, ich gute eine wünsche Nacht. Sunden Sie geschlaf. Werdens nächste ich schon schreiber gescheiden. –

80. Mozarteum.

Mannheim 29. Nov. 1777.

Heute Vormittag habe ich Ihren Brief vom 24. richtig erhalten und daraus ersehen, daß Sie sich nicht in Glück und Unglück schicken könnten, wenn wir allenfals so etwas übern Hals bekämen. Bis dato waren wir alle vier, wie wir sind, niemals glücklich noch unglücklich, und dafür danke ich Gott. Sie machen uns Beiden viele Vorwürfe, und ohne daß wir es verdienen. Wir machen keine Ausgaben die nicht nothwendig sind; und was auf der Reise nothwendig ist, wissen Sie so gut und besser als wir. Daß wir uns in München so lange aufgehalten ist kein Mensch Ursache *als* ich; und wenn ich allein gewesen wäre, so wäre ich ganz gewiß in München geblieben. Daß wir uns in Augsburg 14 Tage aufgehalten? – Ich sollte fast glauben, Sie hätten meine Briefe aus Augsburg nicht bekommen? – Ich wollte ein Concert geben, – ich wurde angesetzt; da waren 8 Tage weg. Ich wollte absolument verreisen, man ließ mich nicht, man wollte ich sollte ein Concert geben. Ich wollte gebeten sein, es geschah auch. Ich gab ein Concert. Da sind nun die 14 Tage. Daß wir gleich nach Mannheim sind? – Dieß habe ich in meinem letzten Brief beanwortet. Daß wir noch hier sind? – Ja, – können Sie denn glauben, daß ich ohne Ursache wo bleiben würde? – Aber man könnte doch dem Vater – – Gut, Sie sollen die Ursache, ja den ganzen Hergang der Sache wissen. Aber bei Gott, ich wollt davon nichts schreiben, weil ich (so wenig als heute) etwas Ausführliches schreiben konnte und Sie folglich mit einer *ungewissen* Nachricht (wie ich Sie kenne) in Sorgen und Kummer gesetzt hätte, welches ich allzeit zu vermeiden suchte. Wenn Sie aber die Ursache meiner Nachlässigkeit, Sorglosigkeit und Faulheit zuschreiben, so kann ich nichts als mich für Ihre gute Meinung bedanken und von Herzen bedauern, daß Sie mich, Ihren Sohn, nicht kennen. Ich bin nicht sorglos, ich bin nur auf alles gefaßt und kann folglich alles mit Geduld erwarten und ertragen, – wenn nur meine Ehre und mein guter Namen Mozart nicht darunter leidet. Nun weil es halt so sein muß, so sei es. Ich bitte aber im Voraus sich nicht vor der Zeit zu freuen oder zu betrüben; denn es mag geschehen, was da will, so ist es gut, wenn man nur gesund ist; denn die Glückseligkeit beste-het – bloß in der Einbildung.

Den vergangenen Dienstag 8 Tage, nemlich den Tag vor Elisabeth ging ich vormittags zum Graf Savioli und fragte ihn, ob es nicht möglich wäre, daß mich der Churfürst diesen Winter behielte? ich wolle die junge Herr-schaft instruiren. Er sagte: »Ja, ich will es dem Churfürst proponiren, und wenn es bei mir besteht so geschieht es gewiß«. Nachmittags war ich bei Cannabich und weil ich auf sein Anrathen zum Grafen gegangen bin, so fragte er mich gleich, ob ich dort war? Ich erzählte ihm Alles, er sagte mir: »Mir ist es sehr lieb wenn Sie den Winter bei uns bleiben, aber noch lieber wäre es mir, wenn Sie immer und recht in Diensten wären.« Ich sagte: »Ich wollte nichts mehr wünschen, als daß ich immer um Sie sein könnte, aber auf beständig wüßte ich wirklich nicht, wie das möglich wäre. Sie haben schon zwei Capellmeister, ich wüßte also nicht was ich sein könnte; denn dem Vogler möchte ich nicht nachstehen!« »Das sollen Sie auch nicht«, sagte er. »Hier steht kein Mensch von der Musik, unter dem Capellmeister, nicht einmal unter dem Intendant. Der Churfürst könnte Sie ja zum Kam-mercompositeur machen. Warten Sie, ich werde mit dem Grafen darüber sprechen.« – Donnerstag darauf war große Academie. Als mich der Graf gesehen hatte, bat er mich um Verzeihung daß er noch nichts geredet hat, indem jetzt die Gallatage sind; sobald aber die Galla vorbei sein wird, nemlich Montag, so wird er gewiß reden. Ich ließ 3 Tage vorbei gehen; und als ich gar nichts hörte, so ging ich zu ihm, um mich zu erkundigen. Er sagte: »Mein lieber Mr. Mozart (das war Freitag, nemlich gestern), heut war Jagd, mithin habe ich den Churfürsten unmöglich fragen können; aber morgen um die Zeit werde ich Ihnen gewiß eine Antwort sagen können.« Ich bat ihn er möchte doch nicht vergessen. Die Wahrheit zu gestehen, so war ich, als ich weg ging, ein wenig aufgebracht und entschloß mich also, meine leichtesten 6 Variationen über den Fischerschen Menuett (die ich schon eigens wegen dessen hier aufgeschrieben habe) dem jungen Grafen zu bringen, um Gelegenheit zu haben, mit dem Churfürsten selbst zu reden. Als ich hin kam, so können Sie sich die Freude nicht vorstellen von der Gouvernante. Ich ward sehr höflich empfangen. Als ich die Variationen herauszog und sagte, daß sie für den Grafen gehören, sagte sie: »O das ist brav, aber Sie haben ja doch für die Komtesse auch was?« – »Jetzt noch nicht«, sagte ich, »wenn ich aber noch so lange hier bleibe, daß ich etwas zu schreiben Zeit habe, so werde ich« – »Apropos« sagte sie, »das freuet mich, Sie bleiben den ganzen Winter hier.« »Ich? – da weiß ich nichts!« – »Das wundert mich, das ist curios, mir sagte es neulich der Churfürst selbst. Apropos, sagte er, der Mozart bleibt den Winter hier.« – »Nu, wenn er es gesagt hat, so hat es derjenige gesagt, der es sagen kann, denn ohne den Churfürsten kann ich natürlicherweise nicht hier bleiben.« Ich erzählte ihr nun die ganze Geschichte. Wir wurden eins, daß ich morgen als *heute* nach 4 Uhr hinkommen und für die Komtesse etwas mitbringen würde. Sie werden (ehe ich komme) mit dem Churfürsten reden; und ich werde ihn noch antreffen. Ich bin heute hingegangen, aber er ist heute nicht gekommen. Morgen werde ich aber hingehen. Ich habe für die Komtesse ein Rondo gemacht. Habe ich nun nicht Ursache genug hier zu bleiben und das Ende abzuwarten? – Sollte ich etwa jetzt, wo der größte Schritt gethan ist, abreisen? – Jetzt habe ich Gelegenheit mit dem Churfürsten selbst zu reden. Den Winter glaube ich werde ich wohl vermuthlich hier bleiben, denn der Churfürst hat mich lieb, hält viel auf mich und weiß was ich kann. Ich hoffe Ihnen im künftigen Brief eine gute Nachricht geben zu können. Ich bitte Sie noch einmal sich nicht zu früh zu freuen oder zu sorgen und die Geschichte keinem Menschen als Hrn. Bullinger und meiner Schwester zu vertrauen. – Hier schicke ich meiner Schwester das Allegro und Andante von der Sonate für die Mademoiselle Cannabich. Das Rondo folgt nächstens, es wäre zu dick gewesen alles zusammen zu schicken. Sie müssen schon mit dem Original verlieb nehmen, Sie können sich es leichter um 6 Kr. den Bogen abschreiben lassen, als ich um

24 Kr., finden Sie das nicht theuer? – Adieu. Sie werden wohl ein klein bischen von der Sonate gehört haben, denn beim Cannabich wird sie des Tages gewiß 3 Mal gesungen, geschlagen, gegeigt oder gepfiffen! – freilich nur *sotto voce*.

81. Mozarteum.

Mannheim 3. Dez. 1777.

Noch kann ich gar nichts Gewisses schreiben wegen meinen Umständen hier. Vergangenen Montag hatte ich das Glück nachdem ich 3 Tage nach einander Vor- und Nachmittag zu den natürlichen Kindern hingegangen, den Churfürsten endlich anzutreffen. Wir haben zwar alle geglaubt, es wird die Mühe wieder umsonst sein, weil es schon spät war; doch endlich sahen wir ihn kommen. Die Gouvernante ließ gleich die Komtesse zum Clavier sitzen; und ich setzte mich neben ihr und gab ihr Lection, und so sah uns der Churfürst als er herein kam. Wir standen auf, aber er sagte wir sollten fortmachen. Als sie ausgespielt hatte, nahm die Gouvernante das Wort und sagte, daß ich ein so schönes Rondo geschrieben hätte. Ich spielte es, es gefiel ihm sehr. Endlich fragte er: »Wird sie es aber wohl lernen können?« »O ja«, sagte ich, »ich wollte nur wünschen daß ich das Glück hätte ihr es selbst zu lernen.« Er schmuzte und sagte: »Mir wäre es auch lieb, aber würde sie sich nicht verderben wenn sie zweierlei Meister hätte?« »Ach nein, E.D.« sagte ich, »es kommt nur darauf an ob sie einen guten oder schlechten bekömmt; ich hoffe E.D. werden nicht zweifeln, werden Vertrauen auf mich haben.« – »O, das ganz gewiß«, sagte er. Nun sagte die Gouvernante: »Hier hat auch Mr. Mozart Variationen über den Menuet von Fischer für den jungen Grafen geschrieben.« Ich spielte sie; sie haben ihm sehr gefallen. Nun scherzte er mit der Komtesse. Da bedankte ich mich für das Präsent; er sagte: »Ich werde darüber denken; wie lang will Er denn hier bleiben?« – Antwort: »So lange E.D. befehlen. Ich habe gar kein Engagement, ich kann bleiben, so lang E.D. befehlen.« – Nun war alles vorbei. Ich war heute Morgens wieder dort. Da sagte man mir, daß der Churfürst gestern abermals gesagt hat: »Der Mozart bleibt diesen Winter hier.« Nun sind wir mitten drin. Warten muß ich doch.

Heut (zum 4. Mal) hab ich bei Wendling gespeist. Vor dem Essen kam Graf Savioli mit dem Capellmeister *Schweitzer*, der gestern abends angekommen, hin. Savioli sagte zu mir: »Ich habe gestern abermals mit dem Churfürsten gesprochen, er hat sich aber noch nicht resolvirt.« Ich sagte zu ihm: »Ich muß mit Ihnen ein paar Worte sprechen.« Wir gingen ans Fenster. Ich sagte ihm den Zweifel des Churfürsten, beklagte mich, daß es gar so lange hergeht, daß ich schon so viel hier ausgegeben, bat ihn er möchte doch

105

machen, daß mich der Churfürst auf beständig nehme, indem ich fürchte, daß er mir den Winter so wenig geben wird, daß ich etwa gar nicht hier bleiben kann. »Er soll mir Arbeit geben, ich arbeite gern.« Er sagte mir, er wird es ihm gewiß so proponiren; heute Abends könne es zwar nicht sein, indem er heute nicht nach Hof kömmt; aber morgen verspricht er mir die gewisse Antwort. – Nun mag geschehen, was will. Behält er mich nicht, so dringe ich auf ein Reisegeld, denn das Rondo und die Variationen schenke ich ihm nicht. Ich versichere Sie, daß ich so ruhig bei der Sache bin, weil ich gewiß weiß, daß es nicht anders als gut gehen kann, es mag geschehen was will. Ich habe mich völlig in den Willen Gottes gegeben.

Gestern haben wir den Brief vom 27. Nov. erhalten. Ich hoffe Sie werden das Allegro und Andante von der Sonate empfangen haben. – Hier folgt das Rondo. Hr. Capellmeister Schweitzer ist ein guter braver ehrlicher Mann, trocken und glatt wie unser Haydn, nur daß die Sprache feiner ist. In der zukünftigen Opera sind sehr schöne Sachen, und ich zweifle gar nicht daß sie gewiß reussiren wird. Die »Alceste« hat sehr gefallen und ist doch halb nicht so schön wie die »Rosamunde«. Freilich hat das viel beigetragen, weil es das erste deutsche Singspiel war. Nun macht es, *NB.* auf die Gemüther, die nur durch die Neuheit hingerissen werden, lange den Eindruck nicht mehr. Hr. Wieland, der die Poesie gemacht hat, wird auch den Winter hierher kommen. Den möchte ich wohl kennen; wer weiß es? – Vielleicht! – Wenn der Papa dieses liest, so ist, wills Gott, alles vorbei.

Wenn ich hier bleibe so soll ich in den Fasten *en compagnie* mit Hrn. Wendling, Ramm Oboist, welcher sehr schön bläst, Hrn. Balletmeister Cauchery nach Paris. Hr. Wendling versichert mich, daß es mich nicht ge- reuen wird, er war 2 Mal in Paris, er ist erst zurückgekommen. Er sagt: »Das ist noch der einzige Ort, wo man Geld und sich recht Ehre machen kann. Sie sind ja ein Mann der alles im Stande ist, ich will Ihnen schon den rechten Weg zeigen. Sie müssen *opera seria, comique, oratoire* und alles machen. Wer ein paar Opern in Paris gemacht hat, bekommt etwas Gewisses das Jahr. Hernach ist das *Concert spirituel, Academie des amateurs,* wo man für eine Sinfonie 5 Louisd'ors bekömmt. Wenn man eine Lection gibt, so ist der Brauch für 12 Lectionen 3 Louisd'or. Man läßt hernach Sonaten, Trios, Quatuors stechen *per souscription.* Der Cannabich, Toeschi, die schicken viel von ihrer Musik nach Paris.« – Der Wendling ist ein Mann der das Reisen versteht. Schreiben Sie mir Ihre Meinung darüber, ich bitte Sie. Nützlich und klug scheint es mir. Ich reise mit einem Mann, der Paris (wie es jetzt ist) in- und auswendig kennt, denn es hat sich viel verändert. Ich gebe noch so wenig aus, ja ich glaube daß ich nicht halb so viel depensire, weil ich nur für mich zu bezahlen habe, indem meine Mama hier bleiben würde und glaublicher Weise bei Wendling im Hause.

Den 12. dieses wird Hr. *Ritter*, der den Fagott sehr schön bläst, nach Paris reisen. Wenn ich nun allein gewesen wäre, hätte ich die schönste Gelegenheit gehabt. Er hat mich selbst angesprochen. Der Ramm (Oboist) ist ein recht braver lustiger ehrlicher Mann, etwa 35 Jahre, der schon viel gereist ist, und folglich viel Erfahrung hat. Die Ersten und Besten von der Musik hier haben mich sehr lieb und eine wahre Achtung. Man nennt mich nie anders als Hr. Capellmeister. Ich kann sagen, daß mir sehr leid ist, daß ich nicht aufs wenigste eine abgeschriebene Messe bei mir habe, ich hätte doch eine produzirt; denn ich habe neulich eine von Holzbauer gehört, welche auch nach unserm Geschmack ist. Wenn ich doch nur das *Misericordias* abgeschrieben hätte! – Jetzt ist es einmal so. Das kann man nicht anders machen. Ich hätte mich entschlossen eine copiren zu lassen, aber das Copiren kostet hier gar zu viel. Vielleicht hätte ich nicht einmal soviel für die Messe bekommen, als ich für die Copiatur hätte zahlen müssen. Denn man ist hier so freigebig nicht. –

82. Mozarteum.

Mannheim 6. Dez. 1777.

Ich kann schon wieder nichts schreiben! Jetzt wird mir der Spaß bald zu lang. Ich bin nur curios auf den Ausgang. Der Graf Savioli hat schon 3 Mal mit dem Churfürsten gesprochen und die Antwort war allzeit ein Schupfer mit den Achseln und: »Ich werde schon antworten, aber – ich bin noch nicht resolvirt.« Meine gute Freunde treffen ganz mit meiner Meinung überein, daß diese Weigerung und Zurückhaltung mehr ein gutes als böses Zeichen ist. Denn wenn auch der Churfürst mich gar nicht zu nehmen im Sinn hätte, so würde er es gleich gesagt haben; so aber gebe ich dieser Verzögerung keine andere Ursache als – – *Denari siamo un poco scrocconi.* Übrigens weiß ich gewiß, daß mich der Churfürst lieb hat; *à bon conto* müssen wir halt noch warten. Jezt kann ich sagen, daß es mir lieb wäre, wenn die Sachen gut ausgingen, denn sonst reuete es mich, daß ich so lange hier gesessen und das Geld verzehrt habe. Übrigens mag es gehen wie es will, so kann es nie übel sein, wenn es nach dem Willen Gottes geht; und das ist meine alltägliche Bitte, daß es so gehen möchte. – Der Papa hat die Hauptursache wegen der Freundschaft des Hrn. Cannabich wohl errathen. Es ist aber noch ein kleines Ding, wozu er mich brauchen kann, nemlich er muß von allen seinen Baletten ein Recueil herausgeben, aber auf das Clavier. Nun kann er unmöglich das Ding so schreiben, daß es gut herauskömmt und doch leicht ist. Zu diesem bin ich ihm (wie ich es auch mit einem Contredance schon war) sehr willkommen. Jezt ist er schon 8 Tage auf der Jagd und kommt erst künftigen Dienstag. Solche Sachen tragen freilich viel zu einer guten Freundschaft bei, aber ungeachtet dessen glaube ich, wäre er mir doch wenigstens nicht feind; denn er hat sich viel geändert. Wenn man auf gewisse Jahre kömmt und sieht seine Kinder herwachsen, so denkt man schon ein bischen anders. Seine Tochter welche 15 Jahr alt, aber das älteste Kind ist, ist ein sehr schönes artiges Mädl. Sie hat für ihr Alter sehr viel Vernunft und gesetztes Wesen; sie ist serios, redet nicht viel, was sie aber redet, geschieht mit Anmuth und Freundlichkeit. Gestern hat sie mir wieder ein recht unbeschreibliches Vergnügen gemacht, sie hat meine Sonate ganz vortrefflich gespielt. Das Andante (welches *nicht geschwind* gehen muß) spielt sie mit aller möglichen Empfindung; sie spielt es aber auch recht gern. Sie wissen, daß ich den 2. Tag als ich hier war, schon das erste Allegro fertig hatte, folglich die Mademoiselle Cannabich nur einmal gesehen hatte. Da fragte mich der junge Danner, wie ich das Andante zu machen in Sinn habe? »Ich will es ganz nach dem Character der Mademoiselle Rose machen.« Als ich es spielte, gefiel es halt außerordentlich. Der junge Danner erzählte es hernach. Es ist auch so; wie das Andante, so ist sie. – – Heute habe ich das 6. Mal bey Wendling gespeist und das 2. Mal mit dem Hrn. Schweitzer. Morgen esse ich zur Abwechslung wieder dort; ich gehe ordentlich in die Kost hin. Nun muß ich aber schlafen gehen, ich wünsche gute Nacht.

Diesen Augenblick komme ich von Wendling zurück. Sobald ich den Brief auf die Post getragen, so gehe ich wieder hin; dann man wird so in Camera Caritatis die Oper probiren. Um halb 7 Uhr gehe ich hernach zum Cannabich zu der gewöhnlichen und alltäglichen Clavierunterweisung. Apropos, ich muß etwas widerrufen: ich habe gestern geschrieben, daß die Mademoiselle Cannabich 15 Jahr alt; sie ist aber erst 13 und gehet in das vierzehnte. Unsere Empfehlung an alle gute Freund und Freundinnen; besonders an Hrn. Bullinger. Die Mama brennt vor Zorn, Wuth und Eifersucht, indem der Papa nichts als den Kasten wegrucken und die Thür aufmachen darf, um zu der schönen Kammerjungfer zu kommen. Ich kann sagen, daß es mich völlig reuet, daß ich von Salzburg weg bin, da ich doch jezt eine so schöne Gelegenheit hätte, allen meinen Verdruß in den Armen eines so schönen liebenswürdigen blaunasigten Mädls zu vergessen! Es hat halt einmal so sein sollen, ich muß mich halt mit diesem trösten, daß es noch mehr so schöne Frauenzimmer gibt. –

83. Mozarteum.

Mannheim 10. Dez. 1777.

Hier ist es dermalen nichts mit dem Churfürsten. Ich war vorgestern in der Academie bei Hof um eine Antwort zu bekommen. Der Graf Savioli wich mir ordentlich aus. Ich ging aber auf ihn zu. Als er mich sahe, schupfte er die Achseln. »Was«, sagte ich, »noch keine Antwort?« – »Bitte um Vergebung«, sagte er, »aber leider nichts.« – *Eh bien*«, sagte ich, »das hätte mir der Churfürst eher sagen können.« »Ja«, sagte er, »er hätte sich noch nicht resolvirt, wenn ich ihn nicht dazu getrieben und vorgestellt hätte, daß Sie schon so lange hier sitzen und im Wirthshaus Ihr Geld verzehren.« »Das verdrießt mich auch am meisten«, versetzte ich, »das ist gar nicht schön; übrigens bin ich Ihnen, Herr Graf (denn man heißt ihn nicht Excellenz), sehr verbunden, daß Sie sich so eifrig für mich angenommen haben und bitte, sich im Namen meiner beim Churfürsten zu bedanken für die zwar späte doch gnädige Nachricht; und ich versicherte ihn, daß es ihn gewiß niemals gereut hätte, wenn er mich genommen hätte.« »O«, sagte er, »von diesem bin ich mehr versichert, als Sie es glauben.« Ich sagte hernach die Resolution dem Hrn. Wendling, welcher völlig roth wurde und ganz hitzig sagte: »Da müssen wir Mittel finden; Sie müssen hier bleiben, die 2 Monate aufs Wenigste, bis wir hernach miteinander nach Paris gehen. Morgen kömmt so der Cannabich von der Jagd zurück, da werden wir das mehrere reden.« Ich ging gleich von der Academie weg und gerade zur Mad. Cannabich. Dem Hrn. Schatzmeister, der mit mir weggegangen und der ein recht braver Mann und mein guter Freund ist, habe ich es im Hingehen erzählt. Sie können sich nicht vorstellen, wie sich der Mensch darüber erzürnt hat. Als wir ins Zimmer traten, nahm er gleich das Wort und sagte: »Nu, da ist Einer, der das gewöhnliche schöne Schicksal vom Hof hat.« »Was«, sagte die Madame, »ist es also nichts?« – Ich erzählte dann Alles. Sie erzählten mir dann auch allerhand dergleichen Stückchen, die hier so passirt sind. Als die Mademoiselle Rose (welche 3 Zimmer weit entfernt war und just mit der Wäsche umging) fertig war, kam sie herein und sagte zu mir: »Ist es Ihnen jetzt gefällig?« – denn es war Zeit zur Lection. »Ich bin zu Befehl«, sagte ich. »Aber«, sagte sie, »heut wollen wir recht gescheut lernen.« »Das glaub ich«, versetzte ich, »denn es dauert so nicht mehr lang.« – »Wie so? – wie so? – warum?« – Sie ging zu ihrer Mama und dann sagte sie es ihr. »Was?« – sagte sie, »ist es gewiß? – ich glaub es nicht.« »Ja, ja, gewiß«, sagte ich. Sie spielte darauf ganz *serieuse* meine Sonate. Hören Sie, ich konnte mich des Weinens nicht enthalten. Endlich kamen auch der Mutter, Tochter und dem Hrn. Schatzmeister die Thränen in die Augen; denn sie spielte just die Sonate und das ist das Favorit vom ganzen Haus. »Hören Sie«, sagte der Schatzmeister, »wenn der Herr Capellmeister (man nennt mich hier nie anderst) weggeht, so macht er uns alle weinen.« Ich muß sagen, daß ich hier sehr gute Freunde habe, denn in solchen Umständen lernt man sie kennen; denn sie sind es nicht allein in Worten, sondern in der That. Hören Sie nur Folgendes. Den andern Tag kam ich wie sonst zum Wendling zum Speisen; da sagte er mir: »Unser Indianer (das ist ein Holländer, der von seinen eigenen Mitteln lebt, ein Liebhaber von allen Wissenschaften und ein großer Freund

und Verehrer von mir) ist halt doch ein rarer Mann; er gibt Ihnen 200 Fl., wenn Sie ihm 3 kleine leichte und kurze Concerte und ein paar Quattro auf die Flöte machen. Durch den Cannabich bekommen Sie auf das Wenigste 2 Scolaren, die gut bezahlen, Sie machen hier Duetti auf das Clavier und eine Violine *per souscription* und lassen sie stechen. Tafel haben Sie sowohl mittags als abends bey uns. Quartier für sich haben Sie bei dem Hrn. Hofkammerrath, das kostet Sie alles nichts; für die Frau Mutter wollen wir die 2 Monate, bis Sie dieses alles nach Haus geschrieben haben, ein wohlfeiles Quartierl ausfindig machen; und alsdann reist die Mama nach Haus und wir gehen nach Paris.« – Die Mama ist damit zufrieden; jetzt kommt es nur auf Ihre Einwilligung an, der ich schon so gewiß bin, daß wenn es jetzt schon zur Reise Zeit wäre, ich ohne eine Antwort abzuwarten, nach Paris ginge. Denn von einem so vernünftigen und für das Wohl seiner Kinder bisher so besorgten Vater kann man nichts Anderes erwarten. Der Hr. Wendling, welcher sich Ihnen empfiehlt, ist ein Herzensfreund mit unserm Herzensfreund *Grimm*. Er hat ihm als er hier war, viel von mir gesprochen; das war wie er aus Salzburg von uns herkam. Ich werde, sobald ich von Ihnen Antwort auf diesen Brief habe, an ihn schreiben; denn er ist jetzt, wie mir ein Fremder hier bei Tisch gesagt hat, in Paris. Ich würde Sie auch bitten, daß Sie mir, wenn es möglich wäre, indem wir vor dem 8. März nicht gehen werden, durch Hrn. Mesmer in Wien oder durch etwa Jemand zuwege brächten, daß ich einen Brief an die Königin von Frankreich bekommen könnte: wenn es leicht möglich ist! – denn sonst hat es auch weiter nicht viel zu bedeuten. Besser ist es, das ist richtig. Das ist auch ein Rath den mir Hr. Wendling gegeben hat. Ich stelle mir vor, daß Ihnen die Sachen, die ich Ihnen schreibe, wunderlich vorkommen, weil Sie jetzt in einer Stadt sind, wo man gewohnt ist, dumme Feinde, einfältige und schwache Freunde zu haben, die, weil ihnen das traurige Salzburger Brod unentbehrlich ist, immer den Fuchsschwanz streichen, folglich von heut bis morgen sind. Sehen Sie, das ist eben die Ursache, warum ich Ihnen immer Kindereien und Spaß und wenig Gescheutes geschrieben habe, weil ich die Sache hier habe abwarten wollen, um Ihnen den Verdruß zu ersparen und meine gute Freunde zu verschonen, denen Sie jetzt etwa unschuldigerweise die Schuld geben, als hätten sie unter der Hand entgegen gearbeitet, welches aber gewiß nicht ist. Ich weiß schon wer die Ursache ist! Ich bin aber durch Ihre Briefe gezwungen worden, Ihnen die ganze Geschichte zu erzählen. Ich bitte Sie aber um Alles in der Welt, kränken Sie sich nicht wegen diesem, Gott hat es so haben wollen. Bedenken Sie nur diese allzu gewisse Wahrheit, daß sich nicht alles thun läßt, was man im Sinne hat. Man glaubt oft, dieses würde recht gut sein und jenes würde recht übel und schlecht sein, und wenn es geschähe, so würde man oft das Gegentheil erfahren. Nun muß ich schlafen gehen;

ich werde die 2 Monate hindurch genug zu schreiben haben: 3 Concerts, 2 Quartetten, 4 oder 6 Duetti aufs Clavier, und dann habe ich auch im Sinn, eine neue grosse Messe zu machen und dem Churfürsten zu präsentiren. *Adieu.*

Ich werde künftigen Posttag an Fürst *Zeit* schreiben um die Sache in München zu betreiben. Wenn Sie ihm auch schreiben wollten, wäre es mir sehr lieb. Kurz und gut aber! Nur nicht kriechen! Denn das kann ich nicht leiden. Das ist gewiß, wenn er will, so kann er es gewiß machen, denn das hat mir ganz München gesagt. [Vgl. Nr. 56 und 60 f.]

84. Mozarteum.

Mannheim 14. Dez. 1777.

Ich kann nichts als etliche Worte schreiben, ich bin erst um 4 Uhr nach Haus gekommen, da habe ich geschwind der Mademoiselle vom Haus Lection gegeben; jetzt ist es schon bald halb 6 Uhr und mithin Zeit den Brief zu schließen. Ich will meiner Mama sagen, daß sie sich allzeit etliche Tage vorschreibt, damit nicht alles zusammen kömmt, denn ich kann es jetzt nicht leicht mehr thun. Die wenige Zeit, wo ich schreiben kann, muß ich auf die Composition anwenden; denn ich habe viel Arbeit vor mir. Wegen der Reise nach Paris bitte ich Sie recht sehr, mir bald darauf zu antworten. Ich habe dem Hrn. Wendling mein Concertone auf dem Clavier hören lassen; er sagte, das ist recht für Paris; wenn ich das dem Baron Bach hören lasse, so ist er ganz außer sich. *Adieu.*

85. Mozarteum.

Mannheim 18. Dez. 1777.

[Vorauf geht ein Schreiben der Mutter].

Geschwind in der größten Eile. Die Orgel, die heute in der lutherischen Kirche probirt wurde[33], ist sehr gut, sowohl im ganzen Pieno als in einzeln Registern. Vogler hat sie gespielt. Er ist so zu sagen nichts als ein Hexenmeister. Sobald er etwas majestätisch spielen will, so verfällt er ins Trockene, und man ist ordentlich froh, daß ihm die Zeit gleich lang wird und es mithin nicht lange dauert. Allein was folgt hernach? – ein unverständliches Gewäsch. Ich habe ihm vom weiten zugehört. Hernach fing er eine Fuge an, wo sechs Noten auf einen Ton waren, und *Presto!* Da ging ich hinauf zu ihm. Ich will

---

33   Die Mutter schreibt: »Heut ist ein vornehmer Lutheraner zu uns gekommen und hat den Wolfgang mit aller Höflichkeit eingeladen, ihre neue Orgel zu probiren.«

ihm in der That lieber zusehen als zuhören. Es waren sehr viele Leute da, auch von der Musik Holzbauer, Cannabich, Toeschi etc.

Ein Quartett für den indianischen Holländer, für den wahren Menschenfreund ist auch schon bald fertig. Apropos, Hr. Wendling hat mir gestern gesagt, daß er Ihnen den vergangenen Posttag geschrieben hat. *Addio.* – Neulich habe ich müssen anstatt Schweitzer die Oper mit etlichen Violinen bei Wendling dirigiren, denn er war übel auf.

86. Mozarteum.

Mannheim 20. Dez. 1777.

Ich Wünsche Ihnen, allerliebster Papa, ein recht glückseliges Neuesjahr und daß dero mir so werthe Gesundheit täglich mehr zunimmt, und das zum Nutzen und zur Freude Ihrer Frau und Ihrer Kinder, zum Vergnügen Ihrer wahren Freunde und zum Trotz und Verdruß Ihrer Feinde! – Ich bitte Sie mich das kommende Jahr auch so väterlich zu lieben, wie Sie bisher gethan haben! Ich meinerseits werde mich bemühen und befleißen die Liebe eines so vortrefflichen Vaters immermehr zu verdienen. Ich war mit Ihrem letzten Schreiben, nemlich vom 15. Dezember recht herzlich zufrieden, weil ich daraus vernommen habe, daß Sie sich Gott Lob und Dank recht gut befinden. Wir sind beide auch mit der Hülf Gottes ganz wohlauf. Mir kann es ja gar nicht fehlen; denn ich mache gewiß Commotion genug. Ich schreibe jetzt dieses um 11 Uhr nachts, weil ich sonst keine Zeit habe. Vor 8 Uhr können wir nicht aufstehen; in unserm Zimmer (weil es zu ebner Erd ist) wird es erst um $^1/_2$9 Uhr Tag. Dann ziehe ich mich geschwind an. Um 10 Uhr setze ich mich zum Componiren bis 12 Uhr oder $^1/_2$1 Uhr. Dann gehe ich zum Wendling, dort schreibe ich noch ein wenig bis $^1/_2$2 Uhr, dann gehen wir zu Tisch. Unterdessen wird es 3 Uhr; da muß ich in den Mainzischen Hof (Wirthshaus) zu einem holländischen Officier, um ihm in Galanterie und Generalbaß Lection zu geben, wofür ich wenn ich nicht irre, 4 Ducaten für 12 Lectionen habe. Um 4 Uhr muß ich nach Haus, um die Tochter zu instruiren; dann fangen wir vor $^1/_2$5 Uhr niemals an, weil man auf die Lichter wartet. Um 6 Uhr gehe ich zum Cannabich und lehre die Mademoiselle Rose. Dort bleibe ich beim Nachtessen, dann wird discurirt oder bisweilen gespielt; da ziehe ich aber allzeit ein Buch aus meiner Tasche und lese, – wie ich es zu Salzburg zu machen pflegte. – Ich habe geschrieben, daß mir Ihr letzter Brief viel Freude gemacht hat; das ist wahr! Nur Eines hat mich ein wenig verdrossen – die Frage, ob ich nicht das Beichten etwa vergessen habe? – Ich habe aber nichts dawider einzuwenden. Nur eine Bitte erlauben Sie mir, und diese ist: nicht gar so schlecht von mir zu denken! Ich bin gern lustig, aber seien Sie versichert, daß ich trotz einem Jeden ernsthaft sein kann. Ich habe seit ich von Salzburg weg bin (und auch in Salzburg selbst) Leute angetroffen, wo ich mich geschämt hätte, so zu reden und zu handeln, obwohl sie 10, 20 und 30 Jahr älter waren, als ich! – Ich bitte Sie also nochmals und recht unterthänig eine bessere Meinung von mir zu haben.

[Nachschrift.]

Meine liebste Sallerl mein Schatzerl!
Meine liebste Nannerl, mein Schwesterl!
Ich thue mich halt bedanken für deinen Glückwunsch, Engel
Und hier hast einen von Mozart, von dem grobeinzign Bengel,
Ich wünsch dir Glück und Freude, wenns doch die Sachen gibt,
Und hoff Du wirst mich lieben, wie Dich der Woferl liebt.
Ich kann Dir wahrlich sagen, daß er Dich thut verehren.
Er luf Dir ja ins Foier, wanns Du's thatst a begehren.
Ich mein, ich muß so schreiben, wie er zu reden pflegt,
Mir ist so frisch vor Augen die Liebe die er hegt
Für seine *joli* Sallerl und seine Schwester Nanzerl!
Ach kommt geschwind her, ihr Lieben, wir machen geschwind ein Tanzerl.
Es sollen leben alle, der Papa und d' Mama,
Die Schwester und der Bruder, huisasahupsasa!
Und auch d' Mätreß vom Woferl, und auch der Woferl selbst
Und das so lange, lange – so lang als er noch krelbst,
So lang als er noch sch – und wacker br – kann,
So lang bleibt er und d' Sallerl und 's Schwesterl a voran,
Ein saubers G'sindl – auweh! ich muß gschwind nach Schlaraffen
Und das ist izt um 12 Uhr; denn dort thut man schon schlafen.

87. Mozarteum.

Mannheim 27. Dez. 1777.

Das ist ein schönes Papier, nicht wahr? – Ja ich wollte ich könnt's schöner machen! – Nun ist es aber schon zu spät ein anderes holen zu lassen. Daß meine Mama und ich ein recht gutes Logis haben, wissen Sie schon aus den vorigen Briefen. Es war auch nie meine Meinung, daß sie anderswo wohnen sollte als ich; allein als mir der Hr. Hofkammerrath Serrarius so gütig sein Haus antrug, so that ich nichts als mich bedanken; das ist noch nicht Ja gesagt. Den andern Tag ging ich mit dem Hrn. Wendling und Mr. de Jean (der wackere Holländer!) zu ihm und wartete nur, bis er selbst wieder anfange. Endlich erneuerte er wieder seine Proposition, und ich bedankte mich bei ihm mit diesen Worten: »Ich erkenne, daß es ein rechtes Freundstück von Ihnen ist, wenn Sie mir die Ehre erweisen, bei Ihnen logiren zu dürfen; aber mir ist leid, daß ich Dero so gütiges Anerbieten leider nicht annehmen kann; denn Sie werden es mir nicht übel nehmen, wenn ich Ihnen sage, daß ich nicht gern meine Mama ohne Ursache von mir weglasse. Ich weiß wirklich keine Ursache, warum meine Mama in diesem und ich in jenem Theil der Stadt wohnen sollte? – Wenn ich nach Paris gehe, so ist es ganz natürlich, daß es ein sehr großer Avantage für mich ist, wenn sie nicht bei mir ist, aber hier die zwei Monate kömmt es mir auf etliche Gulden mehr oder weniger nicht an.« – Durch diese Rede habe ich gemacht, daß mein Wunsch gänzlich ist erfüllt worden, nämlich, daß uns beide Logis und Kost nicht – ärmer macht. Nun muß ich geschwind zum Abendessen hinauf. Wir haben bis jetzt gebrandelt, also bis halb eilf Uhr.

Neulich bin ich mit dem holländischen Officier der mein Scolar ist, Mr. de la Pottrie, in die reformirte Kirche gegangen und habe anderthalb Stunden auf der Orgel gespielt. Es ist mir auch recht von Herzen gegangen. Mit nächstem werden wir, nämlich die Cannabichischen, Wendlingischen, Serrarius'schen und Mozartischen in die lutherische Kirche gehen, und da werde ich mich auf der Orgel köstlich divertiren. Das Pieno habe ich schon bei derselben Probe, wovon ich geschrieben habe, probirt, habe aber nicht viel gespielt, nur ein Präludium und dann eine Fuge.

Nun bin ich mit Hrn. *Wieland* auch bekannt. Er kennt mich aber noch nicht so, wie ich ihn, denn er hat noch nichts von mir gehört. Ich hätte mir ihn nicht so vorgestellt, wie ich ihn gefunden. Er kommt mir im Reden ein wenig gezwungen vor, eine ziemlich kindische Stimme, ein beständiges Gläselgucken, eine gewisse gelehrte Grobheit und doch zuweilen eine dumme Herablassung. Mich wundert aber nicht, daß er (wenn auch zu Weimar oder sonst nicht) sich hier so zu betragen geruhet; denn die Leute sehen ihn hier an, als wenn er vom Himmel herabgefallen wäre. Man genirt sich ordentlich wegen ihm, man redet nichts, man ist still, man gibt auf jedes Wort Acht, was er spricht. Nur schade, daß die Leute oft so lange in der Erwartung sein müssen, denn er hat einen Defect in der Zunge, vermög er ganz sachte redet und nicht 6 Worte sagen kann ohne einzuhalten. Sonst ist er, wie wir ihn alle kennen, ein vortrefflicher Kopf. Das Gesicht ist vom Herzen häßlich, mit Blattern angefüllt und eine ziemlich lange Nase. Die Statur wird sein beiläufig etwas grösser als der Papa.

An den 200 Fl. von dem Holländer dürfen Sie nicht zweifeln. Nun muß

ich schließen, denn ich möchte noch ein bischen componiren. Noch eins, dem Fürsten Zeil darf ich jetzt wohl nicht schreiben? – Die Ursache werden Sie wohl schon wissen, denn München ist näher bei Salzburg als bei Mannheim, nämlich daß der Churfürst an den Blattern zum Sterben ist? – Das ist gewiß, da wirds wohl etwas absetzen. Nun leben Sie recht wohl. Wegen der Reise von der Mama nach Haus glaube ich, könnte es halt am leichtesten in der Fasten durch Kaufleute geschehen! – – das ist nur, was ich glaube; was ich aber gewiß weiß, ist daß dasjenige was Sie für gut befinden das Beste ist'; denn Sie sind der Hr. Hofcapellmeister und der Alleinvernünftigste! Ich küsse dem Papa, wenn Sie ihn kennen 1000 Mal die Hände, und meine Schwester umarme ich von ganzen Herzen und bin trotz meines Gekratzels Dero gehorsamster Sohn und getreuer aufrichtiger Bruder.

88. Mozarteum.

Mannheim Januar 1778.
Ich hoffe, daß Sie sich beiderseits recht wohl befinden. Ich bin Gott Lob und Dank recht gesund und wohlauf. Sie können sich ganz natürlich vorstellen, daß es mich sehr verdrießet, daß der Churfürst von Bayern gestorben ist. Mein Wunsch ist nur dieser, daß der hiesige Churfürst ganz Bayern bekömmt, und sich nach München zieht. Ich glaube, Sie würden auch damit zufrieden sein. – Heute Mittags um 12 Uhr ist Carl Theodor bei Hof als Herzog von Bayern declarirt worden. Zu München aber hat der Graf Daun Obriststallmeister gleich nach dem Tod des Churfürsten sich für den hiesigen huldigen lassen und die Dragoner in der ganzen Stadt mit Trompeten und Paucken herum reiten lassen, mit Ausrufung: Es lebe unser Churfürst Carl Theodor. Wenn es alles, wie ich wünsche, gut abläuft, so wird der Herr Graf Daun ein ziemlich schönes Präsent bekommen. Sein Adjutant, welchen er mit der Todesnachricht hierher geschickt hat (er heißt Lilienau) hat vom Churfürst 3000 Fl. bekommen.

89. Mozarteum.

Mannheim 10. Jan. 1778.
Ja das wünsche ich auch von ganzem Herzen.[34] Meinen wahren Wunsch werden Sie schon in den letzten Schreiben abgenommen haben. Wegen meiner Mama ihrer Rückreise ist es wahrhaftig Zeit, daß wir daran denken; denn obwohl die Zeit her immer Proben von der Oper waren, so ist es doch gar nicht gewiß, ob die Oper aufgeführt wird, und wenn sie nicht gegeben wird, so werden wir glaublicher Weise den 15. Februar abreisen. – Dann (nachdem ich Ihren Rath darüber gehört haben werde) werde ich der Meinung und Art meiner Reisecompagnons folgen, und mir wie sie ein

---

34 »Gott gebe nur den lieben Frieden«, hatte die Mutter geschrieben, weil man viel von der Besetzung Bayerns durch die Preußen und Österreicher wegen der Erbfolge sprach.

schwarzes Kleid machen lassen und die gallonirten Kleider, weil sie ohnehin in Paris nicht mehr Mode sind, für Deutschland sparen. Erstlich ist es eine Menage (und das ist meine Hauptabsicht auf meiner Pariser Reise) und zweitens steht es gut und ist Campagne- und Gallakleid zugleich. Mit einem schwarzen Rock kann man überall hingehen. Heut hat der Schneider just dem Hrn. Wendling sein Kleid gebracht. Was ich aber von meinen Kleidern mitzunehmen gesinnt bin, ist mein brauner Pucefarbener Spagnoletrock und die beiden Westen.

Nun was anders. Der Hr. Wieland ist, nachdem er mich nun 2 Mal gesehen hat, ganz bezaubert. Er sagte das letztemal nach allen möglichen Lobsprüchen zu mir: »Es ist ein rechtes Glück für mich, daß ich Sie hier angetroffen habe«, – und drückte mich bei der Hand. Heut ist die »Rosamunde« im Theater probirt worden, sie ist – – gut, aber sonst nichts. Denn wenn sie schlecht wäre, so könnte man sie ja nicht aufführen? – gleichwie man nicht schlafen kann ohne in einem Bett zu liegen! Doch es ist keine Regel ohne Ausnahme, – ich habe das Beispiel gesehen. Drum gute Nacht! – Nun etwas Gescheidtes. Ich weiß ganz gewiß daß der Kaiser im Sinn hat in Wien eine deutsche Oper aufzurichten und daß er einen jungen Capellmeister, der die deutsche Sprache versteht, Genie hat und im Stande ist, etwas Neues auf die Welt zu bringen, mit allem Ernst sucht. *Benda* zu Gotha sucht und *Schweitzer* aber will durchdringen. Ich glaube, das wäre so eine gute Sache für mich; aber gut bezahlt, das versteht sich. Wenn mir der Kaiser tausend Gulden gibt, so schreibe ich ihm eine deutsche Oper, und wenn er mich nicht behalten will, so ist es mir einerlei. Ich bitte Sie, schreiben Sie an alle erdenklichen guten Freunde in Wien, daß ich im Stande bin dem Kaiser Ehre zu machen. Wenn er anders nicht will, so soll er mich mit einer Oper probiren. – Was er hernach machen will, das ist mir einerlei. *Adieu*. Ich bitte aber das Ding gleich in Gang zu bringen, sonst möchte mir jemand vorkommen.

90. Nissen.

Mannheim 17. Jan. 1778.

Künftigen Mittwoch werde ich auf etliche Tage nach Kirchheim-Boland zu der Prinzessin von Oranien gehen. Man hat mir hier so viel Gutes von ihr gesprochen, daß ich mich endlich entschlossen habe. Ein holländischer Offizier, der mein guter Freund ist [Mr. de la Pottrie], ist von ihr entsetzlich ausgescholten worden, daß er mich, als er hinüber kam ihr das Neujahr anzuwünschen, nicht mitgebracht habe. Auf das Wenigste bekomme ich doch acht Louisdor; denn weil sie eine außerordentliche Liebhaberin vom Singen ist, so habe ich ihr vier Arien abschreiben lassen, und eine Sinfonie werde ich ihr auch geben, denn sie hat ein ganz niedliches Orchester und gibt alle Tage Academie. Die Copiatur von den Arien wird mich auch nicht viel kosten; denn die hat ein gewisser Herr *Weber*, welcher mit mir hinüber gehen wird, abgeschrieben. Dieser hat eine Tochter, die vortrefflich singt und eine schöne reine Stimme hat und erst 15 Jahr alt ist.[35] Es geht ihr nichts als die Action ab, dann kann sie auf jedem Theater die Primadonna machen. Ihr Vater ist ein grundehrlicher deutscher Mann, der seine Kinder gut erzieht, und dieses ist eben die Ursache, warum das Mädl hier verfolgt wird. Er hat 6 Kinder, 5 Mädl und einen Sohn. Er hat sich mit Frau und Kindern 14 Jahre mit 200 Fl. begnügen müssen, und weil er seinem Dienste allzeit gut vorgestanden und dem Churfürsten eine sehr geschickte Sängerin gestellt hat, so hat er nun – ganze 400 Fl. Meine Arie von der De' Amicis mit den entsetzlichen Passagen singt sie vortrefflich; sie wird diese auch zu Kirchheim-Boland singen. –

Nun etwas Anderes. Vergangenen Mittwoch war in unserm Haus [beim Hofkammerrath Serrarius] ein großes Tractament, und da war ich auch dazu eingeladen. Es waren 15 Gäste, und die Mademoiselle vom Hause [Pierron, die Hausnymphe] sollte auf den Abend das Concert, welches ich sie gelehrt, spielen. Um 11 Uhr Vormittags kam der Hr. Kammerrath mit dem Hrn. *Vogler* zu mir herein. Der Hr. Vogler hat absolument mit mir recht bekannt werden wollen, indem er mich schon so oft geplagt hatte zu ihm zu kommen; so hat er endlich doch seinen Hochmuth besiegt und hat mir die erste Visite gemacht. Überhaupt sagen mir die Leute daß er jetzt ganz anders sei, weil er dermalen nicht mehr so bewundert wird; denn die Leute haben ihn anfangs zu einem Abgott gemacht. Ich ging also mit ihm gleich hinauf, da kamen so nach und nach die Gäste und wurde nichts als geschwatzt. Nach Tische aber ließ er zwei Claviere von ihm holen, welche zusammenstimmen und auch seine gestochenen langweiligen Sonaten. Ich mußte sie spielen und er accompagnirte mir auf dem andern Claviere dazu. Ich mußte auf sein so dringendes Bitten auch meine Sonaten holen lassen. *NB.* vor dem Tische hat er mein Concert (welches die Mademoiselle vom Hause spielt und das von der Litzau ist) prima vista – herabgehudelt. Das erste Stück ging prestissimo, das Andante allegro und das Rondo wahrlich prestissimo. Den Baß spielte er meistens anders als es stand, und bisweilen machte er eine ganz andere Harmonie und auch Melodie. Es ist auch nicht anders möglich in der Geschwindigkeit, die Augen können es nicht sehen und die Hände nicht greifen. Ja was ist denn das? – So ein Primavista-spielen und ... ist bei mir

---

35 Aloysia, die zweite Tochter des Souffleurs und Theatercopisten Weber, der ein Bruder des Vaters von C.M.v. Weber war; die darauf folgende Tochter hieß Constanze und wurde bekanntlich Mozarts Frau.

einerlei. Die Zuhörer (ich meine diejenigen die würdig sind so genannt zu werden) können nichts sagen als daß sie Musik und Clavierspielen – gesehen haben. Sie hören, denken und – empfinden so wenig dabei, – als er. Sie können sich leicht vorstellen, daß es nicht zum Ausstehen war, weil ich es nicht gerathen konnte ihm zu sagen: *Viel zu geschwind!* Übrigens ist es auch viel leichter eine Sache geschwind als langsam zu spielen; man kann in Passagen etliche Noten im Stich lassen, ohne daß es Jemand merkt. Ist es aber schön? – Man kann in der Geschwindigkeit mit der rechten und linken Hand verändern, ohne daß es Jemand sieht und hört; ist es aber schön? – Und in was besteht die Kunst prima vista zu lesen? In diesem: das Stück im rechten Tempo wie es sein soll zu spielen, alle Noten, Vorschläge etc. mit der gehörigen Expression und Gusto, wie es steht auszudrücken, so daß man glaubt, derjenige hätte es selbst componirt, der es spielt. Seine Applicatur ist auch miserabel; der linke Daumen ist wie beim seligen Adlgasser, und alle Läufe herab mit der rechten Hand macht er mit dem ersten Finger und Daumen.

91. Mozarteum.

Mannheim 2. Febr. 1778.

Ich hätte unmöglich den gewöhnlichen Samstag erwarten können, weil ich schon gar zu lange das Vergnügen nicht gehabt habe, mich mit Ihnen schriftlich zu unterreden. Das erste ist, daß ich Ihnen schreibe, wie es mir und meinen werthen Freunden in Kirchheim-Boland ergangen ist. Es war eine Vacanzreise und weiter nichts. Freitags morgens um 8 Uhr fuhren wir von hier ab, nachdem ich bey Hr. *Weber* das Frühstück eingenommen hatte. Wir hatten eine galante gedeckte viersitzige Kutsche; um 4 Uhr kamen wir schon in Kirchheim-Boland an. Wir mußten gleich ins Schloß einen Zettel mit unseren Namen schicken. Den andern Tag frühe kam schon der Hr. Concertmeister *Rothfischer* zu uns, welcher mir schon zu Mannheim als ein grundehrlicher Mann beschrieben wurde, und ich fand ihn auch so. Abends gingen wir nach Hof, das war Samstag; da sang die Mademoiselle *Weber* 3 Arien. Ich übergehe ihr Singen – mit einem Wort vortrefflich! – Ich habe ja im neulichen Brief von ihren Verdiensten geschrieben; doch werde ich diesen Brief nicht schließen können, ohne noch mehr von ihr zu schreiben, da ich sie erst recht kennen gelernt und folglich ihre ganze Stärke einsehe. Wir mußten hernach bei der Officiertafel speisen. Den andern Tag gingen wir ein ziemlich Stück Weg in die Kirche, denn die katholische ist ein bischen entfernt. Das war Sonntag. Zu Mittag waren wir wieder an der Tafel. Abends war keine Musik, weil Sonntag war. Darum haben sie auch nur 300 Musiquen das Jahr. Abends hätten wir doch bei Hofe speisen können; wir haben aber nicht gewollt, sondern sind lieber unter uns zu Hause geblieben. Wir hätten unanimiter von Herzen gern das Essen bei Hofe hergeschenkt; denn wir waren niemals so vergnügt als da wir allein beisammen waren. Allein wir haben ein wenig öconomisch gedacht, wir haben so genug zahlen müssen.

Den andern Tag Montag war wieder Musik, Dienstag wieder und Mittwoch wieder. Die Mademoiselle Weber sang in Allem 13 Mal und spielte 2 Mal Clavier, denn sie spielt gar nicht schlecht. Was mich am meisten wundert, ist daß sie so gut Noten liest. Stellen Sie sich vor, sie hat meine schweren Sonaten, *langsam* aber ohne eine Note zu fehlen prima vista gespielt. Ich will bei meiner Ehre meine Sonaten lieber von ihr als von Vogler spielen hören. Ich hab in allen 12 Mal gespielt und ein Mal auf Begehren in der lutherischen Kirche auf der Orgel, und habe der Fürstin mit 4 Sinfonien aufgewartet, und nicht mehr als sieben Louisdor in Silbergeld bekommen und meine liebe arme Weberin fünf. Das hätte ich mir wahrhaft nicht vorgestellt. Auf viel habe ich mir niemals Hoffnung gemacht, aber auf das wenigste ein jedes acht. Basta! Wir haben nichts dabei verloren, ich hab noch 42 Fl. Prosit und das unaussprechliche Vergnügen mit grundehrlichen, gut katholischen und christlichen Leuten in Bekanntschaft gekommen zu seyn. Mir ist leid genug, daß ich sie nicht schon lange kenne.

Den 4. Nun kommt etwas Nothwendiges, wo ich mir gleich eine Antwort darauf bitte. Meine Mama und ich haben uns unterredet, und sind überein kommen, daß uns das Wendlingische Leben gar nicht gefällt. Der Wendling ist ein grundehrlicher und sehr guter Mann, aber leider ohne alle Religion und so das ganze Haus. Es ist ja genug gesagt daß seine Tochter Maitresse war. Der Ramm ist ein braver Mensch, aber ein Libertin. Ich kenne mich, ich weiß daß ich so viel Religion habe, daß ich gewiß niemals etwas thun werde, was ich nicht im Stande wäre vor der ganzen Welt zu thun; aber nur der Gedanke allein nur auf der Reise mit Leuten in Gesellschaft zu sein, deren Denkungsart sehr von der meinigen (und aller ehrlichen Leute ihrer) unterschieden ist, schreckt mich; übrigens können sie thun was sie wollen. Ich habe das Herz nicht mit ihnen zu reisen, ich hätte keine vergnügte Stunde, ich wüßte nicht was ich reden sollte; denn, mit einem Wort, ich habe kein rechtes Vertrauen auf sie. Freunde die keine Religion haben, sind von keiner Dauer. Ich hab ihnen schon so einen kleinen Prägusto gegeben. Ich habe gesagt, daß seit meiner Abwesenheit 3 Briefe gekommen sind, daraus ich ihnen weiter nichts sagen kann, als daß ich schwerlich mit ihnen nach Paris reisen werde. Vielleicht werde ich nachkommen. Vielleicht gehe ich aber wo anders hin, sie sollen sich auf mich nicht verlassen. Mein Gedanke ist dieser. Ich mache hier ganz commode vollends die Musik für den De Jean. Da bekomme ich meine 200 Fl. Hier kann ich bleiben so lange ich nur will. Weder Kost weder Logis kostet mir etwas. Unter dieser Zeit wird sich Herr Weber bemühen sich wo auf Concerte mit mir zu engagiren. Da wollen wir miteinander reisen. Wenn ich mit ihm reise, so ist es just so viel als wenn ich mit Ihnen reise. Deßwegen habe ich ihn gar so lieb, weil er, das Äußerliche ausgenommen, ganz Ihnen gleicht und ganz Ihren Charakter und Denkungsart hat. Meine Mutter, wenn sie nicht, wie Sie wissen zum Schreiben zu *faul* commode wäre, so würde sie Ihnen das nämliche schreiben. Ich muß bekennen, daß ich recht gern mit ihnen gereist bin. Wir waren vergnügt und lustig. Ich hörte einen Mann sprechen wie Sie, ich durfte mich um nichts kümmern; was zerrissen war fand ich geflickt, mit einem Wort, ich war bedient wie ein Fürst.

Ich habe diese bedrückte Familie so lieb, daß ich nichts mehr wünsche, als daß ich sie glücklich machen könnte, und vielleicht kann ich es auch. Mein Rath ist, daß sie nach Italien gehen sollten. Da wollte ich Sie also bitten, daß Sie, je eher je lieber, an unsern guten Freund *Lugiati* [Impresario] schreiben möchten und sich erkundigen, wie viel und was das meiste ist was man einer Primadonna in Verona gibt? – Je mehr, je besser, herab kann man allzeit. – Vielleicht könnte man auch die Ascensa in Venedig bekommen. Für ihr Singen stehe ich mit meinem Leben, daß sie mir gewiß Ehre macht. Sie hat schon die kurze Zeit von mir viel profitirt und was wird sie erst bis dahin profitiren? Wegen der Action ist mir auch nicht bange. Wenn das geschieht, so werden wir, Mr. Weber, seine 2 Töchter und ich die Ehre haben meinen lieben Papa und meine liebe Schwester im Durchreisen auf 14 Tage zu besuchen. Meine Schwester wird an der Mademoiselle Weber eine Freundin und Cammeradin finden, denn sie steht hier im Ruf, wie meine Schwester in Salzburg wegen ihrer guten Aufführung, der Vater wie meiner, und die ganze Familie wie die Mozartische. Es gibt freilich Neider, wie bei uns; aber wenn es dazu kommt, so müssen sie halt doch die Wahrheit sagen. Redlich währt am längsten. Ich kann sagen, daß ich mich völlig freue, wenn ich mit ihnen nach Salzburg kommen sollte, nur damit Sie sie hören. Meine Arien von der *de Amicis,* sowohl die *bravura aria,* als *Parto m'affretto* und, *dalla sponda tenebrosa* singt sie superb. Ich bitte Sie machen Sie Ihr Mögliches daß wir nach Italien kommen. Sie wissen mein größtes Anliegen – Opern zu schreiben.

Zu Verona[36] will ich gern die Oper um 30 Zechinen schreiben, nur damit sie sich Ruhm macht; denn wenn ich sie nicht schreibe, so wird sie, fürchte

36 Von hier bis zum Schluß nach Jahn II, 176, da sich im Mozarteum das 3. Blatt dieses Briefes nicht vorfindet und mir auch sonst nicht zu Gesicht gekommen ist. Ferner gehören noch folgende Stellen dazu: »Ich kann unmöglich mit Leuten reisen, mit einem Manne der ein Leben führt, dessen sich der jüngste Mensch schämen müßte; und der Gedanke einer armen Familie ohne sich Schaden zu thun, aufzuhelfen vergnügt mich in der Seele.« Ferner in Beziehung

ich, sacrificirt. Bis dahin werde ich schon durch andere Reisen, die wir mit einander machen wollen, soviel Geld machen daß es mir nicht zu wehe thut. Ich glaube wir werden in die Schweiz gehen, vielleicht auch nach Holland, schreiben Sie mir nur bald darüber. – Wenn wir uns wo lange aufhalten, so taugt uns die älteste Tochter, welche die älteste ist [*Josepha*, später Mad. *Hofer*, für welche die Partie der »Königin der Nacht« geschrieben wurde], gar zu gut; denn wir können eigene Hauswirthschaft führen, weil sie auch kocht.

Geben Sie mir bald Antwort, das bitte ich Sie. Vergessen Sie meinen Wunsch nicht Oper zu schreiben! Ich bin einem jeden neidig, der eine schreibt; ich möchte ordentlich vor Verdruß weinen, wenn ich eine Arie höre oder sehe. Aber italiänisch, nicht deutsch, eine *seria*, nicht *buffa!* – Nun habe ich Alles geschrieben wie mir ums Herz ist, meine Mutter ist mit meiner Denkungsart zufrieden.

Die Mutter fügte aber folgende Nachschrift bei: »Aus diesem Brief wirst Du ersehen haben, daß wann der Wolfgang eine neue Bekanntschaft machet, er gleich Gut und Blut für solche Leute geben wollte. Es ist wahr, sie singt unvergleichlich; allein da muß man sein eigenes Interesse niemals aus die Seite setzen. Es ist mir die Gesellschaft mit dem Wendling und dem Ramm nie recht gewesen, allein ich hätte keine Einwendung machen dürfen und mir ist niemals geglaubt worden. Sobald er aber mit den Weberischen ist bekannt worden, so hat er gleich seinen Sinn geändert. Mit einem Wort: bei anderen Leuten ist er lieber als bei mir, ich mache ihm in einem oder anderm Einwendungen und das ist ihm nicht recht. – Ich schreibe dies in der größten Geheim, weil er beim Essen ist, und ich will damit nicht überfallen werden.« Wolfgang aber dringt nach einigen Tagen noch stärker in den Vater.

92. Mozarteum.

Mannheim 7. Febr. 1778.

Der Hr. Schiedenhofen hätte mir wohl durch Sie längst Nachricht geben können, daß er im Sinn hat bald Hochzeit zu halten [vgl. S. 11. 16. 19], ich hätte ihm neue Menuett dazu componirt. Ich wünsche ihm von Herzen

auf Nr. 89 a.E.: »Den Brief von *Heufeld* [an den der Vater wegen der Absicht des Kaisers, eine deutsche Oper aufzurichten, geschrieben hatte] hätten Sie mir nicht schicken dürfen, er hat mir mehr Verdruß als Freude gemacht. Der Narr meint ich werde eine komische Oper schreiben und so grab auf ungewiß, auf Glück und Dreck! Ich glaub auch, daß er seiner Edlerey keine Schande angethan hätte, wenn er ›der Herr Sohn‹ und nicht ›Ihr Sohn‹ geschrieben hätte. Nu, er ist halt a Wiener Lümmel; oder er glaubt, die Menschen bleiben immer 12 Jahr alt.« Vgl. Jahn II, 173, 149, 527.

Glück. Das ist halt wiederum eine Geldheirath, sonst weiter nichts. So möchte ich nicht heirathen; ich will meine Frau glücklich machen und nicht mein Glück durch sie machen. Drum will ichs auch bleiben lassen und meine goldene Freiheit genießen, bis ich so gut stehe, daß ich Weib und Kinder ernähren kann. Dem Hrn. Schiedenhofen war es nothwendig sich eine reiche Frau zu wählen; das macht sein Adel. Noble Leute müssen nie nach Gusto und Liebe heirathen, sondern nur aus Interesse und allerhand Nebenabsichten; es stünde auch solchen hohen Personen gar nicht gut wenn sie ihre Frau etwa noch liebeten, nachdem sie schon ihre Schuldigkeit gethan und ihnen einen plumpen Majorats-Herrn zur Welt gebracht hat. Aber wir arme gemeine Leute, wir müssen nicht allein eine Frau nehmen, die wir und die uns liebt, sondern wir dürfen, können und wollen so eine nehmen, weil wir nicht noble, nicht hochgeboren und adlich und nicht reich sind, wohl aber niedrig, schlecht und arm, folglich keine reiche Frau brauchen, weil unser Reichthum nur mit uns ausstirbt, denn wir haben ihn im Kopf. – Und diesen kann uns kein Mensch nehmen, ausgenommen man hauete uns den Kopf ab, und dann brauchen wir nichts mehr.

Die Hauptursache warum ich mit den Leuten nicht nach Paris gehe, habe schon im vorigen Brief geschrieben. Die zweite ist, weil ich recht nachgedacht habe was ich in Paris zu thun habe. Ich könnte mich mit nichts recht fortbringen, als mit Scolaren, und zu der Arbeit bin ich nicht geboren. Ich habe hier ein lebendiges Beyspiel. Ich hätte 2 Scolaren haben können, ich bin zu jedem 3 Mal gegangen, dann habe ich einen nicht angetroffen, mithin bin ich ausgeblieben. Aus Gefälligkeit will ich gern Lection geben, besonders wenn ich sehe, daß eins Genie, Freude und Lust zum Lernen hat. Aber zu einer gewissen Stund in ein Haus gehen müssen oder zu Haus auf einen warten müssen, das kann ich nicht und sollte es mir noch so viel eintragen; das ist mir unmöglich, das lasse ich Leuten über, die selbst nichts können als Clavier spielen. Ich bin ein Componist und bin zu einem Capellmeister geboren; ich darf und kann mein Talent im Componiren, welches mir der gütige Gott so reichlich gegeben hat (ich darf ohne Hochmuth so sagen, denn ich fühle es nun mehr als jemals) nicht so vergraben, und das würde ich durch die vielen Scolaren; denn das ist ein sehr unruhiges Metier, ich wollte lieber *so zu sagen* das Clavier als die Composition negligiren. Denn das Clavier ist nur meine Nebensache, aber Gott sey Dank, eine sehr starke Nebensache. – Die dritte Ursache dann ist, weil ich nicht gewiß weiß, ob unser Freund Grimm zu Paris ist. Wenn der zu Paris ist, so kann ich noch allzeit auf dem Postwagen nachkommen; denn es geht ein charmanter Postwagen von hier über Straßburg nach Paris. Wir wären allzeit so gereist. Sie gehen *auch so.* Der Hr. Wendling ist untröstlich daß ich nicht mitgehe; ich glaube aber daß die Ursache mehr Interesse als Freundschaft ist. Ich habe ihm nebst der Ursache, die ich im letzten Brief geschrieben habe (nemlich daß ich seit meiner Abwesenheit 3 Briefe bekommen hätte), auch diese wegen *den Scolaren* gesagt und ihn gebeten, er möchte mir etwas *Gewisses* zuwege bringen, so würde ich, wie ich anders kann, mit Freuden nachkommen, absonderlich wenn es eine Oper wäre. Das Opernschreiben steckt mir halt stark im Kopf, französisch lieber als deutsch, italienisch aber lieber als deutsch und französisch. Beim Wendling sind sie alle der Meinung, daß meine Composition außerordentlich in Paris gefallen würde. Das ist gewiß daß mir gar nicht bang wäre, denn ich kann so ziemlich, wie Sie wissen, Aller Art und Styl von Compositionen annehmen und nachahmen. Ich habe der Mademoiselle Gustl (die Tochter) gleich nach meiner Ankunft ein französisches Lied, wozu sie mir den Text gegeben hat, gemacht, welches sie unvergleichlich singt. Hier habe ich die Ehre damit aufzuwarten. Beim Wendling wirds alle Tage gesungen, sie sind völlig Narren darauf.

93. Mozarteum.

Mannheim 14. Febr. 1778.

Aus Ihrem letzten Briefe vom 9. Febr. habe ich ersehen, daß Sie meine 2 letzten Briefe noch nicht erhalten haben. Hr. Wendling und Hr. Ramm gehen morgen frühe von hier ab. Wenn ich wüßte daß es Sie sehr verdrießt, daß ich nicht auch mit ihnen nach Paris bin, so würde es mich reuen, daß ich hier geblieben bin; ich hoffe es aber nicht. Der Weg nach Paris ist mir ja nicht vergraben. Hr. Wendling hat mir versprochen sich gleich um Mr. Grimm zu erkundigen und mir sogleich Nachricht davon zu geben. Wenn ich diesen Freund zu Paris habe, so komme ich gewiß nach, denn der wird mir schon etwas zuwege bringen. Die größte Ursache warum ich nicht mit bin, war auch diese. Wir haben noch nichts ausfindig machen können, um meine Mama nach Augsburg zu bringen. – – Von hier bis Augsburg wird es nicht viel kosten. Denn es gibt sicher so Leute hier die man Hauderer nennt, welche die Leute wohlfeil führen. Bis dahin hoffe ich doch so viel zu bekommen, daß meine Mama nach Haus reisen kann. Jetzt wüßte ich wirklich nicht wie es möglich wäre. Der Hr. de Jean der auch morgen nach Paris reist, hat, weil ich ihm nicht mehr als 2 Concerte und 3 Quartette fertig gemacht habe, mir nur 96 Fl. (er hat sich um 4 Fl. daß es die Hälfte wäre, verstoßen) gegeben; er muß mich aber ganz zahlen, denn ich habe es mit den Wendlingschen abgemacht, ich werde das übrige nachschicken. Daß ich es nicht hab fertig machen können, ist ganz natürlich, ich habe hier keine ruhige Stunde. Ich kann nichts schreiben, als nachts; mithin kann ich auch nicht früh aufstehen. Zu allen Zeiten ist man auch nicht aufgelegt zum Arbeiten. Hinschmieren könnte ich freilich den ganzen Tag fort, aber so eine Sache kommt in die Welt hinaus, und da will ich halt, daß ich mich nicht schämen darf, wenn mein Name drauf steht. Dann bin ich auch, wie Sie wissen, gleich stuff, wenn ich immer für ein Instrument, das ich nicht leiden kann schreiben soll. Mithin habe ich zu Zeiten um abzuwechseln was anders gemacht, – als Clavier-Duette mit Violine und auch etwas an der Messe. Jetzt setze ich mich aber in allem Ernst über die Clavier-Duette, damit ich sie stechen lassen kann. Wenn nur der Churfürst hier wäre, so machete ich geschwind die Messe aus. Was aber nicht ist, das ist nicht.

Ich bin Ihnen mein lieber Papa sehr verbunden wegen dem väterlichen Brief den Sie mir geschrieben, ich werde ihn wie ein Schatz aufheben und allzeit Gebrauch davon machen. Ich bitte Sie also nicht zu vergessen wegen meiner Mutter ihrer Reise von Augsburg bis Salzburg und mir die Zeit accurat zu bestimmen. Dann bitte ich die im letzten Briefe angemerkten Arien nicht zu vergessen. Wenn ich mich nicht irre, so sind auch Cadenzen da die ich einmal aufgesetzt habe und aufs wenigste eine *Aria cantabile* mit ausgesetztem Gusto? – Das bitte ich mir am ersten aus. Das ist so ein Exercitium für die Weberin. Ich habe ihr erst vorgestern ein *Andantino cantabile* vom Bach ganz gelernt. Gestern war eine Academie beim Cannabich. Da ist, bis auf die erste Sinfonie von Cannabich alles von mir gewesen. Die Rosl hat mein Concert in *B* gespielt, dann hat der Hr. Ramm (zur Abwechslung), fürs 5. Mal mein Oboe-Concert für den Ferlendi gespielt, welches hier einen großen Lärm macht. Es ist auch jetzt des Hrn. Ramm sein *Cheval de bataille*. Hernach hat die Mademoiselle Weberin die *Aria di bravura* von der *de' Amicis* ganz vortrefflich gesungen. Dann habe ich mein altes Concert in *D* gespielt, weil es hier recht wohl gefällt. Dann habe ich eine halbe Stunde phantasirt und hernach hat die Mademoiselle Weber die Arie *Parto m'affretto* von der *de' Amicis* gesungen, mit allem Applaus. Zum Schluß dann war meine Sinfonie vom *Rè pastore*. Ich bitte Sie um alles, nehmen Sie sich der Weberin an; ich möchte gar zu zern daß sie ihr Glück machen könnte. Mann und Weib, 5 Kinder und 450 Fl. Besoldung! – – Vergessen Sie nicht wegen Italien, auch wegen meiner nicht, Sie wissen meine Begierde und meine Passion. Ich hoffe es wird alles recht gehen, ich habe mein Vertrauen zu Gott, der wird uns nicht verlassen. Nun leben Sie recht wohl und vergessen Sie nicht auf meine Bitten und Recommandationen.

Diese Briefe setzten den Vater sehr in Schrecken. Er erließ ein langes und sehr ernstes Schreiben. »Die Reise ging auf die Absicht, Deinen Eltern beizustehen und Deiner lieben Schwester fortzuhelfen, vor Allem aber Dir Ruhm und Ehre in der Welt zu machen, welches auch theils in Deiner Kindheit schon geschehen, theils in Deinen Jünglingsjahren und jetzt nur ganz allein auf Dich ankommt in eins der größten Ansehen, die jemals ein Tonkünstler erreicht hat, Dich nach und nach zu erheben. Das bist Du

Deinem von dem gütigsten Gott erhaltenen außerordentlichen Talente schuldig und es kommt nur auf Deine Vernunft und Lebensart an, ob Du als ein gemeiner Tonkünstler, auf den die Welt vergißt, oder als ein berühmter Capellmeister, von dem die Nachwelt auch noch in Büchern lieset, – ob Du von einem Weibsbild etwa eingeschäfert mit einer Stube voll nothleidender Kinder auf einem Strohsack oder nach einem christlich hingebrachten Leben mit Vergnügen, Ehre und Reichthum, mit Allem für Deine Familie wohl versehen bei aller Welt in Ansehen sterben willst?« Darauf stellt er ihm vor, wie wenig er bis jetzt noch diesen Zweck der Reise erreicht habe und vor Allem, welcher Unsinn es sei, ein so junges Mädchen als Primadonna auf eine italienische Bühne bringen zu wollen; dazu gehöre Zeit und große Vorbereitung. Auch sei es seiner völlig unwürdig, so mit fremden Leuten in der Welt umherzuziehen und auf gut Glück ums Geld zu componiren. »*Fort mit Dir nach Paris* und das bald! Setze Dich großen Leuten an die Seite – *aut Cæsar aut nihil!* Der einzige Gedanke Paris zu sehen hätte Dich vor allen fliegenden Einfällen bewahren sollen.« Darauf antwortet nun Wolfgang.

94. Mozarteum.

Mannheim 19. Febr. 1778.

Ich habe mir nie etwas Anderes vorgestellt, als daß Sie die Reise mit den Weberischen mißbilligen werden; denn ich habe es niemals, *bei unsern dermaligen Umständen* verstehts sich, im Sinn gehabt. Aber ich habe mein Ehrenwort gegeben, an Sie das zu schreiben. Hr. Weber weiß nicht wie wir stehen; ich sag es gewiß Niemand. Weil ich also gewünscht habe in solchen Umständen zu seyn, daß ich auf Niemand zu denken hätte, daß wir alle recht gut ständen, so vergaß ich in dieser Berauschung die gegenwärtige Unmöglichkeit der Sache, und mithin auch – Ihnen das zu melden was ich jetzt gethan habe. Die Ursachen, daß ich nicht nach Paris bin, werden Sie genugsam in den letzten zwei Briefen vernommen haben. Wenn nicht meine Mutter selbst davon angefangen hätte, so wäre ich gewiß mitgereist. Nachdem ich aber merkte daß sie es nicht gern sieht, so sah ich es auch nicht mehr gern. Denn sobald man mir nicht trauet, so traue ich mir selbst nicht mehr. Die Zeiten wo ich Ihnen auf dem Sessel stehend das *oragna fiagata fà*[37] sang und Sie am Ende auf das Nasenspitzl küßte, sind freilich vorbei; aber hat dessentwegen meine Ehrfurcht, Liebe und Gehorsam gegen Sie abgenommen? – – Mehr sage ich nicht. Was Sie mir wegen der kleinen Sängerin in

---

37   Italienisch klingende Worte ohne Sinn, zu denen er sich eine Melodie erfunden hatte, die Nissen S. 35 mittheilt.

München [vgl. S. 52] vorwerfen, muß ich bekennen, daß ich ein Esel war so eine derbe Lüge an Sie zu schreiben. Sie weiß gar noch nicht was Singen heißt. Das ist wahr, daß für eine Person, die erst 3 Monat die Musik gelernt, sie ganz vortrefflich sang; und überdies hatte sie eine sehr angenehme reine Stimme. Die Ursache warum ich sie so lobte, mag wohl gewesen sein, weil ich von früh morgens bis nachts nichts hörte als: es gibt keine bessere Sängerin in ganz Europa; wer diese nicht gehört hat, der hat nichts gehört. – Ich getraute mir nicht recht zu widersprechen, theils weil ich mir gute Freunde machen wollte, theils weil ich schnurgerade von Salzburg herkam, wo man einem das Widersprechen abgewöhnt. Sobald ich aber allein war, so mußte ich von Herzen lachen. Warum lachte ich doch auch nicht in Ihrem Brief? – Das begreif ich nicht.

Was Sie so beißend wegen meiner lustigen Unterhaltung mit Ihres Bruders Tochter schreiben, beleidigt mich sehr. Weil es nicht dem also ist, so habe ich nichts darauf zu antworten. Wegen Wallerstein weiß ich gar nicht was ich sagen soll; da bin ich beim Becke sehr zurückhaltend und serios gewesen, und auch an der Offiziertafel mit einer rechten Autorität dagesessen und hab mit keinem Menschen ein Wort geredet. Über das wollen wir alles hinausgehen; das haben Sie nur so in der Hitze geschrieben. [Vgl. S. 87.]

Was Sie wegen der Mademoiselle Weber schreiben, ist alles wahr. Und wie ich es geschrieben habe, so wußte ich so gut wie Sie, daß sie noch zu jung ist und daß sie Action braucht und vorher öfter auf dem Theater recitiren muß. Allein mit gewissen Leuten muß man öfters nach und nach weiter schreiten. Die gute Leute sind müde hier zu sein, wie – Sie wissen schon *wer* und *wo* [d.h. Mozart Vater und Sohn in Salzburg]. Mithin glauben sie es sei alles thunlich. Ich habe ihnen versprochen alles an meinen Vater zu schreiben. Unterdessen als der Brief nach Salzburg lief, sagte ich schon immer, sie soll doch noch ein wenig Geduld haben, sie sei noch ein bischen zu jung etc. Von mir nehmen sie auch alles an, denn sie halten viel auf mich. Jetzt hat auch der Vater auf mein Anrathen mit der Mad. Toscani (Komödiantin) geredet, damit sie seine Tochter in der Action instruirt. Es ist alles wahr was Sie von der Weberin geschrieben haben, ausgenommen Eins nicht, nämlich daß sie wie eine Gabrielli [vgl. S. 14 und 27] singt; denn das wäre mir gar nicht lieb, wenn sie so sänge. Wer die Gabrielli gehört hat, sagt und wird sagen, daß sie nichts als eine Passagen- und Rouladenmacherin war; weil sie aber auf eine so besondere Art ausdrückte, verdiente sie Bewunderung, welche aber nicht länger dauerte, als bis sie das 4. Mal sang. Denn sie konnte in die Länge nicht gefallen, der Passagen ist man bald müde; und sie hatte das Unglück daß sie nicht singen konnte. Sie war nicht im Stande eine ganze Note *gehörig* auszuhalten, sie hatte keine *messa di voce,* sie wußte nicht zu souteniren, mit einem Wort, sie sang mit Kunst, aber mit keinem Verstand. Diese aber singt zum Herzen und singt am liebsten *cantabile*. Ich habe sie erst durch die große Arie an die Passagen gebracht, weil es nothwendig ist, wenn sie nach Italien kommt, daß sie Bravourarien singt. Das Cantabile vergißt sie gewiß nicht, denn das ist ihr natürlicher Hang. Der Raaff hat selbst (der gewiß nicht schmeichelt) gesagt, als er um seine aufrichtige Meinung gefragt wurde: »Sie hat nicht wie eine Scolarin, sondern wie eine Professora gesungen.«

Jetzt wissen Sie also alles. Ich recommandire sie Ihnen immer von ganzem Herzen; und wegen der Arien, Cadenzen etc. bitte nicht zu vergessen. Leben Sie wohl .... Ich kann nimmer schreiben vor lauter Hunger ....

Meine Mutter wird Ihnen unsere große Geldcasse eröffnen. Meine Schwester umarme ich von ganzem Herzen, und sie soll nicht gleich über jeden Dr.. weinen, sonst komme ich mein Lebtag nimmer zurück.

95. Mozarteum.

Mannheim 22. Febr. 1778.

Ich bin jetzt schon zwei Tage zu Hause geblieben und habe Antispasmotisch und Schwarzpulver und Hollerblüthenthee zum Schwitzen eingenommen, weil ich Katarrh, Schnupfen, Kopfweh, Halsweh, Augenweh und Ohrenweh gehabt habe. Nun ist es aber Gott sei Dank wieder besser, und morgen hoffe ich wieder auszugehen, weil Sonntag ist. Ich habe Ihren Brief vom 16. sammt den 2 offenen Präsentationsschreiben für Paris richtig erhalten. Daß Ihnen meine französische Arie [vgl. Nr. 92] gefallen hat, freuet mich. Ich bitte um Verzeihung, wenn ich Ihnen diesmal nicht viel schreibe, allein ich kann nicht, ich fürchte ich möchte meine Kopfweh wieder bekommen; und überdies bin ich heute gar nicht aufgelegt dazu – – – Man kann auch nicht Alles schreiben, was man denkt – – wenigstens ich nicht. Lieber sagen als schreiben. Aus dem letzten Brief werden Sie alles gehört haben, wie es an sich ist. Ich bitte alles von mir zu glauben was Sie wollen, nur nichts Schlechtes. Es gibt Leute die glauben, es sey unmöglich ein armes Mädel zu lieben, ohne schlechte Absichten dabey zu haben; und das schöne Wort Maitresse ist halt gar zu schön! – – Ich bin kein Brunetti [Salzburgischer Violinist] und kein Misliweczeck! Ich bin ein Mozart, aber ein junger und gutdenkender Mozart. Mithin werden Sie mir, hoffe ich, verzeihen, wenn ich bisweilen im Eifer ausschweife – weil ich doch so sagen muß, obwohl ich lieber gesagt hätte, wenn ich natürlich schreibe. Ich hätte viel über diesen Stoff zu schreiben, allein ich kann nicht; es ist mir unmöglich: ich habe unter so vielen Fehlern auch diesen, daß ich immer glaube, meine Freunde die mich kennen, kennen mich! – mithin braucht es nicht viel Worte. Und kennen sie mich nicht, o, wo könnte ich dann Worte genug hernehmen!

Übel genug wenn man Worte und Briefe dazu braucht. Das ist Alles nicht auf Sie geschrieben, mein lieber Papa. Nein! Sie kennen mich zu gut, und Sie sind zu brav dazu, um den Leuten gleich die Ehre abzuschneiden! – Ich meine nur die – – Die wissen daß ich sie meine: Leute die so glauben. –

Ich habe mich entschlossen heute zu Hause zu bleiben, obwohl Sonntag ist, weil es gar so schneit. Denn morgen muß ich ausgehen, weil unsere Hausnymphe, die Mademoiselle Pierron, meine hochzuverehrende Scolarin, bei der alle Montag gewöhnlichen französischen Academie das hochgräfliche Litzauische Concert herunterhaspeln wird. Ich werde mir auch zu meiner größten Prostitution etwas zum Hacken geben lassen und werde sehen, daß ich es so *prima fista* herklimpern kann; denn ich bin ein geborner Holztapler und kann nichts als ein wenig Clavier klimpern!

Nun bitte ich daß ich zu schreiben aufhören darf, denn ich bin heut gar nicht zum Briefschreiben aufgelegt, sondern mehr zum Componiren. Ich bitte Sie nochmal, vergessen Sie nicht was ich Sie in den vorhergehenden Briefen gebeten habe, wegen der Cadenzen und ausgesetzten *Aria cantabile* etc. Ich bin Ihnen im Voraus verbunden, daß Sie so geschwind die verlangten Arien haben schreiben lassen; das zeugt doch daß Sie Vertrauen auf mich haben und mir glauben, wenn ich Ihnen etwas anempfehle.

96. Mozarteum.

Mannheim 28. Febr. 1778.
Ich hoffe daß ich künftigen Freitag oder Samstag die Arien bekommen werde, obwohl Sie in Ihrem Letzten keine Meldung mehr davon gemacht haben und ich mithin nicht weiß, ob Sie selbe gewiß den 22. mit dem Postwagen weggeschickt haben, – – ich wünsche es, denn ich möchte sie der Mademoiselle Weber hier noch vorspielen und vorsingen.

Gestern war ich beim Raaff und brachte ihm eine Arie die ich diese Tage für ihn geschrieben habe [Köchel Nr. 295]. Die Worte sind: *Se al labro mio non credi, nemica mia.* Ich glaube nicht daß der Text von Metastasio ist. Die Arie hat ihm überaus gefallen. Mit so einem Mann muß man ganz besonders umgehen. Ich habe mit Fleiß diesen Text gewählt, weil ich gewußt habe, daß er schon eine Arie auf diese Worte hat; mithin wird er sie leichter und lieber singen. Ich habe ihm gesagt er soll mir aufrichtig sagen, wenn sie ihm nicht taugt oder nicht gefällt, ich will ihm die Arie ändern wenn er will oder auch eine andere machen. Behüte Gott, hat er gesagt, die Arie muß bleiben, denn sie ist sehr schön, nur ein wenig bitte ich Sie, kürzen Sie sie mir ab, denn ich bin jetzt nimmer so im Stande zu souteniren. – Von Herzen gern, so viel Sie wollen, habe ich geantwortet, ich habe sie mit Fleiß etwas länger gemacht, denn wegschneiden kann man allzeit, aber dazusetzen nicht so leicht. – Nachdem er den andern Theil gesungen hat, so that er seine Brille herab, sah mich groß an und sagte: Schön, schön! Das ist eine schöne *seconda parte!* – und sang es dreimal. Als ich wegging, so bedankte er sich sehr höflich bei mir, und ich versicherte ihm Gegentheil, daß ich ihm die Arie so arrangiren werde, daß er sie gewiß gern singen wird. Denn ich liebe daß die Arie einem Sänger so accurat angemessen sei wie ein gutgemachtes Kleid.

Ich habe auch zu einer Übung die Arie *Non sò d'onde viene,* die so schön von Bach componirt ist, gemacht, aus der Ursache, weil ich die von Bach so gut kenne, weil sie mir gefällt und immer im Ohre ist; denn ich habe versuchen wollen, ob ich nicht ungeachtet diesem allen im Stande bin, eine Arie zu machen, die derselben von Bach gar nicht gleicht? – – Sie sieht ihr auch gar nicht, gar nicht gleich. Diese Arie habe ich anfangs dem Raaff zugedacht. Aber der Anfang gleich schien mir für den Raaff zu hoch und um ihn zu ändern, gefiel er mir zu sehr; und wegen Setzung der Instrumente schien er mir auch für einen Sopran besser. Mithin entschloß ich mich diese Arie für die Weberin zu machen. Ich legte sie beiseit und nahm die Worte *Se al labro* für den Raaff vor. Ja, da war es umsonst, ich hätte unmöglich schreiben können, die erste Arie kam mir immer in den Kopf. Mithin schrieb ich sie und nahm mir vor, sie accurat für die Weberin zu machen. Es ist Andante sostenuto (vorher ein kleines Recitativ), in der Mitte der andere Theil *Nel seno destarmi,* dann wieder das Sostenuto. Als ich sie fertig hatte, so sagte ich zur Mademoiselle Weber: Lernen Sie die Arie von sich selbst, singen Sie sie nach Ihrem Gusto, dann lassen Sie mir sie hören, und ich will Ihnen hernach aufrichtig sagen was mir gefällt und was mir nicht gefällt. – Nach zwei Tagen kam ich hin und da sang sie mir's und accompagnirte sich selbst. Da habe ich aber gestehen müssen, daß sie accurat so gesungen hat, wie ich es gewunschen habe und wie ich es ihr hab lernen wollen. Das ist nun ihre beste Arie, die sie hat; mit dieser macht sie sich gewiß überall Ehre, wo sie hinkommt.[38]

Gestern habe ich beim Wendling die Arie die ich ihr [Frau Wendling war eine bedeutende Sängerin] versprochen, skizzirt, mit einem kurzen Recitativ. Die Worte hat sie selbst verlangt, aus der Didone: *Ah non lasciarmi nò.* Sie und ihre Tochter ist ganz närrisch auf diese Arie. Der Tochter habe ich noch einige französische Arietten versprochen, wovon ich heut eine angefangen habe.

Ich freue mich auf nichts als auf das *Concert spirituel* zu Paris, denn da werde ich vermuthlich etwas componiren müssen. Das Orchester sei so gut

---

38   Die wunderschöne Arie ist als Anhang in meinem »*Mozart*« (Stuttgart, Bruckmann, 1863) mitgetheilt. Köchel Nr. 294.

und stark; und meine Haupt-Favoritcomposition kann man dort gut ausführen, nämlich Chöre, und da bin ich recht froh, daß die Franzosen viel darauf halten. Das ist auch das Einzige was man in Piccini [Gluck's bekanntem Gegner] seiner neuen Oper »Roland« ausgestellt hat, daß nämlich die Chöre zu nackend und schwach seien und überhaupt die Musik ein wenig zu einförmig. Sonst hat sie aber allen Beifall gefunden. Zu Paris war man jetzt halt die Chöre von Gluck gewöhnt. Verlassen Sie sich nur auf mich, ich werde mich nach allen Kräften bemühen dem Namen Mozart Ehre zu machen. Ich hab auch gar nicht Sorg darauf.

Aus den vorigen Briefen werden Sie alles ersehen haben, *wie es ist* und wie *es gemeint war.* Ich bitte Sie, lassen Sie sich nicht öfter den Gedanken in den Kopf kommen, daß ich auf Sie vergessen werde! – Denn ich kann ihn nicht ertragen. Meine Hauptabsicht war, ist und wird immer sein mich zu bestreben, daß wir bald zusammen kommen, und glücklich. – – Aber da heißt es Geduld. Sie wissen selbst besser als ich, wie die Sachen oft quer gehen, – doch wird es schon noch gerade gehen. Nur Geduld. Hoffen wir auf Gott, der wird uns nicht verlassen. An mir wird es nicht fehlen, wie können Sie doch an mir zweifeln? – – Liegt denn mir nicht selbst daran, daß ich nach allen Kräften arbeite, damit ich je eher je lieber das Glück und Vergnügen habe, meinen besten und liebsten Vater von ganzem Herzen zu umarmen? – – Da sehen Sie! – es ist doch nichts auf der Welt ohne Interesse! – Wenn der Krieg etwa in Baiern werden soll, so kommen Sie doch gleich nach, ich bitte Sie. Ich habe auf 3 Freunde mein Vertrauen und das sind starke und unüberwindliche Freunde, nämlich auf Gott, auf Ihren Kopf und auf meinem Kopf. Unsere Köpfe sind freilich unterschieden, doch jeder in seinem Fach sehr gut, brauchbar und nützlich, und mit der Zeit hoffe ich wird mein Kopf dem Ihrigen in dem Fach, wo er jetzt den meinigen überwieget, doch auch nach und nach beikommen. Nun leben Sie wohl. Sein Sie lustig und aufgeräumt. Denken Sie, daß Sie einen Sohn haben, der seine kindliche Pflicht gegen Sie wissentlich gewiß nie vergessen hat und der sich bemühen wird, eines so guten Vaters immer würdiger zu werden.

Nach diesen ausführlichen Bekenntnissen, von denen er wußte, daß sie ihn mit dem Vater wieder in das alte gute Einvernehmen setzen würden, fühlte sich das grundgute Gemüth Mozarts so versöhnt und erleichtert, daß das natürliche Gleichgewicht seines Innern, das seit vielen Wochen völlig gestört war, sich rasch wiederherstellte, und damit trat dann auch der angeborne frische Humor wieder in sein Recht. Ja es kommt wieder die alte Lust an schlechten Reimereien und allerhand dummen Späßen, die denn diesmals auch so recht wieder gebüßt wird in einem Brief an das Bäsle, der ohne Zweifel unmittelbar nach dem vorigen geschrieben ist.

97. O. Jahn.

Mannheim 28. Febr. 1778.

Mademoiselle, ma très chère Cousine!

Sie werden vielleicht glauben oder meinen, ich sey gestorben! – – Doch nein, meinen Sie es nicht, ich bitte Sie – wie könnte ich denn so schön schreiben, wenn ich todt wäre? wie wäre das wohl möglich? – Wegen meinem langen Stillschweigen will ich mich gar nicht entschuldigen, denn Sie würden mir so nichts glauben, doch was wahr ist bleibt wahr, ich habe so viel zu thun gehabt, daß ich wohl Zeit hatte an das Bäsle zu denken, aber nicht zu schreiben, mithin habe ich es müssen lassen bleiben. Nun aber habe ich die Ehre Sie zu fragen, wie Sie sich befinden und sich tragen? ob Sie mich noch können ein bischen leiden? ob Sie öfters schreiben mit einer Kreiden? ob Sie noch dann und wann an mich gedenken? ob Sie nicht zuweilen Lust haben sich aufzuhenken? ob Sie etwa gar böse waren auf mich armen Narren? ob Sie nicht gutwillig wollen Fried machen? – doch, Sie lachen – Victoria! Ich dachte wohl daß Sie mir nicht länger widerstehen könnten, ja, ja, ich bin meiner Sache gewiß, obwohl ich in 14 Tagen gehe nach Paris. Wenn Sie mir also wollen antworten aus der Stadt Augsburg dorten, so schreiben Sie mir balde damit ich den Brief erhalte, sonst wenn ich etwa schon bin weg, erhalte ich statt einen Brief einen Dreck. – Nu, um auf etwas Anderes zu kommen, haben Sie sich diese Fastnacht schon brav lustig gemacht? in Augsburg kann man sich dermalen lustiger machen als hier; ich wollte wünschen ich wäre bei Ihnen, damit ich mit Ihnen recht herumspringen könnte. Meine Mama und ich, wir empfehlen uns beide dem Hrn. Vater und der Frau Mutter nebst dem Bäsle und hoffen, daß sie alle drey recht wohl auf sein mögen. Desto besser, besser desto! Apropos, wie steht es mit der französischen Sprache? darf ich bald einen ganz französischen Brief schreiben? von Paris aus, nicht wahr?

Nun muß ich Ihnen doch bevor ich schließe, denn ich muß bald endigen, weil ich Eile habe, denn ich habe jetzt just gar nichts zu thun, und dann auch weil ich keinen Platz habe, wie Sie sehen, das Papier ist schon bald gar, und müd bin ich auch schon, die Finger brennen mich ganz vor lauter Schreiben, und endlich auch wüßte ich nicht, wenn auch wirklich noch Platz wäre, was ich noch schreiben sollte als die Historie die ich Ihnen zu erzählen im Sinn habe. Hören Sie also, es ist noch nicht lange daß es sich zugetragen hat, es ist hier im Lande geschehen, es hat auch hier viel Aufsehens gemacht, denn es scheint unmöglich; man weiß auch unter uns gesagt den Ausgang von der Sache noch nicht. Also kurz zu sagen, es war etwa vier Stunden von hier, das Ort weiß ich nicht mehr, es war halt ein Dorf oder so etwas – nu, das ist wirklich ein Ding, ob es Triebstrill oder Burmsquiek war – es war halt ein Ort. Da war ein Hirt oder Schäfer, der schon ziemlich alt war, aber doch noch robust und kräftig dabei aussah; der war ledig und gut bemittelt und lebte recht vergnügt – ja, das muß ich Ihnen noch vorher sagen, ehe ich die Geschichte auserzähle, er hatte einen erschrecklichen Ton, wenn er sprach; man mußte sich allzeit furchten, wenn er sprach. Nu, um kurz von der Sache zu reden so müssen Sie wissen er hatte auch einen Hund, den er Bellot nannte, einen sehr schönen großen Hund, weiß mit schwarzen Flecken. Nu, eines Tages ging er mit seinen Schafen daher, deren er elftausend unter sich hatte, da hatte er einen Stock in der Hand mit einem schönen rosenfarbnen Stockband, denn er ging niemalen ohne Stock – das war schon so sein Gebrauch. Nun weiter! Da er so eine gute Stunde ging, so war er müde und setzte sich bei einem Fluß nieder. Endlich schlief er ein; da träumt ihm, er habe seine Schaf verloren – und in diesem Schrecken erwacht er, und sahe aber zu seiner größten Freude alle seine Schafe wieder. Endlich stund er auf und ging wieder weiter, aber nicht lang, denn es wird kaum eine halbe Stunde vorbey gegangen sein, so kam er zu einer Brücke, die sehr lang war, aber von beiden Seiten geschützt war, damit man nicht hinabfallen könne. Nun, da betrachtete er seine Heerde, und weil er dann hinüber mußte, so fing er an seine elftausend Schafe hinüberzutreiben. Nun haben Sie nur die Gewogenheit und warten bis die elftausend Schaf drüben sind, dann will ich Ihnen die ganze Historie erzählen. Ich habe Ihnen vorher schon gesagt daß man den Ausgang noch nicht weiß, ich hoffe aber daß bis ich Ihnen schreibe sie gewiß drüben sind – wo nicht, so liegt mir auch nichts daran, wegen meiner hätten sie herüber bleiben können. Sie müssen sich unterdessen schon so weit begnügen; was ich davon gewußt habe, das habe ich geschrieben und es ist besser daß ich aufgehört habe, als wenn ich etwa dazu gelogen hätte; da hätten Sie mir etwa die ganze Historie nicht geglaubt, aber so glauben Sie mir doch – die halbe nicht.

Nun muß ich schließen, ob es mich schon thut verdrießen, wer anfängt muß auch aufhören, sonst thut man die Leute stören. An alle meine Freunde mein Compliment, und wers nicht glaubt der soll mich küssen ohn End, von nun an bis in Ewigkeit, bis ich einmal werd wieder gescheit; da hat er gewiß zu küssen lang, mir wird dabei schier selbsten bang. Adieu, Bäsle! Ich bin, ich war, ich wäre, ich bin gewesen, ich war gewesen, ich wäre gewesen, o wenn ich wäre, o daß ich wäre, wollte Gott ich wäre; ich werde seyn, ich würde seyn, wenn ich seyn würde, o daß ich sein würde, ich würde gewesen sein, ich wäre gewesen, o wenn ich gewesen wäre, o daß ich gewesen wäre, wollte Gott ich wäre gewesen – was? – ein Stockfisch! Adieu, ma chère Cousine! wohin? – ich bin der nämliche wahre Vetter

W.A.M.

98. Mozarteum.

Mannheim 7. März 1778.

– Ihren letzten vom 26. Febr. habe richtig erhalten. Ich bin Ihnen sehr verbunden, daß Sie sich so viel Mühe wegen den Arien gegeben haben. Sie sind
halt in allen Sachen accurat. »Nach Gott kommt gleich der Papa!« das war
als Kind mein Wahlspruch oder Axioma und bey dem bleib ich auch noch.
Sie haben freilich Recht wenn Sie sagen: lernts was, so könnts was. Übrigens
außer Ihrer Mühe und vielen Gängen darf Ihnen nichts reuen, denn die
Mademoiselle Weber verdient es gewiß. Ich wollte nur wünschen daß Sie
meine neue Arie, von welcher ich Ihnen neulich gemeldet habe, von ihr
singen hörten, von ihr sage ich, denn sie ist ganz für sie gemacht; ein Mann
wie Sie, der versteht was mit *portamento* singen heißt, würde gewiß ein
sattsames Vergnügen daran finden. Wenn ich einmal glücklich in Paris bin
und daß unsere Umstände wie ich hoffe mit der Hülfe Gottes gut sind und
wir alle besser aufgeräumt und besseren Humors sind, so will ich Ihnen
ausführlicher meine Gedanken schreiben, und Sie um eine große Gefälligkeit
bitten. Nun muß ich Ihnen aber sagen, daß ich so erschrocken war und mir
die Thränen in die Augen kamen, als ich in Ihrem letzten Brief las, daß Sie
so schlecht gekleidet daher gehen müssen. Mein allerliebster Papa! meine
Schuld ist das gewiß nicht – das wissen Sie. Wir sparen hier so viel es
möglich ist, Kost und Logement, Holz und Licht hat uns hier nichts gekostet.
Das ist alles was zu begehren ist. In Kleidung wissen Sie ja daß man in
fremden Orten nicht schlecht gehen kann. Es muß allzeit ein wenig ein *ex-
terieur* seyn.

Ich habe nun meine ganze Hoffnung nach Paris, denn die deutschen
Fürsten sind alle Knicker. Ich werde nach allen meinen Kräften arbeiten um
bald das Vergnügen zu haben Ihnen aus den dermaligen betrübten Umständen herauszuhelfen. – –

142

99. Mozarteum.

Mannheim 11. März 1778.

Ich habe Ihren letzten von 5. März richtig erhalten und mit vielen Freuden
daraus ersehen, daß unser guter und bester Freund Baron Grimm [der bekannte Encyclopädist, den Mozarts schon auf ihrer ersten Reise nach
Frankreich kennen gelernt hatten] zu Paris ist.

– – Das ist eben der nemliche Hauderer der uns von hier über Metz
(welches wie Sie schon wissen werden, der kürzere Weg ist) nach Paris um
11 Louisd'or liefern will. Wenn er es morgen um 10 Louis thut, so nehm
ich ihn ganz gewiß und vielleicht auch um 11, denn es doch immer wohlfei-

ler, welches ein Hauptpunkt ist und ist mehr commodité dabey, denn er nimmt unsere Chaise, das ist, er thut den Kasten auf ein seiniges Gestell; die commodité ist nicht zu bezahlen, denn wir haben so viele Kleinigkeiten, die wir in unserer Chaise ganz gelegen verwahren können, welches wir auf dem Postwagen nicht thun könnten, und hernach sind wir allein, können reden von was wir wollen. Denn ich versichere Sie, daß, wenn ich wirklich noch mit dem Postwagen gehe, ich auf nichts Sorg habe, als auf die Traurigkeit nicht reden zu können was man will und was einem gelegen ist, und weil es nothwendig ist, daß wir jetzt der Wohlfeile nachgehen, so bin ich gar sehr geneigt dazu. – –

Dritte Abtheilung.

Paris.

März 1778 bis Januar 1779.

100. Mozarteum.

Paris 24. März 1778.
Gestern Montag den 23. Nachmittag um 4 Uhr sind wir Gott Lob und Dank glücklich hier angekommen; wir sind also 9 Tage und $^1/_2$ auf der Reise gewesen. Wir haben geglaubt wir können es nicht aushalten, ich habe mich mein Lebetag niemals so ennuyirt. Sie können sich leicht vorstellen, was das ist, wenn man von Mannheim und von so vielen lieben und guten Freunden wegreiset und dann zehnthalb Tage nicht allein ohne diese gute Freunde, sondern ohne Menschen, ohne eine einzige Seele, mit der man umgehen oder reden könnte, leben muß. Nun sind wir Gott Lob und Dank an Ort und End. Ich hoffe mit der Hülfe Gottes wird alles gut gehen. Heute werden wir einen Fiacre nehmen und *Grimm* und *Wendling* aufsuchen. Morgen früh werde ich aber zum churpfälzischen Minister Hr. v. Sickingen (welcher ein großer Kenner und passionirter Liebhaber von der Musik ist und an den ich 2 Briefe von Hr. v. Gemmingen und Mr. Cannabich habe) gehen. Ich hab vor meiner Abreise zu Mannheim dem Hrn. v. *Gemmingen* [Verfasser des deutschen Hausvaters] das Quartett, welches ich zu *Lodi* Abends im Wirthshaus gemacht habe, und das Quintett und die Variationen von Fischer abschreiben lassen. Er schrieb mir dann ein besonders höfliches Billet, bezeugte sein Vergnügen über das Andenken, so ich ihm hinterlasse, und schickte mir einen Brief an seinen sehr guten Freund Hr. v. Sickingen, mit den Worten: »Ich bin versichert daß Sie mehr Empfehlung für den Brief sein werden, als er es für Sie sein kann.« – Und um die Schreibkosten zu ersetzen, schickte er mir 3 Louisdor. Er versicherte mich seiner Freundschaft und bat mich um die meinige. Ich muß sagen, daß alle Cavaliere, die mich kannten, Hofräthe Kammerräthe, andere ehrliche Leute und die ganze Hofmusik sehr unwillig und betrübt über meine Abreise waren. Das ist gewiß wahr.

Samstag den 14. reisten wir ab und Donnerstag vorher war noch eine Academie Nachmittags bey Cannabich, allwo mein Concert auf 3 Claviere gespielt wurde. Mademoiselle Rosl Cannabich spielte das erste, Mademoiselle Weber das zweite und Mademoiselle Pierron Serrarius, unsere Hausnymphe, das dritte. Wir haben drei Proben gemacht, und es ist recht gut gegangen. Die Mademoiselle Weber hat 3 Arien von mir gesungen, die *Aer tranquillo* vom *Rè pastore*[39] und die neue *Non sò d'onde viene*. Mit dieser letzten hat meine liebe Weberin sich und mir unbeschreiblich Ehre gemacht. Alle haben gesagt, daß sie noch keine Arie so gerührt habe wie diese. Sie hat sie aber auch gesungen, wie man sie singen soll. Cannabich hat, gleich wie die Arie aus war, geschrieen: *Bravo, bravissimo maestro, veramente scritta da maestro!* – Hier habe ich sie das erstemal mit den Instrumenten gehört. Ich wollte wünschen, Sie hätten sie auch gehört, aber so wie sie da producirt und gesungen wurde, mit dieser Accuratesse im Gusto, piano und forte. Wer weiß, vielleicht hören Sie sie doch noch – ich hoffe es. Der Orchester hat nicht aufgehört, die Arie zu loben und davon zu sprechen.

Ich hab sehr viele gute Freunde zu Mannheim (und ansehnliche – vermögende –), die sehr wünschten mich dort zu haben. Je nun, wo man gut zahlt, da bin ich. Wer weiß, vielleicht geschieht es. Ich wünsche es, und mir ist auch immer so – ich habe immer noch Hoffnung. Der Cannabich ist ein ehrlicher braver Mann und mein sehr guter Freund. Nur den Fehler hat er, daß er, obwohl er nicht mehr gar jung, ein wenig flüchtig und zerstreut ist. Wenn man nicht immer an ihm ist, so vergißt er auf Alles. Aber wenn von einem *guten Freund die Rede*, so spricht er wie ein Vieh und nimmt sich gewaltig an; und das gibt aus, denn er hat Credit. Übrigens aber von höflicher Dankbarkeit kann ich nichts sagen, sondern muß bekennen, daß die Weberischen ungeachtet ihrer Armuth und Unvermögen und obwohl ich ihnen nicht so viel gethan habe, sich mehr dankbar bezeigt haben. Denn die Mad. und Mr. Cannabich haben kein Wort zu mir gesagt, will nicht sagen von einem kleinen Andenken, wenns auch eine Bagatelle wäre, nur um ein gutes Herz zu zeigen; so aber gar nichts und nicht einmal »Bedank mich«, wo ich doch wegen ihrer Tochter soviel Zeit verloren und mich so bemühet habe. Sie kann sich auch jetzt überall ganz gewiß hören lassen; als ein Frauenzimmer von 14 Jahren und Dilettantin spielt sie ganz gut, und das hat man mir zu danken, das weiß ganz Mannheim. Sie hat jetzt Gusto, Triller, Tempo und bessere Applicatur, welches sie vorher nicht gehabt hat. So in 3 Monaten werde ich ihnen stark abgehen – denn ich fürchte, sie wird wieder verdorben und sich selbst verderben; denn wenn sie nicht immer einen Meister der es recht versteht um sich hat, so ist es umsonst; denn sie ist noch zu kindisch und flüchtig, um mit Ernst sich allein nutzbar zu exerciren.[40]

39 Ein Festspiel, das Mozart im Jahre 1775 zu Ehren der Anwesenheit des Erzherzogs *Maximilian Franz* in Salzburg componirt hatte.

40 *Rosa Cannabich* ward in der That eine namhafte Virtuosin. C.L. Junker verzeichnet sie sogar in seinem Musikalischen Almanach auf das Jahr 1783, S. 27 unter den hervorragenden lebenden Künstlern.

Die *Weberin* hat aus gutem Herzen 2 paar Tätzeln von Filet gestrickt und mir zum Angedenken und zu einer schwachen Erkenntlichkeit verehrt. Er hat mir, was ich gebraucht habe, umsonst abgeschrieben und Notenpapier gegeben, und hat mir die Comödien von Moliere (weil er gewußt hat, daß ich sie noch niemals gelesen) geschenkt, mit der Inschrift: *Ricevi, Amico, le opere de Moliere in segno di gratitudine e qualce volta ricordati di me.* Und wie er bei meiner Mama allein war, sagte er: »Jetzt reist halt unser bester Freund weg, unser Wohlthäter. Ja das ist gewiß, wenn Ihr Hr. Sohn nicht gewesen wäre, der hat wohl meiner Tochter viel gethan und sich um sie angenommen. Sie kann ihm auch nicht genug dankbar sein.«[41] – Den Tag, ehe ich weggereist bin, haben sie mich noch beim Abendessen haben wollen. Doch habe ich ihnen 2 Stunden bis zum Abendessen noch schenken müssen. Da haben sie nicht aufgehört sich zu bedanken: sie wollten nur wünschen, sie wären im Stande, mir ihre Erkenntlichkeit zu zeigen. Wie ich wegging, so weinten sie alle. Ich bitte um Verzeihung, aber mir kommen die Thränen in die Augen wenn ich daran denke. Er ging mit mir die Treppe hinab, blieb unter der Hausthüre stehen, bis ich ums Eck herum war, und rief mir noch nach: Adieu. – –

In Paris gab es nun sogleich alle Hände voll zu thun, sodaß die Liebesgedanken eine Weile in den Hintergrund geschoben wurden; Compositionen für das *Concert spirituel,* fürs Theater und für Dilettanten, sowie Scolaren und Besuche bei hohen Herrschaften. »Der Wolfgang ist hier wieder so berühmt und beliebt, daß es nicht zu beschreiben ist«, berichtet die Mutter. »Der Herr Wendling hat ihn in großen Credit, schon ehe er ankam, gesetzt und jetzt hat er ihn bei seinen Freunden aufgeführt. – Bei *Noverre* [dem berühmten Balletmeister] kann er auch täglich speisen, wie auch bei der Mad. *D'Epinay*« [Grimms wohlbekannter Freundin]. Sie selbst sah ihn den ganzen Tag nicht, weil er der Enge des Zimmers wegen auswärts, beim Director Le Gros, componiren mußte. Sie hatte dem Vater nach Frauen Art von der Composition eines Miserere geschrieben. Wolfgang fährt also erläuternd fort:

101. Mozarteum.

Paris 5. April 1778.

Nun muß ich deutlicher erklären, was meine Mama zu dunkel geschrieben hat. Der Herr Capellmeister Holzbauer hat eine Miserere hergeschickt. Weil aber zu Mannheim die Chöre schwach und schlecht besetzt sind, hier aber

---

41 Es ist bekannt, daß Aloysia Weber später als Mad. *Lange* eine berühmte Sängerin wurde. Wir werden ihr in den Wiener Briefen wieder begegnen.

stark und gut, so hätten seine Chöre keinen Effekt gemacht, so hat Hr. *Le Gros (Directeur* von dem *Concert spirituel)* mich ersucht, andere Chöre zu machen. Der Anfangschor bleibt von Holzbauer. *Quoniam iniquitatem meam* ist der erste von mir, Allegro; der zweite Adagio: *Ecce enim in iniquitatibus.* Dann Allegro: *Ecce enim veritatem dilexisti* bis zum *osso humiliata.* Dann ein Andante für Sopran, Tenor und Baß *Soli: Cor mundum,* und *Redde mihi* aber Allegro, bis *ad se convertentur.* Dann habe ich ein Recitativ für eine Baßarie gemacht: *Libera, me de sanguinibus,* weil eine Baßarie von Holzbauer darauf folgt. Weil nun *sacrificium Deo spiritus* eine Aria Andante für Raaff mit Oboe und Fagottsolo ist, so habe ich ein kleines Recitativ auch mit concertirender Oboe und Fagott dazu gemacht. Denn man liebt jetzt die Recitative hier. *Benigne fac* bis *Muri Jerusalem* Andante moderato. *Chor.* Dann *Tunc acceptabis* bis *super altare* Allegro und Tenor solo (Le Gros) und Chor zugleich. Finis. [Von dieser Musik ist nichts bekannt.]

Ich kann sagen, daß ich recht froh bin, daß ich mit dieser Schreiberei fertig bin, denn wenn man nicht zu Haus schreiben kann und noch dazu pressirt ist, so ist es verflucht. Nun bin ich Gott Lob und Dank fertig damit, und hoffe es wird seinen Effekt machen. Mr. *Gossec,* den Sie kennen müssen, hat, nachdem er meinen ersten Chor gesehen hat, zu Mr. Le Gros gesagt (ich war nicht dabei), daß er charmant sei, und gewiß einen guten Effekt machen wird, daß die Worte so gut arangirt seien und überhaupt vortrefflich gesetzt sei. Er ist mein sehr guter Freund und sehr trockener Mann. – Ich werde nicht einen Akt zu einer Oper machen, sondern eine Oper ganz von mir, *en deux acts.* Mit dem ersten Akt ist der Poet schon fertig. Der *Noverre* [Balletmeister], bei dem ich speise so oft ich will, hat es über sich genommen und die Idee dazu gegeben. Ich glaube es wird Alexander und Roxane werden. – Mad. Jenomé ist auch hier. – Nun werde ich eine *Sinfonie concertante* machen, für Flauto Wendling, Oboe Ramm, Punto Waldhorn und Ritter Fagott. Punto bläst magnifique. Ich komme den Augenblick vom *Concert spirituel* her. Baron Grimm und ich lassen oft unsern musikalischen Zorn über die hiesige Musik aus. NB. unter uns, denn im Publiko heißt es: Bravo,

Bravissimo und da klatscht man, daß einen die Finger brennen.

102. Mozarteum.

Paris 1. Mai 1778.

– Der kleine Violoncellist Zygmatofsky und sein schlechter Vater ist hier, das werde ich Ihnen vielleicht schon geschrieben haben, ich thue es nur im Vorbeigehen, weil ich just darauf gedacht habe, daß ich ihn in jenem Ort gesehen habe, wovon ich Ihnen nun Meldung thun will, das ist nämlich bei der Mad. La Duchesse *de Chabot.* Mr. Grimm gab mir einen Brief an sie und da fuhr ich hin. Der Inhalt dieses Briefes war hauptsächlich mich bei der Duchesse de Bourbon, die damals [d.h. bei Mozarts erstem Pariser Aufenthalt] im Kloster war, zu recommandiren und mich neuerdings bei ihr wieder bekannt zu machen und sich meiner erinnern zu machen. Da gingen 8 Tage vorbei ohne mindester Nachricht; sie hatte mich dort schon über 8 Tage bestellt und also hielt ich mein Wort und kam. Da mußte ich eine halbe Stunde in einem eiskalten, ungeheizten und ohne mit Kamin versehenen großen Zimmer warten. Endlich kam die D. Chabot mit größter Höflichkeit und bat mich mit dem Clavier vorlieb zu nehmen, indem keines von den ihrigen zugerichtet sei, ich möchte es versuchen. Ich sagte ich wollte vom Herzen gern etwas spielen, aber jetzt sei es unmöglich, indem ich meine Finger nicht empfinde vor Kälte und bat sie, sie möchte mich aufs wenigste in ein Zimmer, wo ein Kamin mit Feuer ist, führen lassen. »*O oui Monsieur, vous avez raison!*« das war die ganze Antwort, dann setzte sie sich nieder und fing an eine ganze Stunde zu zeichnen en compagnie anderer Herrn, die alle in einem Cirkel um einen großen Tisch herumsaßen; da hatte ich die Ehre eine ganze Stunde zu warten. Fenster und Thüre waren offen, ich hatte nicht allein in Händen sondern am ganzen Leib und Füßen kalt und der Kopf fing mir auch gleich an weh zu thun. Da war also *altum silentium* und ich wußte nicht was ich vor Kälte, Kopfweh und Langeweile anfangen sollte. Oft dachte ich mir, wenn's mir nicht um Mr. Grimm wäre, so ginge ich den Augenblick wieder weg. Endlich, um kurz zu sein, spielte ich auf dem elenden miserablen Pianoforte. Was aber das Ärgste war, daß die Mad. und all die Herrn ihr Zeichnen keinen Augenblick unterließen sondern immer fortmachten und ich also für die Sessel, Tisch und Mauern spielen mußte. Bei diesen so übel bewandten Umständen verging mir die Geduld, – ich fing also die Fischerischen Variationen an, spielte die Hälfte und stand auf. Da waren eine Menge Elogen. Ich aber sagte, was zu sagen ist, nämlich daß ich mir mit diesem Clavier keine Ehre machen könnte, und mir sehr lieb sei, einen andern Tag zu wählen, wo ein besseres Clavier da wäre. Sie gab aber nicht nach, ich mußte noch eine halbe Stunde warten bis ihr Herr kam. Der aber setzte sich zu mir und hörte mit aller Aufmerksamkeit zu, und ich – ich vergaß darüber alle Kälte, Kopfweh und spielte ungeachtet dem elenden Clavier so, wie ich spiele, wenn ich gut in Laune bin. Geben Sie mir das beste Clavier in Europa und aber Leute zu Zuhörern, die nichts verstehen oder die nichts verstehen wollen und die nicht mit mir empfinden, was ich spiele, so werde ich alle Freude verlieren. Ich habe dem Mr. Grimm nach der Hand alles erzählt.

Sie schreiben mir, daß ich brav Visiten machen werde, um Bekanntschaften zu machen und die alten wieder zu erneuern. Das ist aber nicht möglich, zu Fuß ist es überall zu weit oder zu kothig, denn in Paris ist ein unbeschreiblicher Dreck. Im Wagen zu fahren – hat man die Ehre gleich des Tags 4 bis 5 Livres zu verfahren, und *umsonst*; denn die Leute machen halt Complimente und dann ist's aus, bestellen mich auf den und den Tag, da spiele ich, dann heißt es: »*O c'est un prodige, c'est inconvenable, c'est étonnant!*« – und hiemit *adieu*. Ich habe hier so Anfangs Geld genug verfahren und oft umsonst, daß ich die Leute nicht angetroffen habe. Wer nicht hier ist, der glaubt nicht, wie fatal daß es ist. Überhaupt hat sich Paris viel verändert, die Franzosen haben lange nicht mehr so viel Politesse als vor 15 Jahren, sie gränzen jetzt stark an die Grobheit, und hoffärtig sind sie abscheulich.

Nun muß ich Ihnen eine Beschreibung von dem *Concert spirituel* machen. Das muß ich Ihnen geschwind im Vorbeigehen sagen, daß meine Chorarbeit so zu sagen umsonst war, denn das Miserere von Holzbauer ist ohnedieß lang und hat nicht gefallen; mithin hat man anstatt 4 nur 2 Chöre von mir gemacht, und folglich das Beste ausgelassen. Das hat aber nicht viel zu sagen gehabt, denn viele haben nicht gewußt, daß etwas von mir dabei ist, und viele haben mich auch gar nicht gekannt. Übrigens war aber bei der Probe ein großer Beifall, und ich selbst (denn auf das Pariser Lob rechne ich nicht) bin sehr mit meinen Chören zufrieden. Nun aber mit der *Sinfonie concertante* hat es wieder ein Hicklhackl; da aber glaube ich, ist wieder etwas anderes dazwischen. Ich habe halt hier auch wieder meine Feinde, wo habe ich sie aber nicht gehabt? – Das ist aber ein gutes Zeichen. Ich habe die Sinfonie machen müssen in größter Eile, habe mich sehr beflissen und die 4 Concertanten waren und sind noch ganz darin verliebt. Le Gros hat sie 4 Tage zum Abschreiben, ich finde sie aber noch immer am nämlichen Platz liegen. Endlich den vorletzten Tag finde ich sie nicht – suche aber recht unter den Musikalien – und finde sie versteckt, thue nichts dergleichen, frage den Le Gros: »Apropos, haben Sie die *Sinfonie concertante* schon zum Abschreiben gegeben?« – »Nein – ich habs vergessen.« Weil ich ihm natürlicher Weise nicht befehlen kann, daß er sie abschreiben und machen lassen soll, so sagte ich nichts, ging die zwei Tage, wo sie hätte executirt werden sollen, ins Concert, da kam Ramm und Punto im größten Feuer zu mir und fragten mich warum denn meine *Sinfonien concertante* nicht gemacht wird? – »Das weiß ich nicht. Das ist das Erste was ich höre, ich weiß von nichts.« – Der Ramm ist fuchswild worden und hat in dem Musikzimmer französisch über den Le Gros geschmält, daß das von ihm nicht schön sei etc. Was mich bei der ganzen Sache am meisten verdrießt, ist, daß der Le Gros mir gar kein Wort davon gesagt hat; nur ich habe nichts davon wissen dürfen. Wenn er doch eine Excuse gemacht hätte, daß ihm die Zeit zu kurz wäre, oder dergleichen; aber gar nichts. – Ich glaub aber, da ist der *Cambini*, ein welscher Maestro hier, Ursache; denn dem habe ich unschuldigerweise die Augen in der ersten Zusammenkunft beim Le Gros ausgelöscht. Er hat Quintetten gemacht, wovon ich eins zu Mannheim gehört habe, die recht hübsch sind, und die lobte ich ihm dann und spielte ihm den Anfang. Da war aber der Ritter, Ramm und Punto und ließen mir keinen Fried, ich möchte fortfahren und was ich nicht weiß, selbst dazu machen. Da machte ich es denn also so, und Cambini war ganz außer sich und konnte sich nicht enthalten zu sagen: »*Questa è una gran testa!*« – Nu, das wird ihm halt nicht geschmeckt haben. [Auch jene Sinfonie ist spurlos verschwunden.]

Wenn hier ein Ort wäre, wo die Leute Ohren hätten, Herz zum Empfinden und nur ein wenig etwas von der Musik verstünden und Gusto hätten, so würde ich von Herzen zu allen diesen Sachen lachen, aber so bin ich unter lauter Vieher und Bestien (was die Musik anbelangt). Wie kann es aber anders sein, sie sind ja in allen ihren Handlungen, Leidenschaften und Passionen auch nichts anderes. Es gibt ja keinen Ort in der Welt wie Paris. Sie dürfen nicht glauben, daß ich ausschweife, wenn ich von der hiesigen Musik so rede, wenden Sie sich an wen Sie wollen, – nur an keinen gebornen Franzosen, – so wird man Ihnen (wenns jemand ist an den man sich wenden kann) das nämliche sagen. Nun bin ich hier, ich muß aushalten und das Ihnen zu lieb. Ich danke Gott dem Allmächtigen, wenn ich mit gesunden Gusto davon komme. Ich bitte alle Tage Gott, daß er mir die Gnade gibt, daß ich hier standhaft aushalten kann, daß ich mir und der ganzen deutschen Nation Ehre mache, indem alles zu seiner größeren Ehre und Glorie ist, und daß er zuläßt, daß ich mein Glück mache, brav Geld mache, damit ich im Stande bin, Ihnen aus Ihren dermalen betrübten Umständen herauszuhelfen und zuwege zu bringen, daß wir bald zusammen kommen und glücklich und vergnügt mit einander leben können. Übrigens sein Wille geschehe, wie im Himmel also auch auf Erden. Sie liebster Vater, bitte ich aber, sich zu impegniren indessen, daß ich Italien zu sehen bekomme, damit ich doch hernach wieder aufleben kann. Machen Sie mir doch bald diese Freude, ich bitte Sie darum. Nun bitte ich Sie aber, recht lustig zu sein, ich werde mich hinaushauen, wie ich kann, wenn ich nur ganz davon komme. Adieu.

103. Mozarteum.

Paris 14. Mai 1778.

Nun habe ich schon so viel zu thun, wie wird es erst auf den Winter gehen? – Ich glaube ich habe Ihnen schon im letzten Brief geschrieben, daß der Duc *de Guines*, dessen Tochter meine Scolarin in der Composition ist, unvergleichlich die Flöte spielt, und sie magnifique die Harfe; sie hat sehr viel Talent und Genie, besonders ein unvergleichliches Gedächtniß, indem sie alle ihre Stücke, deren sie wirklich 200 kann, auswendig spielt; sie zweifelt aber stark, ob sie auch Genie zur Composition hat – besonders wegen Gedanken, Ideen. Ihr Vater aber, der (unter uns gesagt, ein bischen zu sehr in sie verliebt ist) sagt, sie habe ganz gewiß Ideen, es sei nur Blödigkeit, – sie habe nur zu wenig Vertrauen auf sich selbst. Nun müssen wir sehen. Wenn sie keine Ideen oder Gedanken bekömmt (denn jetzt hat sie wirklich gar – keine), so ist es umsonst, denn – ich kann ihr, weiß Gott, keine geben. Die Intention vom Vater ist, keine große Componistin aus ihr zu machen. »Sie soll«, *sagte er*, »keine Opern, keine Arien, keine Concerte, keine Sinfonien, sondern nur große Sonaten für ihr Instrument und für meines schreiben.« Heute habe ich ihr die 4. Lection gegeben, und was die Regeln der Composition und das Setzen anbelangt, so bin ich so ziemlich mit ihr zufrieden. Sie hat mir zu dem ersten Menuett, den ich ihr aufgesetzt, ganz gut den Baß dazu gemacht; nun fängt sie schon an, dreistimmig zu schreiben; es geht, aber sie ennuyirt sich gleich, aber ich kann ihr nicht helfen, ich kann unmöglich weiter schreiten, es ist zu früh, wenn auch wirklich das Genie da wäre. So aber ist leider keines da, man wird alles mit Kunst thun müssen, sie hat gar keine Gedanken, es kömmt nichts, ich habe es auf alle mögliche Art mit ihr probirt. Unter anderm kam mir auch in den Sinn einen ganz simplen Menuett aufzuschreiben und zu versuchen, ob sie nicht eine Variation darüber machen könnte? – Ja das war umsonst. – Nun, dachte ich, sie weiß halt nicht, wie und was sie anfangen soll. – Ich fing also nur den ersten Tact an zu variiren und sagte ihr, sie soll so fortfahren und bei der Idee bleiben; das ging endlich so ziemlich. Wie das fertig war, so sagte ich zu ihr, sie soll doch selbst etwas anfangen – nur die erste Stimme, eine Melodie. – Ja sie besann sich eine ganze Viertelstunde und es kam nichts. Da schrieb ich also 4 Tacte von einem Menuett und sagte zu ihr: »Sehen Sie, was ich für ein Esel bin, jetzt fange ich einen Menuett an und kann nicht einmal den ersten Theil zu Ende bringen, – haben Sie doch die Güte und machen Sie ihn aus.« Da glaubte sie, das wäre unmöglich. Endlich mit vieler Mühe kam etwas an Tag, ich war doch froh, daß einmal etwas kam. Dann mußte sie den Menuett ganz ausmachen, das heißt, nur die erste Stimme. *Über Haus* habe ich ihr nichts anderes anbefohlen, als meine 4 Tacte zu verändern und von ihr etwas zu machen, einen andern Anfang zu erfinden, wenn's schon die nämliche Harmonie ist, wenn nur die Melodie anders ist. Nun werde ich morgen sehen, was es ist.

Ich werde nun bald, glaube ich, die Poesie zu meiner Oper *on deux acts* bekommen; dann muß ich sie erst dem Director Mr. de Vismes präsentieren, ob er sie annimmt; da ist aber kein Zweifel nicht, denn Noverre hat sie angegeben und dem Noverre hat de Vismes seine Stelle zu danken. Noverre wird auch bald ein neues Ballet machen und da werde ich die Musik dazu setzen. *Rudolf* (der Waldhornist) ist hier in königlichen Diensten und mein sehr guter Freund, er versteht die Composition aus dem Grund und schreibt schön. Dieser hat mir die Organistenstelle angetragen zu Versailles, wenn ich sie annehmen will, sie trägt das Jahr 2000 Livres, da muß ich aber 6 Monate zu Versailles leben, die übrigen 6 zu Paris oder wo ich will; ich glaube aber nicht, daß ich es annehmen werde, ich muß guter Freunde Rath darüber hören. 2000 Livres ist doch kein so großes Geld; in deutscher Münze freilich, aber hier nicht; es macht freilich das Jahr 83 Louisd'or und 8 Livres, das ist unseriges Geld 915 Fl. und 45 Kr. (das wäre freilich viel), aber hier nur 333 Thaler und 2 Livres, das ist nicht viel, es ist erschrecklich, wie geschwind ein Thaler weg ist! Ich kann mich gar nicht verwundern, wenn man aus dem Louisd'or nicht viel hier macht, denn es ist sehr wenig; 4 so Thaler oder ein Louisd'or, welches das nämliche, sind gleich weg. Nun *adieu*.

104. Mozarteum.

Paris 29. Mai 1778.

Ich befinde mich Gott Lob und Dank so ganz erträglich; übrigens weiß ich aber oft nicht, ist es gehaut oder gestochen, – mir ist weder kalt noch warm, – finde an nichts viel Freude; was mich aber am meisten aufrichtet und guten Muths erhält, ist der Gedanke, daß Sie liebster Papa und meine liebe Schwester sich gut befinden, – daß ich ein ehrlicher Deutscher bin und daß ich, wenn ich schon allzeit nicht reden darf, doch wenigstens denken darf, was ich will; das ist aber auch das einzige. Gestern war ich das zweite Mal beim Hrn. Graf von Sickingen churfürstlich pfälzischem Gesandten (denn ich habe schon einmal mit Hrn. Wendling und Raaff dort gespeist), welcher, ich weiß nicht, ob ich es schon geschrieben habe, ein charmanter Herr, passionirter Liebhaber und Kenner der Musik ist. Da habe ich ganz allein bei ihm 8 Stunden zugebracht, da waren wir Vormittag und Nachmittag bis 10 Uhr Abends immer beim Clavier, allerlei Musik durchgemacht, belobt, bewundert, recensirt, raisonnirt und kritisirt. Er hat so beiläufig gegen 30 Spartiten von Opern.

Nun muß ich Ihnen sagen, daß ich die Ehre gehabt habe, Ihre Violinschule französisch übersetzt zu sehen, ich glaube es sind schon wenigstens 8 Jahre, daß es übersetzt ist. Ich war just in dem Musikladen, um ein Oeuvre Sonaten von Schobert für eine Scolarin zu kaufen; ich werde aber nächstens hingehen und es besser betrachten, um Ihnen ausführlicher davon schreiben zu können, die Zeit war mir nämlich zu kurz.

105. Mozarteum.

Paris 12. Juni 1778.

Nun muß ich Ihnen doch auch von unserm Raaff etwas schreiben.[42] Sie
werden sich ohne Zweifel erinnern, daß ich von Mannheim aus nicht gar
zu gut von ihm geschrieben habe, daß ich mit seinem Singen nicht zufrieden
war – *enfin* daß er mir halt gar nicht gefallen hat. Das war aber die Ursache
weil ich ihn zu Mannheim so zu sagen gar nicht gehört habe, ich hörte ihn
das erstemal in der Probe von Holzbauers »Günther«. Da war er nun in
seinen eigenen Kleidern, den Hut auf dem Kopf und einen Stock in der
Hand. Wenn er nicht sang, so stund er da wie das Kind beim D –. Wie er
das erste Recitativ zu singen anfing, so gings ganz passable, aber dann und
wann that er einen Schrei der mir nicht gefiel. Die Arien sang er so gewiß
faul – und oft einige Töne mit zu viel Geist – das war meine Sache nicht.
Das ist eine Gewohnheit die er allzeit gehabt hat, die vielleicht die Bernacchische Schule mit sich bringt. Denn er ist ein Schüler von Bernacchi. Bei
Hof hat er allzeit Arien gesungen, die ihm meiner Meinung nach gar nicht
angestanden, weil er mir gar nicht gefallen hat. Hier endlich als er im *Concert
spirituel* debutirte, sang er die Scene von Bach *Non sò d'onde viene,* welches
ohnedem meine Faroritsache ist, und da hab ich ihn das erstemal singen
gehört – er hat mir gefallen – das ist in dieser Art zu singen, aber die Art
an sich selbst – die Bernacchische Schule – die ist nicht nach meinem Gusto.
Er macht mir zu viel ins Cantabile. Ich lasse zu, daß er, als er jünger und
in seinem Flor war, seinen Effect wird gemacht haben, daß er wird surprenirt
haben – mir gefällts auch, aber mir ists zu viel, mir kommts oft lächerlich
vor. Was mir an ihm gefällt, ist wenn er so kleine Sachen singt, so gewisse
Andantino – wie er auch so gewisse Arien hat, da hat er so seine eigene Art.
Jeder an seinem Ort. Ich stelle mir vor daß seine Hauptforce war die Bravura – welches man auch noch an ihm bemerkt, sowie es sein Alter zuläßt,
eine gute Brust und langen Athem, und dann diese Andantino. Seine Stimme
ist schön und sehr angenehm; wenn ich so die Augen zumache wenn ich
ihn höre, so finde ich an ihm viel Gleiches mit dem Meißner, nur daß mir
Raaff's Stimme noch angenehmer vorkommt – ich rede von jetzt, denn ich
habe beide nicht in ihrer guten Zeit gehört – ich kann also von nichts als
von der Art oder Methode zu singen reden, denn diese bleibt bei den Sängern. Meißner hat wie Sie wissen die üble Gewohnheit, daß er oft mit Fleiß
mit der Stimme zittert – ganze Viertel, ja oft gar Achtel in aushaltender
Note markirt – und das habe ich an ihm nie leiden können. Das ist auch
wirklich abscheulich, das ist völlig ganz wider die Natur zu singen. Die

---

42   Für Raaff hat Mozart im Jahre 1781 die Partie des *Idomeneo* geschrieben.

Menschenstimme zittert schon selbst, aber in einem solchen Grade daß es schön ist, das ist die Natur der Stimme. Man macht ihrs auch nicht allein auf den Blasinstrumenten sondern auch auf den Geiginstrumenten nach, ja sogar auf dem Claviere. Sobald man aber über die Schranken geht, so ist es nicht mehr schön, weil es wider die Natur ist. Da kömmts mir just vor wie auf der Orgel, wenn der Blasbalg stößt. – Nun das hat der Raaff nicht, das kann er auch nicht leiden. Was aber das rechte Cantabile anbelangt, so gefällt mir der Meißner (obwohl er mir auch nicht ganz gefällt, denn er macht mir auch zuviel) aber doch besser als der Raaff. Was aber die Bravura, die Passagen und Rouladen betrifft, da ist der Raaff Meister – und dann seine gute und deutliche Aussprache – das ist schön; und dann wie ich oben gesagt habe Andantino oder kleine Canzonetti. Er hat vier deutsche Lieder gemacht, die sind recht herzig. Er hat mich sehr lieb, wir sind sehr gute Freunde zusammen, er kommt fast alle Tage zu uns. Ich habe nun schon gewiß 6 Mal bei Graf Sickingen Pfälzischem Gesandten gespeist, da bleibt man allezeit von 1 Uhr bis 10. Die Zeit geht aber bei ihm so geschwind herum, daß man es gar nicht merkt. Er hat mich sehr lieb, ich bin aber auch sehr gerne bei ihm. Das ist so ein freundlicher und vernünftiger Herr und der so eine gesunde Vernunft und so eine wahre Einsicht in die Musik hat. Heute war ich abermal mit Raaff dort, ich brachte ihm weil er mich darum gebeten hat (schon längst), etliche Sachen von mir hin. Heut nahm ich die neue Sinfonie mit, die ich just fertig hatte und durch welche am Frohleichnamstag das *Concert spiruel* wird eröffnet werden, diese hat allen beiden überaus wohl gefallen, ich bin auch sehr wohl damit zufrieden. Ob es aber gefällt, das weiß ich nicht – und die Wahrheit zu sagen, liegt mir sehr wenig daran. Denn wem wird sie gefallen? – Den wenigen gescheiten Franzosen die da sind, stehe ich gut dafür daß sie gefällt; den dummen – da sehe ich kein großes Unglück wenn sie ihnen nicht gefällt. Ich habe aber doch Hoffnung daß die Esel auch etwas darin finden das ihnen gefallen kann. Und dann habe ich ja den *Premier coup d'archet* nicht verfehlt! – und das ist ja genug. Da machen die Ochsen hier ein Wesen daraus! – Was Teufel! ich merke keinen Unterschied – sie fangen halt auch zugleich an wie in andern Orten. Das ist zum Lachen. Raaff hat mir eine Historie von Abaco darüber erzählt. Er ist von einem Franzosen in München oder wo befragt worden: *Mr. vous avez été à Paris? – Oui. – Est-ce que vous étiez au Concert spirituel? – Oui. – Que dites-vous du Premier coup d'archet? Avez-vous entendu le premier coup d'archet? – Oui, j'ai entendu le premier et le dernier. – Comment le dernier? que veut dire cela? – Mais oui, le premier et le dernier – et le dernier même m'a donné plus de plaisir.*[43]

Wenige Tage darauf ward die gute Mutter krank. Schon in ihren Briefen aus Mannheim klagt sie über mancherlei Übelbefinden, und da sich auch in Paris der Mißstand von kalten dunklen Wohnungen, mit denen sie sich der Billigkeit wegen behelfen mußten, nicht hob, so nahm die Krankheit rasch den schlimmsten Verlauf und Mozart erfuhr die erste schwere Prüfung in seinem Leben. Der folgende Brief ist an den geliebten treuen *Abbé Bullinger*, Gouverneur im gräflich Lodronschen Hause in Salzburg.

106. Mozarteum.

Paris 3. Juli 1778.

Allerbester Freund!

Für Sie ganz allein.

Trauern Sie mit mir, mein Freund! Dieß war der traurigste Tag in meinem Leben, – dieß schreibe ich um 2 Uhr Nachts. Ich muß es Ihnen doch sagen, meine Mutter, meine liebe Mutter ist nicht mehr! – Gott hat sie zu sich berufen, er wollte sie haben, das sehe ich klar, – mithin habe ich mich in den Willen Gottes zu geben. Er hatte sie mir gegeben, er konnte sie mir auch nehmen. Stellen Sie sich nur alle meine Unruhe, Ängste und Sorgen vor, die ich diese 14 Tage ausgestanden habe. Sie starb ohne daß sie etwas von sich wußte, löschte aus wie ein Licht. Sie hat drei Tage vorher gebeichtet, ist communicirt worden und hat die heilige Ölung bekommen. Die letzten drei Tage aber phantasirte sie beständig, und heute aber um 5 Uhr 21 Minuten griff sie in Zügen, verlor allsogleich dabei alle Empfindung und alle Sinne. Ich drückte ihr die Hand, redete sie an, sie sah mich aber nicht, hörte mich nicht und empfand nichts. So lag sie bis zum Verschied, nämlich in 5 Stunden, um 10 Uhr 21 Minuten Abends. Es war niemand dabei als ich, ein guter Freund von uns (den mein Vater kennt) Hr. Heina und die Wächterin. Die ganze Krankheit kann ich Ihnen heute unmöglich schreiben; ich bin der Meinung, daß sie hat sterben müssen, Gott hat es so haben wollen. Ich bitte Sie unterdessen um nichts, als um das Freundstück, daß Sie meinen armen Vater ganz sachte zu dieser traurigen Nachricht bereiten. Ich habe ihm mit der nämlichen Post geschrieben, aber nur, daß sie schwer krank ist, warte dann nur auf eine Antwort, damit ich mich darnach richten kann. Gott gebe ihm Stärke und Muth. Mein Freund! ich bin nicht jetzt,

---

43 Der imposante Eindruck, den das präcise Einsetzen eines starken Orchesters im Tutti machte, hatte dieses Stichwort veranlaßt. O. Jahn II, 283. Vgl. unten S. 164 und Köchel Nr. 297.

sondern schon lange her getröstet! Ich habe aus besonderer Gnade Gottes alles mit Standhaftigkeit und Gelassenheit ertragen. Wie es so gefährlich wurde, so bat ich Gott nur um zwei Dinge, nämlich um eine glückliche Sterbstunde für meine Mutter und dann für mich um Stärke und Muth, und der gütige Gott hat mich erhört und mir die zwei Gnaden im größten Maße verliehen. Ich bitte Sie also, bester Freund, erhalten Sie mir meinen Vater, sprechen Sie ihm Muth zu, daß er es sich nicht gar zu schwer und hart nimmt, wenn er das Aergste erst hören wird. Meine Schwester empfehle ich Ihnen auch von ganzem Herzen. Gehen Sie doch gleich hinaus zu ihnen, ich bitte Sie, sagen Sie ihnen noch nichts, daß sie todt ist, sondern präpariren Sie sie nur so dazu. Thun Sie, was Sie wollen, wenden Sie alles an, machen Sie nur, daß ich ruhig sein kann und daß ich nicht etwa ein anderes Unglück noch zu erwarten habe. Erhalten Sie mir meinen lieben Vater und meine liebe Schwester. Geben Sie mir gleich Antwort, ich bitte Sie. Adieu, ich bin dero gehorsamster dankbarster Diener

W.A.M.

107. Mozarteum.

Paris 3. Juli 1778.

Monsieur mon très cher Père!

Ich habe Ihnen eine sehr unangenehme und traurige Nachricht zu geben, die auch Ursache ist, daß ich auf Ihren letzten vom 11. datirt, nicht eher habe antworten können. – Meine liebe Mutter ist sehr krank, – sie hat sich, wie sie es gewohnt war, zur Ader gelassen, und es war auch sehr nothwendig; es war ihr auch ganz gut darauf, doch einige Tage darauf klagte sie Frost und auch gleich Hitze, bekam den Durchlauf, Kopfweh; anfangs brauchten wir nur unsere Hausmittel, antispasmotisch Pulver, wir hätten auch gerne das schwarze gebraucht, es mangelte uns aber, und wir konnten es hier nicht bekommen. Weil es aber immer ärger wurde, sie hart reden konnte, das Gehör verlor, so daß man schreien mußte, so schickte der Baron *Grimm* seinen Doctor her. Sie ist sehr schwach, hat noch Hitzen und phantasirt, man gibt mir Hoffnung, ich habe aber nicht viel, ich bin nun schon lange Tag und Nacht zwischen Furcht und Hoffnung, ich habe mich aber ganz in den Willen Gottes gegeben und hoffe, Sie und meine liebe Schwester werden es auch thun; was ist denn sonst für ein Mittel um ruhig zu sein? – Ruhiger, sage ich, denn ganz kann man es nicht sein; ich bin getröstet, es mag ausfallen, wie es will, weil ich weiß, daß es Gott, der alles (wenn es uns noch so quer vorkömmt) zu unseren Besten anordnet, so haben will; denn ich glaube (und dieses lasse ich mir nicht ausreden), daß kein Doctor, kein Mensch, kein Unglück, kein Zufall einem Menschen das Leben geben, noch nehmen kann, sondern Gott allein; das sind nur die Instrumente, deren er sich meistentheils bedient, und auch nicht allzeit; wir sehen ja, daß Leute umsinken, umfallen und todt sind. Wenn einmal die Zeit da ist, so nützen alle Mittel nichts, sie befördern eher den Tod, als daß sie ihn verhindern; wir haben es ja am seligen Freund Hefner gesehen. Ich sage dessentwegen nicht, daß meine Mutter sterben wird und sterben muß, daß alle Hoffnung verloren sei, sie kann frisch und gesund werden, aber nur wenn Gott will. – Ich mache mir, nachdem ich aus allen meinen Kräften um die Gesundheit und Leben meiner lieben Mutter zu meinem Gott gebetet habe, gerne solche Gedanken und Tröstungen, weil ich mich hernach mehr beherzt, ruhiger und getröstet finde, denn Sie werden sich leicht vorstellen, daß ich dieß brauche! Nun etwas anderes, verlassen wir diese traurigen Gedanken, hoffen wir, aber nicht zu viel, haben wir unser Vertrauen auf Gott und trösten wir uns mit diesem Gedanken, daß alles gut gehet, wenn es nach dem Willen des Allmächtigen gehet, indem er am besten weiß, was uns Allen, sowohl zu unserm zeitlichen und ewigen Glück ersprießlich und nutzbar ist.

Ich habe eine Sinfonie, um das *Concert spirituel* zu eröffnen, machen müssen. – Am Frohnleichnamstag wurde sie mit allem Applause aufgeführt. Es ist auch so viel ich höre, im *Courier de l'Europe* eine Meldung davon geschehen, sie hat also ausnehmend gefallen. Bei der Probe war es mir sehr bange, denn ich habe mein Lebtag nichts schlechteres gehört. Sie können sich nicht vorstellen, wie sie die Sinfonie zweimal nacheinander heruntergehudelt und heruntergekratzet haben; mir war wahrlich ganz bang, ich hätte sie gerne noch einmal probirt, aber weil man allzeit so viel Sachen probirt, so war keine Zeit mehr, ich mußte also mit bangem Herzen und mit unzufriedenem und zornigem Gemüth ins Bett gehen. Den andern Tag hatte ich mich entschlossen gar nicht ins Concert zu gehen, es wurde aber Abends gut Wetter und ich entschloß mich endlich mit dem Vorsatz, daß, wenn es so schlecht ginge, wie bei der Probe, ich gewiß aufs Orchester gehen werde und dem Hrn. *La Houssaye, erstem Violin,* die Violine aus der Hand nehmen und selbst dirigiren werde. Ich bat Gott um die Gnade, daß es gut gehen möchte, indem alles zu seiner größten Ehre und Glorie ist, und *ecce,* die Sinfonie fing an, Raaff stand neben meiner und gleich mitten im ersten Allegro, war eine Passage, die ich wohl wußte, daß sie gefallen müßte, alle Zuhörer wurden davon hingerissen – und war ein großes Applaudissement; – weil ich aber wußte, wie ich sie schrieb, was das für einen Effect machen würde, so brachte ich sie auf die letzt noch einmal an, – da gings um *Da capo.* Das Andante gefiel auch, besonders aber das letzte Allegro – weil ich hörte, daß hier alle letzten Allegro wie die ersten mit allen Instrumenten zugleich und meistens unisono anfangen, so fing ichs mit den 2 Violinen allein Piano nur 8 Tacte an, – darauf kam gleich ein Forte, – mithin machten die Zuhörer, wie ichs erwartete, beym Piano sch, – dann kam gleich das Forte. – Sie das Forte hören und die Hände zu klatschen war Eins. – Ich ging also gleich für Freude nach der Sinfonie ins Palais Royal – nahm ein gutes Gefrorenes – bat den Rosenkranz den ich versprochen hatte – und ging nach Haus, wie ich allzeit am liebsten zu Hause bin und auch allzeit am liebsten zu Hause seyn werde oder bey einem guten wahren redlichen Deutschen – der wenn er ledig ist für sich als ein guter Christ gut lebt, wenn er verheyrathet ist, seine Frau liebt und seine Kinder gut erzieht.

Nun gebe ich Ihnen eine Nachricht, die Sie vielleicht schon wissen werden, daß nemlich der gottlose und Erz-Spitzbub *Voltaire* so zu sagen wie ein Hund – wie ein Vieh crepirt ist. – Das ist der Lohn! – Daß ich hier nicht gern bin werden Sie schon längst gemerkt haben, – ich habe so viel Ursachen und die aber, weil ich jetzt schon einmal da bin, zu nichts nutzen. – Bei mir fehlt es nicht und wird es niemals fehlen, ich werde aus allen Kräften meine Möglichkeit thun. – Nun, Gott wird alles gut machen! – ich habe etwas im Kopf dafür ich Gott täglich bitte. Ist es sein göttlicher Wille so, so wird es geschehen, wo nicht, so bin ich auch zufrieden, – ich habe dann aufs wenigste doch das meinige gethan. Wenn dieß dann alles in Ordnung ist und so geschieht wie ich es wünsche, dann müssen Sie erst das Ihrige darzu thun, sonst wäre das ganze Werk unvollkommen. Ich hoffe auch von Ihrer Güte, daß Sie es gewiß thun werden. Machen Sie sich nur jetzt keine unnütze Gedanken, denn um diese Gnade will ich Sie schon vorher gebeten haben, daß ich meine Gedanken nicht eher ins Klare setze, als bis es Zeit ist.

Mit der Opera ist es dermalen so, man findet sehr schwer ein gutes Poëme. Die alten, welche die besten sind, sind nicht auf den modernen Styl eingerichtet, und die neuen sind alle nichts nutz, denn die Poesie, welches das einzige war, wo die Franzosen haben darauf stolz seyn können, wird jetzt alle Tage schlechter, – und die Poesie ist eben das einzige hier, was gut seyn muß, weil sie die Musique nicht verstehen. Es sind nun 2 Opern in Aria, die ich schreiben könnte, eine *en deux acts,* die andere *en trois.* Die *en deux* ist »Alexander und Roxane«, der Poet aber, der sie schreibt, ist noch in der Campagne: die *en trois* ist Demofont (von Metastasio) übersetzt und mit Chören und Tänzen vermischt und überhaupt auf das französische Theater arrangirt. Von dieser habe ich auch noch nichts sehen können.

Schreiben Sie mir doch, ob Sie die Concerte von Schrötter zu Salzburg haben? – die Sonaten von Hüllmandel? – ich wollte sie kaufen und Ihnen überschicken. Beide Oeuvres sind sehr schön. Wegen Versailles war es nie mein Gedanke, ich habe auch den Rath des Baron Grimm und anderer guter Freunde darüber gehört, sie dachten alle wie ich. Es ist wenig Geld, man muß 6 Monate in einem Ort verschmachten, wo nichts sonst zu verdienen ist und sein Talent vergraben. Dann wer in königlichen Diensten ist, der ist zu Paris vergessen; und dann Organist! – Ein guter Dienst wäre mir sehr lieb, aber nicht anders als Capellmeister und gut bezahlt.

Nun leben Sie recht wohl – haben Sie Sorg auf Ihre Gesundheit, verlassen Sie sich auf Gott, da müssen Sie ja Trost finden; meine liebe Mutter ist in Händen des Allmächtigen, – will er sie uns noch schenken, wie ich es wünsche, so werden wir ihm für diese Gnade danken, will er sie aber zu sich nehmen, so nutzt all unser Aengsten, Sorgen und Verzweifeln nichts, – geben wir uns lieber standhaft in seinen göttlichen Willen, mit gänzlicher Ueberzeugung, daß es zu unserm Nutzen seyn wird, weil er nichts ohne Ursache thut. – Leben Sie also wohl, liebster Papa, erhalten Sie mir Ihre Gesundheit.

108. Mozarteum.

Paris 9. Juli 1778.

Ich hoffe Sie werden bereitet sein, eine der traurigsten und schmerzhaftesten Nachrichten mit Standhaftigkeit anzuhören, Sie werden durch mein Letztes vom 3. in die Lage gesetzt worden sein, nichts Gutes hören zu dürfen; – den nämlichen Tag den 3. ist meine Mutter Abends um 10 Uhr 21 Minuten in Gott selig entschlafen; – als ich Ihnen aber schrieb, war sie schon im Genuß der himmlischen Freuden, – alles war schon vorbei. Ich schrieb Ihnen in der Nacht, ich hoffe Sie und meine liebe Schwester werden mir diesen kleinen nur sehr nothwendigen Betrug verzeihen, – denn nachdem ich nach meinen Schmerzen und Traurigkeit auf die Ihrige schloß, so konnte ich es unmöglich übers Herz bringen, Sie sogleich mit dieser schrecklichen Nachricht zu überraschen. Nun hoffe ich aber werden Sie sich beide gefaßt gemacht haben das Schlimmste zu hören und nach allen natürlichen und nur gar zu billigenden Schmerzen und Weinen endlich sich in den Willen Gottes zu geben, und seine unerforschliche, unergründliche und allerweiseste Vorsehung anzubeten. – Sie werden sich leicht vorstellen können, was ich ausgestanden, – was ich für Muth und Standhaftigkeit nothwendig hatte, um alles so nach und nach, immer ärger, immer schlimmer mit Gelassenheit zu übertragen, – und doch der gütige Gott hat mir diese Gnade verliehen – ich habe Schmerzen genug empfunden, habe genug geweint – was nützte es aber? – Ich mußte mich also trösten; machen Sie es auch so mein lieber Vater und liebe Schwester! – Weinen Sie, weinen Sie sich recht aus, – trösten Sie sich aber endlich – bedenken Sie, daß es der allmächtige Gott also hat haben wollen – und was wollen wir wider ihn machen? – Wir wollen lieber beten, und ihm danken, daß es so gut abgelaufen ist – denn sie ist sehr glücklich gestorben; – in jenen betrübten Umständen habe ich mich mit drei Sachen getröstet, nämlich durch meine gänzliche, vertrauensvolle Ergebung in den Willen Gottes, dann durch die Gegenwart ihres so leichten und schönen

Todes, indem ich mir vorstellte, wie sie nun in einem Augenblicke so glücklich wird, – wie viel glücklicher als sie nun ist als wir, so daß ich mir gewunschen hätte, in diesem Augenblick mit ihr zu reisen. – Aus diesem Wunsch und aus dieser Begierde entwickelte sich endlich mein dritter Trost, nämlich, daß sie nicht auf ewig für uns verloren ist – daß wir sie wiedersehen werden – vergnügter und glücklicher beisammen sein werden, als auf dieser Welt. Nur die Zeit ist uns unbekannt, das macht mir aber gar nicht bang. Wenn Gott will, dann will ich auch. – Nun der göttliche, allerheiligste Wille ist vollbracht; beten wir also ein andächtiges Vater unser für ihre Seele, und schreiten wir zu andern Sachen, es hat alles seine Zeit. – Ich schreibe dieses im Hause der Mad. d'Epinay und des Mr. Grimm, wo ich nun logire, ein hübsches Zimmerl mit einer sehr angenehmen Aussicht habe und, wie es nur immer mein Zustand zuläßt, vergnügt bin. Eine große Hilfe zu meiner möglichen Zufriedenheit wird sein, wenn ich hören werde, daß mein lieber Vater und meine liebe Schwester sich mit Gelassenheit und Standhaftigkeit gänzlich in den Willen des Herrn geben, sich ihm von ganzem Herzen vertrauen, in der ernsten Ueberzeugung, daß er alles zu unserm Besten anordnet. Allerliebster Vater, schonen Sie sich! liebste Schwester – schone Dich – Du hast noch nichts von dem guten Herzen deines Bruders genossen – weil er es noch nicht im Stande war. – Meine liebsten Beiden! habt Sorge auf Eure Gesundheit – denket daß Ihr einen Sohn habt, einen Bruder, der all seine Kräfte anwendet, um Euch glücklich zu machen – wohl wissend, daß Ihr ihm auch einstens seinen Wunsch und sein Vergnügen, welches ihm gewiß Ehre macht, nicht versagen werdet und auch Alles anwenden werdet, um ihn glücklich zu sehen. – O dann wollen wir so ruhig, so ehrlich, so vergnügt, wie es nur immer auf dieser Welt möglich ist, leben und endlich wenn Gott will, dort wieder zusammen kommen, – wofür wir bestimmt und erschaffen sind.

Ihren letzten Brief vom 29. habe ich richtig erhalten, und mit Vergnügen vernommen, daß Sie Beide Gott Lob und Dank gesund. Wegen dem Rausch des Haydn habe von Herzen lachen müssen – wenn ich dabei gewesen wäre, hätte ich ihm gewiß gleich ins Ohr gesagt: »Adlgasser«. – Es ist doch eine Schande, wenn sich ein so geschickter Mann aus eigener Schuld in Unfähigkeit setzt, seine Schuldigkeit zu thun – bei einer Funktion die zur Ehre Gottes ist – wo der Erzbischof und der ganze Hofstaat da ist – die ganze Kirche voll Leute ist, – das ist abscheulich.[44] Dies ist auch eins von den

44 Der Vater hatte geschrieben: »Nachmittags spielte Haydn [Organist an der Dreifaltigkeitskirche] bei der Litaney und *Te deum laudamus* (wo der Erzbischof zugegen war) die Orgel, aber so erschröcklich, daß wir alle erschracken und glaubten, es werde ihm wie dem seel. Adlgasser ergehen [der auf der Orgel

Hauptsachen, was mir Salzburg verhaßt macht – die grobe lumpenhafte und liederliche Hof-Musik, es kann ja ein honetter Mann, der Lebensart hat, nicht mit ihnen leben; – er muß ja anstatt daß er sich ihrer annehmen könnte, sich ihrer schämen! – Und dann ist auch, und vielleicht aus dieser Ursache, die Musik bei uns nicht beliebt und in gar keinem Ansehen. Ja wenn die Musik nur so bestellt wäre, wie zu Manheim! Die Subordination, die in diesem Orchester herrscht! Die Autorität, die der Cannabich hat, – da wird Alles ernsthaft verrichtet. Cannabich welcher der beste Director ist den ich je gesehen, hat die Liebe und Furcht von seinen Untergebenen. Er ist auch in der ganzen Stadt angesehen, und seine Soldaten auch, – sie führen sich aber auch anders auf, haben Lebensart, sind gut gekleidet, gehen nicht in die Wirthshäuser und saufen. – Bei Ihnen kann dies aber nicht sein, außer der Fürst vertrauet sich Ihnen oder mir, und gibt uns alle Gewalt, was nur immer *zur Musik nothwendig ist* – sonst ist es umsonst. Denn zu Salzburg hat Jeder von der Musik – oder auch Keiner zu schaffen. Wenn ich mich darum annehmen müßte, so müßte ich ganz freien Willen haben. Der Obersthofmeister müßte mir in Musiksachen, Alles, was die Musik betrifft, nichts zu sagen haben, denn ein Cavalier kann keinen Capellmeister abgeben, aber ein Capellmeister wohl einen Cavalier.

Apropos. Der Churfürst ist wieder zu Mannheim. Die Mad. Cannabich und auch er, wir sind in Correspondenz. – Wenn nicht das geschieht, was ich befürchte und welches ewig schade wäre, daß nämlich die Musik sehr verkleinert werden sollte, so mache ich mir doch noch eine Hoffnung. Sie wissen, daß ich mir nichts mehr wünsche als einen guten Dienst, gut in Charakter und gut in Geld – es mag sein, wo es will – wenn es nur an einem katholischen Ort ist. Sie haben sich mit dem Graf Starhemberg[45] und überhaupt mit der ganzen Affaire musterlich wie ein Missus gehalten; fahren Sie nur so fort, lassen Sie sich nicht überführen – absonderlich seien Sie auf Ihrer Hut wenn Sie etwa mit der geschopften Gans[46] zu reden kommeten. Ich kenne sie, seien Sie dessen versichert; sie hat Zucker und Honig im Maul – – im Kopf und Herzen aber Pfeffer. Es ist ganz natürlich daß die ganze Sache noch im weiten Felde ist und daß mir viele Sachen müßten

vom Schlag getroffen wurde]. Es war aber nur ein kleiner Rausch, der Kopf und die beiden Hände konnten sich gar nicht miteinander vergleichen.«

45 Domherr zu Salzburg. Ihm hatte der Vater »alles von der Brust herauserklärt«, was mit ihnen in Salzburg vorgegangen sei. Es handelte sich nämlich jetzt um eine Wiederanstellung Wolfgangs. Vgl. Jahn II, 304.

46 Wahrscheinlich ist hier die Schwester des Erzbischofs Gräfin *Franziska von Wallis* gemeint, die in seiner Hofhaltung repräsentirte und ebenfalls bei dieser Sache die Hand im Spiel hatte.

zugestanden werden, bis ich mich dazu entschließen könnte, und daß es mir, wenn auch Alles in Richtigkeit sein würde, doch lieber wo anders sein möchte, als zu Salzburg. Doch ich darf nichts besorgen, es würde mir schwerlich Alles zugestanden werden, denn es ist gar viel. – Doch es ist nichts unmöglich, ich würde wenn Alles in Ordnung und Richtigkeit sein würde, kein Bedenken tragen, nur um das Vergnügen zu haben, bei Ihnen zu sein. Doch wenn mich die Salzburger haben wollen, so müssen Sie mich und meine Wünsche befriedigen, sonst bekommen sie mich gewiß nicht.

170

Der Herr Prälat von Baumburg hat also auch einen gewöhnlichen prälatischen Tod genommen! Daß der Hr. Prälat vom Hl. Kreuz [in Augsburg] gestorben ist, habe ich nicht gewußt, – mir ist sehr leid – er war ein recht braver ehrlicher Mann. Also hätten Sie nicht geglaubt daß der Dechant Zeschinger [vgl. S. 75 f.] Prälat werden würde? – Ich habe mir bei meiner Ehre nie nichts anders eingebildet. Ich wußte auch wirklich nicht, wer es sonst hätte werden sollen! – Ja freilich, ein guter Prälat für die Musik! – Also war der tägliche Spaziergang der gnädigen Fräulein mit ihrem treuen Lakai nicht fruchtlos? – sie waren doch fleißig, gingen nicht müßig – der Müßiggang ist der Anfang aller Laster. – Hat doch endlich eine Haus-Comödie zu Stand kommen können! – aber wie lang wird es wohl dauern? – Ich glaube die Gräfin von Lodron wird sich keine solche Musik mehr verlangen. Der Czernin ist halt ein junger Schuß-Bartl und der Brunetti ein grober Kerl.

Morgen wird mein Freund Raaff von hier abreisen, er geht aber über Brüssel nach Aix la Chapelle und Spaa und dann nach Mannheim, er wird mir von seiner Ankunft gleich Nachricht geben, denn wir werden miteinander correspondiren. Er läßt sich Ihnen und meiner Schwester unbekannter Weise empfehlen. Sie schreiben, Sie hören schon lang nichts mehr von meiner Compositions-Scolarin. Das glaube ich, was soll ich Ihnen denn davon schreiben? – Dies ist keine Person zum Componiren – da ist alle Mühe umsonst. Erstens ist sie von Herzen dumm, und dann von Herzen faul.

Wegen der Opera hab ich Ihnen schon im Vorigen geantwortet. Wegen dem Ballet des Noverre habe ich ja nie nicht anders geschrieben als daß er vielleicht ein neues machen wird, er hat just einen halben Ballet gebraucht, und da machte ich die Musik dazu, das ist 6 Stücke werden von Andern darin sein, die bestehen aus lauter alten miserablen französischen Arien; die Sinfonie und Contredanses, überhaupt halt 12 Stücke werde ich dazu gemacht haben. Dieser Ballet ist schon 4 mal mit größtem Beifall gegeben worden. Ich will aber jetzt absolument nichts machen, wenn ich nicht voraus weiß, was ich dafür bekomme, – denn dies war nur ein Freundstück für Noverre. 171 Der Mr. Wendling ist den letzten Mai von hier weg. Wenn ich den Baron Bach sehen wollte, müßte ich sehr gute Augen haben, denn der ist nicht hier, sondern in London. – Ist es möglich, daß ich dies nicht sollte geschrieben haben? – Sie werden sehen, daß ich künftighin alle ihre Briefe accurat beantworten werde. – Man sagt der Baron Bach würde bald wieder kommen, das wäre mir sehr lieb aus vielen Sachen, besonders aber, weil bei ihm Gelegenheit ist, etwas Rechtes zu probiren. Der Capellmeister *Bach* wird auch bald hier sein – ich glaube, er wird eine Oper schreiben. Die Franzosen sind und bleiben halt Eseln, sie können nichts, sie müssen Zuflucht zu Fremden nehmen. Mit *Piccini* habe im *Concert spirituel* gesprochen, er ist ganz höflich mit mir und ich mit ihm – wenn wir so ungefähr zusammenkommen; – übrigens mache ich keine Bekanntschaft weder mit ihm noch mit andern Componisten, – ich verstehe meine Sache – und sie auch – und das ist genug. – Daß meine Sinfonie im *Concert spirituel* unvergleichlich gefallen, habe auch schon geschrieben. Wenn ich eine Oper zu machen bekomme, so werde ich genug Verdruß bekommen. Das würde ich aber nicht viel achten, denn ich bin es schon gewohnt. Wenn nur die verfluchte französische Sprache nicht so hundföttisch zur Musik wäre! Das ist was Elendes, die deutsche ist noch göttlich dagegen. Und dann erst die Sänger und Sängerinen, man sollte sie gar nicht so nennen, denn sie singen nicht, sondern sie schreien, heulen und zwar aus vollem Halse, aus der Nase und Gurgel. Ich werde auf die künftige Fasten ein französisches Oratorium fürs *Concert spirituel* machen müssen. Der Mr. Le Gros (Director) ist erstaunlich portirt für mich. Sie müssen wissen, daß (obwohl ich schon täglich bei ihm war) seit Ostern nicht bei ihm war, aus Verdruß, weil er meine *Sinfonie concertante* nicht aufgeführt hatte. Ins Haus kam ich öfters, um Mr. Raaff zu besuchen, und mußte allezeit bei ihren Zimmern vorbeigehen. Die Bedienten und Mägde sahen mich allezeit, und ich gab ihnen allezeit eine Empfehlung auf. Es ist wol schade, daß er sie nicht aufgeführt hat, die würde sehr incontirt haben, nun hat er aber die Gelegenheit nicht mehr so. Wo sind allezeit vier Leute beisammen? – Eines Tages als ich Raaff besuchen wollte war er nicht zu Haus, und man versicherte mich, er würde bald kommen, – ich wartete also. Mr. Le Gros kam ins Zimmer: »Das ist ein Mirakel, daß man einmal wieder das Vergnügen hat Sie zu sehen.« – »Ja ich habe gar so viel zu thun.« – – »Sie bleiben ja doch heute bei uns zu Tisch?« – »Ich bitte um Verzeihung, ich bin schon engagirt.« – »Mr. Mozart wir müssen einmal wieder einen Tag beisammen sein.« – »Wird mir ein Vergnügen sein.« – Große Pause. – Endlich: »*Apropos* wollen Sie mir nicht eine große Sinfonie machen für Frohnleichnam?« – »Warum nicht?« – »Kann ich mich aber darauf verlassen?« – »O ja, wenn ich mich nur so gewiß darauf verlassen dürfte, daß sie producirt wird, – und daß es nicht so geht, wie mit der *Sinfonie concertante*.« – Da ging nun der Tanz an – er entschuldigte sich so gut er konnte – wußte aber nicht viel zu sagen. – Kurz – die Sinfonie [Köchel Nr. 297] fand allen Beifall – und Le Gros ist damit so zufrieden, daß er sagt, das sei seine beste Sinfonie. – Das Andante hat aber nicht das Glück gehabt, ihn zufrieden zu stellen, er sagt es sey zu viel Modulation darin – und zu lang. – Das kam aber daher, weil die Zuhörer vergessen hatten einen so starken und anhaltenden Lärmen mit Händeklatschen zu machen, wie bei dem ersten und letzten Stück. Denn das Andante hat *von mir*, von allen Kennern, Liebhabern und meisten Zuhörern, den größten Beifall. Es ist just das Contraire was Le Gros sagt – es ist ganz natürlich und kurz. Um ihn aber (und wie überhaupt mehrere) zu befriedigen, habe ich ein anderes gemacht. Jedes in seiner Art ist recht – denn es hat jedes einen andern Charakter. Das Letzte gefällt mir aber noch besser. Ich werde Ihnen die Sinfonie mit der Violinschule, Claviersachen und Voglers Buch (Ton-Wissenschaft und Tonsetzkunst) mit einer guten Gelegenheit schicken – und dann will ich auch Ihr Urtheil darüber hören. – Den 15. August – Mariä Himmelfahrt wird die Sinfonie mit dem neuen Andante – das zweite Mal aufgeführt werden. Die Sinfonie ist *ex Re* und das Andante *ex Sol*. Hier darf man nicht sagen *D* oder *G*. – Nun ist halt der Le Gros ganz für mich.

Trösten Sie sich, und beten Sie brav, dies ist das einzige Mittel, was uns übrig bleibt. Ich wollte Sie wol gebeten haben, eine heilige Messe in Maria Plain und Loretto lesen zu lassen, – ich hab es hier auch gethan. Wegen dem Empfehlungsschreiben an Hrn. Bähr glaube ich nicht, daß es nothwendig sei, mir selbes zu schicken; ich kenne ihn bis Dato nicht, weiß nur daß er ein braver Klarinettist, übrigens aber ein liederlicher Socius ist. Ich gehe mit dergleichen Leuten gar nicht gern um – man hat keine Ehre davon und ein Recommandationsschreiben möchte ich ihm gar nicht geben, ich müßte mich wirklich schämen – wenn er endlich etwas machen könnte! So aber ist er in gar keinem Ansehen. Viele kennen ihn gar nicht. Von den 2 *Stamitzen* [Mannheimer Componisten] ist nur der Jüngere hier, der Aeltere (der wahre Hafeneder-Componist) ist in London. Das sind zwei elende Notenschmierer, und Spieler, Säufer, H–; das sind keine Leute für mich. Der hier ist hat kaum ein gutes Kleid auf dem Leib. *Apropos* wenns mit dem Brunetti etwa einmal brechen soll, – so hätte ich Lust dem Erzbischof einen guten Freund von mir, einen rechten ehrlichen braven Mann, zur ersten Violin zu recommandiren. Er ist ein gesetzter Mann, ich halte ihn für einen 40r – ein Witwer – er heißt »*Rothfischer*«, ist Conzertmeister zu Kirchheim-Bolanden bei der Prinzessin von Nassau-Weilburg [Nr. 91]. Er ist (unter uns gesagt) unzufrieden, denn der Fürst mag ihn nicht, das ist seine Musik. Er hat sich mir von Herzen recommandirt, und ich machte mir ein rechtes Vergnügen daraus ihm zu dienen – denn er ist der beste Mann.

109. Mozarteum.

Ich hoffe Sie werden meine beyden letztern richtig erhalten haben – wir wollen nun von dem Hauptinhalt derselben nichts mehr reden – es ist nun vorbei – und wir können, wenn wir ganze Seiten darüber verschreiben wollten, die Sache doch nicht ändern! –

Der Hauptzweck dieses Briefes ist, meiner lieben Schwester zu ihrem Namensfest zu gratuliren – doch muß ich noch bevor mit Ihnen ein wenig conversiren; – ein schöner Styl, nicht wahr? – Nur Geduld – ich bin heut nicht aufgelegt zierlicher zu schreiben – Sie müssen sich schon begnügen, wenn Sie es so weit bringen, daß Sie mich doch wenigstens so beyläufig verstehen, was ich sagen will. – Daß Mr. Raaff von hier abgereiset, habe glaube ich schon geschrieben – doch daß er mein wahrer Specialfreund ist – und daß ich mich auf seine Freundschaft gänzlich verlassen kann, – habe Ihnen unmöglich schreiben können – weil ich selbst noch nicht wußte, daß er mich so lieb hat. Nun um eine Sache recht zu schreiben, – muß man sie auch von Anfange herfiesln. Sie werden wissen daß der Raaff beym Mr. Le Gros logirt hat, – jetzt fällt es mir erst ein, daß Sie dieß schon wissen! – was ist aber zu thun? – geschrieben ist es; – den Brief mag ich auch nicht neu anfangen – mithin weiter. – Als er ankam waren wir just alle bei Tisch – das hat weiter mit der Sache nichts zu thun – es ist nur damit Sie wissen daß man zu Paris auch zu Tische geht, – und endlich paßt das Mittagmahl beym Le Gros immer besser zu meiner Freundschaftshistorie als die Kasse-Häuser und Trommler zu einer musikalischen Reisebeschreibung. – Den andern Tag als ich hinkam, fand ich einen Brief an mich – der war von Hrn. *Weber*, und Raaff war der Ueberbringer davon. Wenn ich nun den Namen eines Geschichtsschreibers verdienen wollte, so müßte ich den Inhalt dieses Briefes hersetzen – ich kann sagen, daß es mich sehr hart ankömmt denselben zu verschweigen, – doch man muß nicht zu weitläufig seyn – die Kürze ist eine schöne Sache, das sehen Sie in meinen Brief! – Den dritten Tag fand ich ihn zu Hause und bedankte mich – es ist halt doch eine schöne Sache wenn man höflich ist! – Was wir dort geredet haben, weiß ich nicht mehr – ein ungeschickter Historischreiber der nicht gleich im Stande ist etwas zu lügen – zu erfinden sprich ich – ja – wir sprachen – vom schönen Wetter! – Nu – als wir aufgehört hatten, – waren wir still – und ich ging fort. Etliche Täge darauf – ich weiß nicht mehr an was für einem Tag – an einem Tag der Woche halt – saß ich just am Clavier – dort versteht sich – und Ritter – der brave Holzbeißer saß neben meiner; nu, was haben wir daraus zu erlernen? – sehr viel; – Raaff hatte mich zu Mannheim niemal gehört, ausgenommen in der Academie – wo man aber für Lärm und Getöse nichts hören kann –

und *Er* hat ein so elendes Clavier, daß ich mir keine Ehre darauf hätte machen können; – da war aber das Hackbrettl gut und ich sah Raaff *vis à vis* von mir ganz speculativ da sitzen, – da können Sie sich also leicht vorstellen, daß ich auf die Methode des *Fischietti* preludirte, auf die Art und mit dem Feuer, Geist und Präcision des *Haydn* eine Galanteriesonate herspielte und mit aller Kunst eines *Lipp*, *Silber* und *Aman* fugirte.[47] Das fugirt spielen hat mir noch überall die meiste Ehre gemacht! – Nun als ich ausgespielt hatte (worunter Hr. Raaff immer Bravo sagte und zwar mit einer Miene wodurch man seine wahre innerliche Freude abnahm) kam ich mit Ritter in Discurs; unter anderm sagte ich auch daß es mir hier nicht recht gefallen will; – »die Hauptursache davon ist immer die Musik – und dann finde ich auch kein Soulagement hier, keine Unterhaltung, keinen angenehmen und honetten Umgang mit Leuten – absonderlich mit Frauenzimmern – die meisten sind H – – und die wenigen andern haben keine Lebensart.« – Ritter konnte mir nicht anders als Recht geben; – Raaff sagte endlich lächelnd: »Ja, das glaube ich – der Hr. Mozart ist nicht *ganz* hier – um alle die hiesigen Schönheiten zu bewundern, – der halbe Theil ist noch dort – wo ich herkomme.« – Da wurde nun natürlicherweise gelacht und gespaßt, – doch endlich nahm Hr. Raaff den seriosen Ton und sagte: »Sie haben aber Recht – ich kann Sie nicht tadeln – sie verdient es; sie ist ein recht artiges, hübsches und ehrliches Mädl und hat eine gute Aufführung – und eine geschickte Person, die viel Talent hat«. – Nun hatte ich die schönste Gelegenheit ihm meine liebe Weberin von ganzem Herzen zu recommandiren, – ich brauchte ihm aber nicht viel zu sagen, er war ohnedem schon ganz für sie eingenommen. Er versprach mir, daß er, sobald er nach Mannheim kommen wird, ihr Lection geben und sich um sie annehmen wird. – Ich sollte jetzt von rechtswegen etwas einschieben – allein das Notwendigste ist daß ich meine Freundschaftshistorie zu Ende bringe; wenn noch Platz ist so kann es geschehen. Nun, das war in meinen Augen noch immer eine Alltagfreude und nichts mehr. Ich kam oft zu ihm auf sein Zimmer. Endlich sing ich an ganz sachte mich immer mehr ihm zu vertrauen, erzählte ihm meine ganze Geschichte von Mannheim, – wie ich bei der Nase bin herumgeführt worden – setzte immer dazu, vielleicht könnte es noch geschehen. Er sagte weder ja noch nein – und so allzeit so oft ich davon sprach, – überhaupt schien er mir allzeit mehr gleichgültig zu seyn als interessirt. – Doch endlich glaubte ich mehr Freude an ihm zu bemerken – er sing auch öfters selbst an davon zu sprechen. Ich führte ihn bey Hrn. Grimm und Mad. d'Epinay auf, – da kam er einsmal und sagte mir, daß wir diesen oder jenen Tag beym Graf Sickingen speisen werden, mit den Worten: »Der Graf und ich waren in Discurs miteinander und da

47   Fischietti war Capellmeister in Salzburg, M. Haydn und Lipp Organisten.

sagte ich zu ihm: Apropos, haben Ihre Excellenz unsern Hr. Mozart schon gehört? – Nein, aber ich wäre sehr begierig ihn zu sehen und zu hören, denn man schreibt mir von Mannheim Sachen, die ganz erstaunlich sind – und – ja? – Eure Excellenz werden ihn hören und werden sehen, daß man Ihnen nicht zu viel sondern zu wenig geschrieben hat. – Das wäre? – Ja ganz gewiß, Excellenz.« – Nu, da merkte ich das erste Mal daß er für mich eingenommen ist. Dann wurde es immer besser, – ich führte ihn eines Tags zu mir, – dann kam er selbst öfters – endlich alle Tage. Den Tag darauf als er weggereiset war, kam Vormittag ein hübscher Mensch zu mir herein mit einem Bild und sagte: *Monsieur, je viens de la parte de ce Monsieur* – und zeigte mir das Portrait – das war Raaff – vortrefflich getroffen. – Endlich fing er an deutsch zu sprechen – dann kam es heraus, daß dies ein Maler vom Churfürst ist, von welchem mir Raaff öfters gesprochen, aber vergessen hat mich hinzuführen, – und dieser heißt – ich glaube immer Sie kennen ihn – es wird dieser sein, von dem die Mademoiselle Urspringer von Mainz in ihrem Brief Meldung gethan hat, – denn er sagt, daß er uns alle bei den Urspringerischen gesehen hat, – sein Name ist *Kymli*. Er ist der beste liebenswürdigste Mann – und ein rechtschaffner, ehrlicher Mann und guter Christ, – der Beweis davon ist die Freundschaft die Raaff und er zusammen haben. – Nun kommt der Hauptbeweis, daß mich Raaff lieb hat und für mich wahrhaft eingenommen ist, – weil er mehr andern, denen er trauen kann, seine wahren Gesinnungen entdeckte als demjenigen den es angehet, – indem er nicht gern etwas verspricht, ohne des glücklichen Erfolgs gewiß zu sein. Das ist was mir Kymli gesagt hat. Er hat ihn gebeten er möchte zu mir kommen und mir sein Portrait weisen – möchte öfters zu mir kommen – mir in allem an die Hand gehen – eine genaue Freundschaft mit mir aufrichten, – denn er war alle morgens bey ihm. Da sagte er allzeit: »Gestern abends war ich wieder bey unserm Hr. Mozart, das ist doch ein verfluchtes Männchen! – Das ist ganz aus, der weiß« – hörte nicht auf mich zu loben – erzählte dem Kymli alles – die ganze Historie von Mannheim – alles. Nun da sehen Sie – Leute die rechtschaffen sind, Religion haben, sich gut aufführen, lieben sich allzeit. Kymli sagt, ich soll versichert seyn, ich sey in guten Händen; »Raaff wird sich gewiß Ihrer annehmen, denn sehen Sie, Raaff ist ein kluger Mann, er wird das Ding ganz sein machen – er wird nicht sagen, daß Sie wollen – sondern daß Sie sollen – denn er ist sehr gut mit dem Oberststallmeister – er wird nicht nachgeben, Sie werden es sehen, lassen Sie ihn nur gehen.« – Apropos noch eins: der Brief vom Padre Martini an Raaff wo mein Lob darin steht, muß verloren gegangen seyn, denn Raaff hat schon lang einen Brief von ihm bekommen – und steht nichts von mir darin. Er müßte nur etwa noch zu Mannheim liegen – welches aber nicht glaublich ist, weil ich positiv weiß, daß alle Briefe die seit seinem Aufenthalt in Paris an ihn gekommen sind, ihm alle richtig überschickt worden sind. Weil nun der Churfürst sehr viel wie auch billig auf den *Padre maestro* hält, so glaube würde es sehr gut seyn, wenn Sie die Güte haben wollten ihn schriftlich zu ersuchen neuerdings an Raaff dessentwegen zu schreiben, es würde mir doch immer nutzen, – und der gute Padre Martini wird keinen Anstand haben mir dieses Freundstück nochmal zu erweisen, wohl wissend, daß er mein Glück dadurch machen kann. Den Brief würde er hoffentlich so einrichten daß er ihn allenfalls dem Churfürst zeigen kann. Nun genug von diesem; ich wünsche daß es gut ausfällt – damit ich bald das Glück habe meinen lieben Vater und liebe Schwester zu umarmen. O wie werden wir so lustig und zufrieden mit einander leben! Ich bitte aus allen meinen Kräften Gott um diese Gnade! – Das Blatt muß sich ja doch einmal wenden! – wills Gott. – Unterdessen in der süßen Hoffnung daß wir doch einmal, je eher je lieber, alle vergnügt seyn können, will ich mein Leben welches hier meinem Genie, Lust, Wissenschaft und Freude ganz entgegen ist, in Gottes Namen fortführen. Es ist gewiß wahr, seyen Sie dessen nur versichert, ich schreibe Ihnen nichts als die Wahrheit. Wenn ich Ihnen die Ursachen alle schreiben wollte, so würde ich mir die Finger krumm schreiben und würde mir zu nichts helfen, – denn jetzt bin ich einmal hier und da muß ich thun was in meinen Kräften ist. Gott gebe nur, daß ich mein Talent dadurch nicht verderbe, ich hoffe aber es wird so lange nicht dauern – Gott gebe es. Apropos, neulich war ein geistlicher Herr bey mir: er ist zu Salzburg Choriregens zu St. Peter gewesen – er kennt Sie sehr gut – er heißt: Zendorff – Sie werden sich freylich nicht mehr zu erinnern wissen – er gibt hier Lection in Clavier. – Zu Paris, *NB.* grauset Ihnen nicht bald an Paris? – Ich recommandire ihn von Herzen dem Erzbischof zu einem Organisten, – mit 300 Fl. ist er zufrieden, sagt er. Nun leben Sie recht wohl. Haben Sie Sorge auf Ihre Gesundheit – muntern Sie sich auf, – denken Sie daß Sie vielleicht bald die Freude haben werden – mit Ihrem Sohn, – und zwar recht vergnügten Sohn, ein gutes Glas Rheinwein mit ganz zufriedenem Herzen auszustürzen. – Adieu.

Den 20.[48] Ich bitte um Verzeihung, daß ich so spät mit meinem Glückwunsch komme, – allein ich habe meiner Schwester doch mit einem kleinen Präambulum aufwarten wollen. Die Spielart lasse ich ihrer eigenen Empfindung übrig. Dies ist kein Präludio um von einem Ton in den andern zu gehen, sondern nur so ein Capriccio, um das Clavier zu probiren. – Meine Sonaten [Köchel Nr. 301–306] werden bald gestochen werden. Bis dato hat mir noch Keiner das geben wollen, was ich dafür verlangte; ich werde aber doch endlich nachgeben müssen und sie um 15 Louisd'or hergeben. Auf

---

48 Von hier an bis zum Schluß befindet sich das Original in der Prager k.k. Bibliothek. Die getreue Abschrift verdanke ich Hrn. *Dr. Schebeck* dort.

diese Art werde ich doch am leichtesten bekannt hier. Sobald sie gestochen sind, werde ich Ihnen durch wohlausstudirte Gelegenheit (und soviel es möglich öconomisch) nebst Ihrer Violinschule, *Voglers* Compositionsbuch, Hüllmandels Sonaten, Schröters Concerten, einigen meiner Sonaten auf Clavier allein, Sinfonie fürs *concert spirituel, sinfonie concertante* und 2 Quartetten auf die Flöte und Concert auf die Harfe und Flöte [Köchel Nr. 298 und Nr. 299] schicken.

Nun was hören Sie denn vom Krieg? – Ich war drei Tage her so niedergeschlagen und so traurig; es geht mich zwar nichts an, allein ich bin zu empfindsam, ich interessire mich gleich für etwas. Ich habe gehört, daß der Kaiser sei geschlagen worden. Erstens sagte man, daß der König in Preußen den Kaiser überfallen hätte, nämlich die Truppen die der Erzherzog Maximilian commandirte, und da wären 2000 von österreichischer Seite geblieben, und zum Glück sei ihm der Kaiser mit 40000 Mann zu Hülfe gekommen; der Kaiser habe aber weichen müssen. Zweitens sagte man, der König habe den Kaiser selbst angegriffen und gänzlich umringt, und wenn der General Laudon ihm nicht mit 1800 Cürassier zu Hülfe gekommen wäre, so wäre er gefangen worden. Von diesen 1800 Cürassier seien 1600 geblieben und der Laudon sei auch todt geschossen worden. In Zeitungen habe ich aber nichts davon gelesen. Heute aber habe ich wieder gehört daß der Kaiser mit 40000 Mann in Sachsen eingefallen sei; ob es wahr ist weiß ich nicht. – Eine schöne Kratzerei, nicht wahr? – Ich habe keine Geduld zum Schönschreiben; – wenn Sie's nur lesen können, dann ist es schon recht. Apropos, in Zeitungen steht, daß bei dem Scharmützel zwischen den Sachsen und Croaten ein Sächsischer Grenadierhauptmann mit Namen Hopfgarten das Leben verloren habe, welchen man sehr bedauert. Sollte wohl dies der brave liebe Baron Hopfgarten sein, den wir zu Paris mit Hrn. v. Bose gekannt haben? – Mir wäre es sehr leid, obwohl es mir lieber ist, daß er an einem so glorreichen Tode gestorben ist, als wenn er etwa zu Paris im Bett einen schandvollen Tod genommen hätte, wie die meisten jungen Leute hier. Man redet hier mit keinem Menschen, der nicht schon 3 bis 4 Mal mit dergleichen schönen Krankheiten begabt war oder wirklich begabt ist. Die Kinder kommen hier schon damit auf die Welt, – doch da schreibe ich Ihnen nichts Neues, das wissen Sie schon lange. Doch dürfen Sie mir sicher glauben, daß es noch mehr zugenommen hat.

NB. Das Ende von dem Präludio werden Sie hoffentlich zusammenbuchstabiren können. – Wegen dem Tempo müssen Sie sich nicht viel bekümmern; es ist so eine gewisse Sache, man spielt es nach eigenem Gutachten.

Dem Hrn. Iammerdiener möchte ich so 25 auf den Buckel geben, daß er die Katherl noch nicht geheirathet hat. In meinen Augen ist nichts schändlicher als ein ehrliches Mädel bei der Nase herumzuführen – oder gar anzusetzen! Das will ich aber doch nicht hoffen. Wenn ich Vater wäre, wollte ich der Sache bald ein Ende machen.

110. Mozarteum.

Ich hoffe Sie werden meine zwei letzten vom 11. und 18. (glaube ich) richtig erhalten haben – ich habe unterdessen Ihre zwei vom 13. und 20. empfangen. Das Erste preßte mir Thränen des Schmerzes aus, weil ich wieder an den traurigen Hintritt meiner lieben seeligen Mutter erinnert wurde und mir alles wieder lebhaft vorkam. Das werde ich gewiß mein Lebtage nicht vergessen. Sie wissen daß ich mein Lebetag (obwohl ich es gewunschen) niemand habe sterben sehen, und zum ersten Male mußte es just meine Mutter sein. Auf diesen Augenblick hatte ich auch am meisten Sorge und bat Gott flehentlich um Stärke. Ich wurde erhört – ich hatte sie. So traurig mich Ihr Brief machte, so war ich doch ganz außer mir vor Freude, als ich vernahm, daß Sie alles so nahmen wie es zu nehmen ist, und ich folglich wegen meinem besten Vater und liebsten Schwester außer Sorge sein kann. Sobald ich Ihren Brief ausgelesen hatte, so war auch das Erste, daß ich auf die Kniee niederfiel und meinem lieben Gott aus ganzem Herzen für diese Gnade dankte. Nun bin ich ganz ruhig, weil ich weiß, daß ich wegen den zwei Personen die mir das Liebste auf dieser Welt sind, nichts zu befürchten habe, – welches nun das größte Unglück für mich wäre und mich ganz gewiß darniederreißen würde. Sorgen Sie also beide für Ihre mir so schätzbare Gesundheit, ich bitte Sie, und gönnen Sie demjenigen, der sich schmeichelt, daß er Ihnen nun das Liebste auf der Welt ist, das Glück, Vergnügen und die Freude Sie bald umarmen zu können.

Ihr letzter Brief preßte mir Thränen der Freude aus, indem ich dadurch immer mehr Ihrer wahren väterlichen Liebe und Sorge gänzlich überzeugt wurde. Ich werde mich aus allen Kräften bestreben Ihre väterliche Liebe immer mehr zu verdienen. Ich danke Ihnen für das Pulver durch den zärtlichsten Handkuß und bin überzeugt, daß Sie froh sind, daß ich nicht benöthigt bin Gebrauch davon zu machen. Unter der Krankheit meiner seeligen Mutter wäre es einmal bald nothwendig gewesen, aber jetzt, Gott Lob und Dank, bin ich ganz frisch und gesund. Nur bisweilen habe ich so melancholische Anfälle, da komme ich aber am leichtesten davon durch Briefe die ich schreibe oder erhalte; das muntert mich dann wieder auf. Glauben Sie aber sicher, daß es niemalen ohne Ursache geschieht. –

Sie wollen eine kleine Beschreibung von der Krankheit und von allem haben? – Das sollen Sie. Nur bitte ich daß ich ein wenig kurz sein und nur die Hauptsachen schreiben darf, indem die Sache einmal vorbei und leider nicht mehr zu ändern ist und ich nothwendig Platz brauche um Sachen zu schreiben, die unsere Situation betreffen. Erstens muß ich Ihnen sagen, daß meine selige Mutter hat sterben *müssen*. Kein Doctor in der Welt hätte sie dieses Mal davon bringen können. Denn es war augenscheinlich der Wille Gottes so, ihre Zeit war nun aus und Gott hat sie haben wollen. Sie glauben sie hat sich zu spät Ader gelassen – es kann sein, sie hat es ein wenig verschoben. Doch bin ich mehr der Meinung hiesiger Leute, die ihr das Aderlassen abgerathen und sie eher ein Lavement zu nehmen zu bereden suchten. Aber sie wollte nicht und ich getraute mir nichts zu sagen, weil ich die Sachen nicht verstehe und folglich die Schuld gehabt hätte, wenn es ihr nicht wohl angeschlagen hätte. Wenn es meine Haut gegolten hätte, so hätte ich gleich meinen Consens dazu gegeben, denn hier ist es sehr in Schwung. Wenn einer ein wenig erhitzt ist, so nimmt er ein Lavement, und der Ursprung der Krankheit meiner Mutter war nichts als innerliche Erhitzung. Wenigstens hielt man es dafür. Wie viel man ihr Blut gelassen hat, kann ich nicht accurat sagen, weil man hier nicht unzenweis sondern tellerweis läßt. Man hat ihr nicht gar 2 Teller voll gelassen; der Chirurgus sagte, daß es sehr nothwendig war; weil aber so eine entsetzliche Hitze diesen Tag war, so getraute er sich nicht mehr zu lassen. Etliche Tage war es gut, dann fing aber der Durchlauf an, kein Mensch machte aber etwas daraus, weil es hier allgemein ist, daß alle Fremde, die stark Wasser trinken, das Laxiren bekommen. – – Den 19. klagte sie Kopfweh, da mußte sie mir fürs erste mal den ganzen Tag im Bett bleiben. Den 20. klagte sie Frost und dann Hitze. Ich gab ihr also ein antispasmotisches Pulver. Unter dieser Zeit wollte ich immer um einen Doctor schicken, sie wollte aber nie, und da ich ihr stark zusetzte, so sagte sie mir, daß sie kein Vertrauen auf einen französischen Medicum habe. Ich schaute also um einen deutschen. Ich konnte natürlicherweise nicht ausgehen, mithin wartete ich mit Schmerzen auf den Mr. Heina, der alle Tage unfehlbar zu uns kam; nur diesmal mußte er 2 Tage ausbleiben. Endlich kam er, und weil der Doctor den andern Tag darauf verhindert war, so

konnten wir ihn nicht haben. Mithin kam er erst den 24. Den Tag vorher, wo ich ihn schon so hergewunschen hätte, war ich in einer großen Angst, denn sie verlor auf einmal das Gehör. Der Doctor, ein etlich und 70 jähriger Deutscher, gab ihr Rhabarber mit Wein angemacht. Das kann ich nicht verstehen, man sagt sonst, der Wein hitzt. Wie ich aber dieses da sagte, schrie mir alles entgegen: Ei beileibe, was sagen Sie? der Wein hitzt nicht, er stärkt nur; das Wasser hitzt! Und unterdessen begehrte die arme Kranke mit Sehnsucht nach frischem Wasser. Wie gern hätte ich sie befriedigt! Bester Vater, Sie können sich nicht vorstellen, was ich ausgestanden. Da war kein anderes Mittel, ich wußte sie in Gottes Namen den Händen des Medicus überlassen. Alles was ich mit gutem Gewissen thun konnte, war daß ich unaufhörlich zu Gott bat, daß er alles zu ihrem Besten anordnen möchte. Ich ging herum als wenn ich gar keinen Kopf hätte. Ich hätte dort die beste Zeit gehabt zum Componiren, aber – ich wäre nicht im Stande gewesen eine Note zu schreiben.

Den 25. blieb der Doctor aus. Den 26. besuchte er sie wieder. Stellen Sie sich in meine Person, als er mir so unvermuthet sagte: »Ich fürchte sie wird diese Nacht nicht ausdauern und sie kann auf dem Stuhl, wenn ihr übel wird, in einem Augenblick weg sein. Mithin sehen Sie daß sie beichten kann.« Da bin ich also bis Ende der Chaussee d'Antin noch über die Barriere hinaus gelaufen, um den Heina aufzusuchen, weil ich wußte, daß er bei einem gewissen Grafen bei einer Musik ist. Der sagte mir, daß er den andern Tag einen deutschen Geistlichen herführen wird. Im Zurückweg ging ich im Vorbeigehen einen Augenblick zum *Grimm* und Mad. d'Epinay. Die waren unzufrieden, daß ich nicht eher was gesagt habe, sie hätten gleich ihren Doctor hergeschickt. Ich habe ihnen aber nicht gesagt, weil meine Mutter keinen französischen wollte. Nun war ich aber aufs Aeußerste getrieben; sie sagten daß sie diesen Abend noch ihren Doctor herschicken werden. Als ich nach Haus kam, sagte ich zu meiner Mutter, daß ich den Hrn. Heina begegnet habe mit einem deutschen Geistlichen, der viel von mir gehört hat und begierig ist mich spielen zu hören, und sie werden morgen kommen um mir eine Visite zu machen. Das war ihr ganz recht; und weil ich, obwohl ich kein Doctor bin, sie besser befunden habe, so sagte ich weiter nichts mehr. – Ich sehe schon daß ich unmöglich kurz erzählen kann, ich schreibe gern alles umständlich und ich glaube, es wird Ihnen auch lieber sein, – mithin, weil ich nothwendigere Sachen noch zu schreiben habe, will ich im nächsten Briefe meine Geschichte fortsetzen. Unterdessen wissen Sie durch meine letzten Briefe wo ich bin, und daß alle meine und meiner seeligen Mutter Sachen in Ordnung sind. Wenn ich auf diesen Punkt komme, werde es schon erklären wie es gegangen. Der Heina und ich haben alles gemacht. –

Nun zu unsern Sachen. Doch zuvor muß ich Ihnen sagen, daß Sie wegen dem, was ich Ihnen in meinem vom 3. geschrieben und mir ausgebeten, meine Gedanken nicht eher darüber entdecken zu dürfen als bis es Zeit ist, gar nicht in Sorgen sein dürfen. Ich bitte Sie noch einmal darum. Ich kann es Ihnen aber noch nicht sagen, weil es in der That noch nicht Zeit ist und ich dadurch mehr verderben als gutmachen würde. – Zu Ihrer Beruhigung: es geht nur mich an, Ihre Umstände werden dadurch nicht schlimmer und nicht besser, und bevor ich Sie nicht in bessern Umständen sehe, denke ich gar nicht darauf. Wenn wir aber einmal glücklich und vergnügt (welches mein einziges Bestreben ist) beisammen in einem Ort leben, – wenn diese glückliche Zeit einmal kommt – Gott gebe bald! – dann ist es Zeit, und dann besteht es nur bei Ihnen. Bekümmern Sie sich also jetzt nicht darum und sein Sie versichert, daß ich in allen Sachen wo ich weiß daß auch Ihr Glück und Ihre Zufriedenheit daran liegt, allzeit mein Vertrauen zu Ihnen, zu meinem besten Vater und wahrsten Freund haben und Ihnen alles umständlich berichten werde. Wenn es bis dato bisweilen nicht geschehen ist, so ist es meine Schuld allein nicht.[49]

Der Mr. *Grimm* sagte neulich zu mir: Der Mr. *Grimm* sagte neulich zu mir: »Was soll ich denn Ihrem Vater schreiben? Was nehmen Sie denn für eine Partie? Bleiben Sie hier oder gehen Sie nach Mannheim?« – Ich konnte das Lachen wirklich nicht halten. »Was soll ich denn jetzt zu Mannheim thun? – Wenn ich niemals nach Paris wäre! – Aber so! Jetzt bin ich einmal da und muß alles anwenden um mich fortzubringen.« – »Ja«, sagte er, »ich glaube schwerlich, daß Sie hier Ihre Sache gut machen können.« – »Warum? Ich sehe hier so eine Menge elende Stümper die sich fortbringen, und ich sollte es mit meinem Talent nicht können? Ich versichere Sie daß ich sehr gern zu Mannheim bin, auch dort in Diensten zu sein sehr wünsche, allein mit Ehre und Reputation. Ich muß meiner Sache gewiß sein, sonst thue ich keinen Schritt.« – »Ja ich fürchte«, sagte er, »Sie sind hier nicht genug activ. Sie laufen nicht genug herum.« – »Ja« sagte ich, »das ist das Schwerste hier für mich. Uebrigens konnte ich jetzt wegen der langen Krankheit meiner Mutter nirgends hingehen, und 2 von meinen Scolaren sind in der Campagne, und die dritte (dem Duc de Guines seine Tochter) ist in Brautständen und wird, welches mir wegen meiner Ehre kein großer Verdruß ist, nicht mehr continuiren. Verlieren thue ich nichts an ihr, denn was mir der Duc zahlt, zahlt Jedermann hier.« Stellen Sie sich vor, der Duc de Guines, wo ich alle Tage komme und 2 Stunden bleiben mußte, ließ mich 24 Lectionen machen (wo man allzeit nach der 12. zahlt), ging in die Campagne, kam in 10 Tagen zurück, ohne mir Etwas sagen zu lassen; wenn ich nicht aus Vorwitz selbst angefragt hätte, so wüßte ich noch nicht daß sie hier sind, und endlich zog die Gouvernante einen Beutel heraus und sagte mir: Verzeihen Sie daß ich Ihnen für diesmal nur 12 Lectionen zahle, denn ich hab nicht Geld genug. – Das ist nobel, und zählte mir 3 Louisd'or her und setzte hinzu: Ich hoffe Sie werden zufrieden sein; wo nicht, so bitte ich es mir zu sagen. – Der Mr. le Duc hatte also keine Ehre im Leib und dachte, das ist ein junger Mensch und nebst diesem ein dummer Deutscher – wie alle Franzosen von den Deutschen sprechen – der wird also gar froh darum sein. – Der dumme Deutsche war aber nicht froh darum, sondern nahm es nicht an. Er wollte mir also für 2 Stunden eine Stunde zahlen und dies aus Egard, weil er schon 4 Monate ein Concert auf die Flöte und Harfe von mir hat, welches er mir

49   Er hatte offenbar, wie dies auch durch die vorigen Briefe vernehmlich hindurch-
       klingt, die baldige Heirath mit seiner geliebten Aloysia im Sinn.

noch nicht bezahlt hat. Ich warte also nur bis die Hochzeit vorbei ist, dann gehe ich zur Gouvernante und begehre mein Geld. Was mir den größten Verdruß macht ist, daß die dummen Franzosen glauben, ich sei noch sieben Jahr alt, weil sie mich in diesem Alter gesehen haben. Das ist gewiß wahr, die Mad. d'Epinay hat es mir in allem Ernst gesagt. Man tractirt mich hier also als einen Anfänger, ausgenommen die Leute von der Musik, die denken anders. Uebrigens macht halt die Menge alles aus.

Nach diesem Discurs mit dem Grimm ging ich gleich den andern Tag zum Graf *Sickingen*. Dieser war ganz meiner Meinung, nemlich daß ich noch sollte Geduld haben, abwarten, bis der Raaff angelangt ist, welcher alles für mich thun wird, sein Möglichstes. Wenn aber dieses nicht geht, so hat sich der Graf Sickingen selbst angetragen mir zu Mainz einen Platz zu verschaffen. Mithin dies ist meine Aussicht. Ich werde nun mein Möglichstes thun, um mich hier mit Scolaren fortzubringen und soviel als möglich Geld zu machen. – Ich thue es jetzt in der süßen Hoffnung daß bald eine Veränderung geschieht. Denn das kann ich Ihnen nicht läugnen, sondern muß es bekennen, daß ich froh bin wenn ich hier erlöset werde. Denn Lection zu geben ist hier kein Spaß, man muß sich ziemlich abmatten damit, und nimmt man nicht *viele*, so macht es nicht viel Geld. Sie dürfen nicht glauben daß es Faulheit ist – nein! – sondern weil es ganz wider mein Genie, wider meine Lebensart ist. Sie wissen daß ich so zu sagen in der Musik stecke, – daß ich den ganzen Tag damit umgehe – daß ich gern speculire – studire – überlege. Nun bin ich hier durch diese Lebensart dessen behindert. Ich werde freilich einige Stunden frei haben, allein die wenigen Stunden werden mir mehr zum Ausrasten als zum Arbeiten nothwendig sein.

Wegen der Opera habe ich schon im Vorigen Meldung gethan. Ich kann nicht anders, ich muß eine große Oper oder gar keine schreiben. Schreibe ich nur kleine, so bekomme ich wenig; denn hier ist alles taxirt. Hat sie dann das Unglück den dummen Franzosen nicht zu gefallen, so ist alles aus, ich bekomme keine mehr zu schreiben, habe wenig davon und meine Ehre hat Schaden gelitten. Wenn ich aber eine große Oper schreibe, so ist die Bezahlung besser, ich bin in meinem Fach, was mich freut, habe mehr Hoffnung Beifall zu erhalten, weil man in einem großen Werk mehr Gelegenheit hat sich Beifall zu machen. Ich versichere Sie daß wenn ich eine Oper zu schreiben bekomme, mir gar nicht bang ist. Die Sprache hat der Teufel gemacht, das ist wahr, und ich sehe alle die Schwierigkeiten, die alle Compositeurs gefunden haben, gänzlich ein. Aber ungeachtet dessen fühle ich mich im Stande diese Schwierigkeit so gut als alle Andern zu übersteigen. *Au contraire,* wenn ich mir öfters vorstelle, daß es richtig ist mit meiner Oper, so empfinde ich ein ganzes Feuer in meinem Leibe und zittre an Händen und Füßen vor Begierde, den Franzosen immer mehr die Deutschen kennen, schätzen und fürchten zu lernen. Warum gibt man denn keinem Franzosen eine große Oper? – Warum müssen es denn Fremde sein? – Das Unausstehlichste dabei würden mir die Sänger sein. Nun, ich bin bereit. Ich fange keine Händel an; fordert man mich aber heraus, so werde ich mich zu defendiren wissen. Wenn es aber ohne Duell abläuft, so ist es mir lieber, denn ich raufe mich nicht gern mit Zwergen.

Gott gebe es, daß bald eine Veränderung geschieht! – Unterdessen wird es an meinem Fleiß, Mühe und Arbeit gewiß nicht fehlen. Auf den Winter, wenn alles von dem Lande hereinkommt, habe ich meine Hoffnung. Unterdessen leben Sie recht wohl und haben Sie mich immer lieb. Das Herz lacht mir wenn ich auf den glücklichen Tag denke, wo ich wieder das Vergnügen haben werde, Sie zu sehen und von ganzem Herzen zu umarmen. –

Vorgestern[50] schrieb mir mein lieber Freund *Weber* unter anderm, daß es gleich den andern Tag nach der Ankunft des Churfürsten publicirt wurde, daß der Churfürst seine Residenz zu München nehmen wird, welche Botschaft für ganz Mannheim ein Donnerschlag war, und die Freude welche die Einwohner des Tags vorher durch eine allgemeine Illumination an den Tag legten, so zu sagen wieder gänzlich auslöschte. Dieses wurde auch der ganzen Hofmusik kundgethan, mit dem Beisatze, daß Jedem freisteht, dem Hofstaat nach München zu folgen oder – doch mit Beibehalt des nämlichen Salarii – zu Mannheim zu verbleiben; und in 14 Tagen soll jeder seinen Entschluß schriftlich und sigilirt dem Intendanten übergeben. Der Weber, welcher, wie Sie wissen, gewiß in den traurigsten Umständen ist, übergab solches: »Bei meinen zerrütteten Umständen bin, so sehnlichst ich es auch wünsche, nicht im Stande, gnädigster Herrschaft nach München zu folgen.« Bevor dies geschah war eine große Academie bei Hofe und da mußte die arme Weberin den Arm ihrer Feinde empfinden: sie sang diesmal nicht! Wer Ursach davon ist weiß man nicht. Nach der Hand war aber eine Academie bei Hrn. v. *Gemmingen*, Graf Seeau war auch dabei. Sie sang 2 Arien von mir und hatte das Glück trotz den welschen Hundsfüttern [dem Singpersonal von München] zu gefallen. Diese infamen Cujone sprengen noch immer aus, daß sie im Singen zurückginge. Der Cannabich aber als die Arien geendigt waren, sagte zu ihr: »Mademoiselle, ich wünsche daß Sie auf diese Art noch immer mehr zurückgehen möchten! Morgen werde ich Hrn. Mozart schreiben und es ihm anrühmen.« – Nun, die Hauptsache ist halt, daß wenn der Krieg nicht schon ausgebrochen wäre, der Hof sich nach München gezogen hätte, – Graf *Seeau*, der die Weberin absolument haben

50 Von hier an bis zum Schluß nach Jahn II, 302, Anm. 19; denn im Mozarteum befindet sich das 3. Blatt oder das Couvert dieses Briefes nicht und ist mir auch sonst nirgend zu Gesichte gekommen.

will, alles angewendet hätte daß sie mitkommen kann, und folglich Hoffnung gewesen wäre daß die ganze Familie in bessere Umstände gesetzt würde. Nun ist aber alles wieder still wegen der Münchener Reise und die armen Leute können wieder lange herwarten, und ihre Schulden werden alle Tage beträchtlicher. Wenn ich ihnen nur helfen könnte! Liebster Vater! ich recommandire sie Ihnen von ganzem Herzen. Wenn sie unterdessen nur auf etliche Jahre 1000 Fl. zu genießen hätten!

111. Mozarteum.

Paris 7. Aug. 1778.

Allerliebster Freund!
Nun erlauben Sie, daß ich vor Allem mich bei Ihnen auf das Nachdrücklichste bedanke für das neue Freundschaftsstück, so Sie mir erwiesen, nemlich daß Sie sich meines liebsten Vaters so sehr angenommen, ihn so gut vorbereitet und so freundschaftlich getröstet haben [vgl. S. 162 f.]. Sie haben Ihre Rolle vortrefflich gespielt, – dies sind die eigenen Worte meines Vaters. Bester Freund! Wie kann ich Ihnen genug danken! Sie haben mir meinen besten Vater erhalten! – Ihnen habe ich ihn zu danken. Erlauben Sie also daß ich gänzlich davon abbreche und gar nicht anfange mich zu bedanken, denn ich fühle mich in der That zu schwach, zu unvollkommen, – zu unthätig dazu. Bester Freund, ich bin so immer Ihr Schuldner. Doch Geduld! – Ich bin bei meiner Ehre noch nicht im Stande Ihnen das Bewußte zu ersetzen, aber zweifeln Sie nicht, Gott wird mir die Gnade geben, daß ich mit Thaten zeigen kann, was ich mit Worten nicht auszudrücken im Stande bin. Ja das hoffe ich! – Unterdessen aber, bis ich so glücklich werde, erlauben Sie mir, daß ich Sie um die Fortsetzung Ihrer schätzbaren und werthesten Freundschaft bitten darf, und zugleich daß Sie die meinige neuerdings und auf immer annehmen, welche ich Ihnen auch mit ganz aufrichtigem gutem Herzen auf ewig zuschwöre. Sie wird Ihnen freilich nicht viel nutzen! Desto aufrichtiger und dauerhafter wird sie aber sein. Sie wissen wohl, die besten und wahrsten Freunde sind die armen. Die Reichen wissen nichts von Freundschaft! – Besonders die darinnen geboren werden, – und auch diejenigen, die das Schicksal dazu macht, verlieren sich öfters in ihren Glücksumständen! – Wenn aber ein Mann, nicht durch ein blindes sondern billiges Glück, durch Verdienste in vortheilhafte Umstände gesetzt wird, der in seinen erstern mißlichen Umständen seinen Muth niemals fallen lassen, Religion und Vertrauen auf seinen Gott gehabt hat, ein guter Christ und ehrlicher Mann war, seine wahren Freunde zu schätzen gewußt hat, mit einem Wort, der ein besseres Glück wirklich verdient hat, – von so einem ist nichts Uebles zu fürchten! –

Nun will ich Ihren Brief beantworten. Jetzt werden Sie wohl alle wegen meiner Gesundheit außer Sorge sein, denn Sie müssen unterdessen 3 Briefe von mir erhalten haben, – der erste von diesen, dessen Inhalt in der traurigen Nachricht des Todes meiner seligen Mutter besteht, ist Ihnen bester Freund, eingeschlossen worden. Ich weiß es, Sie entschuldigen mich auch, wenn ich von dieser ganzen Sache schweige; meine Gedanken sind doch immer dabei. – Sie schreiben mir, ich soll jetzt nur auf meinen Vater denken, ihm aufrichtig meine Gesinnungen entdecken und mein Vertrauen auf ihn setzen. Wie unglücklich wäre ich nicht, wenn ich diese Erinnerung nöthig hätte! – Es ist sehr nützlich für mich – daß Sie mir sie machten; allein ich bin vergnügt (und Sie sind es auch) daß ich sie nicht brauche. In meinem letzten an meinen lieben Vater habe schon so viel geschrieben als ich bis dato selbst weiß, und ihn versichert, daß ich ihm allzeit alles umständlich berichten und meine Meinung aufrichtig entdecken werde, weil ich mein ganzes Vertrauen auf ihn habe und seiner väterlichen Sorge, Liebe und wahrer Güte gänzlich versichert bin – gewiß wissend daß er mir auch einmal eine Bitte, von welcher mein ganzes Glück und Vergnügen meines übrigen Lebens abhängt, und welche (wie er es auch von mir nicht anders erwarten kann) ganz gewiß billig und vernünftig ist, nicht abschlagen wird. Liebster Freund! lassen Sie dieses meinen lieben Vater nicht lesen. Sie kennen ihn, er würde sich allzeit Gedanken machen und zwar *unnütz*.

Nun von unserer Salzburger Historie! – Sie wissen, bester Freund, wie mir Salzburg verhaßt ist! – Nicht allein wegen den Ungerechtigkeiten, die mein lieber Vater und ich dort ausgestanden, welches schon genug wäre, um so einen Ort ganz zu vergessen und ganz aus den Gedanken zu vertilgen! – Aber lassen wir nun Alles gut sein, es soll sich Alles so schicken, daß wir *gut* leben können. – Gut leben und vergnügt leben ist zweierlei, und das letzte würde ich (ohne Hexerei) nicht können; es müßte wahrhaftig nicht natürlich zugehen! – und das ist nun nicht möglich, denn bei den jetzigen Zeiten gibt es keine Hexen mehr. – Doch mir fällt etwas ein, es gibt so gewisse Leute in Salzburg, die da gebürtig sind und die Stadt davon wimmelt, – man darf diesen Leuten nur den ersten Buchstaben ihres wahren Namens verwechseln [Fexen, Hexen], so können sie mir behülflich sein. – Nun es mag geschehen, was will, mir wird es allzeit das größte Vergnügen sein, meinen liebsten Vater und liebste Schwester zu umarmen, und zwar je eher je lieber. Aber das kann ich doch nicht läugnen, daß mein Vergnügen und meine Freude doppelt sein würde, wenns wo anders geschähe, weil ich überall *mehr* Hoffnung habe vergnügt und glücklich leben zu können! – Sie werden mich vielleicht unrecht verstehen und glauben, Salzburg sei mir zu klein? – Da würden Sie sich sehr betrügen. Ich habe meinem Vater schon einige Ursachen darüber geschrieben. Unterdessen begnügen Sie sich auch mit dieser, daß Salzburg kein Ort für mein Talent ist! – Erstens sind die Leute von der Musik in keinem Ansehen, und zweitens hört man nichts; es ist kein Theater da, keine Oper! – Wenn man auch wirklich eine spielen wollte, wer würde dann singen? – Seit 5 bis 6 Jahren war die Salzburgerische Musik noch immer reich am Unnützlichen, Unnothwendigen, aber sehr arm am Nothwendigen und des Unentbehrlichsten gänzlich beraubt, wie nun gegenwärtig der Fall ist! – Die grausamen Franzosen sind nun Ursache, daß die Musik ohne Capellmeister ist![51] – Jetzt wird nun, wie ich dessen gewiß versichert bin, Ruhe und Ordnung bei der Musik herrschen! – Ja so geht es, wenn man nicht vorbauet! – Man muß allzeit ein halb Dutzend Capellmeister bereit haben, daß wenn einer fehlt, man gleich einen andern einsetzen kann. Wo jetzt einen hernehmen – und die Gefahr ist doch dringend! – Man kann die Ordnung, Ruhe und das gute Vernehmen bei der Musik nicht überhand nehmen lassen! – sonst reißt das Uebel immer weiter – und auf die letzt ist gar nicht mehr zu helfen. Sollte es denn gar keine Eselohren-Perücke, keinen Lauskopf mehr geben, der die Sache wieder in den vorigen hinkenden Gang bringen könnte? – Ich werde gewiß auch mein Möglichstes dabei thun. Morgen gleich nehme ich eine Remise auf den ganzen Tag und fahre in alle Spitäler und Siechenhäuser und sehe ob ich keinen auftreiben kann. Warum war man doch so unvorsichtig und ließ den *Misliweczeck* so wegwischen? und war so nahe da [S. 56]. Das wäre ein Bissen gewesen; so einen bekommt man nicht so leicht wieder, der just frisch aus dem Herzog Clementischen *Conservatorio* herauskömmt! Und das wäre ein Mann gewesen, der die ganze Hofmusik durch seine Gegenwart in Schrecken würde gesetzt haben. – Nun, mir darf just nicht so bang sein; wo Geld ist, bekommt man Leute genug! – Meine Meinung ist daß man es nicht zu lange sollte anstehen lassen, nicht aus närrischer Furcht, man möchte etwa keinen bekommen; denn da weiß ich nur gar zu wohl, daß alle diese Herrn schon so begierig und hoffnungsvoll darauf warten, wie die Juden auf den Messias; – allein weil es nicht in diesen Umständen auszuhalten ist und folglich nothwendiger und nützlicher wäre, daß man sich um einen Capellmeister, wo nun wirklich *keiner* da ist, umsähe, als daß man (wie mir geschrieben worden) überall hinschreibt, um eine gute Sängerin zu bekommen.[52] Ich kann es aber un-

192

---

51 Der alte Capellmeister *Lolli* war vor Kurzem gestorben.

52 Bullinger hatte auch, um Wolfgang desto sicherer zu gewinnen, schreiben müssen, daß der Erzbischof, da die Haydn nicht mehr genüge, eine andere Sängerin zu engagiren beabsichtige, und es wurde darauf hingedeutet, daß man seine Wahl wohl auf Aloysia Weber lenken könne. Jahn II, 307. Die Haydn war eine Tochter des Organisten *Lipp* und vom Erzbischof ihrer Ausbildung wegen nach Italien gesendet worden. Sie stand ihres Lebenswandels wegen nicht im besten Rufe.

möglich glauben! – eine Sängerin, wo wir deren so viele haben! – und lauter vortreffliche. Einen Tenor, obwohl wir diesen auch nicht brauchen, wollte ich doch noch eher zugeben, aber eine Sängerin, eine Primadonna! – wo wir jetzt einen Castraten haben [Cecarelli]. Es ist wahr, die Haydn ist kränklich, sie hat ihre strenge Lebensart gar zu sehr übertrieben. Es gibt aber wenige so! – Mich wundert, daß sie durch ihr beständiges Geißeln, Peitschen, Cilicia- Tragen, übernatürliches Fasten, nächtliches Beten ihre Stimme nicht schon längst verloren hat! – Sie wird sie auch noch lange behalten – und sie wird auch anstatt schlechter immer besser werden. Sollte aber endlich Gott sie unter die Zahl ihrer Heiligen setzen, so haben wir noch immer fünf, wo jede der andern den Vorzug streitig machen kann! – Nun da sehen Sie, wie unnothwendig es ist! – Ich will es nun aber aufs Aeußerste bringen! – Setzen wir den Fall, daß wir nach der weinenden Magdalena keine mehr hätten, welches doch nicht ist; aber gesetzt, eine komme jähe in Kindsnöthe, eine komme ins Zuchthaus, die dritte würde etwa ausgepeitscht, die vierte allenfalls geköpft und die fünfte holte etwa der T–? – was wäre es? – Nichts! – Wir haben ja einen Castraten. Sie wissen was das für ein Thier ist? Der kann ja hoch singen, mithin ganz vortrefflich ein Frauenzimmer abgeben. Freilich würde sich das Kapitel [vom Dom] drein legen, allein drein legen ist doch immer besser als – legen, – und man wird diesen Herrn nichts Besonderes machen. Lassen wir unterdessen immer den Hrn. Cecarelli bald Weibs- bald Manns-Person sein. – Endlich weil ich weiß, daß man bei uns die Abwechslungen, Veränderungen und Neuerungen liebt, so sehe ich ein weites Feld vor mir, dessen Ausführung Epoche machen kann.[53] Meine Schwester und ich haben schon als Kinder ein wenig daran gearbeitet, was werden nicht große Leute liefern? – O wenn man generös ist, kann man alles haben, und mir ist gar nicht bang (und ich will es über mich nehmen, daß man den Metastasio von Wien kommen lassen kann oder ihm wenigstens den Antrag macht, daß er etliche Dutzend Opern verfertigt, wo der Primouomo und die Primadonna niemals zusammen kommen. Auf diese Art kann der Castrat den Liebhaber und die Liebhaberin zugleich machen und das Stück wird dadurch interessanter, indem man die Tugend der beiden Liebhaber bewundert, die so weit geht, daß sie mit allem Fleiß die Gelegenheit vermeiden, sich im Publico zu sprechen.

Da haben Sie nun die Meinung eines wahren Patrioten! – Machen Sie Ihr Möglichstes daß die Musik bald einen H … bekommt, denn das ist das Nothwendigste. Einen Kopf hat sie jetzt, das ist aber eben das Unglück. Bevor

---

53 Der Erzbischof Hieronymus liebte es im altfritzischen Aufklärungssinne mit energischer Hand Neuerungen zu machen, von denen allerdings manche nothwendig und wohlthätig genug waren.

nicht in diesem Stück eine Veränderung geschieht, komme ich nicht nach Salzburg. Alsdann aber will ich kommen und will umkehren, so oft*v. s.* [*volti subito*] steht.

Nun etwas vom Krieg [wegen der bayrischen Erbfolge]. Soviel ich höre, werden wir in Deutschland auch bald Frieden haben. Dem Herrn König von Preußen ist halt ein wenig bang. In Zeitungen habe ich gelesen, daß die Preußen ein kaiserliches Detachement überfallen haben, aber die Croaten und 2 Regimenter Cürassiere die in der Nähe waren und den Lärmen gehört haben, kamen den Augenblick zu Hülfe, attaquirten den Preußen, brachten ihn zwischen 2 Feuer und nahmen ihm 5 Canonen. Der Weg, den der Preuße nach Böhmen genommen hat, ist nun ganz verhauet und verhackt, daß er nicht mehr zurück kann. Die Böhmischen Bauern thun den Preußen auch gewaltigen Schaden, und bei den Preußen ist ein beständiges Desertiren. Das sind aber Sachen, die Sie längst schon und besser wissen als wir hier. Nun will ich Ihnen aber was Hiesiges schreiben. Die Franzosen haben die Engländer zum Weichen gebracht; es ist aber nicht gar zu hitzig hergegangen. Das Merkwürdigste ist, daß in Allem, Freund und Feind, 100 Mann geblieben sind. Ungeachtet dessen ist doch ein entsetzlicher Jubel hier und man hört von nichts Anderm reden. Man sagt jetzt auch, daß wir hier bald Frieden haben werden. Mir ist es einerlei, was das Hiesige betrifft; in Deutschland ist es mir aber sehr lieb, wenn bald Friede wird, aus vielen Ursachen.

Nun leben Sie wohl – – – Dero wahrer Freund und verbundenster Diener
Wolfgang Romatz.

112. Mozarteum.

St. Germain 27. Aug. 1778.

In größter Eile schreibe ich Ihnen – Sie sehen, daß ich nicht in Paris bin. – Hr. *Bach* von London [Johann Christian] ist schon 14 Tage hier, er wird eine französische Oper schreiben – er ist nur hier die Sänger zu hören, dann geht er nach London, schreibt sie und kommt, sie in Scene zu setzen. Seine Freude und meine Freude als wir uns wieder sahen, können Sie sich leicht vorstellen, vielleicht ist seine Freude nicht so wahrhaft, doch muß man ihm dieses lassen, daß er ein ehrlicher Mann ist und den Leuten Gerechtigkeit widerfahren läßt; ich liebe ihn (wie Sie wohl wissen) von ganzem Herzen und habe Hochachtung für ihn, und er – das ist einmal gewiß, daß er mich so wohl zu mir selbst, als bey andern Leuten – nicht übertrieben wie einige, sondern ernsthaft – wahrhaft gelobt hat. – *Tenducci* ist auch hier – der ist der Herzensfreund von Bach – der hat die größte Freude gehabt mich wieder zu sehen. – Nun will ich sagen wie ich nach St. Germain gekommen; hier ist, wie Sie vielleicht schon wissen (denn man sagt, ich sey vor 15 Jahren

auch *hier* gewesen, ich weiß aber nichts davon), der Marschall de Noailles –
da ist Tenducci sehr beliebt, – und weil er mich *sehr* liebt, so hat er mir
wollen diese Bekanntschaft zuwege bringen. Gewinnen werde ich nichts
hier, – vielleicht ein kleines Präsent, – verlieren thue ich aber nichts, dann
es kostet mich nichts; und wenn ich auch nichts bekomme – so habe ich
doch eine sehr nützliche Bekanntschaft. – Eilen muß ich – weil ich für
Tenducci eine Scene schreibe auf Sonntag – auf Pianoforte, Oboe, Horn und
Fagott, lauter Leute vom Marschall, Deutsche, die sehr gut spielen. – Ich
hätte Ihnen schon längst gerne geschrieben, allein der Brief war angefangen
(liegt noch zu Paris), da fuhr ich aber nach St. Germain, in der Meynung
den nemlichen Tag wieder zurück zu kommen – heute ist aber 8 Tage, daß
ich hier bin, – nun werde aber so bald möglich nach Paris – obwohl ich
nicht viel zu verlieren habe – denn ich habe nur eine Scolarin, die andern
sind in der Campagne. Von hier aus habe ich Ihnen nicht schreiben können,
weil man mit Schmerzen auf eine Gelegenheit warten muß, einen Brief nach
Paris zu schicken. Ich bin Gott Lob und Dank gesund – ich hoffe Sie werden
es beyde auch seyn. Haben Sie Geduld – es geht alles sehr langsam – man
muß sich Freunde machen – Frankreich ist auch wie Deutschland – man
speist die Leute mit Lobeserhebungen ab – und allein es ist doch Hoffnung,
daß man dadurch sein Glück machen kann. Das beste ist, daß mir Logement
und Kost nichts kostet – wenn Sie diesem schreiben wo ich bin [bei Mr.
Grimm], so bedanken Sie sich nicht zu demüthig, – es hat seine Ursachen,
die ich ein ander Mal schreiben werde. – Die Krankheitsgeschichte wird
nächstens folgen. – Sie wollen aufrichtig das Portrait von Rothfischer haben? –
Er ist ein aufmerksamer fleißiger Director – hat nicht viel Geist, – ich bin
aber sehr mit ihm zufrieden gewesen – und was das beste ist, ist – daß er
der beste Mann ist – mit dem man alles machen kann, doch mit guter Manier
versteht sich. Zu Dirigiren ist er besser als Brunetti – aber Solo zu spielen
nicht; er hat mehr Execution – spielt auch auf seine Art (ein wenig noch
auf die alte Tartinische Art) gut – aber der Gusto von Brunetti ist angenehmer. Seine Concerte, die er sich selbst schreibt, sind hübsch, – dann und
wann zu spielen, kann man ihn immer gern hören – und wer weiß, ob er
nicht gefällt? – er spielt ja doch 100000000 mal besser als Spitzeger, und wie
ich sage, zum Dirigiren ist er sehr gut und fleißig in seinem Dienst – ich
recommandire ihn von ganzem Herzen, denn er ist der beste Mann. – Adieu.

113. Mozarteum.

Paris 11. Sept. 1778.
Ich habe Ihre drey Briefe richtig erhalten. Nun will ich Ihnen nur auf den
letzten antworten, weil dies das wichtigste ist. Als ich ihn durchlas (es war

Mr. Heina, der sich Ihnen beyden empfehlt, bey mir) zitterte ich vor Freude, – denn ich sah mich schon in Ihren Armen. Es ist wahr, Sie werden es mir selbst gestehen, daß es kein großes Glück ist, was ich da mache; aber wenn ich mir vorstelle, daß ich Sie liebster Vater und meine liebe Schwester ganz von Herzen küsse, so kenne ich kein andres Glück nicht. Dies ist auch wirklich das Einzige, was mich bey den Leuten hier, die mir die Ohren voll anschreien, daß ich hier bleiben soll, entschuldiget, denn ich sage ihnen allzeit gleich: »Was wollen Sie denn? – ich bin zufrieden damit, – und da ist es gar; ich hab einen Ort, wo ich sagen kann, ich bin zu Haus, lebe in Frieden und Ruhe mit meinem besten Vater und liebsten Schwester, kann thun was ich will, denn ich bin außer meinem Dienste mein Herr, hab ein ewiges Brod, kann weg wenn ich will, ann alle 2 Jahre eine Reise machen – was will ich mehr?« – Das Einzige, ich sage es Ihnen wie es mir ums Herz ist, was mich in Salzburg degoutirt, ist, daß man mit den Leuten keinen rechten Umgang haben kann und daß die Musik nicht besser angesehen ist und – daß der Erzbischof nicht gescheuten Leuten, die gereiset sind, glaubt. Denn, ich versichere Sie, ohne Reisen (wenigstens Leute von Künsten und Wissenschaften) ist man wohl ein armseliges Geschöpf! – und versichere Sie, daß, wenn der Erzbischof mir nicht erlaubt alle 2 Jahre eine Reise zu machen, ich das Engagement unmöglich annehmen kann. Ein Mensch von mittelmäßigem Talent bleibt immer mittelmäßig, er mag reisen oder nicht – aber ein Mensch von superieurem Talent (welches ich mir selbst, ohne gottlos zu sein, nicht absprechen kann) wird schlecht, wenn er immer in dem nemlichen Ort bleibt. Wenn sich der Erzbischof mir vertrauen wollte, so wollte ich ihm bald seine Musik berühmt machen; das ist gewiß wahr. Ich versichere Sie, daß mir diese Reise nicht unnützlich war – in der Composition versteht es sich; denn das Clavier – spiel ich so gut ich kann. Nur eins bitte ich mir zu Salzburg aus, und das ist: daß ich nicht bey der Violine bin, wie ich sonst war, – keinen Geiger gebe ich nicht mehr ab; beim Clavier will ich dirigiren, die Arien accompagniren. Es wäre halt doch gut gewesen, wenn ich hätte können eine schriftliche Versicherung bekommen auf die Capellmeisterstelle; denn sonst habe ich etwa die Ehre doppelte Dienste zu verrichten – für einen nur bezahlt zu seyn – und auf die letzt setzt er mir wieder einen Fremden vor. Allerliebster Vater! ich muß es Ihnen bekennen, wenn es nicht wäre um das Vergnügen zu haben Sie beyde wieder zu sehen, so könnte ich mich wahrhaftig nicht dazu entschließen, – und auch um von Paris weg zu kommen, das ich nicht leiden kann, – obwohl jetzt meine Sachen immer besser zu gehen anfingen und ich nicht zweifle, daß wenn ich mich entschließen könnte, etliche Jahre hier auszuhalten, ich meine Sache ganz gewiß sehr gut machen würde. Denn ich bin jetzt so ziemlich bekannt, – die Leute *mir* nicht so, aber ich ihnen. Ich habe mir durch meine 2 Sinfonien sehr viele Ehre gemacht; ich hätte jetzt (weil ich gesagt habe, daß ich reise) wirklich eine Oper machen sollen – allein, ich habe zum Noverre gesagt: »Wenn Sie mir gutstehen daß sie *producirt wird* so bald sie fertig ist, und man mir gewiß sagt was ich dafür bekomme, so bleibe ich noch 3 Monate hier und schreibe sie.« – Denn ich habe es nicht gleich grade verwerfen können, sonst hätte man geglaubt ich traue mir nicht. Das hat man mir aber nicht zuwege gebracht; und ich wußte es schon vorher, daß es nicht seyn kann, weil es hier der Gebrauch nicht ist. Hier ist es so, wie Sie es vielleicht schon wissen: wenn die Oper fertig ist, so probirt man sie – finden die dummen Franzosen sie nicht gut – so gibt man sie nicht – und der Componist hat umsonst geschrieben!; findet man sie gut, so setzt man sie in Scena; darnach sie im Beyfall wächst, darnach ist die Bezahlung; es ist nichts Sicheres. Ueberhaupt diese Sachen spare ich mir Ihnen mündlich zu sagen; übrigens sage ich Ihnen aufrichtig, daß meine Sachen gut zu gehen anfingen; es läßt sich nichts übereilen; *chi va piano, và sano.* Mit meiner Complaisance habe ich mir Freundschaft und Protection zuwege gebracht; wenn ich Ihnen alles schreiben wollte, so würden mir die Finger wehe thun; dieses werde ich Ihnen alles mündlich sagen und klar vor die Augen stellen. Daß der Mr. *Grimm* im Stande ist *Kindern* zu helfen, aber nicht erwachsenen Leuten und – aber nein, ich will nichts schreiben, – doch ich muß. Bilden Sie sich nur nicht ein, daß dieser der nemliche ist, der er war; wenn nicht die Madame d'Epinay wäre, wäre ich nicht im Hause und auf diese That darf er nicht so stolz seyn, – denn ich hätte 4 Häuser, wo ich logiren könnte und die Tafel hätte. Der gute Mann hat halt nicht gewußt, daß wenn ich *hier geblieben wäre*, ich auf das künftige Monat ausgezogen wäre und in ein Haus gekommen wäre, wo es nicht so einfältig und dumm zugeht wie bey ihm – und wo man es nicht immer einem Menschen unter die Nase rupft, wenn man ihm eine Gefälligkeit erweist. Auf diese Art könnte ich wirklich eine Gefälligkeit *vergessen*. Ich will aber generöser seyn als er. – Mir ist nur leid, daß ich nicht hier bleibe, um ihm zu zeigen, daß ich ihn nicht brauche und daß ich soviel kann als sein *Piccini*, – obwohl ich nur ein Deutscher bin. Die größte Gutthat, die er mir erwiesen, besteht aus 15 Louisd'or, die er mir bröcklweise, beim Leben und Tod meiner seligen Mutter geliehen hat. Ist ihm etwa für diese bang? Wenn er da einen Zweifel hat, so verdient er wahrhaftig einen Fuß – –, denn er setzt ein Mißtrauen in meine Ehrlichkeit (welches das einzige ist, was mich in Wuth zu bringen im Stande ist) und auch in mein Talent. Doch das letzte ist mir schon bekannt, denn er sagte einmal selbst zu mir, daß er nicht glaube, daß ich im Stande sey eine französische Oper zu schreiben. Die 15 Louisd'or werde ich ihm beim Abschied, mit etlichen sehr höflichen Worten begleitet, mit Dank zurückstellen. Meine Mutter seliger hat oft zu mir gesagt: Ich weiß nicht, der – kommt mir ganz anderst vor. – Ich habe aber allzeit seine Partie genommen, obwohl ich heimlich auch davon überzeugt war. Er hat mit keinem Menschen von mir geredet – und hat er es gethan, so war es allzeit dumm und ungeschickt – niederträchtig. Er hat wollen, ich soll immer zum Piccini laufen und auch zum Caribaldi – denn man hat jetzt eine miserable Opera buffa hier – und ich habe allzeit gesagt: »Nein, da gehe ich keinen Schritt hin« etc. Mit einem Wort, er ist von der welschen Partie – ist falsch – und sucht mich selbst zu unterdrücken. Das ist unglaublich, nicht wahr? – es ist aber doch so. Hier ist der Beweis; ich habe ihm, als meinem wahren Freund, mein ganzes Herz eröffnet – und er hat guten Gebrauch davon gemacht; er hat mir allzeit schlecht gerathen, weil er wußte, daß ich ihm folgen werde; – das ist ihm aber nur 2 oder 3 Mal gelungen, denn hernach habe ich ihn um nichts mehr befragt, und wenn er mir etwas gerathen, nicht gethan; aber allzeit ja gesagt, damit ich nicht mehr Grobheiten noch bekommen habe.

Nun genug von diesem – mündlich werden wir mehr reden. Die Mad. d'Epinay aber hat ein besseres Herz; das Zimmer gehört ihr, wo ich bin, nicht ihm; das ist das Krankenzimmer; wenn jemand im Hause krank ist, so thut man ihn da herauf; es ist nichts Schönes daran als die Aussicht; es ist pur Mauer; kein Kasten und nichts da. Nun sehen Sie, ob ich es da länger hätte aushalten können; ich hätte Ihnen dieses längst geschrieben, habe aber gefürchtet, Sie möchten mir nicht glauben. Aber jetzt kann ich nicht mehr schweigen, Sie mögen mir glauben oder nicht, – aber Sie glauben mir, ich weiß es gewiß, ich habe doch noch so viel Credit bei Ihnen, daß Sie überzeugt sind, daß ich die Wahrheit sage. Das Essen habe ich auch bei der Mad. d'Epinay. Sie dürfen nicht glauben, daß er ihr etwas zahlt, denn ich koste ihr nicht naglgroß. Sie haben die nemliche Tafel ob ich da bin oder nicht, – denn sie wissen niemals wenn ich zum Essen komme, mithin können sie auf mich nicht antragen; und auf die Nacht esse ich Früchte und trinke ein Glas Wein. Weil ich im Hause bin, welches jetzt über 2 Monate ist, habe ich nicht öfters als höchstens 14 Mal da gespeist; also, außer den 15 Louisd'or, die ich mit Dank zurückgeben werde, hat er keine andere Ausgabe für mich, als die Kerzen, und da schämte ich mich in der That anstatt seiner, wenn ich ihm die Proposition machen sollte, daß ich sie mir schaffen will; – ich traute es mir wahrhaftig nicht zu sagen – bey meiner Ehre, ich bin schon einmal so ein Mensch; ich habe mir neulich, wo er ziemlich hart, einfältig und dumm mit mir gesprochen, nicht zu sagen getrauet, daß er wegen den 15 Louisd'or nicht bang seyn sollte, weil ich gefürchtet habe, ich möchte *ihn* damit beleidigen, ich hab nichts als ausgehalten und gefragt, ob er fertig ist? – und dann, gehorsamster Diener. Er hat prätendirt ich soll in 8 Tagen abreisen; *so eilt er.* Ich habe gesagt, es kann nicht seyn – und die Ursachen. »Ja, da nutzt nichts, das ist einmal der Wille Ihres Vaters.« »Bitte um Verzeihung, er hat mir geschrieben, im nächsten Brief werde ich erst sehen, wann ich abreisen soll.« »Halten Sie sich nur reisefertig.« – Ich kann aber, dies sage ich zu Ihnen, vor Anfang des kommenden Monats unmöglich abreisen – oder aufs früheste zu Ende dieses, denn ich habe noch 6 Trios zu machen, die mir gut bezahlt werden, – muß erst von Le Gros und Duc de Guines bezahlt werden, – und dann, weil der Hof mit Ende dieses Monats nach München geht, möchte ich ihn gern dort antreffen, damit ich der Churfürstin meine Sonaten selbst präsentiren kann, welches mir vielleicht ein Präsent zuwege bringen könnte. Ich werde 3 Concerte, das für die Ienomy, Litzau und das aus dem *B,* dem Stecher der mir die Sonaten gestochen hat, um baares Geld geben, – und so werde ich es auch mit meinen 6 schweren Sonaten wenns möglich ist machen; wenns auch nicht viel ist, ist doch besser als nichts. Auf der Reise braucht man Geld. Wegen den Sinfonien sind die meisten nicht nach dem hiesigen Geschmack, wenn ich Zeit habe, so arrangire ich etliche Violin-Concerte nach, – mache sie kürzer, – denn bey uns in Deutschland ist der lange Geschmack; in der That ist es aber besser kurz und gut. Wegen der Reise werde ich ohne Zweifel im nächsten Brief einige Erläuterungen finden, ich wollte nur wünschen, daß Sie mir selbe allein geschrieben hätten, denn ich mag mit ihm nichts mehr zu thun haben. Ich hoffe es – und es wäre auch besser, – denn in der Hauptsache kann ein Geschwendtner und Heina so Sachen besser anstellen, als ein so neubackner Baron. In der That habe ich dem Heina mehr Obligation als ihm; betrachten Sie es recht bey einem Stümpl Licht. – Nu, ich erwarte halt von Ihnen eine baldige Antwort auf diesen Brief, eher gehe ich nicht. – Denn ich habe ja nichts zu eilen und hier bin ich nicht umsonst oder fruchtlos, weil ich mich einsperre und arbeite um so viel möglich Geld zusammen zu bringen. – – Noch etwas habe ich zu bitten und welches ich hoffe, daß Sie es mir nicht abschlagen werden, nemlich, daß, ich setze den Fall, obwohl ich wünsche und auch glaube daß es nicht dem also seyn wird, die Weberischen nicht nach München wären, sondern zu Mannheim geblieben wären, ich mir das Vergnügen machen darf, durch zu reisen und sie zu besuchen? – Ich gehe freylich um, aber nicht viel; aufs wenigste kommt es halt mir nicht viel vor. Ich glaube aber nicht daß es nöthig seyn wird, – ich werde sie in München antreffen, – morgen hoffe ich dessen durch einen Brief versichert zu werden. Widrigenfalls aber bin ich schon von Ihrer Güte voraus überzeugt, daß Sie mir diese Freude nicht abschlagen werden. Bester Vater! wenn der Erzbischof eine neue Sängerin haben will, so weiß ich ihm bei Gott keine bessere; dann keine Teyberin und de Amicis bekommt er nicht, und die übrigen sind gewiß schlechter. Mir ist nur leid, daß wenn etwa diese Fastnacht Leute von Salzburg hinauf kommen und die »Rosamunde« gespielt wird, die arme Weberin glaublicherweise nicht gefallen wird, wenigstens die Leute halt nicht so davon judiciren werden, wie sie es verdient, – dann sie hat eine miserable Rolle, fast eine Persona muta, – zwischen den Chören einige Strophen zu singen. Eine Aria hat sie, wo man aus dem Ritornell was gutes schließen könnte; die Singstimme ist aber alla *Schweitzer*, als wenn die Hunde bellen wollten; eine einzige Art von einem Rondo hat sie, im 2. Act, wo sie ein wenig ihre Stimme souteniren und folglich zeigen kann. Ja, unglücklich der Sänger oder Sängerin, die in die Hände des Schweitzers fällt; denn der wird sein Lebetag das singbare Schreiben nicht lernen! Wenn ich in Salzburg sein werde, werde ich gewiß nicht ermangeln mit allem Eifer für meine liebe Freundin zu reden, – unterdessen bitte ich Sie und ermangeln Sie auch nicht Ihr Möglichstes zu thun, Sie können Ihrem Sohne keine größere Freude machen. Nun denke ich auf nichts anderes als auf das Vergnügen, Sie bald zu umarmen – ich bitte Sie, machen Sie daß Sie von allem gewiß versichert sind, was der Erzbischof versprochen – und um was ich Sie gebeten, daß mein Platz das Clavier ist. Meine Empfehlung an alle gute Freunde und Freundinen, absonderlich an Hrn. Bullinger. O wie wollen wir zusammen lustig seyn! – Ich habe dieses alles schon in meinen Gedanken – habe alles schon vor Augen. Adieu.

114. Mozarteum.

Nancy 3. Oct. 1778.

Ich bitte Sie um Verzeihung, daß ich Ihnen nicht in Paris noch meine Abreise gemeldet habe. Allein das Ding war über all mein Vermuthen, Meinen und Willen so übereilt, daß ich es Ihnen nicht beschreiben kann. Den letzten Augenblick habe ich noch meine Bagage anstatt zum Bureau der Diligence zum Graf Sickingen bringen lassen, und noch etliche Tage in Paris bleiben wollen. Und ich hätte es bei meiner Ehre gethan, wenn ich nicht – auf Sie gedacht hätte; denn ich wollte Ihnen keinen Verdruß machen. Von diesen Sachen werden wir in Salzburg mit mehrer Gelegenheit sprechen können. Nur etwas; – stellen Sie sich vor, der Mr. Grimm hat mir vorgelogen, daß ich mit der Diligence gehen und in 5 Tagen zu Straßburg ankommen werde; – den letzten Tag wußte ich erst, daß es ein anderer Wagen ist, der Schritt für Schritt geht, keine Pferde wechselt und 10 Tage braucht; – da können Sie sich meinen Zorn leicht vorstellen. Doch ließ ich ihn nur bey meinen guten Freunden aus und bey ihm aber stellte ich mich ganz lustig und vergnügt. Als ich in den Wagen kam, hörte ich die angenehme Nachricht, daß wir 12 Tage reisen werden; – da sehen Sie die große Vernunft des Herrn Baron von Grimm! – Um nur zu sparen schickte er mich mit diesem langsamen Wagen und dachte nicht darauf, daß die Kosten doch auf das nemliche hinaus laufen, indem man öfter in Wirthshäusern verzehren muß. Nun, jetzt ist es schon vorbey. Was mich bei der ganzen Sache am meisten verdrossen hat, ist, daß er es mir nicht gleich gesagt hat. Er hat halt sich gespart und nicht mir; – denn er hat die Reise (ohne Verpflegung) bezahlt, – wenn ich aber noch 8 oder 10 Tage in Paris geblieben wäre, so hätte ich mich in Stand gesetzt, meine Reise selbst und gelegen machen zu können.

Ich habe nun 8 Tage in diesem Wagen ausgehalten, länger wäre ich es aber nicht im Stande, – nicht wegen der Strapatze, denn der Wagen ist gut gehenkt, sondern nur wegen dem Schlafen. Alle Tage um 4 Uhr weg, mithin um 3 Uhr aufstehen! Zweimal habe ich die Ehre gehabt um 1 Uhr nachts aufzustehen, weil der Wagen um 2 Uhr wegging. Sie wissen daß ich im Wagen nicht schlafen kann; mithin könnte ich es ohne Gefahr krank zu werden, nicht so fortsetzen, – und dann war einer unserer Reisegefährten sehr stark mit Franzosen begabt. Er läugnete es auch nicht; mithin das ist schon genug für mich, um lieber, wenn es darauf ankommt, die Post zu nehmen. Das hat es aber nicht nöthig; denn ich habe doch das Glück gehabt, einen Mann darunter zu finden, der mir ansteht, – einen Deutschen, einen Kaufmann, der zu Paris wohnt und mit englischen Waaren handelt. Ehe wir in die Kutsche stiegen, haben wir uns schon ein wenig gesprochen, und von diesem Augenblick an blieben wir immer beisammen. Wir speisten nicht mit der Compagnie, sondern in unserer Kammer, und schliefen auch so. Ich bin um diesen Mann auch froh, weil er viel gereist ist, mithin die Sache versteht. Dieser hat sich auch auf dem Wagen ennuyirt und wir sind mit einander vom Wagen weg und gehen morgen mit einer guten Gelegenheit, die nicht viel kostet, nach Straßburg. – Ich bitte um Verzeihung, daß ich nicht viel schreiben kann, weil ich, wenn ich nicht in einer Stadt bin, wo ich gut bekannt bin, niemals guten Humors bin. Doch glaube ich, daß wenn ich hier bekannt wäre, gerne hier bleiben würde, indem die Stadt in der That charmant ist, – schöne Häuser, schöne breite Gassen und superbe Plätze.

Nur noch um etwas muß ich Sie bitten, – daß ich einen großen Kasten in mein Zimmer bekomme, damit ich alle meine Sachen bei mir haben kann. Wenn ich das kleine Clavierl, das der *Fischietti* und *Rust* gehabt hat, zu meinem Schreibtisch haben könnte, wäre es mir sehr lieb, indem es mir besser taugt als das kleine von Stein. – Neues bringe ich Ihnen nicht viel mit von meiner Musik, denn ich habe nicht viel gemacht. Die 3 Quartetten und das Flötenconcert für den Mr. Dejean habe ich nicht; denn er hat es, als er nach Paris ging, in den unrechten Koffer gethan und ist folglich zu Mannheim geblieben. Mithin werde ich nichts Fertiges mitbringen als meine Sonaten [mit Violine]. Denn die 2 Ouvertüren und die *Sinfonie concertante* hat mir der Le Gros abgekauft. Er meint, er hat es allein; es ist aber nicht wahr, ich habe sie noch frisch in meinem Kopfe und werde sie, sobald ich nach Hause komme, wieder aufsetzen.

Die Münchener Comödianten werden nun natürlicherweise schon [in Salzburg] spielen. Gefallen sie? – Gehen die Leute hinein? – Von den Singspielen wird wohl »das Fischermädchen« (*La pescatrice* von Piccini) oder »das Bauernmädchen bei Hof« (*La contandina in corte* von Sacchini) das Erste sein? – Die erste Sängerin wird die *Keiserin* sein; das ist das Mädchen, wovon ich Ihnen von München geschrieben, – ich kenne sie nicht, ich habe sie nur gehört. Damals war sie das dritte Mal auf dem Theater und erst 3 Wochen daß sie die Musik gelernt hat [vgl. S. 51 f.]. – Nun leben Sie recht wohl. Ich habe keine ruhige Stunde, bis ich nicht wieder alles sehe, was ich liebe. – –

115. Mozarteum.

Straßburg 15. Oct. 1778.
Ich habe Ihre drei Briefe richtig erhalten, Ihnen aber unmöglich eher antworten können. Was Sie mir von dem Mr. *Grimm* geschrieben haben, weiß ich natürlicher Weise besser als Sie; es ist alles sehr höflich und gut, das weiß ich wohl, denn wenn es nicht also wäre, so hätte ich gewiß nicht so viel Ceremonien gemacht. Ich bin dem Mr. Grimm nicht mehr als 15 Louisd'or schuldig und an der Ermanglung der Wiederbezahlung ist er selbst Schuld, und das habe ich ihm auch gesagt. Nun, was nützt das Geschwätz, wir werden schon in Salzburg davon sprechen. Ich bin Ihnen sehr verbunden, daß Sie dem Padre Martini die Sache so sehr anbefohlen und auch deßwegen selbst an Mr. Raaff geschrieben. Ich habe auch niemals daran gezweifelt; denn ich weiß wohl, daß Sie es gewiß gerne sehen, wenn Ihr Sohn glücklich und vergnügt ist, und Sie wissen wohl, daß ich es nirgends besser sein kann als in München, indem ich, weil es so nahe bei Salzburg ist, Sie öfters besuchen kann. Daß die Mademoiselle Weber oder vielmehr meine liebe Weberin Besoldung bekommen und man ihr also endlich Gerechtigkeit hat widerfahren lassen, hat mich so sehr erfreut, wie man es von einem, der allen Antheil daran nimmt, erwarten kann. Ich empfehle sie Ihnen noch immer aufs Beste; doch, was ich so sehr gewünscht, darf ich leider nicht mehr hoffen, nämlich sie in Salzburgerische Dienste zu bringen, denn das, was sie oben hat, gibt ihr der Erzbischof nicht. Alles was möglich, ist etwa daß sie auf einige Zeit nach Salzburg kommt, eine Oper zu singen. Ich habe von ihrem Vater einen den Tag vor seiner Abreise nach München in größter Eile geschriebenen Brief bekommen, wo er mir auch diese Neuigkeit berichtet. Die armen Leute waren alle wegen meiner in der größten Angst; sie haben geglaubt ich sei gestorben, indem sie einen ganzen Monat ohne Brief von mir waren,

weil der vorletzte von mir verloren gegangen. Und sie wurden in ihrer Meinung noch mehr bestärkt, weil man in Mannheim sagte, meine selige Mutter wäre an einer erblichen Krankheit gestorben. Sie haben schon alle für meine Seele gebetet. Das arme Mädl ist alle Tage in die Kapuzinerkirche gegangen. Sie werden lachen? – Ich nicht, mich rührt es, ich kann nicht dafür.

Nun weiter. Ich glaube, ich werde ganz gewiß über Stuttgart nach Augsburg gehen, weil, wie ich aus Ihrem Brief ersehen, zu Donaueschingen nichts oder meistens nicht viel zu machen ist; doch werden Sie dieses alles durch einen Brief vor meiner Abreise von Straßburg noch erfahren. Liebster Vater! ich versichere Sie, daß wenn es mir nicht um das Vergnügen wäre, Sie bald zu umarmen, ich gewiß nicht nach Salzburg käme; denn diesen löblichen und wahren schönen Trieb ausgenommen thue ich wahrhaftig die größte Narrheit von der Welt. Glauben Sie gewiß, daß dieß meine eigenen Gedanken sind und nicht von andern Leuten entlehnte; man hat mir freilich, als man meinen Entschluß abzureisen wußte, Wahrheiten entgegengesetzt, die ich mit keinen andern Waffen zu bestreiten und zu besiegen im Stande war, als mit meiner wahren zärtlichen Liebe für meinen besten Vater, worauf man natürlich nichts anderes, als mich beloben konnte, jedoch mit dem Zusatz, daß wenn mein Vater meine jetzigen Umstände und guten Aussichten wüßte (und nicht etwa durch einen guten Freund eines Andern und zwar Falschen berichtet wäre), er mir gewiß nicht auf solche Art schreiben würde, daß ich – nicht im Stande bin im Geringsten zu widerstehen. Und ich dachte bei mir selbst, ja, wenn ich nicht so viel Verdruß in dem Hause, wo ich logirte, hätte ausstehen müssen und wenn das Ding nicht so wie ein Donnerwetter aufeinander gegangen wäre, folglich Zeit gehabt hätte die Sache recht mit kaltem Blut zu überlegen, ich Sie gewiß recht gebeten haben würde, nur noch auf einige Zeit Geduld zu haben und mich noch zu Paris zu lassen. Ich versichere Sie, ich würde Ehre, Ruhm und Geld erlanget haben und Sie ganz gewiß aus Ihren Schulden gerissen haben. Nun ist es aber schon so, glauben Sie nur nicht, daß es mich reuet; denn nur Sie, liebster Vater, nur Sie können mir die Bitterkeiten von Salzburg versüßen, und Sie werden es auch thun, ich bin dessen versichert. Doch muß ich Ihnen frei gestehen, daß ich mit leichterm Herzen in Salzburg anlangen würde, wenn ich nicht wüßte, daß ich allda in Diensten bin; nur dieser Gedanke ist mir unerträglich. Betrachten Sie es selbst, setzen Sie sich in meine Person; zu Salzburg weiß ich nicht, wer ich bin, ich bin alles und bisweilen auch gar nichts. Ich verlange aber nicht *gar so viel*, und auch nicht *gar so wenig*, sondern nur etwas, – wenn ich nur etwas bin. In jedem andern Ort weiß ich es und jeder, wer zur Violin gestellt ist, der bleibt dabei, wer zum Clavier etc. Doch das wird sich alles richten lassen. Nun, ich hoffe, es wird alles zu meinem Glück und zu meiner Zufriedenheit ausfallen, ich verlasse mich ganz auf Sie.

Hier geht es sehr *pauvre* zu, doch werde ich übermorgen, Samstag den 17. *ich ganz alleine* (damit ich keine Unkosten habe) etlichen guten Freunden, Liebhabern und Kennern zu gefallen *per souscription* ein Concert geben, denn wenn ich Musik dabei hätte, so würde es mir mit der Illumination über 3 Louisd'or kosten, und wer weiß, ob wir so viel zusammenbringen. – Meine Sonaten müssen noch nicht gestochen sein, obwohl sie mir für Ende September versprochen waren. So geht es, wenn man nicht selbst dabei sein kann. Da ist auch wieder der eigensinnige Grimm daran Schuld. Sie werden vielleicht voll der Fehler herauskommen, weil ich sie selbst nicht habe durchsehen können, sondern einem Andern habe Commission geben müssen, und werde etwa ohne die Sonaten zu München sein. So etwas, das klein aussieht, kann oft Glück, Ehre und Geld oder aber auch Schande zuwege bringen. –

116. Mozarteum.

Straßburg 26. Okt. 1778.

Ich bin noch hier, wie Sie sehen, und zwar auf Anrathen des Hrn. Franks und anderer Straßburger Helden, doch morgen reise ich ab. In dem letzten Brief habe ich Ihnen geschrieben daß ich den 17. Samstag so ungefähr ein kleines Modell von einem Concert geben werde, weil es hier mit Concertgeben noch schlechter ist, als in Salzburg. Das ist nun natürlicher Weise vorbei; ich habe ganz allein gespielt, gar keine Musik genommen, damit ich doch nichts verliere, kurz, ich habe 3 ganze Louisd'or eingenommen. Das meiste bestand aber in den Bravo und Bravissimo, die mir von allen Seiten zugeflogen, und zwar der Prinz Max von Zweibrücken beehrte auch den Saal mit seiner Gegenwart. Daß Alles zufrieden war, brauche ich Ihnen nicht zu sagen. Da habe ich gleich abreisen wollen, aber man hat mir gerathen, ich soll noch bleiben bis andern Samstag und ein großes Concert im Theater geben. Da hatte ich die nämliche *Einnahme*, zum Erstaunen und Verdruß und Schande aller Straßburger. Der Director Mr. Villeneuve fouterte über die Einwohner dieser wirklich abscheulichen Stadt, daß es eine Art hatte. Ich habe freilich ein wenig mehr gemacht, allein die Unkosten der Musik (die sehr sehr schlecht ist, sich aber gut bezahlen läßt), der Illumination, Buchdruckerei, Wache, die Menge Leute bei den Eingängen etc. machten eine große Summe aus; doch ich muß Ihnen sagen, daß mir die Ohren von dem Applaudiren und Händeklatschen so wehe gethan, als wenn das ganze Theater toll gewesen wäre; alles was darin war, hat öffentlich und laut über die eigenen Stadtbrüder geschmält und ich habe allen gesagt, daß wenn ich mir mit gesunder Vernunft hätte vorstellen können, daß so wenig Leute kommen würden, ich *das* Concert sehr gerne gratis gegeben hätte, nur um das Vergnügen zu haben das Theater voll zu sehen; und in der That, mir wäre es lieber gewesen, denn bei meiner Ehre, es ist nichts Traurigeres als eine große Tafel von 80 Couverts und nur 3 Personen zum Essen. Und dann war es so kalt! Ich habe mich aber schon gewärmt und um den Herren Straßburgern zu zeigen, daß mir gar nichts daran liegt, so habe ich für meine Unterhaltung recht viel gespielt, habe um ein Concert mehr gespielt, als ich versprochen habe und auf die Letzt lange aus dem Kopf. Das ist nun vorbei, wenigstens habe ich mir Ehre und Ruhm gemacht.

Ich habe von Hrn. *Scherz* 8 Louisd'or genommen, nur aus Fürsorge, indem man niemals wissen kann, was einem auf der Reise zustößt und allzeit besser ist, ich habe, als ich hätte. Ich habe Ihren wahren, väterlich wohlmeinenden Brief gelesen, welchen Sie an Mr. Frank geschrieben, da Sie so wegen meiner in Sorgen waren.[54] Sie haben freilich nicht wissen können, was ich damals, als ich Ihnen von Nancy schrieb, selbst nicht wußte, nämlich daß ich so lange auf eine gute Gelegenheit werde warten müssen. Wegen dem Kaufmann, der mit mir reist, dürfen Sie ganz außer Sorge sein, der ist der ehrlichste Mann von der Welt, sorget mehr für mich als für sich, geht mir zu Gefallen nach Augsburg und München und vielleicht gar nach Salzburg. Wir weinen allzeit zusammen, wenn wir denken, daß wir scheiden müssen. Er ist kein gelehrter Mann, allein ein Mann von Erfahrung, wir leben zusammen wie die Kinder. Wenn er auf seine Frau und Kinder denkt, die er zu Paris hinterlassen, so muß ich ihn trösten, denk ich auf meine Leute, so spricht er mir Trost ein.

Den 31. Okt. an meinem hohen *Namenstag* amusirte ich mich ein paar Stunden, oder besser, ich amusirte die andern. Ich habe auf so vieles Bitten der Hrn. Frank, de Berger etc. wieder ein Concert gegeben, welches mir wirklich nach Zahlung der Unkosten (die dießmal nicht groß waren) einen Louisd'or eintrug. Da sehen Sie, was Straßburg ist! Ich habe Ihnen oben geschrieben, daß ich den 27. oder 28. abreisen werde, das war aber eine Unmöglichkeit, weil man hier auf einmal eine ganze Ueberschwemmung von Wasser hatte, die sehr vielen Schaden gethan. Das werden Sie schon in den Zeitungen lesen. Mithin konnte man nicht reisen, und das war auch das einzige, was mich zum Entschluß brachte, die Proposition noch ein Concert zu geben, zu acceptiren, weil ich ohnehin warten mußte.

---

54 »Ich beichtete und communicirte sammt Deiner Schwester«, schrieb der Vater, »und hat Gott inständigst um Deine Erhaltung; der beste Bullinger betet täglich in der heil. Messe für Dich.«

Morgen gehe ich mit der Diligence, über Mannheim. Erschrecken Sie nicht. Man muß in fremden Ländern thun, was Leute, die es aus Erfahrung besser wissen, rathen. Die meisten Fremden, welche nach Stuttgart (*NB.* mit der Diligence) gehen, sehen die 8 Stunden Umweg nicht an, weil der Weg besser und der Postwagen besser ist. Nun bleibt mir nichts übrig, als Ihnen, liebster bester Vater, zu Ihrem kommenden Namensfest von Herzen zu gratuliren. Bester Vater! ich wünsche Ihnen von ganzem Herzen alles was ein Sohn, der seinen lieben Vater recht hochschätzet und wahrhaft liebt, zu wünschen vermag. Ich danke Gott dem Allmächtigen, daß er Ihnen diesen Tag in bester Gesundheit wieder hat erleben lassen, und bitte ihn nur um diese Gnade daß ich Ihnen mein ganzes Leben durch, alle Jahre (deren ich viele zu leben im Sinne habe) gratuliren kann. So sonderbar, und vielleicht auch lächerlich Ihnen dieser Wunsch vorkommen mag, so wahr und wohlmeinend ist er, das versichere ich Sie.

Ich hoffe, Sie werden meinen letzten Brief aus Straßburg erhalten haben. Ich will nichts mehr über Mr. Grimm schreiben, doch kann ich nicht umgehen zu sagen, daß er wegen seiner Einfältigkeit so übereilt abzureisen Ursache ist, daß meine Sonaten noch nicht gestochen, das heißt noch nicht in Licht oder halt wenigstens, daß ich sie noch nicht habe und wenn ich sie bekomme, etwa voll der Fehler finde. Wenn ich nur noch 3 Tage in Paris geblieben wäre, so hätte ich sie selbst corrigiren und mit mir nehmen können! Der Stecher war desparat, als ich ihm sagte, daß ich sie nicht selbst corrigiren kann, sondern einem andern darüber Commission geben muß. Warum? weil Mr., als ich ihm sagte, daß ich (weil ich nicht 3 Tage mehr bei ihm im Hause sein kann) wegen den Sonaten zum Graf von Sickingen logiren gehen will, mir antwortete mit vor Zorn funkelnden Augen: »Hören Sie, wenn Sie aus meinem Hause gehen, ohne Paris zu verlassen, so schaue ich Sie mein Lebetag nicht mehr an, Sie dürfen mir nicht mehr unter die Augen, ich bin Ihr ärgster Feind.« Ja, da war Gelassenheit nothwendig. Wenn es mir nicht um Sie gewesen wäre, der von der ganzen Sache nicht informirt ist, so hätte ich ganz gewiß gesagt: »So seien Sie es, seien Sie mein Feind, Sie sind es ja so, sonst würden Sie mich nicht hindern, meine Sachen hier in Ordnung zu bringen, alles was ich versprochen zu halten, und hiemit meine Ehre und Reputation zu erhalten, Geld zu machen und vielleicht auch mein Glück, denn wenn ich nach München komme, der Churfürstin selbst meine Sonaten präsentire, so halte ich mein Wort, bekomme ein Präsent oder mache vielleicht gar mein Glück.« So aber machte ich nichts als eine Verbeugung und ging weg, ohne ein Wort zu sagen. Ehe ich abgereiset, habe ich es ihm doch gesagt, er antwortete mir aber wie ein Mensch ohne Verstand oder wie ein böser Mensch, der bisweilen keinen haben will. Ich habe schon zweimal an Mr. Heina geschrieben und keine Antwort erhalten. Zu Ende September hätten sie erscheinen sollen, und Mr. Grimm hätte mir die versprochenen Exemplare gleich nachschicken sollen. Ich glaubte, ich würde in Straßburg alles antreffen, Mr. Grimm schreibt mir, er hört und sieht nichts davon; sobald er sie bekommt so wird er sie mir schicken, ich hoffe ich werde sie bald bekommen.

Straßburg kann mich fast nicht entbehren! Sie können nicht glauben, was ich hier in Ehren gehalten und beliebt bin. Die Leute sagen, es geht bei mir alles so nobel zu, ich sei so gesetzt und höflich und habe so eine gute Aufführung. Alles kennt mich. Sobald sie den Namen gehört haben, so sind schon gleich die zwei Herrn Silbermann und Herr Hepp (Organist) zu mir gekommen, Herr Capellmeister Richter auch. Er ist jetzt sehr eingeschränkt, anstatt 40 Bouteillen Wein sauft er jetzt etwa nur 20 des Tages. Ich habe auf die zwei hier besten Orgeln von Silbermann öffentlich gespielt, in der lutherischen Kirche, in der Neukirche und Thomaskirche. Wenn der Cardinal (der sehr krank war, als ich ankam) gestorben wäre, so hätte ich einen guten Platz bekommen, denn Herr Richter ist 78 Jahr alt. Nun leben Sie recht wohl, seien Sie recht munter und aufgeräumt, denken Sie, daß Ihr Sohn Gott Lob und Dank frisch und gesund und vergnügt ist, weil er seinem Glücke immer näher kommt. – Letzten Sonntag habe ich im Münster eine neue Messe von Herrn Richter gehört, die charmant geschrieben ist.

117. Mozarteum.

Mannheim 12. Nov. 1778.

Ich bin hier den 6. glücklich angelangt, und habe alle meine guten Freunde auf eine angenehme Art überrascht. Gott Lob und Dank, daß ich wieder in meinem lieben Mannheim bin! Ich versichere Sie, wenn Sie hier wären, so würden Sie das nämliche sagen. Ich wohne bei der Mad. Cannabich die nebst ihrer Familie und allen guten Freunden fast vor Freude außer sich kam, als sie mich wieder sah. Wir haben uns noch nicht ausgeredet, denn sie erzählt mir all die Historien und Veränderungen, die seit meiner Abwesenheit vorbeigegangen. Ich habe noch, so lange ich hier bin, nicht zu Hause gespeist, denn es ist recht das Geriß um mich; mit Einem Wort, wie ich Mannheim liebe, so liebt auch Mannheim mich, und ich weiß nicht, ich glaube, ich werde doch noch hier angestellt werden! Hier, nicht in München, denn der Churfürst wird, glaube ich, gar gern wieder seine Residenz in Mannheim machen, indem er die Grobheiten von den Herrn Bayern unmöglich lange wird aushalten können. Sie wissen, daß die Mannheimer Truppe in München ist? Da haben sie schon die zwei ersten Actricen, Mad. Toscani und Mad. Urban ausgepfiffen und war so ein Lärm, daß sich der Churfürst selbst über die Loge neigte und sch machte, – nachdem sich aber kein Mensch irre machen ließ, hinab schickte und aber der Graf Seeau, nachdem er einigen Officieren sagte, sie sollten doch kein so Lärm machen, der Churfürst sehe es nicht gerne, zur Antwort bekam, sie seien um ihr baar Geld da und hätte ihnen kein Mensch zu befehlen. – Doch was ich für ein Narr bin! dieß werden Sie schon längst durch unsern *** wissen.

Nun kommt etwas. Ich kann hier *vielleicht* 40 Louisd'or gewinnen! Freilich muß ich 6 Wochen hier bleiben oder längstens 2 Monat. Die Seilerische Truppe ist hier, die Ihnen schon *par Renommée* bekannt sein wird. *Herr von Dalberg* ist Director davon. Dieser läßt mich nicht fort, bis ich ihm nicht ein Duodrama componirt habe, und in der That habe ich mich gar nicht lange besonnen, denn diese Art Drama zu schreiben, habe ich mir immer gewünscht. Ich weiß nicht, habe ich Ihnen, wie ich das erste Mal hier war, etwas von dieser Art Stücke geschrieben? Ich habe damals hier ein solch Stück 2 Mal mit dem größten Vergnügen aufführen gesehen; in der That, mich hat noch niemals etwas so surprenirt! Denn ich bildete mir immer ein, so was würde keinen Effect machen. Sie wissen wohl, daß da nicht gesungen, sondern declamirt wird und die Musik wie ein obligirtes Recitativ ist. Bisweilen wird auch unter der Musik gesprochen, welches alsdann die herrlichste Wirkung thut. Was ich gesehen, war »Medea« von *Benda*. – Er hat noch eine gemacht, »Ariadne auf Naxos«, beide wahrhaftig vortrefflich. Sie wissen, daß Benda unter den lutherischen Capellmeistern immer mein Liebling war. Ich liebe diese zwei Werke so, daß ich sie bei mir führe. Nun stellen Sie sich meine Freude vor, daß ich das, was ich mir gewünscht, zu machen habe! Wissen Sie, was meine Meinung wäre? Man solle die meisten Recitative auf solche Art in der Oper tractiren und nur bisweilen, wenn die Worte *gut in der Musik auszudrücken sind*, das Recitativ singen.

Man richtet hier auch eine *Académie des amateurs* auf, wie in Paris, wo Hr. Fränzel das Violin dirigirt, und da schreibe ich just an einem Concert für Clavier und Violine. Meinen lieben Freund Raaff habe ich noch hier angetroffen, er ist aber den 8. von hier weg. Er hat mich hier sehr gelobt und sich um mich angenommen, und ich hoffe er wird es in München auch thun. Wissen Sie, was der verfluchte *Kerl Seeau* hier gesagt hat? Meine Opera buffa zu München [vgl. S. 36 ff.] sei ausgepfiffen worden. Unglücklicher Weise hat er es an einem Ort gesagt, wo man mich gar zu sehr kennt. Mich ärgert aber nur die Keckheit, indem die Leute, wenn sie nach München kommen, just das Gegentheil erfahren können. Ein ganzes bayerisches Regiment ist hier, und da ist mit hier die Fräulein de Pauli; wie sie mit ihrem dermaligen Namen heißt, weiß ich nicht; ich war aber schon bei ihr, denn sie hat gleich zu mir geschickt. O, was ist doch für ein Unterschied zwischen den Pfälzern und Bayern! Was das für eine Sprache ist! wie grob! Und die ganze Lebensart schon! Ich habe wahrlich Sorge, wenn ich wieder das hoben und olles mit einander hören werde, und das gestrenge Herr!

Nun leben Sie recht wohl, und schreiben Sie mir bald; nur die einfache Adresse an mich, denn auf der Post wissen sie schon wo ich bin! Hören Sie nur, wie mein Name hier bekannt ist; es ist gar nicht möglich, daß hier ein Brief für mich verloren geht. Mein Bäsle hat mir geschrieben und anstatt pfälzischen Hof fränkischen Hof. Der Wirth hat den Brief gleich zum Hrn. Hofkammerrath Serrarius geschickt, wo ich das vorigemal logirt habe. Was mich bei der ganzen Mannheimer und Münchner Geschichte am meisten freuet, ist, daß der *Weber* seine Sache so gut gemacht hat; sie kommen nun auf 1600 Fl., denn die Tochter hat allein 1000 Fl. und ihr Vater 400 und dann wieder 200 als Souffleur. Der Cannabich hat das meiste dabei gethan, es war eine ganze Historie, wegen Graf Seeau; wenn Sie es noch nicht wissen, so will ich Ihnen nächstens schreiben.

Ich bitte Sie, liebster Vater, machen Sie sich diese Sache zu Salzburg zu Nutzen und reden Sie so viel und stark, daß der Erzbischof glaubt, ich werde vielleicht nicht kommen und sich resolvirt mir bessern Gehalt zu geben; denn hören Sie, ich kann nicht mit ruhigem Gemüth darauf denken, der Erzbischof kann mich gar nicht genug bezahlen für die Sclaverei in Salzburg! Wie ich sage, ich empfinde alles Vergnügen, wenn ich gedenke Ihnen eine Visite zu machen, aber lauter Verdruß und Angst, wenn ich mich wieder an diesem Bettelhof sehe! Der Erzbischof darf mit mir gar noch nicht den Großen, wie er es gewohnt war, zu spielen anfangen, – es ist gar nicht un-möglich, daß ich ihm eine Nase drehe! – gar leicht, und ich weiß gewiß, daß Sie auch Theil an meiner Freude nehmen werden. *Adieu.* –

118. Münchener Staatsbibliothek.

Mannheim 24. Nov. 1778.

Monsieur le Baron.[55]

Ich habe Ihnen schon zweimal aufwarten wollen, aber niemalen das Glück gehabt Sie anzutreffen; gestern waren Sie zu Hause, ich konnte Sie aber nicht sprechen. Daher bitte ich Sie um Verzeihung daß ich Ihnen mit etlichen Zeilen lästig fallen muß, indem es für mich sehr dringend ist, daß ich mich Ihnen erkläre. – Herr Baron! Sie kennen mich, ich bin nicht interessirt, be-sonders wenn ich weiß daß ich im Stande bin einem so großen Kenner und Liebhaber der Musik wie Sie sind einen Gefallen zu erweisen. Im Gegentheil weiß ich auch, daß Sie ganz gewiß nicht verlangen werden, daß ich hier Schaden haben sollte; – mithin nehme ich mir die Freiheit nun mein letztes

---

55   An den Freiherrn Heribert von Dalberg.

Wort in dieser Sache zu reden, indem ich unmöglich auf ungewiß mich länger aufhalten kann. Ich verbinde mich um 25 Louisd'or ein Monodrama zu schreiben, mich zwei Monate noch hier aufzuhalten, Alles in Ordnung zu bringen, allen Proben beizuwohnen etc., jedoch mit diesem Beisatz, daß, es mag sich ereignen was nur will, ich zu Ende Januars meine Bezahlung habe. Daß ich mir ausbitte im Spectakel frei zu sein versteht sich von selber. Sehen Sie, mein Herr Baron, daß ist Alles was ich thun kann. Wenn Sie es recht überlegen, so werden Sie sehen daß ich gewiß sehr discret handle. Was Ihre Oper betrifft, so versichere ich Sie, daß ich sie von Herzen gern in Musik setzen möchte. Diese Arbeit könnte ich zwar nicht um 25 Louisd'or übernehmen, das werden Sie selbst zugestehen; denn es ist (recht gering gerechnet) noch einmal soviel Arbeit als ein Monodram; – und was mich am meisten davon abhalten würde, wäre daß, wie Sie mir selbst sagten, schon wirklich *Gluck* und *Schweitzer* daran schreiben. Doch setzen wir daß Sie mir 50 Louisd'or dafür geben wollten, so würde ich es Ihnen als ein ehrlicher Mann ganz gewiß abrathen. Ein Oper ohne Sänger und Sängerinen – was will man denn da machen! Uebrigens wenn dieser Zeit ein Aussehen ist, daß man sie aufführen kann, so werde ich mich nicht weigern Ihnen zu Liebe diese Arbeit anzunehmen; – denn sie ist nicht klein, das schwöre ich Ihnen bei meiner Ehre. – Nun habe ich Ihnen meine Gedanken klar und aufrichtig erklärt: nun bitte ich um Ihre Entschließung. –

119. Mozarteum.

Mannheim 3. Dez. 1778.

Ich habe Sie wegen zwei Sachen um Verzeihung zu bitten; erstens, daß ich Ihnen so lange nicht geschrieben und zweitens, daß ich für diesmal kurz sein muß. Daß ich Ihnen so lange nicht geantwortet, ist kein Mensch Schuld, als Sie selbst, durch Ihren ersten Brief nach Mannheim. Ich hätte mir wahrhaftig niemals vorgestellt, – doch stille, ich will nichts mehr davon sagen, denn es ist nun alles schon vorbei. Künftigen Mittwoch, als den neunten reise ich ab, eher konnte ich nicht; denn weil ich noch ein paar Monate hier zu bleiben glaubte, übernahm ich Scolaren und da wollte ich doch meine 12 Lectionen ausmachen. Ich versichere Sie, Sie können sich gar nicht vorstellen, was für gute und wahre Freunde ich hier habe; mit der Zeit wird es sich gewiß zeigen. Warum ich kurz sein muß? Weil ich die Hände voll zu thun habe. Ich schreibe nun dem Hrn. von *Gemmingen* und mir selbst zu Liebe den ersten Act der declamirten Oper (die ich hätte schreiben sollen) *umsonst*, nehme es mit mir, und mache es dann zu Hause aus. Sehen Sie, so groß ist meine Begierde zu dieser Art Composition. Der Herr von Gemmingen ist der Poet, versteht sich, und das Duodrama heißt »Semiramis«.

Künftigen Mitwoch reise ich ab, wissen Sie wohl, mit was für Gelegenheit? Mit dem Herrn Reichsprälaten von Kaisersheim. Als ihm ein guter Freund von mir gesprochen, so kannte er mich gleich vom Namen aus und zeigte viel Vergnügen, mich zum Reisecompagnon zu haben. Er ist (obwohl er ein Pfaff und Prälat ist) ein recht liebenswürdiger Mann. Ich gehe also über Kaisersheim und nicht Stuttgart; da liegt mir aber gar nichts daran, denn es ist gar zu gut, wenn man auf der Reise den Beutel (der ohnehin gering ist) ein wenig sparen kann. Geben Sie mir doch einmal Antwort auf folgende Fragen: Wie gefallen die Comödianten zu Salzburg? Heißt das Mädl, welches singt, nicht Keyserin? Spielt Herr Feiner auch das englische Horn? Ach wenn wir nur auch Klarinette hätten! Sie glauben nicht, was eine Sinfonie mit Flöten, Oboen und Klarinetten für einen herrlichen Effect macht. Ich werde dem Erzbischof bei der ersten Audienz viel Neues erzählen und vielleicht auch einige Vorschläge machen. Ach die Musik könnte bei uns viel schöner und besser sein, wenn der Erzbischof nur wollte. Die Hauptursache, warum sie es nicht ist, ist wohl weil gar zu viele Musiken sind. Ich habe gegen die Cabinetsmusik nichts einzuwenden, nur gegen die großen.

Apropos, Sie schreiben gar nichts, aber ohne Zweifel werden Sie wohl den Koffer erhalten haben, denn sonst müßte es wohl der Herr von Grimm verantworten. Da werden Sie die Arie, die ich der Mademoiselle Weber geschrieben, gefunden haben. Sie können sich nicht vorstellen, was die Arie für einen Effect mit den Instrumenten macht, man sieht's ihr nicht so an, es muß sie aber wahrlich eine Weberin singen. Ich bitte Sie, geben Sie selbe keinem Menschen, denn das wäre die größte Unbilligkeit, die man begehen könnte, indem sie ganz für sie geschrieben und ihr so paßt wie ein Kleid auf den Leib. –

120. Mozarteum.

Kaisersheim 18. Dez. 1778.
Sonntags den 13. bin ich Gott Lob und Dank glücklich mit der schönsten Gelegenheit von der Welt, hier angelangt und habe gleich das unbeschreibliche Vergnügen gehabt einen Brief von Ihnen zu finden. Warum ich Ihnen nicht gleich geantwortet, ist die Ursache, weil ich Ihnen die sicherste und gewisseste Nachricht meiner Abreise von hier melden wollte, und ich es aber selbst noch nicht wußte, mich aber endlich entschlossen, weil der Herr Prälat den 26. oder 27. dieses nach München reist, ihm wieder Gesellschaft zu leisten. Doch muß ich Ihnen melden, daß er nicht über Augsburg geht; ich verliere nichts dabei, doch wenn Sie etwas vielleicht zu bestellen oder

zu betreiben haben, wo meine Gegenwart etwa nothwendig sein sollte, so kann ich, wenn Sie befehlen, allzeit von München, weil es sehr nahe, eine kleine Spazierfahrt hin machen. Meine Reise von Mannheim bis hierher war für einen Mann, der mit leichtem Herzen von einer Stadt wegreiset, gewiß eine der angenehmsten. Der Herr Prälat und sein Herr Kanzler, ein recht ehrlicher braver und liebenswürdiger Mann, fuhren allein in einer Chaise, der Herr Kellermeister P. Daniel, Bruder Anton, Hr. Secretair und ich fuhren allzeit eine halbe, bisweilen auch eine Stunde voraus. Allein für mich, dem niemals etwas schmerzlicher gefallen ist, als diese Abreise, war folglich diese Reise nur halb angenehm, sie wäre mir gar nicht angenehm, ja gar ennuyant gewesen, wenn ich nicht von Jugend auf schon so sehr gewohnt wäre, Leute, Länder und Städte zu verlassen und nicht große Hoffnung hätte, diese meine zurückgelassenen guten Freunde wieder und bald wieder zu sehen. Unterdessen kann ich nicht läugnen, sondern muß Ihnen aufrichtig gestehen, daß nicht nur allein ich, sondern alle meine guten Freunde, besonders aber das Cannabichische Haus, die letzten Tage, da nun endlich der Tag meiner Abreise bestimmt war, in den bedauerungswürdigsten Umständen war. Wir glaubten, es sei nicht möglich, daß wir scheiden sollten. Ich ging erst morgens um $^1/_2$9 Uhr ab und Mad. Cannabich stand doch nicht auf, sie wollte und konnte nicht Abschied nehmen, ich wollte ihr auch das Herz nicht schwer machen, reiste also ab, ohne mich bei ihr sehen zu lassen. Allerliebster Vater, ich versichere Sie, daß dies vielleicht eine meiner besten und wahren Freundinnen ist, denn ich nenne nur Freund und Freundin eine Person, die es in allen Situationen ist, die Tag und Nacht auf nichts sinnt, als das Beste ihres Freundes zu besorgen, alle vermögende Freunde anspannt, selbst arbeitet, ihn glücklich zu machen. Sehen Sie, dies ist das wahre Portrait der Mad. Cannabich. Es ist freilich Interesse auch dabei, allein wo geschieht etwas, ja wie kann man etwas thun auf dieser Welt ohne Interesse? Und was mir bei der Mad. Cannabich gar wohl gefällt, ist daß sie es auch gar nicht läugnet, ich will es Ihnen schon mündlich sagen, auf was für Art sie es mir gesagt hat, denn wenn wir allein beisammen sind, welches sich leider sehr selten ereignet, so werden wir ganz vertraut. Von allen guten Freunden, die ihr Haus frequentiren, bin ich der einzige, der ihr ganzes Vertrauen hat, der all ihre Haus-, Familien-Verdruß, Anliegen, Geheimnisse und Umstände weiß. Ich versichere Sie (wir haben es auch zu uns selbst gesagt), daß wir uns das erstemal nicht so gut gekannt haben, wir haben uns nicht recht verstanden, aber wenn man im Haus wohnt, so hat man mehr Gelegenheit einander kennen zu lernen, und schon in Paris sing ich an, die wahre Freundschaft vom Cannabichischen Haus recht einzusehen, indem ich von guten Händen wußte, wie er und sie sich um mich annahmen. Ich spare mir viele Sachen mündlich Ihnen zu sagen und zu entdecken, denn seit meiner Zurückkunft von Paris hat sich die Scene um ein Merkliches verändert, aber noch nicht ganz.

Nun etwas von meinem Klosterleben. Das Kloster an sich selbst hat keinen großen Eindruck auf mich gemacht, denn wenn man einmal Kremsmünster gesehen hat, so – ich rede vom äußerlichen und von dem was man hier Hof heißt, das kostbarste muß ich erst sehen. Was mir am lächerlichsten vorkommt, ist das grausame Militair. Möchte doch wissen, zu was? Nachts höre ich allzeit schreien: »Wer da?« Gebe aber allzeit fleißig Antwort: »Schmecks!« Daß der Herr Prälat ein recht liebenswürdiger Mann ist, wissen Sie; daß ich mich aber unter die Klasse seiner Favoriten zählen darf, wissen Sie nicht; es wird mich aber weder in Unglück noch in Glück bringen, glaube ich, doch ist es immer gut einen Freund mehr in der Welt zu haben.

Was die Monodrama oder Duodrama betrifft, so ist eine Stimme zum Singen gar nicht nothwendig, indem keine Note darin gesungen wird, es wird nur geredet; mit Einem Wort es ist ein Recitativ mit Instrumenten, nur daß der Acteur seine Worte spricht und nicht singt. Wenn Sie es nur einmal am Clavier hören werden, so wird es Ihnen schon gefallen; hören Sie es aber einmal in der Execution, so werden Sie ganz hingerissen, da stehe ich Ihnen gut dafür; allein einen guten Acteur oder gute Actrice erfordert es.

Nun schäme ich mich in der That, wenn ich nach München komme ohne meine Sonaten. Ich begreife es nicht, das war wohl ein dummer Streich von Grimm, ich habe es ihm auch geschrieben, daß er nun einsehen wird, daß es eine kleine Uebereilung von ihm war. Mich hat noch nichts so sehr geärgert, als dieses; überlegen Sie es, ich weiß, daß meine Sonaten heraus sind seit anfangs November, und ich als Autor habe sie nicht und kann sie der Churfürstin, der sie dedicirt sind, nicht überreichen. Ich habe unterdessen Anstalten gemacht, daß sie mir nicht fehlen können. Ich hoffe, daß sie meine Baase in Augsburg nun erhalten hat oder daß sie bei Josef Killian allda liegen, und hab schon geschrieben, daß sie mir sie gleich schicken soll. Nun, bis ich selbst komme, empfehle ich Ihnen bestens einen Organisten, zugleich auch guten Clavieristen, Hrn. *Demmler* in Augsburg. Ich dachte gar nicht mehr an ihn und war sehr froh, als man hier von ihm sprach, das ist ein sehr gutes Genie; die salzburgerischen Dienste könnten ihm zu seinem ferneren Glücke sehr nützlich sein, denn es fehlt ihm nichts als ein guter Wegweiser in der Musik, und da wüßte ich ihm keinen bessern Conducteur als Sie, mein liebster Vater, und es wäre wahrlich Schade, wenn er auf Abwege gerathen sollte [vgl. S. 76].

Nun wird zu München die traurige »Alceste« vom Schweitzer aufgeführt! – Das Beste (nebst einigen Anfängen, Mittelpassagen und Schlüssen einiger Arien) ist der Anfang des Recitativs »O *Jugendzeit*!« – und dies hat erst der

Raaff *gut gemacht*; er hat es dem Hartig (der die Rolle des Admet spielt) punctirt und dadurch die wahre Expression hineingebracht. Das schlechteste aber (nebst dem stärksten Theil der Oper) ist gewiß die Ouverture.

Wegen den Kleinigkeiten, die im Koffer abgegangen, ist es ganz natürlich, daß bei dergleichen Umständen leicht etwas verloren, ja auch gestohlen wird. Das kleine amethistene Ringl habe ich der Garde geben müssen, die bei meiner Mutter sel. gewacht hat, weil sie sonst den Brautring behalten hätte. [Ein Dintenfleck.] Das Dintenfaß ist zu voll und ich bin zu hitzig im Eintunken, das sehen Sie ganz klar. Wegen der Uhr haben Sie es errathen, die hat studirt; habe aber nicht mehr als 5 Louisd'or dafür bekommen können und das in Ansehung des Werks, welches gut war, denn die Façon wissen Sie von selbst, daß sie alt war und jetzt gar ganz aus der Mode. Weil wir just von Uhren reden, so will ich Ihnen sagen, daß ich nun eine Uhr mitbringe, eine wahre *Pariserin*. Sie wissen was an meiner Steinerluhr war? wie schlecht die Steinerl waren, wie plump und ungeschickt die Façon, – doch das würde ich alles noch nicht achten, wenn ich nur nicht so viel unnützes Geld für Repariren und Richten hätte ausgeben müssen, und doch ging die Uhr einen Tag eine Stunde auch zwei zu frühe, den andern Tag so viel zu spät. Die vom Churfürst machte es just auch so und war aber noch dabei so schlecht und gebrechlich gearbeitet, daß ich es Ihnen nicht sagen kann. Diese meine zwei Uhren habe ich mit sammt den Ketten für eine Pariserin von 20 Louisd'or hergegeben. Nun weiß ich doch einmal, wie viel Uhr daß es ist? so weit habe ich es mit meinen 5 Uhren nicht gebracht. Nun habe ich unter vier doch eine, wo ich mich darauf verlassen kann. –

121.[56]

Kaisersheim 23. Dez. 1778.

Ma très chère Cousine!

In größter Eil und mit vollkommenster Reue und Leid und steifem Vorsatz schreibe ich Ihnen und gebe Ihnen die Nachricht daß ich morgen schon nach München abreise. Liebstes Bäsle, sei kein Häsle! ich wäre sehr gern nach Augsburg, das versichere ich Sie, allein der Hr. Reichsprälat hat mich nicht weggelassen und ich kann ihn nicht hassen, denn das wäre wider das Gesetz Gottes und der Natur, und wers nicht glaubt ist – –; mithin ist es halt einmal so. Vielleicht komme ich von München auf einen Sprung nach Augsburg, allein es ist nicht so sicher; wenn Sie so viel Freude haben mich zu sehen wie ich Ihnen, so kommen Sie nach München in die werthe Stadt.

---

56 Nach einer Abschrift vom Original, die früher der Chorregent A. Jähndl und augenblicklich die Frau Hofapotheker Hilz in Salzburg besitzt.

Schauen Sie daß Sie vorm neuen Jahr noch drinnen sind, so will ich Sie dann betrachten vorn und hint, will Sie überall herumführen, – – doch nur eins ist mir leid daß ich Sie nicht kann logiren, weil ich in keinem Wirthshaus bin, sondern wohne bey – ja wo? das möchte ich wissen [bei Webers]. Nun *Spassus a part* – just dessentwegen ist es für mich sehr nothwendig daß Sie kommen – Sie werden vielleicht eine große Rolle zu spielen bekommen. Also kommen Sie gewiß; ich werde alsdann in eigener hoher Person Ihnen complimentiren, Ihnen den – petschiren, Ihre Hände küssen, – – Sie embrassiren, Ihnen was ich Ihnen etwa alles schuldig bin, haarklein bezahlen und einen wackern lassen erschallen. Nun Adieu, mein Engel, mein Herz, ich warte auf Sie mit Schmerz.

Votre sincère Cousin
W.A. Mozart.

Schreiben Sie mir nur gleich nach München *poste restante* ein kleines Briefl von 24 Bögen, aber schreiben Sie nicht hinein, wo sie logiren werden, damit ich Sie und Sie mich nicht finden.

122. Mozarteum.

München 29. Dez. 1778.

Dieses schreibe ich in der Behausung des Hrn. *Becke* [des Flötisten Nr. 60 f.]. Ich bin den 25. Gott Lob und Dank glücklich hier angelangt, allein es war mir bis dato unmöglich, Ihnen zu schreiben. Ich spare mir alles, wenn ich werde das Glück und Vergnügen haben, Sie wieder mündlich zu sprechen, denn heute kann ich nichts als weinen, ich habe gar ein zu empfindsames Herz. Unterdessen gebe ich Ihnen nur Nachricht, daß ich den Tag, ehe ich von Kaisersheim abgereiset bin, meine Sonaten richtig erhalten habe, und sie folglich der Churfürstin hier selbst überreichen werde, daß ich nur abwarten werde, bis die Oper[57] in Scene ist und alsdann gleich abreisen werde, ausgenommen ich befände es sehr nützlich und sehr glücklich für mich, wenn ich noch einige Zeit hier bleibe; und da weiß ich gewiß, ja ich bin

gewiß versichert, daß Sie nicht allein damit zufrieden, sondern mir es selbst anrathen würden. Ich habe von Natur aus eine schlechte Schrift, das wissen Sie, denn ich habe niemals schreiben gelernt, doch habe ich mein Lebtag niemals schlechter geschrieben als diesmal, denn ich kann nicht, mein Herz ist gar zu sehr zum Weinen gestimmt. Ich hoffe Sie werden mir bald schreiben und mich trösten, ich glaube, es wird am Besten sein, wenn Sie mir *poste restante* schreiben, da kann ich doch den Brief selbst ablangen.

---

57 Schweitzer's »Alceste«. Vgl. S. 221.

Ich wohne bei den Weberischen, doch besser würde es sein, ja am Besten, wenn Sie Ihre Briefe an unsern Freund Becke adressiren wollten.

Ich werde (unter uns gesagt, im größten Geheimniß) eine Messe hier schreiben, alle guten Freunde rathen es mir. Ich kann nicht beschreiben, was Cannabich und Raaff für Freunde von mir sind! Nun, leben Sie wohl, bester, liebster Vater! schreiben Sie mir bald.

Glückseliges neues Jahr! Mehr kann ich heut nicht zu Wege bringen. –

Dieser Brief ist so flüchtig wie kein anderer geschrieben und verräth die heftigste Gemüthsbewegung. Mozart hatte sich die ganze Reise hindurch auf nichts so sehr gefreut wie auf das Wiedersehen seiner lieben Weberin in München. Hatte er doch sogar dem Bäsle »eine große Rolle« dabei zugedacht. Nun aber mußte er erfahren, daß Aloysia ihm untreu geworden. »Mozart erschien«, erzählt Nissen, »wegen der Trauer über seine Mutter nach französischer Sitte in einem rothen Rock mit schwarzen Knöpfen, fand aber bei der Aloysia veränderte Gesinnung für ihn. Sie schien den um welchen sie ehedem geweint hatte, nicht mehr zu kennen. Deshalb setzte sich Mozart flugs ans Clavier und sang laut: Ich laß das Mädel gern das mich nicht will.« Dazu kam, daß der Vater über das lange Ausbleiben Wolfgangs im höchsten Grade ungehalten war, weil er fürchtete der Erzbischof werde die Anstellung widerrufen, und Wolfgang nun in große Sorge gerieth, sein geliebter Vater werde ihn zu Hause nicht freundlich empfangen.

123. Mozarteum.

München 31. Dez. 1778.

Ich habe Ihren Brief diesen Augenblick durch unsern Freund *Becke* erhalten. Ich habe an Sie vorgestern in seiner Behausung geschrieben, aber einen Brief, dergleichen ich noch niemals geschrieben; denn dieser Freund redete mir so viel von Ihrer väterlichen und zärtlichen Liebe, von Ihrer Nachsicht gegen mich, von Ihrer Nachgebung und Discretion, wenn es darauf ankömmt mein künftiges Glück zu befördern, daß mein Herz ganz zum Weinen gestimmt wurde. Nun aber durch Ihres vom 28. ersehe ich nur gar zu klar, daß Hr. Becke in seiner Unterredung mit mir ein wenig übertrieben war. Nun klar und deutlich. Sobald die Oper (Alceste) in Scene ist, so werde ich abreisen, und soll der Postwagen den Tag nach der Oper gehen oder gar in der Nacht noch. Hätten Sie doch mit der Frau von Robinig gesprochen, vielleicht hätte ich mit ihr nach Hause reisen können. Nun, dem sei wie ihm wolle, den 11. ist die Oper und den 12. (wenn die Diligence abgeht) bin ich weg. Mein Interesse wäre, daß ich noch ein bischen länger bliebe, allein das will ich Ihnen aufopfern in der Hoffnung daß ich in Salzburg doppelt dafür werde belohnt werden. Wegen den Sonaten haben Sie nicht den besten Gedanken gehabt! Also, wenn ich sie nicht hätte, sollte ich gleich abreisen? oder sollte ich mich bei Hof vielleicht gar nicht sehen lassen? Dies könnte ich als ein Mann, der so bekannt hier ist, nicht thun. Sorgen Sie aber nicht, ich habe meine Sonaten in Kaisersheim bekommen, ich werde sie sobald sie gebunden sind, S. Ch. D. überreichen. – Apropos, was will denn dies sagen, lustige Träume? Ueber das Träumen halte ich mich nicht auf, denn da ist kein Sterblicher auf dem ganzen Erdboden der nicht manchmal träumet! Allein *lustige Träume*! ruhige Träume, erquickende süße Träume! das ist es, – Träume, die wenn sie wirklich wären, mein mehr trauriges als lustiges Leben leidentlich machen würden.

Den 1. Diesen Augenblick erhalte ich durch einen salzburgischen Vetturino ein Schreiben von Ihnen, welches mich wirklich im ersten Augenblick stutzen 225 gemacht hat. Um Gottes Himmelswillen glauben Sie denn daß ich jetzt den Tag meiner Abreise bestimmen kann oder glauben Sie etwa, ich möchte gar nicht kommen? Wenn man einmal schon so nahe ist, so könnte man, glaube ich, ruhig sein. Als mir der Kerl seine Reise ganz erklärt hatte, so kam mir eine große Luft mitzugehen, allein ich kann noch nicht; morgen oder übermorgen werde ich S. Ch. D. erst die Sonaten überreichen können, und dann werde ich doch (bei aller möglichen Betreibung) etwelche Tage auf ein Präsent warten müssen. Das verspreche ich Ihnen bei meiner Ehre, daß ich mich Ihnen zu lieb entschließen will, die Oper gar nicht zu sehen, sondern gleich den Tag nach Empfang eines Präsentes abreisen will, aber es kommt mir schwer an, das bekenne ich; doch wenn es Ihnen auf etwelche Tage mehr oder weniger ankömmt, so sei es. Antworten Sie mir gleich darüber. Den 2. Mündlich freue ich mich, mit Ihnen zu sprechen, da werden Sie alles erst recht hören, wie meine Sachen hier stehen. Auf Raaff dürfen Sie gar kein Mißtrauen oder Verdruß haben, das ist der ehrlichste Mann von der Welt, er ist halt kein großer Liebhaber vom Schreiben. Die Hauptursache ist aber, weil er nicht gern etwas zu früh verspricht, und doch gerne Hoffnung gibt; übrigens hat er (wie auch Cannabich) schon mit Händen und Füßen gearbeitet.

124. Mozarteum.

München 8. Jan. 1779.[58]

Ich hoffe, Sie werden mein letztes, welches ich durch den Lohnkutscher habe abschicken wollen, weil ich ihn aber versäumt, der Post übergeben habe, richtig erhalten haben, ich habe alle Ihre Schreiben mithin auch Ihr

---

58 Das gleiche Datum trägt die zweite große Arie, die Mozart für Aloysia Weber schrieb. Köchel Nr. 316.

letztes vom 31. Dezember durch Hrn. Becke richtig bekommen. Ich habe ihm meinen Brief und er mir den seinigen lesen lassen. Ich versichere Sie, mein liebster Vater, daß ich mich nun ganz zu Ihnen (aber nicht nach Salzburg) freue, weil ich nun durch Ihr letztes versichert worden bin, daß Sie mich besser kennen, als vorhin. Es war niemals keine andere Ursache an dem langen Verzögern nach Haus zu reisen, an der Betrübniß, die ich endlich, weil ich meinem Freund Becke mein ganzes Herz entdeckte, nicht mehr bergen konnte, als dieser Zweifel. Was könnte ich denn sonst für eine Ursache haben? Ich weiß mich nichts schuldig, daß ich von Ihnen Vorwürfe zu befürchten hätte, ich habe keinen Fehler (denn ich nenne einen Fehler das, welches einem Christen und ehrlichen Mann nicht ansteht) begangen, mit Einem Worte, ich freue mich und ich verspreche mir schon im Voraus die angenehmsten und glücklichsten Tage, aber nur in Ihrer und meiner liebsten Schwester Gesellschaft. Ich schwöre Ihnen bei meiner Ehre, daß ich Salzburg und die Einwohner (ich rede von gebornen Salzburgern) nicht leiden kann. Mir ist ihre Sprache, ihre Lebensart ganz unerträglich. Sie glauben nicht, was ich bei der Visite hier bei der Mad. Robinig gelitten habe, denn ich habe schon lang mit keiner solchen Närrin gesprochen, und zu meinem noch größern Unglück war auch der einfältige und kreuzdumme Mosmayr dabei.

Nun weiter. Gestern war ich mit meinem lieben Freund Cannabich bei der Churfürstin und habe meine Sonaten überreicht; sie ist hier logirt wie ich ganz gewiß einmal logirt sein werde, wie halt ein Privatmensch recht hübsch und niedlich, bis auf die Aussicht, die miserabel ist, logirt sein kann. Wir waren eine starke halbe Stunde bei ihr und sie war sehr gnädig. Nun habe ich schon gemacht, das man ihr beibringt, daß ich in etlichen Tagen abreisen werde, damit ich bald expedirt werde. – Wegen Graf Seeau haben Sie nichts zu sorgen, denn ich glaube nicht, daß die Sache durch ihn gehen wird, und wenn auch, so darf er sich nicht mucken. Nun kurz und gut, glauben Sie mir, daß ich vor Begierde brenne, Sie und meine liebe Schwester zu umarmen. Wenns nur nicht in Salzburg wäre! Weil es aber bis Dato unmöglich ist Sie zu sehen, ohne nach Salzburg zu reisen, so gehe ich also mit Freuden. Ich muß eilen, die Post geht.

Mein Bäsle ist hier, warum? Ihrem Vetter zu Gefallen? das ist freilich die bekannte Ursache! allein – Nu, wir werden in Salzburg davon sprechen, deßhalb wünschte ich sehr, daß sie mit mir nach Salzburg gehen möchte! Sie werden etwas von ihrer eigenen Hand auf der vierten Seite angenagelt finden. Sie geht gern, mithin wenn Sie Vergnügen haben sie bei sich zu sehen, so haben Sie die Güte und schreiben gleich Ihrem Herrn Bruder, daß die Sache richtig wird. Sie werden, wenn Sie sie sehen und kennen, gewiß mit ihr zufrieden sein, alle Leute haben sie gern. –

In den Witzen, die Wolfgang zu der Nachschrift des Bäsle macht, zeigt sich, daß der gute Humor bereits zurückkehrte. Zu Hause ward er mit allen Freuden empfangen und bald kam auch das Bäsle nach. Als sie wieder daheim war, schrieb ihr Mozart folgenden Brief:

125. O. Jahn.

Salzburg 10. Mai 1779.

Liebstes bestes schönstes liebenswürdigstes, reizendstes, von einem unwürdigen Vetter in Harnisch gebrachtes Bäschen oder Violoncellchen!

Ob ich Johannes Chrysostomus Sigismundus Amadeus Wolfgangus Mozartus wohl im Stande sein werde, den Ihre reizende Schönheit *(visibilia* und *invisibilia)* gewiß um einen guten Pantoffelabsatz erhöhenden Zorn zu stillen, mildern oder zu besänftigen ist eine Frage, die ich aber auch beantworten will. Besänftigen will 1mo soviel sagen als Jemand in einer Sänfte sanft tragen, – ich bin von Natur aus sehr sanft und einen Senft esse ich auch gern, besonders zu dem Rindfleisch, – mithin ist es schon richtig mit Leipzig, obwohl der Mr. Feigelrapée durchaus behaupten oder vielmehr beköpfen will, daß aus der Pastete nichts werden soll, und das kann ich ja ohnmöglich glauben; es wäre auch nicht der Mühe werth daß man sich darum bückte; ja, wenn es ein Beutel voll Conventionskreuzer wäre, da könnte man so etwas endlich aufklauben, heben oder langen – darum wie ich gesagt habe, ich könnte es nicht anders geben. Das ist der nächste Preis, handeln lasse ich nicht, weil ich kein Weibsbild bin und hiemit holla! Ja, mein liebes Violoncellchen, so gehts und stehts auf der Welt, der eine hat den Beutel und der andere das Geld, und wer beides nicht hat, hat nichts und nichts ist soviel als sehr wenig und wenig ist nicht viel, folglich ist nichts immer weniger als nicht wenig, und viel immer mehr als wenig, und – so ist es, so war es und so wird es sein. Mach ein End dem Brief, schließ ihn zu und schick ihn fort an End und Ort.

Dero gehorsamster unterthänigster Diener.

Latus, hinüber, *V. S.*

P. S. Ist die Böhmische Truppe schon welk – sagen Sie mirs, meine Beste, ich bitte Sie ums Himmels willen – ach! sie wird nun im Ueben sein, nicht wahr? O überzeugen Sie mich dessen, ich beschwöre Sie bei allem was heilig ist – die Götter wissen es, daß ich es aufrichtig meine! Lebts Thüremichel noch? Wie hat sich Probst mit seiner Frau vertragen? Haben sie sich schon gekriegt beim Kragen? Lauter Fragen!

Eine zärtliche Ode.[59]

Dein süßes Bild, o Bäschen,
schwebt stets um meinen Blick;
allein in trüben Zähren
daß Du es selbst nicht bist.
Ich seh' es, wenn der Abend
mir dämmert; wenn der Mond
mir glänzt, seh ichs – und weine,
daß Du es selbst nicht bist.
Bei jenes Thales Blumen,
die ich ihr lesen will,
bei jenen Myrthenzweigen,
die ich ihr flechten will,
beschwör ich Dich Erscheinung:
auf und verwandle Dich:
verwandle Dich Erscheinung
und werd – o Bäschen selbst!

Finis coronat opus
S. V.
P. T.

Edler von Sauschwanz.

Mein und unser aller Empfehlung an Ihren Hrn. Hervorbringer und Frau Hervorbringerin. Adieu Engel! Mein Vater gibt ihm seinen onkelischen Segen und meine Schwester gibt ihm tausend cousinische Küsse. Adieu – adieu – Engel!

Mit nächster Ordinaire werde ich mehr schreiben und zwar etwas recht Vernünftiges und Nothwendiges. Und bei diesem hat es sein Verbleiben bis auf weitere Ordre. Adieu – Adieu – Engel![60]

---

59 Nach Klopstocks »Dein süßes Bild, Ebone«.

60 Diese Worte sind rund um eine flüchtig hingezeichnete Caricatur eines Gesichts geschrieben.

Vierte Abtheilung.

München. Idomeneo.

November 1780 bis Januar 1781.

Mozart blieb jetzt ununterbrochen bis zum Herbst des Jahres 1780 in Salzburg, – höchst mißvergnügt, daß er »seine jungen Jahre so in einem Bettelort in Unthätigkeit verschlänzen« mußte, jedoch wie immer steißig. Es entstanden damals eine Reihe größerer Instrumentalcompositionen, sodann zwei Messen, einige Vespern, die herrliche Musik zum *König Thamos*, und die Operette »*Zaide*« für Schikaneder. Endlich aber ward ihm zu seiner größten Freude von München aus der Antrag, für das Carneval 1781 eine große Oper zu schreiben. Es war »*Idomeneo*, König von Kreta.«

Bereits anfangs November 1780 reiste er also wieder nach München, um an Ort und Stelle die einzelnen Stücke der Oper den Sängern »genau auf den Leib zuzuschneiden« und alle einzustudiren. Der Abbate *Varesco* in Salzburg war der Verfasser des Textes, mit dem noch manche Aenderung vorzunehmen war, und dies mußte alles durch Vermittlung des Vaters vor sich gehen.

126. München 8. Nov. 1780

126. Mozarteum.

München 8. Nov. 1780.
Glücklich und vergnügt war meine Ankunft! Glücklich, weil uns auf der Reise nichts Widriges zugestoßen, und vergnügt, weil wir kaum den Augenblick an Ort und Ende zu kommen erwarten konnten, wegen der obwohl kurzen, doch sehr beschwerlichen Reise. Denn ich versichere Sie, daß Keinem von uns möglich war, nur eine Minute die Nacht durch zu schlafen. Dieser Wagen stößt einen doch die Seele heraus! Und die Sitze! hart wie Stein! Von Wasserburg aus glaubte ich in der That meinen H– nicht ganz nach München bringen zu können! Er war ganz schwielig und vermuthlich feuerroth. wei ganze Posten fuhr ich, die Hände auf den Polster gestützt und den H– in Lüften haltend. Doch genug davon, das ist nun schon vorbei! Aber zur Regel wird es mir sein lieber zu Fuß zu gehen, als in einem Postwagen zu fahren.

Nun von München. Ich war (wir kamen hier erst um 1 Uhr Nachmittags an!) noch den nämlichen Abend beim Graf *Seeau* [Theaterintendanten], wo ich, weil er nicht zu Hause war, ein Billet hinterließ. Den andern Tag Morgens ging ich hin, mit Becke. – Seeau ist von den Mannheimern wie Wachs zusammengeschmolzen worden. Ich habe nun eine Bitte an Herrn Abbate [Gianbattista Varesco]. Die Arie der Ilia im 2. Act und zweiter Scene möchte ich für das, was ich sie brauche, ein wenig verändert haben, *se il Padre perdei in te lo ritrovo.* Diese Strophe könnte nicht besser sein; nun aber kömmts, was mir immer,*NB.* in einer Arie, unnatürlich schien, nämlich das aparte reden. Im Dialogue sind diese Sachen ganz natürlich. Man sagt geschwind ein paar Worte auf die Seite, aber in einer Arie, wo man die Worte wiederholen muß, macht es üble Wirkung, und wenn auch dieses nicht wäre, so wünschte ich mir da eine Arie. Der Anfang kann bleiben, wenn er ihm taugt; denn der ist charmant, eine ganz natürlich fortfließende Arie, wo ich nicht so sehr an die Worte gebunden, nur so ganz leicht auch fortschreiben kann; denn wir haben uns verabredet hier eine Arie Andantino mit vier concertirenden Blasinstrumenten anzubringen, nämlich auf eine Flöte, eine Oboe, ein Horn und ein Fagott, und bitte, daß ich sie so bald als möglich bekomme.

Nun eine Hundsfötterei. Ich habe zwar nicht die Ehre, den Helden *del Prato* [den Castraten, der den Idamante zu singen hatte] zu kennen, doch der Beschreibung nach ist noch fast Cecarelli besser; denn mitten in einer Arie ist öfters schon sein Odem hin, und nota bene er war noch auf keinem Theater, und Raaff ist eine Statue. Nun stellen Sie sich einmal die Scene im 1. Act vor! Nun aber etwas Gutes. Madame Dorothea Wendling ist mit ihrer Scene *arcicontentissima,* sie hat sie dreimal nach einander hören wollen. – Gestern ist der Großdeutschmeister angekommen. Es wurde auf dem churf. Hoftheater Essex aufgeführt und ein magnifiques Ballet. Das Theater war ganz illuminirt. Den Anfang machte eine Ouverture von Cannabich, die ich weil sie von den letzten ist, nicht gekannt. Ich versichere Sie, wenn Sie selbe gehört hätten, sie würde Ihnen so sehr gefallen und gerührt haben, wie mich, und wenn Sie es nicht schon vorher gewußt hätten, gewiß nicht geglaubt haben, daß sie von Cannabich ist; kommen Sie doch bald und hören Sie. Bewundern Sie das Orchester. Nun weiß ich nichts mehr. Heute Abends ist große Akademie. *Mara* wird 3 Arien singen. Sagen Sie, schneiet es in Salzburg auch so wie hier? An Herrn *Schikaneder* [Impresario in Salzburg] meine Empfehlung, bitte um Verzeihung, daß ich die Arie noch nicht schicken kann, denn ganz habe ich sie noch nicht zu Ende bringen können.

127. Mozarteum.

München 13. Nov. 1780.

In der größten Eile schreibe ich, denn ich bin noch nicht angezogen und muß zum Graf Seeau. Cannabich, Quaglio und Le Grand der Balletmeister speisen auch dort, um das Nöthige wegen der Oper zu verabreden. – Gestern habe ich mit Cannabich bei der Gräfin *Baumgarten*[61] gespeist, eine geborne Lerchenfeld; mein Freund ist Alles in diesem Hause und ich nun also auch. Das ist das beste und nützlichste Haus hier für mich. Durch dieses ist auch alles wegen meiner gegangen und wird, wills Gott, noch gehen. Sie ist die, welche einen **F**uchsschwanz im **A** – und eine spitzige **U**hrkette am **O**hr hangen, und einen schönen **R**ing, **i**ch habe ihn selbst gesehen, und soll der Tod über mich kommen, **i**ch unglücklicher Mann ohne **N**ase.[62] *Sapienti pauca.* Nun muß ich mich anziehen. Nur also das Nothwendigste, und zwar der Hauptzweck dieses Briefes ist, Ihnen mein liebster bester Vater, alles Erdenkliche zu Ihrem Namenstage anzuwünschen. Ich empfehle mich ferners in dero väterliche Liebe und versichere Sie meines ewigen Gehorsams. Die Gräfin La Rosé empfiehlt sich Ihnen und meiner Schwester, das ganze Cannabichische und doppelte Wendlingische Haus, Ramm, Eck, Vater und Sohn, Becke und Herr del Prato † † † der eben bei mir ist † † †. Gestern hat mich Graf Seeau bei S.D. dem Churfürsten vorgestellt, er war sehr gnädig mit mir. Wenn Sie jetzt den Graf Seeau sprechen sollten, so würden Sie ihn nicht mehr kennen, so ganz haben ihn die Hrn. Mannheimer umgekehrt.

Ich sollte zwar *ex commissione* S.G. eine förmliche Antwort in dessen Namen an Hr. Abbate Varesco schreiben, allein ich habe nicht Zeit und bin zum Sekretär gar nicht geboren. Im 1. Act Scene 8 hat Herr Quaglio den nämlichen Einwurf gemacht, den wir gleich Anfangs machten, nämlich daß es sich nicht schicke, daß der König ganz allein zu Schiff sei. Glaubt der Hr. Abbé, daß man ihn in dem gräulichen Sturm von Jederman verlassen, *ohne Schiff* ganz allein in größter Gefahr schwimmend, sich so vernünftig vorstellen kann, so mag alles so bleiben, aber *NB.* ohne Schiff, denn im Schiff kann er allein nicht sein; widrigenfalls müssen etwelche Generale, Vertraute von ihm (Comparsen) mit ihm aussteigen; dann muß aber der König nur noch etwelche Worte zu seinen lieben Leuten zu sagen haben, nämlich daß sie ihn allein lassen sollten, welches in der traurigen Situation, da er dermalen ist, ganz natürlich ist.

Das zweite Duett bleibt ganz weg – und zwar mit mehr Nutzen als Schaden für die Oper. Denn Sie sehen wohl, wenn Sie die Scene überlesen, daß die Scene durch eine Arie oder Duett matt und kalt wird – und für die andern Acteurs die so hier stehen müssen, sehr genant ist; – und überdieß würde der großmüthige Kampf zwischen Ilia und Idamante zu lang und folglich seinen ganzen Werth verlieren.

---

61 Er schrieb eine Arie für sie, deren Original sich auf der Münchener Staatsbibliothek befindet. Köchel Nr. 369.

62 Die fettgedruckten Anfangsbuchstaben bedeuten »*Favoritin*«.

Die *Mara* hat gar nicht das Glück gehabt mir zu gefallen, sie macht zu wenig um einer Bastardina [vgl. Nr. 8] gleich zu kommen (denn dieß ist ihr Fach) und macht zu viel, um das Herz zu rühren, wie eine Weber [Aloysia] oder eine vernünftige Sängerin.

P.S. Apropos, Graf Seeau hätte Lust, weil man hier so schlecht übersetzt, auch die Oper in Salzburg traduiren zu lassen, nur die Arien in Versen. Ich sollte einen Contract machen, da würde alsdann die Bezahlung für den Poeten und Uebersetzer zu gleicher Zeit entrichtet werden. Geben Sie mir bald Antwort darauf. Adieu. – Wie wird das Familiengemälde? Sind Sie gut getroffen? Ist meine Schwester auch schon angefangen? Die Oper wird erst den 20. Jänner das erste Mal gegeben werden. Haben Sie doch die Güte und schicken mir die zwei Sparten von den Messen, die ich mithabe, und die Messe aus dem *B* auch. Der Graf Seeau wird nächstens dem Churfürsten etwas davon sagen, ich möchte, daß man mich in diesem Styl auch kennen lernte. Ich habe erst eine Messe von *Grua* gehört; von dieser Gattung kann man leicht täglich ein halb Dutzend componiren. Wenn ich gewußt hätte, daß dieser Castrat so schlecht ist, ich hätte in der That den Cecarelli recommandirt.

128. Mozarteum.

München 15. Nov. 1780.

– Die Arie ist vortrefflich so. Nun gibt es noch eine Veränderung an welcher Raaff Schuld ist; er hat aber Recht, und hätte er nicht, so müßte man doch seinen grauen Haaren etwas zu Gefallen thun. Er war gestern bei mir, ich habe ihm seine 1. Arie vorgeritten und er war sehr damit zufrieden. Nun, der Mann ist alt, in einer Arie wie selbe im 2. Act *Fuor del mar hò un mare in seno etc.* kann er sich dermalen nicht mehr zeigen. Also weil er im 3. Act ohnedieß keine Arie hat, wünschte er sich (weil seine im 1. Act vermög dem Ausdruck der Worte nicht *cantabile* genug sein kann) nach seiner letzten Rede *O Creta fortunata! O me felice!* anstatt dem Quartett eine hübsche Arie zu singen, und auf diese Art fällt auch hier ein unnöthiges Stück weg und der 3. Act wird nun weit bessern Effect machen. Nun, in der letzten Scene im 2. Act hat Idomeneo zwischen den Chören eine Arie oder vielmehr Art von Cavatine. Hier wird es besser sein, ein bloßes Recitativ zu machen, darunter die Instrumente gut arbeiten können; denn in dieser Scene, die (wegen der Action und den Gruppen wie wir sie kürzlich mit Le Grand verabredet haben) die schönste der ganzen Oper sein wird, wird ein solcher Lärm und Confusion auf dem Theater sein, daß eine Arie eine schlechte Figur auf diesem Platz machen würde, und überdieß ist das Donnerwetter, – und das wird wohl wegen der Arie von Hrn. Raaff nicht aufhören? – und

der Effect eines Recitativs zwischen den Chören ist ungleich besser. – Die
Lisel Wendling hat auch schon ihre zwei Arien ein halb Dutzend Mal
durchgesungen, sie ist sehr zufrieden. Ich habe es von einer dritten Hand,
daß die zwei Wendlinge ihre Arien sehr gelobt haben. Raaff ist ohnedieß
mein bester, liebster Freund! – Meinem *molto amato Castrato del Prato* muß
ich aber die ganze Oper lehren, er ist nicht im Stande einen Eingang in eine
Arie zu machen, der etwas heißt, und eine ungleiche Stimme! – Er ist nur
auf ein Jahr engagirt, und sobald das aus ist, welches künftigen September
geschehen wird, so nimmt Graf Seeau einen andern. Da könnte Cecarelli
sein Glück versuchen. Serieusement. –

Nun hätte ich bald das Beste vergessen. Graf Seeau hat mich letzten
Sonntag nach dem Amt S. Ch. Durchlaucht dem Churfürst *en passant* vorgestellt, welcher sehr gnädig mit mir war. Er sagte: »*Es freuet mich, ihn
wieder hier zu sehen.*« Und als ich sagte, daß ich mich beeifern werde den
Beifall S. Ch. D. zu erhalten, so klopfte er mich auf die Schulter und sagte:
»*O, daran habe ich gar keinen Zweifel, daß alles gut sein wird. A piano piano
si và lontano.*«

Teufel! kann ich wieder nicht alles schreiben, was ich schreiben möchte;
den Augenblick war Raaff bei mir, er läßt sich empfehlen, wie auch das
ganze Cannabichische und doppelt Wendlingische Haus. Ramm auch. Meine
Schwester soll nicht faul sein, sondern brav exerciren, denn man freut sich
schon auf sie. Mein Logis ist in der Burggasse bei Mr. Fiat [wo jetzt die
Marmortafel angebracht ist].

129. Mozarteum.

München 22. Nov. 1780.

Hier folgt endlich die schon so lang versprochene Arie für Hrn. Schikaneder.
Die ersten acht Tage konnte ich sie wegen meiner andern Geschäfte, weßwegen ich hier bin, nicht ganz zu Stande bringen, und letzthin, war eben Le
Grand der Balletmeister ein grausamer Schwätzer und Seccatore bei mir und
machte mich durch sein Geplauder den Postwagen versäumen. Ich hoffe
meine Schwester wird nun wieder ganz gesund sein. Ich habe dermalen einen
Katarrh, welcher bei dieser Witterung hier sehr in Mode ist; ich glaube und
hoffe aber er wird sich bald flüchten, denn die zwei leichten Cürassier-Regi-
menter Rotz und Schleim gehen so immer nach und nach weg. In Ihrem
letzten Brief steht alle Augenblicke: O ihr armen Augen! blind will ich mich
nicht schreiben. Nachts um $^1/_2$8 Uhr und ohne Augengläser. – Aber warum
schreiben Sie denn Nachts? und warum ohne Augengläser? das begreife ich
nicht. – Mit Graf Seeau habe ich noch nicht sprechen können, werde aber
heute mit ihm reden und gleich mit der nächsten Post Nachricht geben.

Jetzt wird wohl alles gewiß so bleiben, wie es ist. Herr Raaff besuchte mich gestern Vormittag und da richtete ich ihm Ihr beiderseitiges Compliment aus, welches ihn ungemein erfreute. Das ist doch ein würdiger und grund-ehrlicher Mann! Vorgestern hat der del Prato in der Academie gesungen, daß es eine Schande war. Ich will wetten, daß der Mensch nicht einmal die Proben, vielweniger die Oper aushält; der ganze Kerl ist inwendig nicht ge-sund. Herein! – Hr. *Panzacchi* [Sänger des Arbace]. Er hat mir schon dreimal Visite gemacht, hat mich jetzt eben auf Sonntag zum Speisen eingeladen. Hoffentlich wird es mir nicht gehen, wie uns Beiden mit dem Kaffee. Er fragt sich unterthänigst an, ob er nicht anstatt *se la sà – se co là* singen dürfte, oder etwa gar *ut re mi fa sol là?* – Mir ist schon recht, wenn Sie mir allemal recht viel schreiben, aber nur nicht bei der Nacht, vielweniger ohne Augengläser. Mir müssen Sie aber verzeihen, wenn ich nicht viel schreibe, jede Minute ist mir kostbar, ich kann ohnehin nur Abends das meiste schreiben, weil es spät Tag wird; ankleiden muß man sich auch und der Kaufmannsdiener beim Weiser führt einen auch bisweilen jemand auf den Nacken. Wenn der Castrat kommt, muß ich ihm singen, denn er muß seine ganze Rolle, wie ein Kind lernen, er hat um keinen Kreuzer Methode. Nächstens werde ich schon mehr schreiben. Wie steht es denn mit dem Familiengemälde? Meine Schwester könnte wohl (wenn sie bisweilen lange Weile hat) wenigstens den Titel der besten Comödien, die seit meiner Ab-wesenheit aufgeführt worden sind, zu Papier bringen. Hat Schikaneder noch gute Einnahme? An alle guten Freunde und Freundinnen mein Compliment, auch an der Gilofsky Katherl ihren –. Dem Pimperl [dem Hunde] geben Sie eine Prise spanischen Taback, ein gutes Weinbrod, und drei Busserln. Gehe ich Ihnen nicht ab? 1000 Complimente von allen an alle – alle. Adieu. Ich küsse Ihnen 1000 Mal die Hände und meine Schwester küsse ich von Herzen, und hoffe baldige Besserung. [Nannerl hatte, zum Theil in Folge von Her-zenskummer wegen einer unglücklichen Neigung, ein Brustleiden bekommen, das in Auszehrung auszuarten drohte.]

130. Mozarteum.

München 24. Nov. 1780.

Der Mademoiselle Katharine Gilofsky de Urazowa bitte meinen unterthänig-sten Respect zu vermelden, und in meinem Namen alles Schöne zu ihrem Namenstag anzuwünschen; besonders wünsche ich ihr, daß dieß das Letzte-mal sei, daß man ihr als Mademoiselle gratulire. Was Sie mir wegen Graf *Seinsheim* schreiben, ist schon lange geschehen; das hängt ja alles so an einer Kette. Ich habe schon einmal bei ihm zu Mittag gespeist, zweimal beim Baumgarten und einmal beim Lerchenfeld, davon die Baumgarten eine

Tochter ist. Da ist kein Tag, wo nicht wenigstens jemand von diesen Leuten zum Cannabich kommt. Wegen meiner Oper seien Sie außer Sorge, mein liebster Vater, ich hoffe, daß alles ganz gut gehen wird. Eine kleine Kabale wird es wohl absetzen, die aber vermuthlich sehr komisch ausfallen wird; denn ich habe unter der Noblesse die ansehnlichsten und vermöglichsten Häuser, und die ersten bei der Musik sind alle für mich. Ich kann Ihnen nicht sagen, wie sehr Cannabich mein Freund ist, wie thätig, wirksam, mit Einem Worte er ist ein Lauerer, wenn es darauf ankömmt, jemanden Gutes zu thun. Wegen der Geschichte von *Mara* will ich sie Ihnen ganz erzählen. Warum ich Ihnen nie etwas davon schrieb, ist Ursache weil ich mir dachte, wissen Sie nichts davon, werden Sie es schon hier selbst hören, und wissen Sie was, so ist es allzeit Zeit Ihnen die ganze Wahrheit davon zu schreiben, denn vermuthlich wird man wohl was dazu gemacht haben; wenigstens hier in der Stadt hat man sie auf gar vielerlei Art erzählt. Ich kann es aber am Besten wissen, weil ich zugegen war und folglich bei der ganzen Affaire Zuseher und Zuhörer war. Als die erste Sinfonie vorbei war, traf es Mad. Mara zu singen. Da sah ich ihren Herrn Gemahl hinter ihr mit einem Violoncell in der Hand herschleichen, ich glaubte es wird eine mit einem Violoncell obligate Arie sein. Der alte Danzi, ein sehr guter Accompagnateur, ist erster Violoncellist hier. Auf einmal sagt der alte Toeschi (auch Director, der aber in dem Moment, wenn Cannabich da ist, nichts zu befehlen hat) zum Danzi, *NB.* zu seinem Schwiegersohn: »Stehe er auf und lasse er den Mara hersitzen.« Als dieß Cannabich hört und sieht, schreit er: »Danzi bleiben Sie sitzen, der Churfürst sieht gerne, wenn seine Leute accompagniren.« Darauf ging die Arie an, Giov. Mara stand wie ein armer Sünder mit dem Baßl in der Hand hinter seiner Frau. Als sie in den Saal eintraten, waren sie mir beide schon unerträglich, denn so was Freches hat man nicht bald gesehen, Sie werden in der Folge davon überzeugt sein. Die Arie hatte einen zweiten Theil, Mad. Mara fand es nicht für gut das Orchester vorher zu avisiren, sondern ging mit ihrer angebornen *Air d'effronterie* unter dem letzten Ritornell herab um den hohen Herrschaften ihr Compliment zu machen. Unterdessen sing ihr Mann mit dem Cannabich an. Alles kann ich nicht schreiben, es würde zu lang; mit Einem Wort, er beschimpfte das Orchester, den Charakter des Cannabich. Natürlicherweise war Cannabich aufgebracht, kriegte ihn am Arm und sagte: »Hier ist der Platz nicht, Ihnen zu antworten.« Mara wollte noch reden, er drohte ihm aber wenn er nicht schwiege, ihn hinausführen zu lassen. Alles war über die Impertinenz des Mara aufgebracht. Unterdessen war ein Concert von Ramm, da gingen die zwei lieben Eheleute zum Grafen Seeau klagen, sie fanden aber auch da, wie bei allen Leuten, daß sie Unrecht hatten. Endlich beging die Mad. Mara die Sottise selbst zum Churfürsten deßwegen hinabzugehen, und ihr Mann sagte unterdessen ganz stolz: »Meine Frau klagt jetzt eben beim Churfürsten, das wird dem Cannabich sein Unglück sein, es thut mir leid.« Er wurde aber ganz herrlich darüber ausgelacht. Der Churfürst antwortete auf die Klage der Mad. Mara: »Madame Sie haben wie ein Engel gesungen, obwohl Ihnen Ihr Mann nicht accompagnirt hat«; und als sie ihre Klage poussiren wollte, sagte er: »Ja, das geht mich nichts an, sondern Graf Seeau.« Als sie sahen, daß da nichts zu machen war, so gingen sie weiter, obwohl sie noch 2 Arien zu singen hatte. Das heißt auf Deutsch den Churfürsten affrontiren; und ich weiß gewiß, wenn nicht der Erzherzog und viele andere Fremde dagewesen wären, man würde ihnen ganz anders begegnet sein; aber auf diese Art war dem Graf Seeau bange, schickte ihnen gleich nach und sie kamen wieder zurück. Sie sang ihre 2 Arien ohne von ihrem Mann accompagnirt zu sein. Bei der letzten, ich glaube immer, daß es Hr. Mara mit Fleiß gethan, gingen (*NB.* nur in der Abschrift wo Cannabich spielte) drei Tacte ab. Als dieses kam, hielt Mara dem Cannabich den Arm, dieser fand sich gleich, schlug aber mit dem Bogen auf das Pult, und schrie laut: »Hier ist alles gefehlt.« Wie die Arie aus war, sagte er: »Hr. Mara, ich will Ihnen einen Rath geben, lassen Sie es Ihnen gesagt sein, halten Sie keinem Director von einem Orchester den Arm, denn Sie können sich sonst immer auf ein halb Dutzend Ohrfeigen Rechnung machen.« Maras Ton war aber nun schon ganz herabgestimmt, er bat um Verzeihung, entschuldigte sich aufs Beste. Das Schändlichste bei der ganzen Affaire war, daß Mara (ein elender Violoncellist wie alles hier sagt) gar sich nicht bei Hof hätte hören lassen, wenn nicht Cannabich gewesen wäre, der sich darum Mühe gegeben hat. In der ersten Academie, da ich noch nicht hier war, spielte er Concert, accompagnirte seiner Frau, setzte sich, ohne weder dem Danzi noch Jemand was zu sagen, an Danzi seinen Platz, das ließ man so hingehen. Der Churfürst war mit seinem Accompagnement gar nicht zufrieden, sagte, er sehe lieber, daß seine Leute accompagnirten. Cannabich der das wußte, sagte es dem Grafen bevor die Academie anfing, er könne wohl auf der andern Seite mitspielen, aber Danzi muß auch spielen; und als Mara kam, sagte er es ihm, und doch beging er diese Impertinenz. Wenn Sie sie kennen sollten, diese 2 Leute, man sieht ihnen den Stolz, Grobheit und wahre Effronterie im Gesichte an.

Nun hoffe, wird wohl meine Schwester wieder gesund sein? Ich bitte Sie, schreiben Sie mir keinen so traurigen Brief mehr, denn ich brauche dermalen ein heiteres Gemüth, leichten Kopf und Lust zum Arbeiten, und das hat man nicht, wenn man traurig ist. Ich weiß, und fühle es bei Gott, wie sehr Sie ruhige Stunden verdienten, allein bin ich denn das Hinderniß? Ich möchte es nicht sein und leider bin ich es doch! Aber wenn ich meinen Zweck erreiche, daß ich hier ansehnlich ankommen kann, so müssen Sie den Augenblick von Salzburg weg. Das geschieht nicht, werden Sie sagen;

mein Fleiß und Bemühung wird wenigstens der Fehler nicht sein. Sehen Sie nur, daß Sie bald zu mir herauf kommen, wenn nur der Esel, welcher einen Ring zerreißt, und durch die Gewalt einen Bruch bekommt, daß ich ihn darüber sch ..... höre wie einen Castraten mit Hörnern und mit seinem langen Dhr den Fuchsschwanz streicht, nicht so ... wäre. Wir können alle beisammen wohnen. Ich habe in meinem ersten Zimmer eine große Alcove worin zwei Betten stehen, – das ist nun für Sie und mich charmant. Nun aber wegen meiner Schwester, wird kein ander Mittel sein, als – daß man einen Ofen in das andere Zimmer setzen läßt, das wird eine Affaire von ungefähr 4 bis 5 Fl. sein; denn man möchte einheizen, daß der Ofen springen sollte und die Thür hinein offen lassen, so würde es doch nicht erträglich werden, denn es hat eine grimmige Kälte darin. Fragen Sie doch den Abbate Varesco, ob man bei dem Chor im 2. Act *Placido è il mare,* nachdem nach der ersten Strophe der Elettra der Chor wiederholt worden, nicht aufhören könnte? wenigstens nach der zweiten, es wird doch gar zu lang. – Ich bin nun 2 Tage schon wegen meinem Katarrh zu Hause geblieben, und zum Glück daß ich nicht viel Apetit hatte, denn in die Länge, wäre es mir ungelegen für das Essen zu zahlen. Ich habe aber dem Grafen ein Billet darüber geschrieben; er ließ mir sagen, er wird schon darüber mit mir sprechen. Bei Gott! ich zahle keinen Kreuzer, er muß sich ja in die Seele schämen. –

131. Mozarteum.

München 1. Dez. 1780.

Die Probe ist außerordentlich gut ausgefallen, es waren nur in Allem 6 Violinen, aber die gehörigen Blasinstrumente. Von Zuhörern wurde niemand zugelassen, als die Schwester von Seeau und der junge Graf Seinsheim. Heute acht Tage wollen wir eine zweite machen, da werden wir zum ersten Act 12 Geigen haben, und dann wird der zweite (wie das vorigemal der erste) mitprobirt werden. Ich kann Ihnen nicht sagen, wie alles voll Freude und Erstaunen war, ich vermuthete es aber nicht – anders, denn ich versichere Sie, ich ging mit so ruhigem Herzen zu dieser Probe, als wenn ich wo auf eine Collation hinginge. Graf Seinsheim sagte zu mir: »Ich versichere Sie, daß ich mir sehr viel von Ihnen erwartet habe, aber das habe ich wahrlich nicht erwartet.« Das Cannabichische Haus und alle die, die es frequentiren, sind doch wahre Freunde von mir. Als ich nach der Probe mit Cannabich (denn wir hatten noch vieles mit dem Grafen zu sprechen) zu ihm nach Hause kam, kam mir schon Mad. Cannabich entgegen und umarmte mich voll Vergnügen, daß die Probe so gut ausgefallen; denn Ramm und Lang kamen wie närrisch nach Hause. Die gute Frau, die wahre Freundin von mir, hatte unterdessen, da sie mit ihrer kranken *Rose* allein zu Hause war, tausend Sorgen wegen meiner. Ramm sagte mir, denn wenn Sie diesen kennen, werden Sie sagen, das ist ein wahrer Deutscher, der sagt Ihnen alles so ins Gesicht, wie er es sich denkt: »Das kann ich Ihnen wohl gestehen«, sagte er, »daß mir noch keine Musik solche Impression gemacht hat, und ich versichere Sie, daß ich wohl 50 Mal auf Ihren Herrn Vater gedacht habe, was dieser Mann für eine Freude haben muß, wenn er diese Oper hört.« Nun genug davon. Mein Katarrh ist bei dieser Probe etwas ärger geworden, man erhitzt sich halt doch, wenn Ehre und Ruhm im Spiele sind, man mag anfangs noch so kaltblütig sein. Ich habe alles gebraucht, was Sie mir vorgeschrieben, langsam geht es halt, und das ist mir aber jetzt erst recht ungelegen, denn das Schreiben macht dem Katarrh kein Ende, und geschrieben muß es doch sein. Heute habe ich angefangen, Feigelsaft und ein wenig Mandelöl zu nehmen, und da spüre ich schon Linderung und bin wieder 2 Tage zu Hause geblieben. – Gestern Vormittag war wieder Mr. *Raaff* bei mir, um die Arie im 2. Act zu hören. Der Mann ist so in seine Arie verliebt, als es nur immer ein junger feuriger Mann in seine Schöne sein kann. Des Nachts, ehe er einschläft und Morgens da er erwacht, singt er sie, er hat (ich wußte es von einer sichern Hand, und nun weiß ich es von ihm selbst) zu Hrn. von Viereck Obriststallmeister und Hrn. von Kastel gesagt: »Ich war sonst immer gewohnt, mir in die Rollen zu helfen, sowohl in die Recitative als Arien, da ist aber alles geblieben, wie es war, ich wüßte keine Note, die mir nicht anständig wäre etc. *Enfin,* er ist zufrieden wie ein König. Die eingeschickte Arie wünschte er wohl mit mir ein wenig verändert zu haben. Das *era* ist ihm auch nicht recht und dann möchten wir hier eine ruhige zufriedene Arie haben, wenn es auch nur ein Theil wäre, desto besser; den 2. muß man so allezeit in die Mitte nehmen, und der geht mir öfters im Weg um. Im Achill in Sciro ist so eine Arie auf diese Art: *Or che mio figlio sei etc.* – Meiner Schwester danke ich vielmals für die überschickte Liste der Comödien. Mit der Comödie ›Rache für Rache‹ ists doch sonderbar, hier wurde sie schon öfters mit vielem Beifall gegeben, erst letzthin auch, ich war aber nicht darin. Fräulein Therese von *Barisani* empfehle mich ergebenst; wenn ich einen Bruder hätte, so wollte ich ihn gebeten haben, ihr in tiefster Demuth die Hände zu küssen, da ich aber eine Schwester habe, ist es noch viel besser, die bitte ich also, sie recht freundschaftlichst in meinem Namen zu embrassiren. Apropos schreiben Sie doch einmal dem Cannabich; er verdient es, und es wird ihn ungemein erfreuen. Was ist es denn, wenn er auch nicht antwortet! er meint es nicht so, als es herauskömmt, er macht es allen so, man muß ihn kennen.«

132. Mozarteum.

München 5. Dez. 1780.

Der Tod der Kaiserin [Maria Theresia] thut meiner Oper im Geringsten nichts, denn es ist gar kein Theater eingestellt, die Comödien gehen fort wie sonst, und die ganze Trauer wird nicht mehr als 6 Wochen dauern; und die Oper geht vor dem 20. Jänner nicht in Scene. Jetzt bitte ich Sie mein schwarzes Kleid rechtschaffen ausbürsten, ausklopfen und auf das Möglichste gut herrichten zu lassen und mir selbes mit dem nächsten Postwagen zu schicken, denn künftige Woche zieht schon alles die Trauer an, und ich, der bald dort und da hinkömmt muß auch mitweinen.

– Dann habe ich auch wegen der *ultima* Arie von Raaff geschrieben, daß wir beide noch etwas Angenehmeres und in Worten Süßeres zu haben wünschten; das *era* ist gezwungen, der Anfang wäre gut, *gelida massa* ist wieder hart. Mit Einem Worte ausgesuchte oder ungewöhnliche Worte sind in einer angenehmen Arie allzeit unschicklich. Und dann möchte ich, daß die Arie nur Ruhe und Zufriedenheit anzeigte; und hätte sie nur *einen* Theil, wäre es auch recht, ja mir fast lieber. Dann habe ich auch geschrieben wegen Panzacchi; dem ehrlichen alten Mann muß man doch auch etwas zu Guten thun. Dieser möchte nur um etwa ein paar Verse sein Recitativ im 3. Act verlängert haben, welches wegen dem Chiaroscuro und weil er ein guter Acteur ist, von guter Wirkung sein wird; zum Beispiel nach der Strophe: *Sei la città del pianto e questa reggia quella del duol,* einen kleinen Schimmer von Hoffnung, und dann: Ich Unsinniger! wohin verleitet mich mein Schmerz! *Ah Creta tutto io vedo.* Wegen diesen Sachen darf ja Abbate Varesco den Act nicht wieder frisch abschreiben, das kann man ja leicht hineinschreiben. Dann habe ich auch geschrieben, – – daß mir (und auch andern) die unterirdische Rede, um daß sie Effect macht, zu lang scheint. Ueberlegen Sie es. – Nun muß ich schließen, weil ich entsetzlich viel zu schreiben habe. Baron Lehrbach habe ich nicht gesehen, weiß auch nicht ob er noch hier ist oder nicht, ich habe nicht Zeit herumzulaufen; ich kann es leicht nicht wissen, daß er hier ist, er weiß es aber positiv, daß ich hier bin. Wäre ich ein Mädchen, wäre er gewiß schon bei mir gewesen. Wegen der lieben jungen schönen geschickten, vernünftigen Frl. Louise Lodron ist mir sehr leid, daß sie einem solchen Wanst zu Theil wird; sie wird wohl vermuthlich den Anfang des *zweiten Theils* von dem Menuett

den ich ihr vom Bach gelernt, mit ihm wacker spielen, denn zu dem Ausgang wird er wohl nicht viel Nutz sein, wenigstens sehr unbequem. Der Pepperl Lodron meine Empfehlung und ich lasse von Herzen condoliren, daß ihr ihre Schwester den guten Bissen weggeschnappt hat. Nun *adieu*. Den Augenblick erhalte ich Ihr Schreiben von 4. Dezember. Das Küssen müssen Sie sich schon ein wenig angewöhnen, üben Sie sich nur unterdessen immer mit der Maresquelli, denn hier werden Sie, so oft Sie zur Dorothea Wendling kommen (wo alles noch halb französischer Fuß ist) Mutter und Tochter embrassiren müssen, aber *n.b.* auf das Kinn, damit die Schminke nicht blau wird. Nächstens mehr. *Adieu*.

P.S. Nicht vergessen wegen meinem schwarzen Kleid, ich muß es haben, sonst werde ich ausgelacht, und das wird man doch nicht gerne.

133. Mozarteum.

München 13. Dez. 1780.

– Die letzten zwei Briefe von Ihnen waren mir gar zu kurz, deßwegen durchsuchte ich alle Säcke in dem schwarzen Kleid, um zu sehen, ob nicht etwas darin stecke. In Wien und allen kaiserlichen Erbländern fängt also das Spektakel in Zeit 6 Wochen wieder an. Das ist auch ganz vernünftig gedacht, denn dem Todten oder der Todten bringt das zu lange Trauern nicht so viel Nutzen, als es so vielen Menschen Schaden bringt. Wird Herr Schikaneder in Salzburg bleiben? Auf solche Art könnte er doch noch meine Oper zu sehen und zu hören bekommen. Hier kann man, und zwar mit Recht, nicht begreifen, daß die Trauer 3 Monate dauert, – und beim gottseligen Churfürsten hat sie nur 6 Wochen gedauert. Die Schaubühne geht aber sonst. – Sie schreiben mir nicht, wie Hr. Esser meine Sonaten accompagnirt hat? schlecht? gut? – Die Comödie »Wie man sich die Sache denkt oder die zwei schlaflosen Nächte« ist charmant, denn ich habe sie hier, – nein, nein, nicht gesehen, nur gelesen, denn man hat sie noch nicht aufgeführt, und überdieß bin ich nur ein einziges Mal im Theater gewesen, weil ich nicht Zeit habe, denn Abends ist mir doch allzeit die liebste Zeit zum Arbeiten. Wenn Ihre Gnaden, die allervernünftigste gnädige Frau von Robinig ihre gnädige Reise nach München dießmal nicht ein wenig zu versetzen geruhen, so werden Ihre Gnaden nichts von meiner Oper hören können. Ich bin aber der Meinung, daß Ihre Gnaden allervernünftigst Ihrem gnädigen Herrn Sohn zu gefallen sich länger allda aufzuhalten gnädig geruhen werden. Nun werden Sie ja doch schon im Bilde angefangen sein? und meine Schwester schon gar zu gewiß! Wie fällt es aus? Haben Sie keine Antwort von Wetzlar von unserm Bevollmächtigten alldort? Ich weiß seinen Namen nicht mehr, Fuchs glaube ich; wegen den Duetten auf 2 Claviere meine ich. Ist nichts

Schöneres, als wenn man sich deutlich erklärt, und die Arien von Aesopus seiner Hand liegen doch noch immer bereit auf dem Tisch? Schicken Sie mir selbe mit dem Postwagen, dann gebe ich es Hrn. von Dummhoff selbst, welcher sie ihm dann franco überschickt. Wem? Nu, dem Heckmann, er ist ein ganz artiger Mann, nicht wahr? und ein passionirter Liebhaber der Musik, der Herr Singer. Heute kommt bei mir die Hauptsache allzeit auf die Letzt, ich thue es nicht anders. Neulich fuhr ich nach Tisch mit dem Le Grand von der Lisel Wendling weg zum Cannabich (weil es so gräulich geschneit hat) und da sahen sie ihn durchs Fenster für Sie an, glaubten wirklich ich käme mit Ihnen. Ich wußte nicht, was das zu bedeuten hatte, daß schon der Karl und die Kinder über die Stiegen entgegen kamen und als sie den Le Grand sahen, kein Wort mehr sagten und ein ganz decontenancirtes Gesicht machten, bis man es uns dann oben erklärte. Ich will nun auch nichts mehr schreiben, weil Sie mir so wenig geschrieben. Nichts als daß Mr. Eck, welcher eben bei der Thür hereinschleicht, um seinen Degen, welchen er das letztemal vergessen, abzuholen, sich der Thresel, dem Pimperl, Jüngfr. Mitzerl, Gilofsky Katherl, meiner Schwester und endlich auch Ihnen sich tausendmal sich empfehlet sich.

Küssen Sie die Thresel, und wenn es Ihnen unmöglich ist so soll es der Huatara verrichten. Dem Pimperl 1000 Busserln. *Adieu.*

134. Mozarteum.

München 16. Dez. 1780.

Gestern war Hr. Esser zum erstenmal bei mir. Ist er in Salzburg zu Fuß gegangen? oder auch wie hier immer in der Kutsche herumgefahren? Ich glaube das bischen Salzburger Geld wird nicht im Beutel bleiben wollen. Sonntags speisen wir zusammen beim Cannabich und da muß er uns seine gescheidte und närrische Solos hören lassen. Er sagt, er gibt kein Concert hier, will sich auch bei Hof nicht produciren, er sucht es nicht, wenn ihn der Churfürst hören will. *»Eh bien, ich bin da, es wird mir eine Gnade sein, allein ich melde mich nicht.«* Uebrigens mag er ein guter Narr, Teufel! – Ritter wollte ich sagen, sein, er fragte mich schon, warum ich den Sporn nicht trüge? Ich sagte, ich hätte an dem im Kopf schwer genug zu tragen. Er hatte die Güte mein Kleid mir am Leibe ein wenig auszubürsten, und sagte: »Ein Cavalier darf den andern schon bedienen.« Ungeachtet dessen hatte er doch den nämlichen Nachmittag, ganz gewiß aus Vergessenheit, als er zum Cannabich kam, seinen Sporn (ich meine den äußerlichen, sichtbaren) zu Hause gelassen oder wenigstens so gut zu verstecken gewußt, daß man nicht das Geringste davon zu sehen bekam. Nun geschwind, sonst vergesse ich wieder. Die Mad. und Mademoiselle Cannabich fangen an, aus Ursache hiesiger Luft und Wasser immer am Hals etwas dicker zu werden; auf die Letzt könnte gar ein Kropf daraus werden. Gott sei bei uns! Sie nehmen zwar ein gewisses Pulver, was weiß ich, aber so heißt es nicht. Nein, allein es will doch nicht recht nach Contentement ausfallen. Derentwegen nahm ich mir die Freiheit die sogenannten Kropfpillen anzuempfehlen, vorgebend (um den Werth dieser Pillen zu erhöhen), daß meine Schwester 3 Kröpfe gehabt hat, einer größer als der andere, und doch endlich kraft dieser herrlichen Pillen wieder davon gänzlich befreit worden. Kann man sie hier machen, so bitte um das Recept; werden sie aber nur bei uns gemacht, so bitte gegen baare Bezahlung mir mit dem nächsten Postwagen etwelche Centner hierherzuschicken, Sie wissen meine Adresse.

Heute Nachmittag ist Probe vom 1. und 2. Act wieder im Zimmer beim Grafen, dann werden wir nichts als den 3. noch im Zimmer probiren, alsdann aber gleich aufs Theater gehen. Wegen den Copisten ist die Probe immer verschoben worden, über welches Graf Seinsheim fuchsteufelwild geworden.

Wegen dem sogenannten *populare* sorgen Sie nichts, denn in meiner Oper ist Musik für aller Gattung Leute, ausgenommen für lange Ohren nicht. – Apropos, wie ist es denn mit dem Erzbischof? Künftigen Montag wird es sechs Wochen, daß ich von Salzburg weg bin. Sie wissen mein liebster Vater, daß ich nur Ihnen zu Liebe in … bin, denn bei Gott, wenn es auf mich ankäme, so würde ich, bevor ich dießmal abgereist bin, an den letztern Decret den H– g– haben; denn mir wird bei meiner Ehre nicht Salzburg, sondern der Fürst, die stolze Noblesse alle Tage unerträglicher; ich würde also mit Vergnügen erwarten, daß er mir schreiben ließe, er brauche mich nicht mehr, würde auch bei der grossen Protection, die ich dermalen hier habe, für gegenwärtige und zukünftige Umstände gesichert sein, – Todesfälle ausgenommen, für welche niemand stehen kann und welche aber einem Menschen von Talenten, der ledig ist, keinen Schaden bringen. Doch Ihnen zu lieb alles in der Welt, und leichter würde es mir noch ankommen, wenn man doch nur bisweilen auf eine kurze Zeit wegkönnte, um Odem zu holen. Sie wissen wie schwer es gehalten hat, diesmal wegzukommen. Ohne große Ursache ist gar kein Gedanke nicht. Es ist zum Weinen, wenn man daran gedenkt, darum weg damit. Adieu.

Kommen Sie bald zu mir nach München und hören Sie meine Oper und sagen Sie mir dann, ob ich Unrecht habe, traurig zu sein, wenn ich nach Salzburg denke. Adieu.

135. Mozarteum.

München 19. Dez. 1780.

– Die letzte Probe ist wie die erste recht gut ausgefallen, und hat sich das Orchester, wie alle Zuhörer mit Vergnügen betrogen gefunden, daß der 2. Act in Ausdruck und Neuheit unmöglich stärker, als der 1. sein kann. Künftigen Samstag werden wieder die 2 Acte probiert, aber in einem grossen Zimmer bei Hof welches längst gewünscht, denn beim Graf Seeau ist es gar zu klein. Der Churfürst wird in einem Nebenzimmer *(incognito)* zuhören. »Da soll aber auf Leib und Leben probirt werden«, sagte der Cannabich zu mir; bei der letzten Probe war er waschnaß vom Schwitzen.

Herr Director Cannabich dem heute sein Namenstag ist und der eben bei mir ist, hat mich gezankt, daß ich den Brief nicht habe ausschreiben wollen, und ist deßwegen gleich wieder weggegangen. Wegen Mad. *Duscheck* ist es freilich dermalen unmöglich, aber nach geendigter Oper mit Vergnügen. Unterdessen bitte ich Sie, ihr mein Compliment zu schreiben, und wegen der Schuld wollten wir schon, wenn sie wieder einmal nach Salzburg kommen wird, gleich werden. Was mir Freude machte, wäre wenn ich so ein Paar Cavaliers haben könnte wie der alte Czernin, das wäre so eine kleine Hülfe jährlich; aber weniger als 100 Fl. das Jahr nicht, es möchte dann eine Art Musik sein, was es wolle. Nun werden Sie Gott Lob und Dank hoffentlich wieder ganz gesund sein? Ja, wenn man sich von einer Barisani Theres frottiren läßt, so kann es nicht anders sein. Daß ich gesund und vergnügt bin, werden Sie aus meinen Briefen gemerkt haben; man ist doch froh, wenn man von einer so grossen mühsamen Arbeit befreit, und – mit Ehr und Ruhm befreit ist. Denn fast bin ich es, denn es fehlen nur noch 3 Arien und der letzte Chor vom dritten Act, die Ouverture und das Ballet *et Adieu partie!*

Apropos, das Notwendigste, denn ich muß eilen. Die Scene zwischen Vater und Sohn im 1. Act und die 1. im 2. zwischen Idomeneo und Arbace sind beide zu lang, sie ennuyiren ganz gewiß, besonders da in der ersten beide schlechte Acteurs sind, und in der 2. es einer ist, und der ganze Inhalt nichts als eine Erzählung von dem, was die Zuschauer schon selbst mit Augen gesehen, ist. Die Scenen werden gedruckt, wie sie sind. Nur wünschte ich, daß Hr. Abbate mir anzeigen wolle, wie sie abzukürzen ist und zwar auf das kürzeste, denn sonst muß ich es selbst thun, denn so können die 2 Scenen nicht bleiben, in der Musik versteht es sich. Eben erhalte ich Ihren Brief, welcher, weil ihn meine Schwester angefangen hat, ohne Dato ist. An die Thresel, meine zukünftige Unter- und Ober-Kindsmensch 1000 Complimente. Das glaube ich, daß die Katherl gern nach München möchte; wenn Sie sie (ohne der Reise) anstatt meiner wollen mitessen lassen. *Eh bien,* ich will mich schon durchbringen, logiren kann sie bei meiner Schwester im Zimmer.

136. Mozarteum.

Ich habe die ganze Oper, den Brief von Schachtner, Ihren Zettel und die Pillulen richtig erhalten. Wegen der 2 Scenen die abgekürzt werden sollen, ist es nicht mein Vorschlag, sondern nur mein Consentement; und warum ich sogleich nämlicher Meinung war, ist weil Raaff und del Prato das Recitativ ganz ohne Geist und Feuer so ganz monoton herab singen und die elendesten Acteurs, die jemals die Bühne trug, sind. Wegen der Unschicklichkeit, Unnatürlichkeit und fast Unmöglichkeit des Weglassens habe letzthin mich verflucht herumgebalgt mit dem Seeau. Genug, wenn alles gedruckt ist, welches er absolument nicht hat zugeben wollen, aber doch endlich, weil ich ihn grob angefahren, zugegeben hat. – Die letzte Probe ist herrlich gewesen, sie war in einem grossen Zimmer bei Hof, der Churfürst war auch da. Dießmal ist mit dem ganzen Orchester (versteht sich, das im Opernhaus Platz hat) probirt worden. Nach dem 1. Act sagte mir der Churfürst überlaut Bravo, und als ich hinging ihm die Hand zu küssen, sagte er: »*Diese Oper wird charmant werden, er wird gewiß Ehre davon haben.*« Weil er nicht wußte, ob er so lange dableiben kann, so mußte man ihm die concertirende Arie und das Donnerwetter zu Anfang des 2. Acts machen; nach diesem gab er mir wieder auf das freundlichste seinen Beifall und sagte lachend: »*Man sollte nicht meinen, daß in einem so kleinen Kopf so was Großes stecke.*« Er hat auch anders Tags früh beim Cercle meine Oper sehr gelobt. – Die nächste Probe wird wohl vermuthlich im Theater sein. Apropos, Becke sagte mir die Tage, daß er Ihnen nach der vorletzten Probe wieder geschrieben hätte, und unter Andern, daß des Raaffs seine Arie im 2. Act wider den Text geschrieben sei; »*so hat man mir gesagt*«, sagte er, »*ich verstehe zu wenig wälsch, ist es wahr?*« – »Hätten Sie mich eher gefragt und hernach erst geschrieben, ich muß Ihnen sagen, daß derjenige zu wenig wälsch kann, der Ihnen das gesagt hat. Die Arie ist ganz gut auf die Worte geschrieben, man hört das *mare* und das *mare funesto* und die Passagen sind auf *minacciar* angebracht, welche dann das *minacciar,* das Drohen, gänzlich ausdrücken.« Und überhaupt ist das die prächtigste Arie in der Oper und hat auch allgemeinen Beifall gehabt.

Ist es wahr, daß der Kaiser krank ist? Ist es wahr, daß der Erzbischof nach München kommen soll? Hören Sie, der Raaff ist der beste, ehrlichste Mann von der Welt, aber – auf den alten Schlendrian versessen, daß man Blut dabei schwitzen möchte, folglich sehr schwer für ihn zu schreiben, – sehr leicht auch, wenn Sie wollen, wenn man so Alletag-Arien machen will, wie *par exemple* die erste Arie *Vedromi intorno;* wenn Sie sie hören werden, sie ist gut, sie ist schön, aber wenn ich sie für Zonca geschrieben hätte, so würde sie noch besser auf den Text gemacht sein; er liebt die geschnittenen Nudeln zu sehr und sieht nicht auf die Expression. Mit dem Quartett habe ich jetzt eine Noth mit ihm gehabt. Das Quartett, wie öfter ich es mir auf dem Theater vorstelle, wie mehr Effect macht es mir, und hat auch allen, die es so auf dem Clavier gehört haben, gefallen; der einzige Raaff meint, es wird nicht Effect machen, er sagte es mir ganz allein: »*Non c'è da spianar la voce,* – das ist zu eng.« Als wenn man in einem Quartett nicht viel mehr reden als singen sollte! – Dergleichen Sachen versteht er gar nicht. Ich sagte nur: »Liebster Freund, wenn ich nur eine Note wüßte die in diesem Quartett zu ändern wäre, so würde ich es sogleich thun, allein ich bin noch mit keiner Sache in dieser Oper so zufrieden gewesen, wie mit diesem Quartett; und hören Sie es nur einmal zusammen, so werden Sie ganz anders reden. Ich habe mir bei Ihren 2 Arien alle Mühe gegeben Sie recht zu bedienen, werde es auch bei der dritten thun und hoffe, es zu Stande zu bringen, aber was Terzetten und Quartetten anbelangt, muß man dem Compositeur seinen freien Willen lassen.« Darauf gab er sich zufrieden. Neulich war er ganz unwillig über das Wort in seiner letzten Arie – *rinvigorir* und *ringiovenir* – besonders *vienmi à rinvigorir* – fünf *i*. Es ist wahr, beim Schluß einer Arie ist es sehr unangenehm.

137. Mozarteum.

München 30. Dez. 1780.

Glückseliges neues Jahr! – Verzeihen Sie, wenn ich Ihnen dermalen sehr wenig schreibe, denn ich stecke nun über Hals und Kopf in Arbeit. Ich bin noch nicht ganz fertig mit dem dritten Act und habe alsdann, weil kein Ertra-Ballet, sondern nur ein zur Oper gehöriges Divertissement ist, auch die Ehre die Musik dazu zu machen; mir ist es aber sehr lieb, denn so ist doch die Musik von Einem Meister. Der 3. Act wird *wenigstens* so gut ausfallen, als die beiden ersten, ich glaube aber unendlich Mal besser und daß man mit Recht sagen könne: *finis coronat opus.* – Der Churfürst war letzthin bei der Probe so zufrieden, daß er wie ich Ihnen letzthin geschrieben morgens beim Cercle meine Oper sehr gelobt und dann Abends bei der Cour wieder; und dann weiß ich es von einer sehr sichern Hand, daß er den nämlichen Abend nach der Probe allen, Jedermann der zu ihm gekommen ist, von meiner Musik geredet hat, mit diesem Ausdruck: »*Ich war ganz surprenirt, noch hat mir keine Musik den Effect gemacht, das ist eine magnifique Musik.*« – Vorgestern haben wir eine Recitativprobe bei der Wendling gemacht und das

Quartett zusammen probirt, wir haben es sechsmal repetirt, jetzt geht es endlich. Der Stein des Anstosses war der del Prato, der Bub kann doch gar nichts; seine Stimme wäre nicht so übel; wenn er sie nicht in den Hals und in die Gurgel nähme; übrigens hat er aber gar keine Intonation, keine Methode, keine Empfindung, sondern singt wie etwa der beste unter den Buben, die sich hören lassen um in das Capellhaus aufgenommen zu werden. Raaff hat sich mit Vergnügen betrogen gefunden und zweifelt nun auch nicht an dem Effect. Nun bin ich wegen des Raaffs letzter Arie in einer Verlegenheit woraus Sie mir helfen müssen. Das *rinvigorir* und *ringiovenir* ist dem Raaff unverdaulich und wegen diese 2 Worten ist ihm schon die ganze Arie verhaßt. Es ist wahr das *mostrami* und *vienmi* ist auch nicht gut, aber das schlechteste sind schon die 2 Endwörter, wo ich bei dem ersten *rinvigorir* um den Triller auf dem *i* zu vermeiden, ihn auf dem *o* machen müßte. Nun hat Raaff, ich glaube im *Natal di Giove* welches freilich sehr wenigen bekannt ist, eine zu dieser Lage passende Arie gefunden, ich glaube sie ist die Licenz-Arie davon: *Bell' alme al ciel dilette* – und diese Arie soll ich ihm schreiben. »Man kennt sie nicht«, sagt er, »und wir sagen nichts.« Er weiß halt, daß es dem Hrn. Abbate nicht zuzumuthen ist, diese Arie zum drittenmal zu ändern, und wie sie ist, will er sie doch nicht singen. Nun bitte ich um eine schleunige Antwort. Nun muß ich schließen, denn ich muß über Hals und Kopf schreiben; componirt ist schon alles, aber geschrieben noch nicht.

Mein Compliment an die liebe Thresel; die Magd, die mich hier im Hause bedient, heißt auch Thresel, aber Gott, was für ein Unterschied gegen die Linzer Thresel, an Schönheit, Tugend, Reize – und tausend andere Verdienste! – Sie werden schon wissen, daß der gute Castrat *Marquesi* – *Marquesius di Milano,* in Neapel ist vergiftet worden, aber wie! Er war in eine Herzogin verliebt, und ihr rechter *amant* war darüber jaloux und schickte 3 oder 4 Kerle zu ihm, und die ließen ihm die Wahl, ob er aus diesem Geschirr trinken wolle oder lieber massakrirt sein wolle. Er wählte das erstere. Weil er aber ein wälscher Hasenfuß war, so starb er *allein* und ließ seine Herrn Mörder in Ruhe und Frieden leben. Ich hätte wenigstens (in meinem Zimmer) ein paar mit mir in die andere Welt genommen, wenn es schon gestorben hätte sein müssen. Schade um einen so vortrefflichen Sänger! Adieu.

138. Mozarteum.

München 3. Jan. 1781.

Kopf und Hände sind mir so von dem dritten Acte voll, daß es kein Wunder wäre, wenn ich selbst zu einem dritten Act würde. – Der allein kostet mehr Mühe als eine ganze Oper, denn es ist fast keine Scene darin die nicht äußerst interessant wäre. – Das Accompagnement bey der unterirdischen Stimme besteht in nichts als 5 Stimmen, nemlich in 3 Posaunen und 2 Waldhorn, welche an dem nemlichen Orte placirt sind, wo die Stimme herkömmt. – Das ganze Orchester ist bey dieser Stelle stille.

Die Hauptprobe ist *ganz gewiß* den 20. und die erste Production den 22. Sie brauchen beyde nichts als Jedes ein schwarzes Kleid mitzunehmen; – ein anderes Kleid für alle Tage, wenn Sie nirgends hingehen, als zu guten Freunden wo man keine Complimente macht, damit man das schwarze Kleid ein wenig schonen kann – und wenn Sie wollen ein hübsches, um auf den Ball und die *académie masquée* zu gehen.

Hr. von Robinig ist schon hier, er läßt sich Ihnen beyderseits empfehlen; – die 2 Barisani höre ich werden auch nach München kommen, ist es wahr? … Dem Himmel sey Dank! daß der Schnitt in den Finger vom Erzbischof von keiner Folge war; – gerechter Gott! – was bin ich nicht anfangs erschrocken. Cannabich dankt Ihnen für Ihr charmantes Schreiben, er und seine ganze Familie empfiehlt sich – er sagte mir – Sie hätten sehr launig geschrieben, Sie müssen guten Humors gewesen seyn. –

Freylich werden wir noch viele Beobachtungen *im 3. Act* auf dem Theater zu machen haben; – wie zum Beyspiel Scene VI nach dem Arbace seiner Aria steht: *Idomeneo, Arbace* etc. Wie kann dieser gleich wieder da seyn? – Zum Glück daß er ganz wegbleiben kann. – Aber um das Sichere zu spielen habe eine etwas längere Introduction zu des Großpriesters Recitativ gemacht! – Nach dem Trauerchor geht der König, das ganze Volk und alles weg – und in der folgenden Scene steht: *Idomeneo in ginocchione nel tempio.* Das kann so unmöglich seyn, er muß mit seinem ganzen Gefolge kommen. Da muß nun nothwendiger Weise ein Marsch seyn, da hab ich einen ganz simpeln Marsch auf 2 Violin, Bratsche, Baß und 2 Oboen gemacht, welcher *à mezza voce* gespielt wird und worunter der König kömmt und die Priester die zum Opfer gehörigen Sachen bereiten. Dann setzt sich der König auf die Knie und fängt das Gebet an. – In dem Recitativ der Elettra nach der unterirdischen Stimme soll auch stehen: *Partono*, ich hab vergessen in der zum Druck geschriebenen Abschrift zu sehen ob es steht und wie es steht. Es kömmt mir so einfältig vor daß diese geschwind wegzukommen eilen, nur um Mademoiselle Elettra allein zu lassen.

Eben den Augenblick erhalte Ihre 5 Zeilen vom 1. Jan.; – wie ich den Brief erbrochen, hatte ich ihn eben so in der Hand daß mir nichts als leeres Papier in die Augen fiel, – endlich – – fand ich es. – Bin recht froh, daß ich die Arie für den Raaff bekommen, denn er hat absolument seine gegebene Arie wollen hineinsetzen lassen. Ich hätte es (*NB*. mit einem Raaff) nicht anders richten können, als daß Varesco seine Arie gedruckt gewesen wäre und Raaffs seine aber wäre gesungen worden. – Nun muß ich schließen, denn sonst verliere ich zu viel Zeit. Bey meiner Schwester bedanke ich mich schönstens für den Neujahrswunsch, wünsche ihr alles wieder entgegen. Hoffe, daß wir uns bald recht lustig zusammen machen können. Adieu.

An alle gute Freunde und Freundinen meine Empfehlung, das Ruscherle nicht zu vergessen. Der junge Eck schickt ihr ein Busserl – ein zuckertes, versteht es sich.

139. Mozarteum.

München 10. Jan. 1781.

Zur großen Neuigkeit daß die Opera wieder um 8 Tage verschoben ist. – Die Hauptprobe ist erst den 27., *NB.* an meinem Geburtstage – und die erste Opera am 29. – Warum? – vermuthlich damit Graf Seeau ein paar hundert Gulden erspart. – Ich bin zwar froh, so kann man noch öfter und mit mehr Bedachtsamkeit probiren. – Die Robinigschen haben Gesichter gemacht wie ich ihnen diese Neuigkeit gesagt habe; die Louise und der Sigmund bleiben ganz gerne so lange hier, und die Mama wäre fast leicht zu überreden, aber die Lise – *das herumschleichende Elend* – hat ein so dummes Salzburger Maul, daß man närrisch darüber werden möchte. – Vielleicht geschieht es doch, ich wünsche es wegen der Louise. Ich habe so nebst vielen andern kleinen Streitigkeiten einen starken Zank mit dem Graf Seeau wegen den Posaunen gehabt. Ich heiße es einen starken Streit weil ich mit ihm habe müssen grob seyn, sonst wäre ich nicht ausgekommen. – Künftigen Samstag werden die 3 Acte im Zimmer probirt. – Ihr Schreiben vom 8. habe richtigst erhalten und mit größtem Vergnügen gelesen; – die Bourlesque gefällt mir sehr wohl. –

Erlauben Sie mir daß ich Ihnen nur diesmal noch sehr wenig schreiben und schließen darf, denn erstens ist wie Sie sehen, Feder und Dinte nichts nutz, und zweitens habe ich noch etwelche Arien zum letzten Ballet zu schreiben. Aber Sie schreiben mir ja hoffentlich keinen solchen Brief mehr wie der letzte von 3 oder 4 Zeilen? –

140. Mozarteum.

München 18. Jan. 1781.

Verzeihen Sie mir wenn ich Ihnen dermalen recht sehr wenig schreibe, denn ich muß augenblicklich (es ist gleich 10 Uhr – Morgens versteht es sich –) in die Probe; – es ist heute das erste Mal Recitativ-Probe im Theater. – Vorschreiben habe ich mir nicht gekönnt, weil ich noch immer mit den verwünschten Tänzen zu thun gehabt habe. *Laus deo* – nun habe ich es überstanden; mithin nur das nothwendigste. Die Probe mit dem dritten Act ist vortrefflich ausgefallen. Man hat gefunden daß er die 2 erstern Acte noch um viel übertrifft. – Nur ist die Poesie darin gar zu lang, und folglich die Musik auch (welches ich immer gesagt habe); deswegen bleibt die Aria vom Idamante: *Nò la morte io non pavento* weg, welche ohnedies ungeschickt da ist, – worüber aber die Leute die sie in Musik gehört haben, darüber seufzen; – und die letzte von Raaff auch, worüber man noch mehr seufzt; allein man muß aus der Noth eine Tugend machen. Der Orakelspruch ist auch noch viel zu lang, ich habe es abgekürzt, der Varesco braucht von diesem allen nichts zu wissen, denn gedruckt wird alles wie er es geschrieben. Die Bezahlung für ihn und Schachtner wird Fr. v. Robinig mitnehmen – Hr. Geschwender sagte mir er könne kein Geld mitnehmen. – Sagen Sie unterdessen dem Varesco in meinem Namen, daß er vom Grafen Seeau keinen Kreuzer mehr als accordirt worden, bekömmt, denn die Veränderungen hat er nicht ihm, sondern *mir* gemacht, – und da darf er mir noch darum obligirt seyn, indem es um seiner Ehre willen geschehen ist. Es wäre noch gar Vieles zu ändern, und versichere daß er mit keinem Compositeur so gut ausgekommen wäre, wie mit mir. Ich habe mir genug Mühe gegeben ihn zu entschuldigen. Wegen dem Ofen ist es nichts, es kommt zu theuer – ich werde in das nemliche Zimmer wo die Alkove ist noch ein Bett stellen lassen, man muß sich behelfen wie man kann.

Vergessen Sie nicht meine kleine Uhr mitzunehmen; wir werden hoffentlich nach Augsburg hinüber und da könnte man die Canaglie richten lassen. – Ich wünsche auch daß Sie die Operette von Schachtner mitnehmen, – ins Cannabichsche Haus kommen Leute, wo es nicht *mal à propos* ist wenn sie so was hören. Nun muß ich in die Probe – Adieu.

Am 25. Januar kamen Vater und Schwester an und wenige Tage darauf war die erste Aufführung der Oper. Dann amusirte sich die Familie noch einige Zeit an den Carnevalsvergnügungen der Residenz. Denn der Erzbischof war nach Wien gereist, und da er in der Kaiserstadt mit dem vollen Glanz eines geistlichen Fürsten auftreten wollte, so hatte er außer einer stattlichen Einrichtung und Dienerschaft auch einige seiner ausgezeichnetsten Musiker mitgenommen. Deßhalb erhielt um die Mitte März auch Mozart den Befehl nach Wien zu kommen. Er reiste sofort ab.

Fünfte Abtheilung.

Wien. Entführung. Heirath.

März 1781 bis August 1782.

Von seinen Leuten hatte der Erzbischof mit sich genommen: den Oberstküchenmeister Graf *Arco*, den Archivdirector Th. von *Kleinmayrn*, den Geheimsecretär J.M. *Bönike*, die Leibkammerdiener *Angerbauer* und *Schlaucka*, den Controleur *Kölnberger*, den Kammerfourier *Zezi*, den Castraten *Ceccarelli*, den leichtfertigen Violinisten *Brunetti* u.a.m. Die Berufung Mozarts nach Wien ward entscheidend für sein künftiges Leben, denn er sollte von der Kaiserstadt nicht wieder zurückkehren. Seine Ankunft berichtet er sogleich dem Vater.

141. Mozarteum.

Wien 17. März 1781.

Gestern als den 16. bin ich Lob und Dank ganz mutterselig allein in einer Postchaise hier angekommen. Die Stunde hätte ich bald vergessen, morgens um 9 Uhr; ich kam Donnerstag den 15. müde wie ein Hund Abends um 7 Uhr in St. Pölten an, legte mich bis 2 Uhr Nachts schlafen und fuhr dann gerade bis nach Wien. – Dieses schreib ich wo? – im Mesmerischen Garten auf der Landstraße [vgl. S. 5]. Die alte gnädige Frau ist nicht zu Hause, aber die gewesene Frl. Franzl nunmehr Fr. v. Lensch. Hören Sie, ich hätte sie bei meiner Ehre fast nicht mehr gekannt, so dick und fett ist sie! Sie hat drei Kinder, zwei Fräulein und einen jungen Herrn. Die Fräulein heißt Nannerl, hat vier Jahr, und man sollte schwören sie hätte sechs, der junge Herr drei, und man schwört er wäre schon sieben alt, – und das Kind dreiviertel Jahr hielt man gewiß für zwei Jahre, so stark und kräftig sind sie an Wachsthum. – Nun vom Erzbischof. Ich hab ein charmantes Zimmer im nämlichen Hause wo der Erzbischof logirt; Brunetti und Ceccarelli logiren in einem andern Hause, – *che distinzione!* – Mein Nachbar ist Hr. v. Kleinmayrn, welcher bei meiner Ankunft mich mit allen Höflichkeiten überhäufte; er ist auch in der That ein charmanter Mann. Um 11 Uhr zu Mittag – leider für mich ein bischen zu früh – gehen wir schon zu Tische, da speisen die 2 Herrn Herrn Leib- und Seel-Kammerdiener, Hr. Controleur, Hr. Zetti, der Zuckerbäcker, 2 Herrn Köche, Ceccarelli, Brunetti und – meine Wenigkeit. *NB.* die 2 Herrn Leibkammerdiener sitzen oben an. Ich habe doch wenigstens die Ehre vor den Köchen zu sitzen. Nu – ich denke halt ich bin in Salzburg. Bei Tische werden grobe einfältige Späße gemacht: mit mir macht keiner Späße, weil ich kein Wort rede, und wenn ich was reden muß, so ist es allezeit mit der größten Seriosität. So wie ich abgespeist habe, so gehe ich meines Wegs. Abends haben wir keine Tafel, sondern jeder bekommt 3 Ducaten, – da kann einer weit springen. Der Hr. Erzbischof hat die Güte und glorirt sich mit seinen Leuten, raubt ihnen ihre Verdienste und zahlt sie nicht dafür. – Gestern um 4 Uhr haben wir schon Musik gehabt; da waren ganz gewiß 20 Personen von der größten Noblesse da. Ceccarelli hat schon beim *Palfi* singen müssen. Heute müssen wir zum Fürst *Gallizin*, der gestern auch da war. – Jetzt will ich nur abwarten ob ich nichts bekomme. Bekomme ich nichts, so gehe ich zum Erzbischof und sage es ihm ganz gerade; wenn er nicht will daß ich was verdienen soll, so soll er mich bezahlen daß ich nicht von meinem Gelde leben muß. Nun muß ich schließen, denn im Vorbeigehen geb ich den Brief auf die Post, und muß gleich zum Fürst Gallizin.

P.S. Bei den Fischerischen war ich, – die Freude kann ich nicht beschreiben, die diese Leute gehabt haben. Das ganze Haus empfiehlt sich. Nun, ich höre in Salzburg giebt es Academien? Da verliere ich ja entsetzlich! Adieu.

Meine Adresse: im deutschen Hause Singerstraße.

142. Mozarteum.

Wien 24. März 1781.

Ich habe Ihr Schreiben vom 20. dieses richtigst erhalten und daraus mit Vergnügen dero beyderseitige glückliche Ankunft und gutes Wohlseyn vernommen. Sie müssen es meiner schlechten Dinte und Feder verdanken, wenn Sie diesen Brief mehr buchstabiren als lesen können. Basta, geschrieben muß es doch seyn, und mein Herr Federschneider Hr. von Lirzer hat mich dermalen angesetzt. Ich kann Ihnen diesen, weil Sie ihn vermuthlich selbst besser kennen werden, nicht anders beschreiben, als daß er – glaub ich ein Salzburger ist und daß ich ihn mein Lebtag niemals als beym Robinig etwelchmal bey der sogenannten 11 Uhr Musik gesehen habe. Er hat mir aber gleich Visite gemacht und scheint mir ein sehr artiger und (weil er mir meine Federn geschnitten) höflicher Mensch zu seyn. Ich halte ihn für einen Secretair. – Wer mich auch mit einem Besuche überraschte war der Gilofsky, der Katherl ihr Bruder. Warum überraschte? – weil ich es ganz vergessen hatte daß dieser in Wien ist. Was ein fremder Ort einen Menschen gleich bilden kann! Aus diesem wird gewiß ein rechtschaffner braver Mensch, sowohl in seinem Metier als äußerlichem Betragen.

Was Sie mir vom Erzbischof schreiben, hat was seinen Ehrgeiz, meine Person betreffend, kitzelt, in so weit seine Richtigkeit, – allein was nützt mir alles dies? – von diesem lebt man nicht. Glauben Sie nur sicher, daß er mir hier gleich einem *Lichtschirm* ist. Was gibt er mir denn für Distinction? Hr.

von Kleinmayrn, Bönike haben mit dem Erlauchten Graf Arco eine Extratafel; – das wäre Distinction wenn ich bey dieser Tafel wäre, – aber nicht bey den Kammerdienern, die *außer dem ersten Platz beym Tisch* die Lüster anzünden, die Thüre aufmachen und im Vorzimmer bleiben müssen, *wenn ich darin bin* – und bey den Herrn Köchen. Und dann, wenn wir wo hingerufen werden wo ein Concert ist, so muß der Hr. Angerbauer heraus passen, bis die Hrn. Salzburger kommen, und sie dann durch einen Lakai weisen lassen, damit sie hinein dürfen. Wie das der Brunetti so im Discours erzählt, so dachte ich, wartet nur bis ich einmal komme. Als wir also letzthin zum Fürst Gallizin müssen, sagte mir Brunetti nach seiner höflichen Art: *Tu, bisogna che sei qui sta sera alle sette, per andare insieme dal Principe Gallizin. L'Angerbauer ci condurrà. – Hò risposto: va bene – ma se in caso mai non fossi qui alle sette in punto, ci andate pure, non serve aspettarmi – sò ben dovè stà e ci verrò sicuro.* – Ich ging also mit Fleiß, weil ich mich schäme mit ihnen wohin zu gehen, allein hin. Als ich hinauf kam stand schon Hr. Angerbauer da dem Hrn. Bedienten zu sagen, daß er mich hinein führen sollte. Ich gab aber weder auf den Hrn. Leibkammerdiener noch Hrn. Bedienten Acht, sondern ging grade die Zimmer durch in das Musikzimmer, denn die Thüren waren alle offen, – und schnurgerade zum Prinzen hin und machte ihm mein Compliment, wo ich dann stehen blieb und immer mit ihm sprach. Ich hatte ganz auf meinen Ceccarelli und Brunetti vergessen, denn man sah sie nicht, – die steckten ganz hinterm Orchester an die Mauer gelehnt und traueten sich keinen Schritt hervor. – Wenn ein Cavalier oder Dame mit dem Ceccarelli redet, so lacht er immer und redet so Jemand mit dem Brunetti so wird er roth und gibt die trockenste Antwort. – O ich hätte viel zu schreiben wenn ich all die Scenen die es schon dieweil ich hier bin und ehe ich kam wegen dem Erzbischof und Ceccarelli und Brunetti gegeben hat, beschreiben wollte. – Mich wundert nur daß sich der – des Brunetti nicht schämt; ich schäme mich anstatt seiner. – Und wie der Kerl so ungern hier ist, – das Ding ist ihm halt alles zu nobel, – so am Tisch – das glaub ich sind seine vergnügtesten Stunden. Heute hat der Prinz Gallizin den Ceccarelli zum Singen begehren lassen, das nächste Mal wird es wohl mich treffen. – Ich gehe heute Abends mit Hr. von Kleinmayrn zu einem seiner guten Freunde, zum Hofrath *Braun*, wo wir alle sagen daß er der größte Liebhaber vom Clavier sey. Bey der Gräfin *Thun* habe schon 2 Mal gespeist und komme fast alle Tage hin, das ist die charmanteste liebste Dame, die ich in meinem Leben gesehen und ich gelte auch sehr viel bey ihr. Ihr Herr ist noch der nemliche sonderbare, aber gutdenkende rechtschaffene Cavalier. – Beym Grafen *Cobenzl* habe auch gespeist und das wegen der Gräfin v. Rumbeck, seiner Muhme, die Schwester vom Cobenzl in der Pagerie welche mit ihrem Herrn in Salzburg war.

Nun ist meine Hauptabsicht hier daß ich mit schöner Manier zum Kaiser komme, denn ich will absolument daß er mich *kennen lernen soll*. Ich möchte ihm mit Lust meine Oper durchpeitschen und dann brav Fugen spielen, denn das ist seine Sache [S. 87 f.]. O, hätte ich gewußt, daß ich die Fasten nach Wien kommen würde, hätte ich ein kleines Oratoire geschrieben und zu meinem Vortheil im Theater gegeben, wie es hier alles macht. Ich hätte leicht vorher zu schreiben gehabt weil ich die Stimmen alle kenne. Wie gern gäb ich ein öffentliches Concert wie es hier der Brauch ist, aber – es wird mir nicht erlaubt, das weiß ich gewiß. Denn, stellen Sie sich vor, – Sie wissen daß hier eine Societät ist, welche zum Vortheil der Wittwen von den Musici Academien gibt; alles was nur Musik heißt spielt da umsonst, – das Orchester ist 180 Personen stark – kein Virtuos der nur ein bischen Liebe des Nächsten hat schlägt es ab darin zu spielen, wenn er von der So- cietät darum ersucht wird. Denn man macht sich auch so wohl beym Kaiser als beym Publikum darum beliebt. – *Starzer* hatte den Auftrag mich darum zu bitten und ich sagte es ihm gleich zu, doch mußte ich zuerst meines Fürsten Gutachten darüber vernehmen – und ich hatte gar keinen Zweifel, weil es eine geistliche Art und unentgeldlich nur um ein gutes Werk zu thun ist; *er erlaubt es mir nicht*. Die ganze Noblesse hier hat ihm dieses übel ge- nommen. Mir ist es nur wegen diesem leid, – ich hätte kein Concert, sondern (weil der Kaiser in der Proscen.-Loge ist) ganz allein (die Gräfin Thun hätte mir ihr schönes Steiner Pianoforte dazu gegeben) preludirt, ein Fuge – und dann die Variationen *Je suis Lindor* gespielt. Wo ich noch das so öffentlich gemacht habe, habe ich den größten Beyfall erhalten, weil es so gut gegen einander absticht und weil Jeder – was hat; aber *pazienza*.

Fiala gilt um 2000mal mehr bey mir daß er nicht unter einem Ducaten spielt. – – Ist meine Schwester noch nicht ersucht worden? – sie wird ja hoffentlich 2 *begehren*. – Denn mir wäre nicht lieb, wenn wir die wir uns alle so von der ganzen Hofmusik in allem unterscheiden, nicht auch es in diesem Falle thäten, denn wollen sie nicht, so sollen sie es bleiben lassen, und wollen sie sie haben, so sollen sie in Gottes Namen zahlen. – Ich werde diese Tage zu Mademoiselle Rosa gehen und Sie werden gewiß mit Ihrem feinen Minister zufrieden sein, – ich will die Sache so fein angreifen, wie der *Weiser*, als man seiner Frau ihrer Mutter die Sterbglocke litt. –

Apropos wie steht es denn mit dem Präsent vom Churfürsten? ist was geschickt worden? – waren Sie bevor Sie abgereist sind bey der Baumgarten? [S. 235 f.]

Den 28. März. Ich bin mit dem Brief nicht fertig geworden, weil mich Hr. von Kleinmayrn zum Concert bey Baron *Braun* in der Kutsche abgeholt hat, – mithin schreibe ich jetzt daß mir der Erzbischof erlaubt hat in dem Wittwenconcert zu spielen, denn *Starzer* ist zur Academie beym Gallizin gegangen und er und die ganze Noblesse haben ihn so gequält, bis er es erlaubt hat. – *Bin ich so froh.* – Ich habe dieweil ich hier bin 4 Mal zu Hause gespeist, – es ist mir zu früh und man ißt gar zu schlecht. Nur wenn es recht schlecht Wetter ist, dann bleibe ich zu Hause wie heute *par exemple*.

Schreiben Sie mir doch was neues in Salzburg passirt, denn man hat mich entsetzlich darum gefragt, – die Herrn haben mehr Begierde nach Salzburger Neuigkeiten als ich. –

Die *Mara* ist hier, – sie hat vergangenen Dienstag eine Academie im Theater gegeben. – Ihr Mann hat sich nicht dürfen sehen lassen, sonst hätte das Orchester nicht accompagnirt, weil er in die Zeitungen gedruckt hat, in ganz Wien sey kein Mensch im Stande ihm zu accompagniren.

Hr. v. Moll hat mir heute eine Visite gemacht – ich werde morgen oder übermorgen auf ein Frühstück zu ihm gehen und die Oper mitnehmen. – Zum Hrn. v. *Aurnhammer* und dessen dicken Frl. Tochter werde sobald das Wetter besser ist, gehen. Der alte Fürst Colloredo (bey dem wir eine Musik hatten) hat jedem von uns 5 Ducaten gegeben, – die Gräfin Rumbeck habe zur Schülerin. Hr. v. Mesmer (der Normalschulinspector) sammt seiner gnädigen Frau und Sohn empfiehlt sich. – Sein Sohn spielt *magnifique,* nur daß er aus Einbildung schon genug zu können, faul ist, – hat auch viel Genie zur Composition – ist aber zu träg sich damit abzugeben – das ist seinem Vater nicht recht. Adieu.

143. Mozarteum.

Wien 4. April 1781.
– Sie wollen wissen, was in Wien mit uns – aber hoffentlich eigentlich mit mir vorgehet, denn die beiden Andern [Brunetti und Ceccarelli] zähle ich nicht zu mir. Ich habe Ihnen schon letzthin geschrieben, daß mir der Erzbischof hier ein großes Hinderniß ist, denn er ist mir wenigstens 100 Ducaten Schade, die ich ganz gewiß durch eine Academie im Theater machen könnte. Denn die Damen haben sich mir schon *selbst* angetragen Billets auszutheilen. Gestern kann ich wol sagen, daß ich mit dem Wiener Publikum recht zufrieden war. Ich spielte in der Academie der Wittwen im Kärnthnerthortheater. Ich mußte wieder neuerdings anfangen, weil des Applaudirens kein Ende war. Was glauben Sie, wenn ich nun, da mich das Publikum einmal kennt, eine Academie für mich gäbe, was ich nicht da machen würde? – Allein unser Erzbischof erlaubt es nicht; will nicht daß seine Leute Profit haben sollen, sondern Schaden. Doch dieß kann er bei mir nicht zuwege bringen; denn wenn ich hier zwei Scolaren habe, so stehe ich besser als in Salzburg, ich brauche sein Logis und seine Kost nicht. Nun hören Sie! Brunetti sagte heute beim Tisch, daß der Arco ihm vom Erzbischof aus gesagt

hätte, *er sollte uns sagen* daß wir das Diligencegeld bekommen werden und bis Sonntag abreisen sollten; – übrigens wer noch bleiben wolle, o *Vernunft*! könne bleiben, doch müsse er auf seine Faust leben, er bekomme keine Tafel und kein Zimmer mehr von ihm aus. Brunetti *qui ne demande pas mieux*, leckte alle 10 Finger darnach: Ceccarelli *der gerne hier wäre*, aber nicht so bekannt hier ist und den Gebrauch nicht so weiß wie ich, will poussiren etwas zu bekommen; wo nicht, so geht er in Gottes Namen, denn er hat kein Logis und keine Tafel in ganz Wien wo er nicht zahlen muß. Als man mich fragte was ich zu thun entschlossen wäre – antwortete ich: »*Ich ignorire noch bis dato daß ich weg solle, denn bevor mir Graf Arco nicht selbst sagt, so glaube ich es nicht, und ihm werde ich mich dann schon entdecken.*« Schmecks. Bö-nike war dabei und schmunzelte. – O ich will dem Erzbischof gewiß eine Nase drehen daß es eine Freude sein soll, und mit der größten Politesse, denn er kann mir nicht aus. Genug, im zukünftigen Briefe werde ich Ihnen mehr davon schreiben können. Seien Sie versichert, daß wenn ich nicht recht gut *stehe* und meinen Vortheil nicht recht gut sehe, ich gewiß nicht hier bleibe. Wenn ich aber das haben kann, was soll ich nicht davon profiti-ren? Sie ziehen unterdessen 2 Besoldungen und haben mich aus dem Brod. Bleib ich hier, so versichere ich Sie daß ich Ihnen bald werde Geld nach Hause schicken können.[63] Ich rede im Ernst, und wo nicht, so komme ich zurück. Nun Adieu, nächstens mehr und Alles.

P.S. Ich versichere Sie, daß hier ein herrlicher Ort ist, und für *mein Metier* der beste Ort von der Welt. Das wird Ihnen Jedermann sagen; und ich bin gerne hier, mithin mache ich es mir auch nach meinen Kräften zu Nutze. Seien Sie versichert, daß ich mein Absehen nur habe, so viel möglich Geld zu gewinnen, denn das ist nach der Gesundheit das Beste. – An meine Thorheit denken Sie nicht mehr, die habe ich längstens schon sehr bereut. – Mit Schaden wird man witzig – und ich habe jetzt alles andere Gedanken. Adieu, nächstens mehr und Alles.

144. Mozarteum.

Wien 8. April 1781.

Ich habe einen gescheutern und längern Brief an Sie angefangen, – aber ich habe zu viel vom Brunetti geschrieben und habe gefürchtet daß er ihn etwa aus Vorwitz, weil Ceccarelli bei mir ist aufbrechen möchte. Mit nächster Post werde Ihnen den Brief schicken und Ihnen auch mehr schreiben können, als ich diesmal könnte. Den Applaus im Theater habe ich Ihnen geschrieben; nur muß ich noch sagen, daß was mich am meisten gefreuet und verwundert

---

63 Das geschah auch bald, wie die folgenden Briefe beweisen.

hat, war – das erstaunliche Silentium – und mitten im Spiel das Bravoschrei-en. – Für Wien, wo so viele und so viele gute Clavierspieler sind, ist das gewiß Ehre genug. – Heute hatten wir – denn ich schreibe um 11 Uhr Nachts – Academie, da wurden 3 Stücke von mir gemacht, versteht sich neue, – ein Rondo zu einem Concert für Brunetti, eine Sonate mit Accom-pagnement einer Violine für mich, welche ich gestern Nachts von 11 Uhr bis 12 componirt habe, – aber damit ich fertig geworden bin, nur die Accom-pagnementstimme für Brunetti geschrieben habe, ich aber meine Partie im Kopf behalten habe, – und dann ein Rondo für Ceccarelli, welches er hat repetiren müssen. – Jetzt bitte ich mir, so bald möglich einen Brief aus, und über Folgendes einen väterlichen und mithin – den freundschaftlichsten Rath aus. – Es heißt nun wir sollen in 14 Tagen nach Salzburg reisen – ich kann nicht allein ohne meinen Schaden sondern mit meinem Nutzen hier bleiben. – Ich habe also im Sinn den Erzbischof zu bitten mir noch hier zu bleiben zu erlauben. – Liebster Vater ich habe Sie wol recht lieb, das sehen Sie aus diesem weil ich Ihnen zu Liebe allem Wunsch und Begierde entsage, – denn wenn Sie nicht wären so schwöre ich Ihnen bey meiner Ehre, daß ich keinen Augenblick versäumen würde, sondern gleich meine Dienste *quittir-te*, – ein großes Concert gäbe, mir Scolaren nähme und in einem Jahr gewiß hier in Wien so weit käme, daß ich wenigstens jährlich auf meine tausend Thaler käme. – Ich versichere Sie, daß es mir oft schwer genug fällt, daß ich mein Glück so auf die Seite stellen soll. – Ich bin noch jung, wie Sie sagen; das ist wahr, aber wenn man seine jungen Jahre so in einem Bettelort in Unthätigkeit verschlänzt, ist es auch traurig genug und auch – Verlust. Darüber bitte ich mir Ihren väterlichen und wohlmeinenden Rath aus, aber bald – denn ich muß mich erklären. – Uebrigens haben Sie nur alles Vertrau-en auf mich – denn ich denke nun gescheuter. – Leben Sie wohl.

145. Mozarteum.

Mannheim 11. April 1781.

Te Deum laudamus, daß endlich der grobe und schmutzige Brunetti weg ist, der seinen Herrn, sich selbst und der ganzen Musik Schande macht, – so spricht Ceccarelli und ich. Von den Wiener Neuigkeiten ist alles erlogen, ausgenommen dies daß Ceccarelli für künftigen Carneval in Venedig die Opera singen wird. Potz Himmel, tausend Teufeln und kein Ende! – Ich hoffe doch nicht, daß das geflucht ist, denn sonst muß ich geschwind nochmal beichten gehen, – denn ich komme eben davon her, weil morgen als den Gründonnerstag der Erzbischof die ganze Hofstaat selbst in höchster Person abspeisen wird. Ceccarelli und ich gingen also heute nach Tisch zu den Theatinern um den Pater Froschauer aufzusuchen, weil dieser italienisch kann. Ein Pater oder Frater der eben auf dem Altar stund und Leuchter putzte, versicherte uns aber, daß sowohl er als noch einer der Wälsch kann, nicht zu Hause gespeist und erst um 4 Uhr nach Hause kämen. Ich sorgte also für diesmal für mich allein und ließ mich in ein Zimmer zu einem Herrn hinaufweisen und Ceccarelli erwartete mich unten im Hof. – Was mich gefreuet, war dieses, daß als ich zu dem geistlichen Herrn Leuchter-Putzer gesagt habe, daß ich vor 8 Jahren auf diesem Chor ein Violinconcert gespielt habe, er gleich meinen Namen genannt hat. – Um nun aber auf das Fluchen zu kommen, so ist es nur ein Pendant zu meinem letzten Brief. Ich hoffe mit nächster Post Antwort darauf zu erhalten. – Nun in Kurzem. Künftigen Sonntag acht Tag, das ist den 22., sollen Ceccarelli und ich nach Hause reisen. Wenn ich daran denke, daß ich von Wien wegreisen soll, ohne wenigstens 1000 Fl. weg zu tragen so thut mir doch das Herz weh! Ich soll also wegen einem schlechtdenkenden Fürsten, der mich mit lausigen vierhundert Gulden alle Tage cujonirt, tausend Gulden mit Füßen wegstoßen? – denn das mache ich gewiß wenn ich ein Concert gebe. Als wir hier im Hause das erste große Concert hatten, schickte uns Dreien der Erzbischof jedem vier Ducaten. Bei dem letzten wo ich dem Brunetti ein neues Rondo, mir eine neue Sonate und dem Ceccarelli auch ein neues Rondo gemacht habe, bekomme ich nichts. Was mich aber halb desparat macht, ist daß ich an dem nämlichen Abend, als wir die Sch-musik da hatten, zur Gräfin *Thun* invitirt war und also nicht hinkommen konnte; und wer war dort? – *Der Kaiser.* – Adamberger und die Weigl waren dort, und hat Jedes 50 Ducaten bekommen! – Und welche Gelegenheit! – Ich kann ja doch dem Kaiser nicht sagen lassen, wenn er mich hören will, so soll er bald machen, denn in so viel Tagen reise ich ab. So was muß man ja doch immer erwarten. Und hier bleiben kann und mag ich nicht, außer ich gäbe ein Concert. Denn ich stehe freilich, wenn ich nur 2 Scolaren hier habe, besser als bei uns; aber – wenn man 1000 oder 1200 Fl. im Sack hat, kann man sich ein wenig mehr bitten lassen, mithin auch besser bezahlen lassen. Und das erlaubt er nicht, der Menschenfeind! – Ich muß ihn so nennen, denn er ist es und die ganze Noblesse nennt ihn so. Genug davon. O ich hoffe nächsten Posttag zu lesen, ob ich noch ferners in Salzburg meine jungen Jahre und mein Talent vergraben soll, oder ob ich mein Glück wenn ich es machen kann machen darf, oder warten soll bis es zu spät ist. In vierzehn Tagen oder drei Wochen kann ich es freilich nicht machen, so wenig als in Salzburg in tausend Jahren. Uebrigens ist es doch mit tausend Gulden das Jahr angenehmer zu warten, als mit vier. Denn so weit hab ich es jetzt schon gebracht, wenn ich will! Ich darf nur sagen daß ich hier bleibe; denn was ich componire ist nicht dazu gerechnet; und dann Wien und – Salzburg? – Wenn der *Bono* [Capellmeister] stirbt, so ist *Salieri* Capellmeister, dann anstatt Salieri wird

Starzer einüben; anstatt Starzer weiß man noch keinen. Basta; – ich überlasse es ganz Ihnen, mein bester Vater!

Ob ich beim Bono war? – Dort haben wir ja meine Sinfonie zum zweiten Mal probirt. Das habe Ihnen auch neulich vergessen zu schreiben, das die Sinfonie magnifique gegangen ist und allen Succes gehabt hat. Vierzig Vio-linen haben gespielt, die Blasinstrumente alle doppelt, 10 Bratschen, 10 Contrabassi, 8 Violoncelli und 6 Fagotti. Beim Bono läßt sich Ihnen alles empfehlen. Die haben eine wahre Freude mich wieder zu sehen, er ist der alte ehrliche brave Mann. Die Frl. Nannette hat geheirathet, ich hab schon zwei Mal bei ihr gespeist; sie wohnt in meiner Nachbarschaft. Von Fischeri-schen 1000 Complimente, ich war eben, als ich von den Theatinern wegging, bei ihnen. Leben Sie wohl und denken Sie daß Ihr Sohn daneben nur darauf bedacht ist, *sich zu etabliren*; denn – 400 Fl. bekommt er überall. Adieu.

P.S. Haben doch die Güte und sagen Sie Mr. d'Yppold [Nannerls unglück-lichem Verehrer] daß ich ihm nächster Posttage antworten werde, und daß ich den Brief von seinem guten Freund richtig erhalten habe. Adieu.

Mein Compliment überall, was nicht gar zu salzburgerisch ist. Der Hofrath Gilofsky hat auch ein Salzburger Stückl mit der Katherl gespielt.

146. Mozarteum.

Wien 18. April 1781.

Ich kann für diesmal auch nicht viel schreiben, weil es gleich 6 Uhr ist und ich den Brief alsobald dem Zetti übergeben muß. – Eben komme ich von Hr., Fr. und Frl. v. *Aurnhammer*, allwo ich zu Mittag gespeist und wir alle Ihre Gesundheit getrunken haben. – Auf den bewußten langen Brief kann ich nichts andres antworten, als daß – Sie Recht und nicht Recht haben; aber dasjenige, in was Sie nicht Recht haben, überwiegt sehr dasjenige, in was Sie Recht haben. Mithin – ich komme ganz gewiß und mit größten Freuden, da ich vollkommen überzeugt bin, daß Sie mich niemalen hindern werden, mein Glück zu machen. Bis dato weiß ich noch kein Wort, wann ich wegreise. Sonntag reise ich einmal gewiß nicht, denn daß ich mit dem Postwagen nicht gehe, habe ich gleich anfangs gesagt, ich für meine Person gehe mit der Ordinaire; – will mir Ceccarelli Compagnie leisten, so ist es mir desto angenehmer, dann nehmen wir Extrapost. Der ganze Unterschied (worüber alles lacht) besteht in etwelchen Gulden, denn ich gehe Tag und Nacht, mithin verzehre ich sehr wenig. – Ich habe beobachtet daß es mit der Diligence fast theurer, doch aber wenigstens gewiß das nemliche ist, denn man hält doch allzeit den Conducteur frei. – In Linz wird wohl nichts zu machen seyn, denn Ceccarelli sagte mir, er hat nicht mehr als 40 Fl. zu-sammen gebracht und hat etlich und dreyßig der Musik geben müssen. –

Reputirlich ist es auch nicht in einer so kleinen Stadt, und überhaupt nicht der Mühe werth wegen so einer Bagatelle – mithin lieber hurtig voran, – ausgenommen die Noblesse brächte was zusammen, das der Mühe lohnte, – Sie könnten mir die Adressen schaffen. –

Nun muß ich schließen sonst versäume ich das Paquet. – Wegen dem Schachtner seiner Operette [Zaide S. 233] ist es nichts; denn – – aus der nämlichen Ursache, die ich so oft gesagt habe. – Der junge *Stephanie* [Schauspieler] wird mir ein neues Stück und wie er sagt, gutes Stück [»Die Entführung aus dem Serail«] geben und wenn ich nicht mehr hier bin, schicken. Ich habe dem Stephanie nicht Unrecht geben können, ich habe nur gesagt, daß das Stück, die langen Dialoge ausgenommen, welche aber leicht abzuändern sind, sehr gut sey, aber nur für Wien nicht, wo man lieber komische Stücke sieht. – Nun leben Sie recht wohl.

147. Mozarteum.

Wien 28. April 1781.

Sie erwarten mich mit Freude mein liebster Vater! – Das ist auch das Einzige was mich zum Entschluß bringen kann Wien zu verlassen. Ich schreibe das alles nun in der natürlichen deutschen Sprache[64], *weil es die ganze Welt wissen darf und soll, daß es der Erzbischof von Salzburg nur Ihnen mein bester Vater zu danken hat, daß er mich nicht gestern auf immer (versteht sich für seine Person) verloren hat.* Gestern war große Academie bei uns, vermuthlich die letzte. Die Academie ist recht gut ausgefallen und trotz all den Hindernissen seiner erzbischöflichen Gnaden habe ich doch ein besseres Orchester gehabt als *Brunetti*; das wird Ihnen *Ceccarelli* sagen; denn wegen diesem Arrangement habe ich so vielen Verdruß gehabt, – o das läßt sich besser reden als schreiben. Doch wenn, wie ich aber nicht hoffen will, wieder so etwas vorgehen sollte, so kann ich Sie versichern daß ich die Geduld nicht mehr haben werde, und Sie werden mir es gewiß verzeihen. Und das bitte ich Sie mein liebster Vater, daß Sie mir erlauben künftige Fasten zu Ende Carneval nach Wien zu reisen, – nur auf Sie kommt es an, nicht auf den Erzbischof; denn will er es nicht erlauben, so gehe ich doch; es ist mein Unglück nicht, gewiß nicht! – O könnte er dies lesen, mir wäre es ganz Recht. Aber Sie müssen es mir im nächsten Briefe versprechen, denn – nur mit dieser Bedingung gehe ich nach Salzburg, *aber gewiß versprechen*, damit

---

64 Gewöhnlich schrieb die ganze Familie, wenn es sich um Dinge handelte, die sie geheimhalten wollten, in selbsterfundenen Chiffren; denn in Salzburg auf der Post ward mancher Brief geöffnet.

ich den Damen hier mein Wort geben kann. *Stephanie* wird mir eine deutsche Oper zu schreiben geben. Ich erwarte also Ihre Antwort hierüber. – –

Wann und wie ich abreise, kann ich Ihnen noch nicht schreiben. Es ist doch traurig daß man bei diesem Herrn nichts wissen kann. Auf einmal wird es heißen Allons weg! – Bald sagt man es ist ein Wagen beim Machen, worin der Controleur, Ceccarelli und ich nach Hause reisen sollen, bald heißt es wieder mit der Diligence, bald wieder man wird jedem das Diligencegeld geben und da kann jeder reisen wie er will, – welches mir auch in der That das Liebste wäre; bald in 8 Tagen, bald in 14, bald in 3 Wochen, dann wieder noch eher. Gott, man weiß nicht wie man daran ist, man kann sich in nichts helfen. Künftigen Posttag hoffe es Ihnen doch so *à peu près* schreiben zu können.

Nun muß ich schließen, denn ich muß zur *Gräfin Schönborn*. Gestern haben mich die Damen nach der Academie eine ganze Stunde beim Clavier gehabt, ich glaube ich säße noch dort, wenn ich mich nicht davon gestohlen hätte; ich dachte ich hätte doch genug umsonst gespielt. – –

148. Mozarteum.

Wien 9. Mai 1781.

Ich bin noch ganz voll der Galle! – und Sie als mein bester liebster Vater sind es gewiß mit mir. Man hat so lange meine Geduld geprüft, – endlich hat sie aber doch gescheitert. Ich bin nicht mehr so unglücklich in salzburgischen Diensten zu sein – heute war der glückliche Tag für mich. Hören Sie!

Schon 3 Mal hat mir der – ich weiß gar nicht wie ich ihn nennen soll – die größten Sottisen und Impertinenzen ins Gesicht gesagt, die ich Ihnen um Sie zu schonen nicht habe schreiben wollen und nur, weil ich Sie immer mein bester Vater vor Augen gehabt habe, nicht gleich auf der Stelle gerächt habe. Er nannte mich einen Buben, einen liederlichen Kerl, sagte mir, ich sollte weiter gehen, und ich – litt alles, – empfand daß nicht allein meine Ehre, sondern auch die Ihrige dadurch angegriffen wurde; allein – Sie wollten es so haben, – ich schwieg. Nun hören Sie. Vor acht Tagen kam unverhofft der Laufer herauf und sagte mir, ich müßte den Augenblick ausziehen. Den andern allen bestimmte man den Tag, nur mir nicht. Ich machte also alles geschwind in den Koffer zusammen, und die alte Mad. *Weber*[65] war so gütig mir ihr Haus zu öffnen. Da habe ich mein hübsches Zimmer, bin bei dienstfertigen Leuten, die mir in Allem was man oft geschwind braucht, und

---

65 Die Familie war, da Aloysia am k.k. Hoftheater engagirt war, nach Wien gezogen. Der Vater aber war gestorben.

(wenn man allein ist nicht haben kann) an die Hand gehen. Auf Mitwoch setzte ich meine Reise (als heute den 9.) mit der Ordinaire fest; ich konnte aber meine Gelder, die ich noch zu bekommen habe, in der Zeit nicht zusammen bringen, mithin schob ich meine Reise bis Samstag auf. – Als ich mich heute dort sehen ließ, sagten mir die Kammerdiener daß der Erzbischof mir ein Paquet mitgeben will. Ich fragte ob es pressirt; so sagten sie ja, es wäre von großer Wichtigkeit. – »So ist es mir leid daß ich nicht die Gnade haben kann Se. Gnaden zu bedienen, denn ich kann (aus obengedachter Ursache) vor Samstag nicht abreisen. Ich bin aus dem Hause, muß auf meine eigenen Kosten leben, da ist es nun ganz natürlich daß ich nicht eher abreisen kann, bis ich nicht im Stande dazu bin, – denn kein Mensch wird meinen Schaden verlangen.« Kleinmayrn, Moll, Brunetti und die zwei Leibkammerdiener gaben mir ganz Recht. Als ich zu ihm hinein kam, – *NB.* muß ich Ihnen sagen, daß mir der *Schlaucka* einer der Leibkammerdiener sagte, ich sollte die Excuse nehmen, daß die Ordinaire schon besetzt sei, das sei bei ihm ein stärkerer Grund. Als ich also zu ihm hinein kam so war das erste: »Wann geht er *Bursch*?« Ich: »Ich habe wollen heute Nacht gehen, allein der Platz war schon verstellt.« Da gings in einem Odem fort: ich sei der liederlichste Bursch den er kenne, kein Mensch bediene ihn so schlecht wie ich, er rathe mir heute noch weg zu gehen, sonst schreibt er nach Haus, daß die Besoldung eingezogen wird. Man konnte nicht zur Rede kommen, das ging fort wie ein Feuer. Ich hörte Alles gelassen an, er lügte mir ins Gesicht, ich hätte 500 Fl. Besoldung, hieß mich einen Lump, Lausbuben, einen Fex – o ich möchte Ihnen nicht Alles schreiben! – Endlich da mein Geblüt zu stark in Wallung gebracht wurde, so sagte ich: »Sind also Ew. H. Gnaden nicht zufrieden mit mir?« – »Was er will mir drohen er Fex, o er Fex! – dort ist die Thür, schau er, ich will mit einem solchen elenden Buben nichts mehr zu thun haben.« – Endlich sagte ich: »Und ich mit Ihnen auch nichts mehr.« – »Also geh er«, *und ich* im Weggehen: »Es soll auch dabei bleiben, morgen werden Sie es schriftlich bekommen.« – Sagen Sie mir also bester Vater ob ich das nicht eher zu spät als zu früh gesagt habe? – – Nun hören Sie; meine Ehre ist mir über Alles, und ich weiß daß es Ihnen auch so ist. Sorgen Sie sich gar nichts um mich; ich bin meiner Sache hier so gewiß, daß ich ohne mindeste Ursache quittirt hätte. Da ich nun Ursache dazu gehabt habe und das 3 Mal, so habe ich gar keinen Verdienst mehr dabei, *au contraire* ich war zweimal Hundsfut, das drittemal konnte ich es halt doch nicht mehr sein.

So lang der Erzbischof noch hier sein wird, werde ich keine Akademie geben. Daß Sie glauben, daß ich mich bei der Noblesse und dem Kaiser selbst in üblen Credit setzen werde, ist grundfalsch. Der Erzbischof ist hier gehaßt, und vom Kaiser am meisten. Das ist eben sein Zorn, daß ihn der

Kaiser nicht nach Laxenburg eingeladen hat. Ich werde Ihnen mit künftigem Postwagen etwas Weniges von Geld überschicken, um Sie zu überweisen, daß ich hier nicht darbe. Uebrigens bitte ich Sie munter zu sein, denn jetzt fängt mein Glück an, und ich hoffe daß mein Glück auch das Ihrige sein wird. Schreiben Sie mir heimlich daß Sie vergnügt darüber sind, und das können Sie in der That sein, – und öffentlich aber zanken Sie mich recht darüber, damit man Ihnen keine Schuld geben kann. Sollte Ihnen aber der Erzbischof ungeachtet dessen die mindeste Impertinenz thun, so kommen Sie allsogleich mit meiner Schwester zu mir nach Wien, wir können alle 3 leben, das versichere ich Sie auf meine Ehre. Doch ist es mir lieber, wenn Sie ein Jahr noch aushalten können. – Schreiben Sie mir keinen Brief mehr ins deutsche Haus und mit dem Paquet, ich will nichts mehr von Salzburg wissen – ich hasse den Erzbischof bis zur Raserei.

Schreiben Sie nur abzugeben »*auf dem Peter im Auge Gottes* im 2. Stock«.

Geben Sie mir Ihr Vergnügen bald zu erkennen, denn nur dieses fehlt mir noch zu meinem jetzigen Glück.

149. Mozarteum.

Wien 12. Mai 1781.

In dem Briefe, welchen Sie mit der Post erhalten haben, sprach ich mit Ihnen als wenn wir in Gegenwart des Erzbischofs wären. Nun spreche ich aber ganz allein mit Ihnen, mein bester Vater. – Von allem Unrecht, welches mir der Erzbischof von Anbeginn seiner Regierung bis jetzt angethan, von dem unaufhörlichen Schimpfen, von allen Impertinenzen und Sottisen die er mir in das Gesicht sagte, von dem unwidersprechlichen Recht das ich habe von ihm weg zu gehen, wollen wir ganz schweigen; denn da läßt sich nichts dawider sagen. Nun will ich von dem sprechen was mich – auch ohne alle Ursache einer Kränkung – von ihm weg zu gehen verleitet haben würde. Ich habe hier die schönsten und nützlichsten Connaissancen von der Welt, bin in den größten Häusern beliebt und angesehen, man erzeigt mir alle mögliche Ehre, und bin noch dazu dafür bezahlt, – und ich soll um 400 Fl. in Salzburg schmachten – ohne Bezahlung, ohne Aufmunterung schmachten und Ihnen in nichts nützlich seyn können, da ich es doch hier gewiß kann. Was würde das Ende davon sein? – Immer das nemliche, ich müßte mich zu Tode kränken lassen oder wieder weggehen. – Ich brauche Ihnen nichts mehr zu sagen, Sie wissen es selbst. Nur noch dieses, – die ganze Stadt Wien weiß schon meine Geschichte, – die ganze Noblesse redet mir zu, ich soll mich ja nicht mehr anführen lassen. Liebster Vater, man wird Ihnen bald mit guten Worten kommen, aber es sind Schlangen, Vipern, – alle niederträchtige Seelen sind so; sie sind bis zum Ekel hoch und stolz und dann kriechen sie wieder – abscheulich. Die 2 Leibkammerdiener sehen die ganze Sauerei ein, besonders sagte der *Schlaucka* zu Jemand: »Ich – *ich kann dem ganzen Mozart nicht Unrecht geben, – er hat ganz Recht, – mir hätte er so thun sollen. Er machte ihn ja aus wie einen Bettelbuben, ich habs gehört – infam!*« – Der Erzbischof erkennt sein ganzes Unrecht. Hat er nicht schon öfter Gelegenheit gehabt es zu erkennen? – hat er sich darum gebessert? – Nein! also weg damit. – Wenn ich nicht gesorgt hätte, daß es Ihnen dadurch vielleicht nicht zum Besten gehen könnte, so wäre es schon längst anders. – Aber in der Hauptsache was kann er Ihnen thun? – Nichts. – Wenn Sie wissen daß es mir gut geht, so können Sie leicht des Erzbischofs Gnade entbehren. Die Besoldung kann er Ihnen nicht nehmen und übrigens thun Sie Ihre Schuldigkeit. Und daß es mir gut gehen wird, bin ich Ihnen Bürge, ich würde sonst diesen Schritt jetzt nicht gethan haben, – obwohl ich Ihnen gestehen muß, daß nach dieser Beleidigung ich – und hätte ich betteln müssen, weggegangen wäre. Denn wer wird sich denn cujoniren lassen und besonders wenn mans besser haben kann. Mithin – fürchten Sie sich, so thun Sie zum Schein als wenn Sie böse wären auf mich, – zanken Sie mich in Ihrem Briefe recht aus; wenn nur wir zwei wissen, wie die Sache steht, – lassen Sie sich aber nicht durch Schmeicheleien verführen – sein Sie auf Ihrer Hut. – Mit nächster Gelegenheit wird das Portrait, die Bänder, das Dünntuch und alles folgen. Adieu.

150. Mozarteum.

Wien 12. Mai 1781.

Sie wissen aus meinem letzten Schreiben daß ich den Fürsten um meine Entlassung gebeten habe, – weil er mir es selbst geheißen hat. – Denn, schon in den 2 ersteren Audienzen sagte er mir: »*Scheer er sich weiter, wenn er mir nicht recht dienen will.*« Er wird es freylich läugnen, aber deswegen ist es doch so wahr als Gott im Himmel ist. Was Wunder denn, wenn ich es endlich (durch Bube, Schurke, Bursche, liederlicher Kerl und dergleichen mehr im Munde eines Fürsten rühmliche Ausdrücke ganz außer mir) das *scheer er sich weiter* endlich für bekannt angenommen habe. Ich gab den folgenden Tag dem Graf *Arco* eine Bittschrift um sie S.H. Gnaden zu überreichen, und auch wieder das Reisegeld, welches in 15 Fl. 40 Kr. als das Diligencegeld und 2 Ducaten Verzehrungsgeld, besteht. – Er nahm mir beydes nicht an, sondern versicherte mich daß ich gar nicht quittiren könnte, ohne Ihre Einwilligung zu haben mein Vater. »Das ist Ihre Schuldigkeit«, sagte er mir. Ich versicherte ihm gleichfalls daß ich so gut als er und vielleicht besser meine Schuldigkeit gegen meinen Vater kenne, und es wäre mir sehr leid wenn ich sie erst von ihm lernen müßte. – »Gut also«, sagte er; »ist er damit zufrieden, so können Sie Ihre Entlassung begehren, wo nicht, so – können Sie sie – auch begehren.« Eine schöne Distinction! – Alles was mir der Erzbischof in den drei Audienzen Erbauliches sagte, besonders in der letzten – und was mir jetzt wieder dieser herrliche Mann Gottes Neues erzählte, machte eine so treffliche Wirkung auf meinen Körper, daß ich abends in der Oper mitten im ersten Acte nach Hause gehen mußte, um mich zu legen; denn ich war ganz erhitzt – zitterte am ganzen Leibe – und taumelte wie ein Besoffener auf der Gasse, – blieb auch den folgenden Tag als gestern zu Hause – den ganzen Vormittag aber im Bett, weil ich das Tamarinden-Wasser genommen.

Der Herr Graf hatte auch die Gewogenheit sehr viel Schönes an seinen Hrn. Vater von mir zu schreiben, welches Sie vermuthlich schon werden haben einschlucken müssen. Es werden freylich einige fabelhafte Stellen darin seyn, – doch wenn man eine Comödie schreibt, so muß man, wenn man Beyfall haben will, etwas outriren und nicht so genau der Wahrheit der Sache treu bleiben, – und Sie müssen auch der Dienstfertigkeit dieser Herrn etwas zu Gute halten. – Ich will nur, ohne mich zu beeifern, denn mir ist meine Gesundheit und mein Leben lieber – (ist mir leid genug wenn ich dazu gezwungen bin) ich will also nur den Hauptvorwurf den man mir über meine Bedienung machte hersetzen. – Ich wußte nicht daß ich Kammerdiener wäre, und das brach mir den Hals. – Ich hätte sollen alle Morgen so ein paar Stunden in der Antecamera verschleudern. – Man hat mir freylich öfters gesagt, ich sollte mich sehen lassen, – ich konnte mich aber niemals erinnern daß dies mein Dienst sey, und kam nur allzeit richtig wenn mich der Erzbischof rufen ließ. –

Nun will ich Ihnen nur kurz meinen unbeweglichen Entschluß vertrauen, so aber daß es die ganze weite Welt hören mag. Wenn ich beym Erzbischof von Salzburg 2000 Fl. Gehalt bekommen kann und in einem andern Orte nur 1000, so gehe ich doch in den andern Ort, – denn für die andern 1000 Fl. genieße ich meine Gesundheit und Zufriedenheit des Gemüths. – Ich hoffe also bey aller väterlichen Liebe die Sie mir von Kindheit auf in so hohem Grade erwiesen haben und wofür ich Ihnen zeitlebens nicht genug dankbar seyn kann (am allerwenigsten aber in Salzburg), daß wenn Sie Ihren Sohn gesund und vergnügt haben wollen, mir von dieser ganzen Sache gar nichts zu schreiben und sie ganz in die tiefste Vergessenheit zu vergraben, – denn ein Wort davon wäre schon genug um mir wieder neuerdings und Ihnen selbst – gestehen Sie es nur – Ihnen selbst – Galle zu machen.

Nun leben Sie recht wohl und freuen Sie sich daß Sie keinen H–f–t zum Sohne haben.

151. Mozarteum.

Wien 12. Mai 1781.

Ich konnte es nie anders vermuthen, als daß Sie in der ersten Hitze, da der Fall (da Sie mich schon ganz gewiß erwarteten) dermalen zu überraschend für Sie war, alles das so hinschreiben werden, wie ich es wirklich lesen mußte. – Nun haben Sie aber der Sache besser nachgedacht, fühlen als ein Mann von Ehre die Beleidigung stärker, – wissen und sehen ein daß nun dasjenige was Sie im Sinne gehabt nicht erst geschehen muß, sondern schon geschehen ist. – In Salzburg ist es immer schwerer los zu kommen – dort ist er Herr, hier aber – *Fex*, so wie ich es bey ihm bin; – und dann – glauben Sie mir sicher, ich kenne Sie und kenne mein gutes Herz für Sie. – Der Erzbischof hätte mir etwa ein Paar 100 Gulden mehr gegeben, und ich – ich hätte es gethan und da wäre wieder die alte Historie.

Glauben Sie mir, mein bester Vater, daß ich alle männliche Stärke brauche, um Ihnen das zu schreiben was die Vernunft befiehlt. Gott weiß es, wie schwer es mir fällt, von Ihnen zu gehen. Aber sollte ich betteln gehen, so möchte ich keinem solchen Herrn mehr dienen, – denn, das kann ich mein Lebtag nicht mehr vergessen, und – ich bitte Sie, ich bitte Sie um alles in der Welt, stärken Sie mich in diesem Entschluß anstatt daß Sie mich davon abzubringen suchen. Sie machen mich unthätig. – Denn mein Wunsch und meine Hoffnung ist, mir Ehre, Ruhm und Geld zu machen, und ich hoffe gewiß, daß ich Ihnen in Wien mehr nützlich seyn kann, als in Salzburg. – Der Weg nach Prag ist mir jetzt weniger verschlossen, als wenn ich in Salzburg wäre. – Was Sie wegen den *Weberischen* schreiben, kann ich Sie versichern, daß es nicht so ist. Bei der *Langin*[66] war ich ein Narr, das ist wahr, aber was ist man nicht wenn man verliebt ist! – Ich liebte sie aber in der That, und fühle daß sie mir noch nicht gleichgültig ist, – und ein Glück für mich, daß ihr Mann ein eifersüchtiger Narr ist und sie nirgends hinläßt und ich sie also selten zu sehen bekomme. Glauben Sie mir sicher, daß die alte Mad. Weber eine sehr dienstfertige Frau ist und daß ich ihr *à proportion* ihrer Dienstfertigkeit nicht genug entgegen erweisen kann, denn ich habe die Zeit nicht dazu.

Nun erwarte ich mit Sehnsucht ein Schreiben von Ihnen, mein bester liebster Vater. Heitern Sie Ihren Sohn auf, denn nur der Gedanke Ihnen zu mißfallen kann ihn mitten unter seinen gut aussehenden Umständen unglücklich machen. Adieu. Leben Sie tausendmal wohl. – Wenn Sie etwa glauben *könnten*, ich sey nur aus Haß gegen Salzburg und aus *unvernünftiger* Liebe gegen Wien hier, so erkundigen Sie sich. Hr. v. *Strack* [Leibkammer-

---

66 Aloysia hatte den Hofschauspieler Joseph Lange in Wien geheirathet.

diener des Kaisers], der mein sehr guter Freund ist, wird Ihnen als ein ehrlicher Mann gewiß die Wahrheit schreiben.

152. Mozarteum.

Wien 19. Mai 1781.

Ich weiß auch nicht was ich zuerst schreibe, mein liebster Vater, denn ich kann mich von meinem Erstaunen noch nicht erholen und werde es nie können, wenn Sie so zu denken und so zu schreiben fortfahren. Ich muß Ihnen gestehen, daß ich aus keinem einzigen Zuge Ihres Briefes meinen Vater erkenne! – wohl einen Vater, aber nicht den besten liebevollsten, den für seine eigene und für die Ehre seiner Kinder besorgten Vater, – mit einem Wort, nicht – meinen Vater. Doch das war alles nur ein Traum, – Sie sind nun erwacht – und haben gar keine Antwort von mir auf Ihre Punkte nöthig, um mehr als überzeugt zu seyn, daß ich – *nun mehr als jemals* – von meinem Entschluß gar nicht abstehen kann. Doch muß ich, weil meine Ehre und mein Charakter bey einigen Stellen am empfindlichsten angegriffen ist, etwelche Punkte beantworten. – Sie können es niemals gut heißen, daß ich in Wien quittirt habe? Ich glaube, daß wenn man schon Lust dazu hat (obwohl ich es dermalen nicht hatte, denn sonst würde ich es das erste Mal gethan haben) so würde es an dem Orte am vernünftigsten seyn, wo man gut stehet und die schönsten Aussichten von der Welt hat. – Daß Sie es im Gesicht des Erzbischofs nicht gut heißen können, ist möglich; – aber mir können Sie es gar nicht anders als gut heißen, ich kann meine Ehre durch nichts anders retten, als daß ich von meinem Entschlusse abstehe? – Wie können Sie doch so einen Widerspruch fassen? Sie dachten nicht, als Sie dieses schrieben, daß ich durch einen solchen Zurückschritt der niederträchtigste Kerl von der Welt würde. Ganz Wien weiß daß ich vom Erzbischof weg bin – weiß warum! – weiß daß es wegen gekränkter Ehre – und zwar zum dritten Male gekränkter Ehre geschah – und ich sollte wieder öffentlich das Gegentheil beweisen? – soll mich zum Hundsfut und den Erzbischof zu einem braven Fürsten machen? – Das erste kann kein Mensch und ich – am allerwenigsten, und das andere – kann nur Gott, wenn er ihn erleuchten will.

Ich habe Ihnen also noch keine Liebe gezeigt? – muß sie also erst jetzt zeigen? – können Sie das wohl sagen? – Ich wollte Ihnen von meinem Vergnügen nichts aufopfern? – – Was habe ich denn für ein Vergnügen hier? – Daß ich mit Mühe und Sorge auf meinen Geldbeutel denke! – Mir scheint, Sie glauben ich schwimme in Vergnügen und Unterhaltungen. O wie betrügen Sie sich nicht! – Das heißt dermalen! – Dermalen habe ich nur so viel als ich brauche. Nun ist die Subscription auf 6 Sonaten im Gang und da bekomme ich Geld. Mit der Oper [Entführung] ist es auch schon richtig, –

und im Advent gebe ich ein Concert; dann geht es so immer besser fort – denn im Winter ist was ganz Gutes hier zu verdienen. – Wenn das Vergnügen heißt, wenn man von einem Fürsten los ist, der einen nicht zahlt und zu Tod cujonirt, so ist es wahr, ich bin vergnügt. Denn sollte ich von früh Morgens bis Nachts nichts als denken und arbeiten, so würde ich es gern thun, nur um so einem – ich mag ihn gar beim rechten Namen nicht nennen, nicht um Gnade zu leben. – Ich bin dazu gezwungen worden, diesen Schritt zu thun, und da kann ich kein haarbreit davon mehr abweichen – unmöglich. – Alles was ich Ihnen sagen kann, ist dies, daß es mir (wegen Ihnen, nur wegen Ihnen, mein Vater) sehr leid thut, daß man mich so weit gebracht hat, – und daß ich wünschte daß der Erzbischof gescheuter gehandelt hätte, nur daß ich Ihnen noch meine ganze Lebenszeit widmen könnte. – Ihnen zu Gefallen, mein bester Vater, wollte ich mein Glück, meine Gesundheit und mein Leben aufopfern, – aber meine Ehre – die ist mir – und die muß Ihnen über alles sein. – Lassen Sie dieses den Grafen Arco lesen und ganz Salzburg. – Nach dieser Beleidigung, nach dieser dreifachen Beleidigung dürfte mir der Erzbischof in eigener Person 1200 Fl. antragen und ich nehme sie nicht, – ich bin kein Bursch, kein Bub, – und, wenn Sie nicht wären, so hätte ich nicht das dritte Mal erwartet, daß er mir Hütte sagen können: *scheer er sich weiter*, ohne es für bekannt anzunehmen. Was sage ich: erwartet! – ich, ich hätte es gesagt und nicht er! – Mich wundert nur, daß der Erzbischof so unbesonnen an einem Ort wie Wien ist, so unbesonnen hat handeln können! – Er soll also sehen, wie er sich betrogen hat. – Fürst Breiner und Graf Arco brauchen den Erzbischof, aber ich nicht. – Und wenn es auf das Aeußerste kommt, daß er alle Pflichten eines Fürsten, eines *geistlichen* Fürsten vergißt, so kommen Sie zu mir nach Wien. 400 Fl. haben Sie überall. – Was glauben Sie, was er sich hier beim Kaiser, der ihn ohnehin haßt, für Schande machen würde, wenn er das thäte! – Meiner Schwester würde es hier auch besser anstehen als in Salzburg – es sind viele Herrschaftshäuser wo man Bedenken trägt, eine Mannsperson zu nehmen – ein Frauenzimmer aber sehr gut bezahlen würde. – Das kann alles noch geschehen. –

Ich werde Ihnen mit nächster Gelegenheit, da etwa Hr. v. Kleinmayrn, Bönike oder Zetti nach Salzburg reiset, etwas schicken um das bewußte zu bezahlen, – das Dünntuch wird Hr. Controleur, der heute weg ist, meiner Schwester bringen. –

Liebster, bester Vater, begehren Sie von mir was Sie wollen, nur das nicht, sonst alles – nur der Gedanke macht mich schon vor Wuth zittern. – Adieu.

153. Mozarteum.

Wien 25. Mai 1781.

Dermalen muß ich wirklich auch die Zeit stehlen, um Sie nicht zu lange auf
einen Brief warten zu lassen. Denn morgen ist unsere erste Musik im Augarten [kaiserlicher Lustgarten]. Um halb 9 Uhr kommt der *Martin* [Phil. Jac.,
mit dem Mozart die Augartenconcerte eingerichtet hatte]; da haben wir
noch 6 Visiten zu machen. Denn um 11 Uhr muß ich damit fertig sein, weil
ich zur *Rumbeck* [Gräfin, seiner Scolarin] muß. Dann speise ich bei der
Gräfin *Thun*, *NB.* in ihrem Garten. Abends ist dann die Probe von der
Musik. Es wird eine Sinfonie von *van Swieten* [Director der Hofbibliothek]
und von mir gemacht. Eine Dilettantin Mademoiselle *Berger* wird singen,
ein Knabe mit Namen Türk wird ein Violinconcert, und die Frl. von *Aurnhammer* und ich werden das Duettconcert aus *Es* spielen.

[Nun fährt Constanze fort:]

So öben ist ihr lieber Sohn zur Gräffin Thun gerufen worden, und hat
also die Zeit nicht seinem lieben Vatter den Brif zu endigen, daß ihm ser
leit ist, er hat mir die Comesion gegeben ihnen es zu wissen zu machen,
weil nun heit der Posttag ist damit sie nicht ohne Brif von ihm sein. Das
nächstemale würt er seinem lieben Vatter schon daß mehrere schreiben,
bitte also um Verzeiun daß ich schreibe, daß, was ihnen nicht so angenem
ist, als daß was ihnen ihr Herr sonn geschriben hette; ich bin ihre ware Di-
nerin und freindin

Costanza Weber.

Bitte dero liebenswürtiger Mademoiselle tochter mein Compliment aus
zu richten.

154. Mozarteum.

Wien 26. Mai 1781.

Sie haben ganz Recht, so wie ich ganz Recht hab mein liebster Vater! – Ich
weiß und kenne alle meine Fehler; aber kann sich denn ein Mensch nicht
bessern? – kann er sich nicht schon wirklich gebessert haben? – Ich mag die
Sache überdenken wie ich will, so sehe ich, daß ich mir und Ihnen mein
bester Vater sowohl als meiner lieben Schwester am Besten in Allen werde
behelfen können, wenn ich in Wien bleibe. Es scheint als wenn mich das
Glück hier empfangen wollte, mir ist als wenn ich hier bleiben *müßte*. Und
das war mir schon so, als ich von München abreisete. – Ich freute mich ordentlich nach Wien und wußte nicht warum. – Geduld müssen Sie noch ein
wenig haben, dann werde ich Ihnen bald in der That zeigen können, wie
nützlich uns allen Wien ist. Glauben Sie sicherlich daß ich mich ganz geän-

dert habe, – ich kenne außer meiner Gesundheit nichts Nothwendigeres als
das Geld. Ich bin gewiß kein Geizhals, – denn das wäre für mich sehr schwer,
ein Geizhals zu werden, und doch halten mich die Leute hier mehr zum
Kalmäusern geneigt, als zum Verschwenden; und das ist zum Anfang immer
genug. – Wegen den Scolaren kann ich so viel haben als ich will; ich will
aber nicht so viel, – ich will besser bezahlt sein als die Andern, und da will
ich lieber weniger haben. Man muß sich gleich anfangs ein bischen auf die
hintern Füsse setzen, sonst hat man auf immer verloren, – muß mit den
andern immer den allgemeinen Weg fortlaufen. Wegen der Subscription
[auf die Sonaten] ist es ganz richtig – und wegen der Oper wüßte ich nicht
warum ich zurückhalten sollte? – Graf *Rosenberg* [Hoftheaterintendant] hat
mich da ich ihm zweimal Visite machte, auf die höflichste Art empfangen,
und hat bei der Gräfin Thun mit *van Swieten* und Hrn. *von Sonnenfels*
meine Oper [Idomeneo] gehört. Und da *Stephanie* mein guter Freund ist,
so geht Alles. Glauben Sie mir sicher, daß ich nicht den Müssigang liebe,
sondern die Arbeit. In Salzburg, ja das ist wahr, da hat es mich Mühe gekostet, und konnte mich fast nicht dazu entschließen. Warum? – Weil mein
Gemüth nicht vergnügt war. Sie müssen mir doch selbst gestehen, daß in
Salzburg – wenigstens für mich – um keinen Kreuzer Unterhaltung ist. Mit
vielen *will ich nicht umgehen* – und den meisten Andern bin ich zu schlecht.
Für mein Talent keine Aufmunterung! – Wenn ich spiele oder von meiner
Composition was aufgeführt wird, so ists als wenn lauter Tische und Sessel
die Zuhörer wären. Wenn doch wenigstens ein Theater da wäre, das was
hieße; denn in dem besteht meine ganze Unterhaltung hier. In München,
das ist wahr, da hab ich mich wider Willen in ein falsches Licht bei Ihnen
gestellt, da hab ich mich zu viel unterhalten. Doch kann ich Ihnen bei meiner
Ehre schwören, daß ich bevor die Oper in Scene war, in kein Theater gegangen, und nirgends als zu den Cannabichschen gekommen bin. Das ich das
Meiste und Stärkste auf die Letzt zu machen bekommen habe, ist richtig,
aber nicht aus Faulheit oder Nachlässigkeit, sondern ich bin vierzehn Tage
ohne eine Note zu schreiben gewesen, weil es mir *unmöglich war*. Ich hab
es freilich geschrieben aber nichts ins Reine. Da ist dann freilich viel Zeit
verloren; doch reut es mich nicht. Daß ich hernach zu lustig war geschah
aus jugendlicher Dummheit. Ich dachte mir wo kömmst Du hin? – nach
Salzburg! Mithin muß Du Dich letzen! Das ist gewiß, daß ich in Salzburg
nach 100 Unterhaltungen seufze, und hier – nach keiner einzigen; denn in
Wien zu sein ist schon Unterhaltung genug. Vertrauen Sie sich sicher auf
mich, ich bin kein Narr mehr, und daß ich ein gottloser undankbarer Sohn
sei, werden Sie ja wol noch weniger glauben. Mithin vertrauen Sie sich ganz
auf meinen Kopf und mein gutes Herz, – es wird Sie gewiß nicht reuen. –
Wo hätte ich denn das Geld schätzen lernen können? – ich habe noch zu

wenig unter den Händen gehabt. Ich weiß daß wie ich einmal 20 Ducaten gehabt habe, so glaubte ich mich schon reich. Nur die Noth lernt einen das Geld schätzen. Leben Sie wol liebster bester Vater! – Meine Schuldigkeit ist nun daß ich durch meine Sorge und meinen Fleiß hier das gut mache und ersetze was Sie durch diesen Vorfall verloren zu haben glauben. Das werde ich auch gewiß und mit 1000 Freuden! Adieu.

P.S. So bald Jemand von dem Erzbischof seinen Leuten nach Salzburg geht wird das Portrait folgen. *–Hò fatto fare la sopra scritta d'un altro espressamente, perchè non si può sapere –* es ist keinem Schelm zu trauen.

155. Mozarteum.

Wien Ende Mai 1781.

Vorgestern ließ mir Graf Arco sagen, ich möchte um 12 Uhr zu ihm kommen, er würde mich erwarten. Er hat mir schon öfters so eine Post sagen lassen, und der Schlaucka auch. Aber weil ich die Unterredungen hasse, wo fast jedes Wort, das man anhören muß, Lüge ist, so bin ich auch richtig – nicht gekommen; hätte es auch dermalen so gemacht, wenn er mir nicht dazu hätte sagen lassen, daß er einen Brief von Ihnen erhalten habe. Ich kam also richtig; die ganze Unterredung die ganz gelassen, ohne Ereiferung (weil das meine erste Bitte war) vorbei ging, herzusetzen wäre unmöglich. – Kurz, er stellte mir alles auf die freundlichste Art vor, man hätte schwören sollen, es ging ihm von Herzen. Seinerseits dürfte er glaub ich nicht schwören, daß es mir von Herzen ging. Mit aller möglichen Gelassenheit, Höflichkeit und der besten Art von der Welt sagte ich ihm auf seine wahr scheinenden Reden – die reinste Wahrheit; und er – konnte kein Wort dawider sagen. Das Ende war, daß ich ihm das Memorial und das Reisegeld (welches ich beides bei mir hatte) geben wollte. Er versicherte mich aber, daß es ihm zu traurig wäre, sich in diese Sachen zu mischen, ich möchte es nur einem Leibkammerdiener geben; und das Geld nähme er erst wenn alles vorbei wäre. – Der Erzbischof schmält hier über mich bei der ganzen Welt und ist nicht so gescheit, daß er einsieht daß ihm das keine Ehre macht; denn man schätzt mich hier mehr als ihn. Man kennt ihn als einen hochmüthigen eingebildeten Pfaffen, der alles, was hier ist, verachtet, – und mich – als einen gefälligen Menschen. Das ist wahr, ich bin stolz wenn ich sehe, daß mich Jemand mit Verachtung und *en bagatelle* behandeln will; und so ist der Erzbischof gegen mich. Aber mit guten Worten – da könnte er mich haben, wie er wollte. Das habe ich auch dem Grafen gesagt; unter anderm auch daß der Erzbischof gar nicht werth ist daß sie so gut für ihn denken. Und der Schluß – was würde es auch nützen, wenn ich jetzt nach Hause gehen wollte? In etwelchen Monaten würde ich doch (ohne Beleidigung) meinen

Abschied begehren, denn um diese Bezahlung kann – und will ich nicht mehr dienen. – »Aber warum denn nicht?« – »Weil«, sagte ich, »weil ich in einem Ort niemals zufrieden und vergnügt leben könnte, wo ich bezahlt bin, daß ich immer denken müßte, ach wäre ich da! wäre ich dort! – Wenn ich aber so bezahlt bin, daß ich nicht nöthig hätte auf andere Orte zu denken so kann ich zufrieden sein; und wenn mich der Erzbischof so bezahlt, so bin ich bereit heut noch abzureisen.« – Und wie froh bin ich daß mich der Erzbischof nicht beim Wort nimmt; denn es ist gewiß Ihr und mein Glück daß ich hier bin. Sie werden es sehen. Nun leben Sie recht wohl, liebster bester Vater, es wird alles gut gehen. Ich schreib nicht im Traume, denn es hängt ja mein eigenes Wohl daran. Adieu.

156. Mozarteum.

Wien 2. Juni 1781.

Aus meinem letzten Schreiben werden Sie vernommen haben, daß ich mit dem Graf Arco selbst gesprochen habe. Gott Lob und Dank, daß Alles so gut vorbeigegangen ist. Seien Sie ohne Sorge, Sie haben von dem Erzbischof nicht das Geringste zu befürchten; denn Graf Arco sagte mir nicht ein Wort, daß ich bedenken sollte, *daß es Ihnen schaden könnte.* Und als er mir sagte, daß Sie ihm geschrieben und sich über mich beschwerten, so fiel ich gleich in die Rede und sagte: »*Mir gewiß nicht? – Er schrieb mir so, daß ich öfters glaubte, närrisch darüber zu werden. Allein ich mag die Sache bedenken wie ich will, so kann ich halt nicht*« etc. Als er mir sagte: »Glauben Sie mir, Sie lassen sich hier zu sehr verblenden; hier dauert der Ruhm eines Menschen zu kurz; von Anfang hat man alle Lobsprüche und gewinnt auch sehr viel, das ist wahr. Aber wie lange? – Nach etwelchen Monaten wollen die Wiener wieder was Neues.« – »Sie haben Recht Herr Graf«, sagte ich »glauben Sie denn, daß ich in Wien bleibe? – Ei beileibe, ich weiß schon wohin. Daß sich dieser Fall eben in Wien ereignet hat ist der Erzbischof Ursache und nicht ich. Wüßte er mit Leuten von Talenten umzugehen so wäre das nicht geschehen. Herr Graf, ich bin der beste Kerl von der Welt, – wenn man es nur mit mir ist.« – »Ja der Erzbischof«, sagte er, »hält Sie für einen erzhoffärtigen Menschen.« »Das glaube ich«, sagte ich, »gegen ihn bin ich es freilich; wie man mit mir ist, so bin ich auch wieder. Wenn ich sehe daß mich Jemand verachtet und gering schätzt, so kann ich so stolz sein wie ein Pavian.« – Unter anderm sagte er mir auch, ob ich denn nicht glaube daß er auch öfters üble Worte einschlucken müßte? – Ich schupfte die Achseln und sagte: »Sie werden Ihre Ursachen haben, warum Sie es leiden und ich – habe meine Ursachen warum ich es – nicht leide.« – Das Uebrige wissen Sie aus meinem letzten Schreiben. Zweifeln Sie nicht mein liebster bester Vater, es ist gewiß zu meinem und folglich auch zu Ihrem Besten. Die Wiener sind wol Leute, die gern abschiessen – *aber nur am Theater*; und mein Fach ist zu beliebt hier, als daß ich mich nicht souteniren sollte. Hier ist doch gewiß das Clavierland! – Und dann, lassen wir es zu, so wäre der Fall erst in einigen Jahren, eher gewiß nicht. Unterdessen hat man sich Ehre und Geld gemacht, es gibt ja noch andere Orte, – und wer weiß, was sich derweil für eine Gelegenheit ereignet! Mit Hr. von Zetti, mit dem ich schon gesprochen, werde Ihnen *etwas* übermachen, – für diesmal müssen Sie schon mit wenigem vorlieb nehmen; ich kann Ihnen nicht mehr als 30 Ducaten schicken. Wenn ich diesen Fall vorhergesehen hätte, so hätte ich die Scolaren die sich mir angetragen, damals angenommen. Da glaubte ich aber in acht Tagen abzureisen, und jetzt sind sie auf dem Lande. – Das Portrait wird auch folgen. –

157. Mozarteum.

Wien 9. Juni 1781.

Nun hat es der Herr Graf Arco recht gut gemacht! – Das ist also die Art die Leute zu bereden, sie an sich zu ziehen, – daß man aus angeborner Dummheit die Bittschriften nicht annimmt, aus Manglung des Muths und aus Liebe zur Fuchsschwänzerei dem Herrn gar kein Wort sagt, Jemand vier Wochen herumzieht und endlich, da derjenige gezwungen ist die Bittschrift selbst zu überreichen, anstatt ihm *wenigstens* den Zutritt zu verstatten, ihn zur Thür hinaus schmeist und einen Tritt in den Hintern gibt! Das ist also der Graf, dem es (nach Ihrem letzten Schreiben) so sehr vom Herzen geht, – das ist also der Hof wo ich dienen – an welchem man Jemand, der um etwas schriftlich einkommen will, anstatt daß man ihm die Uebergebung zu Wege bringt, ihn also behandelt? – das geschah in den Antichambre; mithin war kein anderes Mittel als sich losreißen und laufen – denn ich wollte für die fürstlichen Zimmer den Respect nicht verlieren, wenn ich ihn schon der Arco verloren hatte. Ich habe drei Memoriale gemacht; habe sie fünfmal übergeben, und sind mir allezeit zurückgeschlagen worden. Ich habe sie ganz gut verwahrt, und wer sie lesen will, kann sie lesen und sich überzeugen daß nicht das geringste Anzügliche darin sei. Endlich da ich Abends das Memorial durch Hrn. v. Kleinmayrn zurückgesandt bekam (denn er ist hier dazu bestellt) und als den andern Tag darauf wäre die Abreise des Erzbischofs, so war ich vor Zorn ganz außer mir; – wegreisen konnte ich ihn so nicht lassen, und – da ich von Arco gewußt (wenigstens sagte er mirs so) daß er nichts darum wisse, mithin wie böse könnte der Erzbischof nicht auf mich sein, so lange hier zu sein und dann auf den letzten Augenblick erst mit einer solchen Bittschrift zu kommen. Ich machte also ein anderes Memorial, worin ich ihm entdeckte, daß ich schon bereits vier Wochen eine

Bittschrift in Bereitschaft hätte, und da ich mich, wüßte nicht warum, so lange damit herum gezogen sähe, so sei ich nun genöthigt sie ihm selbst und zwar auf den letzten Augenblick zu überreichen. Für dies Memorial bekam ich die Entlassung meiner Dienst auf die schönste Art von der Welt. Denn wer weiß ob es nicht auf Befehl des Erzbischofs geschehen ist? – Herr v. Kleinmayrn wenn er einen ehrlichen Mann noch so fortspielen will, und die Bedienten des Erzbischofs sind Zeugen, daß sein Befehl ist vollzogen worden. Ich brauche nun gar keine Bittschrift mehr nachzuschicken, die Sache ist nun geendigt. Ich will von der ganzen Affaire nichts mehr schreiben, und wenn mir der Erzbischof nun 1200 Fl. Besoldung gäbe, so ging ich nicht nach einer solchen Behandlung. Wie leicht wäre ich nicht zu bereden gewesen! Aber mit Art, nicht mit Stolz und Grobheit. Dem Graf Arco habe ich sagen lassen: *ich habe nichts mit ihm zu reden,* – weil er mich das erstemal so angefahren, und wie einen Spitzbuben ausgemacht hat, welches ihm nicht zusteht. Und – bei Gott! wie ich schon geschrieben habe, ich wäre das Letztemal auch nicht hingegangen, hätte er mir nicht dazu sagen lassen, er hätte einen Brief von Ihnen; nun das Letztemal. Was geht es ihn an wenn ich meine Entlassung haben will? – Und denkt er wirklich so gut für mich, so soll er mit Gründen Jemand zureden – oder die Sache gehen lassen wie sie geht. Aber nicht mit Flegel und Bursche herum werfen, und einen bei der Thüre durch einen Tritt im – hinauswerfen; doch ich habe vergessen daß es vielleicht hochfürstlicher Befehl waqr.

Auf Ihren Brief will ich nur ganz kurz antworten. Denn ich bin der ganzen Sache so müde, daß ich gar nichts mehr davon zu hören wünschte. – Nach der ganzen *Ursache* warum ich quittirte (die Sie wohl wissen) würde es keinem Vater einfallen, über seinen Sohn darüber böse zu sein; viel mehr wenn er *es nicht gethan hätte.* Desto weniger, da Sie wußten daß ich schon ohne alle Ursache dazu Lust hatte. – Und Ernst kann es Ihnen unmöglich sein, Sie müssen sich wegen dem Hof also verhalten. Doch bitte ich Sie mein bester Vater nicht zu viel zu kriechen, denn der Erzbischof kann Ihnen nichts thun. Thät er's doch! – Ich wünschte es fast. Das wäre wirklich eine That, eine neue That, die ihm beim Kaiser vollends den Garaus machen würde; denn der Kaiser kann ihn nicht allein nicht leiden, sondern er haßt ihn. Wenn Sie nach einer solchen Behandlung nach Wien gehen und dem Kaiser die Geschichte erzählen, so erhalten Sie wenigstens die nämliche Gage von ihm, den in solchen Fällen ist der Kaiser zu verehren. Daß Sie mich mit Madame *Lange* [Aloysia] in Comparaison setzen, macht mich ganz erstaunen, und den ganzen Tag war ich darüber betrübt. – Dieses Mädchen saß ihren Eltern auf dem Hals, als sie sich noch nichts verdienen konnte. – Kaum kam die Zeit wo sie sich gegen ihre Eltern dankbar bezeugen konnte (*n.b.* der Vater starb noch ehe sie einen Kreuzer hier eingenommen), so verließ sie ihre arme

Mutter, henkte sich an einen Comödianten, heirathet ihn – und ihre Mutter hat nicht *so viel* – von ihr.[67] Gott! – Meine einzige Absicht ist weiß Gott Ihnen und uns allen zu helfen. Muß ich es Ihnen denn 100mal schreiben, daß ich Ihnen hier mehr nütze bin als in Salzburg! – Ich bitte Sie mein liebster bester Vater, schreiben Sie mir keine solchen Briefe mehr ich beschwöre Sie, denn sie nützen nichts als mir den Kopf warm und das Herz und Gemüth unruhig zu machen. – Und ich – der nun immer zu componiren habe, brauche einen heitern Kopf und ruhiges Gemüth. – Der Kaiser ist nicht hier. Graf Rosenberg ist nicht hier. Letzterer hat dem *Schröder* (dem vornehmen Acteur) Commission gegeben, um ein gutes Opernbuch umzusehen und mir es zu schreiben zu geben.

Der Hr. von Zetti ist wider Vermuthen aus Befehl so in aller Frühe abgereist, daß ich das Portrait, die Bänder für meine Schwester und das *Bewußte* erst morgen 8 Tag mit dem Postwagen abschicken kann. –

158. Mozarteum.

Wien 13. Juni 1781.

Bester aller Väter! wie herzlich gerne wollte ich Ihnen nicht ferner noch meine besten Jahre an einem Orte aufopfern, wo man schlecht bezahlt ist, – wenn dieß allein das Uebel wäre. Allein schlecht bezahlt und obendrein verspottet, verachtet und cujonirt, das ist doch wahrlich zu viel. Ich habe für des Erzbischofs Academie hier eine Sonate für mich, dem Brunetti und Ceccarelli ein Rondo geschrieben, habe bei jeder Academie zweimal gespielt und das letztemal, da alles aus war, eine ganze Stunde noch Variationen (dazu mir der Erzbischof das Thema gab) gespielt, und da war so ein allgemeiner Beifall, daß, wenn der Erzbischof nur ein wenig ein menschliches Herz hat, er gewiß hat Freude fühlen müssen; und anstatt mir wenigstens seine Zufriedenheit und Wohlgefallen oder meinetwegen gar nichts zu zeigen, macht er mich aus wie einen Gassenbuben, sagt mir ins Gesicht, ich soll mich weiter scheren, er bekomme hundert, die ihn besser bedienten, als ich. Und warum? Weil ich nicht eben *den Tag* abreisen konnte, da er sich es eingebildet hat; ich muß vom Hause weg, muß von meinem Geld leben und soll nicht die Freiheit haben abzureisen, wenn es mir mein Beutel gestattet, – da ich dazu in Salzburg nicht nöthig war und der ganze Unterschied in 2 Tagen bestand. Der Erzbischof hat mir zweimal die größten Impertinenzen gesagt und ich habe kein Wort gesagt; noch mehr, ich habe bei ihm mit dem nämlichen Eifer und Fleiß gespielt, als wenn nichts wäre; und anstatt

295

---

67 Uebrigens erzählt Lange in seiner Selbstbiographie S. 16, daß er seiner Schwiegermutter jährlich 700 Gulden ausgesetzt habe.

daß er meinen Diensteifer und mein Bestreben ihm zu gefallen erkennen sollte, geht er eben in dem Augenblick, da ich mir eher was anderes versprechen konnte, zum drittenmal auf die abscheulichste Art von der Welt mit mir um. – Und damit ich nur gar kein Unrecht habe, sondern gänzlich Recht behalte, – es ist als wenn man mich mit Gewalt weg haben wollte; nu, wenn man mich nicht haben will, es ist ja mein Wunsch; anstatt daß Graf Arco meine Bittschrift angenommen oder mir Audienz verschafft oder gerathen hätte selbe nachzuschicken oder mir zugeredet hätte, die Sache noch so zu lassen und besser zu überlegen, *a fin,* was er gewollt hätte, – nein, da schmeißt er mich zur Thür hinaus und gibt mir einen Tritt im H–. Nun das heißt auf deutsch, daß Salzburg nicht mehr für mich ist, ausgenommen mit guter Gelegenheit dem Hrn. Grafen wieder ingleichen einen Tritt im A– zu geben, und sollte es auf öffentlicher Gasse geschehen. Ich begehre gar keine Satisfaction deßwegen beim Erzbischof, denn er wäre nicht im Stande, sie auf solche Art mir zu verschaffen, wie ich sie mir selbst nehmen muß; sondern ich werde nächster Tage dem Hrn. Grafen schreiben, was er sich von mir zuverlässig zu erwarten hat, sobald das Glück will, daß ich ihn treffe, es mag sein wo es will, nur an keinem Ort, wo ich Respect haben muß.

Wegen meinem Seelenheil seien Sie ohne Sorgen, mein bester Vater! Ich bin ein fälliger junger Mensch wie alle andern und kann zu meinem Trost wünschen, daß es alle so wenig wären, wie ich. Sie glauben vielleicht Sachen von mir, die nicht also sind. Der Hauptfehler bei mir ist, daß ich *nach dem Scheine* nicht allzeit so handle wie ich handeln sollte. Daß ich mich geprahlt hätte, ich esse alle Fasttage Fleisch, ist nicht wahr; aber gesagt habe ich, daß ich mir nichts daraus mache und es für keine Sünde halte, denn Fasten heißt bei mir sich abbrechen, weniger essen als sonst. Ich höre alle Sonn- und Feiertage meine Messe, und wenn es sein kann die Werktage auch, das wissen Sie, mein Vater. Mein ganzer Umgang mit der Person von schlechtem Rufe bestand auf dem Ball, und den hatte ich schon lange, ehe ich wußte, daß sie von schlechtem Rufe sei, und nur darum, damit ich meiner gewissen Contredanse-Tänzerin sicher sei; dann konnte ich, ohne ihr die Ursache zu sagen nicht auf einmal abbrechen, und wer wird jemand so etwas ins Gesicht sagen? Habe ich sie nicht auf die Letzt öfters angesetzt und mit andern getanzt? Ich war auch dießfalls ordentlich froh, daß der Fasching ein Ende hatte. Uebrigens wird kein Mensch sagen können, daß ich sie sonst wo gesehen hätte oder in ihrem Hause gewesen sei, ohne für einen Lügner zu passiren. Uebrigens seien Sie versichert, daß ich gewiß Religion habe, – und sollte ich das Unglück haben, jemals (welches Gott verhüten wird) auf Seitenwege zu gerathen, so spreche ich Sie, mein bester Vater, aller Schuld los. Denn nur ich allein wäre der Schurke; Ihnen habe ich alles Gute sowohl für mein zeitliches als geistliches Wohl und Heil zu verdanken. –

159. Mozarteum.

Wien 16. Juni 1781.

Morgen wird das Portrait und die Bänder für meine Schwester unter Segel gehen. Ich weiß nicht, ob die Bänder nach ihrem Gusto sein werden; daß sie aber nach der wahren Mode sind, kann ich sie versichern. Wenn sie mehrere will, oder vielleicht auch ungemalte, so soll sie es mir nur zu wissen thun, und überhaupt, wenn sie etwas gerne hätte, was sie glaubt, daß man in Wien schöner haben kann, soll sie es nur schreiben. Ich hoffe sie wird wohl das Fürtuch nicht bezahlt haben, denn es ist schon bezahlt; ich vergaß es zu schreiben, weil ich immer von der hundsfüttischen Affaire zu schreiben hatte. Das Geld werde ich, wie Sie mir geschrieben, übermachen.

Nun kann ich Ihnen doch endlich einmal wieder von Wien etwas schreiben, bisher mußte ich meine Briefe immer von der Sauhistorie anfüllen. Gott Lob, daß es vorbei ist. Die dermalige Saison ist die schlechteste für jemand der Geld gewinnen will, das wissen Sie ohnehin. Die vornehmsten Häuser sind auf dem Lande, mithin ist nichts anderes zu thun, als sich auf den Winter, wo man weniger Zeit dazu hat, vorzuarbeiten. – Sobald die Sonaten fertig sind, werde ich eine kleine wälsche Cantate suchen und sie schreiben, welche dann im Advent im Theater geben werde, versteht sich für meinen Profit. Da ist eine kleine List dabei, auf diese Art kann ich sie 2 Mal mit dem nämlichen Vortheil geben, weil ich, da ich sie das 2. Mal gebe, etwas auf einem Pianoforte spielen werde. Dermalen habe ich nur eine einzige Scolarin, welche ist die Gräfin Rumbeck, die Base vom Cobenzl. Ich könnte deren freilich mehrere haben, wenn ich meine Preise herabsetzen wollte; sobald man aber das thut, verliert man seinen Credit. Mein Preis ist: für 12 Lectionen 6 Ducaten, und da gebe ich ihnen noch zu erkennen, daß ich es aus Gefälligkeit thue, ich will lieber drei Instructionen haben, die mich gut bezahlen, als 6 die mich schlecht zahlen. Von dieser einzigen Scolarin kann ich mich *durchbringen*, und das ist mir unterdessen genug. Ich schreibe Ihnen dieß nur, damit Sie nicht glauben möchten, ich schickte Ihnen vielleicht aus Eigennutz nicht mehr als 30 Ducaten. Seien Sie versichert, daß ich mich gewiß ganz entblößen würde, wenn ich es nur hätte! Aber es wird schon kommen, man muß den Leuten niemals merken lassen, wie man steht.

Nun vom Theater. Ich habe Ihnen, glaube ich, letzthin geschrieben, daß Graf *Rosenberg* bei seiner Abreise dem *Schröder* Commission gegeben hat, für mich ein Buch aufzutreiben. Das ist nun freilich schon da, und *Stephanie* (der Jüngere) als Inspicient über die Oper hat es in Händen. *Bergobzoomer*, als wahrer guter Freund von Schröder und von mir, hat es mir gleich gesteckt. Ich bin also gleich zu ihm gegangen *en forme de visite,* wir glaubten, er möchte etwa aus Partialität für den *Umlauf* [Hofmusiker] gegen mich falsch handeln, der Verdacht war aber ungegründet, denn ich hörte nach der Hand, daß er jemand Commission gegeben mir zu sagen, ich möchte zu ihm kommen, er hätte etwas mit mir zu sprechen; und gleich da ich eintrat, sagte er: »O Sie kommen wie gerufen.« Die Oper hat aber 4 Acte und wie er sagt, so ist der erste Act unvergleichlich, dann nimmt es aber sehr ab. Wenn es Schröder leidet, daß man es herrichten darf, wie man will, so kann ein gutes Buch daraus werden; er mag es der Direction so wie es ist gar nicht übergeben, bevor er nicht mit ihm darüber gesprochen hat, weil er ohnehin im Voraus weiß, daß es zurückgegeben würde, das können also diese zwei miteinander ausmachen. Ich verlangte es, nach dem was mir Stephanie davon gesagt, gar nicht zu lesen, denn wenn es mir nicht gefällt, so muß ich es ja doch sagen, sonst wäre ich der Angesetzte; und Schröder will ich mir nicht ungünstig machen, da er für mich alle Achtung hat. So kann ich mich doch immer entschuldigen, ich hätte es nicht gelesen.

Nun muß ich Ihnen erklären, warum wir auf den *Stephanie* Argwohn hatten. Dieser Mensch hat, was mir sehr leid thut, in ganz Wien das schlechteste Renommée, als ein grober falscher verläumderischer Mann, der den Leuten die größten Ungerechtigkeiten anthut. Da mische ich mich aber nicht darein. Wahr kann es sein, weil alles darüber schmält. Uebrigens gilt er alles beim Kaiser und gegen mich war er gleich das erstemal sehr freundschaftlich und sagte: »Wir sind schon alte Freunde, und ist mir sehr lieb, wenn ich werde im Stande sein können, Ihnen in etwas zu dienen.« Ich glaube und ich wünsche es auch, daß er selbst für mich eine Oper schreiben wird. Er mag nun seine Comödien allein oder mit Hilfe gemacht haben, er mag nun stehlen oder selbst erschaffen, kurz er versteht das Theater und seine Comödien gefallen immer. Ich habe erst 2 neue Stücke von ihm gesehen, die gewiß recht gut sind, eins: »*Das Loch in der Thüre*« und das zweite: »*Der Oberamtmann und die Soldaten.*« Unterdessen werde ich die Cantate schreiben; denn wenn ich wirklich schon ein Buch hätte, so würde ich doch noch keine Feder ansetzen, weil der Graf Rosenberg nicht hier ist; wenn der auf die Letzt das Buch nicht gut fände, so hätte ich die Ehre gehabt umsonst zu schreiben, und das lasse ich fein bleiben. Wegen incontriren sorge ich mich gar nicht, wenn nur das Buch gut ist. – Glauben Sie denn, ich werde eine *Opera comique* auch so schreiben, wie eine *Opera seria?* So wenig Tändelndes in einer *Opera seria* sein soll und so viel Gelehrtes und Vernünftiges, so wenig Gelehrtes muß in einer *Opera buffa* sein, und um desto mehr Tändelndes und Lustiges. Daß man in einer *Opera seria* auch komische Musik haben will, dafür kann ich nicht; hier unterscheidet man aber in dieser Sache sehr gut. Ich finde halt, daß in der Musik der Hanswurst noch nicht ausgerottet ist, und in diesem Falle haben die Franzosen Recht.

Ich hoffe also mit künftigem Postwagen meine Kleider richtig zu erhalten. Ich weiß nicht, wann der Postwagen geht, doch glaube ich wird Sie dieser Brief noch eher antreffen, mithin bitte ich Sie, den Stock mir zu Lieb zu behalten. Man braucht hier Stöcke, aber wozu? Zum Spazierengehen, und dazu ist jedes Stöckchen gut. Also stützen Sie sich darauf anstatt meiner und tragen Sie ihn, wenn es möglich, beständig. Wer weiß, ob er nicht durch Ihre Hand beim Arco seinen vormaligen Herrn rächen kann, doch das versteht sich accidendaliter oder zufälliger Weise. Mein handgreiflicher Discours bleibt dem hungrigen Esel nicht aus, und sollte es in 20 Jahren sein; denn ihn sehen und mein Fuß in seinen A– ist gewiß eins, ich müßte nur das Unglück haben ihn zuerst an einem heiligen Ort zu sehen. –

160. Mozarteum.

Wien 20. Juni 1781.

– Daß Sie die Hofschranzen über die Quere ansehen werden, will ich gerne glauben; doch was haben Sie sich aus solch elendem Gesinde zu machen; wie feindlicher daß diese Leute gegen Sie sind, desto stolzer und verächtlicher müssen Sie sie ansehen. – Wegen dem Arco darf ich nur meine Vernunft und mein Herz zu Rathe ziehen und brauche also gar keine Dame oder Person vom Stande dazu, um das zu thun, was recht und billig ist, was nicht zu viel und zu wenig ist.[68] *Das Herz adelt den Menschen*; und wenn ich schon kein Graf bin, so habe ich vielleicht mehr Ehre im Leib als mancher Graf. Und, Hausknecht oder Graf, sobald er mich beschimpft, so ist er ein Hundsfut. Ich werde ihm vom Anfang ganz vernünftig vorstellen, wie schlecht und übel er seine Sache gemacht habe, zum Schluß aber muß ich ihm doch schriftlich versichern, daß er gewiß von mir einen Fuß im A– und auch ein paar Ohrfeigen zu erwarten hat; denn wenn mich einer beleidigt, so muß ich mich rächen; und thue ich nicht mehr als er mir angethan, so ist es nur Wiedervergeltung und keine Strafe nicht. Und noch dazu würde ich mich mit ihm in Gleichheit stellen, und da bin ich wirklich zu stolz dazu, als daß ich mich mit so einem dummen Schöps vergliche.

Ich werde Ihnen, ausgenommen es fiele etwas Nothwendiges zu schreiben vor, nur alle 8 Tage schreiben, weil ich dermalen zu viel beschäftigt bin. Ich schließe, denn ich muß noch für meine Scolarin Variationen fertig machen. *Adieu.*

---

68 Der Vater hatte angedeutet, daß auf solchem Wege die Sache wohl wieder ins Gleiche gebracht werden könne.

161. Mozarteum.

Wien 27. Juni 1781.

Wegen der Madame Rosa muß ich Ihnen sagen, daß ich dreimal hinging, bis ich endlich das Glück hatte sie anzutreffen. Sie würden sie fast nicht mehr kennen, so mager ist sie. Als ich sie um das Portrait ersuchte, so wollte sie es mir gar verehren, mit dem Zusatz, sie brauche es so nicht und als den folgenden Tag würde sie es mir schicken. Es gingen aber drei Wochen herum, und es kam kein Portrait. Ich ging wieder dreimal umsonst hin; endlich ging ich aber in aller Frühe hin, da sie noch mit ihrem bäurischen Ehegemahl beim Frühstück war. Da sprang sie vom *Verehren* bis aufs *gar nicht Hergeben* herab. Mir fiel aber ein, daß man mit den Italienern in dergleichen Fällen ein bischen grob sein müsse und sagte ihr, daß sie ihren Schuß nicht verloren habe und ich aber wegen ihrem angebornen Fehler nicht bei meinem Vater die Rolle eines Narren spielen wolle, der heute schwarz und morgen weiß sagt, und ich könne sie versichern, daß *ich* das Portrait nicht brauche. Dann gab sie gute Worte aus und versprach, es mir den andern Tag zu schicken, und schickte es mir auch, doch müssen Sie es *nach Gelegenheit* wieder zurückschicken.

Eben komme ich von Hrn. *von Hippe*, geheimen Secretair vom *Fürst Kaunitz*, welcher ein sehr liebenswürdiger Mann und ein recht guter Freund von mir ist. Er machte mir von selbst die erste Visite und da spielte ich ihm. Wir haben in meiner Wohnung 2 Flügel, einen zum Galanteriespielen und der andere eine Machine, der durchgehends mit der tiefen Octav gestimmt ist, wie der, den wir in London hatten, folglich wie eine Orgel. Auf diesem habe ich also capricirt und Fugen gespielt. – Ich bin fast täglich nach Tisch bei Hrn. *von Aurnhammer*. Das Fräulein ist ein Scheusal, spielt aber zum Entzücken, nur geht ihr der wahre feine singende Geschmack im Cantabile ab; sie verzupft alles. Sie hat mir ihren Plan (als ein Geheimniß) entdeckt, der ist noch 2 oder 3 Jahre rechtschaffen zu studiren und dann nach Paris zu gehen und Metier davon zu machen; denn sie sagt: »Ich bin nicht schön, im Gegentheil häßlich; einen Canzleihelden mit 3 oder 400 Fl. mag ich nicht heirathen und einen andern bekomme ich nicht, mithin bleibe ich lieber so und will von meinem Talent leben«, und da hat sie Recht. Sie bat mich also ihr beizustehen, um ihren Plan ausführen zu können; aber sie möchte es niemand vorher sagen.

Die Oper [Idomeneo] werde ich Ihnen sobald als möglich schicken, die Gräfin Thun hat sie noch und ist dermalen auf dem Land. Lassen Sie mir doch die Sonate *à 4 mains* aus *B* und die zwei Concerte auf zwei Claviere abschreiben und schicken Sie mir sie sobald als möglich; mir ist ganz lieb, wenn ich nach und nach meine Messen bekomme. Den *Gluck* hat der Schlag

gerührt und man redet nicht gut von seinen Gesundheitsumständen.[69]
Schreiben Sie mir, ist es wahr, daß den *Becke* in München bald ein Hund
zu Tode gebissen hätte? Nun muß ich schließen, denn ich muß zum Aurnhammer zum Speisen. *Adieu.*

Die *Bernasconi* [eine besonders von Gluck begünstigte Primadonna, vgl.
Nr. 168] ist hier und hat 500 Ducaten Besoldung, weil sie alle Arien um ein
gutes Komma höher singt. Das ist aber wirklich eine Kunst, denn sie bleibt
richtig im Tone. Sie hat jetzt versprochen, um $^1/_4$ Ton höher zu singen, da
will sie aber noch so viel haben. *Adieu.*

162. Mozarteum.

Wien 4. Juli 1781.

An Graf Arco habe ich nicht geschrieben und werde auch nicht schreiben,
weil Sie es zu Ihrer Beruhigung also verlangen. Ich hatte mir es schon eingebildet, Sie fürchten sich zu sehr, und doch haben Sie sich gar nicht zu
fürchten; denn Sie – Sie sind so gut als ich beleidiget. Ich verlange nicht,
daß Sie einen Lärm machen sollen oder sich im mindesten beschweren sollen;
allein der Erzbischof und das ganze Gesindel müssen sich fürchten von
dieser Sache mit Ihnen zu sprechen, denn Sie, mein Vater, können ohne
mindester Furcht (wenn man Sie dazu bringt) frei sagen, daß Sie sich schämen würden, einen Sohn auferzogen zu haben, welcher von einem solchen
infamen Hundsfut wie der Arco ist, sich so geradezu schimpfen ließe, und
Sie könnten alle versichern, daß wenn ich heute das Glück haben würde ihn
zu treffen, ihm so begegnen würde, wie er es verdiene, und daß er sich gewiß
sein Lebetag meiner erinnern wird. Das ist was ich verlange und sonst nichts,
daß Ihnen jedermann ansieht, daß Sie sich nicht zu fürchten haben. Stille
sein; wenns aber nothwendig ist, reden, und so reden, daß es geredet ist.
Der Erzbischof hat unter der Hand dem *Kozeluch* [beliebtem Clavierspieler
und Componist in Wien, später Mozarts eifrigem Gegner] 1000 Fl. antragen
lassen; dieser hat sich aber bedanken lassen mit dem Zusatz: daß er hier
besser stünde, und wenn er es nicht verbessern könnte, würde er niemals
weggehen. Zu seinen Freunden sagte er aber: »Die Affaire mit dem Mozart
schreckt mich aber am meisten ab; wenn er so einen Mann von sich läßt,
wie würde er es erst mir machen.« Nun sehen Sie, wie er mich kennt und
meine Talente schätzt!

Wenn der Mr. Marchal oder der Capitelsyndikus nach Wien reiset, so
würden Sie mir sehr viel Vergnügen machen, wenn Sie mir meine Favorituhr
schicken wollten; ich wollte Ihnen die Ihrige zurückschicken, wenn Sie mir

303

69   Gluck starb bekanntlich erst am 15. November 1787.

auch die kleine schicken wollten: das wäre mir sehr lieb. Wegen den Messen habe ich Ihnen schon letzthin geschrieben. Die drei Cassationen brauchte ich gar nothwendig, wenn ich nur unterdessen die *ex F* und *B* habe; die *ex D* könnten Sie mir mit Gelegenheit abschreiben lassen und nachschicken, denn das Copiaturgeld trägt hier gar zu viel aus, und sie schreiben gar zu unchristlich. – Nun muß ich nur noch geschwind vom *Marchand* schreiben, so viel ich weiß.[70] Der kleinere hat, wenn ihn sein Vater bei Tisch corrigirt hat, ein Messer genommen und gesagt: »Hier sehen Sie Papa, wenn Sie nur ein Wort sagen, so schneid ich mir den Fingerwurz ab, und dann haben Sie mich als einen Krüppel und müssen mir zu fressen geben.« Und beide haben öfters schlecht von ihrem Vater bei den Leuten gesprochen. Sie werden sich wohl der Mademoiselle Boudet erinnern, die im Hause ist; nun die sieht der Alte gern, und da sprachen die 2 Buben infam davon. Dieser *Hennerle*, als er 8 Jahr alt war, sagte er zu einem gewissen Mädchen: »In Ihren Armen würde ich freilich besser schlafen, als wenn ich wach werde und habe dafür das Kopfkissen.« Er machte ihr auch eine förmliche Liebeserklärung und Heirathsantrag mit dem Beisatz: »Jetzt kann ich Sie freilich nicht heirathen, aber wenn mein Vater todt sein wird, da bekomme ich Geld, denn er ist nicht leer, und da wollen wir recht gut zusammen leben; unterdessen wollen wir uns lieben und ganz unsere Liebe genießen; denn was Sie mir jetzt erlauben, dürfen Sie mir hernach nicht erlauben.« Ich weiß auch, daß in Mannheim kein Mensch mehr seine Buben hingelassen hat, wo des Marchands seine waren, denn sie sind erwischt worden, wie sie sich selbst einander – – geholfen haben. Uebrigens ist es sehr schad um den Burschen, und Sie, mein Vater, glaube ich, werden ihn ganz umwenden können; denn der Vater und Mutter Comödiant, den ganzen Tag hören sie nichts als von Liebe, Verzweiflung, Mord und Tod reden und laut lesen; der Vater ist denn noch für sein Alter ein wenig zu schwach, mithin ist kein gutes Exempel da. –

163. Mozarteum.

Wien 13. Juli 1781.

Ich kann nicht viel schreiben, weil der Hr. Graf Cobenzl den Augenblick in die Stadt fährt und ich ihm den Brief also mitgeben muß, wenn ich will, daß er bestellt werden soll. Das ist eine Stunde weit von Wien, wo ich schreibe, es heißt Reisenberg. Ich war schon einmal über Nacht hier und jetzt bleibe ich etliche Tage. Das Häuschen ist nichts, aber die Gegend, der

---

70 Marchand war Theaterdirector in Mannheim gewesen. Mozarts Vater hatte seinen Sohn *Heinrich* zu seiner Ausbildung ins Haus genommen; später nahm er auch die Tochter *Margaretha* zu sich.

Wald, worin er eine Grotte gebaut, als wenn sie von Natur wäre, das ist prächtig und sehr angenehm. – Ich habe Ihr letztes Schreiben erhalten. Ich habe schon längst im Sinne gehabt, von den *Weberischen* weg zu ziehen, und es wird auch gewiß geschehen. – Daß ich beim Hrn. v. *Aurnhammer* hätte wohnen sollen, weiß ich kein Wort davon, das schwöre ich Ihnen. Beim Schreibmeister *Mesmer* hätte ich logiren sollen, das ist wahr; aber da ist es mir doch bei den Weberischen lieber. Der Mesmer hat den *Righini* [weiland Opera Buffa-Sänger und dermalen Compositeur] bei sich im Quartier und ist sein großer Freund und Beschützer, doch die gnädige Frau noch mehr. Bis ich nicht ein gutes wohlfeiles und gelegenes Logis ausfindig mache, gehe ich da nicht weg; und da muß ich der guten Frau etwas vor lügen, denn ich habe wahrlich keine Ursache wegzugehen. Der Hr. *von Moll* [ein Salzburger Bekannter] hat, ich weiß nicht warum, besonders wundert es mich auf ihn, ein lästerliches Maul, und sagte er hoffe, ich werde in mich gehen und mich bald wieder nach Salzburg verfügen, denn ich würde hier schwerlich meine Convenienz so gut finden, wie in Salzburg; ich sei so nur wegen dem Frauenzimmer hier. Die Frl. von Aurnhammer hat es mir gesagt, er bekömmt aber überall sonderbare Antworten darauf. Ich kann mir wohl so beinahe einbilden, warum er so redet, er ist gar ein großer Protector des *Kozeluch*. O wie einfältig!

Die Geschichte des Hr. v. Mölk hat mich sehr in Erstaunen gesetzt; zu allem hätte ich ihn fähig gehalten, aber für einen Spitzbuben hätte ich ihn niemals gehalten, ich bedaure die arme Familie von Herzen. –

164. Mozarteum.

Wien 25. Juli 1781.

Ich sage noch einmal, daß ich schon längst im Sinne gehabt ein anderes Logis zu nehmen und das nur wegen dem Geschwätz der Leute, und mir ist leid, daß ich es, wegen einer albernen Plauderei, woran kein wahres Wort ist, zu thun gezwungen bin. Ich möchte doch nur wissen, was gewisse Leute für Freude haben können ohne allen Grund so in den Tag hineinzureden. Weil ich bei ihnen wohne, so heirathe ich die Tochter[71]: von verliebt sein war gar die Rede nicht, über das sind sie hinausgesprungen; sondern ich logire mich ins Haus und *heirathe*. Wenn ich mein Lebetag nicht ans Heirathen gedacht habe, so ist es gewiß jetzt, denn (ich wünsche mir zwar nichts weniger, als eine reiche Frau) wenn ich jetzt wirklich durch eine Heirath mein Glück machen könnte, so könnte ich unmöglich aufwarten, weil ich ganz andere Dinge im Kopf habe. Gott hat mir mein Talent nicht gegeben,

71 *Constanze*, Aloysias zweite Schwester, nachher Mozarts Gattin.

damit ich es an eine Frau hänge und damit mein junges Leben in Unthätigkeit dahin lebe. Ich fange erst an zu leben, und soll es mir selbst verbittern? Ich habe gewiß nichts über den Ehestand, aber für mich wäre er dermalen ein Uebel. Nun, da ist kein ander Mittel, ich muß, wenn es schon nicht wahr ist, wenigstens den Schein vermeiden, obwohl der Schein auf nichts anderm beruht, als daß ich da wohne; denn wer nicht ins Haus kömmt, der kann nicht einmal sagen, daß ich mit ihr so viel Umgang habe, wie mit allen andern Geschöpfen Gottes; denn die Kinder gehen selten aus, nirgends als in die Comödie, und da gehe ich niemals mit, weil ich meistens nicht zu Hause bin zur Comödienstunde. Ein paar Mal waren wir im Prater und da war die Mutter auch mit, und ich, da ich im Hause bin, konnte es nicht abschlagen, mitzugehen; und damals hörte ich noch keine solchen Narrensreden. Dann muß ich aber auch sagen, daß ich nichts als *meinen* Theil zahlen durfte, – und da die Mutter solche Reden selbst gehört und auch von mir aus weiß, so muß ich sagen, daß sie selbst nicht mehr will, daß wir zusammen wohin gehen sollen, und mir selbst gerathen wo anders hinzuziehen, um fernere Verdrießlichkeiten zu vermeiden. Denn sie sagt, sie möchte nicht unschuldiger Weise an meinem Unglück Schuld sein. Das ist also die einzige Ursache, warum ich schon längst (seitdem man so schwätzt) im Sinn gehabt wegzuziehen, und insoweit Wahrheit gilt, habe ich keine, was aber die Mäuler anbelangt, habe ich Ursache; und wenn diese Reden nicht gingen, so würde ich schwerlich wegziehen, denn ich werde freilich leicht ein schöneres Zimmer bekommen, aber die Commodité und so freundschaftliche und gefällige Leute schwerlich. Ich will auch nicht sagen, daß ich im Hause mit der mir schon verheiratheten Mademoiselle trotzig sei und nichts rede, aber verliebt auch nicht. Ich narrire und mache Spaß mit ihr, wenn es mir die Zeit zuläßt (und das ist nur Abends wenn ich zu Hause soupire, denn Morgens schreibe ich in meinem Zimmer und Nachmittags bin ich selten zu Hause) und also, sonst weiter nichts. Wenn ich die alle heirathen müßte, mit denen ich gespaßt habe, so müßte ich leicht 200 Frauen haben.

Nun auf das Geld zu kommen. Meine Scolarin blieb 3 Wochen auf dem Lande, ich hatte folglich nichts einzunehmen, und die Ausgaben gingen aber immer fort, mithin konnte ich Ihnen nicht mehr 30 Ducaten schicken, aber 20. Weil ich mir aber Hoffnung gemacht wegen der Subscriptions, so wollte ich warten um Ihnen die versprochene Summe schicken zu können. Nun sagte mir aber die Gräfin Thun, daß vor dem Herbst an die Subscriptions nicht zu denken sei, weil alles was Geld hat, auf dem Lande ist; sie hat dermalen nicht mehr als 10 Personen und meine Scolarin nicht mehr als sieben. Ich lasse nun unterdessen 6 Sonaten stechen; der *Artaria* Musikstecher hat schon mit mir gesprochen. Sobald sie verkauft sind, daß ich Geld bekomme, so werde ich es Ihnen schicken.

Nun muß ich meine liebe Schwester um Verzeihung bitten, daß ich ihr nicht zu ihrem Namenstage schriftlich gratulire, der Brief liegt angefangen im Kasten. Als ich Samstags den Brief anfieng, kam der Bediente der Gräfin Rumbeck und sagte, daß alles aufs Land gehen wollte, ob ich nicht auch mitkommen wollte. Weil ich dem Cobenzl nichts abschlagen will, so ließ ich also den Brief liegen, machte geschwind meine Sache zusammen und ging mit; ich dachte mir, meine Schwester wird es mir nicht übel nehmen. Ich wünsche ihr also in der Octav alles mögliche Gute und Ersprießliche, was ein aufrichtiger seine Schwester von Herzen liebender Bruder immer wünschen kann, und küsse sie auf das zärtlichste. Ich bin heute wieder mit dem Grafen hereingefahren, und morgen fahre ich wieder mit ihm hinaus. Nun leben Sie recht wohl, liebster bester Vater, glauben Sie und trauen Sie Ihrem Sohne, der gewiß gegen alle rechtschaffenen Leute die besten Gesinnungen hat, und warum sollte er sie für seinen lieben Vater und Schwester nicht haben? Glauben Sie ihm und trauen Sie ihm mehr, als gewissen Leuten, die nichts besseres zu thun haben, als ehrliche Leute zu verläumden. –

165. Mozarteum.

Wien 1. Aug. 1781.

Die Sonate auf vier Hände habe ich gleich abgeholt, denn die Frau von Schindl ist gerade dem Auge Gottes [Webers Wohnung] gegenüber. Wenn die Mad. Duschek [Sängerin, Freundin Mozarts] schon etwa in Salzburg sein sollte, so bitte ich ihr mein freundschaftliches Compliment zu vermelden, nebst der Frage ob etwa nicht noch bevor sie Prag verlassen, ein Herr zu ihr gekommen sei, welcher ihr von mir einen Brief überbracht hat; wo nicht, so werde ich an denselben gleich schreiben, daß er ihn nach Salzburg schickt. Dieser ist der *Rossi* von München, er hat mich gebeten ihm mit einem Empfehlungsschreiben beizustehen; er hat von hieraus etwelche gute Schreiben mit nach Prag genommen. Wenn mein Schreiben nur bloß seine Empfehlung beträfe, so wollte ich es wohl seiner Disposition überlassen, so aber habe ich die Mad. Duschek auch darin gebeten mir in meiner Subscription für 6 Sonaten verhülflich zu sein. Dem Rossi habe ich um so mehr diese Gefälligkeit gethan, weil er mir die Poesie zur Cantate verfertigt, welche ich im Advent für meine Benefize geben will.

Nun hat mir vorgestern der junge *Stephanie* ein Buch zu schreiben gegeben. Ich muß bekennen, daß so schlecht er meinetwegen gegen andere Leute sein kann, das ich nicht weiß, so ein sehr guter Freund ist er von mir. Das Buch ist ganz gut. Das Sujet ist türkisch und heißt: »*Belmont und Konstanze, oder: Die Verführung aus dem Serail.*« Die Sinfonie, den Chor im 1. Act und Schlußchor werde ich mit türkischer Musik machen. Mad. *Cavalieri,*

Mademoiselle *Teyber*, Mr. *Fischer*, Mr. *Adamberger*, Mr. *Dauer* und Mr. *Walter* werden dabei singen. Mich freuet es so, das Buch zu schreiben, daß schon die 1. Arie von der Cavalieri und die von Adamberger und das Terzett, welches den 1. Act schließt, fertig sind. Die Zeit ist kurz, das ist wahr, denn im halben September soll es schon aufgeführt werden; allein die Umstände, die zu der Zeit, da es aufgeführt wird, dabei verknüpft sind und überhaupt alle andern Absichten erheitern meinen Geist dergestalt, daß ich mit der größten Begierde zu meinem Schreibtisch eile und mit größter Freude dabei sitzen bleibe. – Der Großfürst von Rußland wird hierherkommen, und da bat mich Stephanie, ich sollte, wenn es möglich wäre in dieser kurzen Zeit die Oper schreiben; denn der Kaiser und Graf Rosenberg werden jetzt bald kommen und da wird gleich gefragt werden, ob nichts Neues in Bereitschaft sei; da wird er dann mit Vergnügen sagen können, daß der *Umlauf* mit seiner Oper (die er schon lange hat) fertig werden wird, und daß ich extra eine dafür schreibe, – und er wird mir gewiß ein Verdienst daraus machen, daß ich sie aus dieser Ursache, in dieser kurzen Zeit zu schreiben übernommen habe. Es weiß es niemand, als der Adamberger und Fischer; denn der Stephanie bat uns nichts zu sagen, weil der Graf Rosenberg noch nicht da ist und es leicht tausend Schwätzereien abgeben kann. Der Stephanie will halt aber nicht dafür angesehen sein, als wenn er mein gar zu guter Freund sei, sondern daß er vielmehr dieses alles thue, weil es der Graf Rosenberg so haben will, welcher ihm auch wirklich bei seiner Abreise befohlen hat, nur um ein Buch zu sehen.

Nun weiß ich Ihnen nichts mehr zu schreiben, denn Neues weiß ich gar nichts. Mein Zimmer wo ich hinziehe ist schon in Bereitschaft; jetzt gehe ich, ein Clavier zu entlehnen, denn bevor das nicht im Zimmer steht, kann ich nicht darin wohnen dermalen, weil ich eben zu schreiben habe und keine Minute zu versäumen ist. Viele Commoditäten werden mir doch abgehen in meinen neuen Logement, besonders wegen dem Essen; wenn ich recht nothwendig zu schreiben hatte, so wartete man mit dem Essen so lange ich wollte, und ich konnte *unangezogen* fortschreiben und dann nur zur andern Thür zum Essen hineingehen, sowohl Abends als Mittags. Jetzt, wenn ich nicht Geld ausgeben will und mir nicht das Essen in mein Zimmer bringen lassen will, verliere ich wenigstens eine Stunde mit dem Anziehen (welches sonst Nachmittag meine Arbeit war) und muß ausgehen, abends besonders. Sie wissen, daß ich mich gemeiniglich hungrig schreibe; die guten Freunde, wo ich soupiren könnte, essen schon um 8 Uhr oder längstens $^1/_2$9. Da sind wir vor 10 Uhr nicht zu Tisch gegangen. Nun Adieu, ich muß schließen, denn ich muß mich um ein Clavier umsehen.

166. Mozarteum.

Ich muß geschwind schreiben, weil ich den Augenblick mit dem Janitscha-renchor fertig geworden und es nun schon 12 Uhr vorbei ist, und ich ver-sprochen habe puncto 2 Uhr mit den Aurnhammerischen und der Cavalieri nach Mingendorf bei Laxenburg zu fahren, allwo nun das Lager ist. Der Adamberger, die Cavalieri und der Fischer sind mit ihren Arien ungemein zufrieden. Gestern habe ich bei der Gräfin Thun gespeist und morgen werde ich wieder bei ihr speisen; ich habe ihr, was fertig ist, hören lassen, sie sagte mir auf die Letzt, daß sie sich getraue mir mit ihrem Leben gut zu stehen, daß das, was ich bis dato geschrieben, gewiß gefallen wird. Ich gehe in diesem Punkt auf *keines Menschen Lob oder Tadel*, bevor so Leute nicht alles im Ganzen gehört und gesehen haben, sondern folge schlechterdings meinen eigenen Empfindungen. Sie mögen aber nur daraus sehen, wie sehr sie damit muß zufrieden gewesen sein, um so etwas zu sagen.

Weil ich eben nichts zu schreiben habe, was von Wichtigkeit wäre, so will ich Ihnen nur eine abscheuliche Geschichte mittheilen, vielleicht ist sie Ihnen schon bekannt, man heißt sie hier die Tyroler Geschichte; mich interessirt sie um so mehr, weil ich denjenigen, den sie unglücklicher Weise getroffen sehr gut von München aus kenne und er auch jetzt täglich zu uns kommt, das ist Herr von *Wiedmer*, ein Edelmann. Dieser, ich weiß nicht, aus Unglück oder natürlichem Trieb zum Theater hat vor etwelchen Monaten angefangen, eine Truppe zu errichten, mit welcher er nach Innsbruck ist. An einem Sonntag Mittags geht dieser gute Mann ganz ruhig auf der Straße und da gehen etwelche Cavaliers so hinter ihm; einer aber darunter mit Namen Baron Buffa, schimpft immer auf den Impresario, nemlich: Der Cujon soll seiner Tänzerin eher gehen lernen, bevor er sie auf das Theater gibt, und mit allerhand Nachnamen. Hr. v. Wiedmer natürlicher Weise sieht sich, nachdem er lange Zeit zugehört, endlich um. Da fragt ihn der Buffa, was er ihn ansieht? Dieser antwortet ganz gut: »Ei, Sie sehen mich ja auch an; *die Straße ist frei, man kann sich ja umsehen, wie man will*«, und geht wieder seine Wege fort. Der Baron Buffa fährt aber immer fort zu schimpfen; endlich wird es dem ehrlichen Mann zu stark und fragt ihn, wem gilt denn das? »Dir Hundsfut« – mit einer tüchtigen Ohrfeige war die Antwort. Hr. v. Wiedmer gab sie ihm aber gleich zurück mit noch andern Annehmlichkeiten; keines hatte einen Degen bei sich, sonst würde er es ihm gewiß nicht mit gleichem erwiedert haben. Dieser geht ganz ruhig nach Hause, um sich seine Haare ein wenig in die Ordnung bringen zu lassen (denn Baron Buffa kriegte ihn auch beim Haare) und wollte die Sache beim Präsidenten (Graf Wolkenstein) vorbringen. Da war aber schon sein ganzes Haus voll Wache, und man brachte ihn auf die Hauptwache; er mochte sagen, was er wollte, es nützte nichts, er sollte seine 25 auf den Hintern haben. Endlich sagte er: »Ich bin ein Edelmann, ich lasse mich nicht unschuldiger Weise schlagen, ich will eher Soldat werden, um mich revangiren zu können.« Denn in Innsbruck muß der dumme Tyrolerbrauch sein, daß kein Mensch einen Cavalier schlagen darf, wenn er auch noch so viel Recht dazu hätte. Auf dieses brachte man ihn ins Zuchthaus, und dort mußte er nicht 25 sondern 50 aushalten. Ehe er sich auf die Bank legte, sagte er öffentlich: »Ich bin unschuldig und ich appellire jetzt öffentlich an den Kaiser.« Der Corporal aber antwortete ihm spöttisch: »Halte der Herr nur vorher seine 50 Prügel aus, hernach kann der Herr appelliren.« In 2 Stunden war die ganze Sache vorbei, nämlich um 2 Uhr. Auf den 5. Streich waren schon die Beinkleider entzwei; mich wundert es in der That, daß er es hat aushalten können, man hat ihn auch wirklich ohnmächtig weggebracht, er ist drei Wochen gelegen. Sobald er curirt war, so ist er schnurgerade nach Wien, wo er jetzt mit Sehnsucht die Ankunft des Kaisers erwartet, der von der ganzen Sache schon informirt ist, sowohl von hier aus, als von Innsbruck, von seiner Schwester, der Erzherzogin Elisabeth. *Wiedmer* selbst hat einen Brief von ihr an den Kaiser. Den Tag vorher, ehe dieses geschehen, hat der Präsident Ordre bekommen, niemand, es sei wer und was wolle, zu strafen, ohne es vorher hierher zu berichten. Das macht die Sache noch schlimmer. Der Präsident muß doch ein recht dummer boshafter Ochs sein. Aber, wo kann man diesem Mann hinlängliche Satisfaction verschaffen? die Schläge hat er immer. Wenn ich Wiedmer wäre, ich würde vom Kaiser folgende Satisfaction verlangen: Er müßte auf dem nämlichen Platz 50 aushalten und ich müßte dabei sein, und dann müßte er mir erst noch 6000 Ducaten geben, und könnte ich diese Satisfaction nicht erlangen, so wollte ich gar keine, sondern stäche ihm bei der nächst besten Gelegenheit den Degen durch das Herz. *NB.* Man hat ihm schon 3000 Ducaten angeboten, wenn er nicht nach Wien geht und die Sache stille hält. Die Innsbrucker heißen den Hrn. v. Wiedmer: Der für uns gegeißelt ist worden, der wird uns auch erlösen. – Keine Seele mag ihn. Des Präsidenten Haus ist die ganze Zeit bewacht gewesen, es ist hier ein Evangelium über ihn heraus, es wird von nichts geredet, als von dieser Sache. Mich dauert der arme Mann recht sehr, denn er ist niemals recht gesund, er hat immerzu Kopfweh und klagt die Brust sehr.

167. Mozarteum.

Wien 22. Aug. 1781.

Wegen der Adresse meiner neuen Wohnung kann ich Ihnen ja noch nichts schreiben, weil ich noch keine habe; doch bin ich mit zweierlei im Preiszank, wovon eines ganz gewiß genommen wird, weil ich künftigen Monat nicht mehr hier wohnen könnte, folglich ausziehen muß. Es scheint, Hr. v. *Aurnhammer* hätte Ihnen geschrieben, daß ich schon wirklich eine Wohnung habe! Ich habe auch wirklich schon eine gehabt, aber, was für eine! für Ratzen und Mäuse, aber nicht für Menschen. Die Stiege mußte man Mittags um 12 Uhr mit der Laterne suchen; das Zimmer könnte man eine kleine Kammer nennen, durch die Küche kam man in mein Zimmer und da war an meiner Kammerthüre ein Fensterchen; man versicherte mich zwar, man würde einen Vorhang vormachen, dach bat man mich zugleich, daß, sobald ich angezogen wäre, ich es wieder aufmachen sollte, denn sonst sähen sie nichts sowohl in der Küche als in dem anstoßenden andern Zimmer. Die Frau selbst nannte das Haus das Rattennest, mit Einem Wort es war fürchterlich anzusehen. Das wäre mir eine noble Wohnung gewesen, wo doch unterschiedliche Leute von Ansehen zu mir kommen. Der gute Mann hat halt auf sonst nichts als auf sich selbst und seine Tochter gedacht, welche die größte Seccatrice ist, die ich kenne. Weil ich in Ihrem letzten Schreiben eine Graf Daunische Eloge von diesem Haus gelesen, so muß ich Ihnen doch auch etwas davon schreiben. Ich hätte dieß alles, was Sie lesen werden, mit Stillschweigen übergangen und als etwas, das nicht kalt und nicht warm macht, weil es nur eine Privat-Seccatur für mich allein ist, betrachtet; da ich aber aus Ihrem Schreiben ein Vertrauen auf dieses Haus entdecke, so sehe ich mich gezwungen, Ihnen sowohl das Gute als das Ueble davon aufrichtig zu sagen. – Er ist der beste Mann von der Welt, – nur gar zu gut, denn seine Frau, die dümmste und närrischste Schwätzerin von der Welt, hat die Hosen, so daß wenn sie spricht, er sich kein Wort zu sagen trauet; er hat mich, da wir öfters zusammen spazieren gegangen, gebeten, ich möchte in seiner Frauen Gegenwart nichts sagen, daß wir einen Fiacre genommen oder Bier getrunken haben. Nun, zu so einem Mann kann ich unmöglich Vertrauen haben, er ist mir in Betracht seiner Haushaltung zu unbedeutend. Er ist ganz brav und ein guter Freund von mir, ich könnte öfters bei ihm zu Mittag speisen, ich pflege mir aber *meine Gefälligkeiten* niemals bezahlen zu lassen; sie wären freilich mit einer Mittagssuppe nicht bezahlt. Doch glauben solche Leute Wunder was sie damit thun. Ich bin nicht wegen meinem Nutzen in ihrem Haus, sondern wegen *dem ihrigen*, ich sehe dabei gar keinen Nutzen für mich, und habe noch keine einzige Person dort angetroffen, die so viel werth wäre, daß ich sie auf dieses Papier hersetzte. Uebrigens gute Leute, sonst weiter nichts, – Leute die Vernunft genug haben, einzusehen wie nützlich ihnen meine Bekanntschaft für ihre Tochter ist, welche, wie alle Leute, die sie vorher gehört haben, sagen, seit der Zeit, da ich zu ihr gehe, sich ganz verändert hat. Von der Mutter will ich gar keine Beschreibung machen, genug daß man über Tisch genug zu thun hat, um das Lachen zu halten, basta. Sie kennen die Frau *Adlgasserin* [vgl. oben S. 97] und dieses Meuble ist noch ärger, denn sie ist dabei medisante, also dumm und boshaft. Von ihrer Tochter also: Wenn ein Maler den Teufel recht natürlich malen wollte, so müßte er zu ihrem Gesicht Zuflucht nehmen. Sie ist dick wie eine Bauerndirne, schwitzt also, daß man speien möchte und geht so bloß, daß man ordentlich lesen kann: *Ich bitte euch, schauet hierher.* Das ist wahr, zu sehen ist genug, daß man blind werden möchte, aber man ist auf den ganzen Tag gestraft genug, wenn sich unglücklicherweise die Augen darauf wenden, – da braucht man Weinstein! so abscheulich, schmutzig und grauslich! – Pfui Teufel! Nun, ich habe Ihnen geschrieben, wie sie Clavier spielt, ich habe Ihnen geschrieben, warum sie mich gebeten ihr beizustehen. Mit vielem Vergnügen thue ich Leuten Gefälligkeiten, aber nur nicht seckiren. Sie ist nicht zufrieden, wenn ich 2 Stunden alle Tage mit ihr zubringe, ich soll den ganzen Tag dort sitzen, und da will sie die artige machen! Aber wohl noch mehr, sie ist serieusement in mich verliebt. Ich hielt es für Spaß, aber nun weiß ich es gewiß. Als ich es merkte, denn sie nahm sich Freiheiten heraus, z.B. mir zärtliche Vorwürfe zu machen, wenn ich etwas später kam als gewöhnlich, oder mich nicht lange aufhalten konnte und dergleichen Sachen mehr – ich sah mich also gezwungen um sie nicht zum Narren zu haben ihr mit Höflichkeit die Wahrheit zu sagen. Das half aber nichts, sie wurde noch immer verliebter. Endlich begegnete ich ihr allzeit sehr höflich, ausgenommen, sie kam mit ihren Possen, dann wurde ich grob; da nahm sie mich aber bei der Hand und sagte: »*Lieber Mozart, seien Sie doch nicht so böse. Sie mögen sagen was Sie wollen, ich habe Sie halt doch gern.*« In der ganzen Stadt sagt man, daß wir uns heirathen, und man verwundert sich nur über mich, daß ich so ein Gesicht nehmen mag. – Sie sagte mir, daß, wenn so etwas zu ihr gesagt würde, sie allzeit dazu gelacht habe. Ich weiß aber von einer gewissen Person daß sie es bejaht habe, mit dem Zusatz, daß wir alsdann zusammen reisen werden. Das hat mich aufgebracht. Ich sagte ihr also letzthin die Meinung wacker und sie möchte meine Güte nicht mißbrauchen. Und nun komme ich nicht mehr alle Tage, sondern nur alle andern Tage zu ihr, und so wird es nach und nach abnehmen. Sie ist nichts als eine verliebte Närrin, denn bevor sie mich gekannt, hat sie im Theater, als sie mich gehört, gesagt: »Morgen kommt er zu mir, und da werde ich ihm seine Variationen mit dem nämlichen Gusto vorspielen.« Aus dieser Ursache bin ich nicht hingegangen, weil das eine stolze Rede war und weil sie gelogen hat; denn ich wußte kein Wort, daß ich den andern Tag hingehen sollte. Nun Adieu, das Papier ist voll. Der 1. Act von der Oper ist nun fertig. –

168. Mozarteum.

Wien 29. Aug. 1781.

Nun will ich Ihnen Ihre Fragen beantworten. – Die Mad. Bernasconi [S. 303] hat 500 Ducaten von der Direction aus, oder meinetwegen vom Kaiser aus, aber nur auf ein Jahr. *NB.* sie schmählt und wünscht sich schon längst weg, aber das ist nur eine *furberia italiana,* eben durch das Schmälen wird sie hier zu bleiben haben, sonst würde sie schwerlich von London nach Wien gekommen sein, denn sie kam, man wußte nicht wie? und warum? Ich glaube, daß *Graf Dietrichstein* (der Stallmeister) ihr Protector, schon vorher davon gewußt hat, und daß *Gluck* (damit er seine französischen Opern im Deutschen aufführen kann) auch dazu geholfen hat. Das ist gewiß, daß man sie dem Kaiser ordentlich aufgedrungen hat und der große Schwarm der Noblesse ist sehr portirt für sie, allein der Kaiser im Herzen nicht, – so wenig als für *Gluck*, – und das Publikum auch nicht. Das ist wahr, in Tragödien große Rollen zu spielen, da wird sie immer Bernasconi bleiben, aber in kleinen Operetten ist sie nicht anzusehen, denn es steht ihr nicht mehr an. Und dann, wie sie auch selbst gesteht, sie ist mehr wälsch als deutsch, sie redet auf dem Theater so wienerisch wie im gemeinen Umgang, – jetzt stellen Sie sich vor! Und wenn sie sich bisweilen zwingen will, so ist es als wenn man eine Prinzessin in einem Marionettenspiel declamiren hörte. Und das Singen, das ist dermalen so schlecht, daß kein Mensch für sie schreiben will. Und damit sie die 500 Ducaten nicht umsonst einnimmt, so hat sich (mit vieler Mühe) der Kaiser bewegen lassen, die »*Iphigenie*« und »*Alceste*« von Gluck aufzuführen. Erstere deutsch und die zweite wälsch. – Von Sigr. *Righini* seinem Glück weiß ich nichts, er gewinnt sich viel Geld mit Scolarisiren, und vergangene Fasten war er mit seiner Cantate glücklich, denn er hat sie zweimal hintereinander gegeben und allzeit gute Einnahme gehabt. Er schreibt recht hübsch, er ist nicht unergründlich, aber ein großer Dieb; er giebt seine gestohlenen Sachen aber so mit Ueberfluß wieder öffentlich preis und in so ungeheuerer Menge, daß es die Leute kaum verdauen können.

Der *Großfürst von Rußland* kommt erst im November, also kann ich meine Oper mit mehr Ueberlegung schreiben. Ich bin recht froh. Vor Allerheiligen lasse ich sie nicht aufführen, denn da ist die beste Zeit, da kommt alles vom Lande herein. – Ich habe jetzt ein recht hübsches eingerichtetes Zimmer auf dem *Graben*; wenn Sie dieses lesen, werde ich schon darin sein. Ich habe es mit Fleiß nicht auf die Gasse genommen, wegen der Ruhe. Wegen der *Duscheck* habe ich schon den Preis der Sonaten im Briefe an sie benannt, nämlich 3 Ducaten. –

169. Mozarteum.

Wien 5. Sept. 1781.

Ich schreibe Ihnen nun in meinem neuen Zimmer, *auf dem Graben* Nr. 1175 im 3. Stock. Aus dem, wie Sie mein letztes Schreiben aufgenommen, sehe ich leider, daß Sie (als wenn ich ein Erzbösewicht oder ein Dalk oder beides zugleich wäre) mehr dem Geschwätz und Schreiberei anderer Leute trauen als mir, und folglich gar kein Vertrauen auf mich setzen. Ich versichere Sie aber, daß mir dies Alles gar nichts macht; die Leute mögen sich die Augen aus dem Kopf schreiben, und Sie mögen ihnen Beifall geben, wie Sie wollen, so werde ich mich deswegen um kein Haar ändern, und der nämliche ehrliche Kerl bleiben, wie sonst. Und das schwöre ich Ihnen, daß wenn nicht *Sie* es hätten haben wollen, daß ich ein anderes Quartier nehmen sollte, ich gewiß nicht würde ausgezogen sein; denn es kommt mir vor, als wenn einer von seinem eigenen commoden Reisewagen sich in einen Postwagen setzte. – Doch stille davon, denn es nützt doch nichts, denn die Faxen die, Gott weiß wer, Ihnen in den Kopf gesetzt hat, überwiegen doch immer meine Gründe. Nur das bitte ich Sie, wenn Sie mir etwas schreiben, das Ihnen an mir nicht recht ist, und ich schreibe Ihnen dann wieder meine Gedanken darüber, so halte ich es allzeit für etwas, das zwischen Vater und Sohn geredet ist, also ein Geheimniß und nicht als etwas, das andere auch wissen sollen. Mithin bitte ich Sie, lassen Sie es dann dabei bewenden und adressiren Sie sich nicht an andere Leute; denn bei Gott, andern Leuten geb ich nicht fingerlang Rechenschaft von meinem Thun und Lassen, und sollte es der Kaiser sein. Haben Sie immer Vertrauen auf mich, denn ich verdiene es. Ich habe Sorge und Kümmernisse genug hier für meinen Unterhalt; verdrießliche Briefe zu lesen ist dann gar keine Sache für mich. Ich habe vom Anfang, als ich hierher kam, von *mir* ganz allein leben müssen, was ich durch meine Bemühung habe erhalten können; die andern haben immer ihre Besoldung dabei bezogen. Ceccarelli hat mehr verdient als ich, hat sich aber hier brav ausgeleert; wenn ich es so gemacht hätte, so wäre ich gar nicht im Stande gewesen zu quittiren. Daß Sie, mein liebster Vater, noch kein Geld von mir bekommen, ist gewiß meine Schuld nicht, sondern die dermalige üble Saison. Haben Sie nur Geduld, ich muß sie ja auch haben; ich werde Sie bei Gott nicht vergessen. – Als die Historie mit dem Erzbischof war schrieb ich um Kleider, ich hatte ja nichts bei mir, als mein schwarzes Kleid. Die Trauer war aus, es wurde warm, die Kleider kamen nicht, ich mußte mir also machen lassen, wie ein Lump konnte ich in Wien nicht herumgehen, besonders in diesem Falle; meine Wäsche sah aus zum Erbarmen, kein Hausknecht hatte hier Hemden von so grober Leinwand als ich sie hatte; und das ist gewiß das Abscheulichste an einem Mannsbild, – mithin wieder Ausgaben. Ich

247

hatte eine einzige Scolarin, die blieb mir drei Wochen aus, da verlor ich wieder dabei; wegwerfen darf man sich nicht hier, das ist ein Hauptprincipium, sonst hat man es auf immer verdorben. Wer am impertinentesten ist, der hat den Vorzug. – Aus allen Ihren Briefen seh ich, daß Sie glauben, daß ich nichts thue, als mich amüsiren; da betrügen Sie sich wohl stark, ich kann wohl sagen, daß ich gar kein Vergnügen habe, gar keins, als das einzige, daß ich nicht in Salzburg bin. Im Winter hoffe ich, daß alles gut gehen wird, und da werde ich Sie bester Vater gewiß nicht vergessen. Sehe ich, daß es gut thut, so bleibe ich noch länger hier; wo nicht, so habe ich im Sinne, schnurgerade nach Paris zu gehen, und darüber bitte ich Sie um Ihre Meinung.

P.S. Mein Compliment an die Duscheckischen; bitte mit Gelegenheit mir auch die Arie die ich für die Baumgarten [S. 235] gemacht, das Rondo für die Duscheck und dem Ceccarelli seines zu schicken.

170. Mozarteum.

Wien 12. Sept. 1781.

Die Serenade vom Rust [Salzburger Musiker] muß auf dem steinernen Theater [in Hellbrunn] recht gut gelassen haben, besonders weil die Sänger gesessen sind und aus dem Papier herausgesungen haben; in einem Zimmer oder Saal würde das gewiß nicht thunlich sein. Ich muß lachen, man redet hier immer von Academien, die man zu Ehren des Großfürsten geben wird, und der Großfürst wird auf einmal da sein, und wir werden kein steinernes Theater haben. Hr. *Lipp* [Organist in Salzburg] muß vor den hohen Herrschaften ein schönes Ansehen gemacht haben, noch ein wenig schlechter, als der *Haydn* [Michael], wenn es möglich ist! Die Tapferkeit, die Haydn im Lazarethwaldl bewiesen hat, war von keinem geringen Nutzen für meine Gesundheit! Ich bedaure die armen Verunglückten in Redstatt recht vom Herzen. Eben weil wir vom Feuer reden, es hat diese ganze Nacht hindurch in der Stephanskirche in der Magdalenacapelle gebrannt; um 5 Uhr Morgens hat der Rauch den Thurmwächter aufgeweckt, bis halb 6 Uhr ist keine Seele zum Löschen gekommen und um 6 Uhr, wo es am heftigsten gebrannt hat, hat man erst Wasser und die Spritzen gebracht, der ganze Altar mit allem Zugehör und die Stühle und alles was in der Capelle ist, ist verbrannt. Man hat die Leute zum Löschen und Helfen geprügelt, und weil fast niemand hat helfen wollen, so hat man Leute in bortirten Kleidern und gestickten Westen helfen sehen. Man sagt, daß, seit Wien steht, keine solche schlechte Anordnung gewesen sei, als dieses mal. Der Kaiser ist halt nicht hier. – Wenn nur der Daubrawaick bald hierher käme, damit ich meine Musik bekäme. Die Frl. von Aurnhammer quält mich entsetzlich wegen dem Doppelconcert. – Nun sind Proben über Proben im Theater, der Balletmeister Antoine ist von München berufen worden, und da wird in ganz Wien und in allen Vorstädten um Figuranten geworben, denn es ist noch ein trauriger Rest von *Noverre* [S. 151 ff.] vorhanden, die aber die 8 Jahre durch kein Bein bewegt haben und die meisten davon also wie lauter Stöcke sind. Ich habe Ihnen, glaube ich, schon letzthin geschrieben, daß die »*Iphigenie*« deutsch und die »*Alceste*« wälsch von Gluck aufgeführt wird. Wenn die Iphigenie oder Alceste allein aufgeführt würde, wäre es mir schon recht; aber alle Beide ist mir sehr unangenehm, ich will Ihnen die Ursache sagen: Der die Iphigenie in das Deutsche übersetzt hat ist ein vortrefflicher Poet und dem hätte ich recht gerne meine Oper von München zum Uebersetzen gegeben, die Rolle des Idomeneo hätte ich ganz geändert und für den *Fischer* im Baß geschrieben und andere mehrere Veränderungen vorgenommen und sie mehr auf französische Art eingerichtet. Die Bernasconi, Adamberger und Fischer hätten mit größtem Vergnügen gesungen; da sie aber nun 2 Opern zu studiren haben und so mühsame Opern, so muß ich sie entschuldigen, und eine 3. Oper wäre ohnehin zu viel. –

171. Mozarteum.

Wien 19. Sept. 1781.

Ma très chère soeur!

Durch den letzten Brief unseres lieben Vaters habe ich vernommen, daß Du krank seist, welches mir keine geringe Sorge und Kummer macht; und zwar 14 Tage hast Du schon die Badecur gebraucht, Du warst also schon lange krank, und ich wußte kein Wort davon. Nun will ich Dir aufrichtig schreiben, und eben auch wegen Deinen immerzu zustoßenden Unpäßlichkeiten. Glaube mir, liebste Schwester, in allem Ernste, daß das Beste für Dich ein Mann wäre, und eben deßwegen, weil es sehr Einfluß auf Deine Gesundheit hat, wünschte ich von Herzen, daß Du bald heirathen könntest. Du hast mich in Deinem letzten Schreiben noch als zu wenig ausgescholten; ich schäme mich, wenn ich daran denke und ich kann keine einzige Entschuldigung vorbringen als daß ich gleich, als ich Deinen vorletzten Brief erhielt, angefangen habe, Dir zu schreiben, und daß es so liegen geblieben, ich es endlich zerrissen, weil die Zeit noch nicht da ist, wo ich Dich mit *mehr Gewißheit* trösten könnte; doch ich hoffe, sie wird gewiß kommen. Nun höre meine Gedanken.

Du weißt, daß ich nun eine Oper schreibe. Was davon gemacht ist hat überall außerordentlichen Beifall gehabt; denn ich kenne die Nation – und ich hoffe, sie wird gut ausfallen. Wenn das gelingt, dann bin ich auch in der Composition wie im Clavier hier beliebt. Nun wenn ich diesen Winter überstanden, so kenne ich meine Umstände besser, und ich zweifle nicht, daß sie gut sein werden. Für Dich und D'Yppold [ihren Geliebten] wird schwerlich, ja ich glaube gewiß, in Salzburg *nichts* daraus werden. Könnte denn D'Yppold *hier* nichts für sich zuwege bringen? – Er für sich selbst wird auch wenigstens nicht *ganz* leer sein. Frage ihn darum, und glaubt er, daß die Sache gehen könnte, so soll er mir nichts als den Weg zeigen, ich werde gewiß das Unmögliche thun, weil ich den stärksten Antheil an der Sache nehme. – Wäre das ausgemacht, so könnt Ihr auch sicher heirathen; denn glaube mir, Du würdest Dir hier Geld genug verdienen, z.B. in Privatacademien zu spielen, – und mit den Lectionen man würde Dich recht darum bitten und gut bezahlen. Da müßte aber mein Vater quittiren und auch mit, – dann könnten wir wieder recht vergnügt zusammen leben. Ich sehe kein anderes Mittel und ehe ich gewußt habe, daß es Dir mit dem D'Yppold recht Ernst ist, so hatte ich schon mit Dir so etwas im Sinne. Nur unser lieber Vater war der Anstoß, denn ich möchte, daß der Mann in Ruhe käme und sich nicht plagen und scheren sollte. Auf diese Art könnte es aber sein, denn durch das Einkommen Deines Mannes, durch Dein eigenes und durch das meinige können wir schon auskommen und ihm Ruhe und ein vergnügtes Leben verschaffen. Rede nur bald mit dem D'Yppold, und gib mir gleich Anleitung; denn je eher man die Sache zu betreiben anfängt, desto besser. Durch das Cobenzlische Haus kann ich das meiste machen, er muß mir aber auch schreiben wie? und was?

Mr. Marchal empfiehlt sich Dir und besonders dem D'Yppold und er läßt sich bei ihm noch auf das freundschaftlichste bedanken, für das große Freundstück, welches er ihm bei seiner Abreise erwiesen. Nun muß ich schließen, denn ich muß noch dem Papa schreiben. Lebe wohl, liebste Schwester, ich hoffe im künftigen Brief vom Papa bessere Nachrichten von Deiner Gesundheit zu lesen und bald durch Deine eigene Handschrift davon ganz überzeugt zu werden.*Adieu,* ich küsse Dich 1000 mal und bin ewig Dein unveränderlicher, Dich von Herzen liebender Bruder.

172. Nissen.

Wien 26. Sept. 1781.

Die Oper hatte mit meinem Monolog angefangen, und da bat ich Hrn. Stephanie eine kleine Ariette daraus zu machen, – und daß anstatt nach dem Liedchen des *Osmin* die Zwei zusammen schwatzen, ein Duett daraus würde. – Da wir die Rolle des Osmin Hrn. Fischer zugedacht haben, welcher gewiß eine vortreffliche Baßstimme hat, obwohl der Erzbischof zu mir gesagt, er singe zu tief für einen Bassisten, und ich ihm aber betheuerte, er würde nächstens höher singen, so muß man so einen benutzen, besonders da er das hiesige Publikum ganz für sich hat. – Dieser Osmin hat aber im Original-Büchel das einzige Liedchen zu singen und sonst nichts, außer in dem Terzett und Finale. Dieser hat also im ersten Acte eine Arie bekommen und wird auch im zweiten Acte noch eine haben. Die Arie habe ich dem Hrn. Stephanie ganz angegeben – und die Hauptsache der Musik davon war schon ganz fertig, ehe Stephanie ein Wort davon wußte. – Sie haben nur den Anfang davon, und das Ende, welches von guter Wirkung sein muß; – der Zorn des Osmin wird dadurch in das Komische gebracht, weil die türkische Musik dabei angebracht ist. – In der Ausführung der Arie habe ich seine schönen tiefen Töne schimmern lassen. – Das »*D'rum beim Barte des Propheten*« ist zwar im nemlichen Tempo, aber mit geschwinden Noten, – und da sein Zorn immer wächst, so muß – da man glaubt, die Arie sei schon zu Ende – das *Allegro assai* ganz in einem andern Zeitmaße und andern Tone eben den besten Effect machen; denn ein Mensch, der sich in einem so heftigen Zorne befindet, überschreitet ja alle Ordnung, Maß und Ziel, er kennt sich nicht – und so muß sich auch die Musik nicht mehr kennen. – Weil aber die Leidenschaften, heftig oder nicht, niemals bis zum Ekel ausgedrückt sein müssen, und die Musik, auch in der schaudervollsten Lage, das Ohr niemals beleidigen, sondern doch dabei vergnügen, folglich allzeit Musik bleiben muß, so habe ich keinen fremden Ton zum *F* (zum Ton der Arie), sondern einen befreundeten, aber nicht den nächsten, *D minore,* sondern den weitern, *A minore,* dazu gewählt. – Nun die Arie von *Belmonte* in *A-dur:* »*O wie ängstlich, o wie feurig*« wissen Sie wie es ausgedrückt ist, – auch ist das klopfende Herz schon angezeigt – die Violinen in Octaven. – Dieß ist die Favorit-Arie von Allen, die sie gehört haben – auch von mir – und ist ganz für die Stimme des Adamberger geschrieben. Man sieht das Zittern, Wanken, man sieht wie sich die schwellende Brust hebt, welches durch ein Crescendo exprimirt ist; man hört das Lispeln und Seufzen, welches durch die ersten Violinen mit Sordinen und einer Flöte mit im Unisono ausgedrückt ist. –

Der Janitscharen-Chor ist als solcher Alles was man verlangen kann, kurz und lustig und ganz für die Wiener geschrieben. – Die Arie von der Constanze habe ich ein wenig der geläufigen Gurgel der Mademoiselle Cavalieri aufgeopfert. – »*Trennung war mein banges Loos, und nun schwimmt mein Aug' in Thränen*« – habe ich, so viel es eine wälsche Bravour-Arie zuläßt, auszudrücken gesucht. – Das »*Hui*« habe ich in »schnell« verändert, also: »Doch wie schnell schwand meine Freude« etc. Ich weiß nicht, was sich unsere deutschen Dichter denken; wenn sie schon das Theater nicht verstehen, was die Opern anbelangt, so sollen sie doch wenigstens die Leute nicht reden lassen, als wenn Schweine vor ihnen stünden.

Nun das Terzett, nämlich der Schluß vom ersten Acte. Pedrillo hat seinen Herrn für einen Baumeister ausgegeben, damit er Gelegenheit habe, mit seiner Constanze im Garten zusammen zu kommen. Der Bassa hat ihn in seine Dienste genommen; Osmin, als Aufseher und der davon nichts weiß, ist, als ein grober Flegel und Erzfeind von allen Fremden, impertinent, und will sie nicht in den Garten lassen. Das Erste, was ich angezeigt, ist sehr kurz, und weil der Text dazu Anlaß gegeben, so habe ich es so ziemlich gut dreistimmig geschrieben; dann fängt aber gleich das *Major pianissimo* an, welches sehr geschwind gehen muß, und der Schluß wird recht viel Lärmen machen, und das ist ja alles was zu einem Schlusse von einem Acte gehört: je mehr Lärmen, je besser, – je kürzer, je besser, – damit die Leute zum Klatschen nicht kalt werden. – Die Ouvertüre ist ganz kurz, wechselt immer mit Forte und Piano ab, wo beim Forte allzeit die türkische Musik einfällt, – modulirt so durch die Töne fort, und ich glaube, man wird dabei nicht schlafen können, und sollte man eine ganze Nacht hindurch nicht geschlafen haben. –

Nun sitze ich wie der Hase im Pfeffer. – Ueber drei Wochen ist schon der erste Act fertig, und eine Arie im zweiten Acte, und das Sauf-Duett, welches in Nichts als in meinem türkischen Zapfenstreiche besteht; mehr kann ich aber nicht davon machen, weil jetzt die ganze Geschichte umgestürzt wird, und zwar auf mein Verlangen. Im Anfange des dritten Actes ist ein charmantes Quintett oder vielmehr Finale, dieses möchte ich aber lieber zum Schlusse des zweiten Actes haben. Um dies bewerkstelligen zu können, muß eine große Veränderung, ja eine ganz neue Intrigue vorgenommen werden, und Stephanie hat über Hals und Kopf Arbeit.

173. Mozarteum.

Wien 6. Oct. 1781.

– Es hat geheißen, der Erzbischof soll diesen Monat (und zwar mit einer großen Suite) hier eintreffen, nun will man es aber wieder beneinen. Wegen dem Ceccarelli glaube ich wohl, daß er wird decretirt werden, denn um *das Geld* wüßte ich wirklich keinen bessern. Sie werden vielleicht schon wissen, was den nach Straßburg reisenden Alumnis bei ihrer dortigen Ankunft begegnet ist, man hat sie halt bei dem Thor nicht hinein lassen wollen, weil sie wie Bettelbuben und zwar wie Spitzbuben ausgesehen haben. H.v. Aurnhammer hat mir gesagt, daß es ihm der Vetter von demjenigen, an den sie adressirt waren erzählt habe, und zwar mit dem Zusatz, daß er ihnen gesagt habe: »Ja meine lieben Herrn, Sie müssen jetzt schon 4 oder 5 Tage bei mir zu Hause bleiben, daß ich Sie vorher kleiden kann, denn so können Sie nicht ausgehen, ohne daß Sie sich in Gefahr setzen, daß ihnen die Buben auf der Straße nachlaufen, und Sie mit Koth werfen.« Schöne Ehre für seine hochfürstlichen Gnaden. – Nun muß ich Ihnen *ex Comission* eine Frage thun, nämlich, wie sie mir angegeben worden; – wer eigentlich die Grafen von *Klesheim* waren? und wo sie *hingekommen?* Der Schmidt (der arme, verunglückte Adorateur von der Base) der nun in der Trattnerischen Buchhandlung ist, hat mich sehr dringend gebeten, ihm darüber Auskunft zu verschaffen.

Nun verliere ich aber bald die Geduld, daß ich nichts weiter an der Oper schreiben kann; ich schreibe freilich unterdessen andere Sachen, jedoch die Passion ist einmal da und zu was ich sonst 14 Tage brauchte, würde ich nun 4 Tage brauchen. Ich habe die Arie *ex A* von Adamberger, die von der Cavalieri *ex B* und das Terzett in einem Tage componirt und in anderthalb Tagen geschrieben; es würde aber auch freilich nichts nützen, wenn die ganze Oper schon fertig wäre, denn sie müßte doch liegen bleiben, bis dem *Gluck* seine 2 Opern zu Stande gekommen sind, und da haben sie noch ehrlich daran zu studiren. Der *Umlauf* muß auch mit seiner fertigen Oper [»Die Bergknappen«] warten, die er in einem Jahr geschrieben hat. Sie dürfen aber nicht glauben, daß sie deßwegen gut ist (unter uns gesagt) weil er ein ganzes Jahr dazu gebraucht hat; diese Oper (aber unter uns) hätte ich immer für eine Arbeit von 14–15 Tagen gehalten, besonders da der Mann so viele Opern muß *auswendig* gelernt haben! und da hat er sich ja nichts als niedersetzen dürfen, und er hat es gewiß so gemacht, man hört es ja. Sie müssen wissen, daß er mich (*c'est à dire* auf seine Art) auf die höflichste Art zu sich invitirt hat, damit er mir seine Oper darf hören lassen, mit dem Zusatz: »Sie dürfen nicht glauben, daß es der Mühe werth sei, daß Sie es hören, ich bin nicht so weit, ich mache es so gut, als ich kann.« – Ich habe nach der Hand gehört, daß er gesagt habe: »Das ist gewiß, der Mozart hat den Teufel im Kopf, im Leib und in den Fingern, er hat mir meine Oper gespielt (die so miserabel geschrieben ist, daß ich sie selbst fast nicht lesen kann) als wenn er sie selbst componirt hätte.« Nun *Adieu,* ich hoffe, meine liebe Schwester, welche ich von Herzen umarme, wird sich nach und nach erholen, und Sie mein lieber Vater, nehmen Sie Wagenschmier in ein Papierle eingewickelt und tragen Sie es auf der Brust und nehmen Sie auch das Kaiserbeinl von einem Kalbschlägel und für einen Kreuzer Schwindlwurzl in einem Papier und tragen Sie es bei sich im Sack. Ich hoffe, daß es Ihnen gewiß helfen wird. Leben Sie wohl.

174. Mozarteum.

Wien 13. Oct. 1781.

Danke Ihnen nebst der Frl. v. Aurnhammer für die Concerte. – Mr. Marchal hat mir den jungen Hr. v. Mayern gestern Vormittags auf mein Zimmer gebracht, und Nachmittags bin ich hinausgefahren und habe meine Sachen abgeholt. Mr. Marchal hat Hoffnung zum Grafen Jean Esterhazi als Hofmeister zu kommen und Graf Cobenzl hat ihm eine schriftliche Recommandation an den Grafen gegeben, er sagte mir: *J'ai donné une lettre à Monsieur votre protégé;* – und als er wieder mit dem Marchal zu sprechen kam, sagte er ihm: *D'abord que j'aurai de réponse, je le dirai à Mr. Mozart votre protecteur.*

Nun wegen dem Text der Oper.[72] Was des Stephanie seine Arbeit anbelangt, so haben Sie freilich Recht, doch ist die Poesie dem Charakter des dummen, groben und boshaften Osmin ganz angemessen, und ich weiß wohl, daß die Verseart darin nicht von der besten ist; doch ist sie so passend mit meinen musikalischen Gedanken (die schon vorher in meinem Kopf herumspazierten) übereingekommen, daß sie mir nothwendig gefallen mußte, und ich wollte wetten, daß man bei dessen Aufführung nichts vermissen wird. Was die in dem Stücke selbst sich befindende Poesie betrifft, könnte ich sie wirklich nicht verachten. Die Arie von Belmonte »O wie ängstlich« könnte fast für die Musik nicht besser geschrieben sein. Das »*Hui*« und »*Kummer ruht in meinem Schooß*« (denn der Kummer kann nicht ruhen) ausgenommen ist die Arie auch nicht schlecht, besonders der erste Theil. Und ich weiß nicht, bei einer Oper muß schlechterdings die Poesie der Musik gehorsame Tochter sein. – Warum gefallen denn die wälschen komischen Opern überall? – mit all dem Elend, was das Buch anbelangt! – sogar in Paris, wovon ich selbst Zeuge war. – Weil da ganz die Musik herrscht, und man darüber alles vergißt. Um so mehr muß ja eine Oper gefallen, wo der Plan des Stücks gut ausgearbeitet, die Worte aber nur blos für die Musik geschrieben sind und nicht hier und dort einem elenden Reim zu Gefallen (die doch bei Gott zum Werth einer theatralischen Vorstellung es mag sein was es wolle, gar nichts beitragen, wohl aber eher Schaden bringen) Worte setzen oder ganze Strophen, die des Componisten seine ganze Idee verderben. 327 Verse sind wohl für die Musik das Unentbehrlichste, aber Reime – des Reimens wegen – das Schädlichste. Die Herrn, die so pedantisch zu Werke gehen, werden immer mit sammt der Musik zu Grunde gehen. – Da ist es am besten, wenn ein guter Componist, der das Theater versteht und selbst etwas anzugeben im Stande ist, und ein gescheidter Poet als ein wahrer Phönix zusammen kommen. Dann darf einem vor dem Beifall des Unwissenden auch nicht bange sein. Die Poeten kommen mir fast vor, wie die Trompeter mit ihren Handwerkspossen! Wenn wir Componisten immer so getreu unsern Regeln (die damals, als man noch nichts besseres wußte, ganz gut waren)

---

72   Dieser ganze Absatz ist von Nissen (S. 458) mit unter den Brief Nr. 172 vom
     26. Sept. 1781 gezogen worden.

folgen wollten, so würden wir eben so untaugliche Musik, als sie untaugliche Büchlein, verfertigen.

Nun habe ich Ihnen dünkt mich genug albernes Zeug daher geschwätzt, nun muß ich mich um das erkundigen, was mir am meisten am Herzen liegt, nämlich Ihre Gesundheit mein bester Vater! Ich habe Ihnen in meinem letzten Schreiben zweierlei Mittel für den Schwindel vorgeschlagen, die wenn sie Ihnen nicht bekannt sind, Ihnen vielleicht nicht tauglich vorkommen werden. Man hat mich aber versichert, daß sie gewiß guten Erfolg bringen würden, und das Vergnügen, Sie gesund zu wissen, machte mir diese Versicherung so glaublich und gewiß, daß ich mich unmöglich enthalten konnte, selbe so aus gutem Herzen vorzuschlagen mit dem heißesten Wunsche, daß sie deren nicht benöthiget sein möchten, und im widrigen Falle, daß sie zur gänzlichen Herstellung gedeihen sollen. Meine Schwester wird sich, hoffe ich, täglich mehr erholen.

175. Mozarteum.

Wien 3. Nov. 1781.

Ich bitte um Verzeihung, daß ich vergangenen Posttag nicht den Empfang der Cadenzen, wofür ich Ihnen gehorsamst danke, berichtet habe; es war aber eben mein Namenstag. In der Früh verrichtete ich also meine Andacht, und da ich eben schreiben wollte, so kamen mir eine Menge Gratulanten auf den Hals. Um 12 Uhr fuhr ich in die Leopoldstadt zur *Baronin Waldstädten*[73], allwo ich meinen Namenstag zugebracht habe. Auf die Nacht um 11 Uhr bekam ich eine Nachtmusik von 2 Clarinetten, 2 Horn und 2 Fagott und zwar von meiner eigenen Composition; diese Musik hatte ich auf den Theresiatag für die Schwester der Fr. v. Hickl oder Schwägerin des Hrn. v. Hickl (Hofmaler) gemacht, allwo sie auch wirklich das erste Mal ist producirt worden. Die 6 Herrn die solche exequiren, sind arme Schlucker, die aber ganz hübsch zusammen blasen, besonders der erste Clarinettist und zwei Waldhornisten. Die Hauptursache aber, warum ich sie gemacht, war, um dem Hr. v. Strack [Leibkammerdiener des Kaisers] (welcher täglich dahin kommt) etwas von mir hören zu lassen und deßwegen habe ich sie auch ein wenig vernünftig geschrieben. Sie hat auch allen Beifall erhalten, man hat sie in der Theresiennacht an dreierlei Orten gemacht, denn wenn sie wo

---

73 Geb. *von Schäfer*, eine der ausgezeichnetsten Clavierspielerinnen Wiens und besondere Gönnerin Mozarts. Sie nahm sogar später, um dessen Liebesangelegenheit zu begünstigen und Constanze den Quälereien der Mutter zu entziehen, das Mädchen mehrmals auf längere Zeit zu sich ins Haus. Vgl. Nr. 182. – Die Serenade ist bei Köchel als Nr. 375 verzeichnet.

damit fertig waren, so hat man sie wieder wo anders hingeführt und bezahlt. Die Herrn also haben sich die Hausthüre öffnen lassen, und nachdem sie sich mitten im Hof rangirt, mich, der ich mich eben entkleiden wollte, mit dem ersten *E b Accord* auf die angenehmste Art von der Welt überrascht. –

Es wäre wohl gut, wenn jetzt meine Oper fertig wäre, denn *Umlauf* kann seine jetzt nicht geben, weil die Mademoiselle *Weiß* und die Mademoiselle *Schindler* krank sind. Jetzt muß ich gleich zum Stephanie gehen, weil er endlich gesagt hat, daß etwas fertig sei. – Neues weiß ich Ihnen gar nichts zu schreiben, denn Kleinigkeiten können Sie nicht interessiren, und Sachen von Belang werden Sie schon so gut wissen, als wir Wiener. Daß nun ein Dauphin existirt, ist zwar auch wenigstens dermalen eine Kleinigkeit bis eine Großheit daraus wird. Nur um dem *Duc d'Artois* nicht allein die Ehre eines Bonmot zu lassen, habe ich dieses hergeschrieben; denn er sagte einmal zur Königin, als sie sich in ihrer Schwangerschaft beklagte daß ihr der Dauphin sehr viele Ungelegenheit mache, – *il me donne des grands coups de pied au ventre,* – auf welches er dann sagte: *O madame, laissez le venir dehors qu'il me donnera des grands coups de pied au cul.* –

Nun waren den Tag, als die Nachricht kam, alle Theater und Schauplätze frei, und jetzt – schlägt es drei, mithin muß ich zum Stephanie eilen, sonst treffe ich ihn nicht mehr an, dann kann ich wieder warten. Ich hoffe, Sie werden sich alle Tage besser befinden, wie auch meine liebe Schwester, die ich von ganzem Herzen umarme.

176. Mozarteum.

Wien 16. Nov. 1781.

Ich sage Ihnen tausend Dank für Ihren Glückwunsch zu meinen Namenstag und mache Ihnen entgegen den meinigen auf den Leopolditag. Liebster, bester Vater! ich wünsche Ihnen alles erdenkliche Gute, was nur immer zu wünschen ist, doch nein, Ihnen wünsche ich nichts, sondern alles mir. Ich wünsche also *mir,* daß Sie immer gesund bleiben möchten, und noch unzählige Jahre zu meinem Glück und größten Vergnügen leben sollen, – wünsche mir, daß das Alles, was ich thue und unternehme nach Ihrem Wunsch und Vergnügen sein möchte – oder vielmehr, daß ich nichts thun möchte, was nicht zu Ihrer größten Freude ausschlagen sollte. Und ich hoffe es auch so, denn was zu Ihres Sohnes Glück beitragen kann muß Ihnen natürlicher Weise auch angenehm sein! Der Hr. v. Aurnhammer, die gnädige Frau und die 2 Fräulein (bei den ich eben schreibe) machen auch ihren Glückwunsch.

Heute erwartet man den Herzog von Würtemberg und deßwegen ist morgen Redoute. Den 25. soll zu Schönbrunn eine Freiredoute sein. Man ist aber deßfalls in einem sehr grossen Embarras; denn nach der allgemeinen

Sage soll der Großfürst nur 10 Tage hier bleiben, und Catherine (weßwegen der Ball ist) fällt nach dem griechischen Kalender den 6. Dezember. Also weiß man noch nicht, was geschehen wird. – Noch ein komisches Stück. Den Acteuren ist vom Kaiser aus gesagt worden, daß sich jeder eine Rolle aussuchen soll, um sich vor dem Großfürsten zu produciren. *Lange* [der Mann Aloysias] hat sich also den Hamlet ausgebeten; Graf Rosenberg aber, der den Lange nicht mag, hat gesagt, das könne nicht sein, weil diese Rolle der *Brockmann* die ganze Zeit her gespielt habe. Als nun dieses dem Brockmann gesagt worden, so ist er zum Rosenberg gegangen und hat ihm gesagt, daß er sie auch nicht spielen könne, und daß die ganze Comödie nicht aufgeführt werden könne und warum? – – *Weil der Großfürst selbst der Hamlet wäre.* – Der Kaiser (sagt man, – sagt man, – sagt man) habe deßwegen dem Brockmann 50 Ducaten geschickt. Nun weiß ich nichts Neues mehr. –

177. Mozarteum.

Wien 17. Nov. 1781.

Wegen dem Ceccarelli kann es unmöglich sein, und wenn es nur auf eine einzige Nacht wäre; denn ich habe nur ein einziges Zimmer, welches nicht groß und durch Kasten, Tisch und Clavier so voll ist, daß ich nicht wüßte, wo man noch ein Bett hinstellen könnte. Und in Einem Bett schlafen mag ich mit niemand, als mit meiner zukünftigen Frau. Aber um ein nach Möglichkeit wohlfeiles Logis will ich ihn umsehen, wenn ich nur gewiß weiß, wann er kommt.

Die Gräfin *Schönborn* [Schwester des Erzbischofs] habe ich die ganze Zeit nicht gesehen; ich hatte das Herz nicht hinzugehen, und habe es auch noch nicht; ich *kenne* sie, sie würde mir (ganz gewiß) etwas sagen, welches ich vielleicht nicht so unbeantwortet einstecken würde, und es ist allzeit besser dergleichen Sachen zu vermeiden. Genug sie weiß daß ich hier bin, und wenn sie mich will, so kann sie mich haben. Der *Czernin* hat es wegen der mölkischen Geschichte [S. 306] doch nicht gerathen können, und hat ihn bei öffentlicher Tafel gefragt, ob er keine Nachrichten von seinem Bruder dem Hofrath, habe? – Der Mölk war betroffen und konnte nichts antworten. Ich würde ihm gewiß geantwortet haben. Er ist in einem Hause verdorben worden, welches sie sehr stark frequentirt haben.

Nun habe ich endlich wieder etwas für meine Oper zu arbeiten bekommen. Ja, wenn man allzeit den Leuten, den sogenannten Ohrenbläsern glauben und trauen wollte! – wie sehr würde man sich öfters dadurch schaden! Man hat mich so über den jungen Stephanie aufgehetzt, daß es nicht zu sagen ist. Mir ist ordentlich bange dabei geworden, und wenn ich gethan hätte,

257

was mir die Leute gesagt haben, so würde ich mir aus einem guten Freund einen Feind gemacht haben, der mir viel schaden könnte, und ohne alle Ursache.

Gestern ließ mich Nachmittags um 3 Uhr der Erzherzog *Maximilian*[74] zu sich rufen. Als ich hineinkam stand er gleich im ersten Zimmer beim Ofen und paßte auf mich, ging mir gleich entgegen und fragte mich, ob ich nichts zu thun hätte. *»Euer königl. Hoheit, gar nichts, und wenn auch, so würde es mir allezeit eine Gnade sein, Euer königl. Hoheit aufzuwarten.«* – »Nein, ich will keinen Menschen geniren.« Dann sagte er mir, daß er gesinnt sei, Abends den würtembergischen Herrschaften eine Musik zu geben; ich möchte also etwas spielen dabei und die Arien accompagniren, und um 6 Uhr soll ich wieder zu ihm kommen, da werden alle zusammen kommen. Mithin habe ich gestern allda gespielt. Wem Gott ein Amt gibt, gibt er auch Verstand; so ist es auch wirklich beim Erzherzog, als er noch nicht Pfaff war, war er viel witziger und geistiger und hat weniger, aber vernünftiger gesprochen. Sie sollten ihn jetzt sehen! Die Dummheit guckt ihm aus den Augen heraus, er redet und spricht in alle Ewigkeit fort und alles in Falset; er hat einen geschwollenen Hals, mit Einem Wort als ob der ganze Herr umgekehrt wäre. – Der Herzog von Würtemberg aber ist ein charmanter Herr, wie auch die Herzogin und die Prinzessin; der Prinz aber ist ein 18jähriger Stecken und ein wahres Kalb. Nun muß ich schließen, leben Sie recht wohl und sein Sie so viel als möglich munter.

178. Mozarteum.

Wien 24. Nov. 1781.

Gestern war ich eben in der Academie beim *Aurnhammer* als Ceccarelli den Brief überbrachte; er hat mich also nicht angetroffen und hat deßwegen den Brief bei den *Weberischen* gelassen, welche mir ihn alsogleich hingeschickt haben. – In der Academie war die Gräfin *Thun* (die ich eingeladen), Baron *van Swieten*, Baron *Godenus*, der reiche getaufte Jud *Wetzlar*, Graf Firmian und Herr v. Daubrawaick und sein Sohn. Wir haben das Concert *a due* gespielt und eine Sonate in zweien die ich expreß dazu componirt habe und die allen Succés gehabt hat [die kleine in *D dur*, Köchel Nr. 381]. Diese Sonate werde Ihnen durch Hr. v. Daubrawaick schicken, welcher gesagt hat, er wird stolz darauf sein, sie in seinem Koffer liegen zu haben; der Sohn sagte das und*nota bene* ein Salzburger. Der Vater aber als er ging sagte laut zu mir: »Ich bin stolz darauf, Ihr Landsmann zu sein – Sie machen Salzburg

---

74   Vgl. S. 148 Anm. Er ward später Erzbischof von Köln und der Hauptgönner Beethovens.

große Ehre, – ich hoffe die Zeiten werden sich doch wieder so ändern, daß man Sie haben kann – und dann lassen wir Sie gewiß nicht aus.« – Ich sagte darauf: »Mein Vaterland hat allzeit den ersten Anspruch auf mich.« –

Nun ist das Großthier der Großfürst hier. – Morgen ist »Alceste« (welsch) in Schönbrunn und dann allda Freiball. – Ich habe mich um russische Favoritlieder umgesehen, um darüber Variationen spielen zu können.

Nun sind meine Sonaten herausgekommen, die ich Ihnen auch mit nächster Gelegenheit übermachen werde. [Köchel Nr. 376–380.]

Ceccarelli wird ohne Zweifel eine Academie mit mir geben wollen, allein da wird nichts daraus werden, denn ich bin kein Liebhaber vom Theilen. – Alles was ich thun kann ist das, daß ich (da ich in der Fasten eine Academie geben werde) ihn darin singen lasse und dann – in der seinigen umsonst spiele! –

Nun muß ich schließen, denn ich muß zu Fr. v. *Trattner* [seiner Schülerin].

179. Mozarteum.

Wien 5. Dez. 1781.

Heute habe ich keinen Brief von Ihnen, ich will Ihnen also von Neuigkeiten schreiben was ich weiß. Er gibt deren zwar wenige und die wenigen sind meistens erlogen – und das ist eben die Ursache warum ich Ihnen keine schreibe, weil ich fürchten muß, ich werde dabei zu Schanden; wie zum Beispiel der General *Laudon* schon wirklich todt war und nun aber (Glück dem Haus Oesterreich) wieder auferstanden ist. – Der Großfürst bleibt bis Neujahr hier, und dem Kaiser ist es nun bange geworden wie er ihn diese lange Zeit durch unterhalten könne. Damit er aber nicht viel Kopfzerbrechens hat, so – unterhält er ihn gar nicht. Es ist ja genug, wenn er seine Frau unterhält, und dazu – ist er allein genug. Auf dem Schönbrunner Ball war eine grausame Confusion. Weil vermög der trefflichen Anstalten solches ohne Hexerei vorzusehen war, so ging auch der Herr Ego nicht darauf, weil er kein Liebhaber von Gedränge, Rückenstoßen und Prügel ist, und sollten es auch kaiserliche sein! – Der Kammerfourier Strobel hatte die Billete auszutheilen; auf 3000 Personen war der Antrag. Es wurde öffentlich kundgemacht, daß Jedermann sich bei dem obgedachten Strobel könne aufschreiben lassen. Da ist nun alles hingelaufen, und der Strobel – aufgeschrieben; und da durfte man dann nichts als um die Billete schicken. Einigen die zu bekannt sind, wurden sie ins Haus geschickt. Und solche Commission gab man dem nächstbesten Buben. Da geschah es, daß ein Bub auf der Treppe einen Vorbeigehenden fragte, ob er nicht so und so hieße. Dieser sagte aus Spaß Ja, und er – gab ihm ein Billet. Ich weiß zwei Häuser welche dieser Unordnungen wegen kein Billet bekommen haben. Sie waren aufgeschrieben, schickten hin, – der Strobel ließ ihnen sagen, er hätte ihnen ja die Billete längst geschickt. Auf diese Art war der Ball voll Friseurs und Stubenmädchens. – Nun kommt aber das Schönste, worüber sich die Noblesse sehr aufgehalten hat. Der Kaiser führte immer die Großfürstin am Arm, es waren zwei Partien Contredanse von der Noblesse, Römer und – Tartaren. Bei einem von diesen geschah es, daß der ohnehin schon unartige Wiener Pöbel sich so zudrängte, daß sie die Großfürstin dem Kaiser vom Arm weg – mitten in die Tanzenden hineinstoßen. Der Kaiser fing an mit den Füßen zu stampfen, sacramentirte wie ein Lazzarone, stieß einen ganzen Haufen Volk zurück und holte links und rechts aus. Einige von der ungarischen Garde wollten allzeit mitgehen um Platz zu machen, allein er schickte sie weg. Auf diese Art geschieht ihm Recht; denn das geht nicht, Pöbel bleibt doch immer Pöbel.

Diesen Augenblick erhalte ihr Schreiben vom 27. November. Das ist gewiß daß der Kaiser dem Herzog von Würtemberg entgegen gefahren ist, und zwar der Prinzessin zu Liebe. Aus diesem macht kein Mensch hier einiges Geheimniß; nur weiß man nicht, ob das ein Brocken für ihn selbst oder für einen toscanischen Prinzen sei. Glaublicher ist das Letzte; allein der Kaiser ist gar zu zärtlich mit ihr, er küßt ihr unaufhörlich die Hände, eine nach der andern, und öfters beide zugleich. Nur das wundert mich, weil sie so zu sagen noch ein Kind ist. Wenn aber das wahr ist und geschieht was man sagt, so glaube ich nun selbst wieder daß ihm das Hemd näher ist als der Rock; denn sie soll zwei Jahre hier in einem Kloster bleiben, und vermuthlich – wenns keine Hexen gibt, wird sie meine Scolarin auf dem Clavier sein.

Den Fagottist, den man dem Erzbischof anhängen will, kenne ich schon, er secondirt ja mit dem *Ritter* bei der Oper. Sie schreiben ich soll Sie nicht vergessen! – Daß Sie Freude haben daß ich Sie nicht vergesse, macht mir gewiß das größte Vergnügen. Wenn Sie aber glauben können, ich könnte Sie vergessen – das würde mich recht sehr schmerzen. Ich soll denken daß ich eine unsterbliche Seele habe! – Nicht allein denke ich das, sondern ich glaube es. Worin bestände denn sonst der Unterschied zwischen Menschen und Vieh! – Eben weil ich das nur zu gewiß weiß und glaube, so habe ich nicht alle Ihre Wünsche so, wie Sie gedacht haben, erfüllen können. – Nun leben Sie wohl.

180. Mozarteum.

Wien 15. Dez. 1781.

Diesen Augenblick erhalte ich Ihr Schreiben vom 12. – Durch Hr. v. Daubrawaick werden Sie diesen Brief, die Uhr, die Münchner Opera, die 6 ge-

stochenen Sonaten, die Sonate auf 2 Claviere und die Cadenzen erhalten. –
Wegen der Prinzessin von Würtemberg und mit mir ist es schon vorbei,
der Kaiser hat es mir verdorben, denn bei ihm ist nichts als *Salieri*! – Der
Erzherzog Maximilian hat ihr *mich* angetragen; – sie hat ihm geantwortet,
wenn es auf sie angekommen wäre, so hätte sie nie keinen andern genommen,
aber der Kaiser hätte ihr den Salieri angetragen wegen dem Singen, – es
wäre ihr recht leid. Wegen dem was Sie vom Würtembergischen Hause und
Ihnen geschrieben haben, ist nicht unmöglich daß es mir vielleicht dienen
könnte.

Liebster Vater! Sie fordern von mir die Erklärung der Worte die ich zu
Ende meines letzten Briefes hingeschrieben habe! – O wie gerne hätte ich
Ihnen nicht längst mein Herz eröffnet; aber der Vorwurf welchen Sie mir
hätten machen können, auf so was zur Unzeit zu denken, hielt mich davon
ab – obwohl Denken niemalen zur Unzeit sein kann. – Mein Bestreben ist
unterdessen etwas wenig *Gewisses* hier zu haben – dann läßt es sich mit der
Hülfe des Unsichern ganz gut hier leben – und dann – zu heirathen! – Sie
erschrecken vor diesem Gedanken? – Ich bitte Sie aber, liebster, bester Vater,
hören Sie mich an! – Ich habe Ihnen mein Anliegen entdecken müssen, nun
erlauben Sie auch daß ich Ihnen meine Ursachen und zwar sehr gegründete
Ursachen entdecke. Die Natur spricht in mir so laut, wie in jedem andern
und vielleicht lauter als in manchem großen starken Lümmel. Ich kann unmöglich so leben wie die meisten dermaligen jungen Leute. – Erstens habe
ich zu viel Religion, zweitens zu viel Liebe des Nächsten und zu ehrliche
Gesinnungen als daß ich ein unschuldiges Mädchen anführen könnte [vgl.
S. 181], und drittens zu viel Grauen und Eckel, Scheu und Furcht vor die
Krankheiten und zu viel Liebe zu meiner Gesundheit als daß ich mich mit
H– herumbalgen könnte. Dahero kann ich auch schwören daß ich noch mit
keiner Frauensperson auf diese Art etwas zu thun gehabt habe. Denn wenn
es geschehen wäre, so würde ich es Ihnen auch nicht verhehlen; denn fehlen
ist doch immer dem Menschen natürlich genug, und einmal zu fehlen wäre
auch nur bloße Schwachheit, – obwohl ich mir nicht zu versprechen getraute,
daß ich es bei einmal Fehlen bewenden lassen würde, wenn ich in diesem
Punkte ein einziges Mal fehlte. – Darauf aber kann ich leben und sterben.
Ich weiß wohl daß diese Ursache (so stark sie immer ist) doch nicht erheblich
genug dazu ist; – mein Temperament aber, welches mehr zum ruhigen und
häuslichen Leben als zum Lärmen geneigt ist, – ich der von Jugend auf niemals gewohnt war auf meine Sachen, was Wäsche, Kleidung und dgl. anbelangt, Acht zu haben, – kann mir nichts nöthiger denken als eine Frau. –
Ich versichere Sie, was ich nicht Unnützes öfters ausgebe, weil ich auf nichts
Acht habe. – Ich bin ganz überzeugt, daß ich mit einer Frau (mit dem
nemlichen Einkommen, das ich allein habe) besser auskommen werde, als

so, – und wie viele unnütze Ausgaben fallen nicht weg? – Man bekommt wieder andere dafür, das ist wahr, allein – man weiß sie, kann sich darauf richten und mit einem Worte, man führt ein ordentliches Leben. – Ein lediger Mensch lebt in meinen Augen nur halb, – ich hab halt solche Augen, ich kann nicht dafür – ich habe es genug überlegt und bedacht – ich muß doch immer so denken.

Nun aber wer ist der Gegenstand meiner Liebe? – Erschrecken Sie auch da nicht, ich bitte Sie. – Doch nicht eine *Weberische*? – Ja eine *Weberische*! – aber nicht *Josepha* – nicht *Sophie* – sondern *Constanze*, die mittelste. – Ich habe in keiner Familie solche Ungleichheit der Gemüther angetroffen wie in dieser. – Die Aelteste ist eine faule grobe falsche Person, die es dick hinter den Ohren hat. – Die Langin [Aloysia] ist eine falsche schlechtdenkende Person und eine Coquette. – Die Jüngste – ist noch zu jung um etwas sein zu können, – ist nichts als ein gutes, aber zu leichtsinniges Geschöpf! Gott möge sie vor Verführung bewahren. – Die Mittelste aber, nemlich meine gute liebe *Constanze* ist – die Marterin darunter, und eben deswegen vielleicht die gutherzigste geschickteste und mit einem Worte die beste darunter; – die nimmt sich um Alles im Hause an – und kann doch nichts recht thun. O mein bester Vater, ich könnte ganze Bögen voll schreiben, wenn ich Ihnen alle die Auftritte beschreiben sollte, die mit uns beiden in diesem Hause vorgegangen sind; wenn Sie es aber verlangen, werde ich es im nächsten Briefe thun. – Bevor ich Sie von meinem Gewäsche frei mache, muß ich Ihnen doch noch näher mit dem Charakter meiner liebsten Constanze bekannt machen. – Sie ist nicht häßlich, aber auch nichts weniger als schön, – ihre ganze Schönheit besteht in zwei kleinen schwarzen Augen und in einem schönen Wachsthum. Sie hat keinen Witz aber gesunden Menschenverstand genug, um ihre Pflichten als eine Frau und Mutter erfüllen zu können. Sie ist nicht zum Aufwand geneigt, das ist grundfalsch – im Gegentheil ist sie gewohnt schlecht gekleidet zu sein – denn das wenige was die Mutter ihren Kindern hat thun können, hat sie den zwei andern gethan, ihr aber niemalen. – Das ist wahr daß sie gern nett und reinlich, aber nicht propre gekleidet wäre; – und das meiste was ein Frauenzimmer braucht, kann sie sich selbst machen; und sie frisirt sich auch alle Tage selbst – versteht die Hauswirthschaft, hat das beste Herz von der Welt – ich liebe sie und sie liebt mich von Herzen – sagen Sie mir ob ich mir eine bessere Frau wünschen könnte? –

Das muß ich Ihnen noch sagen, daß damals als ich quittirte die Liebe noch nicht war, – sondern erst durch ihre zärtliche Sorge und Bedienung (als ich im Hause wohnte) geboren wurde. – Ich wünsche also nichts mehr, als daß ich nur etwas weniges Sicheres bekomme (wozu ich auch Gottlob wirklich Hoffnung habe), so werde ich nicht nachlassen Sie zu bitten, daß ich diese Arme erretten – und mich zugleich mit ihr – und ich darf auch sagen, uns alle glücklich machen darf. – Sie sind es ja doch auch wenn ich es bin? – Und die Hälfte von *dem Sichern* was ich bekommen werde, sollen Sie genießen, mein liebster Vater! – Nun habe ich Ihnen mein Herz eröffnet und Ihnen meine Worte erkläret. – Nun bitte ich Sie mir auch die Ihrigen von Ihrem letzten Brief zu erklären: Du wirst nicht glauben, daß ich *einen Antrag der dir gemacht worden, und darauf du,* damals als ichs erfuhr, *nichts geantwortet,* wissen könnte. – Da verstehe ich kein Wort davon, ich weiß von keinem Antrag. – Nun haben Sie Mitleiden mit Ihrem Sohne! Ich küsse Ihnen 1000 Mal die Hände und bin ewig dero gehorsamer Sohn.

181. Mozarteum.

Wien 15. (22.) Dez. 1781.

Ma très chère soeur!

Ich danke Dir für alle die Neuekeiten die du mir geschrieben hast. Hier sind meine 6 Sonaten; für dich sind nur 4 neue dabei. Wegen den Variationen war es nicht möglich, weil die Copisten zuviel zu thun haben. Sobald es aber möglich ist, werde ich sie dir überschicken.

Den 22. Du wirst unterdessen das Couvert über den Brief an meinen Vater erhalten haben. Die Oper hat mir Hr. Daubrawaick wieder zurückgeschickt, mithin muß ich mich um eine andere Gelegenheit umsehen. Dem Ceccarelli würde freilich bange dabei geworden sein, wenn du seinen Antrag angenommen hättest. Denn ich habe ihm davon geredet, und da sagt er gleich: *Certo, l'avrai preso meco subito;* und als ich ihn fragte, warum er dich nicht mitgenommen, wußte er keine bessere Ursache als: *»wo hätte ich sie denn hier hinthun müssen?«* – »O wegen diesem«, sagte ich, »wäre mir nicht bange; ich wüßte Orte genug wo man sie mit Freuden aufnehmen würde;« – und es ist auch wahr. Wenn Du gute Gelegenheit bekommst auf einige Zeit hierher zu reisen, so schreibe es mir nur vorher.

Nicht wahr »das Loch in der Thür« [von Stephanie] ist eine gute Comödie? – Die sollst Du aber hier aufführen sehen. »Die Gefahren der Verführung« ist auch ein gutes Stück. »Das öffentliche Geheimniß« ist nur als ein italienisches Stück betrachtet anzunehmen, denn die Herablassung der Fürstin mit dem Bedienten ist gar zu unanständig und wider alle Natur. Das Beste an diesem Stück ist wirklich – das öffentliche Geheimniß, nämlich die Art wie sich die zwei Liebenden, zwar in geheim aber doch öffentlich verstehlich machen.

Neues kann ich Dir nichts schreiben meine liebe Schwester, weil ich dermalen nichts weiß. Wegen den alten Bekanntschaften will ich Dir gleich sagen, daß ich nur ein einziges Mal bei der Fr. v. Mesmer draußen [vgl. S. 6] war. Das Haus ist nicht mehr so wie es war. Wenn ist umsonst essen will, so brauche ich nicht deßwegen auf die Landstraße hinauszufahren, da habe ich in der Stadt zu Fuße Oerter genug. Die Fischerischen [ebenfalls eine Bekanntschaft vom Jahre 1766 her] wohnen im tiefen Graben, wo ich niemals fast hinzukommen habe. Doch wenn mich der Weg eben dahin trifft, mache ich Ihnen auf einen Augenblick eine Visite, denn länger könnte ich das warme Zimmerl und den Wein auf dem Tisch nicht leiden. Ich weiß wohl daß in diesem die größte Ehrenbezeugung bei dergleichen Leuten besteht; allein ich bin kein Liebhaber von dieser Ehrenbezeugung und noch weniger von dergleichen Leuten.

Wegen meiner Schießkasse [von der Salzburger Bözlschützengesellschaft] weiß ich auch nicht was zu thun ist; es muß ja doch das Geld Interesse von den Hundert Gulden sein? – Mußt halt zu diesem schreiten. Vielleicht bin ich das künftige Jahr glücklicher. – Wegen der Scheibe? –

Gott! – in diesem Augenblick erhalte ich ein Schreiben von meinem lieben besten Vater! – Wie kann es doch nur so Ungeheuer von Menschen geben? – Geduld. – Vor Zorn und Wuth kann ich nicht mehres schreiben, nur das, daß ich ihm nächsten Posttag darauf antworten werde – und ihm zeigen werde, daß es Menschen gibt, die mehr als Teufel sind. Er möchte unterdessen ruhig sein, sein Sohn sei seiner vielleicht mehr werth, als er glaube.[75]

182. Mozarteum.

Wien 22. Dez. 1781.

Ich bin noch ganz voll von Zorn und Wuth über die schändlichen Lügen des Erzbuben *Winter*, – ruhig und gelassen weil sie mich nicht treffen, vergnügt und zufrieden mit meinem unschätzbarsten liebsten besten Vater! – Ich konnte es aber von Ihrer Vernunft und Ihrer Liebe und Güte zu mir nie anders erwarten. – Meinen Brief und Geständniß meiner Liebe und Absicht werden Sie nun durch mein letztes Schreiben schon erfahren haben und werden daraus gesehen haben, daß ich in meinem 26. Jahre nicht so dumm sein werde so in den Tag hinein zu heirathen, ohne etwas Gewisses zu haben, – daß meine Ursachen mich sobald möglich zu verheirathen, sehr gut gegründet sind und daß, nach dem wie ich Ihnen mein Mädchen geschildert habe, mir selbe als Frau sehr gut zu Statten kommen wird. Denn so

---

75 Der junge Komponist *Peter Winter*, der spätere Schöpfer des »*Unterbrochenen Opferfestes*«, war von Wien über Salzburg nach München zurückgereist und hatte dem Vater allerhand Uebles von Mozart und namentlich von Constanze erzählt. Man wird sich aus den Mannheimer Briefen erinnern, wie Mozart über den Abbé Vogler dachte, und jedenfalls hielt er auch seine Meinung in der Oeffentlichkeit nicht zurück. Winter war ein Schüler Voglers und darum zeitlebens nicht gut auf Mozart zu sprechen.

wie ich sie Ihnen beschrieben, so ist sie – um kein Haar besser noch schlechter. – Wegen dem Ehecontract will ich Ihnen auch das aufrichtigste Geständniß machen, wohl überzeugt, daß Sie mir diesen Schritt gewiß verzeihen werden, indem Sie, wenn Sie sich in meinem Falle befunden hätten, ganz gewiß würden das Nämliche gethan haben. Nur wegen diesem bitte ich Sie um Verzeihung, daß ich Ihnen nicht längst alles geschrieben. Ueber diesen Punkt habe ich Ihnen schon in meinem letzten Briefe meine Entschuldigung gemacht und die Ursache, die mich davon abgehalten, geschrieben. Ich hoffe also, Sie werden es mir verzeihen, indem niemand mehr dabei gequält war als ich selbst. Und wenn Sie mir auch in Ihrem Letzten nicht Anlaß dazu gegeben hätten, so würde ich Ihnen alles geschrieben und entdeckt haben. Denn länger – länger – konnte ich es bei Gott nicht aushalten.

Nun aber auf den Ehecontract oder vielmehr auf die schriftliche Versicherung meiner guten Absichten mit dem Mädchen zu kommen, so wissen Sie wohl, daß weil der Vater (leider für die ganze Familie und auch für mich und meine Constanze) nicht mehr lebt, ein Vormund vorhanden ist. Diesem (der mich gar nicht kennt) müssen so dienstfertige und naseweise Herrn wie Hr. Winter und ihrer mehrere allerhand Dinge von mir in die Ohren geschrieen haben – daß man sich mit mir in Acht nehmen müsse – daß ich nichts Gewisses hätte – daß ich starken Umgang mit ihr hätte – daß ich sie vielleicht sitzen lassen würde und das Mädchen hernach unglücklich wäre u.s.w. Dies kroch dem Hrn. Vormund in die Nase, – denn die Mutter, die mich und meine Ehrlichkeit kennt, ließ es dabei bewenden und sagte ihm nichts davon. Denn mein ganzer Umgang bestand darin, daß ich – dort wohnte – und nachher alle Tage ins Haus kam. Außer dem Hause sah mich kein Mensch mit ihr. – Dieser lag der Mutter mit seinen Vorstellungen so lange in den Ohren, bis sie mir es sagte und mich bat mit ihm selbst davon zu sprechen, er wolle die Tage herkommen. – Er kam, ich redete mit ihm, das Resultat (weil ich mich nicht so deutlich explicirte als er es gewollt) war, daß er der Mutter sagte, mir allen Umgang mit ihrer Tochter zu verwehren, bis ich es schriftlich mit ihm ausgemacht habe. Die Mutter sagte: »Sein ganzer Umgang besteht darin, daß er in mein Haus kommt und – mein Haus kann ich ihm nicht verbieten – er ist ein zu guter Freund und ein Freund dem ich viele Obligation habe; ich bin zufrieden gestellt, ich traue ihm – machen Sie es mit ihm aus.« – Er verbot mir also allen Umgang mit ihr, wenn ich es nicht schriftlich mit ihm machte. Was blieb mir also für ein Mittel übrig? – Eine schriftliche Legitimation zu geben oder das Mädchen zu lassen. – Wer aufrichtig und solid liebt, kann der seine Geliebte verlassen? – Kann die Mutter, kann die Geliebte selbst nicht die abscheulichste Auslegung darüber machen? – Das war mein Fall. Ich verfaßte die Schrift also, *daß ich mich verpflichte in Zeit von 3 Jahren die Mademoiselle Constanze*

Weber zu ehelichen; wofern sich die Unmöglichkeit bei mir ereignen sollte, daß ich meine Gedanken ändern sollte, so solle sie alle Jahre 300 Fl. von mir zu ziehen haben. – Ich konnte ja nichts leichters in der Welt schreiben; denn ich wußte, daß es zu der Bezahlung dieser 300 Fl. niemals kommen wird, – weil ich sie niemals verlassen werde. Und sollte ich so unglücklich sein meine Gedanken verändern zu können, so würde ich recht froh sein, wenn ich mich mit 300 Fl. davon befreien könnte, – und die Constanze wie ich sie kenne, würde zu stolz sein, um sich verkaufen zu lassen. – Was that aber das himmlische Mädchen, als der Vormund weg war? – Sie begehrte von der Mutter die Schrift, sagte zu mir: »*Lieber Mozart! ich brauche keine schriftliche Versicherung von Ihnen, ich glaube Ihren Worten so*« – und zerriß die Schrift. – Dieser Zug machte mir meine liebe Constanze noch werther, und durch diese Cassirung der Schrift und durch das Versprechen auf *Parole d'honneur* des Vormunds diese Sache bei sich zu halten war ich wegen Ihnen mein bester Vater einestheils in etwas beruhiget. Denn für Ihre Einwilligung zur Heirath (da es ein Mädchen ist dem nichts als Geld fehlt) war mir nicht bange zu seiner Zeit, – denn ich kenne Ihre vernünftige Denkungsart in diesem Falle. – Werden Sie mir verzeihen? – ich hoffe es! – ich zweifle gar nicht.

Nun will ich (so zuwider es mir ist) von den Spitzbuben reden. Hr. *Reiner*, glaube ich, hat keine andere Krankheit gehabt, als daß es in seinem Kopf nicht richtig muß gewesen sein. Ich sah ihn aus Zufall im Theater wo er mir einen Brief von *Ramm* [dem Mannheimer, jetzt Münchener Oboisten] gab. Ich fragte ihn wo er logire; er sagte aber er wüßte mir weder die Gasse noch das Haus zu nennen, und schmälte daß er sich hätte bereden lassen hierher zu reisen. Ich offerirte ihm ihn zur Gräfin zu führen und überall wo ich Entree hätte aufzuführen, und versicherte ihm daß wenn er kein Concert würde geben können, ich ihn gewiß zum Großfürsten bringen würde. Er sagte aber: »Pah, hier ist nichts zu machen, ich werde gleich wieder fortgehen.« – »Haben Sie nur ein wenig Geduld. Weil Sie mir Ihr Logis nicht sagen können, so will ich Ihnen das meinige sagen, das ist leicht zu finden.« – Ich sah ihn aber nicht, informirte mich nach ihm; als ich ihn aber ausgekundschaftet war er schon weg. – Soviel von diesem Herrn. – Der *Winter*, wenn er den Namen eines Mannes (denn er ist verheirathet) oder doch wenigstens eines Menschen verdiente, so könnte ich sagen, daß er immer und das des *Voglers* wegen mein größter Feind war. Weil er aber in seiner Lebensart ein Vieh und in seiner übrigen Aufführung und allen Handlungen ein Kind ist, so würde ich mich in der That schämen, nur ein einziges Wort wegen seiner hinzuschreiben; denn er verdient ganz die Verachtung eines jeden ehrlichen Mannes. Ich will also nicht (anstatt infamer Lügen) infame Wahrheiten von ihm sagen, sondern nur Ihnen von meinem Thun und Lassen Nachricht geben. – Alle Tage früh um 6 Uhr kommt mein Friseur und weckt mich – bis 7 Uhr bin ich ganz angezogen, – dann schreibe ich bis 10 Uhr, – um 10 Uhr habe ich die Stunde bei Frau v. Trattner, um 11 Uhr bei der Gräfin Rumbeck; jede gibt mir für 12 Lectionen 6 Ducaten, und dahin gehe ich *alle Tage* – ausgenommen sie schicken – welches mir niemalen lieb ist. Bei der Gräfin habe ich es schon ausgemacht, daß sie niemalen schickt; treff ich sie nicht an so habe ich doch mein Billet; die Trattnerin ist aber zu ökonom dazu. – Ich bin keinem Menschen einen Kreuzer schuldig. – Ich weiß kein Wort von einem Liebhaber-Concert, wo zwei waren die schön Clavier spielten, – und ich sage es Ihnen aufrichtig, daß ich es nicht der Mühe werth halte, auf allen den Dreck zu antworten was so ein Lausbub und elender Stümper gesagt haben mag; er macht sich nur selbst lächerlich dadurch. – Wenn Sie glauben, daß ich bei Hofe, bei der ganzen und halben Noblesse verhaßt sei, so schreiben Sie nur an Hr. v. *Strack*, – Gräfin *Thun* – Gräfin *Rumbeck* – Baronin *Waldstädten* – und Hr. von Sonnenfels – Fr. v. Trattner, – *enfin* an wen Sie wollen. Unterdessen will ich Ihnen nur sagen, daß der Kaiser letzthin bei der Tafel das größte Eloge von mir gemacht hat, mit den Worten begleitet: *c'est un talent decidé;* – und vorgestern als den 24. habe ich bei Hofe gespielt. – Es ist noch ein Clavierspieler hier angekommen, ein Welscher, er heißt: *Clementi;* dieser war auch hineinberufen. – Gestern sind mir dafür 50 Ducaten geschickt worden, welche ich dermalen recht nöthig brauche. – Mein liebster, bester Vater – Sie werden sehen, daß es mir nach und nach immer besser gehen wird. Was nützt der entsetzliche Lärm – das geschwinde Glück – es ist von keiner Dauer. – *Che và piano và sano.* – Man muß sich halt nach der Decke strecken. – Unter allen den Hundsföttereien die Winter gesagt, ärgert mich nichts als daß er meine liebe Constanze ein Luder heißt. – Ich habe sie Ihnen geschildert, so wie sie ist; – wollen Sie anderer Leute Meinung darüber hören, so schreiben Sie dem Hrn. v. Aurnhammer bei welchem sie etliche Mal war und ein Mal gespeist hat, – schreiben Sie der *Baronin Waldstädten*, welche sie (leider nur) ein Monat bei sich gehabt hat, weil sie (die Dame) krank geworden, – und nun will sie die Mutter nicht mehr von sich lassen. – Gott gebe, daß ich sie bald heirathen kann. –

Der Ceccarelli empfiehlt sich, er hat gestern bei Hofe gesungen. – Wegen den *Winter* muß ich Ihnen nur das noch sagen – er hat unter andern einmal zu mir gesagt: »Sie sind nicht gescheut, wenn Sie heirathen; Sie verdienen Geld genug, Sie können es schon, halten Sie sich eine Maitresse, – was hält Sie denn zurück? – das bissel D … Religion?« – Nun glauben Sie was Sie wollen. Adieu.

183. Mozarteum.

Ich habe noch keine Antwort auf mein Letztes und das ist die Ursache,
warum ich Ihnen den letzten Posttag nicht geschrieben. – Ich hoffe mir
heute aber doch noch einen Brief von Ihnen, – da ich Ihnen schon in meinem
letzten auf dieses vom 28. Dez. – (ohne es zu wissen) zum Theil im Voraus
geantwortet habe, so muß ich Ihren Brief vorher abwarten. –

Unterdessen will ich Sie benachrichtigen, daß der Papst hierher kommen
soll, davon ist die ganze Stadt voll. – Ich glaube es aber nicht, denn Graf
Cobenzl hat mir gesagt, daß der Kaiser diese Visite nicht annehmen wird. –
Den 5. ist der bayrische Hof abgereist. – Nun bin ich einmal selbst beim
Peisser gewesen, um zu sehen ob kein Brief von Ihnen da ist und hatte
wieder hingeschickt, – es ist gleich fünf Uhr. – Ich verstehe nicht, daß ich
keinen Brief bekomme? – Sollten Sie so böse sein über mich? – Daß ich Ihnen
die Sache so lange verschwiegen, darüber können Sie böse sein, da haben
Sie Recht. Doch wenn Sie meine Entschuldigung darüber gelesen haben, so
können Sie mir schon verzeihen. Und daß ich mich zu verheirathen wünsche,
darüber können Sie doch nicht böse sein? – Ich glaube daß Sie hierin meine
Religion und gute Denkungsart am besten haben erkennen können. – O ich
könnte Ihnen auf Ihr letztes Schreiben wohl Vieles antworten und viele
Einwendungen machen; allein meine Maxime ist, was mich nicht trifft, das
achte ich auch nicht der Mühe werth, daß ich davon rede; – ich kann mir
nicht helfen, ich bin einmal so. – Ich schäme mich ordentlich mich zu vertheidigen, wenn ich mich falsch angeklagt sehe, – ich denke mir immer, die
Wahrheit kommt doch an den Tag. – Nun – ich kann Ihnen von dieser Sache
nicht mehrers schreiben, weil ich noch keine Antwort auf meinen letzten
Brief habe. – Neues weiß ich nichts, mithin leben Sie wohl; – ich bitte Sie
noch einmal um Verzeihung – und bitte Sie um Nachsicht und Mitleiden
für mich. – Ohne meine liebste Constanze kann ich nicht glücklich und
vergnügt sein, – und ohne Ihre Zufriedenheit darüber würde ich es nur zur
Hälfte sein, – machen Sie mich also ganz glücklich, mein liebster, bester
Vater! ich bitte Sie. –

184. Mozarteum.

Ich habe eine Antwort auf Ihr Letztes vom 7. dieses angefangen, kann sie
aber unmöglich ganz ausschreiben – weil eben ein Bedienter von der Gräfin
Rumbeck gekommen und mir gesaget ich möchte zu einer kleinen Musik
zur Gräfin kommen. – Nun muß ich mich erst frisiren lassen und ganz von

Fuß auf anders anziehen, mithin (da ich Sie doch ohne Nachricht von mir nicht lassen konnte) kann ich Ihnen nicht viel schreiben. –

Der *Clementi* spielt gut, wenn es auf Execution der rechten Hand ankömmt, – seine Force sind die Terzen Passagen; – übrigens hat er um keinen Kreuzer Gefühl oder Geschmack, mit einem Wort ein bloßer Mechanicus.

Der Friseur ist da – ich muß schließen – mit nächstem mehr davon. – Ich bitte Sie, machen Sie mich durch Ihre Zufriedenheit glücklich – ich bitte Sie. Ich weiß gewiß Sie werden meine liebe Constanze noch lieben. – Leben Sie wohl.

185. Mozarteum.

Wien 16. Jan. 1782.

Ich danke Ihnen für Ihren wohlmeinenden liebreichen Brief! – Wenn ich Ihnen auf alles ausführliche Antwort geben wollte, müßte ich ein ganzes Buch Papier vollschreiben. – Weil nun das unmöglich ist, so will ich nur das Nothwendigste beantworten. Der Vormund heißt Hr. v. *Thorwarth* – ist Inspector über die Theatergarderobe, – mit einem Wort, durch ihn muß alles gehen was nur auf das Theater Einfluß hat, – durch ihn sind mir auch die 50 Ducaten vom Kaiser geschickt worden, – mit ihm habe ich auch wegen der Academie im Theater gesprochen, weil das meiste auf ihn ankömmt – und er sehr viel beim Grafen Rosenberg und Baron Kienmayr gilt. – Ich muß Ihnen gestehen, daß ich mir selbst gedacht habe, er wird Ihnen ohne mir ein Wort davon zu sagen, die ganze Sache entdecken – und daß er dieses nicht gethan, sondern es (ungeachtet seines Ehrenwortes) der ganzen Stadt Wien kund gemacht, hat mir von der guten Meinung die ich von ihm gehabt Vieles genommen. – Daß die Mad. Weber und Hr. v. Thorwarth aus zu vieler Sicherheit für sich selbst gefehlt haben mögen, will ich Ihnen gern zulassen, obwohl die Madame nicht mehr ihre eigene Frau ist und sich, besonders in dergleichen Sachen, ganz dem Vormund überlassen muß und dieser (da er mich niemalen gekannt) mir wahrhaftig kein Zutrauen schuldig ist. – Doch war er in der Forderung einer schriftlichen Verpflichtung zu übereilt – das ist unwidersprechlich, – besonders da ich ihm sagte, daß Sie noch gar nichts davon wüßten und ich es Ihnen nun unmöglich entdecken

könnte; – er möchte also nur noch eine kurze Zeit damit Geduld haben, bis meine Umstände eine andere Wendung bekämen, dann wollte ich Ihnen alles schreiben und sodann würde die ganze Sache in Ordnung gehen. – Allein – nun, es ist vorbei – und die Liebe muß mich entschuldigen. – Hr. v. Thorwarth hat aber gefehlt, – doch nicht so sehr, daß er und Mad. Weber in Eisen geschlagen Gassen kehren und am Halse eine Tafel tragen sollten mit den Worten: *Verführer der Jugend;* das ist auch übertrieben. – Wenn das wahr wäre was Sie da geschrieben, daß man mir zur Liebe Thür und Thor eröffnet, mir alle Freiheit im Hause gelassen, mir alle Gelegenheit dazu gegeben etc. etc., so wäre die Strafe doch auch noch zu auffallend. – Daß es nicht so ist, brauche ich nicht erst zu sagen; – mir thut die Vermuthung weh genug, daß Sie glauben können, daß Ihr Sohn so ein Haus frequentiren könnte, wo es also zugeht. – Nur so viel muß ich Ihnen sagen, daß Sie just das Gegentheil davon glauben dürfen. – Genug davon. –

Nun von *Clementi*. – Dieser ist ein braver Cembalist, – dann ist auch alles gesagt. – Er hat sehr viel Fertigkeit in der rechten Hand, – seine Hauptpassagen sind die Terzen – übrigens hat er um keinen Kreuzer Geschmack noch Empfindung – ein bloßer Mechanicus. Der Kaiser that (nachdem wir uns genug Complimente machten) den Ausspruch, daß *er* zu spielen anfangen sollte. »*La santa chiesa Catholica*«, sagte er, weil Clementi ein Römer ist. – Er präludirte und spielte eine Sonate, – dann sagte der Kaiser zu mir *allons* drauf los. – Ich präludirte auch und spielte Variationen, – dann gab die Großfürstin Sonaten von Paesiello her (miserable von seiner Hand geschrieben) daraus mußte ich die Allegro und er die Andante und Rondo spielen. – Dann nahmen wir ein Thema daraus und führten es auf 2 Pianoforte aus. Merkwürdig ist dabei, daß ich für mich das Pianoforte der Gräfin Thun geliehen, und aber nur (als ich allein gespielt) darauf gespielt habe, weil es der Kaiser also gewollt; – und *NB.* das andere war verstimmt und 3 Tasten blieben stecken. »*Es thut nichts*«, sagte der Kaiser. – Ich nehme es so und zwar auf der besten Seite, daß der Kaiser meine Kunst und Wissenschaft in der Musik schon kennt und nur den Fremden recht hat verkosten wollen. – Uebrigens weiß ich von sehr guter Hand, daß er recht zufrieden war. Der Kaiser war sehr gnädig gegen mich und hat vieles heimlich mit mir gesprochen – hat auch von meiner Heirath mit mir gesprochen. – Wer weiß – vielleicht – was glauben Sie? – versuchen kann man es immer. – Mit nächstem mehr. – Leben Sie wohl. –

186. Mozarteum.

Wien 23. Jan. 1782.

Es ist nichts Unangenehmeres als wenn man so in Ungewißheit, ohne zu wissen was geschieht, leben muß. – So ist nun dermalen mein Fall in Betreff meiner Academie – und eines Jeden der eine zu geben willens ist. – Der Kaiser war schon verflossenen Jahres gesonnen die ganze Fasten durch mit den Schauspielen fort zu fahren. – Vielleicht geschieht es diesmal. – Basta! – Wenigstens bin ich doch des Tages versichert (wenn nicht gespielt wird) nämlich des 3. Sonntags in der Fasten. – Wenn ich es nur 14 Tage vorher gewiß weiß, dann bin ich zufrieden; denn sonst ist mein ganzes Concept verrückt – oder ich muß mich umsonst in Unkosten setzen. – Die Gräfin *Thun, Adamberger* und andere gute Freunde rathen mir, ich soll aus meiner Münchner Oper [Idomeneo] die besten Sachen herausziehen und sie alsdann im Theater aufführen und nichts als ein Concert und zuletzt eine Phantasie spielen. – Ich habe es auch schon im Sinne gehabt und nun bin ich ganz dazu entschlossen besonders weil *Clementi* auch eine Academie geben wird. – Da hab ich folglich schon einen kleinen Avantage über ihn, – besonders da ich es vielleicht zwei Mal geben kann. – –

– Nun will ich Ihnen wegen dem wenigen Gewissen meine Meinung sagen. – Ich habe hier auf dreierlei mein Augenmerk. – Das erste ist nicht gewiß, und wenn auch – vermuthlich nicht viel. – Das zweite wäre das beste, – aber Gott weiß ob es geschieht – und das dritte – wäre nicht zu verachten, – nur schade, daß es nur das Futurum und nicht das Präsens sein konnte. – Das erste ist der junge Fürst *Liechtenstein* (er will es aber noch nicht wissen lassen). Dieser will eine Harmoniemusik aufnehmen, zu welcher ich die Stücke setzen soll, – da würde freilich nicht viel ausfallen – doch wenigstens wäre es etwas Sicheres – und ich würde den Accord niemals anders als lebenslänglich eingehen. – Das zweite (welches aber bei mir das erste ist –) ist der Kaiser selbst. – Wer weiß – ich will mit Hrn. v. *Strack* reden, – ich zweifle nicht daß er das seinige gewiß dabei thun wird, – denn er zeigt einen recht guten Freund von mir; – doch ist den Hofschranzen niemals zu trauen. – Die Reden des Kaisers gegen mich haben mir einige Hoffnung eingeflößt. – Große Herrn hören dergleichen Reden nicht gern, geschweige daß sie selbst solche führen sollten; sie müssen immer einen Metzgerstich erwarten – und dergleichen Sachen wissen sie sonst hübsch auszuweichen. – Das dritte ist der Erzherzog *Maximilian*. – Bei diesem kann ich sagen, daß ich alles gelte, – er streicht mich bei allen Gelegenheiten hervor – und ich wollte fast gewiß sagen können, daß wenn er schon Churfürst von Cöln wäre, ich auch schon sein Capellmeister wäre. Nur schade, daß solche Herrn nichts im Voraus thun wollen. – Das simple Versprechen getraute ich mir schon herauszulocken, – allein was hilft mir das für jetzt? – baares Geld ist besser. – – Liebster, bester Vater! – wenn ich von unserm lieben Gott schriftlich haben könnte, daß ich gesund bleibe und nicht krank sein werde, – o so wollte ich mein liebes treues Mädchen noch heute heirathen. – Ich habe nun 3 Scolarinnen. – Da komme ich den Monat auf 18 Ducaten. – Denn ich mache es nicht mehr mit 12 Lectionen sondern monatlich. – Ich habe mit Schaden erfahren, daß sie oft ganze Wochen ausgesetzt; – nun aber mögen sie lernen oder nicht, so muß mir Jede 6 Ducaten geben. – Auf diese Art will ich noch mehrere bekommen, – doch brauch ich nur noch eine, mit vier habe ich genug, das macht 24 Ducaten, das sind 102 Fl. und 24 Kr. – Mit diesem kann man hier mit einer Frau (still und ruhig wie wir zu leben wünschen) schon auskommen, – allein wenn ich krank werde, – so haben wir keinen Kreuzer einzunehmen. – Ich kann freilich das Jahr wenigstens eine Oper schreiben, ich kann alle Jahr eine Academie geben, – ich kann Sachen stechen lassen – Sachen auf Subscription herausgeben, – es gibt auch andere bezahlte Akademien, besonders wenn man lange in einem Orte ist und schon Credit hat. – Solche Sachen wünschte ich mir aber nur als Accidentien und nicht als Nothwendigkeiten zu betrachten – doch – wenn es nicht geht, so muß es brechen, – und ich wage es lieber auf diese Art, als daß ich lange warten sollte. – Mit mir kann es nicht schlechter – sondern es muß immer besser gehen. Warum ich aber nicht mehr lange warten kann – ist nicht allein – meinetwegen – sondern hauptsächlich – ihretwegen – ich muß sie so bald möglich erretten – davon werde ich Ihnen im nächsten Briefe schreiben. –

187. Mozarteum.

Wien 30. Jan. 1782.

Ich schreibe Ihnen ganz in Eile und zwar Nachts um halb 11 Uhr; denn ich habe mir das Schreiben bis Samstag sparen wollen; weil ich Sie aber um etwas sehr Nothwendiges zu bitten habe, so hoffe daß Sie mir nicht werden übel nehmen, daß ich Ihnen so wenig schreibe. – Ich bitte Sie also mir (mit dem nächsten Brief) ein Operabüchel vom *Idomeneo* (es mag sein das mit dem Deutschen oder ohne Uebersetzung) zu schicken. – Ich habe der Gräfin *Thun* eins gelehnt, – diese ist nun ausgezogen und findet es nicht – vermuthlich ist es verloren. – Die Aurnhammer hat das andere gehabt, – sie hat gesucht, aber es noch nicht gefunden. – – Vielleicht findet sie es, – allein – findet sie es nicht – besonders jetzt, da ich es brauche, so bin ich angesetzt. – Um nun das sichere zu spielen, so bitte ich Sie, mir es also gleich zu überschicken, es mag kosten was es wolle; – denn ich brauche es gleich um meine Academie in Ordnung zu richten – und die ist schon am 3. Sonntag in der Fasten. – Ich bitte Sie also mir es gleich zu schicken. – Die Sonaten werde nächsten Posttag mitgeben. Die Oper schläft nicht, sondern – ist wegen den großen Gluckischen Opern und wegen vielen sehr nothwendigen Veränderungen in der Poesie zurückgeblieben, wird aber gleich nach Ostern gegeben werden. – Nun muß ich schließen – nur noch dieses (denn ohne dieses könnte ich nicht ruhig schlafen) – muthen Sie nur meiner lieben Constanze keine so schlechte Denkungsart zu, – glauben Sie gewiß, daß ich sie mit solchen Gesinnungen unmöglich lieben könnte. – Sie und ich – beide haben wir die Absichten der Mutter längst gemerkt, – sie wird sich aber gewiß sehr betrügen – denn – sie wünschte uns (wenn wir verheirathet sein werden) bei sich auf dem Zimmer zu haben (denn sie hat Quartier zu vergeben). – Daraus wird aber nichts – denn ich würde es niemalen thun und

351

meine Constanze noch weniger, – *au contraire* – sie hat im Sinne sich bei ihrer Mutter sehr wenig sehen zu lassen und ich werde mein Möglichstes thun, daß es gar nicht geschieht – wir kennen sie. – Liebster, bester Vater – ich wünsche nichts als daß wir bald zusammen kommen, damit Sie sie sehen und – lieben – denn – Sie lieben die guten Herzen, das weiß ich. –

188. Mozarteum.

Wien 13. Febr. 1782.

Ma très chère soeur!

Ich danke Dir für das übergeschickte Büchl, welches ich in der That mit größter Sehnsucht erwartet habe! – Ich hoffe daß Du, da Du diesen Brief erhältst, unsern lieben, besten Vater schon wieder bei Dir hast. – Du darfst aus dem daß ich Dir nicht antworte, nicht schließen, daß Du mir mit Deinem Schreiben beschwerlich fällst! – Ich werde die Ehre, von Dir liebe Schwester einen Brief zu erhalten, allzeit mit dem größten Vergnügen aufnehmen; – wenn es meine (für meinen Lebensunterhalt) nothwendigen Geschäfte zuließen, so weiß es Gott, ob ich Dir nicht antworten würde! – Habe ich Dir denn gar niemals geantwortet? – also, Vergessenheit kann es nicht sein – Nachlässigkeit auch nicht, mithin ist es nichts, als unmittelbare Hindernisse – wahre Unmöglichkeit! – Schreib ich meinem Vater nicht auch wenig genug? – schlecht genug, wirst Du sagen! Aber um Gottes Willen – Sie kennen doch beide Wien! – Hat ein Mensch (der keinen Kreuzer sicheres Einkommen hat) an einem solchen Orte nicht Tag und Nacht zu denken und zu arbeiten genug? – Unser Vater, wenn er seine Kirchendienste und Du Deine paar Scolaren abgefertiget hast, so können Sie beide den ganzen Tag thun was Sie wollen, und Briefe schreiben, die ganze Litaneien enthalten, – aber ich nicht. Ich habe meinem Vater schon letzthin meinen Lebenslauf beschrieben und ich will ihn Dir wiederholen. – Um 6 Uhr früh bin ich schon allzeit frisirt, um 7 Uhr ganz angekleidet. Dann schreib ich bis 9 Uhr. Von 9 Uhr bis 1 Uhr habe ich meine Lectionen; dann esse ich wenn ich nicht zu Gaste bin, wo man dann um 2 Uhr und auch 3 Uhr speist, wie heute und morgen bei der Gräfin Zichi und Gräfin Thun. Vor 5 Uhr Abends oder 6 Uhr kann ich nichts arbeiten, und öfters bin ich durch eine Academie daran verhindert; wo nicht, so schreibe ich bis 9 Uhr. Dann gehe ich zu meiner lieben Constanz, – allwo uns das Vergnügen uns zu sehen durch die bittern Reden ihrer Mutter mehrentheils verbittert wird – welches ich meinem Vater im nächsten Brief erklären werde – und daher gehört der Wunsch daß ich sie so bald möglich befreien und erretten möchte. – Um halb 11 Uhr oder 11 komme ich nach Haus; – das besteht von dem Schuß ihrer Mutter oder von meinen Kräften ihn auszuhalten. – Da ich mich wegen den vorfallenden Academien und auch wegen der Unsicherheit ob ich nicht bald da bald dort hingerufen werde, auf das Abendschreiben nicht verlassen kann, so pflege ich (besonders wenn ich früher nach Hause komme) noch vor dem Schlafengehen etwas zu schreiben. Da verschreibe ich mich öfters bis 1 Uhr – und dann wieder um 6 Uhr auf. – Liebste Schwester! wenn Du glaubst daß ich jemals meinen liebsten besten Vater und Dich vergessen könne, so – – doch still! Gott weiß es, und das ist mir Beruhigung genug, – der soll mich strafen, wenn ich es kann! – Adieu.

189. Mozarteum.

Wien 23. März 1782.

Mir ist sehr leid daß ich erst gestern erfahren habe, daß ein Sohn vom *Leitgeb* mit dem Postwagen nach Salzburg geht und ich folglich die schönste Gelegenheit hätte (ohne Unkosten) Ihnen Vieles zu schicken. – Innerhalb dieser 2 Tage war es aber unmöglich die Variationen noch zu copiren – mithin habe ich nichts als die 2 Exemplare von meinen Sonaten mitgeben können. – Zugleich überschicke ich Ihnen auch das *letzte* Rondo, welches ich zu dem Concert *ex D* gemacht habe und welches hier so großen Lärm macht. – Dabei bitte ich Sie aber es wie ein Kleinod zu verwahren – und es keinem Menschen – auch dem *Marchand* und seiner Schwester [vgl. S. 304 f.] nicht zu spielen zu geben. – Ich habe es *besonders* für mich gemacht – und kein Mensch als meine liebe Schwester darf es mir nachspielen. – Ich nehme mir auch die Freiheit Ihnen mit einer Dose und ein paar Uhrbändl aufzuwarten. – Die Dose ist ganz artig und das Gemälde stellt ein englische Geschichte vor. – Die Uhrbänder sind von keinem sonderbaren Werthe, doch dermalen die größte Mode. – Meiner lieben Schwester schicke ich 2 Hauben nach der neuesten Wiener Mode, – beide sind eine Arbeit von den Händen meiner lieben Constanze! – Sie empfiehlt sich Ihnen gehorsamst und küßt Ihnen die Hände und meine Schwester umarmet sie auf das Freundschaftlichste und bittet um Vergebung wenn die Hauben nicht zum allerbesten ausgefallen sind. – Die Zeit war zu kurz. – Die Haubenschachtel bitte ich mit dem nächsten Postwagen zurück zu schicken, denn ich habe sie gelehnt. – Damit aber die arme Närrin nicht so allein reisen darf, so haben Sie die Güte und legen das Rondo (nachdem Sie es haben abschreiben lassen) wieder hinein nebst – (wenn es möglich ist) – der letzten Scene für die Gräfin Baumgarten [S. 235] – und etwelche Sparten von meinen Messen, – *enfin* was Sie finden und glauben daß es mir gutkommen möchte. – Nun muß ich schließen. Nur noch, daß gestern Nachmittag um halb 4 Uhr der Papst hier angekommen ist – eine lustige Nachricht. – Nun aber eine traurige, – daß die Fr. v. *Aurnhammer* endlich ihren armen guten Mann zu Tod geketzert hat. Gestern Abend um halb 7 Uhr ist er verschieden, – er war die Zeit her immer kränklich, – und so frühe hätte man seinen Tod doch nicht vermuthet, – auf einen Augenblick ist es zu Ende gegangen. – Gott sei seiner Seele gnädig – es war ein guter dienstfertiger Mann.

Nun muß ich schließen, denn der *Leitgeb* wartet schon auf den Brief. – Den Burschen empfehle ich Ihnen wirklich mein lieber Vater, – er möchte ihn gerne in eine Handlung oder in die Buchdruckerei bringen. – Gehen Sie ihm doch ein wenig an die Hand – ich bitte Sie. –

Eben ist meine liebe Constanze über mich gekommen – ob sie sich nicht unterstehen dürfte meiner Schwester ein kleines Angedenken zu über-schicken? – Ich sollte sie aber gleichwohl entschuldigen, – sie sei ein armes Mädchen, habe nichts zum Besten – und meine Schwester soll den guten Willen für das Werk ansehen. – Das Kreuzel ist von keinem großen Werth, aber die Hauptmode in Wien. – Das Herzl mit dem Pfeil ist aber *dem Herzl mit dem Pfeil* meiner Schwester mehr anpassend – und wird ihr also besser gefallen. Nun leben Sie recht wohl. –

190. Mozarteum.

Wien 10. April 1782.

Aus Ihrem Brief vom 2. dieses habe ich ersehen, daß Sie alles richtig erhalten haben, mich freut es daß Sie mit den Uhrbändln und der Dose und meine Schwester mit den 2 Hauben so zufrieden sind. – Ich habe weder die Dose noch die Uhrbändl gekauft, sondern beides vom Graf Zapara zum Geschenk erhalten. – Meiner lieben Constanze habe Ihr beiderseitiges Compliment entrichtet. – Sie küßt Ihnen die Hände dafür mein Vater, und meine Schwester umarmt sie von ganzem Herzen, mit dem Wunsche daß sie ihre Freundin sein möchte. – Sie war ganz in ihrem Vergnügen als ich ihr sagte daß sie mit den 2 Hauben so zufrieden sei, denn das war ihr Wunsch. – Der Appendix ihre Mutter betreffend ist nur in so weit gegründet, daß sie gerne trinkt und zwar mehr – als eine Frau trinken sollte. Doch – besoffen habe ich sie noch nicht gesehen, das müßte ich lügen. – Die Kinder trinken nichts als Wasser – und obschon die Mutter sie fast zum Wein zwingen will, so kann sie es doch nicht dazu bringen. Da gibt es öfters den größten Streit deswegen. – Konnte man sich wohl so einen Streit von einer Mutter vorstel-len? –

Was Sie schreiben wegen dem Gerede, daß ich ganz sicher zum Kaiser in Dienste kommen würde, ist die Ursache daß ich Ihnen nichts davon geschrie-ben, weil – ich selbst kein Wort davon weiß. – Daß auch hier die ganze Stadt davon voll ist und mir schon eine Menge Leute dazu gratulirt haben, ist sicher – und daß beim Kaiser auch davon ist gesprochen worden und er es vielleicht im Sinn hat, will ich ganz gerne glauben; – aber bis dato weiß ich kein Wort. – So weit ist es gekommen, daß es der Kaiser im Sinn hat und daß – ohne daß ich deswegen einen Schritt gethan habe. – Ich bin etwelche Male zum Hr. v. *Strack* (welcher gewiß mein recht guter Freund ist) gegangen, um mich sehen zu lassen und weil ich gerne mit ihm umgehe, aber nicht oft, um ihm nicht beschwerlich zu fallen und keine Gelegenheit zu geben, als hätte ich Absichten dabei. – Und wenn er als ein ehrlicher Mann reden will – so muß er sagen daß er nicht ein Wort von mir gehört habe, welches ihm hätte Anlaß geben können nur zu denken, daß ich hier bleiben möchte, geschweige erst zum Kaiser zu kommen. Wir sprachen nichts als von Musik. – Aus eigenem Triebe also und ganz ohn all Interesse redet er so vortheilhaft von mir beim Kaiser. – Ist es so weit ohne mein Zuthun gekommen, so kann es auch so zum Schluß kommen. – Denn rührt man sich, so bekömmt man gleich weniger Besoldung, der Kaiser ist ohnehin ein Knicker. – Wenn mich der Kaiser haben will, so soll er mich bezahlen – denn die Ehre allein, beim Kaiser zu sein, ist mir nicht hinlänglich. – Wenn mir der Kaiser 1000 Fl. gibt und ein Graf aber 2000 – so mache ich dem Kaiser mein Compliment und gehe zum Grafen, – versteht sich auf sicher. – Apropos, ich wollte Sie gebeten haben, daß wenn Sie mir das Rondo zurückschicken, Sie mir auch möchten die 6 Fugen vom *Händel* und die Toccaten und Fugen vom *Eberlin* schicken, – ich gehe alle Sonntage um 12 Uhr zum Baron *van Swieten* – und da wird nichts gespielt als Händel und Bach. – Ich mache mir eben eine Collection von den Bachischen Fugen – sowohl Sebastian als Emanuel und Friedemann Bach, – dann auch von den Händlischen, und da gehen mir nur diese ab; – und dann möchte ich dem Baron die Eberlinischen hören lassen. – Sie werden wohl schon wissen daß der Engländer *Bach* gestorben ist? – schade für die musikalische Welt! –

191. Mozarteum.

Wien 20. April 1782.

Allerliebste Schwester!
Meine liebe Constanze hat sich endlich die Courage genommen dem Triebe ihres guten Herzens zu folgen – nemlich Dir meine liebe Schwester zu schreiben. – Willst Du sie (und in der That, ich wünsche es, um das Vergnügen darüber auf der Stirne dieses guten Geschöpfs zu lesen –) willst Du sie also mit einer Antwort beehren, so bitte ich Dich deinen Brief nur einzuschließen. – Ich schreibe es nur zur Fürsorge, damit Du weißt daß ihre Mutter und ihre Schwestern nichts wissen, daß sie Dir geschrieben hat. – Hier schicke ich Dir ein Präludio und eine dreistimmige Fuge [Köchel Nr. 394]. Das ist eben die Ursache warum ich Dir nicht gleich geantwortet, weil

ich – wegen des mühsamen kleinen Notenschreibens nicht habe eher fertig werden können. – Es ist ungeschickt geschrieben, – das Präludio gehört vorher, dann folgt die Fuge darauf. – Die Ursache aber war, weil ich die Fuge schon gemacht hatte und sie, unterdessen daß ich das Präludium ausdachte, abgeschrieben. – Ich wünsche nur daß Du es lesen kannst, weil es gar so klein geschrieben ist, und dann – daß es Dir gefallen möge. – Ein anderes Mal werde ich Dir schon etwas besseres für das Clavier schicken. – Die Ursache daß diese Fuge auf die Welt gekommen, ist wirklich meine liebe Constanze. – Baron *van Swieten*, zu dem ich alle Sonntage gehe, hat mir alle Werke des Händels und Sebastian Bach (nachdem ich sie ihm durchgespielt) nach Hause gegeben. – Als die Constanze die Fugen hörte, ward sie ganz verliebt darein; – sie will nichts als Fugen hören, besonders aber (in diesem Fach) nichts als Händel und Bach. – Weil sie mich nun öfters aus dem Kopfe Fugen spielen gehört hat, so fragte sie mich ob ich noch keine aufgeschrieben hätte? – und als ich ihr nein sagte, so zankte sie mich recht sehr daß ich eben das Künstlichste und Schönste in der Musik nicht schreiben wollte, und gab mit Bitten nicht nach, bis ich ihr eine Fuge aufsetzte und so ward sie. – Ich habe mit Fleiß Andante maestoso darauf geschrieben, damit man sie nur nicht geschwind spiele; – denn wenn eine Fuge nicht langsam gespielt wird, so kann man das eintretende Subject nicht deutlich und klar ausnehmen und ist folglich von keiner Wirkung. – Ich werde mit der Zeit und mit guter Gelegenheit noch 5 machen, und sie dann dem Baron van Swieten überreichen, der in der That am Werthe einen sehr großen, an der Zahl aber freilich sehr kleinen Schatz von guter Musik hat; – und eben deswegen bitte ich Dich Dein Versprechen nicht zurückzunehmen und sie keinem Mensch sehen zu lassen. – Lerne sie auswendig und spiele sie. Eine Fuge spielt man nicht so leicht nach. – Wenn der Papa die Werke vom *Eberlin* noch nicht hat abschreiben lassen, so ist es mir sehr lieb, – ich habe sie unter der Hand bekommen, und – denn ich konnte mich nicht mehr erinnern – leider gesehen, daß sie – gar zu geringe sind und wahrhaftig nicht einen Platz zwischen Händel und Bach verdienen. Allen Respect für seinen vierstimmigen Satz, aber seine Clavierfugen sind lauter in die Länge gezogene Versetti.

Nun lebe recht wohl. Mich freut es daß Dir die 2 Hauben behagen.

Wertheste und schützbarste Freundin!

Niemals würde ich so kühn gewesen sein, mich so ganz gerade meinem Triebe und Verlangen, an Sie wertheste Freundin zu schreiben, zu überlassen, wenn mich dero Hr. Bruder nicht versichert hätte, daß Sie mir diesen Schritt, welcher aus zu großer Begierde mich mit einer obschon unbekannten, doch durch den Namen Mozart mir sehr schätzbaren Person wenigstens schriftlich zu besprechen geschieht, nicht übel nehmen werden. – Sollten Sie böse werden wenn ich mich Ihnen zu sagen unterstehe, daß ich Sie, ohne die Ehre zu haben Sie von Person zu kennen, nur ganz allein als Schwester eines – Ihrer so würdigen Bruders, über alles hochschätze und – liebe – und es wage – Sie um Ihre Freundschaft zu bitten. – Ohne stolz zu sein darf ich sagen, daß ich sie halb verdiene, ganz – werde ich mich sie zu verdienen bestreben! – Darf ich Ihnen die meinige (welche ich Ihnen schon längst heimlich in meinem Herzen geschenkt habe) entgegen anbieten? – o ja! ich hoffe es – und in dieser Hoffnung verharre ich wertheste und schätzbarste Freundin dero gehorsamste Dienerin und Freundin

Constanze Weber m.p.

Bitte meinen Handkuß an dero Herrn Papa. –

Nicht allein der Vater und die künftige Schwiegermutter, auch Constanze selbst machte durch ein manchmal unbesonnenes Betragen und trotzig leidenschaftliche Heftigkeit, wie sie jungen Mädchen oft eigen ist, ihrem Geliebten Kummer und Sorge. Daher der folgende Brief an sie.

192. Musikdirector F.W. Jähns in Berlin.

Wien 29. April 1782.

Liebste, beste Freundin!

Diesen Namen werden Sie mir ja doch noch wohl erlauben daß ich Ihnen geben darf? So sehr werden Sie mich ja doch nicht hassen, daß ich nicht mehr Ihr Freund sein darf und Sie nicht – mehr meine Freundin sein werden? Und – wenn Sie es auch nicht mehr sein wollen, so können Sie es mir doch nicht verbieten gut für Sie, meine Freundin, zu denken, wie ich es nun schon gewohnt bin. Ueberlegen Sie wohl was Sie heut zu mir gesagt haben. Sie haben mir (ungeachtet allen meinen Bitten) dreimal den Korb gegeben und mir gerade ins Gesicht gesagt, daß Sie mit mir nichts mehr zu thun haben wollten. Ich, dem es nicht so gleichgültig ist wie Ihnen, den geliebten Gegenstand zu verlieren, bin nicht so hitzig, unüberlegt und unvernünftig den Korb anzunehmen. Zu diesem Schritte liebe ich Sie zu sehr. Ich bitte Sie also noch einmal die Ursache dieses ganzen Verdrusses wohl zu überlegen und zu bedenken, welche war, daß ich mich darüber aufgehalten, daß Sie so unverschämt unüberlegt waren Ihren Schwestern, *NB.* in meiner Gegenwart zu sagen, daß Sie sich von einem Chapeau haben die Waden messen lassen.[76] Das thut kein Frauenzimmer, welches auf Ehre hält. Die Maxime

359

---

76 Jahn III, 151: »Es war das eine Aufgabe beim Pfänderspiel, die allerdings für den freieren und in mancher Hinsicht frivolen Ton des geselligen Verkehrs jener Zeit Zeugniß ablegt, aber mit dem Maßstab der socialen Sitte und nicht der Sittlichkeit gemessen werden muß.« Die Baronin Waldstädten, die es ebenfalls hatte thun lassen, stand ohnehin nicht im besten Rufe.

in der Compagnie mitzumachen ist ganz gut. Dabei muß man aber viele Nebensachen betrachten; ob es lauter gute Freunde und Bekannte beisammen sind? ob ich ein Kind oder schon ein Mädchen *zum Heirathen* bin? besonders aber ob ich eine versprochene Braut bin? hauptsächlich aber, ob lauter Leute meines Gleichen oder Niedrigere als ich, besonders aber Vornehmere als ich dabei sind? – Wenn es sich wirklich die *Baronin* [Waldstädten] selbst hat thun lassen, so ist es ganz was anderes, weil sie schon eine übertragene Frau (die unmöglich mehr reizen kann) ist – und überhaupt eine Liebhaberin vom *etcaetera* ist. Ich hoffe nicht, liebste Freundin, daß Sie jemals so ein Leben führen wollten wie sie, wenn Sie auch nicht meine Frau sein wollen. Wenn Sie schon dem Triebe mitzumachen – obwohl das Mitmachen einer Mannsperson nicht allzeit gut steht, desto weniger einem Frauenzimmer, – konnten Sie aber unmöglich widerstehen, so hätten Sie in Gottes Namen das Band genommen und sich *selbst* die Waden gemessen (sowie es noch *alle Frauenzimmer von Ehre* in meiner Gegenwart in dergleichen Fällen ge- than haben), und sich nicht von einem Chapeau (ich, – ich – würde es nie- malen *im Beisein Anderer* Ihnen gethan haben), ich würde Ihnen selbst das Band gereicht haben, desto weniger also von einem Fremden, der mich gar nichts angeht. – Doch das ist vorbei und ein kleines Geständniß Ihrer dort- maligen, etwas unüberlegten Aufführung würde Alles wieder gut gemacht haben und – wenn Sie es nicht übel nehmen, liebste Freundin – noch gut machen. Daraus sehen Sie, wie sehr ich Sie liebe. *Ich brause nicht auf wie Sie* – ich denke – ich überlege und ich fühle. *Fühlen Sie, haben Sie Gefühl*, so weiß ich gewiß, daß ich heute noch ruhig werde sagen können: die Constanze ist die tugendhafte, ehrliebende, vernünftige und getreue Geliebte des rechtschaffenen und für Sie wohldenkenden Mozart.

193. Mozarteum.

Wien 8. Mai 1782.
Ich habe Ihr letztes vom 30. April richtig erhalten, wie auch gestern den Brief meiner Schwester sammt dem Einschluß an meine liebe Constanze, der ich ihn allsogleich eingehändiget. Sie hat wahres Vergnügen darüber empfunden und wird sich mit nächstem die Freiheit nehmen ihr wieder zu schreiben. Unterdessen (da ich heute unmöglich Zeit habe, selbst an meine Schwester zu schreiben) muß ich in ihrem Namen eine Frage an Sie thun, welche ist, ob man in Salzburg die Franzen trägt? ob meine Schwester sie schon trägt? ob sie selbe selbst machen kann oder nicht; die Constanze hat sich erst 2 Piquékleider so garnirt, es ist hier die größte Mode. Weil sie selbe nun machen kann, so wollte sie meiner Schwester damit aufwarten, sie möchte ihr nur die Farbe sagen; denn man trägt sie von allen Farben, weiß,

schwarz, grün, blau, Puce etc. Ein atlassenes oder kroditornes Kleid muß freilich mit Seidenfranzen garnirt sein, wie sie auch eines so hat; aber ein ordinäres Kleid von schönem sächsischen Piqué, mit Zwirnfranzen (welche man, wenn man sie nicht anrührt, fast von den seidenen nicht unterscheidet) steht recht schön, und ist noch die Commodität dabei, daß man sie mit sammt dem Kleid kann waschen lassen.

Ich bitte Sie, schreiben Sie mir doch, wie die Oper vom *Salieri* in München ausgefallen ist; ich glaube Sie müssen sie noch gehört haben, – wo nicht, so müssen Sie doch wissen, wie sie aufgenommen worden ist. Ich bin zweimal beim Graf *Daun* gewesen, hab ihn aber niemals angetroffen; die Musik habe ich aber abholen lassen, er ist halt nur Vormittags anzutreffen, und da gehe ich nicht nur nicht aus, sondern ich ziehe mich gar nicht an, weil ich zu nothwendig zu schreiben habe, ich werde es aber doch künftigen Sonntag versuchen. Vielleicht kann er nebst den Variationen auch die Münchner Oper mitnehmen.

Gestern war ich bei der Gräfin *Thun* und habe ihr meinen 2. Act vorge-ritten, mit welchem sie nicht weniger zufrieden ist als mit dem ersten. Dem Raaff seine Arie habe ich längst abschreiben lassen und sie dem *Fischer*, welcher die Commission von ihm hatte, übergeben. – Sie haben einmal ge-schrieben, daß Sie die Musik vom Robinig [vgl. S. 225 u.a.] gerne hätten; – wer hat sie denn? Ich habe sie nicht. Der Eck glaube ich, hat sie Ihnen ja zurückgegeben; ich habe sie ja auch von Ihnen nebst der *ex F* und *B* in meinem Briefe begehrt. Ich bitte, schicken Sie mir doch bald die Scene von der Baumgarten. Nun wird diesen Sommer im Augarten alle Tage Musik sein. Ein gewisser *Martin* [S. 287] hat diesen Winter ein Dilettantenconcert errichtet, welches alle Freitage in der Mehlgrube [Saal am Mehlmarkt, jetzt neuen Markt] ist aufgeführt worden. Sie wissen wohl, daß es hier eine Menge Dilettanten gibt, und zwar sehr gute, sowohl Frauenzimmer als Mannspersonen; nur ist es immer noch nicht recht in Ordnung gegangen. Dieser Martin hat nun durch ein Decret vom Kaiser die Erlaubniß erhalten und zwar mit Versicherung seines höchsten Wohlgefallens 12 Concerte im Augarten zu geben und 4 große Nachtmusiken auf den schönsten Plätzen in der Stadt. Das Abonnement für den ganzen Sommer ist 2 Ducaten. Nun können Sie sich denken, daß wir genug Subscribenten bekommen werden, umsomehr da ich mich darum annehme, und damit associirt bin. Ich setze den Fall, daß wir nur 100 Abonnenten haben, so hat doch (wenn auch die Unkosten 200 Fl. wären, welches aber unmöglich sein kann) jeder 300 Fl. Profit. Baron van Swieten und die Gräfin Thun nehmen sich sehr darum an. Das Orchester ist von lauter Dilettanten, die Fagottisten und die Trom-peter und Pauker ausgenommen.

Clementi wird morgen von hier, wie ich höre, wieder abreisen, haben Sie seine Sonaten also gesehen? – Wegen dem armen *Leitgeb* haben Sie noch ein wenig Geduld, ich bitte Sie; wenn Sie seine Umstände wüßten und sähen, wie er sich behelfen muß, würden Sie ganz gewiß Mitleid mit ihm haben. Ich werde mit ihm reden, und ich weiß gewiß, daß er Ihnen, wenigstens nach und nach, zahlen wird. Nun leben Sie wohl.

P.S. Meine liebe Schwester küsse ich 1000 mal; mein Compliment an die Katherl, und an die Thresel einen Gruß und sie soll bei mir Kindsmensch werden; nur soll sie sich fleißig im Singen exerziren. *Adieu.* Dem Pimperl eine Prise spanischen Taback.

194. Mozarteum.

Wien 29. Mai 1782.

Letzthin bin ich ganz verhindert worden, meinen Brief auszuschreiben, und habe daher meine liebe Constanze gebeten Ihnen meine Entschuldigung darüber zu machen; sie hat lange nicht daran gewollt und fürchtete, Sie möchten sie über ihre Orthographie und Concept auslachen, und sie läßt mir keinen Fried, ich muß sie bei Ihnen deßwegen entschuldigen?[77]

Das erste Dilettantenconcert ist ganz gut ausgefallen, es war der Erzherzog *Maximilian* auch da, Gräfin Thun, Wallenstein, Baron van Swieten und eine Menge anderer. Ich seufze mit Sehnsucht nach dem nächsten Postwagen, welcher mir Musik bringen soll. Wegen der Robinigschen Musik kann ich Sie wohl gewiß versichern, daß ich sie nicht mitgenommen, und daß sie Eck noch haben muß; denn als ich von München abgereist, hatte er sie noch nicht zurückgegeben. Der Unternehmer des Dilettantenconcerts, Hr. *Martin* kennt den Hrn. Abbé Bullinger sehr gut; er war zu seiner Zeit im Seminario in München. Er ist ein recht guter junger Mensch, der sich durch seine

Musik, durch seine schöne Schrift und überhaupt durch seine Geschicklichkeit, guten Kopf und starken Geist fortzubringen bemüht. Als er hier ankam, ging es ihm sehr hinderlich, er mußte 14 Tage mit einem halben Gulden auskommen. *Adamberger* (welcher ihn von München aus kennt) hat ihm hier viel Gutes gethan. Er ist von Regensburg gebürtig, sein Vater war Leibmedicus beim Fürst von Taxis.

Morgen speise ich mit meiner lieben Constanze bei der Gräfin *Thun* und werde ihr den 3. Act vorreiten. Nun habe ich nichts als verdrießliche Arbei-

---

77 Durch Irrthum ist der hier erwähnte Brief als Nr. 153 unter das Jahr 1781 gesetzt worden. Es sind nämlich in der Handschrift Mozarts die Zahlen 1 und 2 manchmal schwer voneinander zu unterscheiden.

ten, nämlich – zu corrigiren; künftigen Montag werden wir die erste Probe machen. Ich freue mich recht auf diese Oper, das muß ich gestehen.

Apropos, vor etlichen Tagen habe ich einen Brief bekommen. Von wem? Von Hrn. von Fügele. – Und der Inhalt? – Daß er verliebt sei. – Und in wen? – In meine Schwester? – Nein. – In meine Base! – Der wird aber lange warten müssen, bis er von mir eine Antwort erhält. Sie wissen, wie wenig Zeit ich zum Schreiben habe. Bin nur neugierig, wie lange es mit diesem dauern wird.

Nun noch etwas, das ich so zufälligerweise inne geworden, und mich auf den Graf Künburg recht verdrießt. Die Frl. v. Aurnhammer sagte mir gestern, daß der Hr. v. Moll sie gefragt, ob sie nicht mit 300 Fl. jährlichen Gehalt in ein Herrschaftshaus nach Salzburg gehen wolle? Der Cavalier heiße Künburg. – Wie gefällt Ihnen das? Meine Schwester hält man also für nichts? Machen Sie davon Gebrauch. Er war nur einen Tag hier; kömmt er aber wieder so werde ich schon Gelegenheit finden ihm darüber zu sprechen. Nun leben Sie wohl. – – Der Mademoiselle Marchand (meine liebe Constanze hat es mir schon erlaubt) schicke ich auch ein paar Bußerl und bin ewig dero etc.

P.S. Meine liebe Constanze küßt Ihnen die Hände und meine Schwester umarmt sie als ihre wahre Freundin und künftige Schwägerin.

Wegen der Aufführung der »Entführung« hatte Mozart mit starken Kabalen zu kämpfen und es bedurfte des bestimmten Befehls des Kaisers, damit die Oper am 12. Juli wirklich gegeben wurde. Leider besitzen wir über ihre Aufnahme nur folgenden zweiten Bericht von Mozart selbst.

195. Mozarteum

Wien 20. Juli 1782.

Ich hoffe, Sie werden meinen letzten Brief, worin ich Ihnen die gute Aufnahme meiner Oper berichtet habe, richtig erhalten haben. Gestern ist sie zum zweiten Mal gegeben worden. Könnten Sie wohl vermuthen, daß gestern noch eine stärkere Kabale war, als am ersten Abend? Der ganze erste Act ist verwischet worden, aber das laute *Bravo*rufen unter den Arien konnten sie doch nicht verhindern. Meine Hoffnung war also das Schlußterzett; da machte aber das Unglück den *Fischer* fehlen, durch das fehlte auch der *Dauer* (Pedrillo) und *Adamberger* allein konnte auch nicht alles ersetzen; mithin ging der ganze Effect davon verloren, und wurde für dießmal *nicht repetirt*. Ich war so in Wuth, daß ich mich nicht kannte, wie auch Adamberger, und sagte gleich, daß ich die Oper nicht geben lasse ohne vorher eine kleine Probe (für die Sänger) zu machen. Im 2. Act wurden die beiden Duetts wie das erstemal, und dazu das Rondo von Belmont »*Wenn der Freude*

Thränen fließen« wiederholt. Das Theater war fast noch voller, als das erste Mal. Den Tag vorher konnte man keine Sperrsitze mehr haben, weder auf dem Nobleparterre noch im 3. Stock und auch keine Loge mehr. Die Oper hat in den 2 Tagen 1200 Fl. getragen. Hier überschicke ich Ihnen das Original davon und zwei Bücheln. Sie werden viel Ausgestrichenes darin finden, – das ist, weil ich gewußt habe, daß hier gleich die Partitur copirt wird; mithin ließ ich meinen Gedanken freien Lauf, und bevor ich es zum Schreiben gab, machte ich erst hier und da meine Veränderungen und Abkürzungen; und so wie Sie sie bekommen, so ist sie gegeben worden. Es fehlen hie und da die Trompeten und Pauken, Flöten, Clarinette, türkische Musik, weil ich kein Papier von so viel Linien bekommen konnte; die sind auf ein extra Papier geschrieben, der Copist wird sie vermuthlich verloren haben, denn er konnte sie nicht finden. Der erste Act ist (als ich ihn, ich weiß nicht wohin, tragen lassen wollte) unglücklicher Weise in Dreck gefallen, darum ist er so verschmutzt.

Nun habe ich keine geringe Arbeit, bis Sonntag acht Tage muß meine Oper auf die Harmonie gesetzt sein, sonst kommt mir einer bevor, und hat anstatt meiner den Profit davon, und soll nun eine neue Simphonie auch machen.[78] Wie wird das möglich sein! Sie glauben nicht, wie schwer das ist, so etwas auf die Harmonie zu setzen, daß es den Blasinstrumenten eigen ist und doch dabei nichts von der Wirkung verloren geht. Je nun, ich muß die Nacht dazu nehmen, anders kann es nicht gehen, und Ihnen, mein liebster Vater, sei es aufgeopfert! Sie sollen alle Posttage sicher etwas bekommen, und ich werde so viel möglich geschwind arbeiten, und so viel es die Eile zuläßt, gut schreiben.

Den Augenblick schickt der Graf Zichi zu mir und läßt mir sagen, ich möchte mit ihm nach Laxenburg fahren, damit er mich beim Fürst Kaunitz aufführen kann. Ich muß also schließen, um mich anzukleiden, denn wenn ich nicht im Sinn habe auszugehen, so bleibe ich allzeit in meiner *Negligée*. Den Augenblick schickt mir der Copist die übrigen Stimmen. *Adieu*.

P.S. Meine liebe Constanze empfiehlt sich beiderseits.

196. Mozarteum.

Wien 27. Juli 1782.

Sie werden Augen machen, daß Sie nur das 1. Allegro sehen, allein es war nicht anders möglich, ich habe geschwind eine Nachtmusik machen müssen, aber nur auf Harmonie (sonst hätte ich sie für Sie auch brauchen können).

---

78 Der Vater hatte um eine solche gebeten, zur Feier eines Familienfestes in der Familie *Hafner* in Salzburg.

Mittwoch den 31. schicke ich die 2 Menuetts, das Andante und letzte Stück; kann ich, so schicke ich auch einen Marsch; wo nicht, so müssen Sie halt den von der Hafner Musik [Köchel Nr. 249] (der *sehr* unbekannt ist) machen. –

Ich habe sie aus *D* gemacht, weil es Ihnen lieber ist.

Meine Oper ist gestern allen Nannerln zu Ehren mit allem Applauso das drittemal gegeben worden, und das Theater war wieder, ungeachtet der schrecklichen Hitze, gestrotzt voll. Künftigen Freitag soll sie wieder sein; ich habe aber dawider protestirt, denn ich will sie nicht so auspeitschen lassen. Die Leute, kann ich sagen, sind recht närrisch auf diese Oper. Es thut einem doch wohl, wenn man solchen Beifall erhält. Ich hoffe, Sie werden das Original davon richtig erhalten haben.

Liebster bester Vater! ich muß Sie bitten, um alles in der Welt bitten, geben Sie mir Ihre Einwilligung, daß ich meine liebe Constanze heirathen kann. Glauben Sie nicht, daß es um des Heirathen wegen allein ist; wegen diesem wollte ich noch gerne warten. Allein ich sehe, daß es meiner Ehre, der Ehre meines Mädchens und meiner Gesundheit und Gemüthszustands wegen unumgänglich nothwendig ist. Mein Herz ist unruhig, mein Kopf verwirrt, wie kann man da etwas gescheidtes denken und arbeiten? Wo kömmt das her? Die meisten Leute glauben, wir sind schon verheirathet; die Mutter wird darüber aufgebracht, und das arme Mädchen wird sammt mir zu Tode gequält. Diesem kann so leicht abgeholfen werden. Glauben Sie mir, daß man in dem theuern Wien so leicht leben kann, als irgendwo; es kömmt nur auf Wirthschaft und Ordnung an, die ist bei einem jungen, besonders verliebten Menschen nie. Wer eine Frau bekommt, wie ich eine bekomme, der kann gewiß glücklich sein. Wir werden ganz still und ruhig leben und doch vergnügt sein. Und sorgen Sie sich nicht. Denn sollte ich, Gott bewahre, heut krank sein (besonders verheirathet), so wollte ich wetten, daß mir die ersten der Noblesse einen großen Schutz geben würden. Das kann ich mit Zuversicht sagen. Ich weiß, was der Fürst Kaunitz zum Kaiser und Erzherzog Maximilian von mir gesprochen hat. Ich erwarte mit Sehnsucht Ihre Einwilligung, mein bester Vater, ich erwarte sie gewiß, meine Ehre und mein Ruhm liegt daran. Sparen Sie nicht zu weit das Vergnügen, Ihren Sohn mit seiner Frau bald zu umarmen. –

P.S. Meine liebe Schwester umarme ich von Herzen, meine Constanze empfiehlt sich beiderseits.*Adieu.*

Wie sehr Mozart damals, namentlich durch die rohe Art seiner Schwiegermutter in Noth gebracht wurde, beweist das folgende Billet, das er »in wahrer Seelenangst« an die Baronin Waldstädten richtete. Und die Mutter hatte wegen dem Rufe dieser Dame wenigstens ein scheinbares Recht, von dem sie in brutaler Weise Anwendung machte, als sie bemerkte, daß ein längerer Aufenthalt Constanzens bei der Baronin [vgl. oben S. 325] die Tochter ihrer Gewalt ganz entziehen sollte.

197. O. Jahn nach dem Original beim Generalconsul Clauß in Leipzig.

Hochgeschätzbarste Frau Baronin!
Meine Musikalien habe ich durch die Magd der Mad. Weber erhalten und habe müssen eine schriftliche Bescheinigung darüber geben. – Die Magd hat mir etwas anvertraut, welches, wenn ich schon nicht glaube, daß es geschehen könnte, weil es eine Prostitution für die ganze Familie wäre, doch möglich wäre, wenn man die dumme Mad. Weber kennt und mich folglich doch in Sorge setzt. Die Sophie ist weinend hinausgekommen – und da sie die Magd um die Ursache fragte, so sagte sie: Sage sie doch heimlich dem Mozart daß er machen soll daß die Constanze nach Hause geht, denn – meine Mutter will sie absolument mit der Polizei abholen lassen. – Darf denn hier die Polizeiwache gleich in ein jedes Haus? – Vielleicht ist es auch nur ein Locknetz um sie nach Hause zu kriegen. – Wenn das aber geschehen könnte, so wüßte ich kein besser Mittel als die Constanze morgen frühe – wenns sein kann heut noch zu heirathen. Denn dieser Schande möchte ich meine Geliebte nicht aussetzen, – und meiner Frau kann das nicht geschehen. – Noch was. – Der Thorwarth ist heute hinbestellt. – Ich bitte Ew. Gnaden um dero wohlmeinenden Rath – und uns armen Geschöpfen an die Hand zu gehen. – Ich bin immer zu Hause. – In größter Eile. Die Constanze weiß noch von nichts. War Hr. v. Thorwarth bei Ew. Gnaden? ist es nöthig daß wir beide heut nach Tisch zu ihm gehen?

198. Mozarteum.

Wien 31. Juli 1782.
Sie sehen, daß der Wille gut ist: allein wenn man nicht kann, so kann man nicht! Ich mag nichts hinschmieren, ich kann Ihnen also erst künftigen Posttag die ganze Symphonie schicken. Ich hätte Ihnen das letzte Stück

schicken können, aber ich will lieber alles zusammen nehmen, so kostet es
Ein Geld; das Ueberschickte hat mich ohnehin schon 3 Fl. gekostet.

Ich habe heute Ihr Schreiben vom 26. erhalten, aber ein so gleichgültiges,
kaltes Schreiben, welches ich in der That auf die Ihnen überschriebene
Nachricht wegen der guten Aufnahme meiner Oper niemals vermuthen
konnte. Ich glaubte (nach meiner Empfindung zu schließen) Sie würden vor
Begierde kaum das Paquet eröffnen können, um nur geschwind das Werk
Ihres Sohnes besehen zu können, welches in Wien (nicht platterdings gefallen,) sondern so Lärm macht, daß man gar nichts anderes hören will, und
das Theater allzeit von Menschen wimmelt. Gestern war sie zum 4. Mal und
Freitag wird sie wieder gegeben. Allein – Sie hatten nicht so viel Zeit. Die
ganze Welt behauptet, daß ich durch mein Großsprechen, Kritisiren die
Professori von der Musik und auch andere Leute zu Feinden habe! – Was
für eine Welt? Vermuthlich die Salzburger Welt; denn wer hier ist, der wird
genug das Gegentheil davon sehen und hören; – und das soll meine Antwort
darauf sein. – Sie werden unterdessen meinen letzten Brief erhalten haben,
und ich zweifle auch gar nicht, daß ich mit künftigem Brief Ihre Einwilligung
zu meiner Heirath erhalten werde. Sie können gar nichts dawider einzuwenden haben, – und haben es auch wirklich nicht. Das zeigen Ihre Briefe. Denn
sie ist ein ehrliches braves Mädchen von guten Eltern, – ich bin im Stande
ihr *Brod* zu verschaffen, – wir lieben uns und wollen uns. Alles was Sie mir
noch geschrieben haben und allenfalls noch schreiben könnten, wäre nichts,
als *lauter gutmeinender Rath!* – welcher so schön und gut als er immer sein
mag, doch für einen Menschen, der schon so weit mit einem Mädchen ist,
nicht mehr paßt. Da ist also nichts aufzuschieben. Lieber sich seine Sachen
recht in Ordnung gebracht und einen ehrlichen Kerl gemacht! – das wird
Gott dann allzeit belohnen! Ich will mir nichts vorzuwerfen haben. Nun leben
Sie wohl, ich küsse Ihnen 1000mal die Hände.

199. Mozarteum.

Wien 7. Aug. 1782.

Sie haben sich sehr in Ihrem Sohne betrogen, wenn Sie glauben konnten,
daß er im Stande sei eine schlechte Handlung zu begehen. Meine liebe
Constanze, nunmehr Gott sei Dank meine wirkliche Frau, wußte meine
Umstände und Alles was ich von Ihnen zu erwarten habe, schon lange von
mir.[79] Ihre Freundschaft aber und Liebe zu mir war so groß, daß sie gerne

---

79   Der Vater hatte, indem er die Einwilligung endlich ertheilte, den Sohn darauf
     aufmerksam gemacht, wie er nun nicht mehr erwarten könne, daß Wolfgang
     beitragen werde ihn aus der ungünstigen Lage zu befreien, in die er sich nur
     um ihm fortzuhelfen gesetzt habe; und er möge auch nicht darauf rechnen,

mit größten Freuden ihr ganzes künftiges Leben meinem Schicksale aufopferte. – Ich küsse Ihnen die Hände und danke Ihnen mit aller Zärtlichkeit, die immer ein Sohn für seinen Vater fühlte, für die mir gütigst zugetheilte Einwilligung und väterlichen Segen. – Ich konnte mich aber auch gänzlich darauf verlassen; – denn Sie wissen, daß ich selbst alles – alles was nur immer gegen solch einen Schritt einzuwenden ist, nur zu gut einsehen mußte – und aber auch, daß ich, ohne mein Gewissen und meine Ehre zu verletzen, nicht anders handeln konnte; – mithin konnte ich auch ganz gewiß darauf bauen! – Daher geschah es auch, daß da ich 2 Posttage umsonst auf eine Antwort wartete und die Copulation schon auf den Tag (wo ich schon alles sicher wissen mußte) festgesetzt war, ich Ihrer Einwilligung schon ganz versichert und getröstet, mich in Gottes Namen mit meiner geliebten Constanze trauen ließ. Den andern Tag bekam ich die 2 Briefe zugleich. – Nun ist es vorbei! – Ich bitte Sie nun nur um mein zu voreiliges Vertrauen auf Ihre väterliche Liebe um Verzeihung; durch dieses mein aufrichtiges Geständniß haben Sie einen neuen Beweis meiner Liebe zur Wahrheit und Abscheu vor Lüge. – Mein liebes Weib wird nächsten Posttag ihren liebsten besten Schwiegerpapa um seinen väterlichen Segen, und ihre geliebte Schwägerin um die fernere Fortdauer ihrer werthesten Freundschaft bitten. –

Bei der Copulation war kein Mensch als die Mutter und die jüngste Schwester, Hr. von Thorwarth als Vormund und Beistand von Beiden, Hr. v. Zetto (Landrath) Beistand der Braut, und der Gilofsky [von Salzburg] als mein Beistand. Als wir zusammen verbunden wurden, fing sowohl meine Frau als ich an zu weinen; davon wurden Alle, sogar der Priester gerührt, und alle weinten, da sie Zeuge unserer gerührten Herzen waren. Unser ganzes Hochzeitfest bestund aus einem Souper, welches uns die Frau Baronin von Waldstädten gab, – welches in der That mehr fürstlich als baronisch war. Nun freuet sich meine liebe Constanze noch hundertmal mehr nach Salzburg zu reisen! – und ich wette – ich wette, Sie werden sich meines Glückes erfreuen, wenn Sie sie werden kennen gelernt haben. Wenn anders in Ihren Augen so wie in den meinigen ein gutdenkendes, rechtschaffenes, tugendhaftes und gefälliges Weib ein Glück für ihren Mann ist!

Hier schicke ich Ihnen einen kurzen *Marsch*! Wünsche nur daß noch alles zur rechten Zeit kommen möchte, und nach Ihrem Geschmack sein. Das erste Allegro muß recht feurig gehen. Das letzte so geschwind als es möglich ist. – Meine Oper ist gestern wieder (und zwar auf Begehren des *Gluck*) gegeben worden. Gluck hat mir viele Komplimente darüber gemacht. Morgen

von dem Vater jetzt oder künftig noch etwas zu erhalten, und von diesen Umständen auch seine Braut in Kenntniß setzen. Jahn III, 159, Anm.

speise ich bei ihm. Sie sehen wie ich eilen muß. Adieu. Meine liebe Frau und ich küssen Ihnen 1000mal die Hände. 372

Sechste Abtheilung.

Figaro. Don Juan. Zauberflöte.

August 1782 bis Dezember 1791.

200. Mozarteum.

Wien 17. Aug. 1782.

Ich habe letzthin vergessen Ihnen zu schreiben, daß meine Frau und ich zusammen am Portiunculatage bei den Theatinern unsere Andacht verrichtet haben. Wenn uns auch wirklich die Andacht nicht dazu getrieben hätte, so mußten wir es der Zettel wegen thun, ohne welche wir nicht hätten copulirt werden können. Wir sind auch schon eine geraume Zeit lediger allzeit mitsammen sowohl in die hl. Messe, als zum Beichten und Communiciren gegangen, – und ich habe gefunden, daß ich niemals so kräftig gebetet, so andächtig gebeichtet und communicirt hätte, als an ihrer Seite; – und so ging es ihr auch. – Mit Einem Wort, wir sind für einander geschaffen, und Gott, der alles anordnet und folglich auch dieses alles also gefüget hat, wird uns nicht verlassen. Wir beide danken Ihnen auf das Gehorsamste für Ihren väterlichen Segen. Sie werden hoffentlich unterdessen den Brief von der meinigen erhalten haben.

Wegen dem *Gluck* habe ich den nämlichen Gedanken, den Sie mein liebster Vater mir geschrieben; nur will ich Ihnen noch etwas sagen. Die Hrn. Wiener (worunter aber hauptsächlich der Kaiser verstanden ist) sollen nur nicht glauben, daß ich wegen Wien allein auf der Welt sei. Keinem Monarchen in der Welt diene ich lieber, als dem Kaiser, aber erbetteln will ich keinen Dienst. Ich glaube so viel im Stande zu sein, daß ich jedem Hofe Ehre machen werde. Will mich Deutschland, mein geliebtes Vaterland, worauf ich (wie Sie wissen) stolz bin, nicht aufnehmen, so muß in Gottes Namen Frankreich oder England wieder um einen geschickten Deutschen mehr reich werden, – und das zur Schande der deutschen Nation. Sie wissen wohl, daß fast in allen Künsten immer die Deutschen diejenigen waren, welche excellirten. Wo fanden sie aber ihr Glück, wo ihren Ruhm? – In Deutschland wohl gewiß nicht! – Selbst Gluck, – hat ihn Deutschland zu diesem großen Mann gemacht? – Leider nicht! – Gräfin Thun, Graf Zichi, Baron van Swieten, selbst der Fürst Kaunitz ist deßwegen mit dem Kaiser sehr unzufrieden, daß er nicht mehr die Leute von Talent schätzt und sie aus seinem Gebiet läßt. Letzterer sagte jüngsthin zum Erzherzog *Maximilian*, als die Rede von mir war, *daß solche Leute nur alle 100 Jahre auf die Welt kämen, und solche Leute müsse man nicht aus Deutschland treiben – besonders wenn man so glücklich ist, sie wirklich in der Residenzstadt zu besitzen.* – Sie können nicht glauben wie gütig und höflich der Fürst Kaunitz mit mir war als ich bei ihm war; – zuletzt sagte er noch: »*Ich bin Ihnen verbunden, mein lieber Mozart, daß Sie sich die Mühe gegeben haben, mich zu besuchen*« etc. Sie können auch nicht glauben was sich die Gräfin Thun, Baron van Swieten und andere Große für Mühe geben mich hier zu behalten, – allein – ich kann auch nicht so lange warten – und *will* auch wirklich nicht so auf Barmherzigkeit warten, – finde daß ich eben auch (wenn es schon der Kaiser ist) seine Gnade nicht so von Nöthen habe. – Mein Gedanke ist künftige Fasten nach Paris zu gehen, versteht sich nicht ganz so auf gerade wohl. – Ich habe deßwegen schon an *Le Gros* [Nr. 101] geschrieben und erwarte Antwort. – Hier habe ich es auch – besonders den *Großen* – so im Discurs gesagt. – Sie wissen wohl, daß man öfters im Reden so was hinwerfen kann, welches mehr Wirkung thut, als wenn man es so dictatorisch hindeclamirt. – Wenn ich mich zu dem *Concert spirituel* und *Concert des amateurs* engagiren kann; – und dann Scolaren bleiben mir nicht aus – und da ich jetzt eine Frau habe, kann ich sie leichter und fleißiger versehen; – dann mit der Composition etc.; – und hauptsächlich aber ist es mir wegen der Opera. – Ich habe mich die Zeit her täglich in der französischen Sprache geübt – und nun schon 3 Lectionen im Englischen genommen. – In 3 Monaten hoffe ich so ganz passable die engländischen Bücher lesen und verstehen zu können. – Nun leben Sie recht wohl.

201. Mozarteum.

Wien 24. Aug. 1782.

Sie haben sich nichts als dasjenige vorgestellt was ich wirklich zu thun willens war – und noch willens bin; – und ich muß Ihnen auch ingleichen die Wahrheit bekennen, daß meine Frau und ich von Tag zu Tag auf eine *gewisse* Nachricht gewartet vermöge der Ankunft der Russischen Herrschaften, um unsere vorhabende Reise vorzunehmen oder verzögern zu müssen; und da wir auf diese Stunde noch nichts Gewisses davon wissen, so konnte ich Ihnen auch noch nichts davon schreiben. Einige sagen, sie kommen den 7. September, einige sagen wieder, sie kommen gar nicht. Wäre das Letztere, so würden wir zu Anfang October schon in Salzburg sein. Kommen sie aber, so ist es (nach dem Rathe meiner guten Freunde) nicht nur sehr nothwendig daß ich hier bin, sondern meine Abwesenheit würde ein wahrer Triumph für meine Feinde und folglich mir höchst schädlich sein! – Würde ich dann (wie es wahrscheinlicher Weise geschehen wird) als Meister der Prinzessin von Würtemberg ernannt, so könnte ich leicht auf eine Zeit Erlaubniß erhalten meinen Vater zu besuchen. Wenn es ja verschoben werden müßte, so wird es niemand leider thun als meinem lieben Weib und mir, – da wir den Augenblick kaum erwarten können unsern liebsten besten Vater und liebste Schwester zu umarmen.

Wegen Frankreich und Engelland haben Sie vollkommen Recht! – Dieser Schritt wird mir niemals ausbleiben; es ist besser, wenn ich es hier noch ein bischen auswarte. Unterdessen können sich auch in selben Ländern die Zeiten ändern.

Vergangenen Dienstag ist (nach Gottlob 14tägiger Aussetzung) meine Oper wieder mit allem Beifall aufgeführt worden.

377 Mich freut es recht sehr, daß die Symphonie [Köchel Nr. 385] nach Ihrem Geschmack ausgefallen ist. – Apropos – Sie wissen gar nicht (vielleicht aber doch) wo ich logire. Wo glauben Sie? – In dem nämlichen Hause wo wir vor 14 Jahren logirt haben, auf der hohen Brücke im Grünwaldschen Hause; jetzt heißt es aber das Großhauptische Haus Nr. 387. Der junge *Stephanie* ist gestern angekommen. Ich war heute bei ihm. Die Elisabetha Wendling [vgl. S. 93. 137.] ist auch schon hier. – Nun müssen Sie mir verzeihen daß ich schon schließen muß; allein ich habe mich beim Hrn. v. Strack verschwätzet. Ich wünsche in meinem Herzen, daß die Herrschaften nicht kommen, damit ich bald das Vergnügen haben kann Ihre Hände zu küssen. Meine Frau weint aus Vergnügen, wenn sie auf die Salzburger Reise denkt. – Leben Sie wohl. – Dero gehorsamste Kinder W.A. Mozart. Mann und Weib ist ein Leib.

202. Mozarteum.

Wien 31. Aug. 1782.

Sie wissen nicht wie ich mir schmeicheln kann Maestro bei der Prinzessin zu sein? – *Salieri* ist ja doch nicht im Stande sie im Clavier zu unterweisen! – er müßte sich nur bemühen mir mit jemand Andern in dieser Sache Schaden zu thun, – das könnte sein! – Uebrigens kennt mich der Kaiser; – die Prinzessin hätte schon das vorige Mal gern von mir gelernt; – und ich weiß, daß in dem Buche, worin die Namen aller die zu ihrer Bedienung bestimmt sind, enthalten sind, auch mein Name steht. –

Sie sagen ich hätte Ihnen nicht geschrieben im wievielten Stoß daß wir wohnten? – Das muß mir in der That in der Feder stecken geblieben sein; ich schreibe Ihnen nun, daß ich im 2. Stock wohne; – wie Sie aber zu dem Gedanken kommen, daß meine hochgeehrteste Frau Schwiegermutter auch da logiren könnte, das weiß ich nicht; – denn ich habe in der That die Meinige nicht so bald geheirathet, um im Verdruß und Zank zu leben, sondern um Ruhe und Vergnügen zu genießen! – und das konnte auf keine andere Art geschehen, als sich von diesem Hause loszumachen. Wir haben seit unserer Heirath ihr zwei Visiten gegeben, – bei der zweiten aber hat es schon wieder Zank und Streit gegeben, so daß meine arme Frau zu weinen anfing; ich machte also dem Streit gleich ein Ende, da ich zu ihr sagte es wäre nun Zeit wegzugehen; und seitdem waren wir nicht mehr dort und gehen auch nicht mehr hin, bis nicht ein Geburts- oder Namenstag von der Mutter oder den beiden Schwestern ist. – Daß Sie mir aber schreiben ich hätte Ihnen nicht geschrieben, an welchem Tag wir getraut worden – muß ich um Verzeihung bitten; – entweder hat Sie diesmal Ihr Gedächtniß betrogen und da dürfen Sie sich nur die Mühe nehmen, unter meinen Briefen den vom 7. August hervorzusuchen, so werden Sie ganz klar und deutlich darin finden, daß wir Freitags am Portiuncula-Tage gebeichtet haben und Sonntag darauf als den 4. geheirathet haben; – oder Sie haben diesen Brief gar nicht erhalten, welches aber auch nicht leicht sein kann, weil Sie damit den Marsch erhalten und mir auch unterschiedliches darauf geantwortet haben. – Nun habe ich eine Bitte an Sie. – Die Baron *Waldstädten* wird von hier wegreisen – und möchte ein gutes kleines Pianoforte haben. Ich weiß den Namen des Claviermachers in Zweibrücken nicht mehr, und da wollte ich Sie gebeten haben eins bei ihm zu bestellen; – es müßte aber in Zeit eines Monats oder längstens 6 Wochen fertig sein und der nemliche Preis wie das vom Erzbischof. – Dann wollte ich Sie auch bitten, mir Salzburger Zungen mit nächster Gelegenheit oder Postwagen (wenn es wegen der Mauth möglich ist) zu schicken. – Ich habe der Frau Baronin viel Verbindlichkeit, und der Discours war einmal eben von Zungen, und da sagte sie, daß sie sie gerne einmal probiren möchte, und ich habe mich offrirt ihr damit aufzuwarten. – Wenn es sonst etwa noch was gäbe, welches ihr eine Seltenheit sein könnte und Sie wollten es mir schicken, so würden Sie mich in der That sehr verbinden – ich möchte ihr recht gerne so eine Freude machen. Die Bezahlung dafür kann ich Ihnen durch den Peisser wieder gut machen oder sie auf die persönliche Zusammenkunft sparen. –

Könnte ich nicht Schwarzreuter bekommen? –

P.S. Wenn Sie ohnehin der Baase [in Augsburg] schreiben, so bitte ich von uns beiden ein Compliment zu vermelden. *Addio.*

203. Mozarteum.

Wien 11. Sept. 1782.

Ich danke Ihnen verbindlichst für die mir geschickten Zungen, – ich habe 2 der Frau Baronin gegeben und die andern 2 für mich behalten und morgen wollen wir sie verkosten. – Haben Sie die Güte mir zu schreiben wie Sie es mit der Bezahlung dafür gehalten haben wollen. – Wenn Sie mir auch Schwarzreuter zuwege bringen können, so machen Sie mir in der That sehr viel Vergnügen. – Die Jüdin *Eskeles* wird freilich ein sehr gutes und nützliches Instrument zur Freundschaftstrennung zwischen dem Kaiser und russischem Hofe gewesen sein, – denn sie ist wirklich vorgestern nach *Berlin geführt worden*, um dem König das Vergnügen ihrer Gegenwart zu schenken. – Die ist also eine Haupt-Sau, – denn sie war auch die einzige Ursache an dem Unglück des Günthers; – wenn das ein Unglück ist, 2 Monate in einem schönen Zimmer (nebst Beibehaltung aller seiner Bücher, seinem Fortepiano etc.) Arrest zu haben, seinen vorigen Posto zu verlieren, dann aber in einem andern mit 1200 Fl. Gehalt angestellt zu werden; denn er ist gestern nach Hermannstadt abgereist. – Doch – solch eine Sache thut einem ehrlichen Manne immer wehe und nichts in der Welt kann so was ersetzen. – Nur sollen Sie daraus ersehen, daß er nicht so ein sehr großes Verbrechen gethan hat, – sein ganzes Verbrechen ist – *étourderie,* Leichtsinnigkeit, – folglich zu wenig scharfe Verschwiegenheit, – welches freilich ein großer Fehler bei einer Cabinets-Person ist. – Obwohl er nichts von Wichtigkeit Jemand anvertrauet, so haben doch seine Feinde, wovon der erste der gewesene Statthalter Gr. v. Herber-Stein ist, es so gut und fein anzustellen gewußt, daß der Kaiser, welcher so ein starkes Vertrauen zu ihm gehabt hat, daß er stundenweise mit ihm Arm in Arm auf und ab gegangen, ein desto stärkeres Mißtrauen in ihn bekam. – Zu diesem allen kam die Sau-Eskeles (eine gewesene Amantie vom Günther) und beschuldigte ihn auf das stärkste; – bei der Untersuchung der Sache kam es aber sehr einfältig für die Herrn heraus, – der große Lärm von der Sache war schon gemacht. – Die großen Herrn wollen niemals Unrecht haben – und mithin war also das Schicksal des armen Günthers, den ich von Herzen bedauere, weil er ein sehr guter Freund von mir war, und (wenn es beim Alten geblieben wäre) mir gute Dienste beim Kaiser hätte thun können. – Stellen Sie sich vor wie fremd und unerwartet es mir war und wie nahe es mir ging. Stephanie – Adamberger – und ich waren Abends bei ihm beim Souper und den andern Tag wurde er in Arrest genommen. – Nun muß ich schließen, denn die Post möchte mir davonlaufen.

Meine Frau geht in das 91. Jahr.

204. Mozarteum.

Wien 25. Sept. 1782.

Ich habe Ihr Letztes vom 20. dieses richtigst erhalten und hoffe Sie werden meine 4 Zeilen (woraus Sie nichts als unser Wohlbefinden haben vernehmen können) auch erhalten haben. Ein wahrlich komischer Zufall! – Wer kann aber für Sachen, die zutreffen – die sich ereignen können! – Hr. Gabel, welcher vor etlichen Tagen hier angekommen, ist wirklich bei mir und wartet bis ich mit dem Briefe fertig bin, um mir meine Sonaten auf der Violine zu accompagniren, die er nach seinem Sagen gut spielen muß. Auf dem Horn hat er mir schon geblasen und weniger als nichts gemacht. Was ich ihm zu thun im Stande bin, werde nicht unterlassen; – genug daß ich Ihr Sohn bin. Er empfiehlt sich Ihnen beiderseits.

Daß die unnöthigen Bildereien, die vielen Opfertafeln und Instrumental-musik etc. (was hier geschehen wird) bei Ihnen schon abgekommen sind, war mir etwas Neues. Da glaubt der Erzbischof vermuthlich sich *dadurch* beim Kaiser einzuschmeicheln; aber ich glaube schwerlich, daß diese seine Politik von großem Nutzen sein mag. – Ja, – ich kann niemand auf mich warten sehen, ich warte auch nicht gerne; mithin muß ich mir die Beschrei- bung der Baronesse v. *Waldstädten* schon auf das nächste Mal sparen und Ihnen nun eine sehr nothwendige Bitte thun. Ich bitte aber Folgendes unter uns zu behalten, wegen dem Orte wo ich bin. Der Preußische Gesandte *Riedesel* hat zu mir geschickt, daß er vom Berliner Hof den Auftrag hätte, meine Oper: »Die Entführung aus dem Serail« nach Berlin zu schicken; mithin möchte ich sie abschreiben lassen und die Belohnung für die Musik wird schon erfolgen. Ich habe gleich versprochen sie copiren zu lassen. Nun da ich die Oper nicht habe, müßte ich sie vom Copisten entlehnen, welches sehr ungelegen wäre, da ich sie nicht 3 ganze Tage *sicher* behalten könnte, indem öfters der Kaiser darum schickt (welches erst gestern geschehen) und sie dann auch öfters gegeben wird, da sie nun wirklich schon 10 Mal seit dem 16. August ist gegeben worden. Mithin wäre mein Gedanke sie in Salzburg copiren zu lassen, wo es heimlicher und wohlfeiler geschehen könnte! – Ich bitte Sie also sie gleich in die Partitur rein schreiben zu lassen, aber auch mit vieler Eile – und wenn Sie (da Sie sie mir schicken) die Copia-turkosten melden wollen, wird sodann durch Hrn. Peisser die Bezahlung gleich entrichtet werden.

205. A. Artaria in Wien.

Allerliebste, Allerbeste, Allerschönste,
Vergoldete, versilberte, und verzuckerte
Wertheste und schätzbarste
Gnädige Frau
Baroninn![80]

Hier habe ich die Ehre Euer Gnaden das bewußte Rondo sammt den 2 Theilen von den Comedien und dem Bändchen Erzählungen zu schicken.

---

80 Die Adresse lautet: »*A Madame Madame la Baronne de Waldstætten née de Scheffer à Leopoldstadt.*«

Ich habe gestern einen großen Bock geschossen! – Es war mir immer als
hätte ich noch etwas zu sagen – allein meinem dummen Schädel wollte es
nicht einfallen! Und das war mich zu bedanken, daß sich Euer Gnaden gleich

so viele Mühe wegen dem schönen Frack gegeben – und für die Gnade, mir
solch einen zu versprechen! – Allein mir fiel es nicht ein; wie dies dann
mein gewöhnlicher Fall. – Mich reut es auch oft, daß ich nicht anstatt Musik
die Baukunst erlernt habe, denn ich habe öfters gehört, daß derjenige der
beste Baumeister sei, dem nichts einfällt. – Ich kann wohl sagen, daß ich ein
recht glücklicher und unglücklicher Mensch bin! – Unglücklich seit der Zeit
da ich Euer Gnaden so schön frisirt auf dem Ball sah! – denn – meine ganze
Ruhe ist nun verloren! – nichts als Seufzen und Aechzen! – Die übrige Zeit
die ich noch auf dem Ball zubrachte, konnte ich nichts mehr tanzen, – sondern sprang; das Souper war schon bestellt – ich aß nicht, – sondern ich
fraß, – die Nacht durch anstatt ruhig und sanft zu schlummern – schlief ich
wie ein Ratz und schnarchte wie ein Bär! – und (ohne mir viel darauf einzu-
bilden) wollte ich fast darauf wetten, daß es Euer Gnaden *à proportion* eben
auch so ging! – Sie lächeln? – werden roth? – o ja – ich bin glücklich! – mein
Glück ist gemacht! – Doch ach! wer schlägt mich auf die Achseln? – wer
gukt mir in mein Schreiben? – auweh, auweh, auweh! – mein Weib! – Nun
in Gottes Namen; ich Hab sie einmal, und muß sie behalten! Was ist zu
thun? – Ich muß sie loben – und mir einbilden, es sei wahr! – Glücklich bin
ich, weil ich keine *Aurnhammer* brauche, um Euer Gnaden zu schreiben
wie Hr. v. Taisen, oder wie er heißt (ich wollte er hätte gar keinen Namen!),
denn ich hatte an Euer Gnaden selbst etwas zu schicken. – Und außer diesem
hätte ich Ursache gehabt Euer Gnaden zu schreiben; doch das traue ich mir
in der That nicht zu sagen; – doch warum nicht? – Also Courage! – Ich
möchte Euer Gnaden bitten, daß – pfui Teufel, das wäre grob! – *A propos;*
kennen Euer Gnaden das Liedchen nicht?

> Ein Frauenzimmer und ein Bier
> Wie reimt sich das zusammen? –
> Das Frauenzimmer besitzt ein Bier,
> Davon schickt sie ein Bluzer mir
> So reimt es sich zusammen.

Nicht wahr das hätte ich recht fein angebracht? – Nun aber *senza burle.*

Wenn mir Euer Gnaden auf heute Abends einen Bluzer zukommen lassen
könnten, so würden Sie mir eine große Gnade erweisen. – Denn meine Frau
ist – ist – ist und hat Gelüste – und aber nur zu einem Bier, welches auf
englische Art zugerichtet ist! – Nun brav, Weiberl! – Ich sehe endlich daß
Du doch zu etwas nütze bist! – Meine Frau, die ein Engel von einem Weibe

ist, und ich, der ich ein Muster von einem Ehemann bin, küssen beide Euer Gnaden 1000mal die Hände und sind ewig Dero getreue Vasallen

Mozart Magnus corpore parvus et
Constantia omnium uxorum pulcherrima
et prudentissima.

Wien 2. Oct. 1782.
An die Aurnhammer bitte kein Compliment.

206. Mozarteum.

Wien 5. Oct. 1782.

Ich kann auch nichts als die Hauptsache beantworten, weil ich erst diesen Augenblick Ihren Brief erhalten, woraus ich leider das Gegentheil von dem was ich vermuthen konnte, ersehen mußte. Ich war selbst beim Hr. Baron v. Riedesel, welcher ein charmanter Mann ist, und versprach ihm (voll Vertrauen daß die Oper schon beim Abschreiben sein wird) sie ihm zu Ende dieses Monats oder längstens zu Anfang Novembers zu liefern. Ich bitte Sie also zu sorgen daß ich sie bis dahin haben kann. Um Ihnen aber alle Sorge und Bedenklichkeit zu nehmen, die ich mit dankbarstem Herzen als einen Beweis Ihrer väterlichen Liebe verehre, so kann ich Ihnen nichts Ueberzeugenderes sagen, als daß ich dem Hrn. Baron recht sehr verbunden bin, daß er die Oper von mir und nicht vom Copisten begehrt hat, von welchem er sie alle Stunde um baares Geld hätte haben können; und überdies wäre es mir sehr leid, wenn mein Talent mit *einmal* bezahlt werden könnte – besonders mit hundert Ducaten! – Ich werde dermalen (nur weil es nicht nöthig ist) niemanden nichts sagen. Wird sie, wie ganz zuverlässig (und welches mir auch das Liebste dabei ist) aufgeführt, so wird man es ganz sicher erfahren, mich aber deswegen meine Feinde nicht auslachen, mich nicht als einen schlechten Kerl behandeln und mir nur gar zu gern eine Oper zu schreiben geben wenn ich nur will; – welches letztere ich aber schwerlich wollen werde. Denn – ich werde eine Oper schreiben, aber nicht um mit hundert Ducaten zuzusehen wie das Theater in 14 Tagen dadurch viermal so viel gewinnt; – sondern ich werde meine Oper auf meine Unkosten aufführen, in drei Vorstellungen wenigstens 1200 Fl. machen, – und dann kann sie die Direction um 50 Ducaten haben; wo nicht, so bin ich bezahlt und kann sie überall anbringen. Uebrigens hoffe ich, werden Sie noch niemals einige Spur von Neigung zu einer schlechten Handlung bei mir bemerkt haben. Man muß keinen schlechten Kerl machen, – aber auch keinen dummen, der andern

384

Leuten von seiner Arbeit, die ihm Studium und Mühe genug gekostet hat, den Nutzen ziehen läßt und allen fernern Anspruch darauf aufgibt.

Gestern ist der Großfürst angekommen. – Nun ist schon der vornehme Claviermeister für die Prinzessin benannt. Ich darf Ihnen nur seine Besoldung nennen, so werden Sie auch leicht daraus die Stärke des Meisters schließen können: 400 baare Gulden. Er heißt Summerer. – Wenn es mich verdrießen könnte, so würde ich das Möglichste thun um es mir nicht merken zu lassen; so aber darf ich mich Gott Lob und Dank nicht verstellen, weil – mich nur das Gegentheil verdrießen könnte und ich natürlicher Weise eine abschlägige Antwort hätte geben müssen, welches immer unangenehm ist, wenn man sich in dem traurigen Fall befindet sie einem großen Herrn thun zu müssen. – Ich bitte Sie noch einmal um die möglichste Eilfertigkeit wegen der Copiatur meiner Oper. –

P.S. Mein liebes Weib küßt Ihnen die Hände. – Das Kreuz welches meine Schwester von der Baronin Waldstädten bekommen, haben wir den Tag vorher, ehe sie es ihr schickte, gesehen. Ich habe heute mit dem Postwagen 5 Bücher 12 liniirtes Papier abgeschickt. – Ob und wann die Baronin auf das Land geht, wissen wir und vielleicht auch sie selbst noch nicht. Sobald ich es aber wissen werde, so werde ich es Ihnen sogleich schreiben. Adieu.

207. Mozarteum.

Wien 12. Oct. 1782.

Wenn ich hätte vorsehen können, daß die Copisten in Salzburg so viel zu thun haben; so würde ich mich doch entschlossen haben, die Oper hier copiren zu lassen. Nun muß ich halt zum Herrn Gesandten gehen und ihm die wahre Ursache entdecken. Doch bitte ich Sie Ihr Möglichstes zu thun, daß ich sie bald erhalte. Wie eher, je lieber. Sie glauben, ich würde von keinem Copisten in Wien sie in so kurzer Zeit erhalten; und ich wollte sie doch vom Theatercopisten in Zeit von acht Tagen, oder längstens zehn Tagen bekommen. Daß *Gatti* [Librettist, vgl. Nr. 216] der Esel, den Erzbischof gebeten, eine Serenada schreiben zu *dürfen*, macht ihn schon würdig diesen Namen tragen zu dürfen, und mich vermuthen, daß er auch auf seine Gelehrsamkeit in der Musik anzuwenden wäre.

Sie schreiben daß 400 Fl. jährlich *gewisses Geld* nicht zu verachten seien. Wenn ich nebenbei mich gut hinauf arbeiten kann und folglich diese 400 Fl. als eine Beihülfe ansehe, so ist es ganz gewiß; doch ist hier leider dieser Fall nicht. Hier ist mein bestes Einkommen 400 Fl. – alles was ich sonst verdienen kann, muß ich als eine Beihülfe ansehen, und zwar als eine sehr unsichere und folglich sehr geringe Beihülfe, – weil Sie leicht vermuthen können, daß man mit einer solchen Schülerin wie eine Prinzessin ist, nicht so verfahren kann wie mit einer anderen Dame. Wenn es so einer Prinzessin eben nicht gelegen ist, so hat man die Ehre zu warten. Sie logirt bei den Salesianerinnen auf der Wieden. Will man nicht zu Fuße gehen, so hat man wenigstens die Ehre einen Zwanziger hin und her zu bezahlen. Da bleiben mir von meiner Besoldung noch 304 Fl. übrig, – *NB.* wenn ich die Woche nur dreimal Lection gebe. – Muß ich also warten, – so versäume ich unterdessen meine andern Scolaren oder andere Geschäfte (womit ich mir leicht mehr als 400 Fl. verdienen kann). Will ich herein, – so muß ich doppelt mein Geld verfahren, weil ich wieder hinaus muß. Bleib ich draußen, – und ist es, wie ohne Zweifel Vormittag, kömmt die Mittagszeit – so kann ich auch die Ehre haben in einem Wirthshause schlecht und theuer zu essen, – kann durch das Versäumen anderer Lectionen sie gar verlieren, – da Jeder sein Geld für so gut hält, als der Prinzessin ihres; und verliere auch dabei die Zeit und die Laune mir mit der Composition desto mehr zu verdienen. Einem großen Herrn zu dienen (das Amt mag sein was es für eins wolle) gehört eine Bezahlung dazu, durch welche man im Stande ist, seinem Herrn *allein zu dienen*, – und nicht nöthig hat sich vor Mangel durch Nebenverdienste zu sichern. Vor Mangel muß schon gesorgt sein. – Glauben Sie nur nicht daß ich so dumm sein werde Jemanden das zu sagen, was ich Ihnen schreibe. Aber glauben Sie auch sicher, daß der Kaiser seine Schmutzigkeit *selbst* fühlt – und *nur* aus dieser Ursache mich umgangen hat. Hätte ich angehalten, ich wäre es gewiß; aber nicht mit 400 Fl. – aber auch nicht mit so viel als es billig wäre. Ich suche aber keine Scolaren, ich kann ihrer genug haben; – und ihrer zwei – ohne mir die geringste Ungelegenheit oder Verhinderniß zu machen, geben mir so viel als – die Prinzessin ihrem Meister, der dann keine andere Aussicht dabei hat, als daß er sein Lebtag nicht verhungern wird. Sie wissen wohl wie gemeiniglich Dienste von großen Herrn belohnt werden. Nun muß ich schließen, denn die Post geht ab. –

208. Mozarteum.

Wien 19. Oct. 1782.
Ich muß schon wieder in Eile schreiben; ich verstehe nicht, sonst habe ich Freitags nach Tisch schon allzeit richtig einen Brief von Ihnen gehabt, – jetzt mag ich schicken wie ich will, so bekomme ich ihn doch erst am Samstag Abends. Wegen meiner Oper ist es mir sehr leid, daß Sie so viele Mühe damit haben. – Ja wohl habe ich, und zwar zu meiner großen Freude (denn Sie wissen wohl daß ich ein Erz-Engelländer bin) Engellands Siege gehört![81] –

---

81 Bei *Gibraltar* im September 1782 gegen die mit unerhörten Mitteln von der Land- wie Seeseite zugleich stürmenden Spanier.

Heute ist der russische Hof wieder abgereist, letzthin wurde ihm meine Oper gegeben, wo ich für gut befunden, wieder an das Clavier zu gehen und zu dirigiren; theils um das ein wenig in Schlummer gesunkene Orchester wieder aufzuwecken, theils um mich (weil ich eben hier bin) den anwesenden Herrschaften als Vater von meinem Kinde zu zeigen. – Mein liebster Vater! ich muß Ihnen gestehen, daß ich es kaum erwarten kann Sie wieder zu sehen, und Ihre Hände zu küssen; – wollte auch aus diesem Triebe bis 15. November als an Ihrem Namenstage in Salzburg sein; allein – nun fängt die beste Zeit hier an. Die Herrschaften kommen vom Lande, und nehmen Lection. Die Academien fangen auch an; bis die ersten Tage Dezember müßte ich doch wieder in Wien sein. Wie hart würde meinem Weibe und mir eine so baldige Abreise sein. Wir möchten halt lieber länger die Gegenwart unseres lieben Vaters und unserer lieben Schwester genießen! Nun kömmt es auf Sie an, ob Sie uns gerne auf lange oder kurze Zeit haben? – Wir dächten das Frühjahr bei Ihnen zuzubringen. Meinem lieben Weibe darf ich Salzburg nicht nennen, so ist sie schon ganz vor Freude außer sich! – Der Balbier von Salzburg (und nicht von Sevilla) war bei mir, und richtete mir schöne Grüße von Ihnen, von meiner Schwester und von der Katherl aus.

209. Mozarteum.

Wien 26. Oct. 1782.

So gerne ich die Post nehmen und *alla* Wolfgang Mozart nach Salzburg fliegen möchte, so ist es aber wirklich unmöglich, weil ich (ohne meine Person zu ruiniren) nicht vor dem 3. November von hier weg kann, da die Fräulein *Aurnhammer* (die ich zur Baronin *Waldstädten* ins Haus gebracht habe, welche ihr Kost und Quartier giebt) an diesem Tage im Theater Academie giebt, und ich mit ihr zu spielen versprochen habe. Meine und meines Weibes gränzenlose Begierde Ihnen die Hände zu küssen und unsere liebe Schwester zu umarmen, wird uns das Möglichste thun machen, dieses Glück und Vergnügen auf das Bäldeste genießen zu können. Genug, mehr kann ich nicht im Voraus sagen, als daß der Monat November den Salzburgern die etwa meine Gegenwart nicht vertragen können, nicht günstig ist. Ich habe auch viele Sachen, die Musik betreffend mit Ihnen mein liebster Vater zu reden.

Die Oper heften oder binden zu lassen, ist mir gleichgültig; mit blauem Papier würde ich sie binden lassen. Aus der Schrift werden Sie abnehmen, daß ich entsetzlich eilen muß. Es ist schon 7 Uhr und ungeachtet allem Schicken habe ich erst den Augenblick den Brief erhalten. Nun Adieu, ich und liebes Weib küssen Ihnen 1000mal die Hände.

210. Mozarteum.

Wien 13. Nov. 1782.

Wir befinden uns in einer ziemlichen Verlegenheit. Ich schrieb Ihnen letzten Samstag nicht mehr weil ich Montags gewiß abzureisen glaubte. Allein Sonntags fiel eine so elende Witterung ein, daß man kaum in der Stadt mit den Wägen fortkommen konnte. Montags wollte ich doch noch Nachmittags weg, allein auf der Post sagte man mir daß man nicht allein 4 oder 5 Stunden an einer Station zu fahren hätte, sondern daß man gar nicht fortkommen folglich umkehren müsse. Der Postwagen mit 8 Pferden hat nicht die erste Poststation erreicht, sondern ist wieder zurück gekommen. Nun habe ich Morgen weg wollen, allein meine Frau hat heute einen starken Kopfweh bekommen, und obwohl sie mit aller Gewalt weg will, so traue ich es mir doch nicht bei dieser Witterung mit ihr zu wagen. Ich erwarte also noch ein Schreiben von Ihnen, unterdessen wird es wohl hoffentlich besser zu reisen sein und dann gleich weg. Denn das Vergnügen Sie, mein liebster Vater, wieder zu umarmen, geht mir vor Allem vor. Die Scolaren können schon 3 oder 4 Wochen auf mich warten; denn die Gräfinnen Zichi und Rumbeck sind vom Lande zurückgekommen und haben schon um mich geschickt, – und es ist nicht zu glauben, daß sie unterdessen einen andern Meister nehmen werden. Weil ich nun nicht so glücklich habe sein können, Ihnen mündlich meinen Glückwunsch machen zu können so mache ich ihn sammt meiner Frau und zukünftigem Enkel oder Enkelin schriftlich. *Wir wünschen Ihnen langes, vergnügtes Leben, Gesundheit und Zufriedenheit – und was Sie sich selbst wünschen.*

211. Mozarteum.

Wien 20. Nov. 1782.

Ich sehe wohl leider daß ich mir das Glück Sie zu umarmen bis Frühjahr ersparen muß, denn die Scolaren lassen mich absolument nicht weg, – und in der That ist für meine Frau dermalen die Witterung zu kalt. Alle Leute bitten mich, ich soll es nicht wagen; – bis Frühjahr (denn ich nenne Frühjahr schon *März* – oder längstens anfangs *April* – weil ich nach meinen Umständen rechne) bis dahin können wir ganz gewiß nach Salzburg reisen, denn vor Monat Juni wird meine Frau nicht ins Kindbett kommen. Heute also packe ich wieder aus, denn ich ließ alles gepackt, bis ich Nachricht von Ihnen erhalten konnte. Denn wenn Sie verlangt hätten, daß wir kommen sollten, – husch weg – und keinem Menschen was gesagt – um Ihnen zu zeigen, daß die Schuld nicht an uns ist. Mr. und Madame *Fischer* nebst der alten Frau können mir am besten bezeugen wie leid es mir that, diese Reise jetzt nicht machen zu können. Gestern hat die Prinzessin *Elisabeth* (weil ihr Namenstag war) vom Kaiser 90000 Fl. zum Präsent bekommen, nebst einer goldenen Uhr mit Brillanten besetzt, und ist als östreichische Erzherzogin erklärt worden; wird nun folglich Ihre königliche Hoheit betitelt. Der Kaiser ist wieder aufs Neue mit dem Fieber überfallen worden. – Ich fürchte, er wird nicht mehr lang leben, und wünsche, daß ich mich betrüge. – Die Madame *Zeisig* geborne *de Luca*, welche mit ihrem Mann in Salzburg war und im Theater das Salterium gespielt hat, ist hier und gibt Schlackacademie. Sie hat mir eine schriftliche Einladung geschickt und mich gebeten, ich möchte gut von ihr sprechen, denn es sei ihr an meiner Freundschaft viel gelegen. –

212. Mozarteum.

Wien 21. Dez. 1782.

So groß meine Sehnsucht war nach drei Wochen Stillschweigen endlich wieder einen Brief von Ihnen zu lesen, so sehr betroffen war ich über den Inhalt als ich ihn las; – kurzum, wir haben uns Beide in gleich ängstlicher Lage befunden! Sie müssen wissen daß ich auf Ihr letztes Schreiben den 4. Dezember geantwortet habe, folglich in acht Tagen Antwort erwartet habe. Es kam nichts; – gut ich glaubte Sie hätten eben nicht Zeit gehabt und weil ich so ein wenig etwas – Angenehmes für uns – in Ihrem Brief las, so dachten wir fast, Sie kämen schon! – Den folgenden Posttag war wieder nichts für mich da, – ich wollte ungeachtet dessen schreiben, wurde aber unvermuthet zur Gräfin Thun gerufen und folglich verhindert; nun fing unsere Angst an! Wir trösteten uns aber mit diesem, daß doch Jemand von Ihnen wenigstens geschrieben haben würde; nun endlich kam heute Ihr Brief, woraus ich sehe, daß Sie mein letztes Schreiben nicht erhalten haben; auf der Post ist es mir nicht glaublich daß er kann verloren gegangen sein; es muß also die Magd das Geld in Sack gesteckt haben! – aber bei Gott ich wollte lieber einer solchen Canaille 6 Kreuzer schenken, als so *mal à propos* meinen Brief zu verlieren; – und allezeit ist es doch nicht möglich daß man selbst gehen kann. Wir haben nun aber eine andere Magd, und dieser habe ich schon eine ganze Predigt deswegen gemacht. – Was mich am meisten dabei ärgert, ist daß Sie beide so viel dabei ausgestanden und daß ich mich nicht alles mehr so genau erinnere, was ich geschrieben. Das weiß ich daß ich denselben Abend zum *Gallizin* in die Academie gegangen; – daß ich Ihnen unter andern geschrieben daß mein armes Weiberl sich unterdessen mit einem kleinen Silhouetten-Portrait von Ihnen begnügen muß, welches sie immer bei sich im Sack trägt und des Tages wohl 20mal küßt; – und daß wenn Sie eine Gelegenheit finden, Sie die Güte haben möchten, mir die *neue Sinfonie*, die ich Ihnen für den Hafner geschrieben, zu schicken. Wenn ich sie nur bis die Fasten habe, denn ich möchte sie gerne in meiner Academie machen. Daß Sie vielleicht begierig zu wissen wären, was denn das für ein kleines Silhouetten-Portrait sei? – Ja? und daß ich aber auch gerne wissen möchte, was Sie denn so Nothwendiges mit mir sprechen wollten? – und wegen dem Frühjahr! – Das ist alles was ich mich erinnere; – verdammt sei das Mensch! denn ich kann nicht wissen ob nicht doch etwas darin gestanden, welches mir eben nicht lieb wäre, wenn es in andere Hände käme. Ich glaube aber nicht und hoffe es nicht und bin nur vergnügt und zufrieden, daß Sie sich beide gesund befinden. Meine Frau und ich befinden uns Gott Lob und Dank recht gut.

Ist es wahr daß der Erzbischof nach dem neuen Jahr nach Wien kommt? – Die Gräfin Litzow ist schon 3 Wochen hier und ich hab es erst gestern erfahren; Prinz Gallizin hat es mir gesagt. Ich bin auf alle seine Concerte engagirt, werde allzeit mit seiner Equipage abgeholt und nach Haus geführt und dort auf die nobelste Art von der Welt tractirt. – Den 10. ist meine Oper wieder mit allem Beifall und zwar zum 14. Male aufgeführt worden und war so voll wie das erste Mal – oder vielmehr wie – allzeit. Graf Rosenberg hat mich beim Gallizin selbst angeredet, ich möchte doch eine wälsche Oper schreiben. Ich habe schon Commission gegeben um von Italien die neuesten *Opere buffe* Bücheln zur Wahl zu bekommen, habe aber noch nichts erhalten. An Ignaz Hagenauer habe deßwegen selbst geschrieben. Auf Ostern kommen wälsche Sänger und Sängerinnen hierher. Ich bitte Sie, schicken Sie mir doch die Adresse an *Lugiati* nach Verona [S. 125], ich möchte es auf dieser Seite auch probiren.

Letzthin ist eine neue Oper oder vielmehr eine Comödie mit Arietten vom *Umlauf* aufgeführt worden, betitelt »*Welche ist die beste Nation?*« – Ein elendes Stück, welches ich hätte schreiben, aber nicht angenommen habe, mit dem Zusatze, daß wer es schreibt ohne es ganz abändern zu lassen, Gefahr läuft ausgepfiffen zu werden. Und wäre es nicht Umlauf gewesen, so wäre es gewiß ausgepfiffen worden; so ist es aber nur ausgezischt worden. Es war aber kein Wunder, denn auch mit der schönsten Musik würde man es nicht aushalten können; so ist aber zum Ueberfluß die Musik auch dabei so schlecht, daß ich nicht weiß ob der Poet oder Componist den Preis des Elends davon tragen wird. Es ist schandenhalber das 2. Mal noch gegeben worden, glaube aber es wird nun *punctum satis* sein. –

213. Mozarteum.

Wien 28. Dez. 1782.

Ich muß in größter Eile schreiben, weil es schon halb 6 Uhr ist und ich mir um 6 Uhr Leute herbestellt habe um eine kleine Musik zu machen. Ueberhaupt habe ich soviel zu thun, daß ich oft nicht weiß wo mir der Kopf steht. Der ganze Vormittag bis 2 Uhr geht mit Lectionen herum, dann essen wir, nach Tisch muß ich doch eine kleine Stunde meinem armen Magen zur Digestion vergönnen; dann ist der einzige Abend wo ich etwas schreiben kann und der ist nicht sicher, weil ich öfters zu Academien gebeten werde. Nun fehlen noch 2 Concerte zu den Subscriptionsconcerten. Die Concerte sind eben das Mittelding zwischen zu schwer und zu leicht, sind sehr brillant, angenehm in die Ohren, natürlich, ohne in das Leere zu fallen; hie und da können auch Kenner allein Satisfaction erhalten, doch so daß die Nichtkenner damit zufrieden sein müssen ohne zu wissen warum. – Ich theile Billetter aus gegen baare 6 Ducaten. – Nun vollende ich auch den Clavierauszug meiner Oper, welcher im Stich herauskommen wird, und zugleich arbeite ich an einer Sache, welche sehr schwer ist, das ist an einem Bardengesang vom *Denis* über Gibraltar [vgl. S. 388]. Das ist aber ein Geheimniß, denn eine ungarische Dame will dem Denis diese Ehre erweisen. – Die Ode ist erhaben, schön, alles was Sie wollen, allein zu übertrieben schwülstig für meine seine Ohren [Jahn III, 334]. Aber was wollen Sie! – Das Mittelding, das Wahre in allen Sachen kennt und schätzt man jetzt nimmer; um Beifall zu erhalten, muß man Sachen schreiben, die so verständlich sind, daß es ein Fiacre nachsingen könnte, oder so unverständlich, daß es ihnen, eben weil es kein vernünftiger Mensch verstehen kann, gerade eben deswegen gefällt. – Es ist nicht dieses was ich mit Ihnen sprechen wollte, sondern ich hätte Lust ein Buch, eine kleine musikalische Kritik mit Exempeln zu schreiben, aber *n.b.* nicht unter meinem Namen. – Hier ist ein Einschluß von der Baronin *Waldstädten* [Nr. 175 ff.], welche auch befürchtet, es möchte ihr ein 2. Brief liegen bleiben, denn Sie müssen ihren letzten Brief nicht erhalten haben, weil Sie gar keine Meldung davon gethan haben. –

214. O. Jahn.[82]

Wien 4. Jan. 1783.

Sie werden mein Letztes sammt Einschluß von der Baronin richtig erhalten haben. Sie hat mir nicht gesagt was sie Ihnen geschrieben, sondern daß sie nur um etwas die Musik betreffend gebeten habe; sie wird es mir aber gewiß, weil sie gesehen daß ich gar keinen Vorwitz darauf habe, sagen sobald ich wieder herauskomme, denn sie hat immer großen Schuß. Ich habe aber von einer dritten Hand gehört, daß sie einen Menschen für sich haben möchte,

---

82 Da mir das Original oder ein Totalabdruck dieses Briefes unbekannt geblieben ist, so habe ich ihn aus Jahn (III, 154, Anm. 35; 255 und 257, Anm. 6), der die Quelle nicht angibt, zusammengestellt.

indem sie abreisen wird. Nun will ich Sie nur avertiren, daß wenn dieses wahr ist, Sie sich ein wenig in Acht nehmen möchten, weil sie veränderlich wie der Wind ist und glaublich – ungeachtet sie sich es einbildet – schwerlich von Wien wegkommen wird, denn sie reist schon – so lange ich die Ehre habe sie zu kennen.

Für den neuen Jahreswunsch danken wir beiden und bekennen uns freiwillig als Ochsen, daß wir ganz auf unsere Schuldigkeit vergessen haben – wir kommen also hintennach und wünschen keinen Neujahrswunsch, sondern wünschen unsern allgemeinen Alltagswunsch.

Mozart hatte, ehe er verheirathet war, »in seinem Herzen das Versprechen gethan«, wenn er Constanze als seine Frau nach Salzburg bringen würde, dort eine neu componirte Messe aufzuführen. »Zum Beweise der Wirklichkeit dieses Versprechens kann die Sparte von der Hälfte einer Messe dienen, welche noch in der besten Hoffnung daliegt.«

Ferner schrieb er in diesem Briefe daß er die Comtesse *Palfi* zur Schülerin bekommen habe, die Tochter der Schwester des Erzbischofs, aber bitte dies noch bei sich zu behalten, indem er nicht sicher sei, ob man es auch gern wissen lasse.

215. Mozarteum.

Wien 8. Jan. 1783.

Wenn es nicht wegen dem armen *Fink* wäre, so müßte ich für heute in Wahrheit um Verzeihung bitten und das Schreiben auf künftigen Posttag verschieben, weil ich noch diesen Abend für meine Schwägerin *Lange* ein Rondo [Köchel Nr. 416] fertig machen muß, welches sie Samstag in einer großen Academie auf der Mehlgrube singen wird. Sie werden unterdessen mein letztes Schreiben erhalten haben und daraus ersehen, daß ich von der *Baronin* ihrer Commission nichts wußte, mir es aber fast einbildete und auch unter der Hand erfuhr, – sodann, weil ich diese Dame gar zu gut kenne, Sie warnte, ein wenig auf Ihrer Hut zu sein. Erstens muß ich Ihnen sagen, daß Fink sich gar nicht für sie schickt; denn sie will einen Menschen für sich und nicht für ihre Kinder haben. Da sehen Sie nun, daß es mehr auf Geschmack, Empfindung und brillante Spielart ankömmt, und der Generalbaß und orgelmäßig präludiren würde ihm zu gar nichts nützen. Dann müssen Sie auch begreifen, daß unter dem Obengesagten *sich* – *für sich* – gar viel verstanden ist. Sie hat öfters schon so jemand im Hause gehabt, es hat aber nie lange gedauert. Sie können sich nun darüber denken, was Sie wollen – genug, von solchen Scenen kommt es, daß man gar zweideutig von ihr spricht; – sie ist schwach, *ich* sage aber nicht mehr und dieß wenige nur Ihnen; denn ich habe zu viel Gnaden von ihr genossen und meine Pflicht ist, sie nach Möglichkeit zu vertheidigen – oder wenigstens zu schweigen.[83] – Nun sagt sie, – wird sie in etlichen Tagen nach Preßburg abreisen und dort verbleiben; ich glaube es – und glaube es nicht. Wenn ich an Ihrer Stelle wäre, so suchte ich diese Sache ganz hübsch von mir abzulehnen.

Nun muß ich schließen, sonst wird die Arie nicht fertig. – Gestern ist meine Oper wieder mit dem vollsten Theater und größten Beifall wieder gegeben worden. Vergessen Sie meine Simphonien nicht. *Adieu.* Mein Weiberl, welche ganz dick ist (aber nur am –) und ich küssen Ihnen 1000mal die Hände.

216. Mozarteum.

Wien 22. Jan. 1783.

Wegen den drei Concerten dürfen Sie keine Sorge haben, daß sie zu theuer sind, ich glaube daß ich doch für jedes Concert einen Ducaten verdiene – und dann möchte ich wohl sehen, wie es sich einer um einen Ducaten copiren lassen wollte! Abgeschrieben könnten sie nicht werden, weil ich sie eher nicht hergebe, bis ich nicht eine gewisse Anzahl Abonnenten habe. Sie stehen nun schon zum 3. Male im Wiener Diarium [jetzt k.k. Wiener Zeitung]; bei mir sind Subscriptions-Billets seit dem 20. dieses zu haben, gegen baare 4 Ducaten, und während dem Monat April werden die Concerte gegen Zurück-gebung der Billete bei mir abgeholt. – Die Cadenzen und Eingänge werde meiner lieben Schwester mit nächstem schicken; ich habe die Eingänge im Rondo nicht verändert, denn wenn ich dies Concert spiele, so mache ich allzeit was mir einfällt. Ich bitte sobald als möglich die Simphonien zu schicken, denn ich brauche sie in der That.

Und nun noch eine Bitte, denn meine Frau läßt mir keinen Fried. Sie wissen ohne Zweifel, daß jetzt Fasching ist, und daß hier so gut wie in Salzburg und München getanzt wird, – und da möchte ich gerne (aber daß es kein Mensch weiß) als Harlequin gehen, weil hier so viele – aber lauter Eseln auf der Redoute sind; folglich möchte ich Sie bitten, mir Ihr Harlequin-kleid zukommen zu lassen. Aber es müßte halt recht gar bald sein; wir gehen eher nicht auf die Redoute obwohl sie schon im größten Schwung ist; – uns sind die Hausbälle lieber. Vergangene Woche habe ich in meiner Wohnung einen Ball gegeben, versteht sich aber die Chapeaux haben jeder 2 Fl. bezahlt; wir haben Abends um 6 Uhr angefangen und um 7 Uhr aufgehört. – Was, nur eine Stunde? – Nein, nein – Morgens um 7 Uhr. Sie werden aber nicht

---

83 Vgl. oben S. 345 und 368. »Die Baronin hatte – wie ihr dies gelang, wissen wir nicht – die verschiedenen Schwierigkeiten, welche der Heirath noch entgegen-standen, zu beseitigen gewußt.« Jahn III, 156 und unten Nr. 218.

begreifen wie ich den Platz dazu gehabt habe? – Ja da fällt mir eben ein, daß ich Ihnen immer zu schreiben vergessen habe, daß ich seit anderthalb Monaten ein anderes Logis habe, aber auch auf der hohen Brücke, und wenige Häuser entfernt. Wir wohnen also im kleinen Herbersteinischen Haus Nr. 412 im 3. Stock, bei Hr. v. *Wetzlar*, einem reichen Juden.[84] Nun da habe ich ein Zimmer 1000 Schritte lang und einen breit – und ein Schlafzimmer, dann ein Vorzimmer, und eine schöne große Küche; dann sind noch zwei schöne große Zimmer neben uns, welche noch leer stehen; diese benutzte ich also zu diesem Hausball. Baron Wetzlar und sie waren auch dabei, wie auch die Baronin Waldstädten, Hr. v. Edelbach, Gilofsky der Windmacher [S. 265], der junge Stephanie *et uxor,* Adamberger und sie, Lange und Langin etc. Ich kann Ihnen unmöglich alle hersagen. Nun muß ich schliessen, weil ich noch einen Brief an die *Wendling* nach Mannheim wegen meinen Concerten zu schreiben habe. Ich bitte den allzeit bereiten Opern-Componisten *Gatti* zu mahnen, wegen den Opern-Bücheln, ich wollte ich hätte sie schon. Nun *adieu.*

217. Mozarteum.

Wien 5. Febr. 1783.

Ich habe Ihr letztes Schreiben richtig erhalten und hoffe, daß Sie unterdessen meinen letzten Brief auch werden erhalten haben und meine Bitte wegen dem Harlequinkleid vernommen. Ich wiederhole sie noch einmal und zwar mit dem Zusatz, daß Sie die Güte haben möchten, es mir auf das Bäldeste zu schicken. Und wegen den Sinfonien, besonders aber die letzte, bitte ich sie, recht bald zu schicken, denn am 3. Sonntag in der Fasten, nämlich den 23. März ist schon meine Academie und ich muß sie noch öfters raddoppiren lassen. Darum dächte ich, wenn sie nicht schon abgeschrieben ist, sollen Sie sie mir gerade in Partitur, wie ich sie Ihnen geschickt habe, zurück schicken; aber die Menuetts auch mit. Ist denn der *Ceccarelli* nicht mehr in Salzburg? oder hat er bei des Gatti seiner Cantate keine Stelle bekommen, weil Sie ihn nicht auch unter die Streiter oder Zänker setzen? – Gestern ist meine Oper zum 17. Mal mit gewöhnlichem Beifall und vollem Theater aufgeführt werden. Künftigen Freitag, als übermorgen wird eine neue Oper gegeben werden, die Musik (ein Gallimathias) von einem hiesigen jungen Menschen, Scolaren vom *Wagenseil*, welcher heißt *Gallus cantatus, in arbore sedens, gigirigi faciens.* Vermuthlich wird sie nicht viel gefallen, aber doch besser als ihre Vorfahrerin, ein alte Oper von *Gaßmann (la notte critica,* zu deutsch die unru-

---

84 Dieser eifrige Gönner Mozarts war namentlich auch bei der Entstehung von »*Figaros Hochzeit*« sehr mitwirkend.

hige Nacht), welche mit Mühe 3 Representationen ausgehalten. Denn vor dieser war die execrable Oper vom *Umlauf*, wovon ich Ihnen [S. 392] geschrieben! die konnte sich nicht auf die dritte Vorstellung hinaufarbeiten. Es ist, als wenn sie, da die deutsche Oper ohnedies nach Ostern stirbt, sie noch vor der Zeit umbringen wollten, und das thun selbst Deutsche, pfui Teufel! –

Ich habe Sie in meinem letzten Brief ersucht, den Gatti fleißig zu mahnen, wegen den welschen Opernbücheln, und thue es nun auch. Nun muß ich Ihnen meine Idee sagen. Ich glaube nicht, daß sich die wälsche Oper lange souteniren wird, und ich halte es auch mit der deutschen; wenn es mir schon mehr Mühe kostet, so ist es mir doch lieber. Jede Nation hat ihre Oper, warum sollen wir Deutsche sie nicht haben? Ist deutsche Sprache nicht so leicht singbar, wie französische und englische [vgl. S. 188], nicht singbarer, als die russische? Nun, ich schreibe jetzt eine deutsche Oper *für mich*. Ich habe die Comödie vom *Goldoni »Il servitore di due Padroni«* dazu gewählt, und der erste Act ist schon ganz übersetzt; der Uebersetzer ist Baron *Binder*. Es ist aber alles noch ein Geheimniß, bis alles fertig ist. Nun, was halten Sie davon? Glauben Sie nicht, daß ich meine Sache gut dabei werde machen können? – Nun ich muß schliessen; Fischer ist bei mir, er hat mich ersucht, ich möchte wegen seiner dem Le Gros nach Paris [Nr. 100] schreiben, weil er noch diese Fasten dahin gehen wird. Man thut hier den Narrenstreich und läßt einen Mann weg, der nimmer ersetzt werden wird.

[Außen drauf:] *Gaetano majorani (Cafarello), Amphion Theba, ego Domum.*

218. Capellmeister Adolf Müller in Wien.

Hochschätzbarste Frau Baronin![85]

Nun befinde ich mich in einer schönen Lage! – Herr von *Tranner* und ich besprachen uns letzthin, daß wir eine Prolongation auf vierzehn Tage begehren wollten; – da dieses doch jeder Kaufmann thut, ausgenommen er müßte der indiscreteste Mann von der Welt sein, so war ich ganz ruhig, und hoffte bis dahin, wenn ich es auch nicht selbst zu zahlen im Stande wäre, die Summe geborgt zu bekommen.

Nun läßt mir Herr von *Tranner* sagen, daß derjenige absolument nicht warten will, und wenn ich zwischen heut und morgen nicht zahle, so will

---

85   Jahn III, 156, Anm. 38: »Aus dem Heirathsvertrag – geht hervor, daß das Heirathsgut 500 Fl., die Widerlage 1000 Fl. betrug. Diese Summe herbeizuschaffen, scheint die Baronin [Waldstädten] hülfreiche Hand geleistet zu haben.« Der Brief ist mitgetheilt von H. Ritter von Levitschnigg im *Orpheus*, Wien 1842, S. 243.

er *klagen*; – nun denken Euer Gnaden was das für ein unangenehmer Streich für mich wäre! Ich kann jetzt nicht zahlen; nicht einmal die Hälfte! Hütte ich mir vorstellen können, daß es mit der *Souscription* meiner Concerten so langsam hergehen würde, so hätte ich das Gold auf längere Zeit genommen! Ich bitte Euer Gnaden um Himmelswillen, helfen Sie mir meine Ehre und guten Namen nicht zu verlieren! – Mein armes Weiberl befindet sich ein wenig unpäßlich, und folglich kann ich sie nicht verlassen, sonst würde ich selbst gekommen sein, um Euer Gnaden mündlich darum zu bitten. Wir küssen Euer Gnaden 1000mal die Hände und sind beide Euer Gnaden gehorsamste Kinder

W.A. u. C. Mozart.

Vom Haus 15. Febr. 1783.

219. Mozarteum.

Wien 15. Febr. 1783.

Ich danke Ihnen vom Herzen für die überschickte Musik, es thut mir recht leid, daß ich die Musik zum Thamos [vgl. S. 233] nicht werde nützen können! Dieses Stück ist hier, weil es nicht gefiel, unter den verrufenen Stücken, welche nicht mehr aufgeführt werden. Es müßte nur blos der Musik wegen aufgeführt werden, und das wird wohl schwerlich gehen. Schade ist es gewiß! – Hier schicke ich meiner Schwester die 3 Cadenzen zu dem *Concert ex D* und die 2 Eingänge zu dem *Concert ex E B*. Ich bitte, schicken Sie mir doch gleich das Büchl worin dem Ramm sein Oboe-Concert oder vielmehr des Ferlendi sein Concert ist [vgl. S. 130]; der Oboist vom Fürst Esterhazi gibt mir 3 Ducaten davor, und will mir dann 6 geben, wenn ich ihm ein neues mache. Sind Sie aber schon in München, so ist es halt in Gottes Namen nichts, denn, die einzige Zuflucht, die wir dann hätten, der Ramm selbst, ist auch nicht da. Ich hätte in Straßburg in einem Winkel sitzen mögen; doch nein, ich glaube nicht, daß ich eine ruhige Nacht gehabt hätte. Die neue Hafner-Sinfonie hat mich ganz surprenirt, denn ich wußte kein Wort mehr davon, die muß gewiß guten Effect machen [vgl. S. 366]. Ich glaube wir werden die letzten Faschingstage eine Compagnie-Maske machen und eine kleine Pantomime aufführen; aber ich bitte Sie verrathen Sie uns nicht. Endlich war ich so glücklich, den Chevalier Hipolity zu treffen; er hat mich niemals finden können, er ist ein charmanter Mann, er war einmal bei mir, und wird nächstens mit einer Arie kommen, damit ich ihn höre. Ich muß schließen, denn ich muß noch ins Theater, mein Weiberl und ich küssen Ihnen 1000 mal die Hände.

220. Mozarteum.

Wien 12. März 1783.

Ich hoffe, Sie werden sich keine Sorge gemacht haben, sondern die Ursache meines Stillschweigens sich eingebildet haben, welche war, daß ich, da ich nicht gewiß wissen konnte, wie lange Sie sich in München aufhalten werden, folglich nicht wußte, wohin ich schreiben sollte, es also auf jetzt verspart habe, da ich nun sicher vermuthen kann, daß Sie mein Brief in Salzburg treffen wird. Gestern hat meine Schwägerin *Lange* ihre Academie im Theater gehalten, worin auch ich ein Concert gespielt habe. Das Theater war sehr voll und ich wurde auf so eine schöne Art von dem hiesigen Publikum wieder empfangen, daß ich ein wahres Vergnügen darüber haben muß. Ich war schon weg, man hörte aber nicht auf zu klatschen und ich mußte das Rondo repetiren; es war ein ordentlicher Platzregen. Das ist eine gute Ankündigung für meine Academie, welche ich Sonntags den 23. März geben werde. Ich gab auch meine Sinfonie vom *Concert spirituel* dazu. Meine Schwägerin sang die Arie von *Non sò d'onde viene* [S. 136]. *Gluck* hatte die Loge neben der Langischen, worin auch meine Frau war; er konnte die Sinfonie und die Arie nicht genug loben und lud uns auf künftigen Sonntag alle vier zum Speisen ein. – Daß die deutsche Oper noch bleiben soll, kann sein, aber man weiß nichts davon. Das ist sicher, daß *Fischer* [der berühmte Bassist] in 8 Tagen nach Paris geht. Wegen dem Oboe-Concert von Ramm bitte ich Sie recht sehr und recht bald. Mit dieser Gelegenheit könnten Sie mir wohl noch etwas mitschicken, z.B. meine Messe in Partitur, meine 2 Vespern in Partitur. Das ist alles nur, um es dem Baron *van Swieten* hören zu lassen. Er singt den Discant, ich den Alt (und spiele zugleich), *Starzer* [S. 12] den Tenor, der junge Teyber aus Italien den Baß, – und unterdessen das *Tres sunt* vom Haydn [Michael] bis Sie mir etwas anderes von ihm schicken können. Das *Lauda Sion* möchte ich gar zu gerne hören lassen. Das *Tres sunt* muß von *meiner Hand* in Partitur geschrieben da sein. Die Fuge *In te Domine speravi* hat allen Beifall erhalten wie auch das *Ave Maria* und *Tenebrae*. Ich bitte Sie, erfreuen Sie unsere sonntägliche musikalische Uebung *bald* mit etwas.

Wir haben am Faschingsmontag unsere Compagnie-Maskerade auf der Redoute aufgeführt, sie bestand in einer Pantomime, welche eben die halbe Stunde, da ausgesetzt wird, ausfüllte. Meine Schwägerin [Aloysia] war die Colombine, ich der Harlequin, mein Schwager der Pierrot, ein alter Tanzmeister (Merk) der Pantalon, ein Maler (Grassi) der Dottore. Die Erfindung der Pantomime und die Musik dazu war beides von mir. Der Tanzmeister Merk hatte die Güte uns abzurichten, und ich sage es Ihnen, wir spielten recht artig. Hier lege ich Ihnen die Ankündigung davon bei, welche eine

Maske, als Klepperpost gekleidet, den Masken austheilte. Die Verse wenn sie schon Knittelverse sind, könnten besser sein; das ist kein Product von mir, der Schauspieler *Müller* hat sie geschmiert. Nun muß ich schließen, weil ich in eine Academie zum Grafen Esterhazi muß, leben Sie indessen wohl, ich bitte, vergessen Sie die Musik nicht.

221. Mozarteum.

Wien 29. März 1783.

Ich glaube, es wird nicht nöthig sein, Ihnen viel von dem Erfolg meiner Academie zu schreiben, Sie werden es vielleicht schon gehört haben. Genug, das Theater hätte unmöglich voller sein können, und alle Logen waren besetzt. Das Liebste aber war mir, daß Seine Majestät der Kaiser auch zugegen war und was für lauten Beifall er mir gegeben. Es ist schon bei ihm gewöhnlich, daß er das Geld bevor er ins Theater kömmt zur Cassa schickt; sonst hätte ich mir mit allem Recht mehr versprechen müssen, denn seine Zufriedenheit war ohne Gränzen. Er hat 25 Ducaten geschickt. Die Stücke waren folgende: 1. Die neue Hafner-Simphonie; 2. sang die Mad. Lange die Arie auf 4 Instrumente aus meiner Münchner Oper *Se il padre perdei;* 3. spielte ich das dritte von meinen Subscriptions-Concerten; 4. sang *Adamberger* die Scene für die Baumgarten; 5. die kleine Concertant-Simphonie von meiner letzten Final-Musik; 6. spielte ich das hier beliebte *Concert ex D,* wozu ich das Rondo geschickt habe [S. 354]; 7. sang Mademoiselle Teyber die Scene aus meiner letzten Mailand-Oper *Parto m'affretto* [S. 31 f.]; 8. spielte ich allein eine kleine Fuge (weil der Kaiser da war) und variirte eine Arie aus einer Oper, genannt »die Philosophen«, mußte nochmals spielen, variirte die Arie »*Unser dummer Pöbel meint*« etc. aus den »Pilgrimmen von Mekka« [von Gluck]; 9. sang die Lange das neue Rondo von mir; 10. das letzte Stück von der 1. Simphonie. – Morgen gibt Mademoiselle Teyber Academie, worin ich auch spielen werde. Das Paquet Musik habe ich richtig erhalten, ich danke Ihnen dafür, bitte wegen dem *Lauda Sion* nicht zu vergessen, und was wir halt noch gerne haben möchten, wären einige von Ihren besten Kirchenstücken, mein liebster Vater; denn wir lieben uns mit allen möglichen Meistern zu unterhalten, mit alten und mit modernen. Ich bitte Sie also uns recht bald etwas *von Ihnen* zu schicken.

222. Mozarteum.

Wien 3. April 1783.

Hier schicke ich Ihnen die Münchner Oper und die zwei Exemplare von meinen Sonaten; die versprochenen Variationen werde ich Ihnen mit nächster

Gelegenheit schicken, denn der Copist konnte sie nicht fertig machen. Auch folgen die 2 Portraits; wünsche nur, daß Sie damit zufrieden sein möchten. Mir scheint sie gleichen beide gut, und alle die es gesehen, sind der nämlichen Meinung. – Hier oben haben Sie eine Lüge gelesen nämlich wegen den 2 Exemplaren von meinen Sonaten; allein meine Schuld ist es nicht. Als ich sie kaufen wollte, so sagten sie mir, daß sie ihnen ausgegangen seien, daß ich sie aber bis morgen oder übermorgen haben könnte, mithin ist es für dießmal zu spät, ich werde sie also mit den Variationen schicken. Hier entrichte ich auch meine Schuldigkeit wegen der Opera-Copiatur [S. 382], und das übrige wünsche ich nur, daß es Ihnen in etwas zu statten kommen möchte. Mehr kann ich dermalen nicht entbehren, dieweil ich wegen der Niederkunft meiner Frau viele Unkosten voraus sehe, welche vermuthlich zu Ende Mai oder Anfangs Juni vor sich gehen wird. Nun muß ich schließen, weil Hr. von Daubrawaick in aller Frühe abreiset, und ich ihm noch den Brief schicken muß.

223. Mozarteum.

Wien 12. April 1783.

Mir ist leid, daß der Postwagen erst heut 8 Tage geht und ich Ihnen folglich die 2 Exemplare von meinen Sonaten sammt den übrigen nicht eher schicken kann; ich werde auch mit dieser Gelegenheit die variirte Singstimme der Arie *Non sò d'onde viene* schicken. Wenn Sie mir ohnehin wieder etwas schicken, so bitte ich, das Rondo für die Altstimme (welches ich für den Castraten der mit der wälschen Truppe in Salzburg war, gemacht habe) und das Rondo, welches ich dem Ceccarelli in Wien gemacht habe [S. 271], mitspazieren zu lassen. Wenn es wärmer wird, so bitte ich, unter dem Dach zu suchen und uns etwas von Ihrer Kirchenmusik zu schicken; Sie haben gar nicht nöthig, sich zu schämen.

Baron van Swieten und Starzer wissen so gut als Sie und ich, daß sich der Gusto immer ändert und aber, daß sich die Veränderung des Gusto sogar bis auf die Kirchenmusik erstreckt hat; – welches aber nicht sein sollte, – woher es dann auch kömmt, daß man die wahre Kirchenmusik unter dem Dach und fast von Würmern gefressen findet. – Wenn ich, wie ich hoffe, im Monat Juli mit meiner Frau nach Salzburg kommen werde, so wollen wir mehr über diesen Punkt sprechen. Als H.v. Daubrawaick von hier abreiste, war meine Frau fast nicht zu erhalten, sie wollte absolument mit mir nachreisen. Sie glaubte, wir könnten vielleicht noch eher in Salzburg sein als Daubrawaick; und wenn es nicht gewesen wäre wegen der kurzen Zeit, die wir uns hätten aufhalten können, – ja was sag ich – sie hätte ja gar in Salzburg niederkommen müssen! – mithin, also der Unmöglichkeit wegen, so wäre unser heißester Wunsch, Sie mein bester Vater und meine liebe Schwester zu umarmen nun schon erfüllt. Denn wegen meiner hätte ich mir dieses Reischen zu unternehmen getraut. Sie befindet sich so wohl auf und hat so zugenommen, daß alle Weiber Gott danken dürften, wenn sie in der Schwangerschaft so glücklich sind. Sobald also meine Frau nach ihrer Niederkunft im Stande sein wird zu reisen, so sind wir gewiß gleich in Salzburg.

In meinem letzten Schreiben werden Sie gelesen haben, daß ich noch in einer Academie zu spielen hatte, nämlich in der Mademoiselle Teyber ihrer. Der Kaiser war auch da. Ich spielte das erste Concert, welches ich in meiner Academie gespielt habe. Ich sollte das Rondo repetiren, ich setzte mich also wieder hin, anstatt daß ich aber das Rondo wiederholte, ließ ich das Pult wegthun, um allein zu spielen. Da hätten Sie aber hören sollen, was diese kleine Surprise das Publikum erfreute; es wurde nicht alleinge klatscht, sondern Bravo und bravissimo gerufen, der Kaiser hörte mich auch ganz aus, – und wie ich vom Clavier wegging, ging er von der Loge weg, – also war es ihm nur, mich noch zu hören. – Ich bitte Sie auch, wenn es möglich ist, mir *die Nachricht* wegen meiner Academie zukommen zu lassen. Es freut mich von Herzen, daß Ihnen das Wenige, was ich Ihnen schicken konnte, so gut zu statten gekommen ist. Ich hätte noch vieles zu schreiben, allein ich fürchte die Post reitet mir davon, es ist schon $^3/_4$8 Uhr, leben Sie also unterdessen wohl.

224. Mozarteum.

Wien 7. Mai 1783.

Wieder ein kleines Briefchen! – Ich habe, da ich heute in eine Academie gehen muß, das Schreiben auf künftigen Samstag sparen wollen, da ich aber etwas sehr nothwendiges für mich zu schreiben habe, so muß ich schon die Zeit stehlen, um wenigstens dieses schreiben zu können. Die bewußte Musik habe ich bis dato noch nicht erhalten, ich weiß nicht, was es damit für eine Bewandniß hat. Nun hat die italienische Oper buffa allhier wieder angefangen und gefällt sehr, der Buffo ist besonders gut, er heißt *Benucci*. Ich habe leicht 100 – ja wohl mehr Bücheln durchgesehen, allein ich habe fast kein einziges gefunden, mit welchem ich zufrieden sein könnte; wenigstens müßte da und dort vieles verändert werden, und wenn sich schon ein Dichter mit diesen abgeben will, so wird er leichter ein ganz neues machen; – und neu ist es halt doch immer besser. Wir haben hier einen gewissen *Abbate da Ponte* als Poeten; dieser hat nunmehr mit der Correctur im Theater rasend zu thun, muß *per obligo* ein ganz neues Büchel für den *Salieri* machen; das wird vor zwei Monaten nicht fertig werden; dann hat er mir ein neues zu machen versprochen. Wer weiß nun, ob er dann auch sein Wort halten kann – oder will! – Sie wissen wohl, die Herrn Italiener sind ins Gesicht sehr artig! Genug, wir kennen sie. Ist er mit Salieri verstanden, so bekomme ich mein Lebtag keines, – und ich möchte gar zu gerne mich auch in einer wälschen Oper zeigen. Mithin dächte ich, wenn nicht *Varesco* wegen der Münchner Oper noch böse ist [vgl. S. 233 ff.], so könnte er mir ein neues Buch auf 7 Personen schreiben. *Basta.* Sie werden am besten wissen, ob das zu machen wäre. – Er könnte unterdessen seine Gedanken hinschreiben und in Salzburg dann wollten wir sie zusammen ausarbeiten. Das Nothwendigste dabei aber ist, recht *komisch* im Ganzen, und wenn es dann möglich wäre, *zwei gleich gute Frauenzimmerrollen* hinein zu bringen. Die eine müßte *seria,* die andere aber *Mezzo Carattere* sein, aber an *Güte* müßten beide Rollen ganz gleich sein. Das dritte Frauenzimmer kann aber ganz buffa sein, wie auch alle Männer, wenn es nöthig ist. Glauben Sie, daß mit dem Varesco was zu machen ist, so bitte ich Sie bald mit ihm zu sprechen. Sie müssen ihm aber nichts von dem sagen, daß ich im Juli selbst kommen werde, sonst arbeitet er nicht; denn es wäre mir sehr lieb, wenn ich noch in Wien etwas erhalten könnte. Er würde auch seine sichern 4 oder 500 Fl. davon haben; denn es ist hier der Brauch, daß der Poet allzeit die dritte Einnahme hat. –

225. Mozarteum.

Wien 21. Mai 1783.

Ich habe mich damals beim Banquier Scheffler sowohl um einen Rosa als Rossi erkundigt, nun war er aber selbst bei mir und habe folglich die Musik richtig erhalten. Vom Gilofsky habe ich auch des Ceccarelli Rondo empfangen, wovor ich Ihnen danke. Hier überschicke ich Ihnen den Singpart von *Non sò d'onde viene,* wünsche daß Sie es lesen können. Bedaure von Herzen die gute Frau v. *Robinig*; ich und meine Frau hätten auch bald einen rechtschaffenen Freund von uns verloren, den Baron Raimund *Wetzlar,* wo wir wohnten. Nun fällt es mir erst ein, daß ich seither schon in der zweiten Wohnung bin und habe es noch nicht geschrieben. Der Baron Wetzlar hat in seine Wohnung eine Dame bekommen, und wir sind also ihm zu Gefallen außer der Zeit in ein schlechtes Logis auf den Kohlmarkt gezogen. Er hat aber hingegen für die drei Monate, als wir dort wohnten, nichts angenommen, und die Kosten des Ausziehens auch übernommen. Unterdessen suchten wir ein gutes Quartier, und fanden es auf dem Judenplatz allwo wir nun sind; auf dem Kohlmarkt hat auch er alles gezahlt. Unser Logis ist also: Auf dem Judenplatz, im Burgischen Hause Nr. 244 im 1. Stock. Nun wünschen wir nichts mehr als bald so glücklich zu sein, Sie beide zu umarmen. Ob es aber in Salzburg wird sein können? Ich glaube leider schwerlich. Schon lange ging mir so ein Gedanke im Kopf herum; weil *Sie* aber mein liebster

Vater niemals so einen Gedanken gehabt haben, so schlug ich mir es aus. Hr. v. Edelbach und Baron Wetzlar aber bestärkten mich wieder darin, und das ist, ob nicht zu befürchten sei, daß wenn ich nach Salzburg komme, mich der Erzbischof etwa arretiren oder wenigstens – – *basta*. Was mich am meisten fürchten macht, ist weil ich meine Entlassung nicht habe. Vielleicht hat man das mit Fleiß gethan um mich hernach zu fangen. Genug, Sie werden das am besten zu beurtheilen wissen. Sind Sie entgegengesetzter Meinung, so kommen wir gewiß; glauben Sie es aber auch, so müssen wir einen dritten Ort wählen, vielleicht München; denn ein Pfaff ist zu Allem fähig. – Apropos, haben Sie von dem famosen Streit zwischen dem Erzbischof und Graf Daun nichts gehört? – und daß der Erzbischof vom Passauer Capitel einen infamen Brief bekommen hat. – Bitte den Varesco wegen der bewußten Sache fleißig zu mahnen, die Hauptsache muß das Komische sein; denn ich kenne den Wiener Geschmack.

226. Otto Jahn.[86]

Wien 7. Juni 1783.

Ich habe den Brief meiner lieben Schwester richtig erhalten. Der Namenstag meiner Frau steht weder im März noch im Mai, sondern am 16. Februario und steht gar in keinem Kalender. Meine Frau aber dankt von Herzen beiden für Ihren gutgemeinten Glückwunsch, welcher auch ohne Namenstag angewendet ist. Sie wollte meiner Schwester gern selbst schreiben, allein in ihren dermaligen Umständen muß man es ihr schon zu gut halten, wenn sie ein wenig commod, – zu deutsch: gelegen ist. Vermöge der Untersuchung der Hebamme hätte sie schon den 4. d.M. niederkommen sollen, – allein ich glaube nicht daß vor dem 15. oder 16. etwas daraus wird. Sie wünscht es sich je eher je lieber; besonders um desto bälder so glücklich zu sein, Sie und unsere liebe Schwester mit mir in Salzburg zu umarmen. Da ich nicht glaubte, daß aus dem Spaß so geschwind Ernst werden könnte, so verschob ich immer mich auf die Knie niederzulassen, die Hände zusammenzufalten und Sie, mein liebster Vater, recht unterthänig zu Gevatter zu bitten. Da es nun aber vielleicht noch Zeit ist, so thue ich es halt jetzt. Unterdessen (in getroster Hoffnung daß Sie mir es nicht abschlagen werden) habe ich, seit die Hebamme den *visum repertum* genommen, schon dafür gesorgt, daß

---

86   III, 256, Anm. 5; IV, 162; III, 241, Anm. 133; II, 53, Anm. 48. Vgl. oben Nr. 214 Anm.

Jemand das Kind in Ihrem Namen hebt, es mag *generis masculini* oder *feminini* sein! es heißt halt *Leopold* oder *Leopoldine*! –

Wegen dem *Varesco* wissen Sie noch nichts? Ich bitte Sie, vergessen Sie nicht – dieweil ich in Salzburg wäre, könnten wir so schön daran arbeiten, wenn wir unterdessen einen Plan haben.

Gott Lob und Dank, ich bin wieder ganz hergestellt, nur hat mir meine Krankheit [die damals grassirende Influenza] einen Katarrh zum Andenken zurückgelassen – das ist doch hübsch von ihr.

Nun muß ich meiner Schwester wegen der *Clementischen* Sonaten ein paar Worte sagen. Daß die Composition davon nichts heißt, wird Jeder, der sie spielt oder hört, selbst empfinden. Merkwürdige oder auffallende Passagen sind keine darin, ausgenommen die Sexten und Octaven, und mit diesen bitte ich meine Schwester sich *nicht gar zu viel* abzugeben, damit sie sich dadurch ihre ruhige und stete Hand nicht verdirbt und die Hand ihre natürliche Leichtigkeit, Gelenkigkeit und fließende Geschwindigkeit dadurch nicht verliert. Denn was hat man am Ende davon? Sie soll die Sexten und Octaven in der größten Geschwindigkeit machen (welches kein Mensch wird zuwege bringen, selbst Clementi nicht) – und so wird sie ein entsetzliches Zackwerk hervorbringen, aber sonst weiter in der Welt nichts. Clementi ist ein *Ciarlattano,* wie *alle Welsche!* Er schreibt auf eine Sonate *Presto,* auch wohl*Prestissimo* und *alla breve,* und spielt sie *Allegro* im $^4/_4$ Tact. Ich weiß es, denn ich habe ihn gehört! [S. 348]. Was er recht gut macht, sind seine Terzenpassagen; er hat aber in London Tag und Nacht darüber geschwitzt. Außer diesem hat er aber nichts – gar nichts – nicht den geringsten Vortrag, noch Geschmack, vielweniger Empfindung.

227. Nissen.[87]

Wien 2. Juli 1783.

Sie ist vorgestern, Montags, zum ersten Male gegeben worden; es gefiel gar nichts, als die zwei Arien von mir [Köchel Nr. 418 und 419], und die zweite, welche eine Bravour-Arie ist, mußte wiederholt werden. – Nun müssen Sie wissen, daß meine Feinde so boshaft waren, schon vornhinein auszusprengen:

87 Jahn III, 274: »Seitdem die italienische Oper wieder eingeführt war, kam es nicht selten vor, daß Mozart gebeten wurde, einzelne Stücke zum Einlegen zu componiren. Als im Jahre 1783 *Anfossi's* 1778 componirte Oper *Il curioso indiscreto* zur Aufführung kam, ersuchten Mab. *Lange* und *Adamberger,* welche als deutsche Sänger in der italienischen Oper mit mancherlei Cabalen zu kämpfen hatten und bereits aus Erfahrung wußten, daß sie mit Mozarts Arien Glück machten, diesen zu dem ersten Debut für sie ein paar dankbare Arien zu dieser Oper zu schreiben.«

Mozart will die Opera des Anfossi *corrigiren*. Ich hörte es. Ich ließ also dem Grafen Rosenberg [Intendanten] sagen, daß ich die Arien nicht hergäbe, ausgenommen, es würde Folgendes sowohl deutsch als wälsch dem Opernbüchel beigedruckt:

Verwarnung.

Die beiden Arien, Seite 36 und 102, sind von Herrn Maestro Mozart aus Gefälligkeit für Mad. Lange, und nicht vom Herrn Meister Anfossi in Musik gesetzt worden. Dieses wird zur Ehre desselben bekannt gemacht, ohne nur im Mindesten dem Ansehen und dem Rufe des vielberühmten Neapolitaners zu nahe zu treten.

Es wurde beigedruckt, und ich gab die Arien her, welche sowohl mir als meiner Schwägerin unaussprechliche Ehre machten. – Und die Herren Feinde sind ganz betroffen! – Nun kömmt eine Tour des Hrn. Salieri, welche nicht so viel mir, als dem armen Adamberger Schaden thut. Ich glaube, daß ich Ihnen geschrieben, daß ich auch für den Adamberger ein Rondo gemacht habe [Köchel Nr. 420]. Bei einer kleinen Probe, wo das Rondo noch gar nicht abgeschrieben war, ruft Salieri den Adamberger auf die Seite und sagte ihm, daß der Graf Rosenberg nicht gern sähe, daß er eine Arie einlegte, und er ihm folglich als ein guter Freund rathe, es nicht zu thun. Adamberger, aufgebracht über den Rosenberg und dermalen *zur Unzeit stolz*, wußte sich nicht anders zu rächen, beging die Dummheit und sagte: »Nun ja, um zu zeigen, daß Adamberger schon seinen Ruhm in Wien hat und nicht nöthig hat, sich erst durch für ihn geschriebene Musik Ehre zu machen, so wird er singen, was darin steht, und sein Leben lang keine Arie einlegen.« Was war der Erfolg davon? Das, daß er gar nicht gefiel, wie es auch nicht anders möglich war! Nun reuet es ihn, aber zu spät; denn wenn er mich heute ersuchte ihm das Rondo zu geben, so würde ich es nicht mehr hergeben. Ich kann es sehr gut in eine der meinigen Opern brauchen. Das Aergste aber dabei ist, daß die Prophezeihung seiner Frau und von mir wahr geworden ist, nämlich daß der Graf Rosenberg sammt der Direction gar kein Wort davon weiß, und daß es nur so ein Pfiff des Salieri war.

228. Fritz Baron von Reden in Danzig.[88]

Wien 12. Juli 1783.

Mon très cher père!

Ich habe Ihr Schreiben vom 8. dieses richtig erhalten und mit Vergnügen daraus vernommen, daß Sie beide Gott Lob und Dank gesund sind. Wenn Sie das Foppen nennen wollen, was wirklich Hinderniß ist, so kann ich es Ihnen nicht verwehren; man kann jede Sache bei einem falschen Namen nennen, wenn es einem beliebt; – ob es aber recht ist, – das ist eine andere Frage. – Haben Sie einmal an mir gemerkt daß ich keine Lust oder Begierde hätte Sie zu sehen? – gewiß nicht! – aber wohl daß ich keine Lust habe, Salzburg oder den Erzbischof zu sehen. Wer wäre also, wenn wir in einem dritten Orte zusammenkämen [Mozart hatte München vorgeschlagen], wer wäre dann der Gefoppte? – Der Erzbischof und nicht Sie. – Ich hoffe nicht daß es nöthig ist zu sagen, daß mir an Salzburg sehr wenig und am Erzbischof gar nichts gelegen ist und ich auf beides sch – und meine Lebetag mir nicht in Kopf kommen lasse, extra eine Reise hinzumachen, wenn nicht Sie und meine Schwester daselbst wären. – Die ganze Sache war also nur die gutmeinende Besorgniß meiner guten Freunde, die doch auch gesunden Menschenverstand haben; – und ich glaubte doch nicht so unvernünftig zu handeln, wenn ich mich in dieser Sache bei Ihnen erkundigte, um dann Ihrem Rath folgen zu können. Die ganze Besorgniß meiner Freunde war, daß er mich, da ich meine Entlassung nicht habe, arretiren läßt. Nun bin ich aber durch Sie ganz getröstet und wir kommen im August – längstens September gewiß. – Hr. von Babius ist mir auf der Gasse begegnet und ist mit mir nach Hause gegangen; er ist heute weg, und wenn er nicht schon gestern engagirt gewesen wäre, so hätte er bei mir gespeist.

Liebster Vater! Sie müssen nicht glauben, daß weil es Sommer ist, ich gar nichts zu thun habe. – Alle Leute sind doch nicht auf dem Lande, ich habe doch noch einige Scolaren zu versehen. Nun habe ich einen bekommen in der Composition, – der wird curios drein sehen, wenn ich ihm meine Abreise berichten werde.

Nun muß ich schließen, weil ich noch viel zu schreiben habe. Lassen Sie unterdessen die Kugelstadt [Kegelbahn] im Garten herrichten[89], denn meine Frau ist eine sehr große Liebhaberin davon. Meine Frau hat immer eine kleine Sorge, sie möchte Ihnen nicht gefallen, weil sie nicht hübsch ist; – allein ich tröste sie so gut ich kann damit, daß mein liebster Vater nicht so

---

88 Bisher ungedruckt. Eine orthographisch genaue Abschrift verdanke ich dem Hrn. Besitzer, der eine hervorragende Autographensammlung hat.

89 Der Vater wohnte damals am Mirabellplatz.

viel auf äußerliche als innerliche Schönheit geht. – Nun leben Sie wohl. Meine Frau und ich küssen Ihnen 1000 mal die Hände und umarmen unsere liebe Schwester von Herzen und sind ewig dero gehorsamste Kinder

W. u. C. Mozart.

Ende dieses Monats ging die vielbesprochene Reise denn endlich vor sich. Der fast dreimonatliche Aufenthalt in Salzburg ward von Mozart hauptsächlich dazu benutzt, mit dem Abbate *Varesco* den Plan der komischen Oper – sie hieß *L'oca del Cairo* – zu besprechen und sogar manches von der Musik bereits zu entwerfen. Ende October fand die Rückreise Statt, von der Mozart den folgenden Brief schrieb.

229. K.K. Hofbibliothek in Wien.[90]

Linz 31. Oct. 1783.

Wir sind gestern, den 30. October früh um 9 Uhr glücklich hier angelangt. Den ersten Tag haben wir in Vöcklabruck übernachtet. Den folgenden Tag sind wir Vormittags in Lambach angekommen, und ich kam eben recht, um bei dem Amte das *Agnus Dei* mit der Orgel zu begleiten. Der Hr. Prälat hatte die größte Freude, mich wieder zu sehen, erzählte mir auch die Anecdote zwischen ihm und Ihnen in Salzburg. Wir blieben den ganzen Tag allda, wo ich auf der Orgel und auf einem Clavichord spielte. – Ich hörte, daß den andern Tag zu Ebersberg bei Hrn. Pfleger Steurer (dessen Gemahlin die Schwester der Frau von Barisani ist) eine Oper aufgeführt wird, mithin ganz Linz alldort versammelt sein wird. Ich entschloß mich also auch dabei zu sein, und fuhren dahin. Da kam gleich der junge Graf *Thun* (Bruder zu dem Thun in Wien) zu mir und sagte, daß sein Hr. Vater schon vierzehn Tage auf mich wartete, und ich möchte nur gleich bei ihm anfahren, denn ich müßte bei ihm logiren. Ich sagte, ich würde schon in einem Wirthshause absteigen. Als wir den andern Tag zu Linz beim Thore waren, war schon ein Bedienter da, um uns zum alten Grafen Thun zu führen, allwo wir nun auch logiren. Ich kann Ihnen nicht genug sagen, wie sehr man uns in diesem Hause mit Höflichkeiten überschüttet. Dienstag als den 4. November werde ich hier im Theater Academie geben, und weil ich keine einzige Sinfonie bei mir habe, so schreibe ich über Hals und Kopf an einer neuen, welche bis dahin fertig sein muß. Nun muß ich schließen, weil ich nothwendigerweise arbeiten muß. Meine Frau und ich küssen Ihnen die Hände, bitten Sie um Verzeihung, daß wir Ihnen so lange Ungelegenheit gemacht haben, und danken nochmals recht sehr für alles Empfangene. Nun leben Sie wohl.

90 Die wortgetreue Abschrift verdanke ich der Güte des Hrn. *Dr. Faust Pachler* in Wien.

Die Grethel, den Heinrich [Marchand, vgl. S. 304], von welchen wir hier schon viel gesprochen, und die Hanni grüßen wir von Herzen, – besonders der Grethel laß ich sagen, sie solle im Singen keinem Fuchsschwanz gleichen; denn die Leckereien und Küssereien sind nicht allzeit angenehm. Nur dumme Eseln kann man mit so etwas betrügen. Ich wenigstens will lieber einen Bauernkerl gedulden, der sich nicht scheut vor meinem Angesicht zu sch– und zu br-, als daß ich mich durch so falsche Kalfaltereien übertölpeln lassen könnte, die doch so übertrieben sind, daß man sie mit Händen greifen kann. –

230. Herr Roman Zäch in Wien.[91]

Wien 6. Dez. 1783.

Da ich nicht vermuthen konnte, daß Sie mir eher nach Wien schreiben würden, ehe ich Ihnen meine Ankunft allda berichtete, so ging ich erst heute zum Peißer, um wegen eines Briefes Nachfrage zu thun, allwo ich denn Ihr Schreiben vom 21. November fand, welches schon 12 Tage hier lag.

Sie werden sich erinnern, daß als Sie nach München kamen als ich die große Opera schrieb [S. 260] Sie mir die Schuld von 12 Louisd'or, so ich an Hrn. *Scherz* in Straßburg gemacht habe [S. 210], vorhielten – mit den Worten: *»Mich verdrießt nur Dein weniges Vertrauen so Du zu mir hast – genug ich habe halt nun die Ehre 12 Louisd'or zu bezahlen.«* – Ich reiste nach Wien, Sie nach Salzburg. Nach Ihren Worten mußte ich glauben, daß ich mich wegen diesem nichts mehr zu besorgen hätte; ferner, wenn es nicht geschehen wäre, so würden Sie mirs schreiben und nun, da ich bei Ihnen war, mündlich sagen. Stellen Sie sich nun meine Verlegenheit und Erstaunen vor, als vorgestern Jemand aus des Hrn. Bankier Oechsers Schreibstube zu mir kam und mir einen Brief brachte; der Brief war von Hrn. *Hafner* in Salzburg [S. 366 u.a.], worin ein Einschluß von Hrn. Scherz war. – – Weil es nun ganze 5 Jahre sind, so sind auch die Interessen verlangt worden, worauf ich aber ganz gerade sagte, daß da nichts daraus wird, indem es nur ein auf 6 Wochen ausgestellter Wechsel, folglich ein verfallener Wechsel sei. Jedoch in Betrachtung der Freundschaft des Hrn. Scherz zahle ich das Kapital, keine Interessen sind nicht verschrieben, folglich bin ich auch keine schuldig. – Ich verlange nichts bei Ihnen, liebster Vater, als daß Sie die Güte haben nur bis einen Monat bei Hrn. Hafner oder vielmehr Triendl für mich gut zu stehen. – Sie

91 Der Herr Besitzer, k.k. Ministerial-Officiat, hat mir mit liebenswürdiger Bereitwilligkeit eine Copie dieses Briefes, der früher im Besitze der Frau *von Baroni-Cavalcabo* war, sogleich eingesandt.

als ein Mann von Erfahrung können sich leicht vorstellen, daß es mir eben jetzt sehr ungelegen wäre mich zu entblößen.

Was[92] mir bei der ganzen Sache am unangenehmsten ist, ist daß Hr. Scherz nicht die beste Meinung von mir haben wird, – ein Beweis, daß Ungefähr, Zufall, Umstände, Mißverstand und was weiß ich Alles öfters einen Mann unschuldigerweise um seine Ehre bringen können! Warum hat Hr. Scherz die ganze lange Zeit nichts mehr von sich hören lassen? Mein Name ist doch nicht so verborgen! Meine Oper [Entführung], welche in Straßburg aufgeführt worden, hat ihn doch wenigstens müssen vermuthen lassen, daß ich in Wien war? Und dann seine Correspondance mit dem Hafner in Salzburg! Hätte er sich das erste Jahr gemeldet, so hätte ich ihn auf der Stelle und mit Vergnügen gezahlt; ich werde es auch jetzt thun, aber auf der Stelle bin ich es nicht im Stande.

Nun von etwas Anderem. – Es fehlen nur noch drei Arien, so ist der erste Act von meiner *Opera* [*L' oca del Cairo*] fertig. Die Aria buffa, das Quartett und das Finale kann ich sagen, daß ich ganz vollkommen damit zufrieden bin und mich in der That darauf freue. Darum wäre mir leid, wenn ich eine solche Musik müßte umsonst gemacht haben, das heißt, wenn nicht das geschieht was unumgänglich nöthig ist. Weder Sie noch der Abbate Varesco, noch ich haben die Reflexion gemacht daß es sehr übel lassen wird, ja die Opera wirklich fallen muß, wenn keine von den zwei Haupt-Frauenzimmern eher als bis auf den letzten Augenblick auf das Theater kommen, sondern immer in der Festung auf der Bastei oder Rempart herumspazieren müssen. Einen Act durch traue ich den Zusehern noch so viel Geduld zu, aber den zweiten können sie unmöglich aushalten, das kann nicht sein. Diese Reflexion machte ich erst in Linz – und da ist kein ander Mittel, als man läßt im zweiten Act etwelche Scenen in der Festung vorgehen – *camera della fortezza.* Man kann die Scene machen, wie Don Pippo Befehle gibt die Gans in die Festung zu bringen, daß dann das Zimmer in der Festung vorgestellt wird, worin Celidora und Lavina sind. Pantea kömmt mit der Gans herein – Biondello schlüpft heraus – man hört Don Pippo kommen, Biondello ist nun wieder Gans. Da läßt sich nun ein gutes Quintett anbringen, welches desto komischer sein wird, weil die Gans auch mitsänge. – Uebrigens muß ich Ihnen sagen, daß ich über die ganze Ganshistorie nur deswegen nichts einzuwenden hatte, weil zwei Männer von mehr Einsicht und Ueberlegung als ich sich nichts dagegen einfallen ließen, und das sind Sie und Varesco. Jetzt ist es aber noch Zeit auf andere Sachen zu denken. Biondello hat einmal versprochen daß er in den Thurm hineinkommt; wie er es nun anfängt, ob

---

92 Von hier bis zum Schluß dieses Absatzes nach Jahn II, 324, Anm., da die Zäch'sche Copie diese ohne Zweifel ächte Stelle seltsamer Weise nicht hat.

er durch eine gemachte Gans oder durch eine andere List hineinkömmt, ist nun einerlei. Ich dächte, man könnte viel komischere und natürlichere Sachen vorbringen, wenn auch Biondello in Menschengestalt bliebe. Zum Beispiel könnte die Nachricht, daß sich Biondello aus Verzweiflung daß es ihm nicht möglich wäre in die Festung zu kommen den Wellen übergeben hätte, gleich am Anfange des zweiten Acts geschehen, er könnte sich dann als ein Türk oder was weiß ich verkleiden und Pantea als eine Sklavin (versteht sich als eine Mohrin) vorführen. Don Pippo ist Willens die Sklavin für seine Braut zu kaufen; dadurch darf der Sklavenhändler und die Mohrin in die Festung um sich beschauen zu lassen. Dadurch hat Pantea Gelegenheit ihren Mann zu cujoniren und ihm tausend Impertinenzen anzuthun, und bekommt eine bessere Rolle; denn je komischer die wälsche Opera ist, desto besser. – Nun bitte ich Sie dem Herrn Abbate Varesco meine Meinung recht begreiflich zu machen, und ich ließe ihn bitten fleißig zu sein – ich habe auf die kurze Zeit geschwind genug gearbeitet. Ja, ich hätte den ganzen ersten Act fertig, wenn ich nicht noch in einigen Arien in den Wörtern Veränderungen brauchte, *welches ich aber bitte ihm jetzt noch nicht zu sagen.*

Meine deutsche Oper »*Die Entführung aus dem Serail*« ist in Prag und in Leipzig sehr gut und mit allem Beifall gegeben worden. Ich bitte Sie schicken Sie sobald als möglich meinen »*Idomeneo*«, die 2 Violinduetten [die er in Salzburg für M. Haydn geschrieben hatte, Köchel Nr. 423] und Seb. Bach's Fugen. Idomeneo brauche ich, weil ich diese Fasten (nebst meiner Academie im Theater) 6 Subscriptionsacademien geben werde, wo ich auch diese Oper produciren möchte.

Nun Adieu. – Ich bitte den Varesco recht zu bereden und zu pressiren. Bitte bald die Musiken zu schicken. Die Grethl, den Heinrich und die Hanni küssen wir. Der Grethl werde ich nächster Tage schreiben. Dem Heinrich lasse ich sagen, daß ich in Linz und hier schon vieles zu seinem Vortheil geredet habe. Er soll sich recht auf das Staccato begeben; denn nur in diesem können die Wiener den *La Motte* nicht vergessen. Adieu.

Am 10. Dezember meldet Mozart dem Vater daß die *Lange* zu einer ihr bewilligten Vorstellung seine *Entführung aus dem Serail* gewählt hätte und schreibt dazu: »Thun Sie Ihr Möglichstes daß mein Buch gut ausfällt. Ich wollte wünschen, ich könnte die zwei Frauenzimmer auch im ersten Act, wenn sie die Arie singen, von der Bastei herabbringen, will ihnen gern erlauben, daß sie das ganze Finale oben singen.« In dem folgenden, *bisher ungedruckten* Briefe, dessen Copie ich ebenfalls der Güte des Herrn Dr. Faust Pachler verdanke, wird die Sache nochmals näher abgehandelt.

231. K.K. Hofbibliothek in Wien.

Wien 24. Dez. 1783.

Ich habe Ihr Letztes vom 19. dieses sammt dem Einschluß von der Opera richtig erhalten. Nun von der Opera als das Nothwendigste. – Hr. Abbate Varesco hat zu der Cavatina der Lavina extra geschrieben: *à cui servirà la musica della cavatina antecedente,* – nemlich der Cavatina von der Celidora. – Das kann aber nicht seyn. – Denn in der Cavatina der Celidora ist der Text sehr trost- und hoffnungslos, und in der Cavatina der Lavina ist er sehr trostreich und hoffnungsvoll. – Uebrigens ist auch das eine sehr ausgepeitschte und nimmer gewöhnliche Mode, daß ein Anderer dem Andern sein Liedchen nachlallt. – Höchstens kann es so bey einer Soubrette mit ihrem Amanten nemlich bey den *ultime parti* gelten. – Meine Meynung wäre daß die Scene mit einem schönen Duett anfinge, welches mit dem nemlichen Text durch eine kleine Aggiunta für die Coda sehr gut angehen kann. – Nach dem Duett folgt die Unterredung wie sonst: – *e quando s'ode il Campanello della Custode,* so wird Mademoiselle Lavina anstatt Celidora die Güte haben, sich wegzubegeben, damit Celidora als Prima Donna Gelegenheit hat eine schöne Bravour-Aria zu singen. – Auf diese Art dächte ich wäre es für den Compositeur, für die Sängerin und für die Zuschauer und Zuhörer besser, und die ganze Scene würde unfehlbar dadurch interessanter werden. – Ferners würde man schwerlich *die nemliche Aria* von der 2. Sängerin ertragen können, nachdem man sie von der ersten hat singen hören. – Nun weiß ich nicht wie Sie es beyde mit nachfolgender Ordnung meynen. – Zu Ende der neu eingeschalteten Scene der zwei Frauenzimmer im ersten Act schreibt Hr. Abbate: – *siegue la scena* VIII *che prima era 1a* VII, *ecosì cangiansi di mano in mano i numeri.* – Nach dieser Beschreibung muß ich ganz wider Verhoffen vermuthen, daß die Scene nach dem Quartett, allwo beyde Donne eine nach der andern ihr Liedchen am Fenster herabsingen, bleiben solle. – Das kann unmöglich seyn. – Dadurch würde der Act nicht allein umsonst um nichts verlängert, sondern sehr abgeschmackt. – Es war mir immer sehr lächerlich zu lesen: – *Celidora: Tu qui m'attendi, amica. Alla Custode farmi veder vogl'io; ci andrai tu puoi.* Lavina: *Si dolce amica, addio. (Celidora parte.)* Lavina singt ihre Aria. (Celidora kommt wieder und sagt):*Eccomi, or vanne etc.* und nun geht Lavina, und Celidora singt ihre Aria, – sie lösen einander ab, wie die Soldaten auf der Wacht. – Ferner ist es auch viel natürlicher daß, da sie im Quartett alle einig sind, ihren abgeredeten Anschlag auszuführen, die Männer sich fort machen um die dazugehörigen Leute aufzusuchen und die zwei Frauenzimmer ruhig sich in ihre Clausur begeben. Alles was man ihnen noch erlauben kann, sind ein paar Zeilen Recitativ. Doch ich glaube auch ganz sicher, daß es niemalen darauf angesehen war, daß die Scene

bleiben soll, sondern daß es nur vergessen worden anzuzeigen, daß sie aus-
bleibt. – Auf Ihren guten Einfall den Biondello in den Thurm zu bringen,
bin ich sehr begierig; – wenn er nur komisch ist, wir wollen ihm gerne ein
bischen Unnatürlichkeit erlauben. – Wegen einem kleinen Feuerwerk bin
ich gar nicht in Sorgen; – es ist hier so eine gute Feuerordnung daß man
sich vor einem Theaterfeuerwerk gar nicht zu fürchten hat. – Dann wird ja
hier Medea so oft gegeben, worin zuletzt die Hälfte des Palastes zusammen-
fällt, die übrige Hälfte in Feuer aufgeht. –

Morgen werde ich mich um die Bücheln des »*Rauchfangkehrers*« [von
Salieri] umsehen. – Die »*Contessina*« (oder die Gräfin) habe noch nicht er-
fragen können; – sollte sie nicht zu haben seyn, würde etwann »*das Irrlicht*«
von Umlauf; – »*die schöne Schäferin*« von Umlauf; – »*die Pilgrimme von
Mekka*« [von Gluck] anständig seyn? – Besonders sind die zwei letzteren
Opern sehr leicht aufzuführen. – Kühne wird sie halt vermuthlich schon
haben. – Bitte von uns beyden an ihn und sie unsere Empfehlung zu ma-
chen. – Meinen letzten kurzen Brief werden Sie hoffentlich erhalten haben. –
Bitte nochmal mir die 2 Duetten, Bach's Fugen, und *besonders* den Idomeneo
zu schicken. – Sie wissen warum – es liegt mir viel daran, daß ich diese
Opera mit dem Graf Sickingen [vgl. S. 148 ff.] am Clavier durchgehe. –
Wenn Sie mir nach Gelegenheit die Fugen (ich glaube es sind 6) von Emanuel Bach abschreiben ließen und schickten, würden Sie mir auch eine große
Gefälligkeit thun, – ich habe vergessen Sie in Salzburg darum zu ersuchen. –
Nun leben Sie unterdessen wohl. – Vorgestern als Montag war wieder die
große Academie der Societät, – ich spielte in ihr ein Concert und Adamberger
sang ein Rondo von mir [Köchel Nr. 431]. – Gestern wurde sie repetirt, –
nur daß ein Violinist anstatt meiner Concert spielte. – Vorgestern war das
Theater voll, – gestern aber leer. – *NB.* der Violinist ließ sich zum erstenmale
hören. –

Trotz aller dieser Vorschläge von Seiten des Componisten scheint Varesco
auf eine solche totale Umänderung des Textes nicht haben eingehen zu
wollen, und so blieb die Oper, von der nur wenige Sätze im Partiturentwurf
erhalten sind, gänzlich liegen. Um so mehr mußte sich Mozart jetzt von
neuem auf Arbeiten für Verleger und Concerte werfen. Wir erfahren, welche
Academien er in den nächsten Fasten gab und was für einen glänzenden
Kreis von Zuhörern er um sich versammelte. Es zählten dazu außer seinen
bekannten Gönnern und Gönnerinen Gräfin *Thun*, Baronin *Waldstädten*,
Graf *Zichy, van Swieten*, auch der Herzog von *Würtemberg*, Prinz von
Mecklenburg, die Fürsten L. *Liechtenstein, Auersperg, Kaunitz, Lichnowsky,
Lobkowitz, Paar, Palm, Schwarzenberg*, ferner die Familien *Bathiany, Diet-
richstein, Erdödy, Esterhazy, Harrach, Herberstein, Keglewicz, Nostiz, Palfy,
Schafgotsch, Stahremberg, Waldstein* und andere, sodann die Gesandten von

Rußland, Spanien, Sardinien, Holland, Dänemark und die angesehenen Bankiers-Familien *Fries, Hönikstein, Arenfeld, Bienenfeld, Ployer,* dessen Tochter *Barbara* Mozarts Schülerin war und von ihm sogar *Paisiello* als solche vorgeführt wurde, *Wetzlar* [der »reiche Jud«, bei dem Mozart wohnte, vgl. S. 307], endlich hohe Staatsbeamte und Gelehrte wie *Isdenczy, Bedekovich, Nevery, Braun, Greiner, Keeß, Puffendorf, Born, Martini, Sonnenfels.* Vgl. Jahn III, 205, Anm. 79.

420

232. Nissen.

Wien 20. März 1784.

Hier haben Sie die Liste von allen meinen 174 Subscribenten.[93] Ich habe allein um dreißig mehr als *Richter* und *Fischer* zusammen, da ich die drei letzten Mittwochen in der Fasten, vom 17. März angefangen, drei Concerte im Trattner'schen Saale auf Abonnement gebe; der Preis ist auf alle drei Concerte 6 Fl. – Im Theater werde ich dieses Jahr zwei Academien geben; nun können Sie sich leicht vorstellen, daß ich nothwendig neue Sachen spielen muß, und da muß man also schreiben. Der ganze Vormittag ist den Scolaren gewidmet, und Abends habe ich fast alle Tage zu spielen. Hier lesen Sie von allen Academien, worin ich spielen muß:

Donnerstag den 26. Febr. beim Gallizin.
Montag den 1. März beim Joh. Esterhazy.
Donnerstag den 4. März beim Gallizin.
Freitag den 5. März beim Esterhazy.
Montag den 8. März beim Esterhazy.
Donnerstag den 11. März beim Gallizin.
Freitag den 12. März beim Esterhazy.
Montag den 15. März beim Esterhazy.
Mittwoch den 17. März meine erste Academie, privat.
Donnerstag den 18. März beim Gallizin.
Freitag den 19. März beim Esterhazy.
Samstag den 20. März beim Richter.
Sonntag den 21. März meine erste Academie im Theater.
Montag den 22. März beim Esterhazy.
Mittwoch den 24. März meine zweite Privat-Academie.
Donnerstag den 25. März beim Gallizin.
Freitag den 26. März beim Esterhazy.
Samstag den 27. März beim Richter.
Montag den 29. März beim Esterhazy.

93 Das Original der Liste befindet sich auf der k.k. Hofbibliothek in Wien.

Mittwoch den 31. März meine dritte Privat-Academie.

Donnerstag den 1. April meine zweite Academie im Theater.

Samstag den 3. April beim Richter.

Habe ich nicht genug zu thun? Ich glaube nicht, daß ich auf diese Art aus der Uebung kommen kann.

Nun muß ich Ihnen geschwind noch sagen, wie es herging, daß ich so in einem Privatsaale Academien gebe. Der Claviermeister *Richter* gibt nämlich im benannten Saale die sechs Samstage Concert. Die Noblesse subscribirte nur mit dem Bemerken, daß sie keine Lust hätte, wenn ich nicht darin spielte. Hr. Richter hat mich darum: ich versprach ihm, drei Mal zu spielen, und machte auf drei Concerte für mich Subscription, wozu sich Alles abonnirte. Die erste Academie am 17. März ist glücklich abgelaufen; der Saal war angesteckt voll, und das neue Concert, so ich gespielt, hat außerordentlich gefallen, und wo man hinkömmt, hört man diese Academie loben. – Morgen, den 21. d.M., hätte meine erste Academie im Theater sein sollen. Fürst Louis *Liechtenstein* gibt aber bei sich Opera, entführt mir nicht allein den Kern der Noblesse, sondern entzieht mir auch die besten Leute aus dem Orchester. Ich habe sie also durch ein gedrucktes Avertissement auf den 1. April verschieben lassen.

233. Nissen.

Wien 10. April 1784.

Durch meine drei Subscriptions-Academien habe ich mir sehr viel Ehre gemacht. Auch meine Academie im Theater ist sehr gut ausgefallen. Ich habe zwei große *Concerte* geschrieben [Nr. 236], und dann ein *Quintett* für Oboe, Clarinetto, Corno, Fagotto und Pianoforte, welches außerordentlichen Beifall erhalten [Köchel Nr. 452]; ich selbst halte es für das Beste was ich noch in meinem Leben geschrieben habe. Ich wollte wünschen, Sie hätten es hören können! und wie schön es aufgeführt wurde! Uebrigens bin ich, die Wahrheit zu gestehen, gegen das Ende hin müde geworden von lauter Spielen, und es macht mir keine geringe Ehre, daß es meine Zuhörer *nie* wurden.

234. Nissen.

Wien 24. April 1784.

Hier haben wir nun die berühmte Mantuanerin *Strinasacchi*, eine sehr gute Violinspielerin: sie hat sehr viel Geschmack und Empfindung in ihrem Spiele. – Ich schreibe eben an einer Sonate, welche wir Donnerstag im Theater bei ihrer Academie zusammen spielen werden [Köchel Nr. 454]. Dann sind dermalen Quartetten heraus von einem gewissen *Pleyel*; dieser ist ein Scolar von *Joseph Haydn*. Wenn Sie selbige noch nicht kennen, so suchen Sie sie zu bekommen; es ist der Mühe werth. Sie sind sehr gut geschrieben, und sehr angenehm; Sie werden auch gleich seinen Meister herauskennen. Gut – und glücklich für die Musik, wenn Pleyel seiner Zeit im Stande ist, uns Haydn zu remplaciren.

235. G.A. Petter in Wien.[94]

Wien 28. April 1784.

Ich muß Ihnen in Eile schreiben. – Herr *Richter* Clavierspieler [vgl. S. 421] macht eine Tour um nach Holland in sein Vaterland zurückzukehren. Ich habe ihm nach Linz an die Gräfin *Thun* [vgl. S. 423] ein Schreiben mitgegeben; – da er Lust hat auch nach Salzburg zu kommen, so gab ich ihm auch nur vier Zeilen an Sie liebster Vater. Ich schreibe Ihnen also nun, daß er nicht lange nach Empfang dieses ausbleiben wird. Er spielt viel, was Execution anbelangt, – allein wie Sie hören werden, – zu grob, zu mühsam, – und ohne allen Geschmack und Empfindung, – übrigens der beste Mensch von der Welt, – ohne mindesten Stolz. Er sah unbeweglich auf meine Finger, wenn ich ihm spielte, – dann sagte er allemal: »Mein Gott! – was muß ich mich nicht bemühen, daß ich schwitze und erhalte doch keinen Beifall, – und Sie mein Freund spielen sich nur damit.« – »Ja«, sagte ich, »ich mußte mich auch bemühen, um mich jetzt *nicht mehr* bemühen zu dürfen.« *Afin,* er ist ein Mann, welcher immer unter die guten Clavierspieler gehört, und ich hoffe daß ihn der Erzbischof vielleicht eher hören wird, weil er ein Clavierist ist – *en dépit de Moi* – welcher *dépit* mir aber sehr erwünscht sein wird. – Wegen *Menzl* Violinisten ist es richtig – und er wird vermuthlich Sonntag schon von hier absegeln. Durch diesen Weg sollen Sie auch Musik von mir erhalten. Nun leben Sie wohl u.s.w.

423

236. Nissen.

Wien 24. Mai 1784.

Ich bin nicht im Stande, unter den beiden Concerten ex *B* und *D*, gemacht den 15. und 22. März 1784 [Köchel Nr. 450 und 451], eine Wahl zu treffen. – Ich halte sie beide für Concerte, die schwitzen machen; doch hat in der Schwierigkeit das ex *B* den Vorzug vor dem ex *D*. Uebrigens bin ich sehr begierig, welches unter den drei Concerten *B*, *D* und *G dur*, letztes gemacht

---

94 Der Herr Besitzer, niederösterreichischer Landeskassirer, hat mir aus seiner schönen Autographensammlung bereitwilligst eine genaue Copie dieses *bisher ungedruckten* Briefes zugesandt.

den 12. April [Köchel Nr. 453], Ihnen und meiner Schwesster am besten gefällt; denn das *ex Es,* gemacht den 9. Febr. 1784 [Köchel Nr. 449] gehört gar nicht dazu, welches ein Concert von ganz besonderer Art ist, und mehr für ein kleines als großes Orchester geschrieben. Also ist die Rede nur von den drei Concerten, und ich bin begierig, ob Ihr Urtheil mit dem hiesigen *allgemeinen* und auch meinem Urtheile überein kömmt. Freilich ist es nöthig, daß man sie alle drei mit allen Stimmen und gut producirt hört. Ich will gern Geduld haben, bis ich sie wieder zurückerhalte, – nur daß sie kein Mensch in die Hände bekömmt; denn ich hätte erst heute für Eines 24 Ducaten haben können; ich finde aber, daß es mir mehr Nutzen schafft, wenn ich sie noch ein paar Jährchen bei mir behalte und dann erst durch den Stich bekannt mache.

237. G.A. Petter in Wien.[95]

Wien 9. Juni 1784.

Mein Letztes werden Sie ohne Zweifel erhalten haben. Ich habe sowohl die Schnallen als auch Ihr Schreiben vom 1. dieses erhalten; die Schnallen sind sehr schön, aber gar zu groß, – ich werde sie gut anzubringen suchen. – Nun wird künftigen Freitag der Hof auf 2, vielleicht gar 3 Monate nach Laxenburg gehen. Ich bin vorige Woche mit Sr. Excellenz Grafen *Thun* nach Baden, um seinen Vater, welcher von Linz hergereist um die Cur zu gebrauchen, zu besuchen. Im Rückwege sind wir über Laxenburg und haben den Leemann, welcher nun allda Schloßhauptmann ist, besucht; die Tochter war eben nicht zu Hause, er und sie aber haben eine außerordentliche Freude gehabt mich wieder zu sehen. –

Den 12. Da ich durch Besuche verhindert worden, so konnte ich diesen Brief nicht ausschreiben. Ich habe nun also Ihr Schreiben vom 8. auch erhalten. Meine Frau läßt sich meiner Schwester entgegen empfehlen und wird mit nächstem Posttag ein schönes Fürtuch abschicken; – sie wird es aber selbst machen, weil es auf diese Art etwas wohlfeiler und aber viel schöner sein wird. Ich lasse ihr aber sagen, daß in keinem Concerte Adagio, sondern lauter Andante sein müssen; – daß in dem Andante vom Concerte *ex D* bei dem bewußten Solo in *C* etwas hineingehört ist ganz sicher, ich werde es ihr auch sobald als möglich mit den Cadenzen zukommen lassen.

Morgen wird beim Herrn Agenten *Ployer* [vgl. S. 420] zu Döbling auf dem Lande Academie sein, wo die Frl. Babette ihr neues Concert *ex G*

95 Vgl. Nr. 235. Dieser Brief, von dem Nissen S. 484 ein kleines Stück gegeben hat, erscheint hier ebenfalls zum ersten Mal nach seiner ganzen Ausdehnung im Druck.

[Köchel Nr. 453], ich das Quintett [mit Blasinstrumenten] und wir beide dann die große Sonate auf 2 Claviere spielen werden. Ich werde den *Paisiello* mit dem Wagen abholen, um ihm meine Composition und meine Schülerin hören zu lassen. Wenn Maestro *Sarti* [der Componist von *Fra due litiganti il terzo gode,* woraus die eine der Tafelmelodien im 2. Finale des Don Juan ist] nicht heute hätte wegreisen müssen, so wäre er auch mit mir hinaus. Sarti ist ein rechtschaffener braver Mann [er war im Gegentheil ein perfider Intriguant], ich habe ihm sehr viel gespielt, endlich auch Variationen auf eine seinige Arie gemacht, woran er sehr viel Freude gehabt hat. – Der *Menzl* [vgl. S. 424] ist und bleibt ein Esel, – die ganze Sache verhält sich so. Herr v. Ployer fragte mich ob ich keinen Violinisten wüßte, ich sprach mit dem Menzl, der war gleich voll Freuden. Sie können sich vorstellen, was ich ihm als ein ehrlicher Mann rathen konnte, nämlich sich sicher zu stellen; – er ließ sich aber bis auf den letzten Augenblick nicht mehr bei mir sehen, und Hr. von Ployer sagte mir daß er um 400 Fl. und *N.B.* ein Kleid *auf Probe* nach Salzburg reisen würde: – zu mir sagte aber Menzl, er sei decretirt, und das zu allen Leuten hier. Ferner kommt es nun heraus daß er verheirathet ist, wovon hier kein Mensch nichts wußte. Seine Frau war aber schon 3 oder 4 Mal beim Hrn. von Ployer. –

Nun habe ich die 3 Sonaten auf Clavier allein, so ich einmal meiner Schwester geschickt habe, die erste *ex C,* die andere *ex A* und die 3. *ex F* dem Artaria zum Stechen gegeben, – dem Toricella aber noch 3, worunter die letzte *ex D* ist, so ich dem Dürnitz in München gemacht habe[96]; dann von den sechsen gebe ich 3 Sinfonien in Stich, welche ich dem Fürsten von Fürstenberg dediciren werde. –

In diesem Sommer 1784 heirathete Nannerl, deren Verhältniß mit dem Herrn *D'Yppold* [S. 274] wegen mangelnder Aussicht auf eine dauernde Verbindung der Liebenden sich wieder gelöst hatte, den Wittwer *Johann Baptist* Reichsfreiherrn v. *Berchthold zu Sonnenburg,* Salzburgischen Hofrath und Pfleger des Stiftes St. Gilgen, dessen Pflegetochter auch Mozarts Mutter gewesen war. Der Bruder schreibt bei dieser Gelegenheit folgenden humoristischen Brief, dessen Original der Chorregent *Anton Jähndl* in Salzburg von der Frau von Sonnenburg selbst erhielt, ihn dann seiner alten Köchin *Therese Wagner* hinterließ, die ihn in der Hofapotheke in Salzburg hinterlegt hat; dort ist er zu kaufen.

426

---

96 Die erstern drei sind bei Köchel als Nr. 330–332 verzeichnet, die letztern als Nr. 309–311.

238. Hofapotheke in Salzburg.

Wien 18. Aug. 1734.

Ma très chère soeur.

Potz Sapperment! – Jetzt ist es Zeit, daß ich schreibe, wenn ich will, daß
Dich mein Brief noch als eine Vestalin antreffen soll! – Ein paar Tage später,
und – weg ist's! – Meine Frau und ich wünschen Dir alles Glück und Vergnügen zu Deiner Standesveränderung und bedauern nur von Herzen, daß
wir nicht so glücklich sein können bei Deiner Vermählung gegenwärtig zu
sein; wir hoffen aber Dich künftiges Frühjahr ganz gewiß in Salzburg sowohl
als in St. Gilgen als Frau von Sonnenburg sammt Deinem Herrn Gemahl
zu umarmen. Wir bedauern nun nichts als unsern lieben Vater, welcher nun
so ganz allein leben soll! – Freilich bist Du nicht weit von ihm entfernt und
er kann öfters zu Dir spazieren fahren – allein jetzt ist er wieder an das
verfluchte Capellhaus gebunden! – Wenn ich aber an meines Vaters Stelle
wäre, so würde ich es also machen; – ich bittete den Erzbischof nun (als einen
Mann, der schon so lange gedient hat) mich in meine Ruhe zu setzen – und
nach erhaltener Pension ging ich zu meiner Tochter nach St. Gilgen und
lebte dort ruhig. – Wollte der Erzbischof meine Bitte nicht eingehen, so begehrte ich meine Entlassung und ging zu meinem Sohn nach Wien, – und
das ist's, was ich hauptsächlich Dich bitte, daß Du Dir Mühe geben möchtest
ihn dazu zu bereden; – und ich habe ihm heute in dem Briefe an ihn schon
das Nämliche geschrieben. Und nun schicke ich Dir noch 1000 gute Wünsche
von Wien nach Salzburg, besonders, daß ihr beide so gut zusammen leben
möget, als wie – wir zwei. – Drum nimm von meinem poetischen Hirnkasten
einen kleinen Rath an; denn höre nur:

> Du wirst im Ehstand viel erfahren,
> was Dir ein halbes Räthsel war;
> bald wirst Du aus Erfahrung wissen,
> wie Eva einst hat handeln müssen
> daß sie hernach den Kain gebar.
> Doch Schwester, diese Ehstandspflichten
> wirst Du von Herzen gern verrichten,
> denn glaube mir, sie sind nicht schwer.
> Doch jede Sache hat zwo Seiten:
> Der Ehstand bringt zwar viele Freuden,
> allein auch Kummer bringet er.
> Drum wenn Dein Mann Dir finstre Mienen,
> die Du nicht glaubest zu verdienen,
> in seiner übeln Laune macht:

so denke, das ist Männergrille,
und sag: Herr, es gescheh dein Wille

– – – – – – – – – – – – – – – – – – – –

Dein aufrichtiger Bruder
W.A. Mozart.

Am 14. September 1784 meldet der alte Mozart seiner Tochter: »Mein Sohn war in Wien sehr krank, – er schwitzte in der neuen Opera des *Paisiello* [*Rè Teodoro*, 23. Aug.] durch alle Kleider und mußte durch die kalte Luft erst den Bedienten anzutreffen suchen, der seinen Ueberrock hatte, weil unterdessen der Befehl erging keinen Bedienten durch den ordentlichen Ausgang ins Theater zu lassen. Dadurch erwischte nicht nur er ein rheumatisches Fieber, das weil man nicht gleich dazu that, in ein Faulfieber ausartete. Er schreibt: Ich habe 14 Tage nach einander zur nämlichen Stunde rasende Colik gehabt, die sich allzeit mit starkem Erbrechen gemeldet hat; nun muß ich mich entsetzlich halten. Mein Doctor ist Herr Sigmund *Barisani* [Sohn des erzbischöflichen Leibarztes zu Salzburg und Mozarts vertrauter Freund], der ohnehin die Zeit als er hier war, fast täglich bei mir war; er wird hier sehr gelobt, ist auch sehr geschickt, und Sie werden sehen, daß er in Kurzem sehr avanciren wird.«

Im nächsten Winter besuchte der Vater den Sohn und blieb vom 10. Februar bis zum 25. April dort, vollauf beschäftigt mit den vielen musikalischen Genüssen der Kaiserstadt, unter denen die Leistungen des eigenen Sohnes, der fast in jedem Concerte mitzuwirken hatte, weitaus die hervorragendsten waren. (Vgl. Jahn, III, 266 ff.) Damals bewog ihn auch Mozart, so wie er selbst es bereits gethan, in den Freimaurerorden einzutreten, und der Berührung von Fragen des Ordens in der Correspondenz der Beiden haben wir höchst wahrscheinlich die Vernichtung der Briefe aus dieser Zeit zuzuschreiben; denn von jetzt an ist nur ein einziger Brief Mozarts an den Vater erhalten oder doch bekannt geworden.

428

Mozart, der, wie wir besonders aus dem Schreiben vom 5. Febr. 1783 ersahen, stets den größten Wunsch hegte, einmal wieder eine deutsche Oper zu schreiben, hatte von Mannheim aus, wo man durch die »Entführung« von Neuem auf ihn aufmerksam geworden war, von dem Theaterdichter und Dramaturgen *Anton Klein* einen Operntext – ohne Zweifel *Rudolf von Habsburg* – zugesendet bekommen. Darauf antwortet er nun in diesen Tagen der gedrängtesten Beschäftigung Folgendes:

239. Otto Jahn.

Hochschätzbarster Herr geheimer Rath! Ich habe sehr gefehlt, ich muß es bekennen, daß ich Ihnen nicht gleich den richtigen Empfang Ihres Briefes und mitgetheilten Paquets gemeldet habe; – daß ich in der Zwischenzeit 2 Briefe von Ihnen noch sollte erhalten haben, – ist nicht dem also; ich würde auf den ersten sogleich aus dem Schlaf geweckt worden sein, und Ihnen geantwortet haben, wie ich es jetzt thue. – Ich bekam ihre 2 Briefe letzten Posttag miteinander – ich habe schon selbst bekannt, daß ich hierin gefehlt habe, daß ich Ihnen nicht gleich geantwortet habe. – Was aber die Oper anbelangt, würde ich Ihnen damals eben so wenig darüber haben schreiben können als jetzt. – Lieber Hr. gehr. Rath! – Ich habe die Hände so voll zu thun, daß ich fast keine Minute finde, die ich für mich anwenden könnte. Als ein Mann von so großer Einsicht und Erfahrung wissen Sie selbst besser als ich, daß man so was mit aller möglichen Aufmerksamkeit und Ueberlegung – nicht einmal – sondern vielmal überlesen muß. – Bisher hatte noch nicht Zeit es einmal ohne Unterbrechung zu lesen. – Alles was ich dermalen sagen kann, ist, daß – ich es noch nicht aus Händen geben möchte; – ich bitte Sie also mir dies Stück noch auf einige Zeit anzuvertrauen. – Im Fall es mir Lust machen sollte es in Musik zu setzen, so wünschte doch vorher zu wissen, ob es eigentlich an einem Orte zur Aufführung bestimmt sei? – Denn so ein Werk verdiente sowohl von Seiten der Poesie als Musik nicht umsonst gemacht zu sein. – Ich hoffe mir über diesen Punkt eine Erläuterung von Ihnen.

Nachrichten, die zukünftige deutsche Singbühne betreffend, kann ich Ihnen noch dermalen keine geben, da es dermalen noch (das Bauen in dem dazu bestimmten Kärnthnerthor-Theater ausgenommen) sehr stille hergehet. – Sie soll mit Anfang October eröffnet werden. Ich meinestheils verspreche ihr nicht viel Glück. – Nach den bereits gemachten Anstalten sucht man in der That mehr die bereits vielleicht nur auf einige Zeit gefallene deutsche Oper gänzlich zu stürzen, als ihr wieder empor zu helfen und sie zu erhalten. Meine Schwägerin *Lange* nur allein darf zum deutschen Singspiele. – Die *Cavalieri, Adamberger, Teyber*, lauter Deutsche, worauf Deutschland stolz sein darf, müssen beim welschen Theater bleiben – müssen gegen ihre eigenen Landsleute kämpfen! – – – Die deutschen Sänger und Sängerinnen dermalen sind leicht zu zählen! – Und sollte es auch wirklich so gute als die benannten, ja auch noch bessere geben, daran ich doch sehr zweifle, so scheint mir die hiesige Theaterdirection zu ökonomisch und zu wenig patriotisch zu denken, um mit schwerem Gelde Fremde kommen zu lassen, die sie hier am Orte besser – wenigstens gleich gut – und umsonst hat. – Denn die welsche

Truppe braucht ihrer nicht – was die Anzahl betrifft; sie kann für sich alleine spielen. – Die Idee dermalen ist, sich bei der deutschen Oper mit Acteurs und Actricen zu behelfen, die nur zur Noth singen; – zum größten Unglück sind die Directeurs des Theaters sowohl als des Orchesters beibehalten worden, welche sowohl durch ihre Unwissenheit und Unthätigkeit das meiste dazu beigetragen haben, ihr eigenes Werk fallen zu machen. Wäre nur ein einziger Patriot mit am Brette – es sollte ein anderes Gesicht bekommen! – Doch da würde vielleicht das so schön aufkeimende *National-Theater* zur Blüthe gedeihen, und das wäre ja ein ewiger Schandfleck für Deutschland, wenn wir Deutsche einmal mit Ernst anfingen deutsch zu denken – deutsch zu handeln – deutsch zu reden und gar deutsch – zu singen!!! – Nehmen Sie nur nicht übel, mein bester Hr. geh. Rath, wenn ich in meinem Eifer vielleicht zu weit gegangen bin. Gänzlich überzeugt mit einem *deutschen Manne* zu reden ließ ich meiner Zunge freien Lauf, welches dermalen leider so selten geschehen darf, daß man sich nach solch einer Herzensergießung kecklich einen Rausch trinken dürfte ohne Gefahr zu laufen seine Gesundheit zu verderben.

Aus der Composition dieser Oper wurde nichts. Um so Fleißiger schrieb Mozart diesen Sommer über an seiner Kammermusik und es wurden denn auch die bereits im Jahre 1782 begonnenen berühmten sechs *Streichquartette* fertig, und mit der folgenden Widmung an *Joseph Haydn* bei Artaria (gegen ein Honorar von 100 Ducaten) herausgegeben.

240. Nissen.

Wien 1. Sept. 1785.

Al mio caro amico Haydn.
Un padre avendo risolto di mandare i suoi figli nel gran mondo stimo doverli affidare alla protezzione e condotta d'un uomo molto celebre in allora, il quale per buona sorte era di più il suo megliore amico. – Eccoli del pari, uom celebre ed amico mio carissimo, i sei miei figli. – Essi sono, è vero, il frutto di una lunga e laboriosa fatica, pur la speranza fatta mi da più amici di vederla almeno in parte compensita m'incorragisce e mi lusinga che questi parti siano per essermi un giorno di qualche consolazione. Tu stesso, amico carissimo, nell'ultimo tuo soggiorno in questa capitale me ne dimostrasti la tua soddisfazione. – Questo tuo suffragio mi anima sopra tutto, perché io le ti raccommandi e mi fa sperare, che non ti sembreranno del tutto indegni del tuo favore. – Piacciati dunque accoglierli benignamente ed esser loro Padre, Guida ed Amico. Da questo momento Io ti cedo i miei diritti sopra di essi, ti supplico però di guardare con indulgenza i difetti, che l'occhio parziale di Padre mi

puo aver celati, e di continuar, loro malgrado, la generosa tua amicizia a chi tanto l'apprezza, mentre sono di tutto cuore il suo sincerissimo amico.
Vienna il p^{mo} Settembre 1785.

W.A. Mozart.

Derweilen war auch die Composition des *Figaro* in vollem Gange, und am 11. November 1785 schreibt der Vater an die Tochter: »Endlich habe ich einen Brief von zwölf Zeilen von Deinem Bruder erhalten. Er bittet um Verzeihung, weil er Hals über Kopf *le nozze di Figaro* fertig machen muß. Um den Vormittag frei zu haben, hat er alle seine Scolaren auf den Nachmittag verlegt. – An der Musik zweifle ich nicht. Aber es wird ihm viel Laufen und Disputiren kosten, bis er das Buch, welches wirklich aus dem Lustspiele vieler Veränderungen bedarf, so eingerichtet bekömmt, wie er es zu seiner Absicht zu haben wünscht. Er wird bisher nach seiner schönen Manier immer aufgeschoben und sich Zeit gelassen haben, nun muß er mit Ernst daran, weil er vom Oberstkämmerer gedrängt wird.« Der Librettist war jener *da Ponte Lorenzo,* der durch Baron Wetzlar mit Mozart bekannt geworden war [S. 406]. Diese Arbeit entzog den Maestro so sehr allen Beschäftigungen, die ihm unmittelbar Geld eintrugen, daß er in große Geldverlegenheit gerieth. Er schrieb deßhalb an den Componisten und Musikalienhändler *Franz Anton Hoffmeister* in Wien, mit dem er die Composition einer Reihe von Kammersachen verabredet hatte, von der die beiden schönen Clavierquartetten in *G-moll* und *Es-dur* der Anfang sein sollen, – folgendes Billet, auf dessen Rückseite der Empfänger angemerkt hat: »Den 20. November 1785 mit 2 Ducaten«:

241. Neue Zeitschrift für Musik, IX, 164.

Lieber Hoffmeister!

Ich nehme meine Zuflucht zu Ihnen und bitte Sie mir unterdessen mit etwas Geld beizustehen, da ich es in diesem Augenblick sehr nothwendig brauche. – Dann bitte ich Sie sich Mühe zu geben, mir sobald als möglich das Bewußte zu verschaffen [vgl. unten Nr. 258]. – Verzeihen Sie, daß ich Sie immer überlästige; allein da Sie mich kennen und wissen, wie sehr es mir daran liegt, daß Ihre Sachen gut gehen möchten, so bin ich auch ganz überzeugt, daß Sie mir meine Zudringlichkeit nicht übel nehmen werden, sondern mir ebenso gern behülflich sein werden als ich Ihnen.

Im Februar des folgenden Jahres hatte Mozart auf directen Befehl des Kaisers für ein Gartenfest in Schönbrunn die Musik zum *Schauspieldirector* zu schreiben. Ebenso nur auf ausdrücklichen Befehl des Kaisers ging endlich nach vielen Kabalen am 1. Mai der Figaro in Scene. »Am 28. April«, schreibt der Vater an die Tochter, »geht *le nozze di Figaro* zum ersten Male in die

Scene. Es wird viel sein, wenn er reussirt, denn ich wei, daß er erstaunlich starke Kabalen wider sich hat. *Salieri* mit seinem ganzen Anhange wird wieder suchen Himmel und Erde in Bewegung zu setzen. *Duschek* [der kurz vorher von Prag nach Wien gekommen war] sagte mir neulich, daß Dein Bruder so viele Kabale wider sich habe, weil er wegen seines besondern Talents und Geschicklichkeit in so großem Ansehen stehe.« Und am 18. Mai: »Bei der zweiten Aufführung der *Nozze di Figaro* in Wien sind fünf Stücke und bei der dritten sieben Stücke repetirt worden, worunter ein kleines Duett drei Mal hat müssen gesungen werden.«

Die Oper wurde den Sommer hindurch viel gegeben, dann aber, als im November *Martin's* Una cosa rara einen ungemeinen Beifall fand, von den Gegnern die Gelegenheit benutzt, Mozarts Werk einstweilen vom Repertoir zu verdrängen. Dieses und mancher andere Kummer, sowie stets wachsende Nahrungssorgen – am 27. Oct. 1786 war das dritte Kind, Leopold, geboren worden und die Wochenbetten der Frau waren stets langdauernd – verbitterten Mozart den Herbst dieses Jahres sehr, sodaß er schon den Plan gefaßt hatte, im Frühjahr nach England zu gehen und also doppelt froh war, als im Januar 1787 Prager Musikfreunde, *die* sowohl *die Entführung als den Figaro* vergötterten, eine Einladung an ihn ergehen ließen, er möge zu ihnen nach Prag kommen und Concerte geben. Ueber diesen Aufenthalt verbreitet sich der folgende Brief. Er ist gerichtet an *Gottfried von Jacquin* in Wien, Sohn des berühmten Botanikers, dessen gesammtes Haus Mozart innig befreundet war.

242. Wiener Zeitschrift, 1842, Nr. 79.

Prag 15. Jan. 1787.

Liebster Freund! Endlich finde ich einen Augenblick an Sie schreiben zu können; – ich nahm mir vor gleich bei meiner Ankunft vier Briefe nach Wien zu schreiben, aber umsonst! – nur einen einzigen (an meine Schwiegermutter) konnte ich zusammenbringen, und diesen nur zur Hälfte – meine Frau und *Hofer* [der Mann seiner Schwägerin Josepha] mußten ihn vollenden. Gleich bei unserer Ankunft (Donnerstag den 11. um 12 Uhr zu Mittag) hatten wir über Hals und Kopf zu thun um bis 1 Uhr zur Tafel fertig zu werden. Nach Tisch regalirte uns der alte Herr Graf *Thun* mit einer Musik, welche von seinen eigenen Leuten aufgeführt wurde und gegen anderthalb Stunden dauerte. Diese *wahre Unterhaltung* kann ich täglich genießen. Um 6 Uhr fuhr ich mit dem Grafen *Canal* auf den sogenannten Breitfeldischen Ball, wo sich der Kern der Prager Schönheiten zu versammeln pflegt. Das wäre so etwas für Sie gewesen, mein Freund! – ich meine, ich sehe Sie all den schönen Mädchen und Weibern nach – – laufen glauben Sie? – nein, nachhinken! – Ich tanzte nicht und löffelte nicht. Das erstere, weil ich zu müde war, und das letzte aus meiner angebornen Blöde; – ich sah aber mit ganzem Vergnügen zu, wie alle diese Leute auf die Musik meines *Figaro*, in lauter Contretänze und Teutsche verwandelt, so innig vergnügt herumsprangen; denn hier wird von nichts gesprochen als von – Figaro, nichts gespielt, geblasen, gesungen und gepfiffen als – *Figaro*; keine Oper besucht als Figaro, und ewig Figaro; gewiß große Ehre für mich. Nun wieder auf meine Tagordnung zu kommen. Da ich spät vom Ball nach Hause gekommen und ohnehin von der Reise müde und schläfrig war, so ist nichts natürlicher auf der Welt als daß ich sehr lange werde geschlafen haben; und gerade so war es. – Folglich war der ganze andere Morgen wieder *sine linea*. Nach Tisch darf die hochgräfliche Musik nie vergessen werden, und da ich eben an diesem Tage ein ganz gutes Pianoforte in mein Zimmer bekommen habe, so können Sie sich leicht vorstellen, daß ich es den Abend nicht so unbenutzt und ungespielt werde gelassen haben; es gibt sich ja von selbst, daß wir ein kleines *Quatuor in caritatis camera* (*und das schöne Bandl hammera*[97]) unter uns werden gemacht haben, und auf diese Art der ganze Abend abermal *sine linea* wird vergangen sein; und gerade so war es. Nun zanken Sie sich meinetwegen mit Morpheus; dieser Laras ist uns beiden in Prag sehr günstig; was die Ursache davon sein mag das weiß ich nicht; genug, wir verschliefen uns beide sehr artig. Doch waren wir im Stande schon um 11 Uhr uns beim Pater *Unger* einzufinden und die k.k. Bibliothek und das allgemeine geistliche Seminarium in hohen niedern Augenschein zu nehmen. – Nachdem wir uns die Augen fast aus dem Kopf geschauet hatten, glaubten wir in unserm Innersten eine kleine Magenarie zu hören; wir fanden also für gut zum Grafen *Canal* zur Tafel zu fahren. Der Abend überraschte uns geschwinder als Sie vielleicht glauben, – genug es war Zeit zur Opera. Wir hörten also *Le gare generose* [von Paisiello]. Was die Aufführung dieser Oper betrifft, so kann ich nichts Entscheidendes sagen, weil ich viel geschwätzt habe; warum ich aber wider meine Gewohnheit geschwätzt habe, darin möchte es wohl liegen – *basta*, dieser Abend war wieder *al solito* verschleudert. Heute endlich war ich so glücklich einen Augenblick zu finden um mich um das Wohlsein Ihrer lieben Eltern und des ganzen *Jacquinschen* Hauses erkundigen zu können. Ich hoffe und wünsche von Herzen daß Sie sich alle so wohl befinden mögen als wir beide uns befinden. Ich muß Ihnen aufrichtig gestehen daß (obwohl ich hier alle möglichen Höflichkeiten und Ehren genieße und Prag in der That ein sehr schöner und angenehmer Ort ist) ich mich doch recht sehr wieder nach Wien sehne, und glauben Sie mir, der Hauptgegenstand davon ist gewiß *Ihr* Haus. – Wenn ich bedenke daß ich nach meiner Zurückkunft

97   Ein komisches Terzett von Mozart. Köchel Nr. 441.

nur eine kurze Zeit noch das Vergnügen genießen kann in Ihrer werthen Gesellschaft zu sein und dann auf so lange – und vielleicht auf immer dieses Vergnügen werde entbehren müssen, dann fühle ich erst ganz die Freundschaft und Achtung, welche ich gegen Ihr ganzes Haus hege.

Und nun leben Sie wohl, liebster Freund. – – Nun Adieu. Künftigen Freitag den 19. wird meine Academie im Theater sein; das wird meinen Aufenthalt hier *leider* verlängern. Ich bitte Ihren würdigen Eltern meinen Respect zu melden und Ihren Herrn Bruder [Joseph, den Nachfolger des Vaters] für mich tausendmal zu embrassiren. Ihrer Frl. Schwester [Franziska, einer von Mozarts echtesten Schülerinnen] küsse ich tausendmal die Hände, mit der Bitte auf ihrem neuen Pianoforte recht fleißig zu sein – doch diese Ermahnung ist unnütz, denn ich muß bekennen, daß ich noch nie eine Schülerin gehabt, welche so fleißig und so viel Eifer gezeigt hätte wie eben sie – und in der That, ich freue mich recht sehr wieder darauf ihr nach meiner geringen Fähigkeit weiter Unterricht zu geben. Apropos, wenn sie morgen kommen will, ich bin um 11 Uhr gewiß zu Hause.

Nun aber wäre es doch Zeit zu schließen? – nicht wahr? – schon längst werden Sie sich das denken. – Leben Sie wohl, mein Bester! – erhalten Sie mich in Ihrer werthen Freundschaft. – Schreiben Sie mir bald – aber bald, und sollten Sie vielleicht zu träge dazu sein, so lassen Sie den Salzmann kommen und dictiren Sie ihm den Brief an; doch es geht nie so vom Herzen, wenn man nicht selbst schreibt. Nun – ich will sehen, ob Sie so mein Freund sind, wie ich ganz der Ihrige bin und ewig sein werde.

Mozart.

P.S. In dem Briefe, so Sie mir vielleicht *schreiben* werden, setzen Sie: *im Graf Thunischen Palais.* – Meine Frau empfiehlt sich bestens dem ganzen Jacquinschen Hause, wie auch Hr. Hofer. – Mittwoch werde ich hier den Figaro sehen und hören, wenn ich nicht bis dahin blind und taub werde. – 436 Vielleicht werde ich es erst nach der Oper. – –

In Prag auch erhielt Mozart vom Impresario *Bondini* den Auftrag, für den nächsten Herbst eine Opera buffa zu schreiben. Er schlug *da Ponte* als Textdichter vor und es ward der »Don Juan« gewählt. Mit diesem *sogetto esteso multiforme sublime,* wie da Ponte sich ausdrückt, war nun Mozarts Seele beschäftigt, als er die Nachricht erhielt, daß sein Vater, der schon seit Monden gekränkelt hatte, ernstlich erkrankt war. Darauf schreibt er folgenden letzten Brief an den geliebten treuen Mann, der ihm sein ganzes Leben geopfert hatte und obwohl er in der letzten Zeit weniger Theilnahme für den Sohn gezeigt, doch von diesem unverändert innig und dankbar geliebt ward.

243. Nissen.

Wien 4. April 1787.

Mon très cher père!

Diesen Augenblick höre ich eine Nachricht, die mich sehr niederschlägt – um so mehr, als ich aus Ihrem letzten Briefe vermuthen konnte, daß Sie sich, Gott Lob, recht wohl befänden. – Nun höre aber, daß Sie wirklich krank seien! Wie sehnlich ich einer tröstenden Nachricht von Ihnen selbst entgegen sehe, brauche ich Ihnen doch wohl nicht zu sagen, und ich hoffe es auch gewiß, – obwohl ich es mir zur Gewohnheit gemacht habe, mir immer in allen Dingen das Schlimmste vorzustellen. Da der Tod (genau zu nehmen) der wahre Endzweck unseres Lebens ist, so habe ich mich seit ein paar Jahren mit diesem wahren, besten Freunde des Menschen so bekannt gemacht, daß sein Bild nicht allein nichts Schreckendes mehr für mich hat, sondern sehr viel Beruhigendes und Tröstendes! Und ich danke meinem Gott, daß er mir das Glück gegönnt hat, mir die Gelegenheit (Sie verstehen mich) zu verschaffen, ihn als den *Schlüssel* zu unserer wahren Glückseligkeit kennen zu lernen. Ich lege mich nie zu Bette, ohne zu bedenken, daß ich vielleicht (so jung als ich bin) den andern Tag nicht mehr sein werde; und es wird doch kein Mensch von Allen, die mich kennen, sagen können, daß ich im Umgange mürrisch oder traurig wäre; und für diese Glückseligkeit danke ich alle Tage meinem Schöpfer, und wünsche sie vom Herzen Jedem meiner Mitmenschen. Ich habe in dem Briefe, so die *Storace* eingepackt hat [aber nachher nicht hatte finden können], schon über diesen Punkt bei Gelegenheit des traurigen Todfalles meines liebsten besten Freundes Grafen von *Hatzfeld* meine Denkungsart erklärt – er war eben 31 Jahr alt wie ich – ich bedaure *ihn* nicht – aber wohl herzlich mich und alle die, welche ihn so genau kannten wie ich. – Ich hoffe und wünsche, daß Sie sich während ich dieses schreibe, besser befinden werden; sollten Sie aber wider alles Vermuthen nicht besser sein, so bitte ich Sie bei ..... mir es nicht zu verhehlen, sondern mir die reine Wahrheit zu schreiben oder schreiben zu lassen, damit ich so geschwind als es menschenmöglich ist, in Ihren Armen sein kann: ich beschwöre Sie bei Allem, was – uns heilig ist. Doch hoffe ich bald einen trostreichen Brief von Ihnen zu erhalten, und in dieser angenehmen Hoffnung küsse ich Ihnen sammt meinem Weibe und dem Carl 1000 Mal die Hände, und bin ewig

Ihr gehorsamer Sohn.[98]

---

98 Jahn III, 302, Anm. 59 führt noch Folgendes unter diesem Datum an: »Wenn der Oboist *Fischer* [der einer großen Berühmtheit genoß und damals nach Wien gekommen war] zu der Zeit als wir ihn in Holland hörten [1766] nicht besser geblasen hat als er jetzt bläst, so verdient er gewiß das Renommée nicht, welches er hat. *Jedoch unter uns gesagt!* Ich war damals in den Jahren, wo ich

Der Vater schien sich zwar wieder zu erholen, allein am 28. Mai 1787 endigte ein rascher Tod das Leben dieses thätigen Mannes. Mozart meldete die Trauerbotschaft sogleich seinem Freunde *Gottfried von Jacquin:* »Ich benachrichtige Sie daß ich heute, als ich nach Haus kam, die traurige Nachricht von dem Tode meines besten Vaters bekam. – Sie können sich meine Lage vorstellen.« – Und an die Schwester schreibt er am 16. Juni 1787:

244. Nissen.

Liebste, beste Schwester!

Daß Du mir den traurigen und mir ganz unvermutheten Todesfall unseres liebsten Vaters nicht selbst berichtet hast, fiel mir gar nicht auf, da ich die Ursache leicht errathen konnte. – Gott habe ihn bei sich! – Sei versichert, meine Liebe, daß, wenn Du Dir einen guten, Dich liebenden und schützenden Bruder wünschest, Du ihn gewiß bei jeder Gelegenheit in mir finden wirst. – Meine liebste, beste Schwester! wenn Du noch unversorgt wärest, so brauchte es dieses Alles nicht. Ich würde, was ich schon tausend Mal gedacht und gesagt habe, Dir Alles mit wahrem Vergnügen überlassen; da es Dir aber nun, so zu sagen, unnütz ist, mir aber im Gegentheil es zu eignem Vortheil ist, so halte ich es für Pflicht, auf mein Weib und Kind zu denken.

In diesem Sommer traf ihn noch ein Fall, der ihn heftig an den Unbestand aller Dinge gemahnte. Sein Freund *Barisani* (vgl. oben S. 428) starb. Mozart setzte unter die Verse, die ihm Barisani in sein Stammbuch, das im *Mozarteum* aufbewahrt wird, geschrieben hatte, folgende Worte:

Heute am 3. September dieses nämlichen Jahres war ich so unglücklich diesen edlen Mann, liebsten besten Freund und Erretter meines Lebens ganz unvermuthet durch den Tod zu verlieren. – Ihm ist wohl! – – aber mir – uns – und allen die ihn genau kannten – uns wird es *nimmer* wohl werden – 439

nicht im Stande war ein Urtheil zu fällen – ich weiß mich nur zu erinnern, daß er mir außerordentlich gefiel sowie der ganzen Welt. Man wird es freilich natürlich finden, wenn man annimmt, daß sich der Geschmack außerordentlich geändert hat; er wird nach der alten Schule spielen – aber nein! Er spielt mit einem Wort wie ein elender Scolar; der junge André, der beim Fiala [Münchner Oboist] lernte, *spielt* tausendmal besser. Und dann seine Concerte! – von seiner eigenen Composition! Jedes Ritornell dauert eine Viertelstunde – dann erscheint der Held – hebt einen bleiernen Fuß nach dem andern auf – und pumpft dann wechselweise damit zur Erde. Sein Ton ist ganz aus der Nase und seine *tenuta* ein Tremulant auf der Orgel. Hätten Sie sich dieses Bild vorgestellt? Und doch ists nichts als Wahrheit, aber Wahrheit die ich nur *Ihnen* sage.« – Auch dieser Brief war im Besitz der Frau Baroni-Cavalcabo. Vgl. oben Nr. 230, Anm.

bis wir so glücklich sind ihn in einer bessern Welt – wieder – *und auf nimmer scheiden* zu sehen.

In demselben Monat noch ging Mozart nach Prag, um den *Don Juan* zu vollenden und in Scene zu setzen. Am 29. October war die erste Aufführung, und Gottfried von Jacquin empfing sogleich Nachricht darüber.

245. Wiener Hofbibliothek.[99]

Prag 4. Nov. 1787.

Liebster, bester Freund!

Ich hoffe Sie werden mein Schreiben erhalten haben. Den 29. October ging meine Opera *D. Giovanni* in Scene, und zwar mit dem lautesten Beifall. Gestern wurde sie zum vierten mal (und zwar zu meinem Benefice) aufgeführt. Ich gedenke den 12. oder 13. von hier abzureisen, bei meiner Zurückkunft sollen Sie also die Arie gleich zu singen bekommen. *N.B. unter uns* – ich wollte meinen guten Freunden (besonders *Bridi*[100] und Ihnen) wünschen, daß Sie nur einen einzigen Abend hier wären, um Antheil an meinem Vergnügen zu nehmen! – *Vielleicht wird sie doch in Wien aufgeführt?* – ich wünsche es. – Man wendet hier alles mögliche an um mich zu bereden, ein paar Monate noch hier zu bleiben und noch eine Oper zu schreiben; ich kann aber diesen Antrag, so schmeichelhaft er ist, nicht annehmen. –

Nun, liebster Freund, wie befinden Sie sich? Ich hoffe, dah Sie sich *alle* so wohl und gesund befinden mögen wie wir; am vergnügt sein kann es Ihnen, liebster Freund, wohl nicht fehlen, da Sie alles besitzen, was Sie sich in *Ihren Jahren* und in *Ihrer Lage* nur wünschen können! besonders da Sie nun von Ihrer vorigen etwas unruhigen Lebensart ganz zurückzukommen scheinen. Nicht wahr, Sie werden täglich mehr von der Wahrheit meiner kleinen Strafpredigten überzeugt? Ist das Vergnügen einer flatterhaften launigten Liebe nicht himmelweit von der Seeligkeit unterschieden, welche eine wahrhafte, vernünftige Liebe verschafft? Sie danken mir wohl gar öfters so in Ihrem Herzen für meine Belehrungen! Sie werden mich noch ganz stolz machen! – Doch, ohne allen Spaß – Sie sind mir doch im Grunde ein bischen Dank schuldig, wenn sie anders der Frl. N. würdig geworden sind, denn ich

---

99 Wiener Zeitschr. für Kunst etc., 1842, Nr. 79, S. 625 f.

100 Ein junger Bankier von Roveredo, der mit Mozart genau befreundet war und im März 1786 sogar in einer Privataufführung des *Idomeneo* mit aufgetreten war. Später errichtete er in seinem Garten in Roveredo Mozart ein Monument mit der Aufschrift: *Herrscher der Seele durch melodische Denkkraft.* A.M.Z., XXVI, S. 92.

spielte doch bei Ihrer Besserung oder Bekehrung gewiß nicht die unbedeutendste Rolle.

Mein Urgroßvater pflegte seiner Frauen – meiner Urgroßmutter, diese ihrer Tochter, meiner Großmutter, diese wieder ihrer Tochter, meiner Mutter, diese abermals ihrer Tochter – meiner leiblichen Schwester zu sagen: daß es eine sehr große Kunst sei, wohl und schön zu reden, aber wohl eine nicht minder große zur rechten Zeit aufzuhören. Ich will also dem Rathe meiner Schwester, Dank unserer Mutter, Großmutter und Urgroßmutter folgen – und nicht nur meiner moralischen Ausschweifung sondern meinem ganzen Briefe ein Ende machen.

Den 9. Mit überraschendem Vergnügen erhalte ich Ihren 2. Brief. Wenn es erst Noth hat Sie durch das Lied *en question* meiner Freundschaft zu versichern, so haben Sie weiter keine Ursache daran zu zweifeln. Hier ist es! [Köchel Nr. 530]. – Ich hoffe aber, daß Sie auch *ohne diesem Liede* von meiner wahren Freundschaft überzeugt sind, und in dieser Hoffnung verharre ich ewig Ihr aufrichtiger Freund

W.A. Mozart.

P.S. Daß sich Ihre Eltern, Ihre Frl. Schwester und Hr. Bruder meiner gar nicht sollten erinnert haben? – das ist mir unglaublich! Ich schiebe es ganz auf Ihre Vergessenheit, mein Freund! und schmeichle mir mich nicht zu betrügen.

Wegen dem doppelten Petschier ist es also: das rothe Wachs taugte nichts – ich petschirte also schwarz darauf, und mein gewöhnlich Siegel habe in Wien vergessen.

Adieu – ich hoffe Sie bald zu umarmen.

An Ihr ganzes Haus und an *Nattorps* unsere beiderseitige Complimente.

Die glänzende Aufnahme des *Don Juan* und der Tod des Hofcapellmeister *Gluck* (15. November 1787) sowie das allgemein verbreitete Gerücht von Mozarts beabsichtigter Uebersiedlung nach *England* waren vielleicht die Ursachen, daß er am 7. Dezember dieses Jahres zum k.k. Kammermusikus ernannt wurde. Allein das Gehalt von 800 Gulden jährlich, von dem er selbst einmal als er fatiren mußte, in bitterm Unmuth, daß er nicht mehr beschäftigt werde, schrieb: »Zuviel für das was ich leiste und zu wenig für das was ich leisten könnte« – war nicht genügend, seinen stets mißlicher werdenden pecuniären Verhältnissen aufzuhelfen, und trotz all seines Fleißes sah er sich genöthigt, im folgenden Sommer, nachdem der Don Juan auch in Wien über die Bretter gegangen war und ihm einige hundert Gulden eingebracht hatte, seinen Freund und Freimaurer-Ordensbruder (O.B.), den Kaufmann *Puchberg*, in Wien wiederholt um baare Darlehen anzusprechen.

441

246. Wiener Zeitschrift, 1842, Nr. 61.

Verehrungswürdiger O.B.

Liebster, bester Freund!

Die Ueberzeugung, daß Sie mein *wahrer Freund* sind, und daß Sie mich als *einen ehrlichen Mann* kennen, ermuntert mich, Ihnen mein Herz ganz aufzudecken, und folgende Bitte an Sie zu thun. –

Ich will ohne Ziererei nach meiner angebornen Aufrichtigkeit zur Sache selbst schreiten. –

Wenn Sie die Liebe und Freundschaft für mich haben wollen, mich auf 1 oder 2 Jahre mit 1 oder 2 tausend Gulden gegen gebührende Interessen zu unterstützen, so würden Sie mir auf Acker und Pflug helfen! – Sie werden gewiß selbst *sicher* und *wahr finden*, daß es übel, ja unmöglich zu leben sei, wenn man von Einnahme zu Einnahme warten muß! – Wenn man nicht einen gewissen, wenigstens den *nöthigen Vorrath* hat, so ist es nicht möglich, in Ordnung zu kommen – mit nichts macht man nichts.

Wenn Sie mir diese Freundschaft thun, so kann ich 1mo (da ich versehen bin) die nöthigen Ausgaben zur *gehörigen Zeit* folglich *leichter* entrichten, wo ich jetzt die Bezahlung *verschieben*, und dann eben zur *unbequemsten* Zeit meine *ganze Einnahme* oft auf einmal hinausgeben muß; 2do kann ich mit *sorgloserem Gemüth* und *freierem Herzen* arbeiten, folglich *mehr verdienen*.

Wegen Sicherheit glaube ich nicht, daß Sie einigen Zweifel haben werden. – Sie wissen so ungefähr, wie ich stehe, und kennen meine *Denkungsart*. Wegen der Subscription dürfen Sie keine Sorge haben; ich setze die Zeit nur um einige Monate mehr hinaus; ich habe Hoffnung, *auswärtig mehrere Liebhaber zu finden als hier.*

Nun habe ich Ihnen in einer Angelegenheit, die mir sehr wichtig ist, mein Herz *ganz* sehen lassen. – Nun sehe ich mit Sehnsucht einer Antwort, aber wirklich einer *angenehmen Antwort* entgegen – und ich weiß nicht – ich kenne Sie einmal als *den Mann*, der so wie ich, wenn er anders kann, seinen Freund, aber *wahren Freund* gewiß unterstützt. – Wenn Sie vielleicht sobald nicht eine solche Summe entbehren könnten, so bitte ich Sie mir *wenigstens* bis morgen *ein paar hundert* Gulden zu leihen, weil mein Hausherr auf der Landstraße so indiscret war, daß ich ihn gleich auf der Stelle (um Ungelegenheit zu vermeiden) auszahlen mußte, welches mich sehr in Unordnung gebracht hat!

Wir schlafen heute das erstemal in unserm neuen Quartier, allwo wir *Sommer* und *Winter* bleiben; – ich finde es im Grunde einerlei, wo nicht besser, ich habe ohnehin nicht viel in der Stadt zu thun, und kann, da ich den vielen Besuchen nicht ausgesetzt bin, mit mehrerer Muße arbeiten; und

442

muß ich *Geschäfte halber* in die Stadt, welches ohnehin selten genug geschehen wird, so führt mich jeder Fiaker um 10 Kr. hinein; um das ist auch das Logis wohlfeiler, und wegen Frühjahr – Sommer – und Herbst *angenehmer*, da ich auch einen Garten habe.

Das Logis ist – in der *Währingergasse bei den 5 Sternen* Nr. 135. Nun 443 nehmen Sie meinen Brief – als das wahre Zeichen meines ganzen Vertrauens gegen Sie, und bleiben Sie ewig mein Freund, wie ich sein werde bis ins Grab Ihr wahrer innigster Freund

W.A. Mozart.

P.S. Wenn werden Sie wieder bei Ihnen eine kleine Musik machen? Ich habe ein neues Trio geschrieben. [*E dur,* Köchel Nr. 542. Unter dem Briefe ist von Puchberg notirt: »den 17. Juni 1788 200 Fl. gesendet.«]

247. Otto Jahn.

Wien 27. Juni 1788.

Verehrungswürdigster O.B.
Lieber bester Freund!

Ich habe immer geglaubt dieser Tage selbst in die Stadt zu kommen, um mich bei Ihnen wegen Ihrer mir bewiesenen Freundschaft mündlich bedanken zu können. – Nun hätte ich aber nicht einmal das Herz vor Ihnen zu erscheinen, da ich gezwungen bin Ihnen frei zu gestehen daß ich Ihnen das mir geliehene unmöglich sobald zurückzahlen kann und Sie ersuchen muß mit mir Geduld zu haben! – Daß die Umstände dermalen so sind und Sie mich nach meinem Wunsch nicht unterstützen können, macht mir viele Sorgen! – Meine Lage ist so, daß ich unumgänglich benöthigt bin Geld aufzunehmen. – Aber Gott, wem soll ich mich vertrauen? Niemanden als Ihnen, mein Bester! – Wenn Sie mir nur wenigstens die Freundschaft thun wollen, mir durch einen andern Weg Geld zu verschaffen! – Ich zahle ja gern die Interessen, und derjenige der mir lehnte, ist ja durch meinen Charakter und meine Besoldung glaub ich gesichert genug – es thut mir leid genug, daß ich in diesem Falle bin, eben deßwegen wünschte ich aber eine *etwas ansehnliche* Summe auf einen etwas *längeren Termin* zu haben, um einem solchen Falle vorbeugen zu können. – Wenn Sie, werthester Br., mir in dieser meiner Lage nicht helfen, so verliere ich meine Ehre und Credit, welches das einzige ist, welches ich zu erhalten wünsche. – Ich baue ganz auf Ihre ächte Freundschaft und br. Liebe, und erwarte zuversichtlich daß Sie mir mit Rath 444 und That an die Hand gehen werden. Wenn mein Wunsch in Erfüllung geht, so kann ich frei Odem schöpfen, weil ich dann im Stande sein werde, mich in Ordnung zu bringen und auch *darinnen* zu erhalten. – Kommen Sie doch zu mir und besuchen Sie mich, ich bin immer zu Hause. – Ich habe in den 10 Tagen daß ich hier wohne mehr gearbeitet als im andern Logis die 2 Monate, und kämen mir nicht so oft schwarze Gedanken (die ich mir mit Gewalt ausschlagen muß), würde es mir noch besser von Statten gehen, denn ich wohne angenehm – bequem – und – *wohlfeil.* – Ich will Sie nicht länger mit meinem Gewäsch aufhalten, sondern *schweigen* und *hoffen.* Ewig Ihr verbundener Diener, wahrer Freund und O.B.

W.A. Mozart.

Auch der folgende Brief an die Schwester, der letzte an sie, der erhalten ist, scheint Geldverhältnisse berührt zu haben.

248. Nissen.

Wien August 1788.

Um Dir über den Punct in Betreff meines Dienstes zu antworten, so hat mich der Kaiser zu sich in die Kammer genommen, folglich förmlich *decretirt,* instweilen aber nur mit 800 Fl.: es ist aber keiner in der Kammer der so viel hat. – Auf dem Anschlagzettel, da meine Prager Oper Don Giovanni (welche eben heute wieder gegeben wird) aufgeführt wurde, auf welchem gewiß nicht *zuviel* steht, da ihn die k.k. Theater – Direction herausgibt, stand: »*Die Musik ist von Herrn Mozart, Kapellmeister in wirklichen Diensten Seiner k.k. Majestät.*«

In diesem Sommer schrieb Mozart die großen Symphonien in *C-dur, G-moll* und *Es-dur.* Der Kaiser aber gab ihm nichts weiter zu thun, als Tänze für die Maskenbälle der k.k. Redoutensäle zu schreiben. Da auch sonst die Einnahmequellen gering gewesen zu sein scheinen, so beschloß Mozart, um wieder einmal Ehre und Geld zu gewinnen, eine große Kunstreise zu machen. Und zwar ging es diesmal dem deutschen Nordosten zu; denn sein Freund und Schüler, Fürst *Carl Lichnowsky,* der zunächst seine Güter in Schlesien und dann Berlin zu besuchen hatte, nahm ihn in seinem bequemen Reisewagen dorthin mit.

249. Otto Jahn.

Prag, Charfreitag 10. April 1789.

Liebstes bestes Weibchen!

Heute Mittag um $^1/_2$2 Uhr sind wir glücklich hier angekommen; unterdessen hoffe ich, daß Du gewiß mein Briefchen aus Budwitz wirst erhalten haben. – Nun folgt der Rapport von Prag. – Wir kehrten ein beim Einhorn; nachdem ich balbirt, frisirt und angekleidet war, fuhr ich aus in der Absicht, beim *Canal* zu speisen; da ich aber bei Duschek vorbei mußte, frug ich erstens dort an – da erfuhr ich daß die Madame gestern nach Dresden abgereist sei!!! – – – Dort werde ich sie also treffen. Er speiste bei *Leliborn*, wo ich auch öfters speiste, – ich fuhr also gerade dahin. – Ich ließ Duschek (als ob jemand etwas mit ihm zu sprechen hätte) herausrufen; nun kannst Du Dir die Freude denken. – Ich speiste also bei Leliborn. – Nach Tische fuhr ich zu Canal und *Pachta*, traf aber Niemand zu Hause an; – ich ging also zu *Guardassoni* [Impresario], welcher es auf künftigen Herbst fast richtig machte mir für die Oper 200 Due. und 50 Duc. Reisegeld zu geben. – Dann ging ich nach Haus um dem lieben Weibchen dieß alles zu schreiben. – Noch was; – *Ramm* ist erst vor 8 Tagen wieder von hier wieder nach Hause, er kam von Berlin und sagte daß ihn der König sehr oft und zudringlich gefragt hätte, ob ich gewiß komme, und da ich halt noch nicht kam, sagte er wieder: ich fürchte er kommt nicht. – Ramm wurde völlig bange, er suchte ihn des Gegentheils zu versichern. – Nach diesem zu schließen sollen meine Sachen nicht schlecht gehen. – Nun führe ich den Fürsten [Lichnowsky] zu Duschek, welcher uns erwartet und um 9 Uhr abends gehen wir nach Dresden ab, wo wir morgen abends eintreffen werden. – Liebstes 446 Weibchen! ich sehne mich so sehr nach Nachrichten von Dir. – Vielleicht treffe ich in Dresden einen Brief an. – O Gott! mache meine Wünsche wahr! Nach Erhaltung dieses Briefes mußt Du mir nach Leipzig schreiben, *poste restante* versteht sich. Adieu Liebe, ich muß schließen, sonst geht die Post ab. – Küsse tausend mal unsern Carl, und ich bin Dich von ganzem Herzen küssend

Dein ewig getreuer Mozart.

P.S. An Hrn. und Fr. v. *Puchberg* alles Erdenkliche, ich muß es schon auf Berlin sparen ihm zu schreiben, um ihm auch schriftlich unterdessen zu danken. *Adieu, aimez moi et gardez votre sante si chère et precieuse à votre époux.*

250. Otto Jahn.

Dresden 13. April 1789.
Um 7 Uhr früh.

Liebstes bestes Weibchen!
Wir glaubten Samstags nach Tisch in Dresden zu sein, kamen aber erst gestern Sonntags um 6 Uhr Abends an; – so schlecht sind die Wege. – Ich ging gestern noch zu *Neumanns* [Kriegsraths-Secretär], wo Mad. *Duschek* wohnt, um ihr den Brief von ihrem Manne zu geben. – Es ist im dritten Stock auf dem Gange, und man sieht vom Zimmer jeden der kömmt; als ich in die Thüre kam, war schon Hr. Neumann da und fragte mich, mit wem er die Ehre hätte zu sprechen. Ich antwortete: Gleich werde ich sagen wer ich bin, nur haben Sie die Güte Mad. Duschek herausrufen zu lassen,

damit mein Spaß nicht verdorben wird, – in diesem Augenblick stand aber schon Mad. Duschek vor meiner, denn sie erkannte mich vom Fenster aus und sagte gleich, da kommt jemand der aussieht, wie Mozart. – Nun war alles voll Freude. – Die Gesellschaft war groß und bestund aus lauter meist häßlichen Frauenzimmern, aber sie ersetzten den Mangel der Schönheit durch Artigkeit. Heut geht der Fürst und ich zum Frühstück hin, dann zu *Naumann* [Capellmeister], dann in die Capelle. – Wir werden morgen oder übermorgen von hier nach Leipzig gehen. Nach Empfang dieses Briefes mußt Du schon nach Berlin *poste restante* schreiben. Ich hoffe, Du wirst mein Schreiben von Prag richtig erhalten haben. Neumann's lassen sich alle Dir sammt Duschek empfehlen – wie auch dem Hr. und Fr. Schwägerin *Langens*. –

Liebstes Weibchen, hätte ich doch auch schon einen Brief von Dir! Wenn ich Dir alles erzählen wollte was ich mit Deinem lieben Portrait anfange, würdest Du wohl oft lachen. Zum Beispiel wenn ich es aus seinem Arrest herausnehme; so sage: grüß Dich Gott Stanzerl! – grüß Dich Gott Spitzbub – Krallerballer – Spitzignas – Bagatellerl – schluck und druck![101] – und wenn ich es wieder hineinthue so lasse ich es so nach und nach hinunterrutschen, und sage immer Nu – Nu – Nu – Nu! aber mit dem gewissen Nachdruck den dieses so vielbedeutende Wort erfordert und bei dem letzten schnell: Gute Nacht, Mauserl, schlaf gesund! – Nun glaube ich so ziemlich was dummes (für die Welt wenigstens) hingeschrieben zu haben, für uns aber, die wir uns so innig lieben, ist es gerade nicht dumm. – Heute ist der sechste Tag daß ich von Dir weg bin, und bei Gott mir scheint es schon ein Jahr zu sein. – Du wirst wohl oft Mühe haben, meinen Brief zu lesen weil ich in Eile und folglich etwas schlecht schreibe. – Adieu liebe einzige – der Wagen ist da – da heißt es nicht brav und der Wagen ist auch schon da – sondern – *male*. – Lebe wohl und liebe mich ewig so wie ich Dich; ich küsse Dich millionenmal auf das zärtlichste und bin ewig Dein Dich zärtlich liebender Gatte

W.A. Mozart.

P.S. Wie führt sich unser Carl auf? – Ich hoffe gut – küsse ihn statt meiner. An Hrn. und Fr. v. *Puchberg* alles Schöne. *N.B.* Du mußt in Deinen Briefen nicht das Maaß nach den meinigen nehmen, bei mir fallen sie nur deswegen etwas kurz aus, weil ich pressirt bin, sonst würde ich einen ganzen Bogen überschreiben, Du hast aber mehr Muße. – Adieu.

---

101 Anspielung auf einen scherzhaften Canon Mozarts. Köchel, Anh. I, 5.

Dresden 16. April 1789.
Nachts um halb 12 Uhr.

Liebstes bestes Weibchen!

Wie? – noch in Dresden? – Ja, meine Liebe, – ich will Dir alles haarklein erzählen; – Montags den 13. nachdem wir bei Neumanns Frühstück genommen hatten gingen wir alle nach Hof in die Capelle; die Messe war von *Naumann* (welcher sie selbst dirigirte) – sehr mittelmäßig. – Wir waren in einem *oratoire* der Musik gegenüber; auf einmal stupfte mich Neumann und führte mich dem Herrn *von König*, welcher *Directeur des plaisirs* (der traurigen Churfürstlichen *plaisirs*) ist; – er war außerordentlich artig und auf die Frage, ob ich mich nicht wollte bei Seiner Durchlaucht hören lassen, antwortete ich, daß es mir zwar eine Gnade sei, ich mich aber, da ich nicht von mir allein abhänge, nicht aufhalten kann. – So blieb es. – Mein fürstlicher Reisegefährte lud die Neumannschen sammt Duschek zu Mittage; unter dem Essen kam die Nachricht, daß ich den folgenden Tag als Dienstag den 14. Abends um halb 6 Uhr bei Hofe spielen sollte. Das ist ganz was außerordentliches für hier; denn hier kommt man sonst sehr schwer zu Gehör, und Du weißt daß ich gar keinen Gedanken auf hier hatte. – Wir hatten bei uns *à l'hôtel de Boulogne* ein Quartett arrangirt. – Wir machten es in der Capelle mit *Antoine Teyber* (welcher wie Du weißt hier Organist ist) und mit Hrn. *Kraft* (Violincellist von Fürst Esterhazy) welcher mit seinem Sohn hier ist, aus; ich gab bei dieser kleinen Musik das Trio welches ich H.v. Puchberg [Nr. 246] schrieb; – es wurde so ganz hörbar executirt, – Duschek sang eine Menge von Figaro und Don Juan. Des andern Tages spielte ich bei Hofe das neue Concert in *D*; folgenden Tags Mittwochs den 15. vor Mittag erhielt ich eine recht schöne Dose; – wir speisten dann beim Russischen Gesandten, allwo ich viel spielte. – Nach Tisch wurde ausgemacht auf eine Orgel zu gehen; um 4 Uhr fuhren wir hin; Naumann war auch da. – Nun mußt Du wissen daß hier ein gewisser *Häßler* (Organist von Erfurt) ist; dieser war auch da; – er ist ein Schüler von einem Schüler von Bach; – seine Force ist die Orgel und das Clavier. Nun glauben die Leute hier, weil ich von Wien komme, daß ich diesen Geschmack und diese Art zu spielen gar nicht kenne. – Ich setzte mich also zur Orgel und spielte. – Der Fürst *Lichnowsky* (weil er Häßler gut kennt) beredet ihn mit vieler Mühe auch zu spielen, – die Force von diesem Häßler besteht auf der Orgel in Füßen, welches, weil

---

102 Da mein Brief an den Archivar dieses Vereins unbeantwortet geblieben ist, so habe ich mich an Jahn gehalten. Vgl. auch Wien. M.Z., 1843, Nr. 88. Mozarts Briefe.

hier die Pedale stufenweise gehen, eben keine so große Kunst ist; übrigens hat er nur Harmonie und Modulationen vom alten Sebastian Bach auswendig gelernt, und ist nicht im Stande eine Fuge ordentlich auszuführen, und hat kein solides Spiel – ist folglich noch lange kein *Albrechtsberger*. – Nach diesem wurde beschlossen noch einmal zum Russischen Gesandten zu gehen; damit mich Häßler auf dem Fortepiano hört. – Häßler spielte auch. – Auf dem Fortepiano finde ich nun die *Aurnhammer* [S. 302 u.a.] ebenso stark, Du kannst Dir nun vorstellen daß seine Schaale ziemlich sank. – Nach diesem gingen wir in die Oper, welche wahrhaft elend ist. – Weißt Du wer auch unter den Sängerinnen ist? die Rosa *Manservisi*. – Ihre Freude kannst Du Dir vorstellen. – Uebrigens ist aber die erste Sängerin die *Allegrandi* viel besser als die *Ferrarese* [die Primadonna in Wien]; das will zwar nicht viel gesagt haben. – Nach der Oper gingen wir nach Hause. Nun kömmt der glücklichste Augenblick für mich; – ich fand einen so lange mit heißer Sehnsucht gewunschenen Brief von Dir Liebste! Beste! – Duschek und Neumanns waren wie gewöhnlich da; ich ging gleich im Triumphe in mein Zimmer, küßte den Brief unzähligemale, ehe ich ihn erbrach, dann – verschlang ich ihn mehr als ich ihn las. – Ich blieb lange in meinem Zimmer; denn ich konnte ihn nicht oft genug lesen, nicht oft genug küssen; als ich wieder zur Gesellschaft kam fragten mich Neumanns, ob ich einen Brief erhalten hätte, und auf meine Bejahung, gratulirten sie mir alle herzlich dazu, weil ich täglich darüber klagte, daß ich noch keine Nachricht hätte. – Die Neumannschen sind herrliche Leute. – Nun über Deinen lieben Brief; denn die Fortsetzung meines hiesigen Aufenthaltes bis zur Abreise wird nächstens folgen.

Liebes Weibchen ich habe eine Menge Bitten an Dich; –

1mo bitte ich Dich daß Du nicht traurig bist;

2do daß Du auf *Deine Gesundheit achtest* und der Frühlingsluft nicht trauest.

3^{tio} Daß Du nicht allein zu Fuße, am liebsten aber gar nicht zu *Fuße ausgehest.*

4to Daß Du meiner Liebe ganz versichert sein sollst; – keinen Brief habe ich Dir noch geschrieben, wo ich nicht Dein liebes Portrait vor meiner gestellt hätte. –

5to Bitte ich Dich nicht allein auf *Deine und meine* Ehre in Deinem Betragen Rücksicht zu nehmen sondern auch auf den *Schein*. – Sei nicht böse auf diese Bitte. – Du mußt mich eben dieshalb noch mehr lieben, weil ich auf Ehre halte [vgl. Nr. 192].

6to *et Ultimo* bitte ich Dich in Deinen Briefen ausführlicher zu sein. – Ich möchte gern wissen ob Schwager *Hofer* den Tag nach meiner Abreise gekommen ist? ob er öfters kommt so wie er mir versprochen hat; – ob die *Langi-*

schen bisweilen kommen? – ob an dem Portrait fortgearbeitet wird? – wie Deine Lebensart ist? – lauter Dinge die mich natürlicherweise sehr interessiren. – Nun lebe wohl, Liebste, Beste! – Denke daß ich alle Nacht ehe ich ins Bett gehe eine gute halbe Stunde mit Deinem Portrait spreche, und so auch beim Erwachen. – Uebermorgen den 18. gehn wir ab; – *Du schreibst nun immer nach Berlin poste restante.*

O stru! stri! ich küsse und drück Dich 1095060437082 mal (hier kannst Du Dich im aussprechen üben) und bin ewig Dein treuester Gatte und Freund

W.A. Mozart.

Der Beschluß des Dresdner Aufenthalts wird nächstens folgen. – Gute Nacht!

252. Otto Jahn.[103]

Berlin 23. Mai 1789.

Liebstes bestes theuerstes Weibchen!
Mit außerordentlichem Vergnügen habe Dein liebes Schreiben vom 13. hier erhalten; diesen Augenblick aber erst Dein vorhergehendes vom 9., weil es von Leipzig retour nach Berlin machen mußte. – Das erste ist daß ich Dir alle Briefe, so ich Dir geschrieben, herzähle, und dann die Deinigen so ich erhalten. Ich schrieb Dir

den 8. April von der Post-Station Budwitz
den 10. April von Prag
den 13. April von Dresden
und den 17. April von Dresden
den 22. April französisch *de Leipzig*
den 28. April und den 5. Mai von Potsdam
den 9. Mai und den 16. von Leipzig
den 19. April von Berlin
und jetzt den 23. Mai das sind also 11 Briefe.

---

103 III, 481. Ich habe mich an die Familie v. *Baroni-Cavalcabo* in Graz, die im Besitze dieses wie mehrerer anderer Briefe Mozarts sich befand, schriftlich gewandt, jedoch von der Tochter der alten Frau v. *Baroni-Cavalcabo,* der Freundin W.A. Mozarts d.J., der Frau *Laura von Pawlikowska* zur Antwort erhalten, jene Briefe seien schon längst in andere Hände wie des Componisten W. *Taubert,* des Ritters *von Heintl* in Wien u.a. übergegangen. Herr Hofcapellmeister W. Taubert in Berlin behauptet aber, nie ein Autograph Mozarts besessen zu haben, und der Hr. Ritter von Heintl hat mir die Zusendung seiner 2 Briefe leider nicht rechtzeitig machen können.

Ich erhielt von Dir 6 Briefe. Zwischen dem 13. und 24. April ist – eine Lücke. Da muß nun ein Brief von Dir verloren gegangen sein! Durch dies mußte ich 17 Tage ohne Brief sein! Wenn Du also auch 17 Tage in diesen Umständen leben mußtest, so muß auch einer von meinen Briefen verloren gegangen sein. – Gott Lob wir haben diese Fatalitäten nun bald überstanden; *an Deinem Halse hängend* werde ich es Dir dann erst recht erzählen wie es mir damals war! – Doch – Du kennst meine Liebe zu Dir! – Wo glaubst Du daß ich dieses schreibe? – im Gasthofe auf meinem Zimmer? – nein! – im Thiergarten in einem Wirthshause (in einem Gartenhause mit schöner Aussicht), allwo ich heute ganz allein speise, um mich nur ganz allein mit Dir beschäftigen zu können. – Die Königin will mich Dienstag hören; *da ist aber nicht viel zu machen.* Ich ließ mich nur melden, weil es hier gebräuchlich ist, und sie es sonst übel nehmen würde. – Mein liebstes Weibchen, Du mußt Dich bei meiner Rückkunft schon mehr auf *mich* freuen, als auf das Geld. 100 Friedrichsd'or sind nicht 900 Fl. sondern 700 Fl., wenigstens hat man mir es hier so gesagt; – 2. hat Lichnowsky mich weil er eilen mußte früh verlassen, und ich folglich (in dem theuren Orte Potsdam) selbst zehren müssen; 3. habe ich *** 100 Fl. lehnen müssen weil sein Beutel abnahm – ich konnte es nicht gerade abschlagen, Du weißt warum; – 4. ist die Academie in Leipzig so wie ich es immer sagte schlecht ausgefallen, habe also mit Rückwege 32 Meilen fast umsonst gemacht. Daran ist Lichnowsky ganz allein Schuld, denn er ließ mir keine Ruhe, ich mußte wieder nach Leipzig – doch davon das mehrere mündlich. – Hier ist 1. mit einer Academie nicht viel zu machen und 2. siehts der König nicht gern. Du mußt schon *mit mir, mit diesem* zufrieden sein, daß ich so glücklich bin beim König in Gnaden zu stehen; – was ich Dir da geschrieben bleibt unter uns. Donnerstag den 28. gehe ich nach Dresden ab, allwo ich übernachten werde; den 1. Juni werde ich in Prag schlafen, und den 4.? den 4.? bei meinem liebsten Weiberl.[104] – Ich hoffe doch Du wirst mir auf die erste Post entgegenfahren, ich werde den 4. zu Mittag eintreffen; – *Hofer* (den ich 1000mal umarme) wird wohl hoffe ich auch dabei sein; – wenn Hr. und Fr. v. *Puchberg* auch mitfahren, dann wäre alles beisammen was ich wünschte. Vergesse auch den Carl nicht. – Nun aber das Nothwendigste ist: – Du mußt einen vertrauten Menschen, Salzmann oder sonst jemand mitnehmen, welcher dann in meinem Wagen mit meiner Bagage auf die Mauth fährt, damit ich nicht diese unnöthigen Seccaturen habe; sondern mit euch lieben Leute nach Hause fahren kann. – Aber gewiß! – Nun Adieu – ich küsse Dich Millionenmal und bin ewig Dein getreuester Gatte

W.A. Mozart.

104 Hier sind mehrere Zeilen im Original unleserlich gemacht.

253. Wiener Hofbibliothek.[105]

Prag 31. Mai 1789.

Liebstes bestes Weibchen!

Den Augenblick komme ich an. – Ich hoffe Du wirst meinen letzten vom
23. erhalten haben. Es bleibt also dabei; – ich treffe Donnerstag den 4. Juny
zwischen 11 und 12 Uhr richtig auf der ersten oder letzten Poststation ein,
wo ich euch anzutreffen hoffe. Vergiß nicht Jemand mitzunehmen, welcher
dann anstatt meiner auf die Mauth fährt. Adieu! Gott wie freue ich mich
Dich wieder zu sehen! – In Eile.

Mozart.

Nach der Rückkunft machte Mozart sich sogleich an die Composition der
Streichquartette, die ihm vom König Friedrich Wilhelm II. in Berlin aufgetragen worden war. Denn es waren in der That nicht die Schätze gewonnen,
die er sich von dieser Kunstreise erhofft hatte. Und wenn er auch für das
noch in demselben Monat Juni fertig gewordene reizende Quartett in *D-dur*
durch eine kostbare goldene Dose mit 100 Friedrichsd'or belohnt wurde, so
blieb doch seine Lage höchst traurig, zumal Constanze von Neuem schwer
erkrankte.

In solchen Tagen war es, wo er, wenn er frühmorgens um 5 Uhr, wie es
zu Zeiten geschah, spazieren ritt, einen Zettel in Form eines Receptes vor
ihrem Bett zurückzulassen pflegte mit Vorschriften wie diese: »Guten Morgen,
liebes Weibchen, ich wünsche, daß Du gut geschlafen habest, daß Dich
nichts gestört habe, daß Du nicht zu jäh aufstehst, daß Du Dich nicht erkäl-
test, nicht bückst, nicht streckst, Dich mit Deinen Dienstboten nicht erzürnst,
im nächsten Zimmer nicht über die Schwelle fällst. Spar häuslichen Verdruß
bis ich zurückkomme. Daß nur Dir nichts geschieht! Ich komme um – Uhr.«

Die Kosten, die ihm durch diese Krankheiten verursacht wurden, setzten
ihn in Verlegenheiten, die zu wirklicher Bedrängniß führten. Er wandte sich
darum wieder an den getreuen *Puchberg*. Die dabei berührte Hoffnung, »in
kurzer Zeit in bessere Umstände zu kommen«, gründete sich auf ein Anerbieten vom König von Preußen, das in einer Hofcapellmeisterstelle mit 3000
Thlr. Gehalt bestanden haben soll.

254. Otto Jahn.

Wien 17. Juli 1789.

Liebster bester Freund
und verehrungswürdiger Br.

105 Wiener Zeitschr. für Kunst etc., 1842, Nr. 79, S. 628.

Sie sind gewiß böse auf mich, weil Sie mir gar keine Antwort geben! – Wenn ich Ihre Freundschaftsbezeugungen und mein dermaliges Begehren zusammenhalte, so finde ich, daß Sie vollkommen Recht haben. Wenn ich aber meine Unglücksfälle (und zwar ohne mein Verschulden) und wieder Ihre freundschaftliche Gesinnungen gegen mich zusammenhalte, so finde ich doch auch, daß ich – Entschuldigung verdiene. Da ich Ihnen, mein Bester, alles was ich nur auf dem Herzen hatte in meinem letzten Brief mit aller Aufrichtigkeit hinschrieb, so würden mir für heute nichts als Wiederholungen übrig bleiben, nur muß ich noch hinzusetzen 1mo daß ich keiner so ansehnlichen Summe benöthigt sein würde, wenn mir nicht entsetzliche Kosten wegen der Kur meiner Frau bevorständen, besonders wenn sie nach Baden muß; 2do da ich in kurzer Zeit versichert bin in bessere Umstände zu kommen, so ist mir die zurückzuzahlende Summe sehr gleichgültig, für die gegenwärtige Zeit aber lieber und sicherer wenn sie groß ist; 3^{tio} muß ich Sie beschwören, daß wenn es Ihnen ganz unmöglich wäre mir dieses mal mit dieser Summe zu helfen, Sie die Freundschaft und br. Liebe für mich haben möchten, mich nur *in diesem Augenblick mit was Sie nur immer entbehren können* zu unterstützen, denn ich stehe wirklich darauf an. – Zweifeln können Sie an meiner Rechtschaffenheit gewiß nicht, dazu kennen Sie mich zu gut; Mißtrauen in meine Worte, Aufführung und Lebenswandel können Sie doch auch nicht setzen, weil Sie meine Lebensart und Betragen kennen, folglich – verzeihen Sie mein Vertrauen zu Ihnen. Von Ihnen bin ich ganz überzeugt, daß nur Unmöglichkeit Sie hindern könnte, Ihrem Freund behilflich zu sein; können und wollen Sie mich ganz trösten, so werde ich Ihnen als meinem Erretter noch jenseits des Grabes danken – denn Sie verhelfen mir dadurch zu meinem fernern Glück in der Folge; – wo nicht – in Gottesnamen, so bitte und beschwöre ich Sie um *eine augenblickliche Unterstützung nach Ihrem Belieben*, aber auch um Rath und Trost.

Ewig Ihr verbundenster Diener

Mozart.

P.S. Meine Frau war gestern wieder elend. Heute auf die Igel befindet sie sich Gott Lob wieder besser; – ich bin doch sehr unglücklich! – Immer zwischen Angst und Hoffnung! – und dann! – *Dr. Closset* [der Hausarzt] war gestern auch wieder da.

Im August wurde, weil man Mozart doch vom Hofe aus auch eine Aufmerksamkeit erzeigen mochte, dafür, daß er nach einer Unterredung mit dem Kaiser das Berliner Anerbieten ausgeschlagen hatte, der *Figaro* wieder auf die Bühne gebracht, und obendrein erhielt der k.k. Kammercompositeur, da jenes Werk von Neuem mit dem größten Beifall aufgenommen wurde, vom Kaiser den Auftrag eine komische Oper zu schreiben. Es war *Così fan tutte osia La scuola degli amanti*. Im Januar 1790 wurde dieselbe bereits aufgeführt. Leider aber starb Joseph II., ehe er sie gehört und ehe er für das Wohl des Componisten dauernd hatte sorgen können. Diesen veranlaßte also die dauernde Ungunst seiner äußeren Lage sich auch in diesem Frühjahr wieder an *Puchberg* zu wenden.

255. Oesterr. Blätter für Lit. und Kunst.[106]

Sie haben Recht, liebster Freund, wenn Sie mich keiner Antwort würdigen! – Meine Zudringlichkeit ist zu groß. – Nur bitte ich Sie meine Umstände von allen Seiten zu betrachten, meine wahre Freundschaft und Zutrauen zu Ihnen zu bedauern und zu verzeihen! – Wollen und können Sie mich aber aus einer *augenblicklichen Verlegenheit* reißen, so thun Sie es Gott zu Liebe; – was Sie immer entbehren können, wird mir angenehm sein. – Vergessen Sie ganz meine Zudringlichkeit, wenn es Ihnen möglich ist, und verzeihen Sie mir. Morgen Freitag hat mich Graf *Haddick* [Feldmarschall] gebeten ihm des Stadlers Quintett [das Clarinettenquintett] und das Trio, so ich für *Sie* geschrieben, hören zu lassen; ich bin so frei Sie dazu einzuladen. *Häring* wird es spielen. – Ich würde selbst zu Ihnen gekommen sein, um mündlich mit Ihnen zu sprechen, allein mein Kopf ist wegen rheumatischen Schmerzen ganz eingebunden, welche mir meine Lage noch fühlbarer machen. – Noch einmal, helfen Sie mir nach Ihrer Möglichkeit nur für *diesen* Augenblick – und verzeihen Sie mir.

Ewig ganz Ihr Mozart.[107]

Um nun der steten Bedrängniß ein für allemal ein Ende zu machen, verfaßte Mozart nach dem Regierungsantritt des Kaisers *Leopold* II. ein Gesuch um eine zweite Hofcapellmeisterstelle. Das äußerst flüchtig geschriebene, vielfältig corrigirte Concept desselben befindet sich im *Mozarteum.* Es ist wahrscheinlich an den damaligen Erzherzog (nachherigen Kaiser) *Franz* während der Zeit gerichtet, da Leopold II. noch nicht zum Kaiser gekrönt war. Daß es abgegeben worden, ersieht man aus dem gleichzeitigen Brief an Puchberg; Erfolg aber hat es nicht gehabt.

456

---

106 1853, Nr. 9, S. 51. Nach dem Autograph, das damals in Händen des Kunsthändlers *Bormann* in Wien war, veröffentlicht von *Ed. Hanslick.*

107 Darunter hat Puchberg notirt: »Den 8. April 1790 Fl. 25 in Bankozetteln geschickt.«

256. Mozarteum.

Wien Mai 1790.

Ich bin so kühn Euer K.H. in aller Ehrf. zu bitten bei S.M. dem Könige die gnädigste Fürsprache in Betreff meiner unterth. Bitte an allerhöchstdieselben zu führen. – Eifer nach Ruhm, Liebe zur Thätigkeit und Ueberzeugung meiner Kenntnisse heißen mich es wagen (alles spornt mich an) um eine zweyte Capellmeisterstelle zu bitten, besonders da der sehr geschickte Capellmeister *Salieri* sich nie dem Kirchenstyl gewidmet hat, ich aber von Jugend auf mir diesen Styl ganz eigen gemacht habe. Der wenige Ruhm, den mir die Welt meines Spiels wegen auf dem Pianoforte gegeben, ermuntert mich auch um die Gnade zu bitten, mir die Königl. Familie zum musikalischen Unterricht allergnädigst anzuvertrauen.

Ganz überzeugt daß ich mich an den würdigsten und für mich besonders gnädigen Mittler (Gönner) gewendet habe, lebe ich in der besten Zuversicht und werde mich sicher bestreben (hoffe ich auch alles, und bin ich bereit durch Thätigkeit, Eifer, Treue und Rechtschaffenheit stets darzuthun) u.s.w.

257. Otto Jahn.

Allerliebster Freund u. O.B.

Sie werden ohne Zweifel von Ihren Leuten vernommen haben, daß ich gestern bey Ihnen war, und (nach Ihrer Erlaubniß) uneingeladen bei Ihnen speisen wollte. – Sie wissen meine Umstände, kurz – ich bin, da ich keine wahren Freunde finde, gezwungen bey Wucherern Geld aufzunehmen; da es aber Zeit braucht, um unter dieser unchristlichen Classe Menschen doch noch die christlichsten aufzusuchen und zu finden, so bin dermalen so entblößt, daß ich Sie, liebster Freund, um Alles in der Welt bitten muß, mir mit Ihrem Entbehrlichsten beyzustehen. – Wenn ich wie ich hoffe in 8 oder 14 Tagen das Geld bekomme, so werde ich Ihnen gleich das mir jetzt gelehnte wieder zurückzahlen. – Mit dem, was ich Ihnen schon so lang ausständig bin, muß ich Sie leider noch bitten Geduld zu haben. – Wenn Sie wüßten was mir das alles für Kummer und Sorge macht – es hat mich die ganze Zeit her verhindert meine Quartetten zu endigen.[108] – Ich habe nun sehr große Hoffnung bei Hof, denn ich weiß zuverlässig, daß der K ... meine Bittschrift, nicht wie die andern begünstigt oder verdammt herabgeschickt, sondern zurückbehalten hat. – Das ist ein gutes Zeichen. – Künftigen Samstag bin ich Willens meine Quartetten bey mir zu machen, wozu ich Sie und Ihre Fr. Gemahlin schönstens einlade. Liebster, bester Freund und

108 Im Mai und Juni 1790 schrieb er die beiden Quartetts in *B-dur* und *F-dur*

Br. – entziehen Sie mir meiner Zudringlichkeit wegen Ihre Freundschaft nicht und stehen Sie mir bei. Ich verlasse mich ganz auf Sie und bin ewig

Ihr dankbarster Mozart.

P.S. Nun habe ich 2 Scolaren, ich möchte es gerne auf 8 Scolaren bringen; suchen Sie es auszustreuen daß ich Lectionen annehme.[109]

Im Juli dieses Jahres bearbeitete Mozart für die *van Swieten'*schen Musik-aufführungen im großen Saale der k.k. Hofbibliothek die *Cäcilia* und das *Alexanderfest* von *Händel.* Im September war der König von Neapel in Wien anwesend und Mozart hoffte bei den Festlichkeiten, die zu Ehren der Ver-mählung der Erzherzoge Franz und Ferdinand mit neapolitanischen Prinzes-sinnen stattfanden, ebenfalls bei Hofe Ruhm und Geld zu finden. Allein Leopold II. war ihm nicht hold, und während *J. Haydn, Salieri* und sogar *Weigl,* sodann die *Cavalieri* und die Gebrüder *Stadler* sich mit ihren Leistun-gen produciren durften, erhielt Mozart nicht einmal eine Aufforderung bei Hofe zu spielen. Umsomehr entschloß er sich wieder einmal auswärts die nöthigen Hülfsquellen aufzusuchen, und weil die Krönung des Kaisers in Frankfurt eine große Menschenmenge zusammenrief, entschloß er sich zu-nächst dorthin zu gehen. Als k.k. Kammercompositeur hatte er erwartet sich den Musikern des Hofes, die auf kaiserliche Kosten zu den Festlichkeiten gesandt wurden, anschließen zu dürfen. Allein auch dieses ward ihm nicht gestattet, und so versetzte er einen Theil seines Silbergeräthes, kaufte einen Wagen und reiste am 24. September ab. Seinen Schwager *Hofer,* der Violin-spieler war und ebenfalls in keinen besondern Umständen lebte, nahm er nach gewohnter Gutherzigkeit mit sich, um ihn an den vermeintlichen Vortheilen dieser Kunstreise participiren zu lassen.

258. Otto Jahn.

Frankfurt a.M. 29. Sept. 1790.

Liebstes bestes Herzens-Weibchen!
Diesen Augenblick kommen wir an – das ist um 1 Uhr Mittag – wir haben also nur 6 Tage gebraucht. Wir hätten die Reise noch geschwinder machen können, wenn wir nicht dreimal Nachts ein bischen ausgeruht hätten. – Wir sind unterdessen in der Vorstadt Sachsenhausen in einem Gasthof abgestie-gen, zu Tod froh, daß wir ein Zimmer erwischt haben. Nun wissen wir noch unsere Bestimmung nicht, ob wir beisammen bleiben oder getrennt werden; – bekomme ich kein Zimmer irgendwo umsonst und finde ich die Gasthöfe nicht zu theuer, so bleibe ich gewiß. Ich hoffe Du wirst mein Schreiben aus Efferding richtig erhalten haben; ich konnte Dir unterwegs nicht mehr

---

109 Puchberg hat hinzugeschrieben: »Den 17. May Fl. 150 gesandt.«

schreiben, weil wir uns nur selten und nur so lange aufhielten um nur der
Ruhe zu pflegen. – Die Reise war sehr angenehm; wir hatten bis auf einen
einzigen Tag schönes Wetter – und dieser einzige Tag verursachte uns keine
Unbequemlichkeit, weil mein Wagen (ich möcht ihm ein Busserl geben)
herrlich ist. – In Regensburg speisten wir prächtig zu Mittag, hatten eine
göttliche Tafelmusik, eine englische Bewirthung und einen herrlichen Mosler-
Wein. Zu Nürnberg haben wir gefrühstückt – eine häßliche Stadt. – Zu
Würzburg haben wir unsern theuern Magen mit Kaffee gestärkt, eine schöne,
prächtige Stadt. – Die Zehrung war überall sehr leidentlich, nur 2 und $^1/_2$
Post von hier in Aschaffenburg beliebte uns der Herr Wirth erbärmlich zu
schmieren. – Ich warte mit Sehnsucht auf Nachricht von Dir, von Deiner
Gesundheit, von unsern Umständen l.l. – Nun bin ich fest entschlossen
meine Sachen hier so gut als möglich zu machen und freue mich dann
herzlich wieder zu Dir. – Welch herrliches Leben wollen wir führen, – ich
will arbeiten – so arbeiten – um damit ich durch unvermuthete Zufälle nicht
wieder in so eine fatale Lage komme. – Mir wäre lieb, wenn Du über alles
Dieses durch den Stadler den * * * zu Dir kommen ließest. Sein letzter Antrag
war, daß Jemand das Geld auf dem *Hofmeister* [vgl. S. 432] seinen *giro* allein
hergeben will – 1000 Fl. baar und das übrige an Tuch; – somit könnte alles
und noch mit Ueberschuß bezahlt werden und ich dürfte bei meiner Rückkunft nichts als *arbeiten*. – Durch eine *charta, bianca* von mir könnte durch
einen Freund die ganze Sache abgethan sein. Adieu ich küsse Dich 1000mal.

Ewig Dein Mozart.

259. Otto Jahn.

Herzallerliebstes Weibchen!

Wenn ich nur schon einen Brief von Dir hätte, dann wäre Alles recht. – Ich
hoffe Du wirst mein Schreiben aus Efferding und das aus Frankfurt erhalten
haben. – Ich habe Dir in meinem letzten geschrieben, Du sollst mit dem ....
sprechen; mir wäre sicherheitshalber recht lieb, wenn ich auf des Hofmeisters
seinen *giro* 2000 Fl. bekommen könnte; – Du mußt aber eine andere Ursache
vorwenden, nämlich daß ich eine Speculation im Kopf hätte, die Dir unbe-
wußt wäre. – Meine Liebe, ich werde zweifelsohne gewiß etwas hier machen –
so groß aber wie Du und verschiedene Freunde es sich vorstellen wird es
sicherlich nicht sein. – Bekannt und angesehen bin ich hier genug, das ist
gewiß. – Nun – wir wollen sehen. – Ich liebe aber in jedem Falle das Sichere
zu spielen, darum möchte ich gerne das Geschäft mit Hofmeister machen,
weil ich dadurch Geld bekomme und keines zahlen darf; sondern blos arbeiten, und das will ich ja meinem Weibchen zu Liebe gern. – Wo glaubst Du
daß ich wohne? – bei *Böhm* im nämlichen Hause; *Hofer* auch. Wir zahlen

30 Fl. das Monat, und das ist noch außerordentlich wenig – wir gehen auch zu ihnen in die Kost. Wen glaubst Du daß ich hier angetroffen? – Das Mädchen, welches so oft mit uns im Auge Gottes [Constanzens einstiger Wohnung, vgl. S. 279] Versteken gespielt hat – *Buchner* glaub ich hieß sie – sie heißt nun Mad. Porsch und ist zum zweitenmale verheirathet. – Sie hat mir aufgetragen alles Schöne von ihr an Dich zu schreiben. –

Da ich nicht weiß ob Du in Wien oder in Baden bist, so adressire ich diesen Brief wieder an die Hofer. – Ich freue mich wie ein Kind wieder zu Dir zurück; – wenn die Leute in mein Herz sehen könnten, so müßte ich mich fast schämen, – es ist alles kalt für mich – eiskalt. – Ja wenn Du bei mir wärest, da würde ich vielleicht an dem artigen Betragen der Leute gegen mich mehr Vergnügen finden – so ist es aber so leer. – Adieu – Liebe – ich bin ewig Dein Dich von ganzer Seele liebender

Mozart.

Frankfurt am Main 30. Sept. 1790.

P.S. Als ich die vorige Seite schrieb, fiel mir auch manche Thräne aufs Papier; nun aber lustig – fange auf – es fliegen erstaunlich viele Busserl herum .... was Teufel!.. ich sehe auch eine Menge ...... ha! ha! .... ich habe drei erwischt – die sind kostbar! –

Du kannst mir auf diesen Brief noch antworten, aber Du mußt die Adresse *à Lintz poste restante* machen, das ist das sicherste. – Da ich noch nicht gewiß weiß, ob ich nach Regensburg gehe oder nicht, so kann ich auch nichts bestimmen. – Schreibe nur darauf, daß man den Brief liegen lassen soll, bis er abgeholt wird. – Adieu – liebstes, bestes Weiberl – gib auf Deine Gesundheit Acht – und gehe nur nicht zu Fuß in die Stadt. – Schreibe mir doch wie Du mit dem neuen Quartier zufrieden bist. – Adieu, ich küsse Dich Millionenmal. –

260. Otto Jahn.

München November 1790.

Liebstes bestes Herzensweibchen.

Was mir das weh thut daß ich bis Linz warten muß um von Dir Nachricht zu haben das kannst Du nicht glauben. Geduld, wenn man nicht weiß wie lange man sich an einem Orte aufhalten wird, so kann man auch keine bessern Anstalten treffen. – Ich habe (ohngeachtet ich gerne lang bei meinen alten Mannheimer Freunden bleiben möchte) nur einen Tag hier bleiben wollen, nun muß ich aber bis den 5. oder 6. bleiben, weil mich der Churfürst wegen des Königs von Neapel zur Academie gebeten hat. Das ist wirklich *eine* Distinction. – Eine schöne Ehre für den Wiener Hof, daß mich der König in fremden Landen hören muß! [S. 459.] Daß ich mich mit *Canna-*

bich'schen, *la bonne Ramm, Marchand und Borchard* gut unterhalte und recht viel von *Dir*, meine Liebe, gesprochen wird, kannst Du Dir wohl einbilden. – Ich freue mich auf Dich, denn ich habe viel mit Dir zu sprechen. Ich habe im Sinne zu Ende künftigen Sommers diese Tour mit Dir, meine Liebe, zu machen, damit Du ein anderes Bad versuchest, dabei wird Dir auch die Unterhaltung, Motion und Luftveränderung gut thun, so wie es mir herrlich anschlägt; da freue ich mich recht darauf und Alles freuet sich.

Verzeihe, wenn ich Dir nicht so viel schreibe als ich gern möchte; Du kannst Dir aber nicht vorstellen wie das Gereiß um mich ist. – Nun muß ich zu Cannabich, denn es wird ein Concert probirt. Adieu, liebes Weibchen; auf diesen Brief kann ich nach meiner Rechnung keine Antwort hoffen. Leb wohl, meine Liebe, ich küsse Dich Millionenmal und bin ewig Dein Dich bis in den Tod liebender Mozart.

P.S. Die Grethel [Margarethe Marchand, vgl. S. 304 u.a.] ist nun mit der Lebrun ihrem Bruder verheirathet, heißt also Madame Danzi. Das Borchard Hannchen [ebenfalls Leop. Mozarts Schülerin] ist nun 16 Jahre alt und ist leider durch die Blattern häßlich geworden. – Schade! – Die kann nicht genug von Dir sprechen. Sie spielt ganz artig Clavier.

Auch von dieser Reise kehrte Mozart ohne den gehofften vollen Säckel zurück. Nach wenigen Wochen sah er mit schwerem Herzen auch seinen aufrichtigsten Freund unter den Künstlern, *Joseph Haydn*, Wien verlassen und sollte ihn niemals wiedersehen. Auch mit Mozart traf *Salomon*, der Haydn für die Londoner Concerte engagirt hatte, damals vorläufige Verabredungen, daß er nach Haydns Rückkehr unter ähnlichen Bedingungen nach England kommen solle, und wir sehen nun in diesem Jahre, dem letzten seines Lebens, den Meister über alle Begriffe thätig, um den Anforderungen des Lebens und auch mancher Freunde zu genügen. Kein Jahr ist so fruchtbar an Compositionen der bedeutendsten Art wie dieses; es genüge *Titus, Zauberflöte* und *Requiem* zu nennen. Anfangs Mai aber machte er wieder einen Versuch zu einer festen Anstellung zu gelangen und zwar als Capellmeister an der Stephanskirche, wobei sicher seine Neigung für die Kirchenmusik wesentlich mitbestimmend war. Diese Adjunction erfolgte in der That, allein der alte Capellmeister überlebte den 36jährigen Adjuncten.

261. Paul Mendelssohn-Bartholdy.

Wien Mai 1791.

Hochlöblich
Hochweiser Wienerischer Stadt-Magistrat,
Gnädige Herren!

Als Hr. Capellmeister *Hofmann* krank lag, wollte ich mir die Freyheit nehmen um dessen Stelle zu bitten; da meine musikalischen Talente und Werke, sowie meine Tonkunst im Auslande bekannt sind, man überall meinen Namen einiger Rücksicht würdigt, und ich selbst am hiesigen höchsten Hofe als Compositor angestellt zu seyn seit mehreren Jahren die Gnade habe, hoffte ich dieser Stelle nicht unwerth zu seyn, und eines hochweisen Stadt-Magistrates Gewogenheit zu verdienen.

Allein Capellmeister Hofmann ward wieder gesund und bey diesem Umstand, da ich ihm die Fristung seines Lebens vom Herzen gönne und wünsche, habe ich gedacht es dürfte vielleicht dem Dienst der Domkirche und meinen gnädigen Herren zum Vortheil gereichen, wenn ich dem schon älter gewordenen Hrn. Capellmeister für jetzt nur unentgeldlich adjungiret würde und dadurch die Gelegenheit erhielte, diesem rechtschaffenen Manne in seinem Dienste an die Hand zu gehen und eines hochweisen Stadt-Magistrats Rücksicht durch wirkliche Dienste mir zu erwerben, die ich durch meine auch im Kirchenstyl ausgebildeten Kenntnisse vor Anderen mich fähig halten darf.

Unterthänigster Diener
Wolfgang Amadé Mozart,
k.k. Hofcompositor.

Kurz darauf sollte Constanze wieder einen Curaufenthalt in Baden nehmen. Mozart schrieb deßhalb an seinen guten Freund *Joseph Stoll*, Schullehrer und *Regens chori dort,* dem er oft mit Compositionen aushalf und für den er am 18. Juni bei einem Besuche der Frau das herrliche *Ave verum* componirte, um ein gutes Quartier.

262. Wiener Musikzeitung, 1843, Nr. 88.

Liebster Stoll!
(Sei er kein Schroll!)
1mo möchte ich wissen, ob gestern *Stadler* bei Ihnen war und die Messe

[aus dem Jahre 1779. Köchel Nr. 317] von mir begehrt hat? – Ja? – So hoffe ich sie heute noch zu erhalten; wo nicht, so bitte ich Sie die Güte zu haben mir sie gleich zu schicken, *NB.* mit allen Stimmen, ich werde sie bald wieder zurückstellen.

2do bitte ich Sie für meine Frau eine kleine Wohnung zu bestellen; sie braucht nur zwei Zimmer, oder ein Zimmer und ein Cabinettchen; das Nothwendigste ist aber daß es *zu ebener Erde* sei. Das liebste Quartier wäre mir das, welches Goldhahn bewohnt hat, zu ebener Erde beim Fleischhacker. Dahin bitte ich Sie zuerst zu gehen, vielleicht ist es noch zu haben. Meine Frau wird Samstag oder längstens Montag hinauskommen. Bekommen wir dieses nicht, so ist blos darauf zu sehen, daß es nahe beim Bad sei, noch mehr aber, daß es zu ebener Erde sei. – Beim Stadtschreiber, wo Hr. v. Alt zu ebener Erde gewohnt hat, wäre es auch recht, aber das vom Fleischhacker wäre allen übrigen vorzuziehen. –

3^{tio} möchte ich wissen, ob schon Theater in Baden ist? – und bitte um schleunige Antwort und Berichtigung dieser drei Punkte. – Meine Adresse ist in der Rauhensteingasse im Kayserhaus Nr. 970 erster Stock.

P.S. Das ist der dümmste Brief, den ich in meinem Leben geschrieben habe, aber für Sie ist er just recht.

263. Originalabschrift bei Frau Hofapotheker Hilz in Salzburg.

Ma très chère Epouse!
J'ecris cette lettre dans la petite chambre au Jardin chez Leitgeb [dem Salzburger Hornist, S. 31. 363] *où j'ai couché cette nuit excellement – et j'espère que ma chère épouse aura passé cette nuit aussi bien que moi. J'y passerai cette nuit aussi, puisque j'ai congédie Léonore, et je serai tout seul à la maison, ce que n'est pas agréable. J'attend avec beaucoup d'impatience une lettre que m'apprendra comme vous avez passé le jour d'hier; je tremble quand je pense au baigne de St. Antoine; car je crains toujours le risque de tomber sur l'escalier en sortant – et je me trouve entre l'espérance et la crainte – une situation bien desagréable! Si vous n'étiez pas grosse, je craignerais moins*[110] *– mais abandonnons cette Idée triste! – Le ciel aura eù certainement soin de ma chère Stanzi Marini! –*

Madame de Schwingenscha m'a priée de leur procurer une loge pour ce soir au Théatre de Wieden, où l'on donnera la cinquième part d'Anlain, et j'étais si heureux de pouvoir les servir. J'aurai donc le plaisir de voir cette opéra dans leur compagnie. Diesen Augenblick erhalte ich Dein liebes Schreiben, und sehe daraus mit Vergnügen, daß Du gesund und wohlauf bist. – Mad. Leitgeb hat mir heute das Halsbindel gemacht, aber wie! lieber Gott! ich habe freylich immer gesagt *so macht sie's!* – es nutzte aber nichts. Mich freut es, daß Du guten Appetit hast, wer aber viel ißt, muß auch viel ....? Nein viel gehen wollte ich sagen. – Doch ist es mir nicht lieb, wenn Du

---

110 Am 26. Juli wurde der jüngste Sohn Wolfgang Amadeus geboren.

große Spaziergänge ohne mich machst. – Thue nur alles, was ich Dir rathe, es ist gewiß von Herzen gemeint. Adieu liebe – einzige! Fang Du auch auf in der Luft, es fliegen 2999 und $^1/_2$ Küsse von mir, die aufs aufschnappen warten. – Nun sag ich Dir etwas ins Ohr – – – Du nun mir – – – nun machen wir das Maul auf und zu, immer mehr und mehr – – endlich sagen wir – es ist wegen Plumpi – Strumpi. Du kannst Dir nun dabei denken was Du willst, daß ist eben die Commodität.

– Adieu. 1000 zärtliche Küsse. Ewig Dein

Den 6. Juni 1791.

Mozart.

264. Otto Jahn.

Liebster bester Freund!

Verehrungswürdigster Br.

Geschäfte halber habe ich heute nicht das Vergnügen haben können, mit Ihnen mündlich zu sprechen. – Ich habe eine Bitte. – Meine Frau schreibt mir daß sie merke, man möchte (obwohl es nicht zu pretendiren sei) sowohl wegen Quartier als auch wegen Kost und Brod gern etwas Geld sehen, und verlanget also ich möchte ihr schicken. Ich in der Meinung alles auf die letzt beim Abzug in Ordnung zu bringen, befinde mich nun deswegen in einer großen Verlegenheit. Meine Frau möchte ich nicht unangenehmen Sachen aussetzen – und entblößen kann ich mich dermalen nicht. Wenn Sie, bester Fr., mich mit etwas unterstützen können, daß ich ihr es sogleich hinaus-schicke, so verbinden Sie mich recht sehr.[111] – Es kömmt ohnehin nur auf einige Tage an, so empfangen Sie in meinem Namen 2000 Fl. – wovon Sie sich dann gleich bezahlt machen können. Ewig Ihr

Den 25. Juni 1791.

Mozart.

265. Originalabschrift bei Frau Hofapotheker Hilz in Salzburg.

Liebstes bestes Weibchen!

Deinen Brief vom 7. sammt Quittung über die richtige Bezahlung habe ich richtig erhalten; nur hätte ich zu Deinem Besten gewunschen, daß Du einen Zeugen mit hättest unterschreiben lassen, denn wenn *N.N.* nicht ehrlich seyn will, so kann er Dir heute oder morgen noch im Betreff der *Aechtheit* und des *Gewichtes* einige Ungelegenheiten machen; da blos Ohrfeige steht, so kann er Dir unvermuthet eine gerichtliche Forderung über eine derbe

---

111 Von Puchbergs Hand ist hinzugesetzt: »*Eod. d.* Fl. 25 geschickt.«

oder tüchtige oder gar aggio Ohrfeige überschicken, was willst Du dann machen? Da soll dann augenblicklich bezahlt werden, wenn man oft nicht kann! – Mein Rath wäre Dich mit Deinem Gegner gütlich zu vergleichen, und ihm lieber ein paar derbe, 3 tüchtige und eine aggio Ohrfeige zu geben, auch mehrere noch, so im Falle er nicht zufrieden seyn sollte; denn ich sage, mit Gutem läßt sich alles richten, ein großmüthig und sanftmüthiges Betragen hat schon öfters die ärgsten Feinde versöhnt, und solltest Du dermalen nicht in der Lage seyn, die Bezahlung ganz zu übernehmen, so hast Du ja Bekanntschaft; ich zweifle gar nicht, daß wenn Du darum ersuchest, die *N.* die baare Auszahlung wenn nicht ganz doch wenigstens zum Theil übernehmen wird.

Liebstes Weibchen, ich hoffe Du wirst mein gestriges Schreiben richtig erhalten haben; nun kommt die Zeit, die glückliche Zeit unseres Wiedersehens immer näher. Habe Geduld; nur muntre Dich soviel möglich auf. Du hast mich durch Dein gestriges Schreiben ganz niedergeschlagen, so daß ich fast wieder den Entschluß faßte, unverrichteter Sache hinaus zu fahren, und was hätten wir dann davon? – daß ich gleich wieder herein müßte, oder daß ich anstatt vergnügt, in Aengsten leben müßte! In ein paar Tagen muß die Geschichte ein Ende nehmen. *L.* hat es mir zu ernstlich und feyerlich versprochen; dann bin ich gleich bei Dir. Wenn Du aber willst, so schicke ich Dir das benöthigte Geld, Du zahlst alles und kommst herein! – mir ist es gewiß recht; nur finde ich daß Baden in dieser schönen Zeit noch sehr angenehm für Dich seyn kann, und nützlich für Deine Gesundheit, die prächtigen Spaziergänge betreffend. – Dieses mußt Du am besten fühlen; – findest Du daß Dir die Luft und Motion gut anschlägt, so bleibe noch, – ich komme dann Dich abzuholen, oder Dir zu Gefallen auch etliche Tage zu bleiben; – oder wie gesagt wenn Du willst, so kannst Du morgen herein; schreibe es mir aufrichtig. – Nun lebe recht wohl, liebste Stanzi Marini. Ich küsse Dich millionenmal und bin ewig Dein

Mozart.

Wien, den 8. July 1791.

In diesen Tagen war die Composition der *Zauberflöte,* die Mozart im Frühjahr aus Freundschaft für den heruntergekommenen Theaterunternehmer *Schikaneder* [s. ob. S. 233 u.a.] unentgeldlich übernommen hatte, schon so weit vorgeschritten, daß er das Werk als im Wesentlichen fertig in sein Verzeichniß eintragen und die Proben nach der Partitur beginnen lassen konnte. Während dieser eifrigen Thätigkeit erhielt er obendrein und zwar auf eine etwas geheimnißvolle Weise die Bestellung eines *Requiems* um ein Honorar von 100 (nach Andern 50) Ducaten, die bald darauf ausgezahlt wurden. Auch an diese Arbeit machte er sich sofort mit allem Eifer sowohl damit er sein Versprechen, seinem lieben Weibchen zu Gefallen möglichst viel zu arbeiten und Geld zu verdienen redlich halte, als aus einem angebornen Trieb zu dieser Art Composition, der durch die besonderen Umstände seines Lebens, vor Allem durch seine stets zunehmende Neigung zum Ernst, ja zur Melancholie noch gewachsen war. Allein auch darin sollte er bald gestört werden. Denn um Mitte August beriefen ihn die Böhmischen Stände zur Feier der Krönung Kaiser Leopolds II. in ihre Hauptstadt, damit er die Festoper *La Clemenza di Tito* componire. Mozart reiste in Begleitung Constanzens sofort ab, und noch während der Reise schrieb er an dieser Musik, die in 19 Tagen fertig und einstudirt war. Mitte September kehrte er dann nach Wien zurück, und in diese Tage ernstester Arbeit an der *Zauberflöte*, deren bedeutendste Nummern gegen Ende Septembers fertig wurden und deren freimaurerischer Text Mozart ganz besonders lebhaft beschäftigte, fällt nach meiner Ansicht das folgende Billet, das kein Datum hat. Es trägt die Adresse: *A monsieur monsieur de Hofdämel, chez lui,* und ist eben wegen dieses Namens, nicht wegen seines Inhaltes, interessant. Denn *Hofdämmel* ist der Name jener unglücklichen Frau, die eine Schülerin Mozarts war und von ihrem eigenen Manne in einem Anfalle der Eifersucht mit einem Rasirmesser an Hals und Gesicht schwer verwundet wurde. Der Mann hatte sich nach diesem Mordversuch selbst entleibt, und ein böses Gerücht, dem auch Jahn in seinem Werke III, 175 folgte, bezeichnete Mozart als die mehr oder weniger schuldige Veranlassung zu dieser schrecklichen That. Allein den eifrigen Nachforschungen des Herrn *von Köchel* ist es glücklicherweise gelungen, aus den gerichtlichen Acten mit völliger Bestimmtheit darzuthun, daß der Herr Hofdämmel sich erst am 10. Dezember 1791, also 5 Tage nach dem Tode Mozarts entleibt hat, und O. Jahn hat darnach in der A.M.Z. Neue Folge 1863, Nr. 10 seine Erzählung widerrufen resp. berichtigt. Ueber das Verhältniß Mozarts zu diesem Herrn Hofdämmel war bisher nicht das Geringste bekannt und das nachfolgende bisher nicht veröffentlichte Billet, von dem mir der Herr Besitzer bereitwilligst eine Pause mitgetheilt hat, beweist auch nur, daß beide Männer nahe mit einander befreundet waren und daß Hofdämmel im Begriff stand, ebenfalls in den Freimaurerorden einzutreten, wobei offenbar Mozart, der den Orden sehr schätzte, mitthätig war. Denn auf etwas anderes können sich die letzten Worte des Billets nicht wohl beziehen. Die 100 Ducaten, von denen darin die Rede ist, sind vermuthlich das Honorar für den Titus, das die Böhmischen Stände zu zahlen hatten. Und seinen Freund Puchberg sollte Mozart wohl jetzt nicht mehr angehen mögen.

266. Gutsbesitzer Andreas Gottl in Zamrsk.

Liebster Freund! –

Ich bin so frei Sie ohne alle Umstände um eine Gefälligkeit zu bitten; – könnten oder wollten Sie mir bis 20. des künftigen Monats 100 Fl. lehnen, würden Sie mich sehr verbinden; am 20. fällt mir das Quartal meiner Gage [S. 442] zu, wo ich dann meine Schuld mit Dank wieder zurückstatten werde. –

Ich habe auf 100 Ducaten (die ich vom Ausland zu erwarten habe) mich zu sehr verlassen; – da ich sie aber bis zur Stunde noch nicht erhalten (sie aber täglich erwarte) habe ich mich zu sehr vom Gelde entblößt, so daß ich *augenblicklich* Geld vonnöthen habe, und deswegen mein Vertrauen zu Ihnen genommen, weil ich Ihrer Freundschaft gänzlich überzeugt bin. –

Nun werden wir uns bald mit *einem schönern Namen* nennen können! – Ihre Sache ist dem Ende sehr nahe! –

Mozart.[112]

Am 28. September vollendete Mozart die Ouvertüre zur Zauberflöte und den schönen Marsch, der die Einleitung zum 2. Aufzug bildet. Am 30. September war die erste Aufführung, die Mozart selbst am Flügel dirigirte. Darauf folgten die Vorstellungen der Oper, die immer mehr gefiel, rasch hintereinander und Mozart berichtet darüber mit sichtlicher Freude am 14. October an seine Frau, die von Neuem in Baden war.

267. Originalabschrift bei Frau Hilz in Salzburg.

Liebstes bestes Weibchen!
Gestern Donnerstag den 13. ist *Hofer* mit mir hinaus zum Carl [Mozarts ältestem Sohn, der in einer Erziehungsanstalt war]. Wir speisten drauß, dann fuhren wir herein. Um 6 Uhr holte ich *Salieri* und die *Cavalieri* mit dem Wagen ab, und führte sie in die Loge (dann ging ich geschwind die Mama und den Carl abzuholen, welche unterdessen bei Hofer gelassen habe). Du kannst nicht glauben, wie artig beide waren, – wie sehr ihnen nicht nur meine Musik, sondern das Buch und alles zusammen gefiel. Sie sagten beide, das sei eine Oper würdig bei der größten Festivität vor dem größten Monarchen aufzuführen, – und sie würden sie gewiß sehr oft sehen, denn sie haben noch kein schöneres und angenehmeres Spectakel gesehen. Er hörte und sah mit aller Aufmerksamkeit, und von der Sinfonie bis zum letzten Chor war kein Stück, welches ihm nicht ein bravo oder bello entlockte[113];

112 Von diesem Briefe befindet sich im Anhang ein autographirter Abdruck.

113 Daß Salieri Mozart nicht günstig gesinnt war, sahen wir in mehreren Stellen der Briefe, und er soll sogar nach Mozarts Tode zu Bekannten gesagt haben: »Es ist zwar Schade um ein so großes Genie, aber wohl uns daß er todt ist; denn hätte er länger gelebt, wahrlich, man hätte uns kein Stück Brod für unsere Compositionen gegeben.«

und sie konnten fast gar nicht fertig werden, sich über diese Gefälligkeit bei
mir zu bedanken. Sie waren allzeit gesinnt gestern in die Oper zu gehen. Sie
hätten aber um 4 Uhr schon hinein sitzen müssen; – *da* sahen und hörten
sie aber mit Ruhe. – Nach dem Theater ließ ich sie nach Hause führen, und
ich soupirte mit Carl bei Hofer. – Dann fuhr ich mit ihm nach Hause, allwo
wir beide herrlich schliefen. Dem Carl Hab ich keine geringe Freude gemacht,
daß ich ihn in die Oper abgeholt habe. – Er sieht herrlich aus, – für die
Gesundheit könnte er keinen bessern Ort haben, aber das übrige ist leider –
elend! – Einen guten Bauern mögen sie wohl der Welt erziehen! – aber – –
Genug, ich habe weil Montag erst die großen Studien (daß Gott erbarm!)
beginnen, den Carl bis Sonntag nach Tisch ausgebeten; ich habe gesagt, daß
Du ihn gerne sehen möchtest. Morgen Sonntag komme ich mit ihm hinaus
zu Dir, – dann kannst Du ihn behalten, oder ich führe ihn Sonntag nach
Tisch wieder zum Hecker. – Ueberlege es, wegen einem Monat kann er eben
nicht verdorben werden, denke ich! – Unterdessen kann die Geschichte
wegen den *Piaristen* zu Stande kommen, woran wirklich gearbeitet wird.
Uebrigens ist er zwar nicht schlechter, aber auch um kein Haar besser als
er immer war; er hat die nämliche Unform, plappert gerne wie sonst, und
lernt fast *noch weniger gern*, weil er darauß nichts als Vormittags 5 und nach
Tisch 5 Stunden im Garten herumgeht, wie er mir selbst gestanden hat; –
mit einem Wort, die Kinder thun nichts als essen, trinken, schlafen und
spazieren gehen.

Eben ist *Leitgeb* und *Hofer* bei mir; ersterer bleibt bei mir beim Essen; ich
habe meinen treuen Cameraden Primus eben um ein Essen ins Bürgerspital
geschickt. – Mit dem Kerl bin ich recht zufrieden; ein einziges Mal hat er
mich angesetzt, daß ich gezwungen war bei Hofer zu schlafen, welches mich
sehr seckirte, weil sie mir zu lange schlafen. Ich bin am liebsten zu Hause,
weil ich meine Ordnung schon gewohnt bin; das einzige Mal hat mich ordentlich üblen Humors gemacht. Gestern ist mit der Reise nach Bernsdorf
der ganze Tag darauf gegangen, darum konnte ich Dir nicht schreiben –
aber daß Du mir 2 Tage nicht geschrieben, ist unverzeihlich, heute hoffe
aber gewiß Nachricht von Dir zu erhalten und morgen selbst mit Dir zu
sprechen und Dich von Herzen zu küssen. Lebe wohl. Ewig Dein

Den 14. October 1791.

Mozart.

Die Sophie [seine jüngste Schwägerin, vgl. Nr. 180] küsse ich tausendmal,
mit *N.N.* mache was Du willst.

268. Originalabschrift bei Frau Hilz in Salzburg.

Samstags Nachts um $^1/_2$11 Uhr.

Liebstes bestes Weibchen!

Mit größtem Vergnügen und Freudengefühle fand ich bei Zurückkunft aus der Oper Deinen Brief. – Die Oper ist, obwohl Samstag allzeit wegen Posttag ein schlechter Tag ist, mit ganz vollem Theater mit dem gewöhnlichen Beifall und Repetitionen aufgeführt worden. Morgen wird sie noch gegeben, aber Montag wird ausgesetzt – folglich muß sie den *Stoll* [s. ob. S. 465] Dienstag herum bringen, wenn sie wieder zum *ersten Mal* gegeben wird; ich sage zum *ersten Mal*, weil sie vermuthlich wieder etliche Mal nach einander gegeben wird. Jetzt habe ich eben ein kostbares Stück Hasen zu Leib genommen, welches mir *Dr.* Primus (welcher mein getreuer Kammerdiener ist) gebracht hat, und da mein Appetit heute etwas stark ist, so schickte ich ihn wieder fort, mir noch etwas wenn es möglich ist zu bringen – in dieser Zwischenzeit fahre ich fort zu schreiben. – Heute früh habe ich so fleißig geschrieben [am Requiem], daß ich mich bis $^1/_2$2 Uhr verspätet habe, – lief also in größter Eile zu *Hofer* (nur um nicht allein zu essen), wo ich die Mama auch antraf. Gleich nach Tisch ging ich wieder nach Hause und schrieb bis zur Operzeit. *Leitgeb* bat mich ihn wieder hinein zu führen, und das that ich auch. Morgen führe ich die Mama hinein; das Büchel hat ihr schon vorher Hofer zu lesen gegeben. Bei der Mama wirds wohl heißen, die schaut die Oper, aber nicht, die hört die Oper.

N.N. hatten heute eine Loge, zeigten über alles recht sehr ihren Beifall, aber Er, der Allerhand, zeigte so sehr den *Bayern*, daß ich nicht bleiben konnte, oder ich hätte ihn einen Esel heißen müssen. Unglücklicherweise war ich eben drinnen, als der zweite Act anfing, folglich bei der feierlichen Scene. Er belachte alles. Anfangs hatte ich Geduld, ihn auf einige Stellen aufmerksam machen zu wollen, allein er belachte alles; – da wards mir nun zu viel – ich heiß ihn *Papageno* und gehe fort, – ich glaube aber nicht, daß es der Dalk verstanden hat. Ich ging also in eine andere Loge, worin sich *Flamm* mit seiner Frau befand; da hatte ich alles Vergnügen, und da blieb ich bis zu Ende. Nun[114] ging ich auf das Theater bei der Arie des *Papageno* mit dem Glocken-Spiel, weil ich heute so einen Trieb fühlte, es selbst zu spielen. Da machte ich nun den Spaß, wo *Schikaneder* einmal einen Halt hat, so machte ich ein *arpeggio,* – der erschrak – schaute in die Scene und sah mich; – als es das 2. Mal kam, machte ich es nicht, – nun hielt er, und

---

114 Dieser Absatz ist im Organ für kirchliche Tonkunst, 1857, Nr. 1, S. 2 abgedruckt und dazu bemerkt, das Original habe *Karl Mozart* dem Capellmeister *Zawertel* beim 35. Linienregiment geschenkt. Vgl. Jahn IV, 655, Anm. 67.

wollte gar nicht mehr weiter – ich errieth seine Gedanken, und machte wieder einen Accord – dann schlug er auf das Glockenspiel und sagte *halts Maul,* – alles lachte dann; – ich glaube daß viele durch diesen Spaß das erstemal erfuhren, daß er das Instrument nicht selbst schlägt. Uebrigens kannst Du nicht glauben, wie charmant man die Musik ausnimmt in einer Loge, die nahe am Orchester ist – viel besser als auf der Gallerie. Sobald Du zurückkommst, mußt Du es versuchen.

Sonntag um 7 frühe. – Ich habe recht gut geschlafen, hoffe daß Du auch recht gut wirst geschlafen haben. Ich habe mir ein halbes Kapaundl, so mir Freund Primus nachgebracht hat, herrlich schmecken lassen. Um 10 Uhr gehe ich zu den Piaristen ins Amt, weil mir Leitgeb gesagt hat, daß ich dann mit dem Director sprechen kann, bleibe auch beim Speisen da.

Primus sagte mir gestern Abends, daß so viele Leute in Baden krank seien; ist das wahr? – Nimm Dich in Acht, trau nur der Witterung nicht. – Nun kommt aber Primus mit der Ochsenpost zurück, daß der Wagen heute schon vor 7 Uhr weggefahren ist, und daß bis Nachmittag keiner abgeht. Folglich hat all mein Nacht- und Früheschreiben nichts genützt, Du bekommst den Brief erst Abends, welches mich sehr verdrießt. – Künftigen Sonntag komme ich ganz gewiß hinaus, dann gehen wir alle zusammen auf das Casino und dann Montag zusammen nach Hause. – Lechleitner war schon wieder in der Oper; wenn er schon kein Kenner ist, so ist er doch wenigstens ein rechter Liebhaber, das ist aber *NN.* nicht – der ist ein wahres *Unding;* dem ist ein Diner lieber. – Lebe wohl liebe! – Ich küsse Dich Millionen mal und bin ewig

Dein Mozart.

P.S. Küsse die *Sophie* in meinem Namen. Dem Siesmag[115] schicke ich ein paar gute *Nasenstüber* und einen breiten *Schopfbeitler.* Dem *Stoll* tausend Complimente. Adieu. –

Die Stunde schlägt – – lebe wohl! – wir sehen uns wieder! –

Diese Worte aus dem großen Terzett der *Zauberflöte* sind das letzte, was von Mozart brieflich erhalten oder doch bekannt geworden ist. Seine Frau kehrte bald nach Wien zurück. Sie sollte aber nicht gar lange mehr die Freude haben, ihren Mann zu besitzen. Schon in Prag, während er mit Eifer, ja mit Hast an der Vollendung des *Titus* arbeitete, hatte er, der sonst so sehr gern mit Freunden, und zumal in Prag heiter war, – sich meist in sich selbst zurückgezogen. Er sah bleich aus, gebrauchte Medizin, und als er von den Freunden Abschied nahm, meinte er unter Thränen, sie würden einander

---

115 Ohne Zweifel ist der jüngstgeborene Wolfgang gemeint, von dem er prophezeite, er werde ein echter Mozart werden, weil er im Weinen in den Ton einstimmte, aus dem der Vater gerade spielte.

wohl nicht wiedersehen. Nach Wien zurückgekehrt, arbeitete er ohne Auf
hören an der Vollendung der Zauberflöte, und die damals componirten
Nummern beweisen, wie sehr seine Seele in sich gesammelt und auf die
höhern und höchsten Dinge gerichtet war. Nicht bloß daß er wähnte, sein
Name habe in Prag eine Schlappe bekommen, weil man, an *Entführung*,
Figaro und *Don Juan* gewöhnt, den Titus nicht so überschwänglich begeistert
aufgenommen hatte, wie jene Werke, – es war noch ein besonderer Umstand,
der ihn ernster stimmte und seine Seele in noch höherem Grade von dem
Alltäglichen abwendete, als dies schon seit Jahren der Fall gewesen war: es
verfolgten ihn unablässige Todesgedanken. Nichts ist begreiflicher, als daß
der feinere Organismus eines Künstlers, der mit solcher Anspannung arbeitet
wie es Mozart seit seiner Jugend und zumal seit seinem Aufenthalte in Wien
gewohnt war, allmälig in seiner Spannkraft nachzulassen beginnt und daß
es endlich wie mit einem schweren Druck auf dem gesammten Nervensyste-
me eines solchen Mannes lastet. *Nissen* berichtet, ohne Zweifel nach der
Erzählung Constanzens, daß Mozart schon Jahre lang vor seinem Ende von
Gedanken des Todes geplagt worden sei.

Dazu war nun in der letzten Zeit noch etwas Besonderes gekommen: das
Requiem war ihm unter solch eigenthümlichen Umständen bestellt worden,
daß Mozart es für eine geheimnißvolle Ankündigung des eigenen Todes
hielt. Ein langer graugekleideter Bote hatte ihn, ohne den Namen des Bestellers nennen zu wollen, gefragt: ob und bis wann er eine Todtenmesse zu
schreiben im Stande sei, und als Mozart den Auftrag angenommen hatte
und bereits eifrig mit der Arbeit beschäftigt war, aber wegen der Composition
des Titus schleunigst nach Prag hatte reisen müssen, war der seltsame graue
Mann in ebenso räthselhafter Weise bei der Abreise des Chepaares plötzlich
am Wagen erschienen, hatte die Frau am Rock gezupft, um sich nach der
Vollführung des übernommenen Auftrags zu erkundigen.

Wir wissen nun zwar heute, daß dieser graue Mann *Leutgeb*, der Bediente
des Grafen *Walsegg*, war und daß dieser Letztere ein solches Dunkel um die
Bestellung verbreitet hatte, weil er selbst für den Componisten des Werkes
gelten wollte, das er zur Feier seiner kürzlich verstorbenen Gattin componiren
ließ. Mozart aber, der von diesen Dingen keine Ahnung hatte, überließ sich
ganz dem Spiele seiner Phantasie und wurde mehr und mehr sowohl von
dem erhabenen Stoffe seiner Composition wie von den Vorstellungen ergrif-
fen, die er sich bei diesen geheimnißvollen Umständen der Bestellung
machte.

Wir vernahmen aus seinen eigenen Worten, wie sehr ihn die Composition
dieses seines letzten Werkes beschäftigte: er verschrieb sich manchmal bis
lange nach Mittag und sogar über die Opernzeit hinaus. Seine Bekannten
berichten, daß sie ihn in jenen Herbstwochen nie anders als im höchsten

Grade vertieft am Schreibtische arbeiten gesehen haben, und sogar seinem nahen Freunde *Jacquin* schlug er es ab, eine ihm befreundete Dame in Unterricht zu nehmen. Den größten Theil des Werkes freilich schrieb er im Garten seiner Schülerin, der Frau *von Trattner*, auf der Laimgrube. Sobald aber eine Nummer fertig war, sang er sie zu Hause mit seinen Freunden durch, indem er die Instrumentation auf dem Pianoforte angab.

Als nun Constanze von Baden zurückkam, sah sie mit Sorge, daß des Mannes Gesundheit zu wanken begann, und so fuhr sie, um ihn zu zerstreuen, eines Tages mit ihm in den Prater. Doch Mozart, der schon seit Monaten meist still und in sich gekehrt dagesessen hatte, ward bald sehr traurig. Er begann vom Tode zu sprechen und sagte, als ihm seine Frau die schwarzen Gedanken auszureden suchte, mit Thränen in den Augen: »Nein, nein, ich fühle mich zu sehr, mit mir dauert es nicht mehr lange, gewiß man hat mir Gift gegeben. Ich kann mich von diesem Gedanken nicht loswinden.« Constanze, aufs Aeußerste erschreckt, zog sogleich den befreundeten Hausarzt *Dr.* Closset zu Rathe, und dieser verordnete vor Allem ein Aussetzen der angestrengten Arbeit. Fast Tag und Nacht hatte Mozart bisher mit der Vollendung des Requiems zugebracht und war oftmals dabei ohnmächtig in den Stuhl zurückgesunken. Er läugnete auch gar nicht mehr, wie er gewiß glaube daß er das Requiem für sich schreibe, – und war von dieser Idee nicht mehr abzubringen. Dabei deutete er auf die sonderbare Erscheinung des Bestellers hin, und wenn seine Umgebung ihm seine Gedanken auszureden suchte, schwieg er, aber unüberzeugt.

Die kleine Pause in der Arbeit, die Constanze bewirkte, erfrischte den kranken Meister so sehr, daß er kurz darauf seine Partitur wiederverlangte, und obendrein schrieb er in diesen Tagen eine Freimaurercantate »*Das Lob der Freundschaft*«, die er am 15. November bei einem Fest seiner Loge sogar selbst dirigirte. Bald aber begann mit zunehmender Anstrengung bei der Arbeit das Uebelbefinden wieder zuzunehmen. Gegen Ende des Monats kam er eines Abends auch in die *silberne Schlange* in der Kärnthnerstraße, wo er manchmal einzukehren pflegte; er sah bleich aus, fröstelte stark und bot deßhalb nach kurzem Aufenthalt dem Hausmeister Joseph *Deiner*, mit dem er sich öfters unterhielt, seinen Wein mit den Worten: »Da trinken Sie und kommen Sie morgen zu mir, es ist Winter, wir brauchen Holz«. Als aber Deiner am andern Morgen hinkam, fand er Mozart im Bett und die Magd sagte ihm, dem Herrn sei über Nacht so schlecht geworden, daß sie habe den Arzt holen müssen. Und als Mozart Deiners Stimme hörte, ließ er ihn hereinkommen und sagte kaum härbar: »Joseph, heute ists nichts, heute haben wir zu thun mit Doctors und Apothekers.«

Von diesem Tage an konnte er das Lager nicht wieder verlassen. Bald schwollen ihm Hände und Füße und heftiges Erbrechen trat ein. Seine treue

Pflegerin war neben Constanze deren jüngere Schwester *Sophie*, später Frau Haibel. Ihr verdanken wir einen Bericht über diese letzten Wochen, der die lebendigste Anschauung davon gewährt. Sie hat ihn im Jahre 1825 auf Ansuchen ihres Schwagers Nissen geschrieben, und mit ihm wollen wir unsere Sammlung beschließen.

»Als Mozart erkrankte, machten wir beide ihm Nachtleibel, welche er vorwärts anziehen konnte, weil er sich wegen der Geschwulst nicht drehen konnte. Und weil wir nicht wußten, wie schwer krank er sei, machten wir ihm auch einen wattirten Schlafrock, daß wenn er aufstände er gut versorgt sein möchte. Und so besuchten wir ihn fleißig. Er zeigte auch eine herzliche Freude an dem Schlafrock zu haben. Ich ging alle Tage in die Stadt ihn zu besuchen [er wohnte damals in der Rauhensteingasse, vgl. S. 465], und als ich einmal an einem Sonnabend hineinkam, sagte Mozart zu mir: ›Nun, liebe Sophie, sagen Sie der Mama, daß es mir recht gut gehet und daß ich ihr noch in der Octave zu ihrem Namensfeste [Cäcilie, 22. November] kommen werde, ihr zu gratuliren.‹ – Wer hatte eine größere Freude als ich, meiner Mutter eine so frohe Nachricht bringen zu können, nachdem selbe die Nachricht immer kaum erwarten konnte. Ich eilte daher nach Hause sie zu beruhigen, nachdem er mir wirklich auch selbsten sehr heiter und gut zu sein schien.

Den andern Tag war also Sonntag. Ich war noch jung und gestehe es, auch eitel und putzte mich gern, mochte aber aufgeputzt nie gern zu Fuß aus der Vorstadt [sie wohnten auf der Wieden] in die Stadt gehen, und zu fahren war mir's ums Geld zu thun. Ich sagte daher zu unserer guten Mutter: ›Liebe Mama, heute gehe ich nicht zu Mozart, er war ja gestern so gut; so wird ihm wohl heute noch besser sein, und ein Tag auf oder ab, das wird wohl nichts machen.‹ Sie sagte darauf: ›Weißt Du was, mache mir eine Schale Caffee, und nachdem werde ich Dir schon sagen was Du thun sollst.‹ Sie war ziemlich gestimmt mich zu Hause zu lassen. Ich ging also in die Küche. Kein Feuer war mehr da, ich mußte ein Licht anzünden und Feuer machen. Mozart ging mir denn doch nicht aus dem Sinne. Mein Caffee war fertig und mein Licht brannte noch. Jetzt sah ich starr in mein Licht und dachte: Ich möchte doch gern wissen was Mozart macht, – und wie ich dies dachte und ins Licht sah, löschte das Licht aus und so aus als wenn es nie gebrannt hätte; kein Fünkchen blieb an dem großen Dochte. Keine Luft war nicht, das kann ich beschwören. Ein Schauer überfiel mich. Ich lief zu unserer Mutter und erzählte es ihr. Sie sagte: ›Genug, ziehe Dich geschwinde aus und gehe herein, bringe mir aber gleich Nachricht, wie es ihm gehet, halte Dich aber ja nicht lange auf.‹

Ich eilte so geschwinde ich nur konnte. Ach Gott wie erschrack ich nicht, als mir meine halb verzweifelnde und doch sich moderiren wollende

Schwester entgegenkam und sagte: ›Gott Lob, Sophie, daß Du da bist! Heute Nacht ist er so schlecht gewesen, daß ich schon glaubte, er erlebt diesen Tag nicht mehr. Bleibe doch nur heute bei mir, denn wenn er heute wieder so wird, so stirbt er auch diese Nacht. Gehe doch ein wenig zu ihm, was er macht.‹ – Ich suchte mich zu fassen und ging an sein Bette, wo er mir gleich zurief: ›Ach gut, liebe Sophie, daß Sie da sind, Sie müssen heute Nacht da bleiben, Sie müssen mich sterben sehen.‹ – Ich suchte mich stark zu machen und es ihm auszureden; allein er erwiderte immer auf alles: ›Ich habe ja schon den Todtengeschmack auf der Zunge, ich rieche den Tod; und wer wird dann meiner liebsten Constanze beistehen, wenn Sie nicht hier bleiben!‹ – ›Ja lieber Mozart, ich muß nur noch zu unserer Mutter und ihr sagen, daß Sie mich heute gerne bei sich hätten, sonst denkt sie, es sei ein Unglück geschehen.‹ – ›Ja thun Sie das, aber kommen Sie ja bald wieder.‹

Gott wie war mir da zu Muthe! – Die arme Schwester ging mir nach und bat mich um Gottes willen zu den Geistlichen bei St. Peter zu gehen und einen Geistlichen zu bitten, er möchte kommen so wie von ungefähr. Das that ich auch, allein selbe weigerten sich lange, und ich hatte viele Mühe, einen solchen geistlichen Unmenschen dazu zu bewegen. – Nun lief ich zu der mich angstvoll erwartenden Mutter. Es war schon finster. Wie erschrack die Arme! Ich beredete sie zu der ältesten Tochter des seeligen *Hofer* über Nacht zu gehen, und ich lief wieder was ich konnte zu meiner trostlosen Schwester.

Da war der *Süßmayr* [Mozarts Schüler] bei Mozart am Bette. Dann lag auf der Decke das bekannte *Requiem*, und Mozart explicirte ihm, wie seine Meinung sei, daß er es nach seinem Tode vollenden solle. Ferner trug er seiner Frau auf, seinen Tod geheim zu halten, bis sie nicht vor Tag *Albrechts-berger* davon benachrichtigt hätte; denn diesem gehöre der Dienst[116] vor Gott und der Welt.

116 Als Adjunct an der Stephanskirche. Vgl. Mozarts Eingabe an den Wiener Stadtmagistrat vom Mai 1791. Auch das folgende, bisher ungedruckte Zeugniß, welches Mozart dem bekannten Componisten *Eybler* ausstellte und dessen Original sich auf der Wiener Hofbibliothek befindet, beweist, wie sehr er Albrechtsberger schätzte. Es lautet nach der mir von Hrn. *Dr. Faust Pachler* übersandten Abschrift wörtlich so: »Ich Endesgesetzter bescheine hiemit, daß ich Vorzeiger dieses Hr. Joseph Eybler als einen würdigen Schüller seines berühmten Meisters Albrechtsberger, als einen gründlichen Componisten, sowohl im Kammer- als Kirchenstyl gleich geschickten, in der Sing-Kunst ganz erfahrnen, auch vollkommenen Orgel- und Clavier-Spieller, kurz, als einen jungen Musiker befunden habe, wo es nur zu bedauern ist, daß seinesgleichen so selten sind.

Wien den 30. May 1790.

(*L.S.*)

Closset, der Doctor, wurde lange gesucht, auch im Theater gefunden; allein er mußte das Ende der Piece abwarten. Dann kam er und verordnete ihm noch *kalte* Umschläge über seinen glühenden Kopf, welche ihn auch so erschütterten, daß er nicht mehr zu sich kam, bis er verschieden.[117] Sein Letztes war noch, wie er mit dem Munde die Pauken in seinem Requiem ausdrücken wollte; das höre ich noch jetzt.

Nun kam gleich Müller aus dem Kunstkabinet und drückte sein bleiches erstorbenes Gesicht in Gyps ab.[118]

Wie gränzenlos elend seine treue Gattin sich auf ihre Kniee warf und den Allmächtigen um seinen Beistand anrief, ist mir, mein liebster Bruder, unmöglich zu beschreiben. Sie konnte sich von ihm nicht trennen, so sehr ich sie auch bat. Wenn ihr Schmerz noch zu vermehren gewesen wäre, so müßte er dadurch vermehrt worden sein, daß den Tag auf die schauervolle Nacht die Menschen schaarenweise vorbei gingen und laut um ihn weinten und schrieen.«

Wolfgang Amadé Mozart,
Capellmeister in k. Diensten.«

117 Es war am 5. Dezember 1791, Nachts gegen 1 Uhr.

118 Von dieser Todtenmaske hat man seltsamer Weise nie etwas gehört. Sollte sie nicht noch irgendwo in Wien aufzufinden sein?

Lexikon und Register

für

Namen und Sachen.

Adamberger (Adamonti), J., Tenorist in Wien, für den Mozart den Belmonte geschrieben 273. 309. 311. 320. 349. 364. 365. 381. 397. 403, Mozarts Rondos für ihn 410. 420. 430.

Adlgasser, Ant. Cajetan, Hoforganist in Salzburg und seine Frau 40. 97. 122. 169. 315.

Albert, der »gelehrte« Wirth zu München 45 f.

Albrechtsberger, Organist und Contrapuncticker in Wien 450. 480.

Aloysia Weber, Mozarts Jugendgeliebte 120 f. 123 f. 127 Anm. 130. 133. 136. 142. 148 f. 175 f. 185. 189. 202, wird als Sängerin in München engagirt 206. 215. 218. 223 f., ihre Untreue 224, Mozarts fernere Erwähnungen derselben 237, als Frau Lange 284. 294. 337. 395. 397. 401. 402. 409. 417. 430. 448. 451.

Aman, von, Mozarts Jugendfreund 11. 31. 176.

Amicis, Anna de, italienische Primadonna 14. 16. 17. 25. 121. 125. 130. 203.

Anfossi, neapolitanischer Componist, in dessen Oper *Il curioso indiscreto* Mozart zwei Arien einlegte 409.

Angerbauer, Leibkammerdiener des Erzbischofs Hieronymus 265 f.

Aprile, Primouomo 9. 17.

Arco, Graf, Oberstküchenmeister in Salzburg 265. 281. 290, wirft Mozart mit einem Fußtritt zur Thüre hinaus 292 f., Mozarts Zorn über ihn 300 f.

Artaria, Musikalienhändler in Wien 308. 426.

Aschaffenburg 460.

Ascanio in Alba, theatralische Serenata von Mozart 25. 26 f.

Auge Gottes, auf dem Peter in Wien, Wohnung der Madame Weber 279. 309. 461.

Augsburg, Mozarts Briefe von dort 62 f.

Aurnhammer, Josephine, Clavierspielerin in Wien 268 f. 274 f. 287, Mozarts Schilderung von ihr 302. 305. 311. 313 f. – 333. 345. 351. 355. 364. 383 f. 388. 450.

Bach, C. Ph. Emanuel, der Hamburger 357. 419.

Bach, Friedemann, der Berliner, Joh. Sebastians ältester Sohn 357.

Bach, Joh. Christ., der Londoner, den Mozart sehr verehrte 89. 130. 136. 159. 172. 195. 357.

Bach, Joh. Sebastian 357. 417. 419. 450.

Barisani, Mozarts Arzt und Freund 245. 251 256. 413. 428. 439.

Bäsle, das, Mozarts Cousine Maria Anna 69. 73. 78. 82. 133. 215. 221. 227. 364. 380, Briefe an sie 83. 90. 139. 222. 228.

Bastien und Bastienne, Operette von Mozart 5.

Baumgarten, Frau von, geb. Lerchenfeld in München, Mozarts Gönnerin 235 f. 268. 319. 354. 362. 403.

Bayern, die, Mozarts Urtheil über sie 213. 215. 473.

Becke, Joh. Bapt., Flötist in München, ein Freund des Mozartschen Hauses, der auch bei der Aufführung des *Rè pastore* 1775 in Salzburg mitgewirkt hatte 46. 50. 223 f. 253. 303.

Beecké, Ignaz v., Componist und ausgezeichneter Clavierspieler in Wallerstein 71. 75. 77. 87. 133. Im October 1790 spielte Mozart mit ihm zusammen in Frankfurt in seinem Concert.

Benda, Georg, Capellmeister in Gotha, der bekannte Singspielcomponist 120. 214.

Benucci, Baßbuffo in Wien, für den Mozart den Guillelmo in *Cosi fan tutte* geschrieben hat 406.

Bergopzoomer, der berühmte Schauspieler 299.

Berlin, Mozarts Aufenthalt dort 447. 452 f.

Bernacchi, der berühmte Sänger und Gesanglehrer 159.

Bernasconi, Antonia, Primadonna 303. 316. 320.

Bimberl, der Hund der Familie in Salzburg, der stets seine Grüße bekommt 35. 240. 363.

Boenicke, J.M., geheimer Secretär des Erzbischofs Hieronymus 265 f.

Bologna, Mozarts Briefe von dort 11. 18 f. 22. 29.

Bölzlschießen in Salzburg 98. 340.

Bono, Gius., Hofcapellmeister in Wien 273.

Botzen 29.

Braun, v., Reichshofrath in Wien, Musikliebhaber 266. 268.

Bridi, Kaufmann, Verehrer Mozarts 440.

Brockmann, der berühmte Schauspieler 331.

Brunetti, Violinist an der salzburg. Capelle 135. 171. 174. 197, in Wien 264 f. 272.

Bullinger, Geistlicher, nächster Freund der Familie Mozart in Salzburg 61. 71. 78. 81. 98. 161. 190. 363.

Cambini, Giov. Gius., Violinist und Componist 154.

Canal, Graf, in Prag, Mozarts Gönner 434. 446.

Cannabich, Christian, Director der Capelle in Mannheim, berühmt wegen seiner ausgezeichneten Orchesterleitung 79 f. 95. 130. 148. 169. 189. 213. 219, in München 215. 224. 226. 235. 241. 244. 249. 463, seine Tochter **Rosa** Mozarts Schülerin 80. 85. 89. 92. 100. 109. 110. 115. 149. 244.

Cavalieri, Mlle., Bravoursängerin in Wien, für die Mozart die Partie der Constanze in der Entführung schrieb 309. 311. 430. 471.

Chabot, Herzogin v., Mozart bei ihr in Paris 152 f.

Ceccarelli, Castrat, salzburgischer Kammersänger 193. 234. 238, in Wien 264 f. 319. 325. 331 f. 339. 345. 398. 404.

Chiemsee, Bischof v., s. Zeil.

Clementi, Muzio, Mozarts Wettkampf mit ihm beim Kaiser Joseph II., und Urtheile über ihn 344. 346. 348. 349. 363. 409.

Closset, *Dr.,* Mozarts Hausarzt 456. 480.

Cobenzl, Phil. Graf v., in Wien, Josephs II. Freund und Vertrauter, Hof- und Staats-Vicekanzler neben Fürst Kaunitz, dem er ganz ergeben war 267. 305. 308. 327. 345.

Concert spirituel in Paris 137. 153. 161. 376.

Consoli, Tommaso, Sopranist in München, hatte 1775 in Mozarts *Rè pastore* in Salzburg mitgesungen; für ihn war auch die Rolle des Ramiro in der *Finta giardiniera* geschrieben 45.

Constanze Weber, Mozarts Gattin 287. 305 f. 331. Mozarts Schilderung von ihr 336 f., der Ehecontract 341. 346, Mozarts Drängen um die Einwilligung des Vaters 350 f. 352. 353. 355. 367 f., veranlaßt Mozart zum Fugenschreiben 357, Briefe von ihr 287. 358. Mozarts Brief an sie als Braut 359. 364. 368, die Heirath 370. 379, die Schwangerschaft 396. 404 f. 408, Briefe an sie 446 f. 454. 460 f. 466. 467. 471. 473 f., ihre Krankheiten und Aufenthalt in Baden bei Wien 454. 455. 465 f. 471.

Cosi fan tutte von Mozart 456.

Coup d'archet, le premier 161.

Dalberg, Freih. Herib. v., Vorstand des Mannheimer Theaters 214. 216.

Danner, Christian, Violinist in Mannheim 79 f. 109.

Danzi, Franziska, Sängerin in Mannheim 93.

Da Ponte, Lorenzo, Theatraldichter in Wien, Verfasser des Textes zu Figaro, Don Juan, *Cosi fan tutte* 406. 432.

Daner, Tenorist in Wien, für den Mozart den Pedrill in der Entführung schrieb 309. 365.

Deibl, ein Salzburger Musikus 19.

De Jean, ein reicher Holländer, bestellt bei Mozart Compositionen für die Flöte 111. 116. 117. 129. 205.

Demmler, Joh. Mich., Domorganist in Augsburg 76. 221.

Denis, Mozarts Urtheil über seinen Bardengesang Gibraltar 393.

D'Epinay, Mad., Rousseau's und Grimms Freundin 200, s. Grimm.

Deutsche Nationalbühne, Mozarts Interesse und Bemühungen für sie 51. 85. 93. 98. 106. 119 f. 127 Anm. 155. 398. 401. 429 f.

De Vismes, Director der großen Oper in Paris 157.

Don Giovanni (Don Juan), 437. 440 f., in Wien 445. 449.

Dresden 447 f. 449.

Dubreil, Violinist, Schüler Tartini's 55.

Duodrama s. Melodrama.

Durst, Frau von, eine junge Wittwe in München, Freundin der Familie Mozart 36. 37. 46.

Duschek, Franz, Clavierspieler in Prag 433. 446, seine Frau Josephine Sängerin und Clavierspielerin, Mozarts Freundin 250. 309. 319. 447. 449. 450.

Eberlin, Ernst, Capellmeister in Salzburg unter Erzbischof Sigismund 74. 357. 358.

Eck, Violinspieler und Componist in München 362. 363.

England, Mozarts Vorliebe dafür und Absicht hinzugehen 377. 387. 393. 433.

Entführung aus dem Serail 285. 309 f. 316. 321, ausführlicher Bericht an den Vater 322 f. 325 f. 332. 352. 362. 364, Bericht über die Aufführungen 365. 367. 369. 371. 377. 388. 396. 398. 417, wird für den Berliner Hof copirt 382 f., Mozarts Clavierauszug 393.

Esser, Violinist, geb. um 1736 zu Aachen, seiner Zeit sehr berühmt 249.

Esterhazy, Graf, in Wien 400. 402. 421. 449.

Ferlendi, Gius., Oboist in Salzburg, Mozarts Concert für ihn 80. 130. 400.

Ferraresi del Bene, Primadonna in Wien, für die Mozart die Fiordiligi in *Cosi fan tutte* geschrieben hat 450.

Fiala, Jos., berühmter Oboist in München, später in Salzburg 54. 267.

Figaro 432. 433. 434. 449. 456.

Filarmonici s. Philharmoniker.

Firmian, Carl Jos. v., protegirt Mozart in Mailand 33.

Firmian, Frz. Lactantius, Oberhofmeister des Erzbischofs von Salzburg, Mozarts Gönner 333.

Fischer, Ludwig, berühmter Bassist in Wien, für den Mozart den Osmin geschrieben 35. 264. 274. 309. 311. 320. 323. 362. 365. 390. 399. 401.

Fischer, J. Chr., berühmter Oboist. Mozarts Urtheil über ihn 438 Anm.

Fischictti, salzburgischer Capellmeister 32. 176. 205.

Flöte, Mozarts Abneigung dagegen 130.

Frankfurt am Main, Mozart dort 460 f.

Franz, Kaiser von Oesterreich 457.

Fränzl, Ignaz, Violinist in Mannheim 97. 214.

Franzosen s. Paris.

Freysingen, von, ein Freund des alten Mozart in München 60. 84.

Freimaurerorden 428. 437. 442 f. 455. 470 f.

Friedrich Wilhelm II. von Preußen 446. 453. 454. 455.

Gabrielli, berühmte Primadonna in Italien 14. 27, Mozarts Urtheil über ihren Gesang 133.

Gallizin, Fürst, russ. Gesandter in Wien, *un grand imbécille* 264. 266. 391. 392. 421.

Gallus, eigentlich Mederitsch, Componist 398.

Gaßmann, Flor., Capellmeister in Wien, Lehrer Salieris und Josephs II., Mozarts Urtheil über seine*Notte critica* 398.

Gatti, Luigi, Domcapellmeister in Salzburg 386. 397. 398.

Gebler, Tob. Phil. Freih. v., zu dessen Drama »Thamos König von Egypten« Mozart Chöre schrieb 233. 400.

Gellert, Christ. Fürchtegott 8.

Gemmingen, von, Dichter, Gönner Mozarts in Mannheim 147. 189. 217.

Gesang, Mozarts Urtheile darüber 52. 93. 133. 158 f. 143.

Gilofsky, Franz und Katherl, Salzburger Jugendfreunde Mozarts 101. 240. 252. 265. 274. 363. 371. 397.

Gluck, Chr. Willibald, der große Reformator der dramatischen Musik 138. 303. 316. 320. 326, Alceste 333. 371. 375, lädt Mozart und Frau zum Speisen 401, seine Pilgrimme von Mekka 419, sein Tod 442.

Goldoni, beliebter italienischer Lustspieldichter jener Zeit, Mozart wählt einen Operntext von ihm 399.

Gossec, Franc. Jos., Componist von Instrumentalsachen und Opern, Gründer der *Ecole royale de chant* in Paris 151.

Graf, Componist und Orchesterdirector in Augsburg 63.

Greybich s. Kreibich.

Grimm, Friedr. Melchior, Baron, in Paris, der bekannte Encyclopädist, der sich der Kinder Mozart sehr eifrig angenommen hatte 112. 128. 129. 143. 151. 163. 184. 185 f. 199 f. 204 f. 206 f. 211. 221.

Guardasoni, Impresario in Prag 446.

Guynes, Herzog de, in Paris, seine Tochter Mozarts Schülerin in der Composition 156. 171. 186. 201.

Haddick, Graf, österr. Feldmarschall, großer Musikfreund 457.

Händel, Probe des Messias in Mannheim 79, seine Fugen 357 f.

Häßler, Organist, Mozarts Wettkampf mit ihm in Leipzig 453.

Hafner, Sigmund, Großhändler und Bürgermeister in Salzburg, für den Mozart 2 Symphonien schrieb 366. 369. 378. 392. 400. 414.

Hagenauer, Kaufmann in Salzburg, in dessen Hause die Familie Mozart zu der Zeit wohnte, als Wolfgang geboren wurde 5. 15. 21. 24. 33. 37.

Haibel, Sophie geb. Weber, Constanzens jüngste Schwester und ihre wie Mozarts Krankenpflegerin 337. 368. 371. 473. 475. Ihr Bericht über Mozarts Tod 478.

Hamm, von, Ordenssecretär in München 56. 60. 64.

Hasse, einer der beliebtesten und berühmtesten Operncomponisten des vorigen Jahrhunderts 26. 28.

Hatzfeld, Graf, Domherr von Eichstädt, Violinspieler und Freund Mozarts 438.

Haydn, Michael, Mitglied der salzburg. Capelle, später Organist an der Dreifaltigkeitskirche 41. 55. 169. 176. 319, Mozarts Urtheil über seine Frau 193, Mozart verlangt Compositionen von ihm 402, Mozarts Violinduetten für ihn 417.

Haydn, Joseph 11. 15. 18. 21. 423. Dedication der Quartette 431.

Hefner, von, Jugendfreund Mozarts 25. 30. 35. 164.

Heufeld, Frz. Edler v., Literat in Wien 127 Anm.

Hickl, Jos., k.k. Kammermaler, für den Mozart eine Nachtmusik verfertigte 329.

Hieronymus (Graf Colloredo), seit 1771 Erzbischof von Salzburg 38 f. 43. 45. 80. 198. 215. 243. 250. 256, reist nach Wien 264. Schlechte Behandlung Mozarts und dessen Austritt aus erzbischöflichen Diensten 275 f. 290 f. 303. 325. 381. 392, Mozarts Furcht, er möge ihn arretiren lassen 407. 411. 423.

Hofdämmel, Frau von, Mozarts Schülerin in Wien 469 f.

Hofer, Josepha geb. Weber, Mozarts älteste Schwägerin, für die die »Königin der Nacht« geschrieben ist 126. 337. 461, ihr Mann Violinist 434. 451. 453. 460. 471. 473.

Hoffmeister Franz Anton, Capellmeister und Musikalienverleger in Wien 432. 460. 461.

Hofmann, Leop., Capellmeister an der Stephanskirche in Wien 464.

Holzbauer, Ignaz, Capellmeister in Mannheim 80. 81. 90. 150, sein großes deutsches Singspiel »Günther von Schwarzburg« 93. 98.

Huber, Professor, Theaterkritiker in München 46. 52.

Hüllmandel, N.J., Neffe des berühmten Waldhornisten Rudolf s. das., glänzte in Paris als Clavier- und Harmonicavirtuos und Componist 180.

Idomeneo, Oper von Mozart 233 f. 303. 320. 339. 349. 351. 362. 403. 417. 419.

Il re pastore, Festoper von Mozart 60. 130. 148.

Italien, Briefe von dort 6 f., Urtheil über die Wälschen 406. 409, sein Wunsch dorthin zurückzukehren 59. 125 f. 155. Absicht eine italienische Oper zu schreiben 392. 406.

Jacquin, Franzisca v., Mozarts Schülerin in Wien 436, Gottfried, sein Freund 434. 439. 440 f.

Jomelli, Nicolo, würtembergischer Capellmeister und berühmter Componist von Opern und Kirchenmusik 15. 16. 17.

Joseph II., deutscher Kaiser, beauftragt Mozart die Oper *La finta semplice* zu schreiben 4, sein Plan eine deutsche Oper in Wien zu errichten 119. Mozarts Versuche in seine Nähe zu kommen 267 f. 273. 350, seine Kabinetsmusik 87, mit der Großfürstin in Schönbrunn 334, mit der Prinzessin Elisabeth von Würtemberg 335. 390, begünstigt Salieri 336, Urtheile über Mozart 344. 402. 405, Wettstreit zwischen Mozart und Clementi bei ihm 348, beschenkt den Schauspieler Brockmann, weil derselbe den Großfürsten Paul einen »Hamlet« genannt hat 331, Verhältniß zu Mozart 356. 375, untersagt die Instrumentalmusik in den Kirchen Wiens 381, ernennt Mozart zum Kammermusikus 442. 445.

Josepha Weber, Mozarts Schwägerin, s. Hofer.

Kaisersheim, Mozarts Briefe von dort 218 f.

Karl Theodor, Churfürst von der Pfalz, Mozart bei ihm in Mannheim 79 f. 82. 85. 104 f. 110. 202, in München 118. 170. 188. 213. Mozart dedicirt seiner Gemahlin 1779 sechs Violinsonaten 227; Mozart erhält Auftrag zum Idomeneo 233. 236. 238. 253. 255, Mozart erwartet vergebens ein Präsent von ihm 268, spielt 1790 bei Hofe 462.

Kannitz, Fürst, österreichischer Kanzler 35. 302. 366. 368. 376.

Keiserin, Sängerin in München 52 f. 55. 132. 206. 218.

Kirchheim-Boland in der Pfalz, Mozarts Besuch dort 120 f.

Klavierconcerte Mozarts 76. 121. 130. 135. 202. 354. 393. 400. 420. 422. 424. 425.

Klavierspiel, Mozarts Urtheile darüber 76. 92. 121 f. 315. 409. 423. 453.

Klein, Anton, dramatischer Dichter in Mannheim 429 f.

Kleinmayrn, Th. v., erzbischöflicher Archivdirector in Salzburg 264 f. 268. 293.

Klopstock, Ode an Edone 228.

Kozeluch, Leopold, beliebter Clavierspieler und - componist in Wien Feind und Neider Mozarts 304. 306.

Kraft, Anton und dessen Sohn Nicolaus, berühmte Cellisten, die später in dem Lichnowskyschen Zirkel mitwirkten, der Beethovens erste Compositionen so vortrefflich ausführte 449.

Kreybich (oder Greybig), erster Geiger bei Josephs II. Concerten 35.

Kreuz, das heilige, Kloster in Augsburg, wo Mozart 1777 sehr gut aufgenommen wurde und häufig spielte 74. 84. 95. 171.

La Clemenza di Tito s. Titus.

La finta giardiniera, *Opera buffa* von Mozart 36 f. 39. 85. 214.

Lahoussaye, Pierre, erster Violinist am *Concert spirituel* in Paris 165.

Lang, Waldhornist in Mannheim 80, in München 244.

Lange, Joseph, k.k. Hofschauspieler in Wien, der Mann von Aloysia Weber (s. daselbst) 284. 294. 331. 397. 402. 448. 451.

Langmantel, v., Stadtpfleger zu Augsburg, Mozarts komische Berichte über ihn 62 f., und seinen Sohn 66. 69. 78.

Landon, der berühmte österreichische Feldmarschall und Gegner des alten Fritz 180. 334.

Le Gros, Joh., Director des *Concert spirituel* in Paris 150 f. 154. 172. 201. 205. 376. 399.

Leipzig, Mozart dort 448. 452 f., die Entführung dort aufgeführt 417.

Leitgeb, Hornist von Salzburg, der später nach Wien ging, wo Mozart ihm, der sich in nichts zu helfen wußte, thätig unter die Arme griff 31. 33. 354. 363. 466. 472. 473.

Le nozze di Figaro s. Figaro.

Leopold II., Mozarts Gesuch an ihn 457 f.

Lichnowsky, Fürst Carl, großer Musikfreund in Wien, Gönner Mozarts und später Beethovens 446 f. 449 f. 453.

Liechtenstein, Fürst Louis, ältester Sohn des regierenden Fürsten Franz Joseph 350. 422.

Linz, 275. 415. 417.

Lipp, Hoforganist in Salzburg 176. 319, seine Tochter Hofsängerin, später M. Haydn's Frau, siehe Haydn.

L'oca del Cairo, komische Oper von Mozart 406. 409. 412. 415. 417 f.

Lucio Silla, Oper von Mozart 29. 31. 89. 403.

Lugiati, Impresario in Verona 125. 392.

Mailand, Mozarts Briefe von dort 7–11. 22 f. 25. f. 29 f.

Mannheim, Briefe 79 f. 213 f., Aeußerungen darüber etc. 176 f. 211. 429.

Manservisi, Rosa, Sängerin in München und später in Dresden 450.

Mantua, Mozart dort 8.

Manzuoli, berühmter Castrat 6. 14. 27. 28.

Mara, Violoncellist, Mann der berühmten Sängerin 235 f. 241 f. 268.

Marchand, Margaretha, Sängerin, und ihr Bruder Heinrich, Violinist, beides Schüler des alten Mozart 304. 354. 364. 413. 417. 463.

Marianne Mozart, genannt *Nannerl*, Mozarts Schwester, Briefe an sie 6–35. 321. 339. 352. 357. 426. 439. 445, Mozart sendet ihr Compositionen etc. 58. 90. 105. 180. 308 354. 364. 400. 409. 424. 425.

Martin, Phil. Jac., veranstaltet mit Mozart gemeinschaftlich Concerte in Wien 287. 362. 363.

Martini, Padre Giambattista, der berühmteste Theoretiker Italiens im vorigen Jahrhundert 39. 43. 88. 178. 180. 206.

Maximilian Franz, Erzherzog von Oesterreich, später Churfürst von Cöln, für den Mozart den *Rè pastore* componirte 60. 148. Mozarts Gönner in Wien 332. 336. 350. 363. 368. 376.

Maximilian III., Churfürst von Bayern, ein großer Kenner der Musik, der Mozart die Composition der *Finta giardiniera,* auftrug 36. 38., seine Unterredung mit Mozart 49 f. Sein Tod 118 f.

Meißner, Bassist in der Salzburger Capelle 101. 159.

Melodrama (Duodrama), Mozarts Aeußerungen über dasselbe 214. 217. 220.

Mesmer, *Dr.,* Normalschulinspector in Wien, Freund der Mozarts 5. 46. 112. 263. 269. 305. 340.

Metastasio, k.k. Hofpoet in Wien 194.

Misliweczeck, Joseph, Operncomponist, Freund Mozarts 30. 56 f. 90. 135. 193.

Mitridate, re di Ponto, Oper von Mozart 1770 für Mailand geschrieben 10. 14. 22. 23. 24.

Mölk, von, Jugendfreund Mozarts 7. 11. 19. 37. 306. 331.

Moliere's Werke an Mozart geschenkt vom alten Weber 149.

Moll, von, ein Salzburger Bekannter Mozarts 268. 306.

Monodrama s. Melodrama.

Mozarts Cousine s. Bäsle.

Mozarts Frau s. Constanze.

Mozarts ältester Sohn Carl 471 f.

Mozarts Mutter, Anna Maria 3, begleitet den Sohn auf seiner großen Reise nach Paris 43 f., stirbt dort 161 f. 167 f. 182 f.

Mozarts Schwester s. Marianne.

Mozarts Vater, Joh. Georg Leopold 1 f. Verehrung für Gellert 8. Seine Reisen mit Wolfgang in Italien 6 f.u. 29 f. Seine Aeußerung über M. Haydn 169, sein Kampf mit dem Sohne wegen dessen Plan, mit der Familie Weber eine Kunstreise nach Italien zu machen 124. 132, seine Bemühung, ihn wieder nach Salzburg zu ziehen 170 f., reist nach München zur Aufführung des Idomeneo 260, sucht vergebens den Widerwillen des Sohnes gegen den Erzbischof Hieronymus zu bekämpfen 283 f., ist gegen die Verlobung mit Constanze 346 f., ebenso gegen die Heirath 368 f., soll von seiner Musik nach Wien senden 403. 404, wird von Wolfgang und Constanze in Salzburg besucht 412, erwiedert den Besuch 428 f., ist verbittert und mißtrauisch gegen den Sohn 384 f. Sein Tod 437 f.

Mozart, Wolfgang Amade.

A. **Leben**.

Erste Reise nach Italien. Verona 6 f. Mailand 7 f. Bologna 11. Rom 13 f. Neapel 15 f.

Zweite Reise nach Italien 25 f.

Große Kunstreise in Gesellschaft der Mutter. Wasserburg 43. München 45. Vergebliche Versuche, eine Anstellung zu gewinnen 46 f. Augsburg 62.

Der Clavierbauer Stein und seine Tochter Nanette, später Mad. Streicher 63. 72. 75. Mannheim 79, bei Cannabichs 80 f., bei Hofe 85 f., bei den natürlichen Kindern Carl Theodors 85. 105. Liebe zu Aloysia Weber 120 f. Ausflug nach Kirchheim-Boland zur Prinzessin von Oranien 120. Plan mit Webers nach Italien zu gehen 124. Schmerzlicher Abschied von Mannheim 148. Paris 150, der Duc de Guines 156, die Duchesse de Chabot 152. Schreibt eine Symphonie für das *Concert spirituel* 160. 164. 173. Seine Briefe über den Tod der Mutter 162 f. Bei Baron Grimm 168 f. Gibt dem Drängen seines Vaters nach und tritt wieder in salzburg. Dienste 197 f. Abreise von Paris 203 f. Straßburg 206 f. Mannheim 213 f. München, Aloysia untreu geworden 223 f. Salzburg 228. Composition des Idomeneo 233 f. Reist nach Wien zum Erzbischof 263 f. Wird von diesem unwürdig behandelt 275 f. Tritt aus seinen Diensten 278 f.

Die Wiener Zeit 1781–1791.

Entführung aus dem Serail s. daselbst, wohnt bei Webers 277 f., verlobt sich mit Constanze 336. Die Hochzeit 370. Besuch in Salzburg 377 f. Wird 1784 schwer krank 428. Componirt Figaro 432 f. Reise nach Prag 434. Componirt den Don Juan 437. 440. Wird k.k. Kammermusikus 442. 445. Fortwährende häusliche Noth 442. Reist nach Prag, Dresden, Leipzig, Berlin 446 f. Componirt *Cosi fan tutte* 456. Reist wieder, um seine ökonomischen Verhältnisse zu verbessern zur Kaiserkrönung nach Frankfurt 460, nach Mannheim und München 462, schreibt die Zauberflöte und *La Clemenza di Tito* 469.

    B. **Werke**.

Für Clavier und andere einzelne Instrumente.

    Variationen über einen Menuett von Fischer 37. 74. 105. 147.

    Sonaten 71. 74. 76. 84. 87. 121. 123. 202. Die vierhändige in *B* 303, in *D* 333, – in *C, A* und *F* 426.

    Variationen über *Je suis Lindor* 167.

    Eine dreist. Fuge in *C-dur* nebst Präludium 327.

    Präambula 61. 180.

    Für 2 Claviere 287. 303. 336. 425.

    Für 3 Claviere 76. 148.

    Sonaten mit Violine 130. 180. 208. 211. 221. 223 f. 271. 423.

Trios 201. 445. 449. 457.

Duetten für Viola und Violine 417. 419.

Quartetts, das in Lodi 1772 componirte 147. Die J. Haydn dedicirten 431. Die für Friedlich Wilhelm II. 458 f.

Quintetts, das für Clavier und Blasinstrumente 422. 425. Clarinettenquintett 457.

*Concerte*1) für Violine 56. 66. Concertrondo für

Brunetti 271.

2) für Clavier 76. 121. 130. 135. 202. 354.
393. 400. 420. 422. 424. 449, für 3
Claviere 76. 148, auf 2 Claviere 287. 303.

3) für Oboe 80. 130. 400. 401.

Für Orchester. 171.

    Cassationen 304. 362. Serenaten 329. 366.

  Symphonien 160. 164. 173. 366. 369 f. 392. 401. 403. 413. 426.

    Sinfonie concertante 151. 154. 172.

Für Gesang.

    Denis Bardengesang über Gibraltar 393.

    Arien. Für Sopran 129. *Non sò d'onde viene* 136. 148. 218. 401. 404.
      407. *Ah non lasciarmi* 157. – Für die Baumgarten 235. Rondo für
      Ceccarelli 271. 404. Rondo für Aloysia Lange 395. Zwei Arien für
      dieselbe in Anfossis *Curioso indiscreto* 410.

    Für Tenor *Se al labro* 136, für Adamberger s. das. Lied für G.v. Jacquin
      441.

    Dreistimmig das Bandl-Terzett 435.

    Canons 448.

Dramatisches: *Mitridate re di Ponto* 10. 14. 22. 23 f. Ascanio in Alba 25.
    26. *Lucio Silla* 29. 31. *La finta giardiniera* 36. 39. 85. 214. *Il re pastore*
    148. Zaide 233. Idomeneo 233 f. Die Entführung s. daselbst. *L'oca del
    Cairo* 406 f. *Le nozze di Figaro* 432. *Don Giovanni* 437 f. Die Zauberflöte
    471.

    Chöre mit Orchester zu Geblers »König von Thamos« 233. 400, zu einem
    Miserere von Holzbauer 151. 153.

Für die Kirche.

    Eine vierstimmige Motette als Offertorium 39.

    Messen 96. 237. 303. 354, für Salzburg 1783 395. 401. 465.

München, Briefe von dort etc. 36 f. 45 f. 223 f. 289. 408. 462.

Nancy, Mozart dort 203 f.

Naumann, Capellmeister in Dresden 447. 449.

Neapel, Briefe von dort 15 f. Mozarts Aussicht dort im Jahre 1777 eine Oper
    zu schreiben 58 f. König von Neapel in Wien 459, in München 462.

Neumann, Joh. Leop., Dichter und Musikfreund in Dresden 447. 449.

Noailles, de, Marschall 196.

Noverre, Jean Georg, Balletmeister zuerst in Wien, dann in Paris 151. 157.
    171. 199. 320.

Nürnberg, 460.

Oper, Mozarts Aeußerungen und Urtheile über sie 300. 324. 415. 418. 429.
    435.

Orgel, Mozarts Spiel und sein Urtheil über dieses Instrument 72. 74. 89. 113. 117. 123, über die beiden Mannheimer Organisten 81. Mozart spielt in Linz 413, in Dresden, Wettkampf mit dem berühmten *Häßler* von Erfurt 450.

Pachta, Joh., Graf, in Prag 58. 446.

Paisiello, italienischer Operncomponist, in Wien 348. 425. 428. 435.

Palfy, Graf, Schwager des Erzbischofs von Salzburg 264. 395.

Panzacchi, Sänger in München, für den der Arbace im Idomeneo geschrieben wurde 239.

Paris, Mozarts Briefe von dort 151. Seine Urtheile über die dortige Musik u.s.w. 153. 155. 161. 166. 171. 172. 176. 179. 186. 188. 198. 300. 376.

Peisser, ein Kaufmann in Wien, der Mozart die Salzburger Briefe u.s.w. besorgte 345. 379.

Philharmoniker, Philharmonische Gesellschaft in Bologna, dessen Mitglied Mozart schon 1770 auf seiner italienischen Reise geworden war 40. 49. – Ebenso in Verona 99.

Piccini, neapolitanischer Operncomponist, Glucks bekannter Gegner in Paris, ist mit Mozart 1770 zugleich in Mailand 9. 138, in Paris 172. 200. Fernere Erwähnung 205.

Pierron Serrarius, Mozarts Clavierschülerin in Mannheim 115. 121. 148.

Pleyel, Mozarts Urtheil über ihn 423.

Ployer, Barbara von, Mozarts Schülerin in Wien 425.

Pottrie, de la, ein holländischer Offizier, den Mozart in Mannheim in Galanterie und Generalbaß unterrichtete 115. 117. 120.

Prag, Briefe von dort 434 f. 440 f. 446. 454. Entführung 417. Don Juan 440 f. Titus 469.

Prato, Vincenzo del Prato, Castrat, Sänger des Idamante im Idomeneo 234 f. 238. 239. 252. 255.

Puchberg, Michael, Kaufmann in Wien, ein hülfreicher Freund Mozarts 442 f. 444 f. 447. 448. 449. 453. 455. 456. 458. 467.

Punto (Stich) Joh., berühmter Hornist 151.

Quaglio, Theatermaler in München 235 f.

Raaff, Tenorist, in Mannheim 93. 136. 206, in Paris 171. 175 f. 214, in München 221. 224. 226. 234. 237. 245. 252. 255. 362. Mozarts Urtheil über seinen Gesang 158 f. 253.

Ramm, Oboist in Mannheim 80. 107. 124, in Paris 151, in München 238. 244. 343. 400. 446, in Prag 463.

Regensburg, 460.

Reiner, Franz von Paula, Komiker in München 51. 343.

Religiöse und moralische Aeußerungen besonderer Art 77. 115. 162 f. 167 f. 182. 297. 301. 335. 336 f. 346. 359. 375. 385. 437. 439. 440. 451. 455. 468.

Requiem 469. 473.

Richter, Clavierspieler in Wien 421. 423.

Riedesel, Baron von, preuß. Gesandter in Wien, wünscht die *Entführung aus dem Serail* für den Berliner Hof 382. 384. 385 f.

Righini, Vincenzo, Tenorist und Operncomponist 305. 317.

Robinig, eine Salzburger Familie 19. 225. 227. 248. 256. 258. 265. 362. 363. 407.

Rom, Mozart dort 13 f. 15. 18.

Rosamunde, Oper von Wieland und Schweitzer 106. 109. 114. 119. 203.

Rosenberg, Graf, Oberdirector des Hoftheaters in Wien 288. 295. 299. 310. 347, spricht Mozart um eine italienische Oper an 392. 410. 432.

Rosi, Schauspieler von München, schreibt für Mozart in Wien eine italienische Cantate 309.

Rothfischer, Paul, Violinist in Kirchheim-Boland 122. 174. 197.

Rudolf (Rodolphe), Joh. Jos., berühmter Hornist, Mitglied der königl. Capelle in Paris 157.

Rumbeck, Gräfin, Muhme des Grafen Cobenzl, Mozarts Schülerin in Wien 267. 269. 287. 298. 308. 344. 346. 390.

Rumling, Baron in München, Gönner Mozarts 50 f.

Rust, Salzburger Musiker 205. 319.

Sacchini, Operncomponist 205.

Salern, Graf, Musikliebhaber in München 50 f.

Salieri, berühmter Operncomponist, Hofcapellmeister in Wien 273. 336. 361. 378. 406. 410. 419. 433. 458. 471.

Salzburg und die Salzburger, Mozarts Urtheile über sie 86. 112. 207. 227. 258. 271. 288, über die Capelle 169. 191. 198. Mozarts und Constanzens Reise dorthin 384 f. 412.

Sarti, Componist von *Fra due litiganti,* in Wien von Mozart freundlich empfangen 425.

Savioli, Graf, Theaterintendant in Mannheim 79 f. 88. 99. 103.

Schachtner, Salzburger Hoftrompeter, Verfasser des Textes zur »Zaide« und der Uebersetzung des »Idomeneo«, der Familie Mozart sehr nahe befreundet 71. 233. 252. 259. 275.

Scherz, Kaufmann in Straßburg, von dem Mozart Geld entlieh 210. 414 f.

Schiedenhofen, von, Jugendfreund Mozarts 11. 16. 19. 127.

Schikaneder, Verfasser des Textes zur Zauberflöte, Impresario zuerst in Salzburg 233. 235. 239. 240. 248, dann in Wien 469. 474.

Schlaucka, Frz., Leibkammerdiener des Erzbischofs Hieronymus 278 f.

Schönborn, Gräfin, Schwester des Erzbischofs von Salzburg 47. 276. 331.

Schobert oder Chobert, Clavierlehrer und Componist in Paris 72. 158.

Schröder, der berühmte Schauspieler 295. 299.

Schröter, Joh. Sam., Componist, geb. 1750, 180.

Schuster, Joseph, Hofcapellmeister in Dresden, beliebter Componist jener Zeit 56. 74.

Schweitzer, Anton, Capellmeister in Weimar und Gotha, Singspielcomponist 98. 106. 119. 120. Mozarts Urtheil über seine Rosamunde 203, über seine Alceste 221.

Seeau, Graf, Intendant der Schauspiele in München 37. 46 f. 53. 189. 213. 214. 227. 234. 236. 258.

Seilerische Truppe in Mannheim 214.

Serrarius, Hofkammerrath in Mannheim, Verehrer Mozarts 116. 121. 215, seine Tochter Pierron Mozarts Schülerin 148.

Sickingen, Graf von, pfälzischer Gesandter in Paris, Gönner und Verehrer Mozarts 147. 158. 160. 177. 187. 204. 211, in Wien 5. 419.

Sigismund (Graf Schrattenbach), Erzbischof von Salzburg 3. 12.

Sigl, Clavierlehrer in München 50. 63.

Silbermann, Orgelbauer in Straßburg 212.

Sonnenfels, von, der Besieger des Wiener Kasperl 288. 300. 344.

Sophie Haibel, geb. Weber, Mozarts jüngste Schwägerin, s. Haibel.

Spitzeger, Violinist in Salzburg 197.

Stadler, berühmter Clarinettist, für den Mozart das herrliche Clarinettenquintett schrieb, übrigens ein Lump, der ihm manchen schönen Gulden kostete 457. 460. 464.

Starhemberg, Graf Jos., Domherr in Salzburg 170.

Starzer, Violinspieler und Hofcapellmeister in Wien 12. 267. 268. 273. 401. 404.

Stein, Orgel- und Clavierbauer in Augsburg 63. 70 f. 72, seine Tochter Nanette 75.

Stephanie, der jüngere, Inspicient, später Regisseur der deutschen Oper in Wien, Bearbeiter des Textes zur Entführung 275. 288. 29. 309. 324. 327. 332. 339. 378. 381. 397.

Sterkel, Joh. Frz. Xav., Clavierspieler und Componist 100.

Stoll, Joseph, Chorregent in Baden 464. 473. 475.

Storace, Nancy, eine bedeutende Sängerin, mit Mozart in Wien befreundet 438.

Strack, Leibkammerdiener Josephs II. 284. 329. 344. 350. 356. 378.

Straßburg, Mozart dort 206 f.

Straßer, Mademoiselle, Sängerin in Mannheim 94, sie heirathete den Bassisten Fischer.

Strinasacchi, Regina, Violinspielerin 423.

Süßmayr, Mozarts Schüler 480.

Swieten, Baron van, Mozarts Gönner und großer Musikfreund 287. 333. 357. 362. 363. 376. 401. 404.

Tartini, der berühmteste Geiger des vorigen Jahrhunderts 55. 197.

Tenducci, Sänger 196.

Teyber, Elisabeth, Sängerin 34. Therese, für die Mozart die Partie des »Blondchen« in der Entführung schrieb 203. 309. 403. 405. 430, Anton 401. 449.

Thamos, König, Drama von Gebler, zu dem Mozart die Musik geschrieben 233. 400.

Tibaldi, Giuseppi, Tenorist in Wien 6.

Titus, Oper von Mozart 469 f.

Toeschi, Carl Jos. und Johann, Violinisten in Mannheim 114, in München 241.

Toscani, Mad., Schauspielerin in Mannheim 133. 213.

Thorwarth, Joh., Vormund der Weberschen Kinder 341 f. 347. 369. 371.

Trattner, Frau des reichen Buchhändlers und Nachdruckers in Wien, Mozarts Clavierschülerin 333. 344. 421.

Thun, Graf, in Linz, Freund Mozarts 413. 423. 425.

Thun, Graf Joh. Jos., in Prag, Gönner Mozarts 434.

Thun, Gräfin, Schülerin Mozarts in Wien 266 f. 273. 287. 303. 308. 311. 333. 344. 348. 349. 351. 353. 362. 363. 364. 376. 391.

Toricella, Musikalienhändler in Wien 426.

Umlauf, Bratschist, später Director am Wiener Theaterorchester, Componist der Bergknappen u.s.w. 299. 310. 326. 329, seine Comödie mit Arietten »Welche ist die beste Nation?« 393. 398, andere Werke 419.

Valesi (Walleshauser), Sänger und Gesanglehrer in München 52.

Varesco, Abbate, in Salzburg, Verfasser des Textes zu Idomeneo 233 f., zu *L'oca del Cairo* 406. 409. 412. 415. 417.

Venedig, 24. 125.

Verona, Mozart dort 6. 25. 125.

Violinspiel, Mozarts Urtheil darüber 55. 97.

Vogler, Abt, der bekannte Componist und Theoretiker 79. 81. 88. 95. 103. 114. 121. 123. 173. 180. 343.

Voltaire, Mozarts Urtheil über ihn 165.

Wagenseil, G. Christ., Clavierspieler und Componist in Wien 398.

Waldstädten, Baronin von, Mozarts Gönnerin 329. 344. 360. 368. 371. 379. 382. 385. 388. Mozarts Schilderung von ihr 394 f. 397. 399.

Wasserburg, Mozarts Brief von dort 43 f.

Weber, Cäcilia, Mozarts Schwiegermutter 277. 283. 305. 306 f. 310. 333. 341 f. 347 f. 352. 353. 355. 368. 378. 434. 471. 473. 479.

Weber, Copist und Souffleur in Mannheim, Vater Aloysias und Constanzens 120. 122. 124. 149. 175. 188. 207. 215. 277.

Wendling, Auguste (Gustl), Clavierspielerin in Mannheim 86. 128. 137. 247. 397.

Wendling, Dorothea, Primadonna in Mannheim, später in München 234. 238. 247.

Wendling, Elisabeth Auguste, Sängerin in Mannheim 93. 137, in München 238. 248. 378.

Wendling, Joh. Bapt., Flötist in Mannheim 85. 107. 124. 172.

Wezlar, Baron von, Gönner Mozarts in Wien 333. 397. 407. 432.

Wiedmer, von, 311 f.

Wieland, in Mannheim 98. 117. 119.

Wien, Mozarts Briefe von dort 34 f. 263 f., sein Urtheil darüber 289. 292. 324. 408.

Winter, Peter, Operncomponist, verläumdet Mozart bei seinem Vater 340 f. 343.

Woschitka, Franz, Violoncellist in München 48 f.

Würtemberg, Herzog von, und seine Tochter Elisabeth in Wien 332. 336. 377. 385. 386. 390.

Würzburg, 460.

Yppold, d', der Geliebte von Mozarts Schwester 274. 321. 426.

Zaide, Operette von Mozart 233. 259. 275.

Zauberflöte, 469. 471. 473.

Zeil, Graf Ferd. von, Fürstbischof von Chiemsee, Gönner Mozarts 38. 47 f. 53. 113. 117.

Zeschinger, Dechant in Augsburg im heil. Kreuzkloster 74. 96. 171.

Zichi, Gräfin, Mozarts Schülerin in Wien 353. 366. 376. 378. 389.

Zonca, Giambattista, Bassist in München 253.

Faksimile der Handschrift des Briefs No. 266, Wien Sept. 1791, von Mozart.

Lightning Source UK Ltd.
Milton Keynes UK
UKHW022319290721
388013UK00002B/276